KB265441

문화사회와 언어의 욕망

문화사회와 언어의 욕망

문화사회와 언어의 욕망

도서출판 역락

머리말

　21세기의 문턱을 넘어서 디지털문화가 아날로그문화를 대체하고 있는 과학기술시대에 들어서면서도 현대 인간의 마음은 아직 사물에 대한 소유와 지배의 욕망에서 벗어나지 못하는 것 같다. 이는 디지털문화가 미시적인 절합을 통해 아날로그문화의 연속성을 훌륭히 재현해 낸다고 해도 재현된 아날로그는 어디까지나 수량화된 기계적 환원을 매개로 디지털로 혼성된 번역의 지평에 머물기 때문에 자연 속에 섞여서 존재하는 생생한 원본과 여전히 동떨어져 있는 가상의 현상에 머무는 것과 같은 이치라 할 수 있다. 자연의 생생한 기운을 합리적 이성에 의해 번역하기 시작한 현대 인간의 귀는 드디어 디지털로 재생된 자연을 더 편안하게 즐기는 가상의 현실에 녹아들고 있다. 계몽 기획의 목적론적 오류와 수량적 환원을 벗어나기 위해 해체론적 방법을 모색하면서도 인간의 마음 속 깊이 구조화된 욕망의 문법은 타자와의 새로운 대화를 트려는 노력보다는 탈구 속에 오히려 더 세밀하고 정교한 수식어를 첨가하면서 변형 생성된 언어의 욕망을 확장해 나아가고 있다. 자본의 세계화가 이루어지는 문화(산업)시대에 들어서면서 거시적인 담론이 희석되고 미시적인 담론이 팽배해지는 가운데 벌어지는 문화의 위기는 시적 지혜가 소거된 테크놀로지의 무한한 복제와 증식이 더욱 가속화되는 아포리아로 치닫고 있다.

　이 책은 2002년 봄학기 경원대학교 국문과 박사과정에서 근대와 탈근대에 벌어지고 있는 사유의 접점을 신자유주의와 표현인문학 등 21세기를 전망하면서 저술된 인문학 관련 논문들을 통해 읽은 다음 연구자들이 각자의 생각을 연구 과제로 삼아 과제물을 내놓은 것을 엮은 글이다. 책의 제목을 『문화사회와 언어의 욕망』이라고 한 것은 특별히 새로운 담론을 조직적으로 기획해서 붙인 이름은 아니다. 다만, 엮은이 나름대로 이 시대가 목적론에 갇힌 진화론적 사유보다는 새로운 차원을 타개하는 의미에서 생태 순환론적 사유가 더 요청되는 시대라는 관점과, 요즈음 들어 문화 개념이 내포하고 있는 문화산업과 탈식민지 문화, 혹은 생태문화와 관련된 의식을 사회라는 공간 개념과 연결시켜 문화사회의 토대로 명명한 것뿐이다. 아도르노의 문화산업사회라는 계몽 기획에 대한 비판적 용어를 쓰려고 했지만 계몽의 거시적 담론이 아직 유효하기 때문에 지나치게 비판철학에 기대지 않으려는 생각과 과학기술 시대와 세계화 현상에 대해 가급적이면 중립적 사유를 유지하려는 뜻에서 쓴 개념이기도 하다. 언어의 욕망은 문맥상 긍정적인 의미보다는 구조주의적 사고에 대한 반성적이고 비판적인 의미를 내포하고 있으나, 그럴수록 실천적 언어가 그려나가는 지형도를 더욱 객관적으로 바라 볼 필요가 있다는 의식을 반영하려고 했다. 제임슨의 언어의 감옥이나 푸코 계보학과 라캉의 실재를 향한 언어의 욕망 등을 염두에 두고 쓴 것도 사실이지만 한편, 앞으로 한국 문학 연구에서 거시적인 전망과 더불어 언어적 주체로서 텍스트에 대한 미시적인 내면 탐구가 더 정밀하게 수행되어야 한다는 생각에서 쓴 용어이다.

　좀 더 생각과 글을 다듬어야 할 시간이 필요한 데도 불구하고, 마침 회갑을 맞는 전혜자교수의 기념논총을 겸해서 내는 책이기에 정리가 덜 된 글을 서둘러 내놓게 되는 송구스러움이 앞선다. 부족한 글을 기꺼이 출판해주신 역락출판사 이대현 사장님과 편집부 이은희 선생께 진심으로 감사드리며, 바쁜 틈을 내어 교정을 맡아 준 박현선, 장권순, 한명섭 선생께도 이 자리를 빌어 고마움을 전한다.

2003년 4월

세종관 연구실에서 이영섭

차 례

문화사회와 언어의 욕망

차 례

문화사회와 언어의 욕망

제 *1* 부

탈근대와 서사의 양상

가상의 역사성과 탈식민주의

한명섭

1.

서구 근대성 비판의 연구에서 아도르노는 전체의 변증법 속에서 지양·수렴되지 않는 개별적 모멘트와 개인적 주관의 욕망과 고통, 그리고 역사의 단편적이고 비연속적인 면을 강조하는 이른바 비동일성의 철학과 부정의 변증법을 전개하였다.

부정의 변증법 속에서 개인의 자율성과 동일성이 확보되고 있는 유일한 영역은 예술이다. 예술작품은 그것이 지닌 자율적 성격과 더불어 현실의 이질적인 요소를 다른 방식으로 구성해서 새로운 형식의 통일을 만들어 내는 예술 고유의 변증법적 능력에 힘입어 전체성에 바탕을 둔 현실의 억압적 구조와 도구적 이성을 넘어서는 특징을 지니고 있다.[1]

오상원은 극한 상황에서의 인간의 실존을 드러내기 위해 추상적이고

---

* 경원대학교 국어국문학과 박사과정
1) 김용권 외, 『현대문학비평론』, 한신문화사, 1994, p.159.

관념적인 창작태도로 현실을 인식하고 형상화하고 있다. 이를 위해 소설의 가상[2]을 통해 극한상황에 놓인 주체의 위기를 제시함으로써 현대인이 처한 인간실존의 근원적인 문제에 대해 물음을 던지고 있다.

이런 시선은 유럽의 대학살과는 다른 제3세계의 주체로서 전후 상황이라는 특수성은 있지만 전쟁의 폭력 속에 훼손된 주체의 실존성을 서사적 구성 내에서 상황의 극적 제시를 통해 드러내고 있다는 점에서 그 의의를 찾을 수 있다. 작가는 전쟁이나 정쟁 등의 상황을 그것의 역사적 맥락에서 파악하기 보다, 주체의 자율성을 살려내기 위한 장치로서 소설 속에서 사용하고 있음을 나타낸다.

소설에 등장하는 전쟁이나 정쟁(政爭)은 한국전쟁의 특수성에서 파악해 볼 수 있다. 한국전쟁은 미국의 참전과 UN의 개입, 그리고 소련의 북한 옹호와 중공의 전쟁 개입으로 표면상 자본주의 진영과 사회주의 진영의 갈등이 폭발한 전쟁의 양상을 띠었다.[3] 국내의 정치적 문맥에서도 해방 후의 정쟁(政爭)의 상황 또한 좌우익의 대립이라 할 때, 남북전쟁이 제기되는 요인은 근대화의 두 축인 자본주의와 사회주의의 충돌의 장이 된다. 그러나 40년을 일본 제국주의 억압적 통치에서 지낸 피식민지 경험을 지닌 한반도에서 전쟁은 이데올로기의 갈등보다도 근대가 벌여놓은 참혹한 폭력의 상황으로 읽혀질 수 있다.

해방과 전쟁을 겪으면서 한반도는 자본주의와 사회주의 진영에 어느 쪽에서도 안정을 구할 수 없는 상황에 처했다. 이런 상황에서 한국인의 정체성은 폭력에 훼손되어 더 이상 현실에서 주체의 자율성을 보장받을 수 없는 상태가 된다.

그러나 이런 보편론은 1950년대의 한국 전후 문학을 연구해야하는 구

---

2) '가상'(schein)은 영어에는 단어에 정확하게 상응하는 단어가 없고 보통은 '심미적 외양''(aesthetic appearance or show)이나 '심미적 환상'(aesthetic illusion)이라는 단어로 번역된다.(프레드릭 제임슨 저, 김유동 역, 『후기마르크스주의』, 한길사, 2000, pp.330~331)
3) 김인걸 외, 『한국현대사 강의』, 돌베개, 1998, p.128.

체적인 필요성을 희석될 수 있는 문제점을 내포한다. 가상은 폭력과 죽음 앞에서 고통받는 주체의 자율성을 환기하는 데 효과적이긴 하나 현실에서는 탈역사화로 볼 수 있는 약점을 동시에 지니고 있다.

본 고에서는 오상원 소설에서 가상의 의미를 다시 검토하고 그 적합성을 설명하기 위하여 탈식민주의의 논의를 참고하여 가상의 역사성 에 관해 살펴보도록 한다.

2.

전쟁 상황이 배경으로 등장하는 「유예」에서 전쟁은 극한상황의 설정을 위한 하나의 배경으로 작용한다. 등장인물들에게 죽음은 인간의 실존에 다가가는 계기가 되며 죽음에 대한 공포에서 벗어나 있다. 이들을 죽음으로 몰아가는 전쟁 상황은 자신들의 선택 여부와는 무관하게 거대한 폭력의 대립으로 인식될 수 있다. 전쟁의 상황성에서 자유로운 가상의 설정을 통해 고통받는 주체에 대한 인식은 좀더 실존적 물음에 다가갈 수 있는 것이다.

현실의 실제적 가치가 작품 내에서 의심되는 것은 현실의 자명성이 불명확해지고 결국은 리얼리티의 공간성이 더 이상 안정적이지 못함을 의미한다. 역사의 흐름이 폭력과 억압으로 점철된 현실에서 인물들은 자신의 실존과 화해할 수 있는 계기를 찾을 수 없다. 화해가 가능한 때는 예술적 '가상'을 통해 스스로의 의미를 묻고 찾으며 자신을 발견할 때인 것이다.

「유예」에서 등장인물은 전쟁이라는 극한 상황 아래서 자신의 실존의 문제에 집착하고 있음을 보여준다. 이는 시대 개념의 주도적 배경으로서의 실존성이 이미 상황적으로 도출되었음을 뜻한다. 작품에서는 그런 실존의식의 표현을 위해 현실이 실제가 아닌 이미지들의 몽타쥬4)로 제시되고 있다. 즉 삶이 단면적으로 드러나고 있다. 이미지들의 몽타쥬를 통해 인물의 관념적 성격은 전면에 부각되게 된다. 이렇게 현실의 실제적 가치가 작품 내에서 의심되는 것은 현실의 자명성이 불명확해지고 결국은 리얼리티의 공간성이 더 이상 안정적이지 못함을 의미한다.

이는 오상원 소설에서의 공간이 인물이 자신의 존재와 화해할 수 있는 하나의 '가상'이 되고 있음을 의미한다. '가상'의 공간에서 인물은 스스로의 의미를 묻고 찾으며 자신을 발견하게 된다.

포로수용소가 배경이 되는 「죽음에의 훈련」에서 '포로수용소'는 극한 상황으로서의 인간실존의 문제 외에 전쟁의 피해자와 당사자의 문제에 접근하는 계기가 된다. 전쟁포로인 '나'는 미군포로들의 송환으로 혼자 남게된다.

> 나 하나뿐이다. 자식들은 도대체 나를 어쩔 속셈인가? 이국 포로 병사만을 우선 송환하는 것일까. 그리고 나에 대해서는 다만 시간적인 지연뿐이라는 것일까. 휴전성립에 뒤이어 시작된 포로교환은 확실히 이국 포로 병사들에게는 감격의 순간이었다. 모두들 고향으로 돌아가는 것이다. 그러나 그의 마음은 더욱 무거웠다. 그들과 나는 성질이 다른 것이다. ……중략…… 나는 국군 포로인 것이다. 결코 이러한 나는 떠나간 이국인 포로들처럼 자식들이 돌려보내 주지는 않을 것이 뻔한 것이다. 국제 협정, 이는 인류를 위한 국가간의 최선(最善)이기는 하나, 동시에 그 속에는 항시 인간에 대한 배반이 있는 것이다.5)

---

4) "예술은 의미 없음을 외쳐대는 행위 속에서조차 의미에 대한 암시를 줄 수밖에 없기 때문에 결국은 가상이 된다. 그러나 의미를 부정하는 예술작품은 내적 통일성을 이루고 있을지라도 혼란스러울 수 없다. 이것이 몽타주의 기능이다. 몽타주는 예술의 타율적인 것에 예술이 미학내적으로 굴복하는 것이다. 종합의 부정이 형상화원칙으로 부상하는 것이다. 이 경우 몽타주는 무의식적으로 유명론적인 유토피아의 인도를 받는다."(『미학이론』, 231~233/221~223/246~248); 프레드릭 제임슨, 『후기마르크스주의』, p.337 재인용)

5) 오상원, 「죽음에의 훈련」, 『학원한국문학전집』, 학원출판사, 1996, p.330.

전쟁상황 하에서는 동료로 생사를 같이하고 있다고 기만되었지만, 그 상황이 종료된 이후에는 생래적으로 서로 다른 종족임을 확인하게 되는 순간이다. 국가와 국가 간의 '최선(最善)'이라는 국제협정은 전쟁포로가 된 '나'에게는 감격스런 귀향(歸鄕)이란 결과로 돌아오지 않는다. 미리 인지하지 못하고 있었을 뿐 그의 존재는 애초부터 미군 포로와는 다르게 운명지워진 것이다. 전투에 참가하고 싸웠지만 이미 그랬듯이 미군과 국군으로 구분되어 진다.

근대화 과정에서 소외된 객체들의 운명처럼 '나'는 소외되고 고통으로 억압된다. 폭력과 죽음이 난무하는 전후 상황에서 휴머니티와 소외된 인간에 대한 관심은 암울한 현실에서는 더 이상 서로 간의 화해 가능성을 찾지 못한다.

이성의 역사의 귀결이 인간성 상실에 이은 참상으로 나타난 아우슈비츠는 한국전쟁 당시의 포로수용소의 상황과 연결 지을 수 있다. 폭력과 죽음이 난무하는 수용소 현장에서는 개개의 주체는 보고되어질 '숫자'로 처리되어 진다. 인간으로서가 아닌 단지 숫자로만 기억되는 죽음은 더 이상 실존적 존재로의 의미는 불가능해진다. 역사(歷史)나 인도(人道)나 정리(情理)등의 가치를 찾을 수 없는 상황에서 '잔학과 죽음에 기계처럼 훈련되어진' 인간 또한 폭력과 죽음 앞에서 피해자가 된다.

「모반」은 1946년 해방 정국을 역사적 공간으로 설정하고 있다. 이 작품은 극한 상황에 대항하는 인간의 행동과 가정 문제 사이에서 인간의 존재 의미를 묻는 서사 구조를 택하고 있다. 이 경우 해방 정국은 인물의 행동과 선명히 대비되는 하나의 상황으로 비추일 뿐이다.

　　해방과 더불어 난립하는 정당, 무질서한 사상의 혼돈된 갈등 속에 청년들의 정치의식은 더욱 강력히 자극되고 범람하는 정쟁의 전위로 청년들은 모든 것을 버리고 뛰어들어갔다. 누구나가 조국을 위해서였다. 중학을 마치고 조그만 회사에서 꾸준히 일하고 있던 그는 중학 동창인 세모진 얼굴에 여러 번 자극되어 비밀결사에 가담하였다. 비애국자를 색출하여 사전에 제거하여

버리는 것이 이 비밀결사의 목적이었다. 조국을 위해서다. ……중략…… 진
주한 미군 사령관은 한국 실정에 어두웠다. 그에 대하여 한국의 실정을 왜곡
되게 주입시키고 제멋대로 조종하고 있는 자가 누구냐? 그 자의 이름이 자
주 토론석상에서 오르내렸다. 치밀한 계획이 다시금 다시금 거듭되었다. 그
는 거의 집을 잊어버려 가고 있었다. 어머니의 병환은 점점 더 무거워갔다.[6]

「모반」은 해방 직후 상황의 긴박성을 잘 표현하고 있다. 정당의 난립
과 정쟁 등 문맥 속에서 당시 첨예한 사상적 갈등과 혼란을 읽어낼 수
있다. 그러나 역사적 사실이 기술되어 있다고 해서 그것이 곧 역사적 사
건이라고 단정적으로 말하기는 어렵다. 「모반」에서의 이런 진술은 지극
히 일반성을 띠고 있을 뿐 역사적으로 특수한 상황의 설정은 아닌 것이
다. 작가에게는 다만 폭력과 죽음 앞에서 억압된 인간의 행동 동기를 결
정하는 상황의 긴박한 규정 논리에 관심을 기울이고 있다.

　　잘 들어둬. 나는 평범한 인간들을 한 사람이라도 더 사랑해 보고 싶어졌
　　단 말이다. 위대(?)한 하나의 일의 성공보다도 나는 오히려 소박하게 살아가
　　는 인간의 모습들이 하나라도 더 소중스러워졌단 말이다. …… 인간의 의의
　　를 묻고 살기보다는 나는 오히려 묻지 않고 살기를 원해.[7]

위 글은 오상원 소설에서 역사 현실에 대한 장황한 서술이 결국 현실
을 그대로 반영하는 것이 아닌 일반적 실존 상황을 수식하는 것이었음을
보여준다. 작품에서 '민'은 정치 허무주의에서 역사 허무주의로, 그리고
인간에 대한 의의를 묻는 질문조차 파기한 상태에 이르고 있다. 소외된
주체의 소박한 모습을 외치는 이 부분은 우리는 현실 상황에서 할 수 있
는 인간의 외로운 외침을 듣게 된다. 또한 동시에 상황이 역사적 맥락을
상실하고 상황 일반으로 등장함을 알 수 있다. 오상원의 소설에서 상황
은 비록 상황 자체에만 한정시켰을 때는 역사적 현장감이 되살아나기도

---

6) 오상원, 「모반」, 『한국문학전집』, 민중서관, 1976, p.318.
7) 위의 책, p.321.

한다. 그러나 막상 그 상황 속에 뛰어든 인물에게 행동이 부여되고 그 행위의 정당성을 따지는 질문이 반복되면 상황이 갖는 역사성은 제거된다. 그리고 그것은 상황 일반으로 극대화된 채 인물에게 주체성을 억압하는 폭력으로 작용한다. 오상원의 대응 방식은 그런 가상에서 억압받는 개인에 대한 탐구를 하는 것이다.

오상원의 현실 인식체계에서는 구체적인 현실 연관관계를 상실한 비논리적 대응 태도를 발견할 수 있다.

> 인간에게 의의는 없는 것이다. 의의란 긴 세월을 두고 다만 인간들이 제멋대로 만들어 놓은 것에 불과한 것이다. ……
> 의의는 없다. 하지만 그러기에 인간은 무엇인지 모를 그 무엇을 더 숨가쁘게 찾게 되는지도 모른다. 여기에 내가 있었고 이 순간이 있고 내일이 있을 수 있는 것이다. 그것뿐인 것이다. 그것뿐 아무 것도 아닌 것을 나는 알고 있다. 하지만 이 속에서 못 견디게 나는 움직여야만 하는 것이다.…… 무엇인지 모르게 초조로이 움직여야 하는 것, 이것이 나의 출발인 것이다.[8]

위에서 보면 현실 세계는 더 이상 논리적으로 분석 가능한 대상이 되지 못한다. 그리고 여기에 처해 있는 개인이 현실 상황을 분석하고 그 결과로서 대응 논리를 마련하는 과학적 인식 태도 또한 그 의의를 찾을 수 없다. 이는 자칫 허무주의로 빠질 가능성도 내포하지만, 부정적인 인식을 통해 인간의 실존적 존재에 대한 회복을 시도하는 것이다. 그에게는 지금까지 진행되어 온 인간사는 부정되어야 할 대상이 된다.

---

8) 오상원, 「나의 문학수업」, 『현대문학』, 1956년 6월, p.37.

3.

근대의 계몽의식에 은폐된 전체주의로 인해 고통스러운 주체에 대한 인식을 예술적 가상을 통해 새롭게 바라본 아도르노의 시각에 기대어 오상원의 단편소설들이 가지고 있는, 근대적 폭력인 전쟁과 정쟁으로 인해 고통받는 존재의 실존성에 대해 새로운 의미를 찾을 수 있다.

예술적 가상은 이데올로기와 힘에의 숭배가 난마처럼 얽혀있는 현실 속에서 일반적인 의미의 현실반영과는 거리가 있지만, 그 발생을 살펴보면 진보적으로 나아가지 못하고 과거보다 더 포악한 사회를 만든 근대의 역사를 탈역사화시켜 좀더 주체의 자율성에 가깝게 가려는 시도로 볼 수 있다.

여기서 말하는 탈역사화는 자칫 한반도의 상황이나 역사적 정황에 대한 무관심으로 연결될 수도 있겠지만, 이는 그런 상황으로 전개된 본질에 접근하기 위한 전략적인 장치로 볼 수 있다.

한국전쟁을 체험한 전후세대로서 작가는 당대의 실존적 소설의 흐름과 같이 인간 실존의 문제를 전쟁이라는 극한상황에서 다루었다. 오상원에게 실존의 물음을 던지는 장치로서의 극한상황은 폭력과 죽음 앞에서 고통받는 주체의 자율성을 환기시키기 위한 가상으로의 의미를 지닐 수 있다. 한국에서의 전쟁은 근대의 두 축인 자유주의 진영과 사회주의 진영 간의 대결구도라기보다 근대적 폭력의 발현으로서 파악할 수 있다.

이런 근대적 폭력이 서구 열강의 제국주의적 확장과 관계된다면 전쟁의 상황이 바로 탈식민주의적 관점에서 우리의 전후와 해방정국을 새롭게 인식할 가능성을 갖게 된다.

전통적인 예술 이론에서 미메시스가 '객체의 모방'을 의미한다면 아도르노적 의미에서의 미메시스는 '객체에의 동화(同化)'라고 할 수 있다. '미메시스'는 결국 계몽적 이성에 의한 동일화를 추구하는 가운데 옹호되어야 할 '비동일성', '객체에의 자유', '유물론', '자연미'와 같은 의미의 것으로 주체와 객체 간의 강제적인 화해가 아니라 비억압적이고도 화합적인 교감을 뜻하는 것이다.

'미적 가상'이란 예술작품이 불러일으키는 환영이라기보다는 예술작품 그 자체의 특성이라고 할 수 있다. 현실에서 불가능한 '미메시스'적 경험을 실현해 내는 것이 예술이라 할 때 관리되는 사회에서 벌어지는 현실의 사건은 현실 안에서는 그런 관리를 벗어나서 '미메시스'를 이루기가 불가능하며 현실에서 벗어난 예술에서만이 가능하다는 결론에 이른다. 관리되는 사회에서 '미메시스'의 계기를 열어줄 수 있는 예술 혹은 예술적 가상은 현실과는 다른 탈역사적인 성격을 띠게 된다.

현대는 주체와 주체간의 의사소통이 불가능한 시대로 서로 간의 화해를 이루기 위해서는 현실이 아닌 가상적 공간 즉 '가상(Schein)'을 통해야만 한다고 말한다.

주체의 자기 반영성이 자율화되는 미적 공간으로서 '가상'의 존재론적 성격은 오상원이 전쟁이나 정쟁(政爭) 등의 상황에서 인간실존의 물음을 유발하는 장치로 쓰이고 있는 점과 연결될 수 있다.

전후 신세대 작가로서 오상원은 전쟁 자체의 의미에 대한 물음보다는 테러리즘에서 소외된 또는 전쟁의 희생자인 인간에 대한 실존적 물음에 관심이 닿아 있다. 그의 작품에서 전쟁 등의 상황이 특별한 역사적 의미에서가 아닌 인간 실존의 일반적 조건으로 제시되는 것은 전쟁의 당위성이 아니라 전쟁으로 인한 광포성의 상황 아래에서 인간성을 회복하기 위한, 즉 '미메시스'를 이루기 위한 '미적 가상'의 설정으로 볼 수가 있다.

속화(俗化)된 실제 현실과는 화해할 수 없다는 현실에 대한 부정적 인식에서 출발하는 아도르노는 역사성을 담보로 한 현실반영을 일차적인 목표로 삼지 않는다. 이 지점이 바로 오상원 소설이 아도르노가 말한 가상과의 만남이 시도되는 위치라 할 수 있다.

오상원의 소설에서 극한상황의 제시가 특별한 역사적 사실과 직접적으로 관계되지 않는 것은 장면의 제시를 통해 드러나는 인간실존의 문제에

다가서기 위한 시도로 볼 수 있으며, 극한상황이 실존적 조건으로 나타
나고 있으며 이는 미메시스를 드러내기 위해 미적 가상을 상정하는 것과
상응하는 의미가 있다. 가상을 통한 분열된 현실과의 '미메시스'는 주체
내면의 '미메시스'적 충동이 객관화될 때에 가능해진다.

4.

포스트콜로니얼리즘이라는 용어는 유럽이라는 극히 한정된 지역에 거
주하는 사람들이, 그들 스스로가 만들어낸 권력 아래서 다른 지역에 대
한 영토적 침략과 정복을 행한 이후의 문제들을 비판적으로 분석하는 연
구 동향을 가리키는 개념으로 유통되어 유럽 식민주의의 제도들, 특히
제국주의 시대의 지배가 피지배 지역 사회에 어떠한 충격을 주었는가를
분석하는 데 그 특징이 있었다.

그 중에서도 제국주의에 의한 담론 조작에 초점을 맞춰 식민주의적 담
론―세계를 문명과 야만, 정복자와 현지인, 식민자와 비식민자, 주인과
노예, 선진과 후진, 진보와 정체, 중심과 주변, 진짜와 가짜 등으로 양분
하고, 그러한 일련의 이항 대립주의적 쌍 개념을 참과 거짓, 성과 속, 선
과 악이라는 초월적 이항을 정점으로 하는 위계 질서 안에 봉인하는 언
어시스템―안에서 구성되는 주체와 그것에 반항하고 저항하며 대항하는
주체 쌍방을 분석하는 데에 전략적 역점이 두어졌다.

문학을 비롯한 예술의 연구영역에서 예전에 식민지 지배를 받았던 지
역과 공동체 사회 속에서 산출된 다양한 표현에 착목, 식민지 시대의 상
흔이나 유제가 거기에 어떻게 각인되었고 또 그것들에 대해 어떠한 비판
이 이루어지고 있는가가 적극적으로 문제화되었다. 이러한 동향은 포스
트콜로니얼 비판이라고도 할 만한 영역9)을 형성했다.

이런 시각이 한국문학에 적용되는데는 피식민자의 관점에서나 혹은 식민지 지배에의 저항 등과 관련하여 연구가 진행되는데 큰 무리가 없다. 탈식민주의 이론은 일제강점기나 그 이후의 문학작품에서도 그 영향성과 관련하여 적절한 이론적 바탕이 되고 있다.

유럽에서 형성된 역사학, 언어학, 문헌학이라는 19세기적 담론은 항상 서양과 동양을 대비시키면서 학문적인 담론 체계를 형성해 왔다. 동양이라는 타자를 둘러싼 치밀한 분석과 기술을 가능하게 하는 담론 체계를 창출함으로써, 타자로서의 동양의 문화적 이질성을 거울로 삼아 서양이라는 유럽 사람들의 자기상이 구성되어 왔다. 그리고 동양에 대한 상세한 논의를 쌓아 나아감으로써 유럽사람들은 그것과는 이질적인 서양을 권위화하고 동양을 지배하고 교도하여 서양적인 가치관이나 세계관에 의해 ‘세계’를 조작하는 주체를 편성해 온 것이다. 포스트콜로니얼 이론이 구축되는 데 결정적으로 중요한 계기가 된 책은 에드워드 사이드의 『오리엔탈리즘』(1978)일 것이다.10)

사이드의 논의는 담론을 둘러싼 푸코의 이론에 입각하여 서양과 동양을 대비시키는 학문적 담론이 그것을 배우고 익힌 사람들에 의해 수없이 반복되고 결국에는 그들 자신에 의해 재생산되어 굉장히 강고한 이원론적 틀을 형성했다는 사실을 이항 대립주의적 구도 속에서 밝히고 있다.

---

9) 첫째로, 어떤 특정한 지역이나 공동체 안에서 산출된 포스트콜로니얼한 텍스트를 분석하고 해독하는 과정 속에서 그 지역 고유의 식민지 지배와 그 후의 역사적·정치적·사회적·경제적·문화적 컨텍스트와의 관련성을 밝히고, 동시에 그 지역의 특수성으로 환원하지 않고 포스트콜로니얼한 상황 전체로 열어가려는 시도가 실천되었다. 둘째로, 비평가나 연구자 자신이 현재 진행형으로 살고 있는 포스트콜로니얼한 역사 과정과 사회 속에서 정전화 된 기존의 텍스트를, 당시까지의 표현 양식이나 레토릭을 철저하게 재편성함으로써, 권위가 부여된 정전적 텍스트를 포스트콜로니얼한 정치 상황과 관련된 형태로 다시 읽어 나아가는 방향이 있다. 이러한 다시 읽기야말로, 그 자체로서 보편적 가치를 내재하고 있는 것처럼 가장해 온 ‘문학’이나 ‘예술’,‘미’라는 개념이 식민의적 담론의 변동 소에서 인공적으로 날조된 것이라는 것을 폭로하는 포스트콜로니얼한 실천인 것이다.

10) 고모리 요이치 저, 송태욱 역, 『포스트콜로니얼』, 삼인, 2002, pp.9~12.

동양이란 실체로 존재하는 무엇이 아니라 오랜 기간동안 지식인, 학자, 정치가, 평론가, 작가라는 오리엔탈리즘에 경도된 사람들이 반복 재생산한 표상 즉, 대리표출에 의해 구성된 현상에 지나지 않는다는 것이 사이드의 논지이다.

한편, 라캉의 견해로는 담론을 중심으로 한 기호적 세계로서의 '상징계'를 통괄하는 '상징적 타자' 즉, '대문자 타자'는 식민지를 지배하는 제국주의 담론을 담당하는 중심이며 관념으로서의 제국 자체가 된다. 실체로는 존재하지 않는 제국주의적 중심은 식민지화된 지역의 사람들에게는 결코 동일화될 수 없음에도 계속해서 동일화를 지향하지 않으면 안 되는 타자로서 기능하고 다른 한편으로는 세계를 인식하기 위한 기준점이 되어 모든 이데올로기적 담론 변동의 요점이 된다.

호미 바바는 이러한 식민지와 피식민지, 식민지 지배자와 식민지의 피지배자 사이에 현상하는 거울 관계를 전략적으로 양가적 관계로서 다시 파악했다.

서구의 식민주의적 시선은 피식민지(혹은 이주민)에게 오리엔탈리즘적인 정체성을 부여하려 한다. 그러나 피식민자의 진정한 정체성은 그런 시선에 의해 결코 '보여질 수 없으며' 실종된 인격이나 탈락된 정체성으로 남게 된다. 그리고 그 과정에서 살아남은 피식민자(타자)의 눈은 식민주의적 시선을 혼란시키는 '응시'로 되돌아온다. 여기서 식민주의적 시선은 타자를 동일화시키는 데 실패함으로써 '양가적으로' 분열될 수밖에 없게 된다. 시선과 응시가 교차되는 바로 그 양가적인 분열의 순간에 라캉이 말한 실재계와의 만남이 이루어진다. 그 같은 양가적인 분열이 일어나는 곳은 상징계와 실재계의 '사이에 낀' 위치이며, 그곳에서 시각주의적 원근법은 언표작용의 이중성으로 전이된다.[11]

앞서 언급한 상징계와 실재계 사이에 낀 위치는 오상원의 전후소설에 연결시킬 때 거칠지만 가상과 연결시켜 생각해 볼 수 있다. 필자가 오상

---

11) 호미 바바 저, 나병철 역, 『문화의 위치』, 소명출판, 2002, p.16.

원 소설을 분석하며 적용한 '가상'의 개념에 대한 역사성을 다소 보완할 수 있다. 소설 속의 주인공들이 놓여진 전쟁이나 정쟁의 상황을 그 자체로 보았을 때 식민상황과의 영향관계를 짐작하기는 용이하지 않지만, 한국 전쟁이나 해방 후의 혼란한 상황이 자유주의와 사회주의의 대결의 장이였다는 점에 주목하여 검토할 때 자유주의와 사회주의가 대개 서구에서 시작된 것이라는 점을 생각해 본다면 결국 이는 서구의 영향하에 놓인 상황이 한국에서 한국 전쟁이나 해방 후의 정쟁이 결국 식민주의와 무관하지 않다고 볼 수 있다.

호미 바바는 식민지의 피지배자는 제국의 중심에 존재한다고 상상된 진정한 지배자의 상을 계속해서 흉내 내지 않으면 안 되나 결코 그 상과 동일화할 수는 없다는 프란츠 파농이 제기한 틀을 다시 짜 하나의 행위인 '흉내와 모방'을 지적한다. 그리고 고지식하게 진정성을 꾀하는 '적절한 모방'과 행위의 주체가 의식하고 있는지 여부는 별개로 하고 결과적으로 비웃음이나 얼버무림이라는 역설적인 혼란을 낳는 '부적절한 모방'이라는 상호 모순된 측면이 동시에 작용한다는 사실을 분명히 했다. 상반되고 모순된 힘이 동시에 하나의 사상이나 행위에 작용하는 상태를 지속적으로 찾아냄으로써 확고한 이항 대립주의의 틀을 구축한 제국주의적 담론을 전복하고 교란할 가능성을 연다.

호미 바바의 논의에서는 식민지의 피지배자만이 아니라 식민지 지배자 자신도 열린 모순 가운데 휩쓸려 있다는 점이 중요한 논점이다. 라캉의 이론과의 관련에서, '소문자 타자'가 주변화된 식민지의 피지배자이고, '대문자 타자'가 중심화된 식민지의 지배자라는 이분법이 반전될 가능성이 있다는 것이다. 양자의 관계는 근원적으로 또 어디까지나 비대칭적이지만, 전위와 역전위의 동력학에 노출되어 있다는 점에서 양자 모두 식민지적 상황에 휩쓸려 있다는 사실에는 변함이 없다.

호미 바바는 이항대립을 해체하면서 식민주의 자체의 모순과 틈새로부터 저항이 필연적으로 나타남을 설명한다. 바바가 이른바 '여릿한 서사'

(미시서사)를 주목하는 것은 피식민자의 통제된 정치적 의도성이 또 다른 억압의 기제로 변질될 수 있음을 우려한 것일 터이다. 바바의 논의의 탁월한 점은 이처럼 이항대립을 해체하는 '사이에 낀 공간'의 수많은 사례들을 구체적인 식민지 현실에서 찾아내고 있는 점이다.

그러한 의미에서 호미 바바는 식민지적 담론을 교란케 하면서 다시 짜는 낙관적 전망을 개척하는 방향을 지시했지만, 스피박은 그러한 포스트콜로니얼리즘이나 포스트콜로니얼 연구라는, 이미 일정한 방법론을 구축한 담론에 대해 정면으로 비판했다.

스피박은 어떤 지역에서 가장 차별받은 위치에 놓인 사람은 자신의 현상황에 대해 이야기할 말을 갖고 있지 않다는 점을 분명히 했다. 이는 타자 자신이 읽을 만한 담론을 스스로 엮어내는 지적 훈련을 받고 있는가 혹은 받을 수 있는가의 문제 즉, 대부분의 타자에게 통하는 언어를 사용할 수 있는가 하는 데서 시작된다. 그리고 읽을 만하다고 인정되는 담론이란 단적으로 말해 반복적으로 재생산되어 온 지적 엘리트에 의한 담론의 집적인 이상, 그 틀을 통해 가장 차별받는 사람의 '현실'이 결코 표상될 수가 없게 된다. 결국 나오는 것은 가장 차별받는 사람 이외의 사람들이 대리적으로 표상한 담론일 수밖에 없다. 애초에 가장 차별받는 가람이 존재한다는 사실조차 알려져 있지 않다고 한다면, 그녀의 목소리는 들려지지도 않을 것이다.12)

이런 점은 50년대 전후 작가들이 한글로 작품을 창작하게 되면서 겪게 되는 혼란과 연결시켜 생각해 본다면 좋은 결과를 얻을 수 있을 가능성이 있다. 대개의 전후 작가들이 한글을 구사하는데 있어 곤란을 겪었다는 것은 주지의 사실이다. 또한 해방은 되었지만, 그들이 살아온 식민지 시대의 영향이 있으며 해방의 기쁨도 잠시 다시 거대한 근대적 폭력인 전쟁의 한가운데 놓인 작가들이 자신의 사상을 온전히 작품에서 표출하는 일은 쉬운 일이 아니었을 것이다. 이런 점들을 감안한다면 전후 작가

---

12) 고모리 요이치 저, 앞의 책, pp.13~16.

의 작품 구조 내에서 공통된 특징을 발견할 수 있으리라 생각한다. 앞으로 오상원 소설에서 적용시켰던 '가상'을 전후 작가들의 작품에 폭넓게 적용하고, 또한 탈식민주의적인 시각에서 보다 정밀한 분석을 시도할 것이다.

■ 참고 문헌은 각주로 대신한다.

메타픽션과 문학적 아나키즘
―「알몸과 육성」 연구―

최명숙

1. 들어가며

1990년대에 활발한 활동을 보였던 작가들은 정석적인 반영론이나 메시지의 명징성을 작품 쓰기의 긴요한 잣대로 수긍하지 않은 경우가 많다. 문학지형의 요동이라고 할 수 있는 창작 성향의 변화는 사회적 환경이나 작가의식의 양면에 걸쳐 예전과 상이해진 조건을 수용한 결과라고 볼 수 있다. 그러나 당시의 불확정적이고, 불확실한 시대적 상황을 무엇으로도 해석할 수 없었으므로 예술 전반에 나타나고 있는 포스트모더니즘의 수용이 당연시되었는지도 모른다.

포스트모더니즘은 후기 산업사회의 탈 일상성과 비정론성을 매개로 하여 정제된 논리로 확정할 수 없을 만큼, 파편화되고 혼란해진 가치관을 그대로 작품에 드러내는 방식이 낯설지 않게 되었다. 김성곤·김욱동·

* 경원대학교 국어국문학과 강사

권택영·김성기 등의 논자들에 의한 이론 소개와, 세기말적 징후를 소설에 도입한 이인성·최수철·김수경·장정일 등의 작품을 대표적인 사례로 들 수 있겠다.

문학을 문학답게 하는 것은 문학이 가진 다양성 때문이라고 할 수 있다. 우리 사회의 변별적 조건들에 대해 독창적인 음색으로 소설적 발화 행위를 한 작품 가운데 최수철의 작품을 거론할 수 있다. 그의 작품『고래 뱃속』에서는 고립된 존재 자아의 운동 범주를 확장하면서, 현대 사회의 소외의식을 미세한 움직임으로 드러낸다. 그리고 스토리를 배제하는 언어의 아나키즘적 유격 전술을 통하여 사회의 구조적 모순과 대비된 개인의 고통을 부각한다. 내면화된 폭력의 모습에 천착한「신문과 신문지」, 일상적 삶의 마디마디에 맺혀 있는 상투적, 제도적 억압의 의미를 의식의 흐름을 통해 추적한「어느 무정부주의자의 하루」,「어느 무정부주의자의 짧은 나날들」,「어느 무정부주의자의 사랑」등 일련의 연작은 큰 범주 안에서는 모두 동일한 독법으로 읽을 수 있는 작품들이다.[1]

한편의 소설을 읽으면서 우리 자신의 모습이나 우리가 처한 현실을 이해하려는 습관에 익숙해 있는 독자들에게 최수철의 작품들은 우선 낯설게 느껴진다. 제목도 낯설뿐더러 제목 속에 담겨 있는 의미도 낯설다.「알몸과 육성」이라는 제목에 대한 설명을 작품 속에서 발견하는 것도 사실은 낯설다.

본고에서는 최수철의「알몸과 육성」을 분석하면서, 그의 독특한 서술 방식과 그 서술방식에 스며있는 종래의 소설과 다른 변별성을 살필 것이다. 그것을 통하여 작가는 독자를 작품 속에 어떻게 끌어들이고 있으며, 플롯의 진행과 자아반영적 글쓰기를 통해 메타픽션으로서의 서술방식이 어떻게 나타나고 있는지 알 수 있을 것이다. 그리고 작가가 정작 말하고 자 하는 것이 무엇인지 알아 볼 것이다.

---

1) 김종회,『문학과 전환기의 시대정신』, 민음사, 1997, p.51.

2. 메타픽션으로서의 서술방식

　포스트모더니즘 소설에서 언어의 자기 지시적 성격은 메타픽션적 글쓰기에서 확연히 드러난다. 메타픽션은 포스트 모더니즘 소설의 한 양상으로 틀과 틀의 파괴, 기법과 반기법, 환상의 구성과 해체를 보여주면서, 픽션의 확정된 의미가 아니라 픽션의 허구성을 탐색하고 픽션의 자아 반영성을 보여준다. 그와 동시에 메타 픽션은 픽션 내부 세계와 외부 세계 사이의 관련성을 탐색한다. 따라서 텍스트는 그 의미가 불안정하고 불확정적이며 자의식적이다.[2]

　자기 반영성을 가진 메타픽션이 핵심적인 지배소로 등장하게 된 것은 포스트모더니즘에 이르러서이다. 리얼리즘이 객관적인 외부 현실을 반영하는데 관심이 있다면, 포스트모더니즘은 주로 자기 반영성에 관심이 있다. 쉽게 말한다면 자기 반영적 소설은 그것이 창작되는 과정 그 자체를 중요한 주제로 다루는 소설이다. 그리고 자기 반영성을 강조하는 유형의 소설을 메타픽션이라고 부른다.[3] 다시 말하면 소설 자체의 형식적 조건과 관습을 반성하고 소설의 이론을 탐구하는 자의식적 경향의 소설이다.

　「알몸과 육성」을 면밀히 읽다보면 종래의 서술방식과 다른 점을 발견하게 된다. 소설가 소설인 이 작품에서 작가 스스로가 주인공이 될 뿐 아니라, 작가가 독자들을 독특한 언술로써 작품 속으로 끌어들인다. 지금까지의 소설에서 중요한 것은 사건을 끌어가고 갈등을 해결해 가며 주제를 드러내는 인물 창조에 있었다고 해도 과언이 아니다. 신은 세계를 창조했지만, 작품의 성격을 창조하는 것은 작가라고 했듯이 소설에서 인물 창조는 중요한 요소 중의 하나이다. 그러나 이 작품에서 인물의 성격 창조는 거의 발견할 수 없다.

　또한 소설의 요소 중에 빼놓을 수 없는 것이 플롯이다. 인과성과 개연

---

2) 강병로, 「포스트모더니즘소설의 언어특징」, 부산대 석사논문, 1991.
3) 김욱동, 『모더니즘과 포스트모더니즘』, 현암사, 1992. pp.214~215 참조.

성, 필연성을 매개로 한 얽어 짜기는 소설을 구성하는 중요한 요소인데, 이 작품에서는 발견되지 않는다. 언술 방식에 있어서도 보여주기보다는 말하기 수법을 사용하고 있다.

자의식적 서술 기법이 두드러지는 메타픽션의 등장은 모방론의 한계와 그 극복을 위한 하나의 수단으로 보인다. 20세기 후반의 포스트모더니즘 소설의 경우 작가 스스로 소설이란 허구적 구조물임을 드러내 보임으로 써 예술의 유희성을 극대화한다. 이런 시각에서 보면 포스트모더니즘 소설은 반사실주의, 반모방의 속성을 지닌다. 기존의 소설 형식이 인간 삶의 경험 세계를 형상화하는 데 좀더 실재와 일치를 추구하려는 모방충동의 표현이라면, 포스트모더니즘 소설은 우리의 현실 세계와 다른 세계를 그려낸다고 볼 수 있다.

포스트모더니즘 소설가들은 작가의 주관과 편견을 은닉하지 않으며 작품이 작가에 의해 꾸며진 허구라는 사실을 그대로 드러낸다. 전통적이고 사실적이며 잘 짜여진 소설 형식과 같은 기존의 미학 형식의 허구성을 드러내고, 불확실하고 모호한 분위기와 미완의 결말 그리고 의미의 공백 등을 통해서 독자의 적극적 참여를 유도한다. 저자와 화자 또 그리고 독자가 함께 어우러져 작품의 역동적 의미를 창조하는 것을 지향한다.[4]

1) 독자의 부상과 인물 창조의 변화

「알몸과 육성」에서 주목되는 것은 독자가 작품 속으로 들어오게 된다는 것이다. 작가의 독특한 언술 행위를 통하여 독자는 본인도 모르는 사이에 작품 내로 들어와 있는 것을 발견한다. 수동적인 정보 수신이라는 소비차원에서, 의미의 생산자인 능동적인 독자로 변화시킨다. 즉 독자에게 다양한 의미 생성을 제공해서 열린 세계를 지향한다. 이런 점에서 적

---

4) 박병주, 「포스트모더니즘 소설의 서술 방식 연구」, 경희대 박사논문, 1991, p.8.

극적 독자를 인식하게 된다.

바흐찐은 독자의 역할이 중시되는 이유를 이렇게 말한다.

첫째, 독자는 문학 작품과 그것이 다루고 있는 실제 세계 사이에 일종의 교량역할을 담당하기 때문이다.

둘째, 화자와 청자, 저자와 독자 사이에는 매우 밀접한 대화적 관련성이 존재하기 때문이다.

바흐찐의 다성성 이론은 단순히 저자와 작중인물의 관계에 그치지 않고 텍스트와 독자의 관계하고도 관련된다.

기존의 전통소설에서 성격 창조의 중요성은 빼놓을 수 없는 요소이다. 그러나 이 작품에서는 인물이나 사건의 현실성이 약화되었다. 포스트모더니즘 소설에서 성격창조란 심리적 특질을 보이는 실존적 인물이기보다는 언어나 담론으로 존재해서 흔적으로 남는다. 유형화된 인물형을 만나기 어려울뿐더러 「알몸과 육성」에서는 언어로만 서술 될 뿐 인물의 성격이 전혀 드러나지 않는다.[5] 이처럼 소설 속의 인물이 대개 절대적 주체가 해체되고 담론으로 존재하므로 실루엣처럼 흐릿하게 윤곽만 남을 뿐이다.

「알몸과 육성」은 중간 중간에 독자를 의식하고 작품 내로 끌어들이는 주인공으로서의 작가를 만나게 된다.

> 여기까지 읽고 났을 때 주의 깊은 독자라면—이런 말투가 지니는 약간의 오만함을 용서하시길—여지껏 내가 장차 계속하여 주워섬겨 댈 장황한 말들에 대한 틀이라거나 장치를 마련하고자 한 것임을 짐작할 수 있을 것이다. 어쩌면 나는 벌써부터 지루함을 참고 인내심을 발휘하여 이 글을 읽고 있는 독자에게, 이제 곧 그들이 원하는, 그들을 편안하게 해줄 것이라 사건이 등장하게 될 터이니 조금만 더 버텨 달라고 부탁을 하려는 것인지도 모른다. ……중략…… 나는 이런 식으로 북 치고 장구까지 치는 것을 좋아하는 것이다. 물론 이 말은 독자들이 그저 귓등으로 흘려버리기를 바랄 뿐이지만.
> 그리하여 독자들은 짐작하다시피, 나는 내 나름대로 그들의 신경을 지나

---

5) 박병주, 앞의 논문, p.158.

칠 정도로 과격하게 건드리지 않고자 노력하고 있는 중이다. 이는 나의 진심
이다.
―「알몸과 육성」 p.20, p.21 중에서

이렇게 작가는 흐트러진 독자의 시선을 끌어당긴다. 이러한 수법은 작
품의 중간 중간에 끊임없이 나타난다. 자칫 지루해지거나 흥미를 잃을
수밖에 없는 소설 양식인데도 꾸준히 읽히는 것은, 바로 이러한 언술 행
위가 한 몫을 차지하고 있다고 볼 수 있다.

때로는 새로운 글쓰기의 주인공은 독자가 되기도 한다. 독자를 이미
소설 속의 중요한 하나의 인물로 만들어 버린다.

> 내 소설을 읽는 어떤 독자가 짐짓 무심함을 꾸미며 내게 지적한 사항이
> 하나 더 있다. 그는 내가 지나치게 독자들의 존재를 의식한다고 말했다.
> ……중략…… 독자는 이미 이 소설 속의 중요한 하나의 인물이기 때문이다.
> 이야기를 만드는 자가 이야기 속의 인물에 대해 온갖 배려를 다한다는 것은
> 지극히 자연스러운 일인 것이 아닌가! 단지 한 가지 덧붙여야 할 점은, 그
> 독자라는 인물이 두 겹의, 아니 그보다는, 이를테면 양면거울 같은 것이어서
> 이 소설 속의 공간과 그 밖의 공간을 동시에 점유하고 있다는 사실이다.
> ―「알몸과 육성」 p.79에서

이처럼 화자는 상실되고 독자에게 넘겨진 정보를 통해 독자 스스로 판
단하게 하는 서술법 등은 불확실성과 결정 불가능성의 세계에 대해 대응
할 가치 중립성을 갖는다고 평가한다.[6]

장르의 개념을 무력화하면서 두드러진 것은 소설 속에 현실적인 사건
이나 자료를 문학적 여과 없이 수용하는 일뿐 아니라, 작가 자신이 직접
소설의 스토리를 간섭하거나 개입하는 방식이 빈번하게 나타나는 것이다.

---

6) 김종회, 앞의 책, p.33.

나는 소설 쓰기 자체를 소재 혹은 주제로 삼아서 이 소설을 쓰고 있다. 따라서 엄밀하게 말하자면 지금 당신과 내가 나의 소설에 대하여 이야기를 나누는 것 역시 방사상으로 뻗어나가는 소설 쓰기의 연장선들 중, 그 어느 하나의 위에 정확히 자리하고 있는 것이라고 할 수 있다.

—「알몸과 육성」 p.73에서

작가는 스스로 주인공이 되어서 독자에게 열린 마음으로 소설 읽기에 임해줄 것을 요구하기도 한다. 「알몸과 육성」에 등장하는 인물은 유형적인 인물도 아니고 작품에 영향력을 미치는 인물도 아니다. 즉 이 작품에 등장하는 집 앞에 있는 문방구의 두 아가씨는 작품에 아무런 영향을 미치지 못한다. 그 두 인물의 성격이 드러나는 것도 아니고, 사건을 끌어가는 주동적 인물도 아니다. 단지 있는 듯 마는 듯한 실루엣처럼 흐릿한 인물일 뿐이다. 그런데도 작가는 이 두 인물을 소설에 등장시킨 것에 필요이상의 예민함을 보인다. 매스컴이 폭력을 가하는 것처럼 간단한 문제가 아니라고 하면서 난감해하지만, 그 너머로 행복감을 맛본다.

주인공은 소설가 자신이면서 또 타자화 된 인물이기도 하다. 소설가일 수도 있고, 소설 속의 등장 인물일 수도 있는 것이다.

조금 전에 나는 따옴표 속에서 다른 사람의 가면을 얼굴에 뒤집어쓰려고 하였으나, 이번에는 그럴 필요도 없이 바로 그 어떤 사람은 소설 속의 ‘나’라는 일인칭 대면서 속에서 나 자신과 하나가 될 것이며, 그 이전까지 존재하고 있던 나는 새로운 소설 속에서 ‘그’와 일체가 될 수 있을 것이다. 그리하여 나는 이 소설의 틀 속에서 나를 대하듯 그와 만날 수 있고, 그를 통하여 나를 발견할 수 있을 터이다. 이때 그가 소설가가 되고 나는 소설 속의 인물이 될 수 있으며, 반대로 나는 여전히 소설가인 채로 남아 있고, 오히려 그가 소설 속의 인물이 될 수도 있다. 이것이야말로 진정한 의미에서 소설가와 등장 인물 사이의 관계인 것이 아닐까?

—「알몸과 육성」 p.126에서

2) 플롯의 진행방식과 자아반영

이 작품에서 플롯의 진행방식은 몹시 불연속적이다. 모두 9장으로 되어 있는 「알몸과 육성」은, 어디서 시작하여 읽어도 사실상 무리가 없다. 이 작품의 내용을 이해하는 데에도 전혀 방해를 받지 않는다. 작품 어디에도 사실상 중점을 두고 있지 않다. 그리고 플롯의 기본형식을 따르고 있지 않으며 따를 필요도 없는 것처럼 보인다. 그것은 기존의 소설쓰기 방식과 다르기 때문이다. 발단-전개-위기-절정-대단원이라는 일반적인 플롯의 기본형을 여기에서는 발견할 수 없다.

인과관계의 서술이 지향하는 일관성, 연속성, 목적성에서 철저하게 벗어나 있으며, 내용요소보다 표현요소가 더 강조된다. 가끔 에피소드가 끼어 들기도 하지만, 그것이 작품에 미치는 영향은 아주 미약하며 인과관계 역시 무시되고 불연속적으로 삽입돼 있다.

각 장마다 약간의 특성을 갖고 있기는 하다. 그러나 그것이 연대기적으로 서술된 것도 아니고, 사건의 흐름을 따라가는 것도 아니다. 파편화된 단상들과 이미지 그리고 역설 등이 주류를 이루면서 질서가 없는 듯한 느낌마저 주지만, 행간의 너머에서 읽히는 보이지 않는 질서를 놓칠 수는 없다.

기존의 소설 양식을 파기한 실험적 글쓰기를 한다.

> 다른 소설들이 이원성에서 일원성으로 나아간다고 한다면, 나의 소설은 애초부터 전적인 일원성을 고집한다. 적어도 내 의도상으로는 그러하다. 그러한 나름의 새로운 의도를 지니고 있기 때문에, 나는 다분히 진부한 이런 류의 소위 형식 실험적인 소설쓰기 방식을 별 거리낌없이, 어떤 면에서는 약간의 용기를 가지고 택할 수 있었던 것이다. 일반적으로 사람들은 소설 속에서의 소설 쓰기가 다른 모험 이야기를 싣고 있는 일종의 나는 양탄자 같은 것으로 생각한다. 하지만 나는 그런 식으로 넓어지고 깊어지기를 바라지 않는다.
>
> —「알몸과 육성」 p.76에서

이 작품은 모두 9장으로 되어 있다.

1장의 서두에 소설가가 쓴 소설, 소설가소설이라는 것을 밝히고 있다. 이것은 기존의 소설방식을 이미 깨고 있는 것이다. 소설가소설이란 소설가가 자신을 주인공이나 화자로 내세운다. 그리고 소설가의 세계관이나 소설쓰기 자체에 대한 고뇌 등을 솔직하게 드러내는 소설이다.

2장에서는 제목과 관련하여 글쓰기의 자족성과 동시에 비극적 성격을 구성의 무작위성이나 관능적인 행위를 통해 나타내고 있으며, 3장에서는 글 쓰는 방식에 대한 공개적 반성을 한다. 그것은 표피적인 글쓰기에 대한 반성이며 독자와 소설간의 소통문제이며 미메시스에서 벗어나지 못하는 소설가의 자성이기도 하다.

4장은 유리에 비치는 자기의 모습을 통해 현존재에 대한 회의를 나타내며, 결말문제에 대한 독자의 의견을 촉구하는데, 이것은 자기모순과 기만에 대한 회의이기도 하다.

5장에서는 정직한 글쓰기에 대한 작가의 의견을 이야기하고, 6장에서는 소설을 아구찜에 비유하여 설명하고 있다. 즉 아구라는 물고기는 쓸모 없는 것으로 간주되어 사람들에게 괄시를 받았는데, 그 식용가치가 인정되어 사람들에게 각광을 받게 된 것처럼, 소설도 처음에는 실용가치를 인정받지 못하다가 그 가치를 이제는 인정받게 되었다는 것이다.

7장에서 소설은 자유로운 공간 속에서 나를 비추이는 거울이라고 말한다. 독자에게 많은 여백을 줘야하며 독자에게 능동적으로 다가가기를 바란다. 성의 문제와 연결하여 작품에 대한 독자의 반응문제까지 생각해보게 한다.

8장에서는 이상적 독자에 대한 두려움을, 9장에서는 무정부주의자로서의 의미와 문학적 무정부주의가 무엇인지 말하고 있다.

「알몸과 육성」은 허구와 현실을 구분할 수 없는 이 시대에서 글쓰기가 어떻게 돼야 하는가에 대한 사유와 이제까지의 글쓰기에 대한 회의와 반성을 함으로써 독자들에게도 반성할 수 있게 한다. 결국 여기서 말하고자 하는 문학적 무정부주의라는 것은, 기존의 형식이나 모든 것을 떠나 글쓰기 자체의 자유를 원하는 작가의 의도를 나타내고 있다.

단 하나의 재현이 불가능하다는 반사실주의, 소설에 관한 소설인 메타픽션의 정치성은 언어와 이념의 절대성에 대한 반성을 통해 다양한 재현들이 가능하다는 다원화의 시작이었다.

인물의 독백이 사라지고 작가가 전면에 나서서 설명하고 요약한다. 3인칭 객관 서술 속에서 작가는 '나'로 등장하여 인물들이 자신의 마음에서 나온 메타포일 뿐 객관현실의 반영이 아니라고 한다. 그리고 저자가 전면으로 나타나는데, 인물의 독백을 제치고 자신이 몽땅 설명하고 요약하는 것은 역설적이게도 모두 자기 이야기일 뿐이라 하여 저자의 권위를 포기하고 서술자로 지위를 낮춘다.

'소설가 소설'은 하나의 유형이기 이전에 우리 시대의 글쓰기의 지평이 보이는 흔적이다. 소설가 소설은 두 가지 형태가 있다. 첫째 예술가의 투혼을 그리는 과정에서 선택된 소재적인 의미를 지닌 소설과, 둘째 소설가의 자의식을 보다 분명하게 드러내서 소설 쓰기의 의미를 묻는 경우가 있다.

「알몸과 육성」은 소설가의 자의식을 보다 분명하게 드러내서 소설 쓰기의 의미를 묻는 경우에 해당한다.

> 그런데 지금 나는 말을 하고 있는 것인가. 글을 쓰고 있는 것인가. 그도 저도 아니면 타자를 치고 있는 것인가. 나는 반복을 피하기 위해 그 세 가지 표현을 적절하게 섞어 쓰고 있다. 아닌 문장상의 균형감각도 아니고 그 아무 것도 아니다. 그저 습관적인 기술일 뿐이다. 대체 나는 언제나 이런 관성적인 글쓰기로부터 자유로워질 수 있다는 말인. 그건 그렇고 정말 나는 말을 하고 있는가, 글을 쓰고 있는가, 타자를 치고 있는가. 나는 입을 굳게 다물고 있다. 담배조차 물고 있지 않다. 그렇다면 나는 말하듯이 글을 써서 타자기로 옮기고 있는 것인가. 아니면 타자를 치기 위해 말을 글로 옮기는 작업을 하고 있는 것인가. 어느 것이 먼저인가.
>
> — 「알몸과 육성」 p.32에서

무심하게 이미 종이 위에 찍혀져 있는 글자를 보면서 그것들을 시간의 파편이나 시체처럼 여겨져 섬뜩함을 느끼기도 한다. 이러한 자의식적 글쓰기는 이 작품의 전반에 면면히 흐르고 있다.

<blockquote>
그런데 분명 나는 소설가치고는 다분히 단도직입적이다. 어떤 사람들은 나의 그런 성향이 내가 너무 욕심을 많이 가지고 있는 탓으로 보기도 하는 모양이지만 나는 그렇게 생각하지는 않는다. 욕심보다는 오히려, 이렇듯 내가 소설을 쓰고 있는 것이 내가 믿고 싶은 만큼 그렇게 의미 있는 작업인 것이 아닐지도 모른다는 순간순간의 불안감 때문이라고 해야할 듯하다.

－알몸과 육성」 p.190에서
</blockquote>

작가는 "치밀함이라거나, 그럴 듯한, 혹은 의미심장함 등등의 미덕을 갖추기 위해 현실과 언어와 문학 등등의 것들이 주렁주렁 매달려 있는 줄 위에서 교묘한 줄타기를 하고 있다"고 말하고 있다.

또한 "쓰고 싶은 것을 쓰는 것이 아니라 써야하는 것을 쓰고 있다"고 하며 "작가가 됨으로써 글 쓰는 방식에 있어서 쓸 수 있는 것보다는 쓰지 못하는 것을 더 많이 얻게 되고 만 것"이라고 한다.

작가의 자의식은 삼인칭 대명사 속에 '나'를 숨기고 싶어한다. 자신이 아닌 또 다른 나인 주인공을 내세워 나를 은폐하고자 한다. 그러면서 소설가로서의 나의 실제적이고 구체적인 죽음을 의식한다. 그리고 소설을 다 완성하기도 전에 죽을까봐 걱정하는 부조리한 면을 보인다. 그의 자의식은 급기야 소설가로서의 내가 글 속에서 산산이 해체될지도 모른다고 생각한다.

<blockquote>
나는 지금으로서는 갓난아이나 벌레의 유충처럼 조금씩 몸을 움찔거려 보는 일부터 새로이 시작해야 할 것이다. 그러다가 팔다리를 흔들어 보고, 몸을 뒤집어서 기고, 그리고 한참 후에야 일어서서 처음으로 걸음을 떼어놓듯 조심스럽게 다시 걷기 시작해야 할 것이다. 그렇지 않으면 이 글을 쓰는 소설가로서의 나는 바로 이 순간 이 글 속에서 산산이 해체되어 버리고 말지
</blockquote>

도 모르는 것이다.

여하튼 그런 정황으로 인하여 나의 자의식을 마치 내 몸이 밖에서부터 여러 개의 칼을 꽂아 넣은 통 속에 들어 있는 듯이 인식하고 있었고, 그래서 나는 이번에 이 글을 쓰는 일을 놓고서 신중하고 심각하게 생각을 해본 것이다.

—「알몸과 육성」 p.146에서

3. 상호텍스트성

포스트모더니즘과 관련하여 상호텍스트성이라는 개념이 처음으로 도입된 것은 1960년대 프랑스의 줄리아 크리스테바에 의해서이다. 가장 넓은 의미에서 상호텍스트성은 텍스트와 텍스트, 주체와 주체 사이에서 일어나는 모든 지식의 총체를 가리킨다. 이 경우 주어진 텍스트는 단순히 다른 문학 텍스트뿐만 아니라 다른 기호 체계, 더 나아가서는 물화 일반까지 포함한다.

상호텍스트성을 시와 소설, 그리고 희곡 등 모든 문학 장르에 걸쳐 폭넓게 나타나는 현상이지만 특히 두드러지게 나타나는 장르는 역시 소설이다. 바흐쩐의 말처럼 소설은 대화적인 특성이 가장 강하게 나타나는 장르이기 때문이다.

일반적으로 말해서 상호텍스트성은 주어진 어느 한 텍스트가 다른 텍스트와 맺고 있는 상호관계를 의미하지만 그 개념은 사실상 매우 넓다. 가장 제한된 의미에서 보더라도 상호텍스트성은 주어진 텍스트 안에 다른 텍스트가 인용문이나 언급의 형태를 통하여 명시적으로 드러나 있는 현상을 말한다. 어느 정도의 문학적 지식을 갖고 있는 독자들이라면 누구나 다 쉽게 주어진 텍스트가 어떤 텍스트에 의존하고 있는지 곧 알아차릴 수 있다. 이 경우 상호텍스트성에 대한 연구는 주로 이러한 인용문이나 언급을 분석함으로써 이루어진다.

위에서 거론했듯이 보다 넓은 의미에서 상호텍스트성은 텍스트와 텍스트, 주체와 주체 사이에 일어나는 모든 지식의 총체를 가리킨다. 이 경우 주어진 텍스트는 단순히 다른 문학 텍스트들을 포함할 뿐만 아니라 더 나아가 다른 기호체계를 포함한다. 크리스테바는 바로 이러한 관점에서 상호 텍스트성을 파악한 이론가이다.

「알몸과 육성」에서 상호텍스트성을 발견할 수 있는 것 또한 흥미로운 일이다. 소설의 제목을 정하는데 먼저 작가는 셰익스피어의 「소설가 길들이기」를 떠올린다. "「소설가 길들이기」는 셰익스피어가 자신의 희곡에 붙인 이름"인데 흉내내고 있는 것이 꺼림칙했다고 서술한다. 그러면서도 작가는 그 제목을 실제로 소설의 첫머리에 써넣기까지 했다. 물론 마음이 변해서 금세 지워버렸다.

그때 우리는 그러한 소설의 한 예로써 도스토예프스키의 『지하 생활자의 수기』를 거론했었다. 내 개인적으로는 도스토예프스키의 그 소설에 대해 그다지 큰 호감을 가지고 있지는 않았지만, 나 역시 그 소설 앞부분의 형식에만은 깊이 매료되어 있었던 터여서 우리는 쉽게 의견의 일치를 볼 수 있었다. 그는 곧 이어 몇 마디 말을 덧붙였는데, 그에 의하면 내 소설의 곳곳에서도 그러한 성향이 엿보이고 있으며 단지 그것이 본격적으로 시도되지 않고 있는 것일 뿐인 듯하다는 것이었다.

「알몸과 육성」은 지나치게 딱딱하고 설명적인 어감을 주고 있다는 점이 마음에 걸렸다. 나는 오랫동안 망설였다. 그러다가 처음에는 「소설가 길들이기」라는 제목을 선택하여 실제로 소설의 첫머리에 써넣기까지 하였다. 그러나 곧 마음이 변해버렸다. 나는 이미 써넣은 글귀를 수정액으로 지웠다. 그리고는 한동안 방안을 서성이다가 어느 순간 갑자기 의자에 주저앉아 아무 생각 없이 서둘러 타자를 눌러댔다.

—「알몸과 육성」 p.27, p.41에서

도스토예프스키의 『지하 생활자의 수기』도 인용하고 있다. 그 책을 들고 펼쳐보면서 밑줄이 그어진 한 문장을 작품에 옮겨 적는다. "도대체 자의식이 발달한 인간이 어찌 자기를 존경할 수 있겠는가?"

두 번째 글을 마치면서 작가는 "전체 속에서의 짧은 완결은 그때그때마다 내게 죽음을 연상시킨다"라고 하면서 세헤라자데는 죽음의 순간을 지연시키려고 이야기를 멈추었으나 작가는 이야기의 중단에서 죽음의 극히 본질적인 면을 경험한다.

이 외에도 로버트 프로스트의 시 「눈오는 저녁 숲가에 서서」라는 시를 인용하고 있으며 랭보가 베를랜느에게 보낸 편지들 중에 랭보 스스로가 욕설을 퍼붓는 구절을 인용한다. 비단 텍스트만의 인용이 아니라 영화를 인용하는 것도 눈에 띈다. 「로빈슨가의 모험」이다.

> 그 영화의 제목은 「로빈슨 가의 모험」이었는데, 로빈슨 크루소를 연상시키는 이름을 가진 로빈슨 일가가 바다를 항해하던 중에 그 배가 난파당하여 표류하다가 구사일생으로 무인도에 도착하는 것에서부터 영화가 시작된다.
> —「알몸과 육성」 p.214

영화에 대한 이야기는 길게 작품 속에 들어가서 계속되고 있다. 또 "샤르트르식으로 말해서 '나는 무정부주의는 그 무엇인가에 대한 무정부주의이다'라는 점을 의식하는 것이다."라고 결말에 제목과 연관지어서 말하고 있다. 이처럼 다른 텍스트에서 언급되는 것을 인용하는 좁은 의미와 광의적인 의미도 있다.

4. 언어 중심적 글쓰기

1) 말해주기 수법

포스트모더니즘 소설의 서술방식 가운데 하나는 화자의 말해주기 수법이 부활된다는 것이다. 모더니즘 소설이 실재 환상으로 저자의 조정을 감추기 위해서 보여주기 수법의 강조를 보이지만, 포스트모더니즘 소설은 저자의 조정을 드러내기 위해서 말해주기 수법이 강조된다. 이것은 언어와 실재 사이의 관계가 불확정성의 관계에 있다할지라도 저자와 독자사이의 의사소통을 방해할 수 없다는 사실을 말하는 것이다.

예를 들면 등장인물의 내면묘사에 있어서 의식의 흐름 수법이 사라지고 화자에 의한 심리서술, 또는 화자의 간접묘사와 등장인물의 사상을 합친 자유간접기법의 사용이 두드러진다. 의식의 흐름 수법은 서사의 흐름 수법으로 전환된다. 이러한 현상은 화자의 말해주기 수법은 모더니즘의 비개성서술로 인한 모호성을 극복하고 있지만, 불확정성을 상정한다는 점에서 독자의 참여를 요구한다. 따라서 포스트모더니즘 소설에서 보이는 난해성은 모호성에 있다기보다는 의미의 열림을 상정하는 불확정성에 있다고 볼 수 있다.[7]

「알몸과 육성」은 처음부터 끝까지 보여주기 수법이 아니라 말해주기 수법으로 서술되고 있다. 작가가 소설가라는 것으로 시작되는 서두 부분을 보더라도 소설가로서의 고뇌와 번민을 심리적 내면 묘사로 드러내지 않고, 설명하고 있다.

두말할 나위 없이 나는 소설가이다. 나라는 사람이 곧 소설가라는 것이 아니라, 적어도 지금 이 자리에서만은 그렇다는 것이다. 그래서 지금부터 나는 이 글이 한 사람의 소설가에 의해 쓰여지고 있는 한 편의 창작물이라는 점을 정직하게 인정하고서 이 글을 출발시키고자 한다. 하여 이 글은 기존의

---

7) 박병주, 앞의 논문, p.161.

소설들과 많은 다른 점을 가질 것이지만, 그러나 그럼에도 불구하고 이 글은 분명히 소설이다. 왜냐하면 우선 이 글을 쓰고 있는 내가 소설가이기 때문이며, 게다가 소설가로서의 내가 지금 소설을 쓰고 있는 것이라고 굳게 믿어 추호도 의심치 않고 있기 때문이기도 하다.

―「알몸과 육성」 p.15에서

어찌 보면 말장난에 그치는 것 같은 이 서두는 이 소설이 종래의 여느 소설과 다르다는 것을 곧 발견하게 된다. 묘사가 중심이 되는 것이 아니라 설명하기 즉 말해주기로 일관하고 있다. 그렇다고 해서 내면의 심리 상태를 나타내지 않는 것도 아니다. 말해주기 수법으로 담담하게 서술해 나가고 있기 때문에 인물의 내면을 심각하게 읽지 못하는 것뿐이다. 화자에 의한 심리서술은 「알몸과 육성」 전반에 걸쳐 분포돼 있다.

하지만 지금 나는 쉴 수가 없다. 지금 갑자기 오만 가지 생각이 머릿속을 넘나들어서 그것들을 재빨리 잡아 두지 않게 되면 아주 사라져 버릴지도 모르기 때문이다. 나는 조금 후에 써야 할 것이 미리 머리에 떠오르면 타자기 옆에 놓여져 있는 메모지에 그것을 기록해 두는 습관을 가지고 있다. 그러나 지금은 왠지 그러고 싶지도 않다.

―「알몸과 육성」 p.31에서

보여주기 수법을 통해서 내밀한 것을 더듬어 알게 하는 묘사의 묘미를 이 작품에서는 발견하기 어렵다. 그것은 말해주기 수법으로 서술하고 있기 때문이다. 서두부터 시작된 이러한 수법을 결말까지도 계속된다.

나는 내가 처음 이 소설을 시작하게 될 때부터 글을 쓰는 바로 그 순간 순간에도 마음 한 구석으로는 조금은 성급하고 엉뚱하게도 이 소설이 끝나게 된 후에는 새로이 어떤 것을 쓰게 될까 하는 것에 항상 의구심 섞인 궁금함을 느껴왔던 것입니다. 그런 의미에서라도 다시금 반복하여 고백하건대, 우리 피차 아직 여전히 서로에 대해 개인적인 애정을 가지고 있지 못하고 있는 처지에, 독자들이여, 나는 당신을 사랑합니다.

―「알몸과 육성」 p.276에서

2) 언어의 유희성과 복수결말 구조

포스트모더니즘 소설에서 언어의 유희성은 항상 언어와 사물의 자의적인 관계와 리얼리티가 어떻게 구성되어 있는가 라는 문제를 전면에 드러낸다. 「알몸과 육성」에서 역시 언어의 유희성을 놓칠 수 없는 부분이다. "말이 헛 나가서 '관용적'이란 단어를 '관능적'이라고 발음"함으로써 작가가 생각하는 '관능적'인 것에 대한 이야기를 한다. 그 관능적이란 단어를 가지고 「알몸과 육성」, 즉 제목에 대하여 설명해준다. 이렇게 하는 것이 그는 "견강부회, 혹은 둘러댐, 가져다 붙이기"의 오류를 범하고 있다고 스스로 말한다.

> 어찌 되었든, 이후로 나는 소설 쓰기가 가지는 관능성을 소설화시키려는 모색을 암암리에 수행해 왔으며, 그러한 나의 의도가 지금 소설 쓰는 과정 자체를 소설화하는 이 글 속에 반영되고 있는 것이다. 그렇게 보자면, 이 글이 가지고 있는 「알몸과 육성」이라는 제목은 훨씬 시사하는 바가 크다고 하겠다. 하지만 아무리 이 소설이 형태 파괴적이라고 하더라도 소설가가 자신의 소설의 주제를 가지고 질질 끌며 논한다는 것은 어떤 면에서도 그리 바람직한 것이 아닐 것이다. 따라서 나는 적어도 당분간은 독자들이 글쓰기의 관능성을 추출할 수 있는 복선들을 깔아 나가는 것으로 만족하고자 한다.
>
> —「알몸과 육성」 p.49에서

> 이러한 나의 심정적인 경향은 앞으로 계속 이 소설 속에서 구체적으로 모습을 드러낼 것이며, 어쩌면 그것이 이 소설을 유지시키고 계속 진행되어 나아가게 할 주요한 요건들 중의 하나가 될 터이다. 그리고 보니, 아마 지금쯤 독자들도 눈치챘겠지만, 이 소설 속에는 온갖 역설들로 가득 차 있다. 그것은 의도적인 동시에, 또한 의도적이 아니다. 이것 역시 하나의 역설이다. 그리고 이 「알몸과 육성」이라는 소설 자체도 다른 소설들에 대해 역설적으로 존재한다.
>
> —「알몸과 육성」 p.127에서

작품 내에서 이렇게 단편적으로 찾는 것이 무색할 정도로 언어의 유희성은 곳곳에서 발견되고 있다. 포스트모더니즘 소설은 텍스트 속의 세계는 현실세계가 아니며 또 현실 세계에 대한 무엇을 말하는 것이 아니라 오히려 그 세계는 언어적 구성물이라는 사실을 보여준다. 즉 포스트모더니즘 소설이 묘사하고 있는 것은 리얼리티가 아니라 언어 그 자체이다. 동음이의어의 말장난도 일종의 메타포이다. 이 말장난 같은 동음이의어를 통해서 독자에게 언어의 다른 차원과 새로운 가능성을 보여주려는 것이다.

또한 위의 인용문에서 보듯 비슷한 발음의 말장난 등도 일종의 언어유희이다. 이처럼 포스트모더니즘 소설의 리얼리티는 현실세계와 관련된 것이 아니라, 언어의 자기 재현적 성격으로 인한 글쓰기의 결과라는 것을 알 수 있다.[8]

지금까지 쌓아온 담론을 마지막에 부정함으로써 해체시켜버리고 홀가분하고 가벼운 기분으로 인간의 자유로운 존립에 가치를 두는 결말구조는 이 작품에서 발견할 수 있는 또 하나의 묘미이다.

> 이제야 비로소 나는 자신 있게 말할 수 있다. 아마도 대부분의 작가들에게는 때로, 바로 이 생각에 도달하기 위하여, 혹은 이런 말을 쓸 수 있기 위하여 그동안 글을 써온 것이 아닐까 하는 깨달음을 줄 수 있는 구절을 얻고자 바라는 마음이 없지 않을 터인데, 내게 있어서 그것은 하나의 큰 글자로서의 '역접문장부사'이다. 말하자면 나는 '그러나'와 같은 그 한마디의 말을 통해 앞에서 내가 쓴 책 한 권을 완전히 부정해 버릴 수 있는 말을 원하는 것이다. 이때 '그러나'의 부정은 내가 앞에서 해놓은 일의 하중에서 자유로워져서 나로 하여금 그 하중을 벗어 던지게 하거나 혹은 그것을 가볍게 등에 짊어지고 내키는 방향으로 나아 갈 수 있도록 해준다. 내가 그동안 내게는 '왜 소설을 쓰는가'라는 질문이 중요하다고 말해 온 데에 있어서도 그 기저에는 그러한 역접 부사의 발상이 까려 있었던 것임을 새삼스럽게 말할 필요가 없을 터이다.

---

8) 강병로, 앞의 논문, p.34.

거기에 비해 '그리고'로 이어지는 이야기는 죽은 이야기이다. 하여 나는 심지어 가능하다면 그 한마디로 아직까지의 인류 문화 전반을 의심하고 부정할 수 있는 말을 찾을 수 있기를 바라고 있으며 나아가 그런 여건을 만들 수 있는 문맥상의 확립을 도모하고자 암암리에 노력하고 있는 것이다.

- 「알몸과 육성」 p.259에서

이 작품의 결말이 열린 구조로 되어 있는 것은 포스트모더니즘 소설의 서술방식이기도 하다. 작가는 "이 소설은 끝을 이루지 못한 채 끝이 나고 만다. 상투적으로 말하자면 미완성인 셈이다"라고 말하면서 열린 구조로 되어있음을 말한다. 이어서 "이 소설이 미완성이라면, 이 소설의 무게 중심은 소설 밖에 혹은 끝 너머로 그 이후의 어딘가에 존재할 것"을 아울러 말한다.

의미의 열림을 강조하기 위해서 복수 결말이나 순환 결말을 사용하는 것이 포스트모더니즘 소설의 경향이다. 다양한 결말을 제시해서 인간 삶의 상대성을 보여주거나 처음과 끝이 같은 순환 결말을 제시해서 의미의 확정을 방해한다. 여러 가지 방식의 이야기를 가능케 함으로써 즉 복수 결말을 사용해서 선택의 자유는 전적으로 독자에게 맡기는 것이다.

이러한 다층적 의미구조 전략은 획일적이며 고정적 질서 추구가 아니라 끊임없이 의미의 열림을 상정하는데 기여하는 것이다.

5. 나오며

「알몸과 육성」은 무엇보다 메타픽션으로서의 서술방식에서 발견되는 글쓰기 방법의 전환이다. 독자를 수동적인 역할 담당자가 아니라 능동적인 역할로 작품 속에 끌어들이는 방법, 인물 성격의 유형화 내지는 전형화가 이루어지지 않고, 인물이 서사물의 사건을 이끌어가거나 문제를 제기하는 드러나는 화자가 아니라는 것도 전통소설의 기법과 변별되는 것이었다.

　무엇보다 자의식적 글쓰기와 말해주기 수법, 상호텍스트성 등은 포스트모더니즘 소설의 특질을 잘 지니고 있는 요소들이다. 언어의 유희성과 소설의 결말구조 또한 놓칠 수 없는 포스트모더니즘의 특징이다. 최수철의 소설「알몸과 육성」에서 고찰할 수 있었던 이와 같은 요소들은 이 소설이 포스트모더니즘 소설과 깊이 맥이 닿아있다는 것을 확인할 수 있었다.

　20세기 후반에 접어들어서 잇달아 대두되었던 포스트모더니즘 소설은 더 이상 도덕적 교훈이나 이상적 사회 구현의 문제 또는 개인의 심리 문제를 깊이 있게 천착하는 일을 하지 않았다. 따라서 현존이나 본질을 제시하려는 노력은 자취를 감추었다. 린다 허천이 지적하듯이 인간의 정체성이란 이념을 초월해서 존재하는 일관된 본질의 개성체가 아니며 차이에 의해서 존재하는 유동적 자아이다. 포스트모더니즘 소설은 모더니즘 소설의 서술기법을 배척한다. 이러한 현상은 유희적 실험성이 매우 강한 자의식적, 자기 반영적 소설이라고 할 수 있는 '메타픽션'의 등장을 가져왔다.

　자의식 서술 기법이 두드러진 메타픽션의 등장은 모방론의 한계와 그 극복을 위한 하나의 수단으로 보인다. 즉, 언어의 현실재현 위기에 대한 대안으로써 소설이란 실재의 반영이 아니라 허구적 구조물이라는 것을 스스로 말한다.

　이 소설은 소설가소설로서 기존의 서술방식을 파괴하는 독특한 글쓰기를 하고 있다. 작가가 직접 작품 속으로 뛰어들어 등장인물로 움직이면서 독자를 끌어들이는 방식이나, 플롯 진행의 불연속성 등은 새로운 방법이란 것을 알 수 있었다. 이러한 일련의 방법들은 자아 반영적 글쓰기를 통해 독자를 부상시키고, 언어 중심적 글쓰기를 이끌어내며 독자와 작가와의 관계에 관심을 유도한다. 기존의 소설쓰기 방식에 얽매이지 않으며, 어느 것으로부터도 자유롭다. 작가가 관심을 갖는 것이라면, 자아 반영적 글쓰기를 통해 솔직하게 작가 자신을 드러내고, 그야말로 '알몸과 육성'으로 독자들과, 아니 세상과 맞서는 것으로 보인다. 이것이야말로 문학적 무정부주의가 아닌가.

참고 문헌

최수철, 『알몸과 육성』, 열음사, 1999.

강병로, ‘포스트모더니즘 소설의 언어특징’, 부산대 석사논문, 1991.

김욱동, 『모더니즘과 포스트 모더니즘』, 현암사, 1997.

──── , 『포스트모더니즘의 이론』, 민음사, 1997.

김종회, 『문학과 전환기의 시대정신』, 민음사, 1997.

박병주, ‘포스트모더니즘소설의 서술방식연구’, 경희대 박사논문, 1991.

백낙청, 『리얼리즘과 모더니즘』, 창작과비평사, 1995.

오생근, 『현실의 논리와 비평』, 문학과지성사, 1994.

우찬제, 『상처와 상징』, 민음사, 1994.

윤호병 외, 『후기 구조주의』, 고려원, 1992.

이선영 엮음, 『문예사조사』, 민음사, 1996.

이승훈, 『포스트모더니즘 시론』, 세계사, 1997.

이상섭, 『문학비평용어사전』, 민음사, 1996.

정정호·이소영 편, 『포스트모더니즘 개론』, 한신문화사, 1993.

정정호·강내희 편, 『포스트모더니즘론』, 도서출판 터, 1992.

퍼트리샤 워 저, 김상구 역, 『메타픽션』, 열음사, 1989.

한원균, 『일굼의 문학』, 청동거울, 1998.

한혜선 외, 『소설가소설 연구』, 국학자료원, 1999.

정치적 무의식과 소설 『냉귀지』

이을선

1. 머리말

후기 산업사회 또는 정보사회라 불리는 이 시대에 포스트모더니즘이란 무엇인가? 하는 문제는 문단과 학계의 각별한 관심의 대상이 되어왔다. 그럼에도 불구하고 '포스트모더니즘에 대한 정의를 내리는 것은 아직도 마치 모더니즘에 대한 정의를 내리는 것만큼이나 어렵고 막연한 것 같은 느낌을 준다. 그 이유는 모더니즘이나 포스트모더니즘이 금세기 사조여서 확연하게 정립, 정리 및 평가되지 않았기 때문이기도 하지만, 동시에 그것들이 어떤 단일한 통일성을 보여주고 있다기보다는 고도로 복합적이고 다원적인 특성을 띠고 있기 때문이기도 하다1). 포스트모더니즘에 대한 개념과 이론은 유럽에서 이미 1940년대를 전후하여 모더니즘에 대한

---

* 경원대학교 국어국문학과 박사과정
1) 김성곤, 『포스트모던 소설과 비평』, 열음사, 1993.

반발로 사용되기 시작하였으니, 상당한 역사를 지니고 있다고 할 수 있다.

그러나 한국에서 포스트모더니즘에 대한 관심은 80년대 이후 자본주의적 발전 단계가 이미 상당 수준에 올라 새로운 질적 변화의 단계에 들어서면서부터였다. 정보매체가 사회 구성의 중추를 이루는 테크놀리지가 급속도로 인간의 삶을 바꿔놓으면서 이분법적 사고는 다양성을 추구하도록 자극하였다. 그러나 문제는, 우리 사회가 그러한 판단이 쉽게 허용될 만큼 모범적인 자본주의적 발전 단계를 밟아온 것이 아니라, 파행적이고 복합적인 발전 경로를 밟아 왔다는 것이다. 건국 이후 엄연하게 존재해 왔었던 법적 제도에 있어서 이데올로기에 대한 사회적인 격리와 규제화에서 비롯되기 시작하였다. 6·25전쟁과 4·19, 70년대와 80년대의 군사 체제화에 의한 권력의 독점화와 함께 자유와 인권사상에 대응하는 정치 사회적인 통제와 억압이 우리의 발전 과정에 함께 걸어 왔던 것이다. 그러한 과정에는 민주주의를 지향하는 민중들에게 정치권력의 가시적, 물리적 억압이라는 형태로부터, 이데올로기적 국가 장치에 의한 사회 통제라는 쪽으로 기울고 있었다. 그러나 격변하는 사회·정치적·문화적 상황과 텔레비전 보급은 언어라는 매개체를 사용해 리얼리티를 묘사해야하는 작가들에게 무력감과 위기의식을 느끼게 해 주었다.

따라서 작가들은 언어를, 역사를 그리고 창작으로서의 자신의 모습을 되돌아보게 하였으며, 그 결과로 소설은 급속도로 자아 반영적이 되어 갔다. 그러므로 소설은 자연히 실험적으로 되어갔으며 다양성을 띠기 시작했다. 이러한 상황에서 작가들은 역사나 리얼리티를 모두 허구적인 것으로 느끼기 시작했으며, 그와 비례해서 문학 작품 역시 그 허구적 리얼리티를 재현하려고 하는 또 하나의 허구로 파악하기 시작했다. 그렇게 되자 안정된 의미나 절대적인 가치체계가 사라지게 되었고, 모든 것이 불확실한 픽션은 점차 공상적·유희적 패러디의 형태를 띠어가기 시작했다. 물론 그러한 작품에 직접적인 역사적 언급이 없을 수도 있고, 또 외면적으로는 그것들이 정치적이 아닌 것처럼 보일 수도 있다. 패러디라고 해서 현실 도피적인 것이 아니며, 오히려 그러한 형식들이 리얼리티와 역사를 효과적인 방편으로 드러낼 수 있기 때문이다. 이러한 전제와 관점에서 포스트모더니즘적 소설 『냉귀지』를 고찰해 보면 그러한 일련의 과정을 알 수 있다.

1988년 발표된 『냉귀지』는 우리 사회의 정치적 경제적 부조리를 고발하기 위한 수단의 하나로 언어를 유희하여 패러디화 하였다.

> 주인공의 이름은 사일구이고 별명은 냉귀지입니다. 따라서 주인공은 사람이자 혁명(일구)이고 말(language)입니다. 사람은 역사와 민족을 구원하기 위해 아무런 죄가 없는 학생이라는 자기 자식을 희생시켜야 했고, 말을 통해 이 가슴아픈 사랑을 기억하고 죽은 말들을 기념한다고 정의할 수 있습니다. 만일 이런 생각이 단순히 억지라면, 냉귀지는 사람의 혁명이고 말의 혁명이며 역사이자 사건이고 행동이자 의식입니다. ……(중략)…… 일구의 경우에는 분단된 조국, 자유를 억압하는 정치적 사회적 현실, 혼탁한 물질주의, 구태의연한 예술적 상황 등이 바로 그것일 것입니다. ……(중략)…… 그렇다면 냉귀지가 나타내고자 하는 것은 주어진 것(the given)에 대한 철저한 저항의식입니다. 그리고 이 저항의식이야말로 영혼을 임신하는 자궁이나 다름없습니다. 영혼은 저항의 뱃속에서 혁명으로 커가면서 열기와 냉기를 동시에 내뿜게 됩니다. 미움과 증오는 그의 엔진일 수밖에 없습니다. 일구는 구하는 것만큼 찾게되고 사랑하는 것만큼 미워하게 됩니다. 이렇게 볼 때 일구라는 혁명은 사랑을 위한 미움 행위일 뿐입니다. 평화를 위한 폭력입니다. 그리고 이 폭력은 말을 통해 가장 잘 나타납니다.
> (pp.274~277 부분 인용, 이하 인용문은 페이지만 밝힘)

위에서 인용한 글은 최병현이 1988년 제1회 현진건 문학상 수상 작품인 『냉귀지』의 서문에 나오는 말이다. 이 몇 줄의 문장을 읽으면서 독자들은 예외 없이 이건 뭔가 이상하다, 우리에게 낯익은 스타일은 아니다 하고 느껴질 것이다. 작가가 아닌 편집자 해설이 소설 첫 부분에 등장하고 서문이 소설의 맨 마지막에 들어 있다. 각 장이 시작 될 때마다. 작가의 말이 서두에 나오고, 또한 언어를 통해 지독히 실험적으로 이야기하고 있다. 작가는 전통적인 소설형식을 벗어나 언어를 통한 새로운 장르를 추구하였다. 따라서 이러한 관점에서 『냉귀지』를 살펴보면, 첫째, 작가는 언어를 통해 현실 정치에 대한 저항의식을 패러디화 하였으며, 둘째, 바흐찐의 대화적 상상력에 의한 언어의 유희성 및 다성성 사용, 셋째, 작가는 포스트모더니즘적 글쓰기로서 메타픽션과, 상호텍스트성을 이용하여 장르의 경계를 넘나드는 해체현상을 살펴볼 수 있다.

2. 정치적 저항의식으로서 패러디화

작가는 『냉귀지』가 '제임스 조이스에 대한 리포트다'[2]라고 밝히고 있으며, 제임스 조이스의 「예술가의 초상」에서 제임스 조이스의 조국 아일랜드가 잉글랜드의 식민지 상황에 있을 때 한국의 정치 상황과 대비시키고 있다.

> 아일랜드 혹은 한국적인 상황에서 태어난다는 것은 무엇을 말합니까
> ……생략…… 태어나자마자 그물에 걸린 새처럼 자유를 잃어버리게 된
> 영혼, 아일랜드의 그물은 민족이나 언어 종교와 같은 문제들이었다면 한국은
> 자유를 억압하는 정치적 사회적 현실, 혼탁한 물질주의, 구태의연한 예술적
> 등이 그것이며, 아일랜드가 자기 새끼를 잡아먹는 늙은 암퇘지라면 학생들을
> 잡아먹는 한국의 기성 세대는 무슨 짐승입니까?(p.276)

위의 인용문에서 보듯이 작가는 철저한 저항의식에서 소설을 쓰게 되었다는 것을 알 수 있다. 현실의 부조리한 권력층, 기성세대의 무관심, 당대 지배이데올로기에 밀착된 지식인, 이런 혼탁한 현실에 반발하는 학

---

2) 『냉귀지』, p.273.

생 등을 언어를 통해서 실험적으로 서술하고 있다.

작가는 이 소설이 출간하게된 과정을 이례적으로 메타픽션으로 밝히고 있다. 메타픽션적인 경향을 썼던 작가들은 위기의 순간에 분명 외적 현실에 눈을 돌렸다기보다는 픽션의 내부로 침잠해 들어가는 쪽을 택했다. 즉 오늘날 우리가 찾아내어 투쟁하고 저항해야될 편견과 그릇된 지식과 억압의 요소가 사회 전반의 권력 구조 속에 스며들어 있어서 예전처럼 외부에 보이는 적과 대항해 싸울 수가 없게 되었다는 것이다. 그러므로 메타픽션 작가들은 스스로의 표현매체 속으로 들어가 소설의 형태와 사회적 현실 사이의 상관관계, 그리고 인생의 픽션의 상관관계를 점검하면서 소설의 내부에서 저항하고 있다고 볼 수 있다.[3] 작가는 6·25전쟁 세대이며, 정부수립 후 "민주주의로 시작해서 독재로 끝난다"는 작가의 말처럼 한국의 사회상황은 거의 사십 여 년을 정치적 이데올로기를 벗어날 수 없었다. 어느 나라 문학이든 문학은 기본적으로 '반체제적'이고 '저항적'인 속성을 갖는다. 따라서 그러한 인식을 바탕으로 하여 작가의 문학적 내면세계를 추측해 보면, 『냉귀지』가 발표된 1988년도는 한국의 독재 정권이 종식되고 국민이 직접 투표에 참여한 반민주적인 상황이었다. 작가가 서문에서 밝혔듯이

> 주인공의 이름은 사일구혁명이며 역사이자 사건이고 의식이라고 하였다. 분단된 조국, 자유를 억압하는 정치적 사회적 현실, 혼탁한 물질주의, 구태의연한 예술적 상황 등에 대한 저항의식의 새로운 표출 양식이다. 이 저항 의식은 "영혼을 임신하는 자궁이나 다름없습니다. 영혼은 저항의 뱃속에 열기와 냉기를 동시에 내뿜게 됩니다. …평화를 위한 폭력입니다. 그리고 이 폭력은 말을 통해 가장 잘 나타납니다. 그는 말끝마다 부서진 유리 조각과 칼날을 내뱉고 있습니다. 한국적인 어둠은 빨래하고 거리에서 주운 지식과 힘으로 힘껏 짠 걸레가 냉귀지입니다.(p.277)

---

3) 김성곤, 「포스트모더니즘에 관한 몇 가지 이론적 고찰」, 열음사. 1992. p.53.

위의 인용문에서 보듯 '말은 사람이며 혁명으로 커 가는 것 구태의연한 예술적 상황에 대한 저항의식'이라는 것이 이 작품 속에서 드러내고자한 주제의식이다. 작가는 특유한 언어 기법을 통해 과거의 정치적 사건이나 현실적인 문제 등을 언어를 통해서 패러디화하여 실험적으로 이야기하고 있다. 각 장의 내용을 개략적으로 살펴보면 다음과 같다.

제1장은 저항적인 작가이며 포스트모던 소설의 전형인 트리스트람샌디의 글 23장을 인용하여, 새로운 소설 형식의 열림을 암시하며, 의성어와 글자의 배열 기호를 통해 시위가 일어나고 체류탄 터뜨리는 소리, 시위하다 죽은 의사자, Y · H 사건, 구정권의 몰락 배경을 제시한다.

제2장 서두에서는 마크트웨인의 글이 인용된다. 작품에 전혀 구애받지 않고 자유스러운 형식의 글쓰기를 암시하듯, 일구와 일육이라는 이름을 은유하여 군사 쿠데타와 사일구 혁명의 대결을 제시하고 있다.

제3장에서는 제비를 의인화하여 지지배배라는 제비의 언어, 제비국의 국회의원, 정치현실을 언어 유희한 한국 사회의 언론탄압, 朴氏, 주걱, 한국인의 정치의식구조, 지지배배가 비비배배로 노노배배정권으로 유희되어간다.

제4장은 살거나 죽거나 지옥과 다름없는 현실을 지옥으로 표현한다. 9개의 지옥, 엘리베이터, 감옥, 동굴, 거울 등이 상징하듯이 지옥에는 체류가스로 중독된 학생들, 대학은 지식기술을 배우는 곳, 학생들의 시위에 강 건너 불 보듯 한 지식인, 휘발유로 분신한 학생, 신성한 노동보다 기회주의자가 판을 치는 곳, 노동자들의 절규, 대통령 측근의 배열 순서, 가부장적인 사회에서 고통 당하는 여성들의 아픔, 성의 매춘화 과정 등 지옥을 통해 적나라하게 보여준다.

제5장은 미국의 민중시인 휘트만의 시를 인용 언어 유희를 극대화 시켜 나간다. 대통령의 여성 편력, 대통령 시해사건, 세 김씨의 각자 독재투쟁 경력 대결, 대통령 출마로 잘못된 세상을 비유하고 있다.

제6장 영혼은 육신의 덫으로 분리될 수 없는 욕망을 남녀 관계로 비유

하고 있다.

제7장 혁명과 삶의 목표는 다르다. 혁명은 죽음이지만 사일구는 영원히 산다는 것이다.

제8장 선거의 비리 전략 등으로 자유와 정치는 파장이 나고 만다.

제9장 제목이 「故장」으로 되어있다. 이 소설의 결론 없는 결론이나, 또는 열린 결말인가? 문학 자체가 총칼 앞에서 무력화되는 것을 나타내는 것인가? 작가는 이 고장난 사회 속에서 말의 말에 의한 혁명을 내세우고 있다. 말을 총이나 무기로 만들어 역사와 정치와 사회를 개혁하자는 말이다.

이처럼 각 장마다 과거의 역사적 사건들과 역사적 인물들을 우화적 기법을 통해 제시되고 패러디 됨으로써 고차원적이고 날카로운 현실비판이 이루어지고 있다. 그가 우화와 패러디의 기법을 전략으로 선택한 이면에는 극도로 부조리한 현실에 대한 그의 인식의 저변에는 저항의식이 한층 강하게 드러나고 있기 때문이다.

3. 바흐찐의 대화적 상상력의 언어

포스트모더니즘의 개념과 성격은 비록 최근에 들어와서 정립되었지만 그 씨앗은 오래 전에 뿌려졌다. 20세기 중엽이나 말엽보다 훨씬 이전에 이미 많은 이론가들과 사상가들이 벌써 오늘날 우리가 의미하는 바의 포스트모더니즘적인 태도와 입장을 견지하고 있었기 때문이다. 러시아의 사상가이며 문학 이론가인 미하일 바흐찐은 포스트모더니즘에 이론적 근거를 마련해준 가장 중요한 이론가 중의 한 사람이다. 그의 이론에서는 전형적인 포스트모더니즘다운 면모가 발견된다. 많은 학자와 비평가들은 그의 이론을 '대화주의' 또는 '대화론'이라는 용어로 요약한다. 그의 이론

가운데서도 '언어의 유희성'이나 '다성성'은 바로 포스트모더니즘의 가장 기본적인 개념들에 해당한다. 따라서 냉귀지에서 드러나는 언어의 유희성이나 다성성을 통해 작가가 의도했던 저항의식이 어떤 방법으로 유희되어 나타나고 있으며, 오늘날 작가의 사라짐으로까지 표현하는 다성성은 어떻게 드러나는지 아래와 같이 살펴보려고 한다.

1) 언어의 유희성

기존의 소설 형식이 인간 삶의 경험 세계를 형상화하는데 있어서 좀더 실재와의 일치를 추구하려는 모방충동의 표현이라면 포스트모더니즘 소설은 우리가 몸담고 있는 현실 세계와는 전혀 다른 세계를 그려낸다. 이러한 예술 형식의 출현은 언어의 현실 재현 능력을 부정하는 회의주의에서 비롯된다고 할 수 있다. 언어는 더 이상 삶의 실재를 비추어 주는 투명한 창이나 거울로서의 역할을 수행할 수 없다. 우리가 살고 있는 오늘날의 사회는 과거보다 훨씬 복잡하고 다원화되어 있기 때문이다. 그래서 종래의 소설 형식으로는 오늘날의 현실 인식이 불가능하므로 이러한 새로운 종류의 소설 형식이 출현한 것은 당연한 귀결이 아닐 수 없다. 포스트모더니즘 소설이 묘사하고 있는 것은 리얼리티가 아니라 언어 그 자체이다. 그렇지만 이 사실은 언어와 리얼리티의 관계에 대한 전반적 개념을 파기한다는 뜻이 아니라 그것은 그러한 개념에 의문을 제기한다는 것을 의미한다.

이 소설의 차례를 보면 9장으로 구성되어 있고, 각 장마다 언어를 유희하여 표현하였다. 각 장을 살펴보면 1. 열章, 2. 離장, 3. 삶章 4. 死장, 5. 誤장, 6. 肉장, 7. 치장, 8. 파장, 9. 故장의 순서이다.

첫 장을 열면 『트리스트램 샌디』 23장에 나오는 "나는 얘기를 터무니없이 시작하고 싶은 충동을 느낀다. 때문에 구태여 상상을 억제할 생각은 없다. "라는 말이 인용되면서 최루탄이 터지고 학생들의 반정부 데모가 시작된다. 여기서 특이한 것은 데모의 열기가 의성어와 인쇄기술상의 변조로 극대화하고 있다는 점이다.[4]

쉬 - 조용히, 여러분쉬 -
영차 영차 영차 영차
영구히 - 들리는 - 나아가는 소리
靈車, 靈車, 靈車, 靈車
으샤 으샤 으샤 으샤
저 힘찬
義死, 義死, 義死, 義死

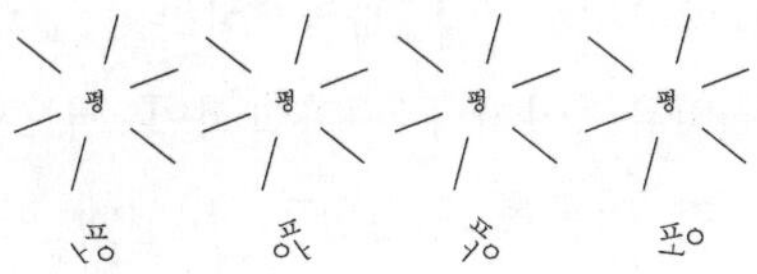

보라
살아있는 사지가 빛나는 언어의 유리 구슬이 찢겨져 흩어지는가

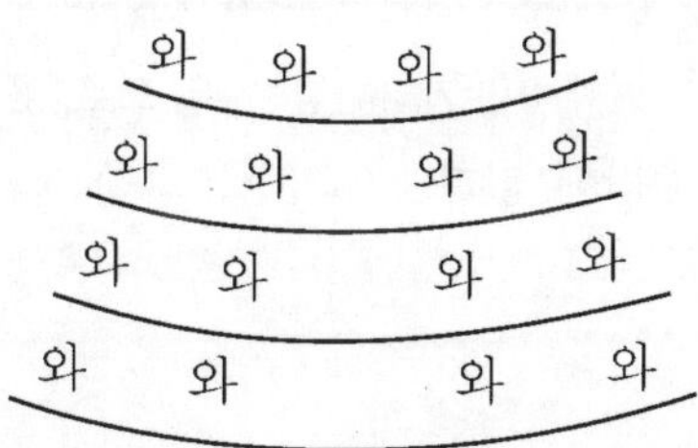

臥臥臥臥臥臥臥臥

(pp.18〜19)

---

4) 정정호, 「포스트리얼리즘소설의 정치적 무의식」, 『전환기의 문학과 대화적 상상력』, 한신문화사, p.351.

여기에 사용된 靈車, 靈車— 義死義死— 펑펑펑펑— 와와와— 등은
단순한 언어의 의미를 위해서 존재한다기 보다 시각적인 효과를 위해서
독자들에게 「낯설게 하기의 개념」으로 다가온다. 靈車 靈車는 영구차를
義死는 데모하다 죽은 시위대를 떠올리게 하는 장치이다. 펑펑, 와와는
체류탄이 터지고 시위대의 함성과 흩어져 가는 모습을 의성어와 글자의
배열로 시위대의 모습을 연상하게 한다. 그럼으로써 당시 시위대의 열망
을 독자들에게 좀더 체감적으로 경험하게 함으로 정치적 참여와 저항의
식을 재인식시켜주는 결과를 얻을 수 있게 한다.

전통적인 언어 이론에서 언어는 언어 외적인 실재에 대한 지식과 정보
를 전달하는 수단으로 간주한다. 즉 기호는 외적인 지시물을 갖는다. 그
러나 프리드리히 W.니체는 언어란 지시적이거나 재현적이라기 보다, 언
제나 즉각적으로, 그리고 본래부터 비유적이거나 수사학적인 것으로 의
식된다고 단언함으로써 전통적인 언어 이론을 부정한다. 니체에 따르면,
수사적이 아닌 언어란 존재하지 않는다. 언어의 뚜렷한 특성으로서 수사
성은 필연적으로 진리에 손상을 입히고 "지시로부터의 탈출이라는 현기
증 나는 가능성을 열어 놓는다" 빈센트B. 라이치는 언어의 지시적 기능
의 한계를 다음과 같은 예를 들어 설명한다. "새는 b-i-r-d가 아니다. 다시
말해서 새의 몸체와 깃은 하얀 종이 위에 네 개의 검은 잉크로 표시 된
것은 아니다 단어와 지시물은 다를 수밖에 없다.

    어서 어서 어서 어서
    어서 어서 어서 어서
    어서 어서 어서 어서
    어서 어서 어서 어서

(p.22)

맞지 않고 맞았으며. 고문을 받지 않고 고문관이 되든가 고문을 받아 고
문관를 만들어 내든가 아니면 장관 모가지를 짜르고 높이 조간 신문에 걸어
놓던가. 뚜따 땃따다 뚜닥닥닥 기상 ♪ 사천만, 머리 사천만, 영롱한 눈동자

팔 천만, 점호 끝 오늘 그간 사십 년 간 싸워온 냉전을 종식하는 마지막날
유종의 미를 치장화장 장식하는 뜻에서 모두 일어나 화염처럼 하늘로 치솟
으면서 맹렬히 싸울 것

(p.23)

지지배배 지지배배 지지배배 지지배배
지지배배 지지배배 지지배배 지지배배
지지배배 지지배배 지지배배 지지배배
지지배배 지지배배 지지배배 지지배배

(p.63)

작가는 단어의 나열, 언어 모양의 다면성을 텍스트에서 구성해 낸다.
그는 텍스트에 말 대신 기호를 그려 넣음으로써 의미를 시각적으로 보여
주기도 한다. 그는 위의 인용문에서처럼 언어를 규칙적으로 배열함으로
서 서술자의 다급하고 긴장된 효과를 나타내주는 장치를 하고 있다. 이
러한 작가들은 각기 다른 스타일과 방법으로 언어 유희를 하고 있다. 그
들은 전통적인 규범에 따라 왼쪽에서 오른 쪽으로 써나가는 패턴에 한계
성을 느끼고 반발하여 새로운 기록 형식을 시도하는 것이다. 소설은 백
지 위에 사각의 울타리를 만들어 그 속에 기록된다. 그것은 독자의 읽는
능력을 한정시키는 것이다. 예를 들어 독자가 한 페이지를 읽을 때 독자
의 마음에는 때로 공백 상태도 생기고 지루하기도 하며 어느 구절은 재
미있게, 그리고 어느 구절은 건성으로 넘어가며 읽는다. 그래서 현대 작
가들은 그것을 충분히 이용해서 페이지에 공백도 집어넣고 활자를 가지
고 여러 가지 배열을 시도하는 것이다[5]

다음 텍스트의 유희는 우선 등장 인물의 이름짓기에서 엿볼 수 있다.
사실주의 소설은 고유한 성격을 가진 인물에게 그에 합당한 이름을 부여
하여 일정하게 고정된 의미를 지향한다. 그러나 포스트모더니즘 소설에

---

5) 김성곤, 『포스트모던 시대의 작가들』, 민음사, p.237.

서는 전통적 서사의 이름짓기 행위를 거부하고 언어의 유희로써의 이름을 짓는다. 이 소설의 주인공의 이름은 일구 작가의 말대로 그는 주인공이며, 말이며, 민주화의 상징인 4·19를 의미한다. 일육은 주인공의 동생이며 군사 쿠데타를 일으켜 정권을 잡은 군사정권을 상징한다. 그리고 계모의 이름은 현실, 어둡고 불안한 시대의 정치적 상황을 상징하며, 주인공의 아버지는 삼일이다. 삼일은 우리나라가 독립을 위해서 만세를 불렀던 날이며, 민족독립 투쟁을 상징한다. 이처럼 이름짓기를 통해 고정된 의미를 탈피하려는 것은 마치 시니피앙이 확정된 시니피에를 계속 유보하는 탈구조주의의 언어 이론과 그 맥이 상통하다. 이처럼 이름짓기에는 고정된 성격을 서술하는 전통적 서사를 벗어나 텍스트의 고정된 의미를 거부하는 냉귀지는 단어가 하나의 대상을 가리키지 않고 여러 대상을 가리키게 함으로써 시니피앙과 시니피에 사이에 대한 구조주의적 관계를 피하고 다양한 해석과 유희를 가능하게 한다.[6]

> 삼일 : (일구를 향해) 오늘이 네 생일인 것을 알고 있니?
>
> 일구 : 그래서 아침 새벽부터 옆 교회당에서 찬송가 부르는 소리가 시끄럽게 들렸군요. 혹시 택시에서 내려 길 물어보는 사람 없었나요?
>
> 현실 : 네가 좋아하는 시루떡 좀찌고 미역국을 끓였는데 많이 들어라.
>
> 일구 : 미윗국요? 나는 이래뵈도 입맛이 까다로운 귀신이요. 뱀처럼 갈라진 혓바닥으로 맛을 보시지요. 한 가닥 혀로는 야옹 눈을 가리고 고양이처럼 날름날름 발자국 소리도 없이 뛸 수도 있어 당신의 정체를 잡으려.
>
> ……중략……
>
> 일육 : 먹자요
>
> 일구 : 너보다도 일찍 먹국을 먹지 않았으리라.
>
> 먹! 그래도 먹자 놀음이냐? 먹! 할 수 없이 먹자를 받아드니 먹!먹자란 말만 들어도 지겹고, 먹! 진땀으로 먹을 감는 구나. 먹! 전생에 무슨 원수를 졌길래 먹! 너는 먹자만 불러대니 먹! 네놈의 먹살

---

6) 강병로, 『포스트모더니즘소설의 언어특성』, 1991, p.12.

을 잡고 목을 졸라야 멱!멱 자손이겠느냐? 멱! 조상을 닮아서 피로 멱을 감고 멱! 형님의 멱구마저 식히는구나 멱! 그래도 끝까지 멱이라 하겠느냐? 멱! 죽을 때도 멱하고 죽을 놈아! 네 세모난 스핑크스 대가리가 삿갓에 맞아떨어지다니 멱숨이란 그렇게 끝나는 것이렷다. 네 발 달린 것이 두 발이 됐다 세 발로 걷는 것은 다 그렇게 허무하게 끝나는 것이렷다. 네놈이 멱자 수수께끼를 가지고 얼마나 사람을 잡아먹었으면 그걸 하나 푼걸 가지고 사람들이 나를 왕이라 하겠느냐. 내 눈알이 눈 속에 박혀 있는 하나는 왕눈깔을 뜨고 잘못을 흘겨보리라.

(p.44)

한편 위의 인용문에서 이름 외에 '멱'자로 언어 유희를 하고 있다. '멱'은 여기서미역, 생명, 목숨을 또는 '목'을 의미한다. 작중 인물 세 사람의 대화를 통해 단어의 다양한 해석과 유희를 이끌어 낸다. 일구 목숨을 걸고 민주화 투쟁을 했던 사일구 기념일로서 미역국을 먹는다는 멱의 유희, 민주화로 쿠데타로 목숨(멱)을 잃은 사람들을, 언어의 유희를 만들어 내고 있다. 언어 유희는 문학에 있어서 한 중요한 요소이며 언어 게임은 모든 작가가 마스터해야 될 작업이라 생각한다. 문학의 일차 기능은 언어를 통해 독자에게 즐거움을 주는 것이니까

2) 다성성과 저자의 사라짐

바흐찐의 대화주의 이론가운데서 「도스토예프스키 시학의 문제점」에서 처음으로 도입된 이 다성성의 개념은 원래 음악에서 처음 사용되었다. 다성적 문학이란 「독립적이고 서로 병합되지 않는 다양한 목소리나 의식」에 의해 특징지어진다. 다성적 작품의 경우 작가에 의해 통제받지 않는 다양한 의식이나 목소리가 존재한다. 작중 인물의 의식이나 목소리는 작가의 그것과 서로 병합되지 않은 채 제각기 동등한 위치를 차지하고 있

는 것이다. 다시 말해서 작중 인물은 작가의 의도에 따라 제어되지 않고 작가의 통제에서 벗어나 비교적 자유롭게 행동하고 사고할 수 있는 권한을 부여받는다. 다성적 작품은 작중 인물 뿐만 아니라 더 나아가서는 작품의 관념이나 이데올로기의 경우에도 마찬가지로 적용된다. 즉 주어진 작품에 표현되는 관념이나 이데올로기는 작가 자신의 것이 아니라 어디까지나 예술적으로 형상화된 관념의 이미지나 이데올로기의 이미지에 지나지 않는다. 그렇기 때문에 이 경우 문학 작품은 이제 더 이상 작가의 관념이나 이데올로기를 표현하고 전달하는 매체가 될 수 없다.

이 소설 속의 인물은 전통 소설 속의 등장인물에서 볼 수 있는 심리적 특질을 보이는 실체가 제시되지 않고 언어 구조로서 흔적만을 제시하고 있다. 독자는 작가의 침묵 앞에서 숨겨진 작가의 의도를 파헤쳐 독자 자신이 의미를 합성해 내야 한다.

일구 : 알고 싶으신지 아니면 고치고 싶으신지? 내 말속에 사천만의 진단
　　　서가 첨부되어 있어
현실 : 아이고 또 시작이구나 그 끝도 없는 시작이야 국식어요 국식어.
일구 : 國蝕어요?
현실 : 아니 국식는다니까
일구 : 파업에 인금인상에 수출부진에 무역규제에 무엇보다도 선거 혼란
　　　공약남발에 국식는다신다. 입맛조차 부진하면 너를 가만두지 않으
　　　리. 투표로 대롱대롱 목을 매달아 죽일테니까. 그리고 역사에 암매
　　　장하고 길거리 어린애가 나팔을 불면 보복이 시작 된 줄 알아라.
현실 : 국식어요 국식어.
일육 : 식어야 먹기가 좋죠. 별들에게 물어 보세요 , 무궁화에게 물어보세
　　　요. 아니 밥풀에게 작대기에게 , 안 그런지 그런지, 내가 보통사람
　　　인지 아닌지, 그래 세치 자동소총으로 갈겨대는 것은?
일구 : 뭐야 ? 국이 식어야 먹기가 좋아? 송충이란 놈이 반도 강산을 다
　　　긁어 먹어버릴 판인데 나무와 나라를 나무나라처럼 걱정하지 말라
　　　이거야? 제주도 귤밭을 다 사놓고 오렌지 향기가 어떻다고? 송충
　　　이 같은 녀석 같으니라구, 솔 바늘로 콕콕 쪼아 줄까보다. 벌집을

　　　　만들든지
일구 : 국이 식어야 좋다지만 나는 뜨거워야 좋더라 나라가 화끈하게 달
　　　아올라야 살맛이 나지 식어버리면 살맛이 안나. 살맛이 안 나면
　　　먹을 맛도 안 나고. 떡국 같이
삼일 : 그만해라 ……생략…… 너와 나 사이에 썩은 철로를 고칠 수가
　　　없다면 적어도 민족 전체가 올리는 제사상을 뒤엎지는 말아야지
　　　통일은커녕 단일화도 못하다니 한국 정치는 말못하는 시대에서 말
　　　이 안돼는 시대로 접어들었단 말이가? 상에 놓인 음식을 식혀버린
　　　죄가 어떤 것인지 알고 있느냐? 무능한 것들, 무능한 것들 같으니
　　　라고!

　위 지문에서 보듯이 작가는 사라지고 현실, 일구, 일육, 삼일의 가상인
물을 내세워 대화로 작가의 의도를 읽을 수 있는 장치를 마련해 준다.
작가는 독자에게 자신이 제시하는 것이 실재로 존재하는 것이지만 그것
이 작가 자신과는 별도로 존재하는 것으로 인식시키려는 시도를 하고 있
다. 國蝕, 파업, 연금, 귤밭 제사음식 등의 언어 유희를 여러 사람의 목
소리를 통해 들려주고 있는 것이다.
　바르트르에 따르면, 저자란 필기자에 불과하다. 전통소설에서 저자란
신적 존재이며, 독자란 순진한 어린애처럼 저자의 음성을 신뢰하거나 저
자의 음성을 텍스트의 해독을 통해 찾아내야만 했다. 그러나 포스트모더
니즘소설에 중요한 것은 저자가 아니라 독자이다. 바르트르에게 있어서
저자는 더 이상 유일한 의미를 전달하는 근원적 주체자가 아니다. 그래
서 저자의 목소리를 찾는 것이 비평의 전부인양 착각하는 전통적 독서
행위를 거부한다. 텍스트란 어디까지나 결코 근원이 없는 다양한 글쓰기
들이 혼합되고 서로 충돌하는 하나의 다차원적인 공간인 것이다.[7] 종래
의 문학 비평행위가 지나치게 저자 중심이었으므로 이제는 독자에게 필
요한 텍스트의 다원적 해석이 필요하다.

---

7) 박병주, 「포스트모더니즘 소설의 서술방식 연구」, 경희대 박사논문, p.90.

이곳은 어디며 어느 나라이며 어떤 세계인가?
나는 매일 지옥에 있지 않은가? 고로 나는 지옥에 있다.
매일 우리는 지옥으로 내려가고 있다. 한 발자욱씩
―세네카, 랭보, 보들레르

―자 나래를 접고, 어떻게 됐습니까?
―나도 모릅니다. 제비가 그만 날아가 버렸으니까요.
―나래를 접고 말입니까? 이것 보시오.
―난 단지 통역만 했을 뿐입니다. 제비가 날개를 접었다해도 보이질 않으
  니 날아간 것이 틀림없지 않소? 제비죄를 사람에게 뒤집어씌운단 말이
  요?
―그래도 시작이 있으면 끝이 있어야하고 문을 열었으면 닫아야하지 않
  소? 당신의 시설은 다 미완성 교향곡이란 말입니까? 애를 배기만하고
  낳지는 않겠다니요? 사람이 쥐구멍하나도 막지 못한 데서야. 설사 제비
  가 날아갔다 해도 제비에 대해 그만큼 알고있으면 즉흥 연주를 하든가
  아니면 흉내라도 내든가 아니면 아예 제비가 돼 버리든가.

(p.86)

위 지문은 냉귀지 4장 첫 장에 나오는 말이다. 작가는 크리스토퍼 말로
우, 파우스트 박사, 세네카, 랭보, 보드레르 등의 인용문을 독자에게 들려
주어 4장의 주제를 파악 할 수 있도록 하고 있다. 작가 자신은 사라지고
독자는 그들의 목소리를 통해서 숨겨진 작가의 의도를 찾아내야만 한다.

4. 포스트모더니즘적 글쓰기

1) 메타픽션으로 글쓰기

포스트모더니스트들은 리얼리스트들과는 달리 자연이나 우주 또는 삶

의 실재에 대하여 그렇게 확고한 신념을 갖고 있지 않다. 실제 세계보다는 오히려 창조 된 세계를 더 중시하는 그들은 실재가 예술 창조 행위에 오히려 방해가 되는 것으로 간주한다는 경향이 있다.

결과적으로 소설의 인물들, 즉 허구적인 인물들은 이제 더 이상 고정된 정체성과 일련의 안정된 사회적·심리적 속성—즉 이름, 신분, 직업, 조건 등을 지니고 있는 잘 짜여진 작중 인물들이 아니다. 새로운 소설의 작중 인물들은 그들이 창조되는 언술처럼 그렇게 가변적이고, 불안정하며, 환영과 같고, 이름이 없으며, 이름을 붙일 수도 없으며, 기만적이고, 예측할 수 없는 그러한 인물이 될 것이다. 그렇다고 해서 그들은 단순히 꼭두각시가 된다는 의미는 아니다 오히려 그와는 반대로 그들의 존재는 사실상 더욱 진실되고 더욱 복잡하며 더욱 삶에 가까운 인물이 될 것이다. 왜냐하면 그들은 단순히 현재의 모습으로 보이지 않고 현재의 모습, 즉 언어—존재가 될 것이기 때문이다.[8]

이점과 관련하여 냉귀지는 주제나 의미에서 전통적인 소설과는 전혀 다른 모습을 보여준다. 일반적인 의미나 주제 내용을 전달하고자 하지 않는다. 작품 속에 등장하는 작중 인물들은 개성이 없는 인물들로 창조하고 있다. 단지 일관된 주제가 있다면 정치적 상황 인식을 통한 저항의식을 드러내고 있을 뿐이다. 전통적인 소설의 경우와는 달리 작중 인물은 역사적 시간과 사회적 공간 안에 살고 있는, 구체적이고 고정된 정체성과 사회적·심리적 특성을 지닌 인물이 아니다. 여기서 주인공의 인물은 무명의 '언어적 존재'나 '문법적 존재'에 지나지 않는다. 이렇게 실재 세계와는 아무런 관계를 맺고 있지 않는 작중 인물은 오직 소설 속에서 허구적 산물로서의 역할만 충실히 수행할 따름이다.

그렇다면 메타픽션은 상상 속의 나르시스적인 즐거움을 위해 '현실 세계를 버리는 것이 아니다. 메타픽션이 하는 일은 리얼리즘의 관례를 재

---

8) Barthelme, *SnowWhite*, p.8, 김욱동, 「모더니즘과 포스트모더니즘」, 현암사, 1992, p.212 재인용.

점검함으로써 현대 독자들이 이해할 수 있고 또 연관을 갖고 있는 픽션
의 형태를 자아 반영을 통해 발견하는 것이다. 픽션이 어떻게 가상의 세
계를 창조하는가를 보여줌으로써 메타픽션은 우리의 일상 리얼리티가 어
떻게 그와 비슷하게 창조되고 쓰여지는가'를 우리가 이해할 수 있도록
도와준다.[9]

소설가 자신이 소설 속에 끼어 들어 등장 인물이 되어 "이게 도대체
소설이요 시요 아니면 노래요? 이게 도대체 기도요 예언이요 아니면 정
감록이요? 나는 한국문학을 폐하려 온 것이 아니요 살리려 온 것입니다.
진정코 여러분들께 말씀하노니, 한국문학이 양심과 이상으로 거듭나지
않는 한 결코 참다운 예술이 될 수 없을 것입니다."라고 작가는 말한다.
소설 쓰기의 과정을 메타픽션으로 독자들에게 드러내는 것은 결국 소설
은 독자들에게 작가가 얼마나 현실과 밀착되어 한편의 소설을 예술적으
로 형상화시키는지 보여주고 있다.

> 사람을 찾습니다. 독자가 작가를 찾습니다. 작가가 주인공을 찾습니다. 숨
> 바꼭질의 도미노, 계속 자빠지는 도미노, 줄리여 위로 넘어지는 로미오, 쓰러
> 져야만 승리하는 이름, 일구. 나이: 19세, 실종시기: 천구백 도둑년사월십구
> 일, 생일: 오후, 연락처: 무명작가, 전화: 419∼1988 사례: 남자면 악수, 여자
> 면 포옹, 목격자는 신고하고 납치자는 자수하시오
> ─ 그렇다면 독자의 독서적인 질문이 있습니다. 일구는 그렇다고 도대체
>   그의 가족은 어떻게 된 것입니까? 계모 현실은 살았습니까 죽었습니까?
> ─ 냉귀지의 반응이 어떨까요?
> ─ 책값 물어 달라고 하겠소
> ─ 책을 읽고서 하시는 말씀입니까?

(pp.198∼200)

작가의 적극적인 개입은 소설 쓰기의 적나라한 과정을 메타픽션적으로
독자들에게 드러내는 것은 결국 허구의 구성작업에 불과하다는 것을 보

---

9) Patricia Waugh, p.18, 김성곤, 「포스트모던소설과 비평」, 열음사, 1993, p.53 재인용.

여준다. 동시에 독자들과의 대화와 참여를 유도함으로써 작가가 얼마나 현실과 밀착되어 한편의 소설을 예술적으로 형상화시키는지 보여주고 있다. 따라서 격변하는 사회적 정치적 문화적 상황에서 언어라는 매개체를 사용해 리얼리티를 묘사해야하는 되는 작가들에게 무력감과 위기 의식을 느끼게 해주었다.

독자 여러분, 하늘의 별들 여러분, 바다의 모래 여러분, 나는 한국문학을 폐하러 온 것이 아니요 살리려 온 것입니다. 진정코 여러분들께 말씀하노니, 한국 문학이 양심과 이상으로 거듭나지 않는 한 결코 참다운 예술이될 수 없을 것입니다. 나는 정치와 예술 사이에 화평보다 검을 주려 왔습니다. 예술을 사랑하는 자마다 예술의 십자가를 짊어지고 추구하십시오. 어떤 글은 검열의 가시에 걸리고 어떤 글은 무지의 돌밭 위에 떨어지나 더러는 깨닫는 자의 감사한 마음의 옥토에 떨어지기도 할 것입니다. 그러면서 늘상 쟁반 위에 담긴 자기의 모가지를 꿈꾸곤 합니다. 나는 그런 작가가 아닙니다. 나는 그런 작가가 아닙니다. 나는 그런 작가가 아니란 말이요. 닭이 울기 전에 그들 앞에서 세 번이나 예술을 부인합니다. 계집종만큼이나 무서운 형사였습니다. 그것을 생각하고 한없이 흐느껴 웁니다. 그리하여 예술가는 예술의 십자가에 거꾸로 매달려 죽어갑니다.

(p.51)

작가는 현실적인 상황하에서 구태의연한 한국문학의 예술적 상황에 일침을 놓는다. 진정한 예술가의 자세를 이야기하면서도, 자신도 결국 그들 앞에서는 진정한 작가가 될 수 없었던 나약한 작가였음을 부인하지 않는다. 예수가 십자가에 못 박히기 전 베드로가 그를 부인하듯이 자신도 예술을 부인하고 말았다. 그래도 자신의 글을 읽고 깨닫는 자가 있다면 예술의 십자가를 짊어지고 앞으로 나아가기를 바란다는 것이다.

－이거 어떻게 돼 가는 거요?
－무가 말이요?
－누가 냉귀지를 소설이라고 했오－

−그럼 소설이 아니고 시람 말이오?

……중략……

　나는 플롯 같은 것에는 관심 없습니다. 쓸데없이 음모를 꾸미는 것 같아서 말입니다. 투시도는 어디까지나 마음에 있으면 되는 것 아닙니까. 냉귀지의 구조는 근본적으로 잡념구조일뿐더러 짜깁기 적인 구조입니다. 온갖 울긋불긋한 상상의 천 조각을 모아 한 벌의 옷을 만든 것입니다. 나는 내가 만든 옷을 입고 파티에 가지는 않을 것입니다. 원래 문학이라는 것이 짜깁기의 관점에서 볼 때 짜깁기 아닙니까? 작가의 연장은 붓이 아니라 바늘입니다. 삶에서 일어나는 모든 일과 생각을 주어 모아 기억의 호주머니에서 하나 씩 하나씩 기우기 시작합니다. 양말을 기워 신던 시대는 지났지만 말을 기우는 시대는 이제부터입니다.

(p.163)

　작가는 전통적 소설 양식에서 쓰는 플롯을 전혀 사용하지 않는다. 글쓰기는 더 이상 모방이 아니다. 기존의 언어, 리얼리티 또는 역사 등의 진실성을 거부하고 소설이라는 이제는 진부해져 버린 장르에 새로운 상상력을 가져다 줄 수 있는 언어의 힘을 찾는 탐색에 나선 것이다. 새로운 형태의 소설 곧 포스트 모더니즘소설 쓰기를 말한다. 작가는 삶에서 일어나는 다양한 일들을 재현하는 것이 아니라, 그것들의 조각을 모아서 한 벌의 옷을 만드는 것이 문학이라고 말한다. 독자들은 진부한 형식의 소설에만 익숙해 있다가 갑자기 새로운 형식의 소설에 접하니까 자연이 혼란스럽고 어렵다고 느끼는 것이다.

　이건 소설이 아니라 차라리 지옥이란 말입니다. −들어오실 때 희망을 버리라는 경고를 못 읽으셨습니까? 단서를 찾으리란 희망 말입니다. 소설을 형사가 수사하듯 읽는단 말입니까? 이게 무슨 탐정소설인 줄 아시오?
　−그래도 소설은 무슨 스토리가 있어야할 것 아닙니까? −그 반대죠. 스토리는 가급적 없는 것이 좋습니다. 옛날에는 그렇게들 소설을 썼지만. −그러면 지금은 그렇게 소설을 안 쓴단 말입니까? −범인을 쫓다가 헛탕만 치는 형사 같은 사람이 요즈음 소설가요 독자입니다. ……중략…… 허탕이란 새로운 소설의 새로운 실패죠. 스토리나 플롯이란 낚시에 있어 미끼와 같습

니다. 독자의 관심을 낚는 유인물 말입니다. 새로운 소설을 구태어 그런 미
끼를 사용하지 않는 다는 말입니다.

(p.182)

작가는 이 시점에서 독자의 반응을 주시하기 시작한다. 포스트모던 소
설 쓰기를 통해 작가는 독자와 대화를 시작하며, 기존의 소설양식과 다
른 소설을 읽는 독자의 반응을 살피게 된다. 작가는 소설 속에서 새로운
소설 형식을 설명해 주고, 독자는 작가의 설명에 고개를 끄덕이게 된다.
그렇게 함으로써 작가의 소설 쓰기의 목적은 달성하게 된다. 포스트모던
독자들도 그것을 의식하면서 책을 읽도록 하라는 것이다.

독자가 책을 읽을 때 느끼는 반응은 저자가 그것을 유발시키기 위해
미리 장치 해 놓은 어떤 기준에 따르고 있는 것이다. 따라서 독자의 경
험은 곧 저자의 창작이라고 할 수 있으며, 독자는 저자의 의도를 충족
시켜주는 것이라 하겠다.

2) 상호텍스트성과 장르경계 넘나들기

포스트모더니즘 계열 소설 모두에 특징적으로 나타나는 현상은 상호
텍스성과 장르의 해체를 통한 확산과 혼합 현상이다. 상호 텍스트성을
통하여 작품 속에 나타나는 모티프나 테마 사건 등을 끼워 넣는 것은 모
든 작품이 서로 유기적이며 상호 보완적인 관계에 있기 때문이다. 이러
한 상호 텍스트적 글쓰기는 새로운 소설 창작을 지향하는 소설 구조를
만들어 내기 때문이다. 상호 텍스트성은 어느 한 작품이 그 이전의 특정
한 텍스트들과 맺고 있는 관련성을 가리키는 명칭이라기보다는 오히려
그 작품이 한 문화의 다양한 언어나 의미 행위와 맺고 있는 관계, 그리
고 그 문화의 가능성을 표현하는 그런 텍스트들과 맺고 있는 관련성을
가리킨다.[10] 특히 냉귀지는 여러 장르가 혼합되어 다양하게 나타나고 있

다. 시, 희곡, 신문기사, 기호, 고려가요, 향가, 성경, 고전소설 등의 상호
텍스트를 사용하여 작품을 진행시켜 나가고 있다. 이러한 탈장르의 경계
넘기 작업은 복잡한 현실 세계에 대한 새로운 재현장치의 통합적인 접근
방법이다. 예를 들면 흥부놀부, 단테의 신곡, 국화 옆에서, 나의 침실로,
가시리, 성경 다윗의 노래, 허생, 임꺽정, 나그네, 청포장수 등을 사용하
여 하나의 공통된 새로운 소설의 구조를 획득하고 있다는 것이다. 예를
들어 여기에 등장하는 상호텍스트들을 살펴보면, 단테의 신곡이 수용된
것은, 단테의 신곡에 나오는 9개의 지옥 동굴이다. 일구가 9개의 지옥문
을 들어섰을 때 각방마다 현실에서 일어나는 각가지 고통과 신음에 몸부
림치는 모습과, 단테에게 낯익은 망령들이 고통의 밑바닥에서 처참하게
신음하는 것을 보고 동정을 금치 못하는 모습으로 나타난다, 반 독재 반
체제 모티프로 사용되는 임꺽정, 만적, 봉이 김선달 등을 비춰줌으로써
온갖 특혜로 부를 획득한 재벌, 부의 편중 등 경제적 모순에 대비시킴으
로서 독자에게 진실 된 삶에 대한 가치를 재 평가받게 한다. 허생전의
허생이란 인물을 통해 삶을 고집으로만 살지 않고 이상과 현실이 조화를
이루는 것이 진정한 실학이라는 것이다. 그러므로 삶의 이모저모를 구슬
처럼 꿰어서 하나의 아름다운 보화로 만든다는 것이다. 또한 현실을 난
중일기에 비교하여 언어를 유희함으로써 글쓰기의 어려움에 호소하고 있
다. 소설이란 장르의 해체는 전시대의 구분적이며 귀족적인 장르 의식을
극복하여 새로운 종합적인 혼합 장르를 만들어 냄으로써 다성적이며 대
화적인 텍스트의 마당을 제공한다[11]. 냉귀지의 내용 중에서 작가의 말을
다시 살펴보면

> 시와 소설은 원래 한 몸이었습니다. 그러다가 시(영혼)와 소설(몸)이라는
> 두 개의 몸뚱아리로 크게 갈라지게 되었습니다. 처음에는 시와 연극이 떨어
> 져 나왔지요. 다음에는 소설이 분열되어 나왔습니다. 이러한 장르적인 분열

---

10) 김욱동, 「모더니즘과 포스트모더니즘」, 현암사, 1992, p.199.
11) 정정호, 앞의 책, p.350.

은 시대에 따라 예술가가 가지는 주제와 기존하는 형식 사이에 거리감이 커질 때 필연적으로 발생할 수밖에 없습니다. ― 결국 소설이 지향하는 것은 자기의 영혼인 시이고, 이 시는 소설이란 특정한 문학적 형태를 마치 가면처럼 착용하고 있을 뿐입니다. 저는『냉귀지』에서 시설이란 말을 지어 사용했습니다만 앞으로 소설은 시설적인 것이 되리라는 것이 저의 생각입니다. ― 한국 문학에서는 이상이 어쩌고 이상적인 선구자였고 최근에는 김지하 같은 시인이 나름대로 모색을 하고 있다고 봅니다.

(pp.281~282)

이상의 예에서와 같이 시와 소설이란 장르가 혼합되고 인쇄 기술상의 언어의 과격한 배열을 꾀함으로써 형식을 파괴하고 있다.

작가는 이 소설에서 여러 장르와 상호텍스트를 이용하여 작품을 진행시켜 나가고 있다.

만적의 직계자손으로 유명한 임꺽정이 있죠. 아직도 죽지 않고 매일 지상에서 활자의 숲을 활보하는 수염난 도둑말입니다. 어려서 하는 짓이 하도 산속 같아서 어머니는 걱정이었습니다. ……생략…… 임은 성이자 주어이고 꺽정은 동사이자 명사이고 고유명사입니다. 영어식으로 성을 맨 뒤에 써서 임꺽정 할 것 같으면 그것은 나라를 사랑한다는 뜻이 되지 않습니까? 그런데 도둑이라니요? 임을 걱정하고 나라를 사랑하는 자가 도둑이란 말입니까? 임꺽정은 도둑질을 함으로써 임을 찾고 임은 스스로 보존할 수가 있었습니다. 그토록 위대했던 임꺽정, 한국 역사의 일등공신, 역사책에서 도둑으로 몰리기엔 아까운 인물입니다. 누가 주인이고 누가 도둑입니까? 세상에 태어날 때 무엇을 갖고 왔기에 네 것 내 것이 따로 있단 말입니까? 내 것 네 것이 맞던가요? 그렇다면 봉이 김선달이 대동강물을 파는 것은 당연하지 않습니까? 임자가 없는 것을 가지고 임자가 되고 싶어하는 사람이 있었으니 그 거짓말 같은 대동강을 참말로 팔아 넘겨도 좋았다는 것입니다. 임꺽정에게는 뺏는 재주가 있었다면 김선달에게는 파는 재주가 있었습니다.

(pp.188~189)

인용문에서 보듯 상호텍스트로서 만적, 임꺽정, 봉이 김선달의 인물들을 의도적으로 수용하여 텍스트의 의미는 다른 텍스트들과의 의미 관계 속에서 형성되어 있다.

그는 서문에서 작가가 주제를 말하지만 내용중 이야기가 이탈하는 것 등에 별 구애 없이 자유롭게 실행된다.

> 맞지 않고 맞았으면. 고문을 받지 하지 않고 고문관이 되든가 고문을 받아 고문관을 만들어 내든가 아니면 장관 모가지를 짜르고 높이 조간 신문에 걸어 놓던가. 뚜따 땃따다 뚜닥닥닥기상 ♪ 사천만, 머리 사천만, 영롱한 눈동자 팔천만, 점호 끝. 오늘 그간 사십 년 간 싸워온 냉전을 종식하는 마지막날 유종의 미를 치장화장 장식하는 뜻에서 모두 일어나 화염처럼 하늘로 치솟으면서 맹렬히 싸울 것. ……생략……
> 쓰러진 백팔명의 구혼자들, 사라진 백팔 번뇌들, 오만하던 안티노우스 호색하던 변학도, 토색하던 조병갑이여, 국녹의 흰쌀밥에 살찌더니 구더기 밥상에 올라눕는가! 잔치로 시작하여 잔치로 끝나는 인생이어라 어찌 흥분하지 않으리요? 각하! 이런 버러지 같은 자식을 데리고 정치를 하니 정보부가 제대로 되겠습니까? 탕, 탕, 이런 구데기들하고 밥상에 앉았으니 살이 찌겠습니까? 탕,탕, 이왕 시작한 탕탕이니 탕탕탕. 어찌 허무하지 않으리요? 「이자가 바로 세상을 뒤흔들던 자인가?」 14:25. Ecce Homd! 사람들아 이 사람을 보라 참혹하여라 악사여 어찌 노래할 수 있으리요 차라리 피리불어 감회의 맥박만 뛰게 하라
>
> (pp.23~33 부분 인용)

그런데 실제 벌어지고 있는 사건이라는 생동감을 주기 위해 꺾쇠. 음향기호, 등을 삽입하고 있다. 그렇다면 이러한 장르 혼합의 정치적 의미는 무엇인가? 여러 가지 다른 목소리들이 등장함으로써 아이러니, 풍자, 희화, 비판등이 가능해지는 대중적 또는 민중적 힘이 집결 될 수 있는 카니발적 또는 탈춤적인 마당판이나 "굿마당"을 가능케 할 수 있다는 점이리라[12)

---

12) 정정호, 「전환기 문학과 대화적 상상력」, 한신문화사, 1992, p.350.

최병현의 '시설'이라는 새로운 형식을 통한 파괴나 혼합 확산은 냉귀지와 같은 포스트모던 실험소설의 새로운 가능성이라고 할 수 있다.

5. 맺음 말

포스트모던 시대 또는 후기 자본주의 사회로 불리는 현대는 더 이상 전통적 소설 양식으로서는 사회의 총체적 현상을 그려낼 수 없는 시대이다. 사회적·정치적·문화적 상황과 영상매체의 확산은 리얼리티를 묘사해야하는 기존의 소설 양식으로서는 한계에 부딪치게 할 뿐이었다. 따라서 작가들은 언어를, 역사를 자신의 모습을 뒤돌아보며 자아 반영적으로 되어갔다. 작가는 작품의 서두에서 '역사적 사건, 역사적 인물, 구태의연한 예술적 상황에 대한 저항의식'에 대한 글쓰기라고 했듯이, 이러한 구태의연한 예술적 상황을 벗어난 글쓰기에 대한 끊임없는 자의식적 성찰과 인식으로 새로운 소설양식을 찾아낸 것이다. 또한 작가로서 새로운 글쓰기에 대한 철저한 사명의식과 책임감만이 진실한 글쓰기라고 할 수 있었다. 흔히 포스트모던 소설가를 역사의식이나 현실감각이 결여된 작가로 치매하기 쉬우나, 그의 언어 유희와 실험속에 내재한 현실 인식이나 저항의식은 소설 전면에 뚜렷이 드러나고 있었다. 최병현은 포스터모더니즘에서 긍정적인 가능성을 발견하여 그것을 소설 문학에서 가장 현실적이고 성공적으로 형상화했다고 볼 수 있다. 우리가 몸담고 있었던 사회 현실, 역사에 대한 증언서이며 부조리한 현실에 대한 고발과 저항의식으로 뚜렷한 성과를 거두었다고 할 수 있다.

참고 문헌

강병로, '포스트모더니즘소설의 언어 특성', 부산대 석사논문 1991.

김성곤, 『포스트모던 소설과 비평』, 열음사, 1993.

———, 『포스트모던 시대의 작가들』, 민음사, 1993.

김욱동, 『모더니즘과 포스트모더니즘』, 현암사, 1992.

박병주, '포스트모더니즘소설의 서술방식 연구', 경희대 박사 논문, 1991.

오세찬, '윌리엄 포크너의 텍스트에 나타난 포스트모던 요소', 고대 박사논문, 2000.

이승훈, 『포스트모더니즘과 문학 비평』, 고려원, 1994.

정정호, 『문학적 토대의 부정 그리고 해체』, 광장, 1989년 8월호.

———, 『전환기 문학과 대화적 상상력』, 한신문화사, 1992.

———, 『포스트모더니즘과 한국 문학』, 도서출판 글, 1991.

최경훈, '제임스조이스의 소설 연구', 영남대 박사논문, 1997.

최병현, 『냉귀지』, 문학과비평사, 1988.

전쟁, 죽음과 생명의 의미
-박경리 초기 단편소설을 중심으로-

정인숙

1. 머리말

오늘날 현대인들은 물질 문명의 풍요로움을 통해 인간의 본질을 상실하고 진실한 삶을 포기한 채 물질의 노예가 되었고, 뿐만 아니라 산업화, 근대화를 빠르게 진행하는 과정에서 질병과 전쟁, 환경 문제 등으로 얼룩지게 되었다. 이러한 모순 속에서 문명을 창조한 인간들은 설자리를 위협받고 있는 것이다.

다른 한편으로 이러한 물질 문명의 발달 뒤에는 자본주의에 강력한 힘을 실어주게 되었고 강력한 힘을 지닌 나라들은 드디어 힘을 발산하기에 이르렀다. 이것이 바로 전쟁인 것이다.

* 경원대학교 국어국문학과 박사과정

전쟁하면 우리는 옛 일처럼 생각하지만 21세기에도 전쟁은 일어나고 있고, 앞으로도 전쟁은 일어날 것이다. 그러나 이러한 전후의 상황은 모든 것을 초토화시키고 있다. 건물은 지붕이 모두 날아간 채 벽에는 총구멍이 여기 저기 뚫려 있고, 사람들은 피를 흘리며 사방에 흩어져 죽어 있어 처참하기 이를 데가 없었다. 전쟁후의 그 비참함이란 아무리 강조를 해도 지나치지 않을 정도로 처참하다. 이렇듯 전쟁은 많은 목숨을 빼앗아 간다. 전쟁에 참여한 사람은 물론이고 참여하지 않은 사람들까지도 부상을 입고 죽어 가는 것이 전쟁인 것이다.

이러한 전쟁이 1950년도에 우리나라에서도 있었다. 남과 북의 한국전쟁은 많은 사람들을 죽음으로 몰아갔고, 우리의 산하를 초토화시키기에 충분하였다. 우리는 이러한 모습을 영화나 소설을 통하여 간접적인 체험을 하게 된다. 전쟁은 우리 민족에게 큰 시련과 아픔을 안겨주기도 하였지만 문학에 있어서는 다양하고 풍부한 소재를 제공하기도 한다. 전후 작가인 박경리 역시 전쟁을 경험한 작가로 그의 여러 작품 속에 전쟁의 모습을 생생하게 형상화시키고 있다.

박경리 소설의 가장 특징적인 면은 그의 작품이 발표된 초기에서부터 주목받아온 죽음의 상황 설정[1]을 통한 강렬한 메시지의 전달이라고 할 수 있다. 채진홍[2]에 따르면 박경리의 소설은 인간으로서 존엄을 끝까지 지켜 나가려 한 사람들의 삶 속에는 늘 죽음의 심상이 드리워져 있다고 하였다.

---

1) 박경리, 「나의 문학적 자전」, 『꿈꾸는 자가 창조한다』, 나남출판, 1994, p.141.
　　박경리는 자신의 작품 속에 죽음이 늘 존재한다고 한다. 그녀는 죽음의 문제 같은 것도 신에 대한 것과 상통하는 안이함이 있기 때문이며, 죽음을 깊이 추구하는 일은 별로 없다는 것이다. 그러나 내 가까운 사람들의 죽음은 심장에 못을 박은 듯 남아 있으나 그것은 죽음의 추구하고는 다르고, 그러니까 죽음은 내 삶 속에서 받아들여지는 고통일 뿐, 때론 내세가 있을 것이란 가냘픈 희망, 동화와도 같은 꿈이 있고 심연과도 같은 암흑, 무에 대화여 더럭 겁이 나기도 하지만, 작품 속의 죽음은 대체로 삶을 부각하기 위한 것이라고 한다.
2) 채진홍, 「인간의 존엄과 생명의 확인」, 『1950년대의 소설가들』, 도서출판 나남, 1994, 참조.

죽음이라는 용어는 현존성의 상실을 의미한다. 여기서 죽음에 대한 의학적 또는 심리학적 정의의 차이는 중요하지 않다. 다만 현존재의 세계 상실이라는 상황 지체가 현재의 삶에 어떤 의미로 작용하는가가 문제의 내용이 된다. 이러한 이유로 죽음에 대한 인간의 사고는 다양한 형태로 표출되어 왔다. 박경리 초기 소설에서도 다양한 형태의 죽음관을 보이며, 그의 문학 전반에 나타나는 죽음의 이미지는 피폐한 삶을 극복하려는 인간의지가 혼재하는 문학적 특징을 보여준다.

2. 시간 속에서의 일탈

박경리 초기소설에서 전쟁으로 인하여 죽음이 드러나는 작품으로 「불신시대」, 「암흑시대」, 「영주와 고양이」 등을 예시할 수 있다. 이들 작품은 전쟁에 대한 배경 묘사와 더불어 시작된다. 이것은 전쟁이 죽음의 상황을 부각시키는 데 효과적인 분위기를 가져온다는 기능적 측면도 있지만 전쟁 배경이 전쟁으로 채색할 수밖에 없는 역사적 상황임을 의미하는 것이기도 하다. 특히 「영주와 고양이」에서는 전쟁 때 아버지를 잃었는데 올 여름에 또 남동생을 잃어버리는 일이 발생했다. 이렇게 전쟁은 많은 가정의 가장들을 죽음으로 내몰았던 것이다. 그래서 영주네는 남자 없이 여자끼리만 산다. 전쟁후의 가장 없는 가정은 더욱더 빈곤한 삶 속에서 생존과 싸워야만 했다.

　　사변 때 아버지를 잃은 영주는 작년 여름에 또 사내동생을 잃어버렸다. 그리하여 민혜 자신이 어머니에게 외동딸이었던 것처럼 영주 역시 민혜에게 있어서 외동딸이 되고 말았다. 무슨 숙명 같은 이야기다.3)

---

3) 박경리, 「영주와 고양이」, 앞의 책, p.309.

　　9·28 수복 전야. 진영의 남편은 폭사했다. 남편은 죽기 전에 경인도로에
서 본 인민군의 임종 이야기를 했다. 아직도 어린 소년이었더라는 것이다.
소년병은 물 한 모금만 달라고 애걸을 하면서도 꿈결처럼 어머니를 부르더
라는 것이다. 그것을 본 행인 한 사람이 노상에 굴러 있는 수박 한 덩이를
돌로 짜개서 소년에게 주었더니 채 먹지도 못하고 숨이 지더라는 것이다.
　　남편은 마치 자신의 죽음의 예고처럼 그런 이야기를 한 수 시간 후에 폭
사하고 만 것이다.[4]

　「불신시대」에서 전쟁의 배경묘사 속에 소년병이 죽어가면서 어머니를
부르는 꿈속에서의 모습은 남편의 죽음과 아들의 죽음을 예고한다. 이
작품에서도 「영주와 고양이」에서처럼 남편과 아들을 잃은 상황이 전개된
다. 그래서 가장을 잃은 전쟁미망인은 세계의 폭력성에 온 힘을 다해 저
항한다. 이러한 상황에서 여주인공 진영은 자기 세계의 구축을 통해 현
실 극복의 의지를 보여주고 있다.

　이 작품에서 불신시대의 원인이 전쟁이라는 점이 분명하게 부각된다.
그러므로 여기에서 죽음의 심상이 암시하는 것은 숨 끊어짐 이상의 것이
된다. 전쟁 상황 속에서 파생된 인간 삶의 모든 악조건들이 그 죽음에
의해 걸러짐을 보여주기 때문이다. 위의 인용문에서의 전쟁이 얼마나 비
참한 결과를 빚어내며, 그 결과가 어떠한 방향으로 회복되어야 하는가를
분명하게 말해준다. 그리고 그것이 사람살이 개개인의 차원에서가 아닌
역사 전체의 차원에서 그렇다는 점을 반증해 주기도 한다.[5] 이 작품에서
죽음의 이미지는 결말부분 직전까지 이끌어간다.

　　문수가 자라서 아홉 살이 된 초여름, 진영은 내장이 터져서 파리가 엉겨
붙은 소년병을 꿈에서 보았다. 마치 죽음의 예고처럼 다음날 문수는 죽어버
린 것이다. 비가 내리는 밤이었었다.[6]

---

4) 박경리, 「불신시대」, 『환상의 시기』, 나남출판, p.59.
5) 채진홍, 앞의 책, p.250 참조
6) 박경리, 위의 책, p.60.

아이는 앓다가 죽은 것이 아니었다. 길에서 넘어지고 병원에서 죽은 것이
다. 그러나 그것뿐이라면 차라리 진영으로서는 전쟁이 빚어 낸 하나의 악몽
처럼 차차 잊어버릴 수 있는 일이었는지도 모른다. 그러나 그것이 아니었다.
의사의 무관심이 아이를 거의 생죽음을 시킨 것이다. 의사는 중대한 뇌수술
을 엑스레이도 찍어보지 않고, 심지어는 약 준비조차 없이 시작했던 것이다.
마취도 안한 아이는 도수장 속의 망아지처럼 죽어갔다. 그렇게 해서 아이를
갖다 버린 진영이었다.[7]

진영의 눈에 처음으로 제시된 불신시대의 모습이다. 위 글에서처럼 아
들이 죽은 것은 순전히 의사의 무관심 때문이었고, 뒤에 이어지는 사건
들은 진영으로 하여금 의사뿐만 아니라 세상 전체를 불신하게 한다. 작
가는 주인공의 내면 성찰을 위해 그녀의 주변에 비극적인 사건과 극한
상황을 전개시키고 있다. 그 사건은 주변 인물들의 죽음에 대한 것이며,
그녀가 처해 있는 극한 상황은 전후라는 공간적 배경 설정이다.

죽음은 살아서 점유하던 공간과 살아서 움직이던 시간의 소멸이며 가
장 구체적인 것은 육체의 소멸이며 가시적인 세계로부터의 떠남이다. 또
한 주관적 경험이 불가능한 것으로 타인의 죽음을 통해서만 감각적으로
인지할 수 있는 간접적 경험의 대상일 뿐이다.[8] 따라서 인간은 객관적
경험을 토대로 또는 선행된 연구의 내용물로 죽음을 이해하여야 하기 때
문에 더욱더 공포감과 불안감이 큰 것이다. 이러한 죽음의 세계가 진영
이 주변에서 일어난 것이다. 가장 가까운 남편과 아들을 자신의 세계에
서 떠나보내야 했기 때문에 슬픔과 고통이 그만큼 컸던 것이다.

「암흑시대」의 순영이도 「불신시대」의 진영이와 같은 과정을 겪는다.
순영은 전쟁 때문에 남편이 죽음에 이르게 되었고 자신의 모든 재산도
잃어버렸다. 그러하여 전쟁 속에서 방황하던 목숨이 어느 위치에 머물러
섰을 때 순영이 앞에는 핍박한 생활이 남아 있을 뿐이었다. 여기서 다시
어떻게 살아갈 것인가에 대한 해답은 결말에 존재하지 않는다. 그것은

---

7) 박경리, 위의 책 p.90.
8) 김현숙, 앞의 책, p.180.

주관 속에 자리 잡은 주체의 의지의 표출만으로 형상화된다. 순영의 체험 속에 전쟁은 존재의 주체성과 자유의 영역을 상실하게 하며 극한 의식을 경험하게 하였다.

절망과 공포, 죽음과 한계상황 등의 특수한 경험은 전후문학의 특징으로 자리하게 되는데, 박경리의 문학에서도 예외는 아니다. 특히 「암흑시대」는 전쟁의 상흔으로 삶의 한계상황을 경험하는 인물을 설정하여 전후의 특수상황을 작품 전체로 연결하고 있다. 남편의 죽음과 아들의 죽음은 순영이로 하여금 삶의 지표를 상실한 존재로 만들었고, 의지할 수 있는 그들의 죽음으로 인해 핍박한 생활이 순영의 비극성을 가중시킨다.

이러한 비극성은 어떠한 형태로든지 인물들 간의 관계 속에서 일어나는 갈등과 외부의 사건으로 연결된다. 작품 속의 인물이 죽는다면 그 죽음에는 반드시 죽을 수밖에 없는 필연적인 원인이 존재한다. 그리고 인물자신의 내적인 갈등과 인물과 세계와의 갈등은 이러한 죽음과 연결되는 것이다.

박경리 초기 소설에서의 구성상의 특징 또한 이러한 인물과 세계와의 갈등 속에서 이어진다. 순영이 어린 아들의 옷을 입힐 수 없을 정도로 처참한 죽음 앞에서 속물적인 지식인들과 인간에 대한 경멸과 증오가 작품 전체의 흐름을 주도하는 것도 이와 같은 것이다.

> 긴 낭하를, 또 긴 낭하를, 별관을, 그리고 뜰로 얼마 동안을 걸었는지 모른다. 몽롱한 순영의 의식의 세계에 돌팔매처럼 어머니의 곡소리가 들리는 것이었다.
> 높다란 시체대 위 명수는 담요를 뒤집어쓰고 누워 있었다.
> 어머니는 콘크리트 바닥을 뒹굴고 있었다. 아저씨는 시체 대를 짚어 엎드려져 있었다.
> 순영이는 담요를 들쳤다.
> 짐승 같은 울부짖음이 순영이의 모가지 속에서 끊었다.
> 아이는 하얀 붕대로 얼굴을 싸서 아무것도 보이지 않았다. 팔과 다리에도 붕대가 감겨져 있고 그리고 굽어지지 않게 붕대로 꼭 묶여져 있었다.

순영이는 아이를 안으려고 했다. 그러나 아이는 순영이의 팔에 안겨지지 않았다. 이미 죽음의 경직이 온 것이다.[9]

순영은 아들의 죽음 앞에서 자신의 육신이 소멸되어 가는 착각을 일으키고 있다. 그리고 영혼만이 차가운 사방의 벽을 치고 울리며 허공을 맴돌 뿐이다. 순영은 누운 채 천정만 바라보고 아들의 이름만 부르며 헛소리를 한다. 정신을 놓고 있던 순영은 아들의 죽음이 꿈이 아니었다는 사실을 깨닫고 아들을 위해 기도를 한다. 세상에서 죄 안 짓고 갔으니 천당에 갔으면 좋겠다고 아들을 위한 마지막 소원을 하고 있다. 순영의 아들은 이렇게 허무하게 세상을 떠났고 다시는 순영이 앞에 모습을 드러내지 못한다. 이렇게 죽음은 더 이상 함께 할 수 있는 존재가 아니며 살아 있음과의 단절이다. 그래서 순영은 아들을 만날 수 없다는 상실감이나 충격이 어디에다 비교 할 수 없을 만큼 크다.

3. 두려움의 존재, 죽음

전쟁은 소중한 생명을 무참히 파멸시킨다. 이러한 파괴 속에서 우리는 생명의 소중함을 인식하기도 한다. 이러한 구조적 특징으로 「전도」의 숙혜를 예로 들 수 있다. 숙혜는 직장을 그만두고 경제적으로 어려움을 겪게 된다. 그래서 집세를 내지 못하자 집주인에게 모멸과 멸시를 당한다. 숙혜는 여러 가지 주변 상황에 자존심이 상하고, 주변 사람들에 의해 자기에게 가해지는 부당한 대우를 안으로 삭히며 산다. 그러던 중에 여주인의 남편으로부터 폭행의 위기를 맞게 된다.

---

9) 박경리, 「암흑시대」, 앞의 책, p.159.

"물러서세요" 마치 독침을 뿜는 것 같다. 사나이는 도로 멈칫하고 선다. 눈동자가 의연히 사나이를 쏜다. 타는 듯한 증오에 찬 눈동자다. 사나이는 어쩐지 좀 두려운 생각이 들었다. 그러나 일은 이미 저지르기 시작한 뒤다. 물러설 수는 없다. 그렇게 생각하니 광포한 피가 지글지글 끓어오른다. 숙혜가 서릿발같이 차면 찰수록 형용키 어려운 미움이 치솟는다. 그리고 숙혜에 대한 두려움을 느낄수록 짓밟고 더럽혀주고 싶은 충동이 일어나는 것이다. 사나이는 영악한 짐승처럼 씨근덕거리고 있더니 눈에 불을 켜고 손을 뻗친다. 책상 위에 가위를 잡는 것이었다. "소리를 내면 죽인다." 사나이의 목소리가 떨려 나온다. 처절한 미소가 숙혜 입가에 번져나간다. 사나이 얼굴 귀에 피가 모였다가 흩어진다. 사나이는 가위를 쥔 손을 번쩍 쳐들었다. "죽이세요."10)

짐승처럼 덤벼드는 남자에게 숙혜는 당당히 맞서 자신을 보호하려 한다. 하지만 연약한 여자의 힘으로는 도저히 감당할 수가 없는 것이다. 숙혜의 죽음은 이 세상에서 여성이 살아가기 위해 어떻게 해야 하는가를 암시해 준다. 여성들이 사회 윤리 규범을 벗어났을 때 목숨까지 잃어버릴 수 있는 극한 상황에 이르게 되며 그것은 사회윤리의 규제를 어긴 행위에 대한 대가가 어떻다는 것을 보여주는 상투적인 서사 전개이다.

위 글에서 숙혜는 죽음을 원하는 것이 아니라 삶에 대한 방어적인 태도로 죽음에 임했음을 보여준다. 사나이에 대한 숙혜의 공포는 죽음과 어둠 속에 존재한다. 작가는 숙혜 속에 존재하는 어둠과 불안이 죽음이라는 두려움에서 헤어나지 못하는 원인도 있지만 '고깃덩어리 같은 사나이'라는 특수한 인물을 설정하여 인간의 근원적인 공포와 불안과 관련된 실존적 사고를 보여주기도 한 것이다. 이러한 상황 자체는 인간의 근원적 속성으로 파악하여 현실을 극복하고자 하며, 숙혜의 현실 극복 의지를 나타낸 것이다.

---

10) 박경리, 「전도」, 앞의 책, p.86.

　　사나이는 미친 듯이 중얼거리며 이빨을 달달거린다. 숙혜의 백짓장 같은 얼굴 위에 수 없이 땀방울이 솟아나고 있었다. "저 눈깔! 눈! 정말 죽일 테다! 어훙! 경이 앗!" 숙혜는 얼굴을 감싸며 앉은자리에서 벌떡 일어선다. 팔매질 같은 울부짖음이 방안을 흔든다. 사나이는 눈앞에는 불이 콸콸 붙고 있었다. 그 벌건 불길 속에 불쑥 솟은 쇳덩어리 같은 여자의 모습, 사나이는 뭐가 뭔지 걷잡을 수 없는 이상한 힘에 가윗날을 곤두세워 가지고 덤벼들었다. 무서운 비명이 야밤을 찌른다. 사나이는 비명을 막기라도 할 듯이 목, 팔, 얼굴 할 것 없이 마구 난자한다. 방바닥 위에는 피가 낭자했다.[11]

　　위의 글은 살인을 하는 가해자의 표정과 죽음을 당하는 피해자의 표정에 초점을 맞추어 삶의 비극성을 드러낸다. 숙혜의 죽음은 표면적으로는 타의에 의한 소극적인 죽음이었지만 궁극적으로는 살아온 삶의 무게 때문에 죽음까지 자신을 몰고 가는 자의적이고 적극적인 죽음으로 설정되어 있다. 이것은 죽음을 원한 것이 아닌, 살기 위한 몸짓이며 자아를 지키기 위한 저항이다. 이는 또한 삶의 포기하겠다는 것이 아니라 죽음으로써 항거하겠다는 것이고 그녀가 살아 있음을 확인하는 그녀의 마지막 행동의 표현인 것이다.

　　여기서 숙혜의 죽음은 여성의 입장을 대변해 주는 장치로 되어 있다. 그것이 수동적이든 능동적이든 남성의 폭력에 의해 불가피하게 죽음을 맞이하게 된다. 죽음을 맞이하는 숙혜의 마음은 이미 모든 상황을 체념한 상태로 죽음의 두려움을 넘어선 것이다. 이때의 죽음의 의미는 구속과 굴레로부터 벗어난 다른 세계로 나감이며, 이겨낼 수 없는 상황에 대한 자신의 의지의 표현이다. 이러한 죽음은 일상적인 사람들의 입장에서는 구원일 수 없다. 그러나 삶에서 절박하게 통로를 찾아 헤매는 이들에게는 정신적인 구원이며 육체적인 저항의 결과이다. 육체에 대한 저항은 진정한 절대의 자유를 꿈꾸는 자들이 찾으려는 정신의 이상향이다. 이생을 벗어남은 일상인들에게는 인생의 끝이며 절망이다. 그러나 그 절망보다 존재에 대한 더 큰 저항을 온몸과 마음으로 부딪치고 있는 이들에게

---

11) 박경리, 앞의 책, p.87.

죽음은 현실의 한계를 벗어나게 하는 열려진 세계이며 자신만의 공간 찾기인 것이다. 숙혜의 죽음은 현실에서는 비극이며 또한 비극적인 현실에서는 자신만의 공간 찾기인 것이다.

4. 생명에 대한 질서 파괴

「군식구」 역시 죽음을 주제로 하고 있는데 이 작품에서는 사람이 아닌 동물을 난자한다. 인간에 대한 대체 살인이라 할 수 있는 이 작품은 세계의 속물성이 인간의 주체성을 어느 정도까지 말살하는지 보여주는 것이다. 주인공 양서방은 사위인 진길이에 대한 증오심을 그가 애지중지하는 세퍼트를 난자함으로써 자신의 내면세계에 대한 의식을 드러낸다.

전후의 무질서하고 빈곤한 생활은 양서방의 가정에 위계질서를 무너뜨리고 가족 간의 대화를 단절시킨다. 양서방은 결혼한 딸과 함께 살고 있으면서도 대화는 단절되어 있고 누구하나 상대할 사람 없는 어두운 생활을 한다. 이러한 그의 생활은 그를 소외의 늪으로 몰고 가는 원인이 되고, 또한 그의 이면에는 그가 딸을 중국인에게 시집을 보낼 수밖에 없었던 빈곤한 삶이 내재해 있었다. 그래서 그는 늘 죄의식에 사로잡혀 산다. 전후의 빈곤한 삶 때문에 어쩔 수 없는 상황이지만 양서방의 죄의식은 어느 것과도 바꿀 수 없는 가슴 아픈 사연으로 그의 양심을 괴롭히고 있는 것이다. 이러한 그의 죄의식은 인간에 대한 미움으로 치환되고 결국 그의 주변 인물들로 이어가게 된다.

평소에 장인을 무시하고 조롱하며 빨리 죽기를 바라는 사위는 양서방과 사이가 좋을 리가 없다. 중국음식점을 운영하며 장인과 함께 사는 진길이는 장인이 자신이 살아가는데 조금도 도움이 안 된다고 생각하고 있고 장인 역시 사인인 진길이를 뙤놈이라며 무시한다. 매일 같이 반복되는 이러한 삶은 늙어 가는 양서방에게 증오만 증폭시키고 있을 뿐이다.

이웃집 술친구인 사진관 주인도 마찬가지이다. 이러한 삶의 연속으로 양서방은 어느 날 증오심이 폭발을 하게 되어 도끼로 세퍼트를 난자하기에 이른다. 이 세퍼트는 사위인 진길이에게는 자신의 분신과도 같은 것이며, 애지중지 귀하게 기르는 애완견이다. 이토록 사위가 애정을 갖는 애완견을 도끼로 난자하여 죽인 것이다.

사람의 마음은 외부로부터 감당할 수 없는 자극이 들어오면 이를 여러 가지 방어무기로 해결하려 한다. 이 중 무의식적으로 자신의 심적인 갈등을 남에게 돌리는 것을 투사라고 하는데, 무의식에 열등감이 쌓여 있으면 투사 능력이 비정상적으로 발달하게 된다. 그래서 양서방의 행동이 평소에는 순한 사람이었으나 이렇게 난폭한 행동으로 변한 것이다. 양서방의 분노와 증오는 이러한 행동으로 울분을 해소하고 있지만, 이러한 행위는 비록 동물이라 하더라도 살아있는 생명을 도끼로 난자한다는 것 자체가 살인과도 같은 행위이며 생명의 의미를 다시 한번 생각하게 하는 내용인 것이다.

> "이놈의 새끼를 죽여야지, 찍어 죽여……" 도끼를 들고 뛰어나온 양서방은 사슬을 물어 끊지 못해서 발광하고 있는 메리 앞으로 다가섰다. 그는 도끼를 정면으로 쳐들고 개를 겨눈다. 도끼를 든 팔이 머리 위에서 잠시 떨었다. 에키! 개의 대갈통을 향하여 도끼를 내리친다. 그러나 도끼가 빗나간다. 그는 도끼를 고쳐 잡고 이리 뛰고 저리 뛰어 대가리, 등허리 할 것 없이 개의 고깃덩어리에 난도질을 하는 것이다. 메리의 고깃덩어리가 최후의 경련을 일으킨다.[12]

위 글에서와 같이 양서방은 사위에 대한 증오심을 그가 애지중지하는 세퍼트에게 분풀이를 하게 되고 그래서 동물인 개를 난자한 것이다. 이것은 그가 합리적이고 이성적인 해결 방법이 불가능한 상태에서 취할 수

---

12) 박경리, 「군식구」, 앞의 책, p.28.

있는 자기 자신에 대한 방어인 것이며 자신의 주체성의 표현인 것이다. 양서방은 분노와 슬픔이라는 이중 구조를 가지고 있다. 그것은 표면적으로는 대상을 향하고 있으나, 그 내면에서는 분명히 자기를 향하고 있다. 그의 내면에는 사회의 대한 기득권 쪽으로 올라가고 싶어하는 자신의 의식이 숨어 있기도 하다. 그러나 그 반대로 고결한 고독을 감수하며 살 수 있는 능력이 없는 자신과 그 어느 쪽도 선택할 용기가 없어 우물쭈물 살고 있는 자신이 숨어 있는 것이다. 그리고 무엇보다도 중요한 것은 자기 자신의 의욕을 직시하기 위해 내면에서 우러나오는 욕구, 즉 삶에 대한 욕구의 의지가 내면 깊숙이 숨어 있는 것이다.

양서방은 현실에 대한 부적응이 현실을 버리는 것이 아니라 현실 속에서 찾을 수 없는 자신의 세계로 인해 현실을 버리는 것이다. 삶의 목적이 없을 때 세상은 존재의 의미를 잃어버리게 한다. 전후 작가인 박경리는 전쟁이라는 극한상황에서 인간의 존재론적 본질을 투시하고 전후의 황량한 인심과 그 비참한 생활을 부각시키며 삶의 의미를 조명하여 그것을 문학으로 표출한 것이다.

「군식구」의 결말은 인간이 아닌 동물을 난자함으로써 인간의 생명 존중이라는 새로운 의식 세계를 갖게 하는 작품이라 할 수 있다. 전후의 여러 작품들은 하나 같이 많은 사람들이 목숨을 잃거나 죽음을 맞이하게 된다. 그러나 이 작품에서는 유일하게 사람과 동물을 동일시하여 인간의 생명에 대한 경각심을 갖게 하고 생명에 대한 존엄성을 강조하는 작가의 의식 세계를 반영한 것이라고 할 수 있다.

5. 생명의 갈망과 소멸

「도표 없는 길」의 경노는 무능한 가장으로 빈곤에서 오는 생활고를 비관하여 죽음을 선택한다. 주인공 경노는 부조리한 세계에서 삶의 의미를 찾지 못하고 소외된 비극적인 삶을 살다간 주체성이 결여된 인물이다. 경노는 가족의 생계유지를 위한 주체적인 인물이고 여타 가족은 그에 의해 전적으로 부양되는 쪽이다. 또 자녀와 피부양 가족들의 정서적 지주이기도 하다. 그러나 부조리한 세계에서 가장의 역할은 위축되고 가족 관계 내의 유대감이 약화되는 양상을 띠게 된다. 경노는 가족관계 내의 절대적 위치에 있었던 자신의 위치가 전쟁 전후의 빈곤함과 무능력으로 축소되었고, 또한 무기력한 자신의 모습에 방황과 갈등을 느끼며 삶을 체념한 상태에서 죽음을 선택한 것이다.

국채는 눈물을 삼키며 여전히 밥을 떠서 입 속에 놓는다.
국채가 밥을 얻어먹고 집에 왔을 때 이상스럽게 대문이 잠겨져 있었다.
"아부지, 문 열어주시오!"
아무런 대답이 없었다. 집안에서 닭이 날개를 터덜거리며 화창한 대낮 울음을 한바탕 뽑을 뿐이다.
"아부지 문 좀 열어주시오!"
역시 아무런 대답이 없다.
국채는 문틈 사이로 안을 들여다보았다. 아버지는 마루 끝에 서 있는 것 같았다. 문을 밀어 보았다. 여전히 아무런 기척이 없다. 국채는 다시 문틈 사이로 안을 들여다보았다.
"아이크우! 울아부지가 목, 목……"
국채는 소리를 지르고 나자빠지는 것이었다.
이웃 사람들이 문을 부시고 안으로 들어갔다. 마루 대들보에 목을 맨 경노의 몸은 싸늘했다. 자리에 누인 경노는 다시 소생하지 않았다.[13]

사람은 먹어야 산다. 그런데 전쟁은 우리의 생명뿐만 아니라 우리가 먹고 살아야할 식량까지도 앗아갔다. 누구나 할 것 없이 빈곤한 상태에서 국채네도 이외가 될 수 없었다. 국채 아버지 경노는 무능력 그 자체

---

13) 박경리, 「도표 없는 길」, 앞의 책, p.105.

이다. 하나 있는 딸 국채가 밥 굶기를 밥먹듯 하는 것이 경노로써는 제일 가슴 아픈 일이며 못 견디는 일이다. 그래서 선택한 것이 죽음인 것이다.

경노의 죽음은 현실 극복의 의미가 결여된 상태에서 타인에게만 의존했던 무능력이 그를 죽음으로 몰고 간 것으로 해석된다. 삶에 실패한 자에게는 자신의 공간이 따로 있을 수가 없고, 현실의 공간도 의식의 공간도 그에게는 없는 것이다. 죽음은 물리적이고 가시적인 근원으로의 회귀가 아니라 다시 자신의 육체의 근원으로 되돌아가는 것이며, 현실 공간으로부터의 일탈이다.

이렇게 자살을 선택한 작품 중에는 「비는 내린다」도 포함된다. 이 작품의 주인공인 지영이는 한 남자를 두고 언니와 갈등을 하게 되는데, 이러한 과정에서 언니는 그 남자와 결혼을 하고 지영이는 집을 나가 자살을 한다.

> 그래서 낯이 익은 청년은 지영이 어머니를 찾았다. 딸의 소식을 알게 된 것이 기뻐서 나간 김여사 한테,
> "놀라지 마세요. 지영씨가 죽었습니다."
> 검은 그림자처럼 지영을 따라다니던 죽음의 예감, 김여사는 북도에 쓰러졌다.
> 여자들을 오지 못하게 하고 인걸이와 민수가 그 청년을 따라갔다. 백지장처럼 된 민수의 얼굴에서 땀방울이 쏟아지고 있었다.
> "전 갸프틴 마뷘과 친한 사입니다. 그래서 이번에도 마뷘의 심부름을 한 거예요."
> 청년의 설명을 두 사나이는 거의 듣고 있지 않았다.
> 인걸이와 민수가 간 곳은 아담한 외인 주택이었다. 깨끗한 침실에 지영의 시체가 있었다. 물론 자살이었다.[14]

지영이의 죽음은 전후의 빈곤이나 삶의 절박함에서의 죽음이 아니라

---

14) 박경리, 「비는 내린다」, 앞의 책, p.90.

사랑의 실패에서 오는 갈등과 실연에서 오는 죽음인 것이다. 전후에 사
랑으로 인한 죽음은 일종의 사치일 수도 있다. 그러나 지영이의 사랑은
삶과 죽음을 넘나드는 절박한 현실인 것이다. 그래서 죽음을 선택할 수
밖에 없었고 실연에서 오는 좌절과 소외감을 이기지 못한 것이다. 지영
이의 이런 돌발적인 행동은 소외된 삶을 극복하는 방법으로 역설적이긴
하지만 죽음이란 극단적인 방법을 선택한 것이라 보여 진다.

「비는 내린다」의 지영이의 죽음이나 「도표 없는 길」의 경노의 죽음은
작가가 독자들에게 주인공의 자살을 통해서 그 주인공을 자살로 이끈 사
회와, 가정의 환경 요건들을 드러내고 등장인물이 죽을 수밖에 없는 소
외의 단절된 감정의 절박함을 전달하기 위해 설정된 것으로 보인다. 그
리고 죽음이라는 가장 극단적이고 충격적인 방법을 선택한 것은 죽음이
이생의 끝이며 또한 공포스러운 순간으로 인식하게 하고 삶의 비극성을
알리고자 하는 의도 때문일 것이다. 이러한 점들에 비추어 볼 때 오히려
현실의 세계에서는 아무도 그 부조리함을 벗어날 수 없다는 부정적 현실
인식이 작가의 세계관 속에 명확한 영상으로 내재한 것이다.

6. 맺는 말

박경리는 전후의 극한 상황을 작품에 설정하면서 전쟁의 한 단면이나
폭력성, 즉 인간의 존엄 문제를 그 주된 테마로 다루고 있으면서도 작중
인물들은 늘 죽음의 비극성을 담고 있었다. 그러한 그의 소설에서의 죽
음은 죽음으로써 무의미하게 끝나는 것이 아니라 전후의 빈곤한 생활과
의 싸움에서 혹은 일상적인 삶 속에서 목숨을 잃게 된다. 이러한 죽음은
결국 생존과의 싸움에서 오는 죽음으로 삶을 부각시키기 위한 죽음이었
던 것이다.

　이러한 그의 소설은 삶과 죽음을 넘나들며 형상화되었다. 그 만큼 전쟁후의 삶이 힘들고 험난함을 이야기하는 것이다. 주인공들은 전쟁터에서 죽었고 삶이 힘들어서 죽었고 사고로 죽었다. 그래서 박경리 소설속의 주인공들은 죽음과 삶을 함께 공유하며 산다.

　박경리의 초기 단편소설 「불신시대」의 진영, 「암흑시대」의 순영, 「영주와 고양이」의 영주, 「전도」의 숙혜, 「군식구」의 양서방, 그리고 「비는 내린다」의 지영이, 「도표 없는 길」의 경노 등의 등장인물이 행하는 색다른 자아 찾기 과정과 그 속에서 나름대로 본모습을 찾아 나가는 것에서 주인공 나름의 공간창조 작업의 의미와 의미 있는 죽음의 구조를 이루었다고 본다. 숙혜와 양서방, 지영이 그리고 경노가 행한 삶의 방식이든 나름대로 우리에게 충격을 주고, 자신과 사회에 대한 또한 무의식 속에 내재된 어떤 욕구와 충동에 대해 소극적이긴 하나 건전한 비판의식이 존재하는 것이며 그것은 단순한 표면적 의미에 머무는 것이 아닌 것이다.

한국 현대소설의 생태의식

선은주

1. 들어가는 말

1960년대 이후 근대화가 진행되면서 우리 사회는 환경오염이 심각해지고 생태계가 파괴되어 왔다. 과거에는 자연과 인간이 서로 조화를 이루며 살아왔으나 지금은 도시나 농촌이 모두 나름대로의 문제들로 인해 고통을 겪고 있다. 그 동안 경제발전이라는 목표에 밀려 '환경'이라는 말은 가려질 수밖에 없었으나, 환경오염이나 생태계의 파괴 못지 않게 산업화에 따라 인간성이 상실되고, 인간의 삶이 파괴되는 등 심각한 문제를 야기 시켰다.

과학기술의 발달이 인간들에게 풍요와 복지를 가져다 줄 것으로 기대했지만 이제 인간들은 과학이 인간을 이롭게 하는 문명의 이기인 동시에

---

* 경원대학교 국어국문학과 박사과정

인간을 파멸시킬 수 있다는 것을 깨닫기 시작했다.

1990년대에 들어와서 우리가 자연 생태계와 지구환경에 관심을 갖기 시작한 것은 1980년대 후반까지 방치되었던 환경문제가 공동체의 생존을 위협하는 사회문제로 부각되었기 때문이다. 그러나 거슬러 올라가면 환경과 관련된 소설은 1970년대 후반 조세희의 「난장이가 쏘아 올린 작은 공」이나 김원일의 「도요새에 관한 명상」과 같은 작품에서부터 찾을 수 있다.

환경 문제를 다룬 문학을 환경문학, 생명문학, 생태문학, 녹색문학 등 시각과 입장에 따라 다양하게 나누고 있으며, 그 중 소설문학을 환경소설, 생태소설, 생명소설, 녹색소설 등으로 부르고 있다. 생태학적 문명을 비판하는 소설을 '환경소설', 생명의식을 고양하는 소설을 '생명소설', 인간과 자연과의 조화, 생명과 생태계간의 교감을 다룬 소설을 '생태소설'이라고 한다. 그리고 이런 소설들을 모두 포함시켜 '녹색소설'로 부르기도 한다.

그러나 어떻게 부르느냐 보다는 우리의 사회나 자연을 바라보는 인식이나 실천의 문제가 더 중요하다고 본다. 환경문제의 중요성을 인식하면서도 명칭이나 이론이 정립되지 못했다는 이유로 시간을 소모하고 있다는 느낌이 든다. 구체적인 문학작품을 통해 환경문제의 해결에 앞장서기 위해서는 공동의 정신운동으로 승화시키기 위한 우리 모두의 노력이 요구된다고 하겠다.

생태주의자들은 자신들이 환경주의자들과 다르다고 주장한다. 또한 그들은 환경주의자들이 인간의 이성이 자연의 종들과 관련된 모든 문제를 해결할 수 있다는 낙관론을 펼치고 있으며, 인간의 편리한 생활을 위하여 자연환경이 보존되어야 한다는 인간 중심의 철학을 반영하고 있다며 환경주의자들을 배격한다.

그러나 환경을 다루고 있는 소설들이 환경주의에서 시작했지만 점차 생태주의로 나아가고 있는 추세이다. 또한 생명의식을 고양하는 생명소

설은 생태소설이 주장하는 것과 유사한 면이 많으며, 환경소설이 인간이
살고 있는 환경의 변화와 생태계에 끼친 영향을 다루고 있는 것이라면
생태소설은 생태계에 미치는 영향이 이념화·철학화·문학화 된 것이라
고 볼 수 있다. 그러므로 환경소설과 생명소설 그리고 생태소설을 구분하
지 않고 소설 몇 편을 토대로 그 속에 담겨있는 생태의식을 살펴보기로
한다. 본고에서는 김원일의 「도요새에 관한 명상」, 「따뜻한 돌」, 안광의
「성난 타조」, 한강의 「내 여자의 열매」, 한수산의 「침묵」, 문순태의 「낯
선 귀향」, 조세희의 「기계도시」 등을 기본자료로 삼았다.

2. 생명과 생태의식

1) 공동체 의식의 갈망

우리 소설들 중에는 인간 공동의 삶이 풍요로워야 함을 주장하는 소설
들이 있다. 그러나 더 나아가 인간과 인간, 인간과 자연, 인간과 우주가
모두 하나의 운명체로서 조화롭게 살아야 한다는 것이 바로 진정한 공동
체의식이다.

공동체의 종류에는 가족공동체, 직장공동체, 사회공동체, 우주공동체
등 다양하며 우리는 많은 집단을 이루며 생활하고 있다. 그러나 인간들
은 자신의 이익만을 추구할 뿐 함께 살아가는 공동체의 구성원들에게는
무관심한 경우가 많다.

공동체의식을 실천하기 위해서 우리는 구성원들이 모두 행복을 추구할
수 있는 사회를 만들기 위해 구체적으로 노력해야 한다. 더 나아가 인간
은 만물의 영장이 아니며 우주를 구성하는 요소로서 인간 외의 우주 공
동체와 동등한 입장에 서야한다는 것을 인식하고 참다운 우주공동체 실

현을 위해 노력해야 한다.

이러한 공동체 의식에 대한 갈망을 다루고 있는 작품으로는 조세희의 「기계도시」와 문순태의 「낯선 귀향」 등이 있다.

조세희의 「기계도시」는 1970년대에 발표된 작품으로 공해문제와 관련해서 노동자의 열악한 삶을 형상화한 작품이다. 은강이라는 기계로 가득 찬 도시는 공해로 인해 서서히 죽어간다. 은강은 1883년 개항과 더불어 국제적 무역항으로 산업도시로 발달해 왔다. 은강 공업지대에는 금속, 도자기, 화학, 유지, 조선 목재, 판유리, 섬유, 전자, 자동차, 제강공업이 성하다. 그러나 공기 속에는 유독가스와 매연, 그리고 분진이 섞여 있으며 공장에서는 폐유, 폐수를 하천으로 토해내며, 썩어 가는 내항 속에서는 생물체들이 죽어 가고 있다.

> 공장지대는 북쪽이다. 수없이 솟은 굴뚝에서 시커먼 연기가 오르고, 공장 안에서는 기계들이 돌아간다. 노동자들이 그곳에서 일한다. 죽은 난쟁이의 아들 딸도 그곳에서 일하고 있다. 그곳 공기 속에는 유독가스와 매연, 그리고 분진이 섞여 있다. 모든 공장이 제품 생산량에 비례하는 흑갈색·황갈색의 폐수·폐유를 하천으로 토해낸다. 상류에서 나온 공장의 폐수는 다른 공장 용수로 다시 쓰이고, 다시 토해져 흘러 내려가다 바다로 들어간다. 은강 내항은 썩은 바다로 괴어 있다. 공장 주변의 생물체는 서서히 죽어가고 있다.[1]

아이들이 호흡장애를 일으키자 아이들을 안고 병원으로 달려가던 어른들은 숨을 제대로 쉬지 못한다. 도시에는 안개가 가득 차고 도둑과 불량배가 판을 친다. 그러나 은강의 사람들은 그들의 문제를 해결해 보려고 했으나 맥없이 물러서고 말았다. 그 이유는 서울에 살면서 공장을 움직이는 사람들이 공해도를 조작할 힘까지 갖고 있기 때문이었다.

은강의 공장을 경영하는 아버지를 둔 윤호는 재수생이다. 윤호가 재수

---

1) 신덕룡, 『환경위기와 생태학적 상상력』, 실천문학사, 2000, p.254.

시절에 만난 율사 아버지를 둔 은희는 윤호를 노동운동가나 사회운동가가 될지도 모른다고 생각한다. 공장에서 일하는 난쟁이들의 삶에 관심을 갖는 윤호로 인해 은희도 은강에 대해 큰 부피로 떠올린다. 은강전기에 다니는 난쟁이의 작은아들은 사용자에게 요구해야할 것을 알기 위해 책을 읽고 새로운 노조를 만들 계획을 세우고 있다. 은강방직에 다니는 난쟁이의 딸은 상사인 담임의 말을 안 들었다는 이유로 해고를 당했다. 그러나 그 회사의 조합 아이들이 열심히 일하고 있다.

난쟁이의 큰아들은 은강에 가 일하기 시작한 이후 수없이 울었다. 협박도 받고 폭행도 당하고 병원에 입원하고 구류까지 살았다. 그러나 윤호나 은희는 난쟁이들을 위해 아무 것도 해 줄 것이 없다. 난쟁이의 큰아들은 노동자를 위한 집회를 열고, 노조를 만들고 싶어하고, 그래서 은강그룹의 경영주를 죽이려고 하지만 윤호는 자신을 좋아하는 은희를 안아주는 일 외에는 아무 일도 할 수 없다. 그리고 까만 기계들이 가득 찬 은강시를 떠올리며 '단체를 만들자. 그 사람 혼자의 힘으로는 안 되는 일이야.'라고 중얼거린다.

은강이라는 도시와 그 곳에 사는 사람들은 거대한 은강그룹의 돈벌이를 위해 희생당하고 있다. 사주와 노동자가 행복한 삶을 누리기 위한 공동운명체가 아니라 사주의 호화로운 생활을 위해 노동자들이 고통받고 병들어 가고 있으며 사주들은 그것을 외면하고 있는 것이다.

난쟁이의 큰아들은 은강그룹의 경영주를 죽여 세상에 모든 것을 알리고 싶어한다. 윤호는 그의 비장한 결심을 듣고 단체를 만들어야 한다는 것을 깨닫는다. 마음으로만 은강의 사람들의 아픔을 이해한 윤호가 그들을 위해 무엇인가 구체적인 일을 해야한다는 실천의 필요성을 깨닫게 된 것이다.

이 소설은 환경위기로부터 사람들을 구해내고 모든 사람들이 동등한 인간으로 대접받으며, 행복하고 조화롭게 살아가는 공동체를 확립하는 것에서부터 우리는 환경문제를 해결해 나가야한다고 주장한다. 모든 인간에 대한 존중이 이루어지지 않는다면 다른 문제들은 아무런 의미가 없기 때문이다. 그러므로 보다 낳은 환경에서 일하며 건강하게 살기 위해 노력하는 공동체의 모습을 그리는 것이야말로 우리의 소설이 나아갈 방향 중의 하나이다.

문순태의 「낯선 귀향」(1992)에서는 원전 방사능의 피해로 한 가정이 파괴되는 과정을 보여줌으로써 가족과 사회공동체 의식의 갈망을 그리고 있다. 영광원전에서 세탁부로 일하던 정순호는 아내가 무뇌아를 낳은 후 절망하여 아이를 죽이려고 하다 아내에게 들켜 가출한다. 그 후 1년 26일만에 집으로 돌아가는 길에서부터 이야기가 시작된다. 아내가 아이를 낳자 전국에서 기자들이 찾아오고 여러 단체들이 줄을 이었으며 원전사람들은 죄 지은 사람처럼 집안 내력과 결혼 전 남녀관계까지 들추더니 일종의 '아카바네병'이라고 발표했다. 반핵단체에서는 영광에 원전이 들어선 이후 해안의 어패류가 멸종되고 송아지가 유산되고 기형가축이 생긴 것이라며 큰 소리를 쳤다. 기형아를 낳은 원인이 방사능에 피폭된 옷을 세탁하다 그렇게 되었다고 반핵단체에서 이야기들을 했지만 정순호는 보상금이 나올 것 같지도 않고 원전이 없어지지도 않을 것이며, 아기가 다시 정상으로 돌아오지 않을 것이라는 사실에 절망하여 아이를 죽이려 했던 것이다.

방황하며 박지수 목사를 찾아간 정순호는 인생의 실패자로 지내고 있을 줄 알았던 박목사의 평화로운 모습에서 용기를 얻어 집으로 갈 것을 결심한다.

석유난로조차 없는 썰렁한 시외버스 터미널, 영광으로 돌아가는 길에 탄 스팀이 들어오지 않는 시외버스, 그 안에서 만난 두 사내는 술에 취해 춥다고 불평을 하고 기사는 라디오 볼륨을 크게 틀어 버린다. 다른 사람들이 말리지만 그들은 계속 불평을 하고 기사는 안전운전을 위해 그들을 끌어 내려달라고 하고 손님들은 그에 동조해서 두 사람을 끌어내린

다. 정순호는 당연한 것을 요구한 그들이 쫓겨난 것에 대해 운전수의 횡
포가 지나쳤고 동조한 손님들도 잘못했다고 생각했다. 그들 두 사람이
자신처럼 느껴져서이다. 순호는 기형아 출산이 원전때문이라고 따졌으나
원전 측에서는 그를 억지쓰는 사람으로 몰아세우고 말았기 때문이다.

아내와 아이를 만날 희망에 부풀어서 영광읍에 도착한 그는 무뇌아를
사산한 적이 있는 박원중을 찾아가는데 세 식구의 행복한 모습을 보게
된다. 그러나 갈 곳도 없는 아내가 아이가 죽자 집을 나갔다는 사실을
들은 그는 날카로운 칼바람을 맞바래기로 온몸에 받으며 원전을 향해 길
을 재촉한다. 서둘러 해야할 일을 분명하게 알고 있고 더 이상 가야할
목적지도 방황할 곳도 없기 때문이었다.

원전의 피해에 대해 소극적으로 당하기만 했던 정순호가 모든 것을 잃
은 후 비로소 피해에 대해 인식하고 적극적인 저항에 나선다. 그러나 그
의 아내는 피해자로서 상처받고 남편에게 마저 버림받고 떠돌게 되는 슬
픈 운명을 맞이하게 된 것이다. 남편이 아이를 해칠 것을 눈치 채고 경
계를 풀지 않던 그녀는 남편이 숨통을 조이려고 하는 순간 아기를 나꿔
채며 울부짖는다.

> "당신은 사람도 아니에요. 세상에 자기 자식을 죽이려는 사람이 어디 있
> 겠어요. 당신은 죽어서 지옥으로 떨어질 거예요. 당신은 이미 죄인이 되었다
> 고요. 당신 얼굴도 보기 싫으니 내 앞에서 없어져요. 당신 그런 마음으로 어
> 떻게 우리 아기와 내 얼굴을 보며 살수가 있겠어요[2]

결국 아내는 아이가 비록 정상이 아니라도 자신의 핏줄이므로 자식을
해치려는 남편을 용서할 수 없었으며, 남편이 집을 나간 후 아이마저 죽
자 삶의 의욕을 잃고 집을 나가버린 것이다. 박지수 목사는 생명의 소중
함과 희망에 대해 이야기 하지만 정순호의 아내처럼 아무런 잘못도 없이
무뇌아를 낳고 가정도 파괴되고 아무런 보상도 받지 못하고 자신의 불행

---

2) 앞의 책, p.265.

을 호소할 데도 없는 그런 피해자가 우리 사회에는 많다.

이 소설은 무뇌아와 같은 불행한 생명이 더 이상 태어나서는 안되며 정순호의 아내와 같은 피해자가 없도록 해야한다는 주장을 하고 있다. 또한 가족공동체가 사회의 보호아래 행복하게 살아갈 권리가 있는데도 전체의 이익을 위해 희생당하고 가족마저 파괴되어 버린 것을 비판하고 있다.

결국 개인의 자유와 권리가 침해되지 않는 범위 안에서 모두가 행복을 추구할 수 있는 그런 공동체 속에서 살고 싶은 갈망을 표현하고 있는 것이다.

2) 생태중심주의의 수용

생태중심주의는 인간을 포함하여 지구상에 존재하는 모든 종이 동등한 생존권을 갖고 있기에 인간은 동·식물들의 생명을 유린하거나 침해해서는 안되며 그들의 생명을 보호해야 한다는 것이다.[3]

생태중심주의는 오늘날의 자연과 생태계 파괴의 원인을 계몽주의에서 파생된 인간중심주의로 보며 우리의 관심이 인간에서 생태중심으로 옮겨가야 한다고 주장한다. 인간의 끊임없는 욕망은 생태계를 전혀 고려하지 않는 인간 중심, 개인 중심의 이기적인 사고방식으로 확대되었으며 인간은 이성을 통해서 자연을 정복하고 변형시켜 완성해야 한다고 믿기에 이르렀다는 것이다.

그 중 심층생태학은 모든 자연 존재물들이 인간에게 이롭든 이롭지 않든 간에 생명중심적 평등의 권리를 갖고 있으며 인간을 포함한 모든 개체들은 진정한 자기 실현을 누릴 권리를 갖는다고 주장한다. 또한 인간이 다른 자연적 존재들에게 나쁜 영향을 끼친다면 결국 자연의 깊은 질

---

3) 앞의 책, p.36.

서를 해침으로써 자기 자신의 참된 실현을 망치는 것이 된다고 주장한다. 결국 심층생태학은 인류가 지금까지 쌓아올린 문명에 대한 근본적인 반성이라 할 수 있다.[4]

김욱동은 생태주의를 지구 전체가 부분과 전체, 개체와 환경이 서로 깊이 연결되어 있는 유기체적 통일이라는 사실에 뿌리를 박고 있는 이념이라고 하였는데 이러한 주장은 문학과 생태학의 만남의 기본 토대가 된다. 그래서 김성곤은 넓은 의미의 문학 생태학이 자연, 사회 생태계와 인간의 정신 생태계의 파괴를 다룬 문학을 연구하는 학문이라고 주장하기도 한다.[5]

구체적으로 생태중심주의가 나타난 소설들은 찾아보기 힘들다. 인간의 삶을 다루고 있는 소설들이 생태를 우선시 하기는 아직 갈 길이 멀어 보인다. 그러나 생태계에 관심을 나타낸 작품 중에서 김원일의 「도요새에 관한 명상」과 안광의 「성난 타조」가 생태중심주의를 수용하고 있다고 생각된다.

1970년대 후반 김원일의 「도요새에 관한 명상」은 환경을 다룬 소설들 중에서 가장 돋보이는 작품이다. 한 가족의 구체적인 삶을 통해 산업화에 따른 생태파괴의 실상과 인간성 파괴의 문제를 적나라하게 보여 준다. 이 소설은 동진강 어구의 마을을 배경으로 아버지와 두 아들의 삶을 도요새와 관련지어 그리고 있다.

둘째 아들 병식은 지방대학 입시에 실패한 재수생으로 어머니에게 용돈을 타서 써야하는 궁색한 처지다. 그는 탁한 동진강에서 날개짓 하는 갈매기를 부러워하며 바라보다 나그네새가 되고 싶은 형을 생각한다. 그 동진강은 오염되어 더 이상 도요새가 돌아오지 않는다. 병식의 재수생 친구 족제비는 동진강 하구에서 철새를 잡아다 박제상에게 넘겨 용돈을 벌자고 병식을 유혹하고 결국 병식도 그 일을 하게 된다.

---

4) 이남호, 『녹색을 위한 문학』, 민음사, 1998, p.60.
5) 장정렬, 『생태주의 시학』, 한국문화사, 2000, p.27.

큰아들인 병국은 서울의 명문 국립대학의 이공계열에 합격한 수재로 방위로 군무를 마치고 복학한 뒤 선언문을 찍다 긴급 조치법 위반으로 제적당했다. 동진강 하구에서 새벽 노을을 배경으로 도요새를 본 이후로 선배인 정배형의 도움을 받아 환경 문제와 관련된 나그네새·철새의 도래에 관심을 갖는다. 그러나 학교에서 제적당하고 내려오자 돌아 온 것은 엄마의 고문뿐이지만 아버지만은 그를 따뜻하게 맞아준다. 어느 매연 낀 거리와 폐수로 오염된 동진만 개펄과 기름 띠가 형성된 삼각주 모래톱을 방황하던 그는 도시의 생활환경과 자연 훼손이란 문제에 관심을 갖게 된다.

> 물은 생활·공업·농업·어업 등 모든 현대문명의 근원이며 자연이다. 근대 이전에는 물을 양으로만 따져 가뭄·홍수 등 농업과의 관계망에 치중했다. 물의 화학적·물리적·생화학적 성질과 이것의 생물학적 영향에 관해서는 등한시했다. 이제 지구상은 인구의 기하급수적 증가, 도시의 인구 집중 현상과 거대화, 산업화 과정에서 많은 공장이 건설되어 그 사용량이 확장되었다. 거기서 파생되는 대량의 폐·하수와 유독 물질이 한정된 수계에 집중적으로 방출됨으로써 자연 정화가 그 기능을 상실하고 있다. 2) 개발이나 공해로 자연 환경이 파손되면 그 곳에 살고 있던 생물은 생존치 못한다. 설령 명맥을 유지한다 하더라도 입지 환경과 관계를 맺고 있는 이상 그 영향은 절대적이다. 특히 조류는 이와 같은 환경의 변화에 그 영향을 정면으로 받는다. 최근 각 지방의 물가에 물총새 자취를 볼 수 없게 되었다. 논과 삼림에 사용한 농약이나 공장 폐수로 하천이 오염되어 그곳에 살고 있던 물고기나 조개가 줄어들기 때문이다.6)

이것은 병국의 공책에 쓰여져 있는 내용이다. 생태계 파괴의 원인과 그 실상을 소상하게 밝히고 있다. 동진강 오염의 원인을 찾아 삽교천을 헤매면서 그는 새가 되어 다시 태어나기를 소망한다. 선택권이 있다면 시베리아나 저 툰드라가 고향인 도요새가 되어 높게 멀리 날고 싶은 것

---

6) 김원일,『도요새에 관한 명상』, 문이당, pp.205~206.

이다.

병식의 아버지는 공립중학교에서 서무과장으로 지내다 병식의 엄마가 공금을 유용한 바람에 쫓겨나고 말았다. 아버지는 재력 있는 수산업자의 아들로 태어나 일본으로 유학까지 갔다왔다. 그러나 약혼하러 강원도 통천에 올라갔다가 인민군에 징집 당해 전쟁에 참가했다. 아버지는 분단으로 인해 꿈을 잃어버렸고 3급 상이용사 연금을 유일한 벌이로 생활하고 있다. 그는 아내 때문에 불명예 퇴직을 당하고 집안에 들어앉고 말았다.

아버지는 개성 장사꾼의 딸로 피난길에 가족을 잃은 어머니와 상이군 경재활원에서 만나 결혼했다. 병식이 엄마의 적극적인 성격으로 결혼에 이르긴 했지만 성격 차이로 애정이 없고 싸움이 잦았으며 주로 나약하고 말주변 없는 아버지가 양보해야 했다. 어머니의 등쌀에 기도 못 펴고 밖에서는 가까운 동료를 얻지 못해 외로운 아버지는 동진강 삼각주에서 도요새를 발견하고 헤어진 부모와 동기간과 약혼녀를 만난 듯 반가워한다. 휴전선 위의 통천까지 날아오를 수 있는 새떼에 대한 부러움에 새들과 대화하는 것을 기쁨으로 여기며 살아 온 것이다.

그러나 성창비료에서 암모니아 가스를 배출하여 석교천과 동진강이 오염되고, 새와 물고기가 떼죽음을 당한 일에 대해 병국이가 낸 진정서를 가지고 노무과장이 와서 아버지를 위협한다. 그러다 급기야 병국은 경계지구 안으로 수질오염을 조사하기 위해 잠입하였다가 군부대의 조사를 받게 된다. 군에서는 국제 유수의 공업단지의 보안과 경비가 중요하다는 것을 강조하며 풀어준다. 그 후 웅포리에 간 아들 병국은 술청에서 통일이 꼭 올 것이라는 아버지의 술 취한 목소리를 듣는다.

이 소설은 생태환경문제 뿐만 아니라 분단과 독재 정권의 모순까지도 다루고 있다. 생태파괴의 환경문제를 단순한 환경 문제로 파악하기보다는 분단이라는 상황을 유지하며 조국 근대화라는 기치를 내걸고 국민을 탄압해 온 자본주의적 독재정권의 고질적 모순으로부터 야기된 문제로 파악한다. 환경문제의 제기가 군사정권에 대한 도전으로 비칠 수도 있었던 그 시기에 노동자의 생존권과 자연의 생명권을 주장했다는 점에서 큰 의의를 찾을 수 있는 소설이다.

도요새는 병식에게는 욕망을 위한 돈벌이며, 아버지에게는 외로움을 달래 주는 대화 상대이며 통일에 대한 희망을 주는 매개체이며, 병국에게는 독재정권의 억압으로부터 벗어나고 동진강이 오염으로 벗어나기를 바라는 꿈이다. 하지만 결말에서는 그 꿈이 좌절될지도 모른다는 암시를 하고 있다. 병국이와 같은 미약한 개인의 힘으로는 거대하게 밀려오는 산업화와 견고하게 느껴지는 휴전선을 어떻게 넘어야 하는지에 대해 우울한 명상에 잠기게 한다.

"인간은 환경에 적응하려고 사악하고 간사하고 탐욕하고 권력욕에 차 있어, 자연환경을 파괴하고 끝내 너희들 스스로를 파멸시킨다……"라는 병국의 귀에 들린 환청은 인간중심주의에 의해 자연을 마구 파괴해 버린 것을 되돌려 놓아야함을 주장하고 있다. 생태계의 파괴가 결국 인간 스스로의 삶을 파괴하게 되어 있으며 이러한 상태를 극복하기 위해 생태중심주의로 나아가야 함을 보여 주고 있는 것이다.

안광의 「성난 타조」(2002)에서는 자신의 욕심에 의해 자연과 생명을 함부로 파괴하는 인간의 삶과 인간성이 황폐화되는 과정을 보여 준다. 화자인 '나'는 소처럼 일하다 직장에서 퇴직 당하고 아내가 권하는 타조 벤처 사업에 뛰어들었다. 퇴직금을 털어 타조를 수입하고 농장 부지를 매입해 축사를 지었다. 실업자로 자신을 내몬 세상에 복수하고 잘 살아 보기 위해서. 그러나 일 년간 잘 되던 장사는 서서히 망해가기 시작했다. 일년 전부터 아내는 호텔의 지배인과 외도를 시작하고 타조 냄새가 난다며 잠자리를 거부한다. 나는 사료 값이 모자라 타조들에게 교미를 금지하지만 검은 깃털은 보란듯이 암컷들과 교미한다. 나는 나를 능멸하는 검은 깃털을 본보기로 몽둥이질을 한다. 아내의 불륜현장을 잡아달라고 흥신소 직원을 만난 나는 모텔이 잘 된다는 말을 듣는다. 검은 깃털에 대한 위기감으로 나는 예방주사를 놓는다며 한방으로 타조들을 몰아 넣고 검은 깃털을 잡아 도축장으로 끌고 간다. 검은 깃털은 운명을 예감한 듯 당당하게 아프리카로 보내달라고 말한다.

> "난 너희들을 한 마리에 팔백 만 원이나 주고 사왔다. 너희들의 주인은 나야. 이곳저곳 보내달라고 요구할 권리가 없어."
> "그렇게 말하는 권세는 누가 가져다 준 것입니까? 왜 타조들이 인간의 말에 복종해야 합니까? 언제 우리가 한 마리에 팔백 만 원이란 가격을 붙여달라고 했습니까?"
> "힘이 없으면 복종하는 게 섭리야. 신은 인간을 창조했고 인간은 돈을 창조했고 돈은 다시 신을 창조했다. 돈은 인간이 세상을 지배하는 힘이다. 돈이 없으면 조용히 입 닥치고 있어."
> "우리 타조들은 원래 자유로웠습니다. 드넓은 초원에서 배가 고프면 풀을 뜯고 계절이 되면 교미하고 새끼들이 자라면 어울려 사는 법을 가르치고 때가 되면 모가지를 드리우고 조용히 죽었습니다. 누구를 해치지도 않았고 더 많이 먹으려고 다른 놈을 굶기지도 않았습니다. 우리는 욕심이 없는 종족입니다. 제발 원래의 자리로 저희를 보내주십시오."
> "너희들은 나에게 손해를 끼쳤다. 나는 너희들 때문에 망했어."
> 「검은 깃털」은 눈빛을 반짝거리며 갑자기 나를 설득이라도 하듯 간절하게 말했다.
> "망한 게 아닙니다. 저희와 같이 아프리카로 가시면 됩니다. 거기는 망하는 것도 없고 흥하는 것도 없습니다. 저희들을 인솔해서 자연으로 돌아가십시오. 사장님도 원래는 자연이었습니다."
> 「검은 깃털」의 커다란 눈망울에서 맑은 눈물이 한 방울 떨어졌다.[7]

그러나 나는 잠시 가슴이 뭉클했으나 화가 나 검은 깃털의 등짝을 후려친다. 검은 깃털은 자신을 죽이고 동족을 고향으로 보내달라고 간청한다. 내가 검은 깃털을 잡아 냉동고에 넣고 술을 먹으로 가 잠이 든 시각 농장에 불이 나 타조가 떼죽음을 당한다. 그 후 나는 보험금을 타 삼 층짜리 모텔을 짓고 아내에게 위자료를 한 푼도 안 주고 이혼한다. 그리고 자기의 죽어 가는 모습을 기록해 달라는 검은 깃털의 말대로 그의 박제

---

7) 안광, 「성난 타조」, 「작가세계」, 세계사, 2002 여름, pp.189~190.

를 호텔의 정면에 세운다. 검은 깃털은 창공을 향해 비상해 오를 듯한 모습이며 아름답고 풍요로운 세상에 항거하듯 서 있다.

'나'는 힘이 있는 인간이란 이유로 동물을 살생하고 알, 깃털, 고기, 가죽을 이용하면서도 자연에게서 받은 혜택에 대해 감사할 줄 모르며 당연한 것으로 받아들인다. 아내의 외도에 화가 나 미스 주와 타조처럼 교미하는 그는 동물들과 전혀 다름없는 자연의 일부이다. 자연을 지배할 어떤 권리도 부여받지 못한 인간이다. 그러나 자연으로 돌아가라는 타조의 충고에도 불구하고 여전히 허망한 물욕을 좇을 뿐이다.

이 소설 역시 인간중심주의의 사고방식으로 생명을 소중히 여기지 않고 자신의 돈벌이를 위한 수단으로 이용하는 것을 비판하고 있으며, 그로 인해 인간성이 얼마나 황폐화되어 가는 가를 보여주고 있다.

그러나 인간들이 타조의 경고를 무시하고 계속해서 자연과 생명체들을 파괴한다면 인류의 밝은 미래는 기대하기 어려울 것이다. 인간들은 이 자연이 지구상에 있는 모든 생명체가 함께 살아가야 할 터전임을 망각해서는 안되며, 생존을 위한 최소한의 양만을 자연에서 취해야 함을 역설하고 있는 작품이다.

3) 생명의식의 고양

'생명의식'이란 인간 생명의 존엄성에 대한 의식, 생명에 대한 경외심, 생명을 가진 것들은 모두 평등하다는 생각, 인간 중심주의에서 벗어난 생명중심주의, 자연과 생명에 대한 관심과 사랑 등 이러한 것들을 말한다.

계몽주의가 낳은 이성 중심의 사고방식은 인간의 의식 속에 인간중심주의를 자리잡게 하였다. '인간중심주의'란 인간은 자연이나 동·식물 보다 우월하며 동·식물은 하등한 미물이기에 인간의 유익을 위해 마땅히

희생되어도 무방하다는 일종의 집단적 편견이다.8) 생명문학을 주장하는
이들은 이러한 인간중심주의에서 벗어나 생명의 존엄성을 자각하는 것이
인간 공멸의 위기의식을 해결할 대안이라고 본다.

번영과 풍요의 뒷면에 파괴와 죽임의 문화를 가지고 있는 현대사회에
서 생명에 대한 인식은 매우 중요하다. 이 시대에 생명의식이 한줄기 희
망이며 생명에 대한 새로운 인식과 재발견만이 생명이 파괴되어 가는 생
태계의 위기를 극복할 수 있는 근원적인 해답이 될 수 있기 때문이다.

앞에서 언급한 공동체의식이나 생태중심주의도 생명의 소중함을 기본
전제로 하고 있기 때문에 별개의 것들이 아니라 서로 연관되어 있다고
볼 수 있다. 지금까지 발표된 소설 중에서 생명의식을 고양하는 소설이
많이 있으나 그 중에서 한수산의 「침묵」과 김원일의 「따뜻한 돌」, 한강
의 「내 여자의 열매」를 살펴보겠다.

1970년대 중반 한수산의 「침묵」은 도시화된 환경에서 살아가는 아이
들의 인간성이 어떻게 파괴되어 가는가를 보여줌으로써 생명의 소중함을
일깨우는 작품이다. 개발붐이 일어나고 있는 대도시 주변의 변두리 아파
트 단지에 이사 온 아이들은 아파트 주변의 산과 들에서 뛰어다니며 논
다. 그러나 개발의 열풍으로 놀이 공간이 사라지자 아이들은 집안에서
놀기 시작한다. 침대 위에서 레슬링을 하거나 욕조 위에서 배를 띄우던
아이들은 7호 집에서 발견된 도색잡지를 보는 것과 같은 자극적인 놀이
에 흥미를 느끼기 시작한다. 그러나 모래가 날리는 바람 속으로 아지랑
이가 송글거리던 봄날 아파트 단지에 병아리 장수가 나타난다. 아이들은
그 병아리를 사서 며칠씩 데리고 놀지만 금방 죽어 버리자 마지막 남은
두 마리를 날리는 시합을 하게 된다.

7층에서 던져진 병아리의 마지막 죽어 가는 모습을 보면서 아이들은
가엽다는 생각이나 죄책감 대신 다시 병아리를 사러 가기로 한다. 병아
리를 사고 돌아오는 길에 그들의 아파트가 눈에 들어오자 그들은 잠시

---

8) 송용구, 『에코토피아를 위한 생명의 시학』, 시문학사, 2000, p.40.

예전에 그 주변에 커다란 똥통과 끝없이 펼쳐진 배추밭과 도랑 너머 비닐하우스가 있었다는 사실을 잠시 생각한다.

그들은 아파트 공터에서 박카스 통을 열어 그 속에 있던 병아리를 들어올리고 주먹 속의 병아리는 노란 주둥이를 벌름거리며 울어댄다. 그 때 아이들의 머리 위로 푸드득거리며 한 무더기의 흙덩어리가 떨어진다. 그것은 한 떼의 비둘기다. 아이들은 각자의 병아리에 표시를 하고 옥상으로 올라간다.

아이들은 너무 높이 올라와서 어지럽고 속이 메슥거렸지만 무서움을 이기기 위해 큰 소리로 "하나 둘 셋"을 외치며 병아리를 허공을 향해 날린다. 계단에서 만난 어른들은 달려 내려오는 아이들을 극성스럽다고만 할 뿐 왜 그러는 지에 대해서는 관심도 없다. 내려와 보니 아이들의 손에서 따스하게 꼬물거리던 병아리들은 허공으로 뛰어오르려 했던 것처럼 다리를 곧게 펴고 모두 죽어 있다.

그러나 6호 아이의 병아리가 아직 살아있다. 그 병아리는 입을 크게 벌리더니 그 작은 입에서 피가 흘러나와 주둥이에 맺힌다. 그러자 아이들은 너무 멀리 올라갔기 때문이라며 실망하고 내일은 2층에서 날리자고 하며 게임을 마무리한다. 그 때 아이들 뒤에 서 있던 3호 집 아이는 아이들과는 다른 정확하고도 활기찬 목소리로 그만두겠다고 선언한다. 아이들은 싫으면 관두라고 하지만 그 계집아이의 주머니에서 황금빛 병아리가 나오자 말을 잃는다.

계집아이는 아빠가 사오신 새장에 기를 거라며 돌아서 가고 아이들의 머리 위로 한 무더기의 흙덩어리가 떨어지듯 비둘기 떼가 날아올랐지만 아이들은 계집애의 병아리를 빼앗으려 한다. 계집애의 손에서 떨어져 나간 병아리는 날개를 높이 쳐들며 달아났지만 아이들은 쫓아가 그 노란 한 덩이의 움직이는 털에게 온갖 적의를 번득이며 발길질을 한다. 이미 배가 터져 버린 병아리를 향해 발길질을 하는 것이다.

아버지들은 밤에 잠자리에 들 때면 방안에 수건을 걸어 놓거나 쟁반에 물

을 부어 방구석에 놓아두었다. 아침에 일어나면 거의 바닥이 나 있었고 수건
은 보송보송 말라 있었다.
    "이 놈의 시멘트가 물을 이렇게 빨아먹으니, 애들까지 배리배리해질까봐
큰일이군."
    아버지들은 중얼거렸다.9)

    아버지들은 아이들이 허약해질 것에 대해 걱정을 하지만 아이들은 생
명과 함께 생활하는 자연 대신 아파트 속에 갇히게 됨으로써 생명의 소
중함을 잊게 되고, 자신도 모르게 몸과 마음이 병들게 된다. 부모들은 아
이들이 무슨 생각을 하며, 무엇을 하며 노는 지에 대해선 관심이 없다.
아버지는 회사 일로 바쁘며 출장으로 집을 자주 비운다. 엄마들은 몰려
다니며 인테리어를 바꾸거나 머리 스타일이나 옷차림에 관심을 쏟을 뿐
이다.
    이 소설에서는 아이들의 감정이 메마르고 황폐화하게 된 원인은 인간
들이 편리한 생활 공간을 확보하기 위해 자연을 파괴한 데서 비롯되었음
을 보여준다. 거대한 아파트들이 들어서면서 논과 밭이 사라졌으며 야산
과 개울이 자취를 감추었다. 그 곳에 살던 생물들도 숨어버렸다. 아이들
은 주변의 생명체들을 파괴해버린 어른들로부터 생명의 소중함에 대해
배우지를 못했던 것이다. 자연과 생명을 개발과 파괴의 대상으로만 보고
배운 것이다.
    먼지와 모래에 뒤덮인 잔디밭과 아파트는 경제개발과 환경개선 사업으
로 자연이 파괴되고 오염된 환경을 의미한다. 그 속에 살고 있는 어른들
은 문제의 심각성을 깨닫지 못하고 관심도 기울이지 않는다. 그러한 상
황에서 아이들은 삭막하고 거칠게 변해가고 있었던 것이다. 이 소설은
환경의 변화가 아이들의 심성을 어떻게 변화시키는 가를 보여주며 자연
파괴의 문명세계가 계속되는 한 우리에게 진정으로 의미 있는 삶은 없다
는 것을 보여 준다.

---

9) 신덕룡, 앞의 책, p.304.

아이들의 머리 위에 한 무더기의 흙덩이로 날아 겁을 준 비둘기 떼는 더 이상 환경을 파괴하고 생명체를 괴롭히지 말라는 자연이 우리에게 주는 경고인 것이다.

김원일의 「따뜻한 돌」(1981)은 열악한 환경에서 일하던 공장 노동자인 영희가 임신한 상태에서 독극물에 중독되어 산모와 아이가 위험에 처하게 되는 이야기이다.

추운 겨울날 박준도가 운영하는 난민촌 입구의 작은 개인병원에 진수와 영희가 찾아온다. 완만한 비탈에 들어찬 난민촌 집들은 침침한 회청색을 띠고 있으며 기온이 냉각되고 바람이 자는 날씨면 공업단지 쪽 굴뚝에서 토해내는 매연이 산허리에 띠꼴로 걸려있다. 진수는 기계 기름때가 밴 누비 반코트를 입었고 헝클어진 머리칼은 뗏국에 절었고 얼굴에 검댕이 묻어있다. 그는 나사 만드는 작은 공작실에서 일하는 선반공인데 영희의 급한 연락을 받고 달려 온 것이었다. 어촌에서 올라와 난민촌 언덕바지에서 자취를 하는 영희는 동진상표에서 알루미늄 판에 상표 모형을 복사하기 전에 약칠하는 일을 한다. 그녀는 낡은 갈색 목도리에 검정 오버를 입었는데 부기 있는 얼굴이 백합처럼 창백해 병기가 완연했다. 진수는 함께 일하는 봉재 절단공인 광호가 안전사고로 무릎 뼈를 다쳐 깁스하고 누워있어 대신 곤혹스런 자리에 있어야 하는 일에 투덜거리지만 영희를 위해 기꺼이 아기 아빠 노릇을 한다. 영희는 광호에게 사실을 숨긴 채 스스로 문제를 해결하리라 다짐한다. 두 번이나 아이를 유산한 경험이 있어 이번에는 꼭 나아 기르겠다는 결심을 하고 왔지만 아이와 산모가 위험하다는 말을 듣게 된다. 영희는 두 번째 유산한 뒤에도 억센 바닷바람에 얼굴의 주름마다 갈라터진 그녀의 엄마가 있는 시골에 돈 부치고 저축할 수 있어 기를 쓰고 일을 해 오고 있었다.

박준도는 쉽게 돈을 벌기 위해 공단 근처에 병원을 차렸고 예상이 적중해 여공들의 중절 수술이 많은 편이었다. 영희처럼 5개월을 전후해서 중절 수술을 위해 오는 그는 수술의 어려움과 산모의 건강을 빌미로 수

술비를 더 요구할 수도 있었다. 그러나 영희를 본 심정은 달랐다.

박준도는 타산에서보다 두 번씩이나 생명을 함부로 지워버린 몰인정한 모성과 이제 성별은 물론 손톱과 발톱까지 갖추었을 생명을 또 다시 지우려는 잔인함에 모욕감이 앞섰다. 또한 태어날 생명체의 존귀함과 이러한 상황에서도 중절 수술을 해줘야 하는 자기 직업의 비정함에 따른 혐오감도 함께 작용하고 있었다.

박준도는 영희를 보고서야 비로소 생명의 소중함에 대해 자각하기 시작한 것이다. 영희는 4년 동안 아침 일곱 시부터 밤 아홉 시까지 서서 일해야 했지만 이제 곧 결혼하고 공장을 그만 둘 거라고 얘기한다. 박준도는 인간적 연민이 느껴져 그녀가 하는 일과 사용약품을 물어본다. 그녀가 감광액·초산과 중크롬산을 사용했다고 하자 박준도는 두 번째 유산되었을 때 왜 직장을 그만두지 않았느냐며 안타까워한다. 그녀는 월 십팔만 원이 큰돈이기에 그만 둘 수 없었던 것이다.

> "아무리 돈도 돈이지만 목숨보다 귀할까."
> 네 몸은 독극물 중독으로 모든 내장이 썩었을런지도 몰라, 하고 말하려다 박준도는 양미간을 찌푸리며 머리를 흔들었다. 그는 이마를 괴고 잠시 생각에 잠겼다. 진찰해 보지 않았지만 이 처녀는 틀림없이 독극물 중독에 따른 악성 임신중독증에 걸렸음이 분명했다. 극소량이지만 자신이 미처 모르는 사이에 장기간에 걸쳐 카드뮴이나 중크롬산을 섭취했다면 태아가 기형아이거나 식물인간 상태로 모체에서 자라고 있는지 모를 일이었다.[10]

그러나 박준도는 산모의 목숨이 위태로울 수도 있어 칼을 댈 수도 없는 상황이었기 때문에 종합병원으로 보내버리는 게 가장 손쉬운 해결방법이라고 생각하지만 아이를 낳아 훌륭하게 키우고 싶다는 영희의 말에 쑥스러운 탄성을 질렀다. 밉게 보인 처녀가 한 마리 순한 양으로 비친 것이다. 그 여윈 모습은 또 하나의 생명을 키우는 임산부 특유의 득의

---

10) 김원일, 「따뜻한 돌」, 『김원일 중단편전집 4』, 문이당, 1997, p.97.

만만한 긍지가 넘치고 있었으며 상대적으로 박준도의 마음을 찔러 부끄
러움을 느끼게 했다. 그는 수치심과 고통으로 응어리진 여자의 치부에
칼을 대어 생명체를 가책 없이 파괴한 뒤 그 대가로 안락한 생활을 영위
한다는 사실에 대해 오랜만에 자책을 하고 있었다.

　영희는 이제 아이를 지울 수 없다고 박준도에게 울면서 매달리지만 진
수를 불러 산모가 위험하니 종합병원에 입원시키라고 말한다. 영희는 광
호 대신 자신을 도와 준 진수에게 고마움을 전하지만 광호에게 사실대로
말할 것이 걱정이다. 뱃속에 아직 온기가 남아 있는 돌덩이를 생각하며
근심에 쌓인 영희는 완구점에서 안타까운 마음에 소리나는 인형을 찾는
다.

　영희에게 진수는 그렇게 아픈 줄 몰랐다고 하며 많이 먹어야 한다고
위로하지만 상처받고 고통받는 영희에게 관심을 갖거나 도움을 줄만한
곳은 어디에도 없다. 진정으로 살아있는 아이를 낳아 길러 보고 싶지만
영희에게 남은 것은 절망뿐이다. 열악한 환경에서 착취당하고 가족의 생
계를 책임지느라 쉬지 않고 일해야 했으며 어떻게 살아야 하는 지도 모
른 채 하루하루를 살아가던 영희의 불행은 어디에서도 보상받기 어렵다.

　이 소설은 생명이 위태로울 정도의 독극물에 노출되어 일하는 공장 노
동자들의 삶과 그들에게 무관심한 사회의 모습들을 통해 생명의식을 일
깨워 준다. 뱃속의 생명은 딱딱한 돌이 되어 사라질 운명이지만 우리 모
두의 관심과 노력으로 따뜻한 생명체로 되돌려놓아야 함을 이야기하고
있는 것이다. 이 소설처럼 물질만능주의에 빠져 허우적거리는 현대인들
에게 생명의 소중함을 다룬 소설들도 우리 소설이 나아갈 방향 중 하나
라고 볼 수 있다.

　한강의 「내 여자의 열매」(1997)도 삭막한 현실 속에서 황폐해진 우리
의 삶을 통해 생명의 소중함을 일깨우고 있는 작품이다. 나의 아내는 5
월 어느 날부터 몸에 피멍이 보이더니 점점 말라가기 시작한다. 초여름
에는 피멍들이 큼직한 토란잎처럼 부풀더니 녹색이 되어갔다. 아내는 햇

빛만 보면 옷이 벗고 싶어지고 배가 고프지 않고 소화가 잘 안 된다며 고통을 호소한다. 결혼 전 아내가 스물 여섯 살일 때 그녀는 상계동 아파트를 거부하며 이렇게 말했다.

인구 칠십만이 모여 산다는 거기서 천천히 말라죽을 것 같아. 수백 수천 동 똑같은 건물에, 칸칸마다 똑같은 주방에, 똑같은 천장에, 똑같은 변기, 욕조, 베란다, 엘리베이터도 싫고 공원도, 놀이터도, 상가도, 횡단보도도 다 싫어.[11]

나는 살아보지도 않고 왜 그런 말을 하는지, 왜 시름시름 앓다가 죽을 것 같다고 하는지 아내를 이해할 수 없었다. 그러나 결국 아내는 모아 놓은 돈으로 지구 반대편까지 여행하고 싶다던 꿈을 접고 그 돈을 아파트 전세금과 결혼 비용으로 썼다. 결혼 첫 해 아내는 답답한 아파트와 중앙난방을 견디기 힘들어하며 자주 앓았다.

아내는 좁은 어깨를 시든 배춧잎처럼 늘어뜨린 채 배란다에 서서 질주하는 차들을 보고 있기도 했으며 도로를 질주하는 택시며 오토바이의 굉음에 깜짝깜짝 놀라기도 했다. 평생을 정착하지 않고 살고 싶다던 아내를 위해 나는 베란다에 화초와 채소들을 심었지만 잘 자라지 못했다.

여기서는 답답해서 살수가 없어. 콧물도 가래침도 새까매.
아내는 상춧잎 위로 여윈 손바닥을 내밀어 비를 받았다가는 이내 배란다 밖으로 뿌렸다.
더러운 비야.
아내는 동의를 구하는 눈빛으로 나를 보았다.
잠깐 살아나는 것처럼 보일 뿐이야.
마치 '이 나라는 죄다 썩었어!'라고 술좌석에서 외치는 사람처럼 적의에 찬 목소리로 아내는 내뱉었다.
잘 자랄 리가 없잖아? 이렇게 시끄러운 곳에서…… 이렇게 답답한 곳에 저희들끼리 갇혀서![12]

---

11) 한강, 「내 여자의 열매」, 『민둥산에서의 하룻밤』, 도서출판 이수, 1999, p.201.
12) 한강, 「내 여자의 열매」, p.206.

아내는 더러운 비가 내리고 시끄럽고 답답해서 그들이 잘 자라지 못하는 거라고 하고 나는 아내의 예민함에 화가 나 빗물을 아내에게 끼얹는다. 그렇게 싸운 뒤 아내는 점차 말을 잃어 간다.

탈색되어 가는 아내에게 나는 병원에 가보라고 하지만 출장에 다녀오던 날 베란다의 쇠창살을 향하여 무릎을 꿇은 채 두 팔을 치켜올리고 선 아내를 보게 된다. 그녀의 몸은 진초록색이 되었고 푸르스름하던 얼굴은 상록 활엽수의 몸처럼 반들반들해졌다. 시래기 같던 머리카락에는 싱그러운 들풀 줄기의 윤기가 흘렀다. 물을 찾는 아내에게 내가 물을 끼얹는 순간 그녀의 몸이 거대한 식물의 잎사귀처럼 파들거리며 살아났다. 화분에 심어진 아내는 주홍빛으로 물이 들고 가을이 끝날 무렵 잎이 지고 다갈색으로 변하더니 입이 오그라 붙었던 자리에서 한 움큼의 열매가 쏟아져 나왔다. 나는 아내의 말라버린 화분 옆에 동그란 화분을 사서 기름진 흙을 가득 채운 후 열매를 심고 창문을 열었다. 봄이 오면 아내가 돋아나기를, 아내의 꽃이 붉게 피어나기를 기다리며……

이 소설은 자연에게서 너무나 멀어져버린 인간들, 메마른 환경 속에서 고통받는 인간의 모습을 그리고 있다. 그녀는 무미건조한 삶 속에서 시들어가다 비로소 식물이 됨으로써 생기와 웃음을 되찾고 드디어 아파트를 벗어나는 꿈을 꾼다. 그러나 화분으로부터 벗어나지 못해 겨울이 오면 죽을 것을 예감한다.

이 소설은 특히 여성들이 화초도 아니며 희생만 하는 존재가 아니라 남성과 같이 하나의 생명을 지니고 있다는 사실을 일깨워준다. 이것은 여성에게도 꿈이 있으며 생명이 있는 존재임을 인식하기 시작했다는 데 의의가 있다. 이 소설에서 답답한 현실을 견디지 못해 살기 위해 식물이 되었다는 역설적인 상황은 여성도 자신의 꿈을 꾸며 그 실현을 위해 노력해야 함을 의미하며 그녀가 자연으로 돌아갔다는 사실은 인간 모두가 자연에서 나와 자연으로 돌아가야 하는 존재임을 암시하기도 하는 것이다.

결국 인간들이 근대문명으로 인해 자연과의 교감 능력과 자연과의 대화능력을 상실하게 되었으며 자연을 잃어버린 인간들이 자연스럽고 건강한 삶을 상실했음을 이 소설은 상징적으로 보여주고 있다.

오늘날 하늘에서는 산성비가 내리고 오존층이 파괴되어 지구상의 생명체들은 몸살을 앓고 있다. 무절제한 자원개발과 아파트촌의 난립으로 사람들은 갈수록 자연으로부터 멀어져 간다. 산과 강이 오염되고 소음과 매연으로 인간의 삶은 더욱 고통스럽기만 하다. 이대로 둔다면 이 나라의 환경은 죄다 썩어갈지도 모른다.

모든 것에 생명이 있다는 인식은 타인과 사회와 자연에 대한 인식의 시작이 될 수 있다. 이것은 남성과 여성 모두가 생명에 대한 인식을 바탕으로 주위의 오염되고 훼손되는 것들에 대해 공동의 노력을 기울일 수 있는 밑바탕이 되는 것이다.

3. 맺음 말

1970년대 이후 우리 소설들에 담긴 생태의식을 찾아보았다. 생태의식을 일깨우기 위해 앞으로 우리 소설에서 다루어야 할 것은 첫째, 공동체의식이다. 사회 구성원들이 서로에 대해 관심을 갖고 공동체 의식을 회복하기 위해 노력을 해야 한다는 점이다. 서로가 도움을 받을만한 공동체운동을 더욱 활성화하는 일이 필요하다. 둘째, 생태중심주의이다. 자연에 대한 배려, 생명이 있는 것과 대화하는 마음이 있다면 인간중심주의에서 오는 문제들을 극복하고 생태중심주의로 나아갈 수 있을 것이다. 이 때의 생태중심주의는 인간을 자연을 위해 희생하는 대상으로 보는 것이 아니라 서로 조화롭게 살아가는 것을 의미한다. 셋째, 생명에 대한 소중함이다. 즉 우리가 함께 살고 있는 사람들, 사회, 더 나아가 지구나 우주의 생명까지도 그것들의 소중함을 깨닫는 것이다.

한가지 더 제안할 것은 진정한 사랑이다. 남성들은 모두를 동등하게 인정할 수 있는 포용력을 길러야 하며 여성들은 남성들이 모든 것을 맡아서 해주기를 기다리는 것이 아니라 여성 스스로 능동적, 적극적으로 삶을 개척하며 사랑을 실천해야 한다. 우리 인류를 위기로부터 벗어나게 해 줄 수 있는 것은 바로 '사랑'의 실천인 것이다.

그러나 이 세 가지의 생태의식은 공통되는 점이 많아 별개의 것이 아니라 '생태의식'이라는 이름 아래 하나로 묶을 수 있다. 결국 우리의 소설들이 앞으로 이러한 생태의식을 바탕으로 쓰여져야 하며, 환경과 생태계를 보존하기 위한 적극적인 노력이 필요함을 독자들에게 일깨워 주는 기능을 해야 할 것이다.

우리가 바라는 세상은 모든 우주와 이 지구상의 생물들과 사람들이 행복하게 사는 것이므로 이를 해결할 대안으로 떠오르고 있는 것이 에코페미니즘이다. 인간에 의한 자연 지배는 자연을 마구 파헤쳐 훼손하였고, 그 피해가 다시 인간들에게 돌아오고 있는 지금 이러한 생태학적 위기를 가부장제와 획일적 개발방식에서 원인을 찾고 있는 에코페미니즘이 관심을 모으는 것은 당연하다. 에코페미니즘에서 오늘날의 많은 위기들을 극복할 수 있는 주체로 여성을 지목하고 있지만 이것은 여성의 우월성을 의미한다기보다는 자연과 여성은 피억압자이며 고통을 받고 있다는 점에서 공통되기 때문에 남성보다 피해자인 여성이 문제를 해결하기가 쉽기 때문일 것이다. 이 지구의 주인은 이 지구상의 모두이며, 그 동안 남성들만이 누리던 권리를 여성들이 되찾아 자연을 포함한 모두에게 공평하게 나누어주자는 의도인 것이다.

앞에서 논의한 세 가지의 생태의식들은 에코페미니즘의 주장과 일치되는 부분이 많다. 다만 에코페미니즘은 여성이 그러한 역할을 담당하는데 적극적으로 나서야한다는 것이 다를 뿐이다. 결국 에코페미니즘 자체보다 그 기본정신을 받아들이고 그 정신을 문학으로 형상화하려는 관심과 의지가 필요하다고 하겠다.

　이 지구상에 사는 모든 사람들은 계급이나 인종 때문에 또는 여성이라는 이유로 고통받고, 억압받아서는 안 된다는 인식을 확고히 하고, 지구의 생태계가 파괴되는 것을 더 이상 방치하지 말아야 하며, 하루 빨리 모두의 노력으로 신음하는 자연을 치유시켜야 한다. 심각한 환경오염과 생태계의 파괴로부터 지구를 지키기 위해 이제는 모두가 나서야 할 시기이며 환경 단체들의 힘만으로는 역부족이라는 생각이 든다.

　그 동안 '생태시'에 대한 비평과 연구는 활발히 이루어지는데 비해 소설분야의 창작과 연구는 그에 비해 부족하다는 느낌이다. 특히 생태의식을 다룬 많은 작품이 나오지 않는 이유는 생태의식을 담고 있으면서 문학성, 예술성도 갖추기가 어렵기 때문일 것이다.

　그러나 더 이상 방관할 수 없는 위기 상황에서 문학비평이 할 일은 소설 속에 나타난 생태의식을 찾아내고 부지런히 일깨워 주어야 할 것이다. 우리의 소설이 생명의식을 일깨우고 생태중심주의를 부르짖으며 공동체 의식을 강조하는 데에서 더 나아가 우리의 자연과 미래를 위해 구체적으로 노력하는 남성과 여성의 모습을 그릴 필요가 있다는 생각이 든다.

　그러나 아직까지 가난에 허덕이며 일자리가 없어 고통받는 이들, 병마에 시달리는 이들, 자신들의 삶의 터전마저 빼앗기고 떠도는 이들에게는 문명의 피해를 비판하고 생태계 운운하는 것이 환상적인 구호로 들릴지도 모른다. 하지만 이 지구가 우리들만의 것이 아니며 미래의 터전이기에 더 이상 환경오염과 생태계의 파괴를 방치해서는 안 된다는 것을 각성시키는 것은 먼저 깨달은 자들의 사명이라는 생각이 든다.

　사람들이 생태계의 위기나 절망을 슬기롭게 극복하며, 밝고 건강하고 아름다운 환경 속에서 자연을 소중히 여기며, 자연이 주는 것에 감사하며, 생명을 존중하며, 함께 하는 공동체의 사랑과 희망을 노래하는 작품들이 많이 나오기를 기대해 본다.

참고 문헌

강재규, 『자연과 인간의 공생을 위한 환경사상』, 도서출판 지산, 2001.

김욱동, 『문학생태학을 위하여』, 민음사, 1998.

──, 『한국의 녹색문학』, 문예출판사, 2000.

김원일, 「따뜻한 돌」, 『김원일 중·단편전집 4』, 문이당, 1997.

──, 『도요새에 관한 명상』, 문이당, 1997.

김재희 엮음, 『깨어나는 여신』, 정신세계사, 2000.

김종철, 『시적 인간과 생태적 인간』, 삼인, 1999.

김진영·연점숙 외, 『여성문화의 새로운 시각』, 월인, 1999.

니콜라스 루만, 『현대사회는 생태학적 위협에 대처할 수 있는가』, 도서출판 백의, 2002.

도널드 워스터, 『생태학 그 열림과 닫힘의 역사』, 아카넷, 2002.

돈암어문학회, 『문학과 환경, 생명』, 돈암어문학 13, 2000. 9. 도서출판 박이정

또 하나의 문화, 『여성 해방의 문학』, 『또 하나의 문화』 제3호, 1996.

로이보인, 『데리다와 푸코, 동일성과 차이』, 인간사랑, 1998.

뤼스 이리가라이, 『하나이지 않은 성』, 동문선, 2000.

리사터틀, 『페미니즘사전』, 동문선, 1999.

문순홍 편저, 『생태학의 담론』, 솔, 1999.

──, 『한국의 여성환경운동』, 아르케, 2001.

서진영, 『여자는 왜?』, 동녘, 2000.

송명희 외, 『페미니즘과 우리시대의 성담론』, 새미, 1998.

송용구 편저, 『에코토피아를 향한 생명시학』, 시문학사, 2000.

송희복, 『생명문학과 존재의 심연』, 좋은날, 1998.

안 광, 「성난 타조」 작가세계, 여름 53호, 세계사, 2002.

외국문학, 43호, 1995, 여름

이김정희, 『여성 운동하는 사람들』, 여성신문사, 2002.

이남호, 『녹색을 위한 문학』, 민음사, 1998.

이소영 외 편역, 『자연, 여성, 환경 ─ 에코페미니즘의 이론과 실제』, 한신문화사, 2000.

이인식,『21세기를 지배하는 키워드』, 김영사, 2000.

이케가미순이치,『여성에게 문화는 있었는가』, 사계절, 1999.

임홍빈・정대현,『감성의 철학』, 1996.

장미경 편저,『오늘의 페미니즘, 세계환경운동』, 문원출판, 2000.

장미경,『페미니즘이론과 정치』, 문화과학사, 1999.

장정렬,『생태주의 시학』, 한국문화사, 2000.

조혜정,『한국의 여성과 남성』, 문학과지성사, 1999.

최승호 편집,『21세기 문학의 유기론적 대안』, 새미, 2000.

한 강,「내 여자의 열매」『민둥산에서의 하룻밤』, 도서출판 이수, 1999.

한국문학이론 비평학회,『한국문학이론과 비평』, 예림기획, 1999.

한국비평학회,『비평문학』, 제12호, 1998.

한국여성연구소,『새 여성학강의』, 동녘, 2001.

한국영미문학페미니즘 학회,『페미니즘 어제와 오늘』, 민음사, 2000.

한수산,「침묵」, 문순태,「낯선 귀향」조세희,「기계도시」신덕룡,『환경위기와 생
        태학적 상상력』, 실천문학사, 2000.

한국 패러디 소설의 비교 연구

엄혜자

1. 들어가는 말

패러디(parody)란 창작과 비평을 융합하는 서사전략으로 기존 작품의 형식이나 특정한 문체를 존속시키면서 이질적인 주제나 내용으로 치환하는 일종의 문학적 모방이다.[1] 한마디로 텍스트와 텍스트 사이에서 발생하는 영향과 모방의 관계[2]라고 할 수 있다.

패러디를 좁은 뜻에서 정의하면 '조롱'과 '모방'의 문학 장르이다. 그러나 현대사회에서 패러디는 '조롱'과 '모방'이라는 개념만으로는 논의가 불가능하다. 이때 린다 허천의 '차이가 있는 반복'이라는 패러디의 정의

---

* 경원대학교 국어국문학과 박사과정
1) 퍼트리샤 워, 김상구 옮김, 『메타픽션』, 열음사, 1992, pp.94~101 참조.
2) 이미란, 『한국현대소설과 패러디』, 국학자료원, 1999, p.9.

는 21세기의 패러디를 논하는데 유용한 개념이 될 것이다. 허천의 정의는 패러디 작품에 보다 광범위한 의도와 효과의 범주를 허용[3] 해 줄 것이기 때문이다. '차이가 있는 반복'에서 '반복'이 과거의 풍요롭고 위대한 문학 유산과의 연관을 의미하는 것이라면, '차이'는 작가의 '비평적 거리'이며 패러디의 의도일 것이다.[4]

고대부터 현대에 이르기까지 패러디의 용법과 정의는 꾸준히 이어져오면서 변화·발전했다. 고대의 패러디는 기원전 4세기까지 서사시 작품에 대한 코믹한 모방과 변형을 지칭하는 용어로 사용되었고, 아리스토텔레스와 다른 스콜라학파 학자들에 의해 문학에서의 코믹한 인용이나 모방의 여러 형태를 지칭하는 말로 확대되어 사용되었다. 이후 현대의 패러디[5]에 대한 정의는 고대에 비해 다양하다. 그 중에서 패러디의 유용성에 주목한 견해와 부정성에 주목한 견해를 살펴보겠다.

패러디를 메타픽션적이며 비판적이고 코믹한 것이나 허위에 대한 비판으로 생각하는 견해는 그 유용성에 주목한 것이다. 반면에 패러디를 독창성의 결여와 그에 대한 절망의 조소나 기생적인 것으로 정의하는 입장은 패러디의 부정성에 주목한 견해이다. 후기 모던 시대인 1960년대 이후 패러디의 정의에서 두드러진 것은 패러디를 '상호텍스트적인 것 그러나 때때로 생경한 것'이나 '반드시 희극적이지 않은, 차이를 둔 반복'으로 보고 있는 점이다. 이는 패러디가 '조롱이나 풍자를 위한 희화' 같은 좁은 뜻으로만 사용되지 않았음을 살필 수 있는 근거를 제시해주는 견해이다. 1970년대 이후 포스트모던 시대에서는 패러디를 '메타픽션적/상호텍스트적', 혹은 '복합적이고 희극적인 것', '메타픽션적/상호텍스트적이고, 희극적/유머러스한 것'으로 보고 있다.[6] 이처럼 고대부터 포스트모더니즘 시대까지 패러디의 용법과 정의는 꾸준히 변형·발전되어 왔다.

---

3) 린다 허천·김상구·윤여복 옮김, 『패로디이론』, 문예출판사, 1992, p.36.
4) 이미란, 앞의 책, p.16.
5) 현대의 패러디는 후기 르네상스이후의 시기를 지칭하는 것임.
6) 이미란, 앞의 책, pp.13~15 참조.

그러면 후기산업사회에서 패러디의 역할에 주목해보자. 후기산업사회는 예술의 대상으로 문화가 자연을 대체해 버렸다. 이제 후기산업사회의 리얼리티를 과거의 방법으로는 포착하기가 어려워졌다. 이런 자각에서 출발한 것이 패러디문학이다. 그래서 과거의 문학에 대한 비평과 반성을 자체 안에 포함하는 패러디 문학7)은 후기산업사회에 유용한 문학 방법이다.

1980년대 이후 포스트모더니즘의 문화 전반에 패러디가 하나의 정신 사조로 만연해 감에 따라 이전의 작품과 다른 형태의 작품들이 한국 소설에 등장한다. 그동안 리얼리즘에 익숙해 있던 독자들에게 메타픽션류나 다른 작가의 작품을 표절한 듯한 작품들의 등장은 문단에 적지 않은 논란을 불러일으키기도 했다. 이러한 실험적 형태의 소설은 포스트모던 시대의 글쓰기를 대표하는 형식이라고 할 수 있다. 최인훈·주인석·장정일·이남희·김용 같은 작가들은 작품 세계의 많은 부분에 패러디를 창작원리로 받아들였다. 이들은 자신들의 글쓰기를 패러디에 의거해 현대를 살아가는 소설가나 여성들의 삶의 방식을 제시했다. 현대소설에 나타난 패러디적 글쓰기의 흐름은 주로 사회적으로나 문학적인 전환기에 등장했다. 따라서 패러디는 현실과의 접목을 위한 문학전략으로서 문학적 위기의 극복 노력에서 비롯되었다고 할 수 있다.8)

본 논문에서는 신라시대 향가인 「처용가」부터 현대소설인 「날개」와 「이상의 날개」까지 패러디의 통시적 고찰을 염두에 두면서 패러디의 정의와 용법이 우리 현대소설에서 어떻게 적용되는지 고찰하고자 한다. 「처용가」의 패러디텍스트로 이상의 「날개」를 선정했다. 「날개」가 「처용가」를 의도적으로 수용했다는 근거를 찾을 수는 없다. 그러나 텍스트간의 간텍스트성을 연구할 때 의식적이든 무의식적이든 계승된 그 인자를 추출하여 고찰하는데 의의를 두기로 했다. 비록 「날개」가 「처용가」를 직

---

7) 김준오 편, 「포스트모더니즘과 패러디」, 『한국현대시와 패러디』, 현대미학사, 1996. p.137 참조.
8) 송경빈, 『패로디와 현대소설의 세계』, 국학자료원, 1999, p.19 참조.

접적으로 수용했다는 증거를 찾을 수 없지만 무의식적인 전수는 충분히 가능하다. 이상은 「처용가」가 생성된 국토 안에서 살아갔으며, 같은 민족의 저류에 흐르고 있는 문화·관습·언어·정신세계 등의 전수는 「날개」에서 「처용가」를 찾아볼 수 있는 존재 기반이 되고 있다. 작가는 언어적, 예술적, 그리고 문화적 관습을 통해 글을 쓴다. 이러한 관습을 통해 새로운 텍스트가 생산되고, 이 텍스트는 이후의 작가에게 다시 하나의 관습이 되어 또 다른 텍스트의 토대를 마련해 준다9)는 관점에서 「처용가」와 「날개」의 거리 밀착은 바로 전고(典故)의 수용으로 가능한 것이다.

「처용가」와 「날개」의 관계가 의도적이지 않은 문학적 관습의 수용이라면, 「날개」를 패러디한 김석희의 「이상의 날개」는 의도적인 전고의 수용이다. 「처용가」의 현대 소설에서의 수용을 「날개」에서 찾아보고, 「날개」가 1980년대에 이르러 「이상의 날개」로 패러디 되는 과정을 밝히는 작업은 우리 문학사를 적은 작품으로나마 통시적으로 고찰해보는 유효한 작업이 될 것이다. 또한 세 작품의 주제의식 천착을 통해 고대와 현대에 이르는 각 시기마다의 작가 의식 및 시대성을 읽어낼 수 있을 것이다.

2. 자의식의 심화와 각성 : 이상 「날개」

「처용가」는 일연이 쓴 삼국유사의 「처용랑 망해사조」에 들어 있는 향가를 지칭하는 것으로 그 배경 설화10)가 전해진다. 배경 설화를 보면 처

---

9) 송경빈, 앞의 책, p.11.
10) 신라 제 49대 헌강왕 때에는 서울에서 지방까지 집과 담이 연이어져 있고 초가집은 하나도 없었다. 길거리에 풍악이 그치지 않고 비바람도 사철 순조로웠다.

    헌강왕이 개운포(지금의 울산)에 놀이를 베풀었다가 돌아오는 길에 바닷가에서 잠시 쉬고 있었는데, 홀연히 구름과 안개가 일고, 천지가 캄캄하여 앞길조차 볼 수가 없게 되었다. 괴이하여 좌우에게 물어보니 일관이 여짜옵기를 "이것은 동해용의 조화

용은 원래 동해용의 아들이다. 동해용이 아들을 왕께 주니, 그는 서울에
와서 정치를 하고 왕을 보좌한다. 이때 왕은 처용을 붙들어두려고 관직
을 주고, 아내를 준다. 신성(神性)한 신분이었던 처용은 이때부터 인성(人
性)을 가지고 이 땅에서 살아간다. 어느 날 처용이 밤늦도록 달구경을 하
다가 돌아와 보니 아내가 딴 남자와 함께 있었다. 역신이 처용처의 미모
에 반해 아내를 범한 것이다. 그러나 처용은 노래와 춤으로 역신을 감동
시켰고, 그 이후 나라 풍속에 처용의 그림을 문간에 붙여서 역신의 해를
피하게 되었다.

　「날개」에서는 등장인물의 구조와 초점, 주요 모티프 설정 등에서 「처
용가」의 수용을 발견할 수 있다. 두 작품의 주인공들은 ‘아내의 불륜’이
라는 세계의 비극성과 만난다. 이때 비극을 극복하는 구체적인 방법은
다르게 나타난다. 「처용가」의 처용은 가무를 통한 초월적 세계 지향으로
극복하는 반면에 「날개」의 ‘나’는 ‘날개’를 기원하면서 자아 찾기 시도를
통해 극복하고 있다. 「처용가」가 「날개」에 다시 수용된 것을 보면, 「처

이오니, 무슨 좋은 일을 행하여 이를 풀어야겠습니다.”라고 한다. 그래서 소관 관리
에게 칙령을 내려서 용을 위하여 그 근처에 절을 세우도록 하였는데, 이 칙령이 내
리자 구름과 안개가 다 개었다. 그래서 거기를 개운포(開雲浦 － 구름이 개인 포구)
라 불렀다.
동해의 용은 기뻐서 일곱 아들을 거느리고 어전에 나타나서 왕의 덕을 찬송하여 노
래하고, 음악을 올리며 춤을 추고, 그 한 아들을 왕께 주었다. 함께 서울에 와서 정
치를 보좌하게 하였다. 이 용의 아들이 처용이다. 왕은 처용을 오래 멈추어 두기 위
해서 아리따운 아내를 주고, 또 벼슬을 주었다.
처용의 아내는 절세의 미인이어서 역신이 그를 흠모해서 사람의 모양으로 변신을
하고, 어느 날 밤 그의 집에 이르러서 몰래 함께 자고 있었다. 처용은 바깥에 나갔
다 집으로 돌아와 보니, 둘이서 함께 자고 있는 지라 자기는 노래를 부르고 춤추며
물러났다. 이 때에 역신은 모양을 나타내고 처용의 앞에 꿇어앉아서 “제가 공의 부
인을 흠모하여 지금 범했는데, 공이 보시고도 노여워하지 않고 도리어 노래를 부르
시니 이 후로는 공의 모습만 있는 곳이라도 결코 들어가지 않고, 피하리다.” 하고
사죄하였다.
그로부터 나라 풍속에 처용의 그림을 문간에 붙여서 역신의 해를 피하곤 하였다.
이때 처용이 지어 부른 노래를 「처용가」라 하고, 춘 춤을 처용무라 하여 후대까지
전해내려 왔다.

용가」는 닫힌 텍스트가 아니라 지금도 새롭게 태어나는 열린 텍스트이며 지금도 끊임없이 생성되는 텍스트라는 것을 알 수 있다.

1) 등장인물 구조와 초점

「처용가」와 「날개」의 인물 구조를 고찰해보면 흥미로운 점이 있다. 두 작품은 등장인물의 인원과 인물들 간의 관계가 같다. 「처용가」에는 주인공인 처용과 그에 반대되는 역신, 그리고 처용과 역신의 중간 매개자 역할을 하는 처용처가 등장한다. 「날개」도 「처용가」와 동일하다. 주인공 '나'와 그에 반대되는 내객, '나'와 내객의 중간 매개자 역할의 아내가 그 예이다. 여기서 등장인물의 삼각 구조를 확인할 수 있다. 즉, 처용과 '나'는 주동인물이고, 역신과 내객은 반동인물이다. 주동인물과 반동인물 사이에 아내가 존재한다. 「처용가」와 「날개」의 인물 구조가 정확하게 맞닿아 있다는 점에서 「날개」가 「처용가」를 수용했음을 확인할 수 있다.

다음으로 살펴볼 것은 등장인물의 초점이다. 「처용가」의 배경 설화는 전지적 작가 시점이고 「날개」는 1인칭 주인공 시점이다. 이렇듯 시점은 다르지만 두 작품 모두 남성인물에 초점이 맞추어져 있다는 것이 공통점이다. 처용에 초점을 맞추다보니 아내는 초점화되지 않는다. 오직 처용이 초점화되어 그가 밤늦도록 노닐다가 집으로 와서 아내의 불륜 장면을 목격하고서도 노래를 부르며 춤을 추어 역신을 감동시켰다는 내용이 골격을 이룬다. 여기서 반동인물인 역신의 행동이 주목된다. 역신은 처용의 너그러움에 감동해서 처용의 그림이 있는 집이라면 들어오지 않겠다는 약속을 한다. 그러나 아내는 초점 인물이 아니기 때문에 불륜 장면에 잠시 등장할 뿐 그녀의 목소리는 없다. 아내에게 초점을 맞추면 아내도 무엇인가 할 이야기가 있을 것이다. '자신이 알지 못하는 사이에 맞게 된 역신이라든가', 혹은 '당신은 예쁜 아내인 자신을 놔두고 어디를 돌아다니고 있는 것인가'라는 등 이야기가 있음직한데 그 초점은 오직 처용에게만 맞추어져 있다. 「처용가」처럼 남편만 초점화되어 있는 작품이 바로 「날개」이다.

「날개」는 26개의 단락으로 이루어져 있다. 작가는 하고 싶은 말이 끝나고 새로운 이야기가 시작될 때마다 의도적으로 한 줄을 비워둠으로써 단락을 만들어내고 있다. 전체 26개 단락 중에서 1부터 7단락까지가 이 작품의 프롤로그에 해당한다. 프롤로그에 드러난 '나'는 생활인으로서의 삶을 벗어나 세상의 모습을 자각한 '천재'에서 자본주의 사회에 적응하지 못하는 무력하고 유아적인 모습으로 그려진다. 세상의 모습을 드러내기 위해 스스로를 위조하는 것이다. 위조한 '나'는 무기력하고 나태한 모습으로 이를 통해 자신이 속한 부정적·갈등적 현실을 드러내려는 시도를 보여준다.[11]

본문에 해당하는 8단락부터 26단락을 다시 내용상 두 단락으로 나눌 수 있다. 8단락부터 13단락까지는 남성으로서의 '나'의 생활을 그리고 있다. '나'는 33번지의 18가구가 살고 있는 집에 세들어 살고 있다. 많은 사람들과 같은 번지 안에서 살고 있지만 이웃들과 "인사를 나누거나 놀지" 않는다. '나'가 기거하는 방은 아내의 방과 장지로 나누어져 있는데, '나'의 방은 볕이 들지 않는다. '나'는 대부분 잠을 자면서 보내다가 아내가 외출한 틈에 잠깐씩 아내 방에 와서 돋보기를 이용한 놀이나 아내의 화장품 냄새를 맡는다. 이런 은폐된 '나'의 삶은 다음 단락에서 서서히 밖을 향해 열리고 있다. 14번째 단락부터는 여성으로서의 아내 생활이 드러난다. 그러나 아내의 생활도 '나'의 시선을 통해서 표현되기 때문에 열린 표현이라고 하기 어렵다. 오로지 주인공 눈에 비치는 아내의 모습이기 때문이다. 아내는 여성성을 상품화하여 돈을 얻는 직업을 갖고 있다. 아내는 '나'에게 은화를 주지만, '나'는 산업사회에 근간이라고 할 수 있는 돈에 대한 의미를 모른다. 그렇기 때문에 돈이 떨어지는 소리가

---

11) 송종헌, 「이상의 '날개' 분석」, 동국대 석사학위논문, 2000, p.19.

좋아 "벙어리" 금고에 넣다가 나중에는 "벙어리"째 "변소"에 넣어버린다. '나'는 첫 번째 외출에서 돌아와 아내와 내객을 만난다. 그리고 두 번째 외출에서 돌아와서 "보아서는 좀 안 좋은 장면"을 보고, 세 번째 외출에서 돌아와서는 "보아서는 안 될 것"을 본다. 그런데도 도리어 아내에게 야단을 맞은 '나'는 "미츠코시" 옥상으로 간다. 그곳에서 정오의 사이렌 소리를 들으면서 '날개'를 희구한다. '날고 싶다'는 욕망을 내비침으로써 자신의 자아 찾기를 시도한다는 결말을 맺는다.

「날개」는 남성으로서 '나'의 생활은 물론이고 여성으로서 '아내'의 생활까지도 '나'의 서술로 일관되기 때문에 아내의 입장을 들어볼 여백이 없다. 이렇듯 남성 인물에 국한된 초점화는 「처용가」와 동일하다. 그러나 아내의 행동은 두 작품에서 변별된다. 처용의 아내는 등장인물이로되 불륜의 장면에만 속해 있고 행동하지 않는 인물이다. 반면에 '나'의 아내는 초점화되지는 않지만 행동하는 인물이다.

> 나는 내 잘못된 생각을 죄다 일러바치고 아내에게 사죄하려는 것이다. 나는 너무 급해서 그만 또 말을 잊어버렸다.
> 그랬더니 이건 참 너무 큰일났다. 나는 내 눈으로는 절대로 보아서 안 될 것을 그만 딱 보아 버리고 만 것이다……
> 휙 미닫이가 다시 열리더니 매무새를 풀어 헤친 아내가 불쑥 내밀면서 내 멱살을 잡는 것이다. 나는 그만 어지러워서 게서 그냥 나둥그러졌다. 그랬더니 아내는 넘어진 내 위에 덮치면서 내 살을 함부로 물어뜯는 것이다. 아파 죽겠다……
> 아내는 너 밤새워 가면서 도둑질하러 다니느냐. 계집질하러 다니느냐고 발악이다. 이것은 참 너무 억울하다.12)

자신의 불륜을 미안해하지 않는 아내, 도리어 '나'의 긴 외출을 의심하는 아내의 모습이 직접적으로 드러난 인용문에서의 아내는 '나'에 의해 서술되고 있기 때문에 초점화되지 않는다. 그러나 아내는 "내 위에

---

12) 이상, 「날개」, 『한국소설문학대계 18』, 동아출판사, 1995, p.78.

덮치면서 내 살을 물어뜯”고, “밤새워 도둑질하러 다니느냐. 계집질하러 다니느냐 발악”하는 모습을 보이는 행동하는 인물이다. 이런 모습은 「처용가」에서 아무런 행동도 보이지 않는 아내의 모습과 다르게 나타난 것이다. 이는 원텍스트인 「처용가」에서 변용되어 수용된 「날개」의 모습이다.

2) 「처용가」에서 수용한 모티프
─ '외출 모티프', '불륜 모티프', '거세된 남성 모티프'

「처용가」에서는 '외출 모티프'와 '불륜 모티프', '거세된 남성 모티프'가 나타난다. 처용이 외출한 것을 틈타 역신이 집으로 침범했고, 역신과 아내의 불륜에 접한 처용이 거세된 남성의 모습을 보인 것은 「처용가」의 중요한 서사이다. 이런 주요 모티프가 「날개」에 그대로 드러나고 있는 점은 「날개」가 「처용가」를 패러디하고 있음을 입증할 수 있는 근거를 제공해준다.

「처용가」를 통해서 앞의 세 모티프를 확인해보자.

> 동경(東京) 밝은 달에 밤새도록 노닐다가
> 들어와 자리를 보니 다리가 넷이구나.
> 둘은 내 것이지만 둘은 누구의 것인가.
> 본래 내 것이지만 빼앗긴 것을 어찌 하리.[13]

처용은 외출한 후에 집에 들어와서 아내의 불륜을 목격한다. 여기서 '외출 모티프'는 「처용가」에서 중요하게 작용한다. 만약 처용이 외출하지 않았다면 역신이 아내를 범할 수 있는 기회를 마련하지 못했을 것이기 때문이다. 이런 '외출 모티프'는 처용이 아내의 불륜 장면을 목격하는 직

---

13) 일연, 김원중 옮김, 『삼국유사』, 을유문화사, 2002, p.187.

접적인 의미 이외에 세상의 모순과 부조리를 목격하는 자리도 된다. 용의 아들이라는 신성을 가지고 있는 처용의 경우 만약 인간 세계가 아니라면 겪지 않았을 세상의 모순과 비리를 아내를 통해 경험한 것이다.

「날개」의 '나'는 아내의 내객이 있는 날이면 자신의 방에서 움직이지 못한다. 이때 아내는 내객을 맞이하지만 '나'의 존재를 의식하기 때문에 드러내놓고 내객과 불륜을 저지르지는 못한다. 그런 의미에서 '나'의 외출은 이 작품의 중요한 복선 역할을 한다. 아내의 불륜을 확인할 수 있는 계기를 마련해주기 때문이다. '나'는 볕이 들지 않는 방에서 아내가 주는 "모이"나 먹으며 사육 당한다. 그러다 세 번의 외출을 감행한다. 여기서 확인할 수 있는 것이 「처용가」에서 수용되어 「날개」에 나타난 '외출 모티프'이다. '나'가 외출에서 돌아올 때마다 아내의 불륜을 목격하게 되는데 외출의 횟수와 정비례해서 불륜의 강도는 심해진다. 이런 아내의 불륜을 통해 '나'는 자신의 부부 사이가 "절름발이"임을 확인하게 된다.

「처용가」의 처용은 "동경 밝은 달에 밤늦도록 노닐다가" 집에 들어와 보니 다리가 네 개 있었다. 이 중에서 '두 다리는 아내의 다리이지만 두 다리는 누구 것이냐?'는 질문은 불륜을 상징하는 물음이다. 이때 처용이 노래와 춤을 추며 역신을 감동시켰고, 역신은 이후 처용의 그림이 그려진 집에는 침범하지 않겠다는 약속을 한다. 그래서 처용의 모습은 문배(門排)그림으로 정착되었다. 앞에서 확인한 바와 같이 「처용가」에서 나타난 아내의 '불륜 모티프'는 「날개」에서도 주요한 모티프로 작용한다.

다음으로 '거세된 남성상 모티프'를 살펴보겠다. 처용은 헌강왕에 의해 어여쁜 아내를 얻고 관직을 제수 받는다. 이런 그가 왜 어여쁜 아내를 놔두고 밤늦도록 돌아다녔는지는 알 수 없지만 여기서 중요한 것은 처용이 아내의 불륜 장면을 목격한 것이다. 이때 처용은 아내와 역신을 보면서 거세된 남성상의 모습을 보인다. 보통 남성 같았으면 아내의 불륜을 직접 목격했을 때 질투나 복수의 감정을 갖는 것이 당연하다. 그러나 처용은 춤을 추고 노래를 부르며 "본래 내 것이지만 빼앗긴 것을 어찌 하리”라고 체념한다. 이런 처용의 거세된 남성상은 「날개」의 ‘나’에게서도 확인된다. ‘나’는 아내의 내객이 와 있는 날 자신의 어두운 방에서 지내면서도 아내나 내객에 대해 화내지 않는다. 이때 내객에게 좋은 감정은 아니지만 아내와 내객의 존재를 인정하는 것이다. 이런 ‘나’의 모습은 처용에게서 수용된 남성성이 거세된 모습이다.

처용은 밝은 달이 좋아서 밤늦도록 놀며 다닌다. 처용이 밝은 달을 좋아한 것처럼 ‘나’는 경성역의 밝은 거리를 좋아한다. 이것은 「처용가」의 밝은 달이 「날개」의 ‘나’에게 현대판 전등으로 수용되어 나타난 것이다. ‘나’는 경성역 티룸에서 시간을 보내다가 자정이 지나 집으로 들어가리라 마음먹는다. 그러나 열한시가 조금 지나자 그곳도 안주할 곳이 못되었다. 청소를 하는 그 틈에 있을 수가 없어서 다른 곳에서 자정을 보내려던 ‘나’는 비를 만난다. 굵은 빗발에 견딜 수 있는데 까지는 시간을 보내려 하였으나 오한 때문에 더 이상 견디지 못하고 집으로 들어선다.

> 아내에게 불행히 내객이 있거든 내 사정을 하리라. 사정을 하면 이렇게 비가 오는 것을 눈으로 보고 알아주겠지.
> 부리나케 와 보니까 그러나 아내에게는 내객이 있었다. 나는 그만 너무 춥고 척척해서 얼떨김에 노크하는 것을 잊었다. 그래서 나는 보면 아내가 좀 덜 좋아할 것을 그만 보았다. 나는 감발 자국 같은 발자국을 내면서 덤벙덤벙 아내 방을 디디고 그리고 내 방으로 가서 쭉 빠진 옷을 활활 벗어버리고 이불을 뒤썼다. 덜덜덜덜 떨린다. 오한이 점점 더 심해 들어온다. 여전 땅이 꺼져 들어가는 것만 같았다. 나는 그만 의식을 잃어버리고 말았다.[14]

저녁 늦게 비를 맞고 들어오는 ‘나’의 모습은 “밤들어 노닐다” 집으로 들어오는 처용을 연상시킨다. ‘나’는 아내와 내객 사이에 “좀 덜 좋은” 장면을 보았지만 그 장면에 적극적인 의사 표명을 할 수 있는 인물이 아니었다. ‘나’의 이런 모습은 거세된 처용의 모습이 ‘나’에게 그대로 수용된 것이다.

---

14) 이상, 앞의 책, p.74.

3. 현대 사회의 부조리 고발 : 김석희 「이상의 날개」

신라시대 향가였던 「처용가」가 모더니즘 소설인 「날개」에 수용되고 있다는 점은 흥미롭다. 특히 「처용가」의 의도적 패러디가 아닌, 「날개」에서 「처용가」의 모습을 찾아내는 작업은 '숨은 그림 찾기' 할 때의 긴장감마저 느끼게 했다. 이와 다르게 김석희의 「이상의 날개」는 「날개」의 의도적인 패러디임을 공언한 채 쓰여진 작품이다. 「이상의 날개」는 실존적 인물인 이상(李箱)을 「날개」의 '나'보다 더 잘 드러내고 있는 작품이다. 「날개」에 나오는 '나'의 모습이 가짜 같고 「이상의 날개」의 주인공 이상(李祥)15)이 진짜 같은 전도된 상황에 직면하는 것이다.

김석희의 「이상의 날개」는 50년 전 실제의 李箱이 묻힌 공동묘지 터에 또 한 사람의 李祥이 살고 있다는 설정으로 이야기를 시작한다. 「이상의 날개」의 주인공은 「날개」의 주인공과 실제 李箱이 합쳐져서 만들어진 인물이다. 그는 「날개」의 주인공이 그랬던 것처럼 고층 건물에 올라간다. 그곳에서 「날개」의 주인공처럼 '날아보기를' 기원한다. 「날개」의 주인공은 "날개야 다시 돋아라. 날자. 날자. 날자. 한 번만 더 날자꾸나. 한 번만 더 날아 보자꾸나."라고 외치기만 했지 실제로 날개는 얻지 못한다. 반면에 「이상의 날개」의 주인공은 실제로 날개를 갖게 된다. 날개를 갖게 된 주인공은 밤을 이용해 현수막의 글씨를 뒤집어 놓거나, 글씨를 고쳐 놓기도 하고, 간판들을 바꾸어 놓는 등 거짓과 추한 욕심, 비리로 가득 찬 세상을 조롱하고 풍자한다.

3장에서는 패러디텍스트인 「이상의 날개」가 원텍스트인 「날개」를 어떻게 수용·변용하고 있는지를 살펴봄으로써 패러디텍스트의 패러디 의

---

15) 「이상의 날개」의 주인공 이름도 「날개」의 작가 이름과 동일한 이상이다. 그러나 한자로는 그 의미가 달라진다. 「날개」의 작가 이름은 '李箱'이다. 즉 '상자 상'을 사용한다. 이에 비해 「이상의 날개」의 이상의 한자는 '李祥'이다. 이때 '상서로울 상'을 사용한다. 앞으로 「날개」의 실제 작가와 「이상의 날개」의 주인공의 혼동을 막기 위해 한자를 사용하여 구분하기로 한다.

도를 확인할 것이다. 두 작품에서는 '날개 모티프'가 작품의 근간이 되고 있다. 이때 '날개 모티프'를 고찰함으로써 패러디텍스트의 주제 의식을 천착할 수 있을 것이다.

1) 「날개」의 수용과 변용

「이상의 날개」는 프롤로그에 해당하는 0번 단락부터 1·2·3·4번 단락까지 총 5단락으로 구성되어 있다. 이 작품에서는 작가 李箱의 전기적 요소와 「날개」가 함께 패러디 되고 있다. 먼저 작가 李箱의 전기적 요소를 간략하게 정리한 후에 전기적 요소가 패러디 작품 속에 어떻게 구현되어 나타나는지 확인해보자.

李箱의 본명은 김해경이다. 그는 1910년에 출생했으며 1928년 본명 김해경 대신 李箱이란 별명을 처음으로 사용한다. 1933년 각혈로 총독부 기수직을 그만 두고 배천 온천으로 요양을 간다. 그곳에서 실제 이름이 연심이인 금홍을 만나 그녀와 동거하게 된다. 1935년 다방 '69'를 개업하려다가 양도하고 명동에서 다방 '무기'를 경영하다가 실패한다. 금홍이와 헤어진 것도 이 때이다. 1936년 「날개」를 발표했으며 동경으로 건너갔다. 1937년 사상 혐의로 일경에 피검 된다. 폐결핵이 악화되어 보석으로 나와 그 해 4월 17일 동경제대 부속병원에서 28세의 일기로 사망한다. 그의 유해는 화장되어 미아리 공동묘지에 안장되었다.

위와 같은 전기적인 요소는 「이상의 날개」의 곳곳에 패러디 되고 있다. 이 작품의 프롤로그에 해당하는 0단락에서는 "1937년 4월 17일 새벽 4시 경, 일본 동경제대 부속병원 00호실. ……이역의 감방 안에서 보낸 29일간의 구류생활, 그리고 폐의 형체조차 거의 남아 있지 않을 만큼 앓아온 폐결핵……" 또한 "임종했던 몇몇 친지들의 손으로, 주검은 화장되었고, 같은 해 6월, 한 줌의 재로 남은 그의 유해는 서울로 옮겨져, 미아리 공동묘지 한 귀퉁이에 안장되었다” 같은 상황이 서술된다. 위의 서술 중에 등장인물의 사망 날짜와 장소, 그의 병력, 화장되어 미아리 공동묘지에 묻힌 일 등은 李箱의 전기적인 요소와 일치한다.

패러디텍스트 1단락에서는 주인공 李祥이 살고 있는 공간적 배경이 제시된다. 그곳은 바로 작가 李箱이 묻혔던 미아리이다. 또한 작품 속에서 주인공의 직업이 소설가라고 하는 점, 그의 아내 이름이 연홍이라는 것과 야간 싸롱 19세기의 96번 아가씨라는 사실도 전기적인 요소에서 패러디 한 것이다. 앞에서 밝힌 바와 같이 李箱이 개업했던 다방의 ‘69’에서 패러디한 숫자가 ‘96’이며 李箱과 동거했던 ‘금홍’의 실제 이름 ‘연심’에서 한 자씩 패러디해서 ‘연홍’이라고 한 것도 전기적 요소의 패러디이다.

다음으로 원텍스트 「날개」에서 패러디 된 것을 살펴보겠다. 패러디텍스트는 원텍스트에서 문장을 그대로 옮겨온 부분과, 소설적 상황을 옮겨온 부분이 있다. 패러디텍스트 0단락에서는 “흐느적거리는 육신 속에서”, “은화처럼 정신이 맑아지는”, “－굿빠이. 이제 테이프가 끊어지면……생채기도 머지않아 완치될 줄 믿소. 굿빠이.” 또는 “박제가 되어버린 천재” 같은 문장을 만날 수 있다. 독자는 이 문장을 보면서 익숙함을 느낄 것이다. 왜냐하면 그것은 패러디텍스트가 「날개」의 프롤로그에서 그대로 인용한 문장이기 때문이다.

상황을 패러디한 것으로 주인공이 살고 있는 공간을 들 수 있다. 「이상의 날개」의 주인공이 살고 있는 곳은 미아리 33번지 18호이다. 이는 원텍스트, 33번지의 18가구에서 변용 된 것이다. 원텍스트와 패러디텍스트는 아내의 “밤외출”이나 “외박”에 대해 겉으로 드러내는 너그러운 대응태도와 그 속에 비애를 숨기고 있는 점에서도 일치를 보인다.

내객이 돌아가고, 혹 밤외출에서 돌아오고 하면 아내는 경편한 것으로 옷을 바꾸어 입고 내 방으로 나를 찾아온다. 그리고 이불을 들치고 내 귀에는 영 생동생동한 몇 마디 말로 나를 위로하려 든다. 나는 조소도 고소도 홍소

도 아닌 웃음을 얼굴에 띠고 아내의 아름다운 얼굴을 쳐다본다. 아내는 방그
레 웃는다. 그러나 그 얼굴에 떠도는 일말의 애수를 나는 놓치지 않는
다……

　아랫방에서 먹고 남은 음식을 나에게 주려 들지는 않는다. 나는 배가 고
프면서도 적이 마음이 든든한 것을 좋아했다. 아내가 무엇이라고 지껄이고
갔는지 귀에 남아 있을 리가 없다. 다만 내 머리맡에 아내가 놓고 간 은화가
전등불에 흐릿하게 빛나고 있을 뿐이다.16)「원텍스트」

　그의 너그러움으로 말하자면, 사흘을 연이어 외박한 아내가 나흘째 되던
날 새벽에야 그의 것이 아닌 체취를 온몸에 바르고 돌아왔을 때에도 "바쁜
모양이지, 요새?" 하는 한 마디를 입술 사이에서 지그시 깨무는 것으로 넘겼
을 정도다.17)「패러디텍스트」

　두 텍스트 사이의 간텍스트성은 등장인물의 설정에서도 드러난다. 원
텍스트의 아내는 내객을 맞아 돈을 벌고, 패러디텍스트의 아내는 "19세
기"라는 야간 싸롱에 나가면서 돈을 번다는 사실만 다를 뿐 둘은 모두
여성성을 상품화해서 경제적 욕구를 채우는 면에서 같다. 또한 두 텍스
트에 등장하는 남성인물도 같은 맥락에서 파악할 수 있다. 둘 다 아내의
직업에 기생해 살고 있다. 무위도식하면서 잠을 자는 일로 소일하는 것
도 동일하다. 또한 소설의 초점이 남성 주인공인 '나'와 李祥에게 있는
점, 그래서 원텍스트나 패러디텍스트 모두 아내는 등장인물이기는 하되,
모든 사건은 남편의 눈을 통해 제시되고 있다는 점도 동일하다.
　원텍스트에서 중요한 공간은 바로 '방'이다. 아내와 나의 공간은 장지
를 사이에 두고 서로 나뉘어져 있다. 아내의 방은 볕이 드는 방이고,
'나'의 방은 볕이 들지 않는 방이다. 패러디텍스트에서도 李祥과 아내의
공간은 커튼을 통해 나뉘어진다. 이런 공간의 분리는 "절름발이 부부"를
상징하는 장치라는 점에서도 일치를 보인다.

---

16) 이상, 앞의 책, p.64.
17) 김석희,「이상의 날개」, 실천문학사, 1989, p.16.

두 텍스트의 중요한 모티프는 '외출'이다. 원텍스트의 '나'는 몇 번의 외출을 시도한다. 아내는 '나'의 외출을 막으려는 의도로 아스피린이라고 속여 수면제 아달린을 한 달 동안이나 먹인다. 자신이 먹은 것이 아달린이라는 사실을 안 '나'는 긴 외출을 시도하면서 비로소 아내와 자신의 관계가 "절름발이"였음과 자신의 현재 자아의 불완전함을 인식하게 된다. 이런 인식의 결과 그는 "미츠코시" 옥상으로 올라가서 날개를 기원한다. 여기서 그가 날개를 원하는 이유는 온전한 자아의 하나였던 "천재"의 모습을 가진 사내로 돌아가고 싶어서이다. 패러디텍스트의 주인공도 날개를 기원한다. 그 출발점은 그가 건설 공사장에 관심을 갖는 것부터 시작된다.

> 이상은 왠지 신선한 기쁨을 느꼈다. 그는 매일처럼 길 건너 공사장으로 찾아가, 하루의 작업량만큼 모습을 바꾸는 건축물의 이모저모를 관찰했다.……
> 건설은 위대했다. 더불어 여름은 끝나고 있었다. 이상은 깊은 서글픔이 온몸으로 번져나가는 것을 느꼈다.……
> 그가 문득 새로 지은 상가건물의 옥상으로 올라가 보고 싶다는 생각을 한 것은, 요 며칠 전, 그 건물 옥상에서 인부 하나가 실족사한 일이 불현듯 떠오른 다음이었다.[18]

李祥은 잠자는 즐거움을 앗아간 공사장의 소음을 힘들어하지만 차츰 공사장에 관심을 갖는다. 공사장 건축물이 완공되어 가는 모습을 '위대하다'고 느끼며 공사장을 보려고 외출한다. 상가 공사가 마무리된 후 李祥은 인부의 실족사한 일을 떠올리며 건물 옥상으로 오른다. 그는 옥상에서 원텍스트의 '나'가 했던 것처럼 "날개가 있다면 날아오르고 싶구나"라고 중얼거린다. 이때 원텍스트와 달리 패러디텍스트의 李祥은 날개를 갖게 된다. 날개는 세상을 향해 조롱하고 풍자하는 도구로, 패러디텍스트의 주제를 구현하는 장치이다.

패러디텍스트에서 재미있는 사실은 실제 인물인 李箱이 등장한다는

---

18) 김석희, 앞의 책, p.21.

점이다. 작가 李箱은 「날개」를 저술한 작가이며, 「날개」 속 주인공의 모습이 중첩된 인물이다. 패러디텍스트의 李祥이 날개를 가지고 세상의 모순과 횡포를 마음껏 조롱하고 희화하고 다닌 후 집으로 내려앉을 때 작가 李箱이 등장한다.

> 이상은 상대방을 유심히 살펴보았다. 다 낡아빠진 코르덴 양복 차림에 깡마른 체구, 부스스 일어선 까치머리, 며칠째 다듬지 않은 수염이 창대같이 꺼칠했다. 나이는 20대 후반으로 보이지만 정확하게는 알 수 없었다.······
> "나요, 이상."
> 순간 기억의 실타래가 풀리고, 한 얼굴이 또렷하게 떠올랐다. 그것은 50년 전에 죽은 한 인물의 얼굴이었고, 동시에 이제는 언제였는지조차 모를 만큼 오래 전 거울 속에 파묻혀 버렸던 이상 자신의 얼굴이었다.······
> "당신이 살고 있는 곳, 미아리 33번지 18호, 당신이 밤마다 눈을 밝히고 앉아 있는 곳, 그곳이 바로 내가 50년 전에 한 줌의 유골로 묻힌 곳이오."[19]

위의 인용문에서 등장한 이상은 「날개」의 '나'처럼 코르덴 양복 차림이며, 50년 전 미아리에 화장되어 묻힌 실제 작가의 모습이다.

패러디텍스트의 저자 김석희는 현대의 모순과 비리를 폭로하고 부조리한 시대성에 관심을 촉구하기 위한 장치로 패러디를 선택했다. 사회적 규범이나 관습에 동의하지 않았던 작가 李箱을 패러디함으로써 현 시대의 모순을 폭로할 수 있었다. 또 원텍스트에서 '날개 모티프'를 패러디함으로써 80년대 우리 사회의 구조를 전도시킬 수 있었다.

2) '날개 모티프'를 이용한 세상 풍자

「날개」에 대한 연구는 다양한 측면에서 논의되고 있다. 최재서는 「날

---

19) 김석희, 앞의 책, p.24.

개」를 현실에서 배반당하고 그 현실에 대한 분노가 현실에 대한 모독으로 나타난 소설[20]이라고 했고, 이어령은 작가 李箱의 눈에 비친 당시의 현실이란 '추악한 창부성을 드러낸 아내'[21]라고 했다. 그러니까 李箱은 「날개」를 통해 당시 일본의 한국에 대한 식민지 통치는 제 남편을 짓밟는 악처와 같은 모순에 찬, 거꾸로 뒤집힌 세계라 함을 말하고 있는 것이다.[22]

두 논의에서 함의하고 있는 것은 당대의 부조리한 현실을 드러낸 작품이 「날개」라는 것이다. 「이상의 날개」는 1980년대 현실의 부조리를 폭로하고자 했다. 그 장치로 선택한 것이 「날개」의 패러디이다. 패러디텍스트에서는 해방이 되고 독립이 되었지만 우리의 현실은 일제가 강점하던 시대적 부조리의 상황과 다름없다는 것을 보여주고 있다. 1988년 신춘문예에 당선된 「이상의 날개」임을 염두에 둘 때 우리는 1980년대 후반의 현실이 이 작품 속에 반영되어 있다는 사실에 주목하게 된다. 작가는 80년대 우리 사회의 부조리를 주인공 李祥의 행동을 통해 제시하고 있다.

1988년 우리나라는 올림픽을 개최하며 대외적으로 나라의 발전된 모습을 알렸다. 그러나 우리의 정치사는 가시적인 대외 성과에 훨씬 못 미치는 상황이었다. 박정희 대통령의 서거로 많은 시민들은 '서울의 봄'을 기대했다. 그러나 국민의 기대와는 달리 군사 정권인 5공화국이 들어선다. 그동안 군사 정권의 폐해를 충분히 체험한 국민들은 분노와 체념의 세월을 또다시 감수해야 하는 상황이었다. 그 시기에 대두된 향락산업과 스포츠산업의 활성화는 국민의 분노를 돌리는 방편으로 정부가 촉발시킨 것은 아니었을까 하는 의구심을 낳게 하였다. 이후 노태우 대통령 역시 군사 정권의 후임자였다. 이런 억눌린 시대를 살아가야 하는 시민들의 고뇌를 잠시나마 후련하게 해준 작품이 「이상의 날개」이다. 독자들은 주인공의 돌발적인 행동을 통해 대리만족을 느낄 수 있었다. 이렇듯 「이상

---

20) 최재서, 「천변풍경과 날개에 관하여」, 『최재서 평론집』, 홍문각, 1978, p.319.
21) 이어령, 「날개 잃은 証人」, 『이상』, 문학과 지성사, 1979, p.118.
22) 장양수, 「白日夢을 빈 顚倒된 世上 비판」, 『한국패러디 소설 연구』, 이회, 1997, p.141.

의 날개」가 지향하는 세계는 부조리한 사회의 폭로이다.

「이상의 날개」 주인공인 李祥은 날개를 갖게 되면서, 처음에는 "비상한 능력"을 시험해보고 싶다는 단순한 호기심에서 행동한다. 공중에서 "사추리를 열고 오줌을 내깔기기도 하고, 노래를 흥얼거리기"도 한다. 그러나 "그런 일이 반복되면서 어떤 목적을 부여하게 되고, 그래서 그 능력은 일종의 수단으로 변질"된다. '날개'는 작품 속에서 현실을 조롱하고 풍자하고 폭로하는 수단으로 이용된다. 작가는 '날개'의 이런 수단을 통해, 독자에게 시대의 억압성을 알리며 시대에 대한 관심을 촉구하고 있다.

'날개'를 갖은 李祥이 처음으로 행한 일은 마구잡이로 진행되는 건설 개발과 향락산업의 풍자이다. "축준공 분양개시"의 현수막을 거꾸로 매달아 놓은 일과 "분양개시"의 "시"를 "씹"으로 바꾸어 놓은 것이 바로 그것이다. 건설 경기가 활성화되는 것은 서민 경제를 위해 바람직한 일이다. 건설 경기의 활성화는 많은 노동력을 요구하고 그것은 일자리 창출로 이어지기 때문이다. 그러나 그 시절에 남발되던 건설 경기는 환경을 훼손하는 일과, 부자들의 경제를 향상시켜 '부익부 빈익빈' 현상을 심화시키는 일로 이어졌다. 이런 것을 '축'이라고 진정으로 축하할 수 없다는 작가의 의도가 그 현수막을 뒤집어 놓는 일로 행해진 것이다. 또한 앞에서도 문제 제기한 국민들의 불만을 향락산업으로 유도한 정권의 얄팍한 의도를 "시"가 "씹"으로, "?"에 오럴 섹스에 관한 소개로 가득 채워지는 상황으로 풍자되고 있다.

이어서 작가는 대학으로 눈을 돌린다. 60년대 이후 우리 사회에 난무해 온 구호는 대학에서 가장 많이 성행했다. 5·16 이후 우리 사회를 휩쓴 것이 바로 흔히 군사문화라고 불리는 획일적·규격적 문화였다. 사소한 대상의 설명에도 차트가 있어야 했고 무슨 일을 할 때는 반드시 구호가 선행되었다.[23] 이런 구호의 난무에 야유와 조소를 보내는 방법으로

---

23) 장양수, 앞의 책, p.147.

주인공은 대학의 현수막을 고치는 일을 한 것이다. 대학은 권위와 존엄을 가지는 것으로 이상을 삼는다. 그런데 60년대 이후 80년대까지 대학의 현실은 그와는 거리가 멀었다. 대학 교육의 정책은 일방적으로 통치권에서 결정하여 군대의 명령과 다름없이 단위 학교에 하달되었고 대학들은 거의 그대로 따랐다. 교육 정책은 정권을 쥔 사람의 편이에 따라 수시로 바뀌었는데 대학들은 그때마다 아무 이의 없이 순응했다. 거기에 군 출신의 통치자들은 자신들의 반역사적, 반민주적인 행위를 정당화하고 권위를 부여하기 위해 대학교수들을 이용했다. 이러한 교수들의 어용, 권위 상실은 80년대 들어서도 여전했다.24) 이런 대학의 모순된 점을 작가는 폭로한 것이다. "大學은 大學人에게 맡겨라"라는 현수막에서 "大學" 은 "犬學"으로 바뀐다. 존엄성과 학문의 장인 '대학'이, 개를 의미하는 '견'자로 바뀜으로써 정부의 시녀 역할이나 하는 대학의 실상을 폭로하고 있다. 그리고 "책 속에 길이 있다"라는 현수막에 "길"이 "칼"로 바뀜으로써 그 의미는 크게 달라진다. 이것은 신성한 대학의 길이 권력자에 의해 전도되고 있음을 "칼"을 통해 보여주고 있는 것이다. 주인공은 "진리는 나의 빛"이라는 현수막에서 "빛"의 한 획을 감하여 "빚"으로 고친다. 이런 현수막 바꾸기를 통해 작가는 대학생들에게 실천하는 지성이 되자고 촉구한다.

　정부에 대한 비판은 간접적으로 폭로된다. 그것은 정부에 대한 비판을 직접적으로 할 수 없는 상황을 작품으로 반영한 것이다. "항간에 나도는 민주주의 밀반출사건의 진상을 밝힌다는 제목 하에, 정부의 발표와는 정반대의 상상력이 동원되어 있는 현수막이 있었다"로 표현된 것은 정부의 비판을 간접적으로 제시한 예이다.

　주인공 李祥은 간판과 현수막을 바꿈으로써 시대를 야유하고 조롱하며 부도덕한 시대를 폭로했다. 세상의 모순을 함부로 이야기할 수 없을 때 주인공의 행동을 통해 독자들은 대리만족과 통쾌함을 느낄 수 있었을

---

24) 장양수, 앞의 책, p.148.

것이다. 그러나 현실에서 일어날 수 없는 백일몽의 상황으로 소설을 끝맺는다면 이것은 현실세계와 너무 동떨어진 것이다. 그래서 작가는 마지막 단락인 4단락에서 작품에 개입한다.

소설의 막판에는 새로운 인물을 등장시키지 말라는 것이, 소설의 역사가 증명하고 있고, 또 우리가 통념적으로 받아들이고 있는 소설미학상의 한 원칙이다. 그럼에도 불구하고 우리는 여기서 이 원칙을 잠시 포기하지 않으면 안 된다. 바꿔 말하면, 이 소설을 마무리짓는 데에는 새로운 인물의 등장이 필요하다는 얘기다. 내 개인적으로는 그 인물을 여기에 끌어들일 생각이 없었다.……
이 소설이 만들어지는 데 하나의 동기를 제공해 준 바 있는 그에게 다소의 부채감을 느끼고 있는 나로서는, 이 소설의 막판에서나마 잠시 얼굴을 내비치고 싶다는 그의 요청을 거절할 도리가 없었다.25)

작가는 「날개」의 원작자인 李箱과 「날개」의 주인공인 '나'의 모습이 중첩된 인물인 李箱을 「이상의 날개」에 끌어들인다. 그것은 오로지 李箱 스스로 선택한 것임을 주장하면서 그의 등장을 예고한다. 작가 李箱은 패러디텍스트의 李祥을 만나 '날개'를 거두어 감으로써 '날개'를 통한 이 소설의 몽상은 끝이 난다. 이는 현실을 외면하지 말고 적극적으로 동참하라는 혹은 직시하라는 작가의 요청이며 바람이다. 현실의 부조리가 크기 때문에 작품 속의 '날개 모티프'를 통해 억눌렸던 심정을 다소 씻어내긴 했으나 그것은 어디까지나 꿈에서나 가능한 이야기다. 이제 우리들은 현실에서 불의와 부정과 당당히 싸워야하고, 옳지 않은 것은 옳지 않다고 외쳐야 하는 용기를 가져야 한다.

---

25) 김석희, 앞의 책, p.28.

4. 맺는 말

　본 논문에서는 고대 문학인 「처용가」가 현대 문학의 「날개」에 어떻게 수용되어 있는지 고찰하여 보았다. 처용은 신과 인간, 선과 악, 삶과 죽음 등의 사이에 낀 갈등적 현존체로서 우리의 비극적 인식을 드러내는 대상이다.[26] 바다에서 뭍으로 나옴으로써 신성성을 상실했던 그는 인간 세계의 부조리를 맞게 된다. 아내의 불륜이라는 이 세상의 모순을 춤과 노래라는 초월적 몸짓으로 극복했던 그의 세계관이 1930년대 모더니즘 소설인 「날개」에 수용되어 있다는 것은 흥미롭다.

　「처용가」가 「날개」에 수용된 점을 밝히는 작업으로 먼저 인물의 구조 및 초점화를 고찰하였다. 「처용가」에서 등장하는 인물 구조는 주인공인 처용과 그의 아내, 그의 아내를 범하는 역신이라는 삼각구조로 되어 있다. 이런 삼각구조는 「날개」에서도 동일하게 나타난다. 「처용가」에서 처용은 주동인물이며, 역신은 반동인물이다. 그의 아내는 주동인물과 반동인물의 양쪽 사이에 위치한 인물이다. 이런 인물의 유형은 「날개」에서도 드러난다. 다음으로 인물의 초점화를 살펴보았다. 원텍스트인 「처용가」의 배경설화는 전지적 작가시점의 서술형태이다. 이때 초점화는 처용을 향해 열려있다. 처용의 아내는 초점화에서 제외되기 때문에 아내의 입장 서술은 닫혀있다. 이런 초점화는 「날개」에서도 동일하게 확인할 수 있었다. 「날개」는 1인칭 주인공 시점으로, '나'는 주인공이면서 자신의 이야기를 서술한다. 이때 서술은 오로지 '나'에게 초점이 맞춰져 있다. 아내는 초점에서 제외되기 때문에 아내에 대한 서술은 '나'의 초점 시각을 통해서 이루어진다.

　두 번째 「처용가」에서 수용된 '외출 모티프', '불륜 모티프', '거세된 남성 모티프'를 살펴보았다. 이것은 「처용가」에서 수용된 「날개」의 중요 모티프이다. 「처용가」에서 처용은 외출에서 돌아와 아내의 불륜을 목격하

---

26) 황도경 외, 「우리 시대의 처용」, 『한국패러디소설 연구』, 국학자료원, 1996, pp.102
　　～103.

지만 처용은 아내와 역신에게 관대하다. 여기서는 처용의 '외출 모티프'
와 아내의 '불륜 모티프', '거세된 남성 모티프'가 함께 나타난다. 이 세
모티프는 「날개」에서 작품의 골격을 이루는 모티프로 수용된다. 「날개」
에서 '나'는 볕 안 드는 방에서 자는 일로 세월을 보내다가 외출을 시도
한다. 세 번의 외출을 하고 돌아올 때마다 '나'는 아내의 불륜을 강도 깊
게 경험하게 된다. 그러나 이에 대한 대응태도는 체념의 정서이다. 도리
어 아내에게 야단을 맞는 정도이다. 「날개」에서도 「처용가」와 동일한 '외
출 모티프'와 '불륜 모티프', '거세된 남성상 모티프'를 발견할 수 있었다.

  다음으로 「날개」의 의도적 수용인 「이상의 날개」는 李箱의 전기적 요
소와 작품 「날개」를 함께 패러디하고 있다. 그런 이유로 주인공 李祥은
작가 李箱과 「날개」의 '나'의 모습이 중첩된 인물이다. 두 작품의 간텍
스트성을 등장인물의 설정에서 찾아보았다. 두 텍스트는 남성인물인 주
인공의 성격에서 동일했고, 특별한 직업이 없는 점이 같았다. 또한 여성
인물인 아내의 직업이 여성성을 상품화하는 점에서 일치했다.

  이렇듯 원텍스트와 패러디텍스트는 일치점이 많았다. 그러나 가장 중요한
모티프인 '날개'의 수용에서는 변용 된 모습을 보인다. 원텍스트의 '날개'는
주인공의 자아 찾기 수단으로 사용되지만, 패러디텍스트의 '날개'는 세상의
부조리와 모순을 폭로하고 풍자하는 도구로 사용되고 있기 때문이다.

  끝으로 본 논의에서 언급하지 않았지만 「날개」를 페미니즘 시각으로
수용한 작품[27]을 함께 연구하면 더 가치가 있을 것이다. 필자도 고려해보
았지만 「처용가」부터 「날개」로 다시 「이상의 날개」로 이어지는 통시적인
관점에서 논의하다보니 위의 작품을 함께 다루지 못했다. 또한 「처용가」
의 수용에서도 다양한 작품[28]들을 함께 다루면 「처용가」가 현대소설에서
어떻게 수용되고 있는지를 더 정확하게 짚어낼 수 있으리라 본다.

---

27) 김연경 「다시 쓰는 「날개」」 같은 작품이 위의 맥락에서 논의 될 수 있을 것이다.
28) 「처용가」의 현대적 수용 작품으로는 김춘수의 「처용」, 윤후명의 「처용나무를 향하
    여」, 윤대녕의 「신라의 푸른 길」, 김소진의 「처용단장」, 이청준의 「나무 위에서 잠
    자기」, 「무서운 토요일」, 박완서의 「유실」 등이다.

참고 문헌

1. 기본 자료

일연·김원중 역, 「처용랑과 망해사」,『삼국유사』권2, 을유문화사, 2002.
이상, 「날개」, 한국문학대계 18, 동아출판사, 1995.
김석희,『이상의 날개』, 실천문학사, 1989.

2. 참고 자료

김준오 편,『한국현대시와 패러디』, 현대미학사, 1996.
린다 허천·김상구·윤여복 옮김,『패로디이론』, 문예출판사, 1992.
송경빈,『패로디와 현대소설의 세계』, 국학자료원, 1999.
송종헌, '이상의 「날개」 분석', 동국대 석사학위논문, 2000.
이미란,『한국현대소설과 패러디』, 국학자료원, 1999.
이어령,『이상』, 문학과 지성사, 1979.
장양수,『한국패러디소설 연구』, 이회, 1997.
정끝별,『패러디 시학』, 문학세계사, 1997.
최재서,『최재서 평론집』, 홍문각, 1978.
퍼트리샤 워, 김상구 옮김,『메타픽션』, 열음사, 1992.
황도경 외,『한국패러디소설 연구』, 국학자료원, 1996.

문제적 인물과 현실 변혁의지
―『고향』이 놓인 자리―

구자희

1. 들어가는 말

　계급문학운동은 창작에 대해 비평이 일방적인 주도권을 행사했다는 평판이 통설로 되어 있다. 창작방법에 관한 이론적 논쟁이 왕성했던 데 비해 전반적으로 실제의 작품성과 비평이 요구하는 수준을 밑돌았던 것이 사실이지만, 이기영의 『고향』(「조선일보」, 1933. 11. 15~1934. 9. 21)이 출현하자 이러한 기존의 평가가 뒤바뀌는 전환점이 되었다. 즉, 『고향』의 출현은 계급문학운동이 일제의 전면적인 물리적 탄압국면에 처하여 그 공개적 조직활동이 정지되는 소위 전형기의 문턱에서 이루어지는데, 그 이후 일제말기까지 방향설정을 위한 계급문학 진영의 다양한 창작이론

＊ 경원대학교 국어국문학과 박사과정 수료, 경원전문대학 강사

모색작업이 소설 장르의 경우 주로 『고향』이 이룩한 예술적 수준을 유지 발전시키는 문제에 계속 집중되었던 것이다.[1] 이것은 『고향』이 비단 이기영 자신의 대표작일 뿐 아니라 계급문학 운동사 나아가서는 우리 근대 소설사의 기념비적 작품임을 시사해 준다.

이기영은 『고향』의 집필에 즈음하여 「사회적 경험과 수완」(「조선일보」, 1934. 1. 25)에서 다음과 같이 말하고 있다.

> 과연 나는 과거의 작품행동에 잇서서 문학적 현실을 너무나 무시하고 다만 일편의 슬로강을 관념적 기계적으로 주입하랴고만 고심하엿다. 이러케 쓴 작품이 물론 태작을 면할 수 업슬 것이다. 나는 昨夏에 우연한 기회로 현재 발표중인 『고향』을 농촌에 가서 집필해 보앗다. 별로 자신할 작품은 못되나마 그것을 쓸 때 나는 전에 업는 실감과 농촌에 대한 지식을 적지 안케 엇을 수 잇섯다.
>
> 이 점으로 보아서 작가의 사회적 경험은 ― 직접이거나 간접이거나 그에게 만흔 도움이 될 줄 안다. 꼬리―키의 위대는 실로 그의 광대심오한 체험에서 산출함이 안일까? 풍부한 생활은, 풍부한 창작력을 재래한다. 현실은 문학적 저수지요, 생명이요, 소재인 까닭이다.
>
> 그럼으로 나는 작가로서 생활의 심화와 광대를 바란다.[2]

이기영은 현지의 생활이 과거의 기계적이고 도식적인 창작방법에서 벗어나 체험을 통한 창작을 하게 되는 전환점을 맞이하게 되는 계기가 되었으며 『고향』에 이르러서는 당대 현실생활의 총체적 형상화에 힘쓴 동기가 되었음을 서술하고 있다.

「고향」의 시간적 배경은 식민지 제2기인 1925년과 26년경으로 잡힌다. 제1기(1906~18)가 통감부 설치 이래의 토지조사사업 실시, 식민지 통치기구 및 구축 등을 통한 체제정지 기간이었다면 제2기(1919~29)는 그것을 바탕으로하여 식량 및 원료의 약탈, 상품·투자시장에서의 초과이윤

---

1) 김홍식, 「이기영 소설 연구」, 서울대 석사논문, 1992, p.84.
2) 김홍식, 위의 논문, p.89, 재인용.

획득을 꾀한 체제강화 기간이었다.3) 『고향』에서는 이러한 제1기의 시대적 성격이 그대로 드러나 있다. 즉 구 세도가 조판서 같은 토호집안의 속절없는 몰락과 친일 대토지 귀족 민판서의 득세, 토착부자들의 파산과 대서사 유선달, 포목상 권상철 등등 신흥졸부들의 등장, 유력한 향리였던 김호장의 후예 김춘호의 폐가와 군청 재무 계원이었던 안승학의 치부 등의 극단적인 대조는 식민지체제에의 적응·편승 여하에 따라 명암이 엇갈리는 계급관계 재편양상의 일단을 적나라하게 보여준다. 식민지 체제의 구축이 이와 같은 일부계층의 판도변화를 초래하는데 그치지 않고 더나아가 민중의 삶에 보다 고도화된 억압구조를 강요하고 있었다.

또한 제2기의 시대적 성격은 5년 만에 동경유학에서 돌아온 김희준의 눈에 포착된 C사철, 신축제방, 제사공장 등을 통해 드러난다. 그리고 철도, 제방, 공장, 그밖에도 관공서, 은행, 회사, 상가, 운송점 등이 자리잡은 '읍내'의 발전과 노역과 기아에 시달리는 '원터'의 농촌현실은 대조를 이루고 있다. '읍내'가 번영을 구가하는 동안 '원터'에서는 민중의 빈곤이 확대 재생산된다. 자작농에서 소작빈농으로 전락한 김원칠과 쇠득이네, 고리대에 쪼들리다 못해 자살한 상리 박서방, 도시 막노동자가 되어버린 덕삼이 종형제, 서간도로 이주해 간 춘식이 집안 등 그들의 운명을 여실하게 보여주고 있다.

『고향』은 이러한 시대적 배경아래 이기영이 처녀작을 발표한 이래 끊임없는 발전과정을 거쳐 탄생시킨 작품이다. 그래서 『고향』은 그 이전에 발표했던 다른 작품들의 총화 된 모습이기도 하다. 이기영은 무엇보다도 『고향』을 통해서 농촌현실의 총체적 반영을 추구하였다. 즉, 식민지 자본주의하의 농촌의 비참상, 봉건주의에 침윤된 농민들의 사상, 그리고 이를 극복하고자 하는 주의자의 노력과 갈등을 통해 농촌의 궤적 실상을 드러내고자 한 것이다.

---

3) 이기영, 『고향』, 1987, 슬기소설선 3, pp.70~71.

2. 파행적 자본주의화 과정에서의 농촌 황폐화

『고향』의 시간적 배경이 되는 1920년대는 앞서 살펴 본 바와 같이 1910년대의 토지조사사업을 거치면서 식민지 반봉건 지주 소작관계가 어느 정도 확립된 시기로 농민의 양극분해가 급격하게 진행되면서 지주로 상승할 수 있었던 극히 일부의 자작농을 제외하고는 대부분의 자작농과 소작농들은 몰락의 길을 밟아 자작농은 소작농으로, 소작농은 빈농과 농업노동자로 전화되는 시기였다.

이런 상태에서 가장 큰 문제는 식량문제였다.

> 아래 장터 영생양조소 문 앞 광장에는 오늘도 남녀노소의 군중이 몇 겹으로 둘러서서 목을 긱게 빼들고 무엇을 기다리고 있었다. 그들은 모두 제각금 빈 그릇을 들고 있다. 누루퉁퉁한 얼굴에 초라한 의복으로 간신이 살을 기다리고 있는 그들은 흉년을 만난 피란민을 방불케 한다.사실 그들은 먹을 것이 없었다. ……(중략)……
>
> 재강은 나기가 무섭게 번쩍번쩍 팔렸다. 그래서 그전에는 그저 내버리듯 하든 촌락의 가난한 소작농은 더구나 춘궁에는 먹을 것이 없어서 초근목필고 겨우 연명을 하는데 이 고장과 같은 야산에는 풋나물도 흔치 않아서 그것도 먼 산나물을 가지 않으면 안되였다. 그래서 다급하면 거름하라고 면에서 얻어온 콩깨묵으로 죽을 쑤어 먹기도 하는데(배료를 사람의 뱃속에다 하는 셈인가?) 거기다 비교하면, 이 재강이야말노 훌능한 고등요리가 아닌가? 이에 그들은 너두 나두하고 재강이 났다는 소문을 듣는대로 양조소 문앞에 운집하는 터이였다.[4]

「춘궁」에 묘사된 장면이다. 굳이 흉년을 만난 것도 아닌데 농민들에게는 먹을 것이 없다. 특히 보리가 나기 바로 전이 농민들에게는 최악의 기간이다. 이러한 때 술찌개비는 그들에게 훌륭한 양식이 되어 주었던 것이다. 곰팡이가 나서 초같이 신것도, 지푸라기·솔잎사귀·피·벼깍지

---

4) 이기영, 『고향』, 슬기소설선 3, pp.70~71.

·돌 등 잡동산이가 다 섞여도 문제가 되지 않았다. 그래도 '어떤 사람은 밀깍지만 남은 재강을 한바가지식 받어갖이고는 입을 헤ー벌닌다.' 극도의 배고픔 앞에서는 인간성이나 인간의 도리는 찾아 볼 수 없는 것이다. 단지 먹고 살아남아야 하는 강렬한 의지만이 있을 뿐인 것이다. 먹고살기가 어려워진 농민들은 모두 배타적 이기주의에 빠지게 되고 인간으로서의 존엄성을 상실하게 된다. 단지 '내 것'을 지키고자 하는 강한 의지만이 본능적으로 남게 된다.

「이리의 마음」에서 쇠득이 모와 백룡이 처의 싸움은 더이상 농민들의 마음에 이웃이나 어른 따위의 개념이 존재하지 않음을 여실하게 보여준다. 쇠득이네의 화중콩밭의 콩순을 백룡이네 소가 먹어치우자 화가난 쇠득이 모가 백룡이네 소를 쫓아 버렸다. 그러자 이번엔 백룡이 처가 콩값을 물어주면 될 일이지 왜 남의 소를 쫓아버리느냐며 시비가 붙는다. 서로 조금씩 물러서면 되는 일을 오히려 상대방의 약점을 들춰내며 최악의 상태로까지 싸움은 전개되고 급기야 백룡이 모친이 쇠득이 모에게 며느리 시켜 논을 얻고 손자를 잡아먹었다며 호령을 해대자 쇠득이 처가 억울하여 까무라치게 된다. 그리하여 겨울 일단락 된 싸움 끝에 억울한 쇠득이 처는 양잿물을 들여 마신다. 금방 이를 발견하여 목숨은 건졌으나 이에 격분한 쇠득이 오물을 한바가지 퍼서 백룡이 모친에게 들어붓는다. 마을 사람들은 이 싸움에 대해 서로 이러쿵 저러쿵 말이 많았지만 비열하게 말을 만들어낸 백룡이 모친에게 힐책들을 가했다. 이 부분은 궁핍한 환경속에서는 이웃 간의 애정이나 아름다운 인간성보다는 동물적 본성이 앞서게 되는 피폐해진 원터 사람들의 마음을 잘 드러내 놓고 있다.

이렇듯 심각한 배고픔의 문제는 마을사람들의 인심까지 흉흉하게 만들게 되었다. 이런 상태에서 종래의 지주의 속성까지도 변하게 되었다. 농촌 사회의 식민지 자본주의화란 단순하게 상품 화폐경제로 편입되는 단계가 아니라 식민지 자본주의의 구조 속에서 식민지 자본주의의 요구에 맞게 생산관계나 생산양식이 재편되는 것이다. 여기서 지주는 식민지 부르조아의 속성을 띠게 된다. 즉 이는 식민지적 근대성과 통하는데 이 모든 특성은 안승학의 속성이기도 한 것이다.

안승학은 본래 지체도 없고 형세도 없이 타관에서 떠들어온 사람이었다. 그의 아버지는 경기도의 아전출신이었다. 그러나 안승학은 이 지방에서 제일 똑똑한 체를 하였다. 그는 마을의 우편국이 생겼을 때 제일 처음 편지를 보내기도 했고, 새로 설립된 사립학교에도 제일 먼저 입학을 하였다. 그는 이렇듯 남보다 먼저 개화하였고 그의 출세의 근원은 이러한 '개화'의 덕이었다. 그는 일본어를 잘하였기에 일단은 군청에 취직하여 월급을 받기 시작하였다. 그리고 지금은 서울의 민판서댁의 사음도 보고 취리도 한다. 그의 치부에 대해서는 낭설도 많이 있지만 '이 시절에는 우연마치 똑똑하고 장래를 내다보는 선경지명'이 있는 사람이라면 '테밖에 앉아서도 돈벌이를 상당히 할 수' 있었던 것이다. 이런 식으로 부자가 된 사람은 비단 안승학 뿐만은 아니었다.

유선달은 대서를 해서 부자가 되었다. 장거리에 있는 권상철은 포목상을 보올 몰았다. 그 외에도 운송점을 하여서 치부한 사람! 음식점을 해서 치부한 사람! 황아전을 보아서 치부한 사람! 제 바닥에 살든 조선사람도 이렇게 되였으니 약빠른 타관사람들은 더 말할 것도 없지 않은가.

광복 자토락이와 물감통을 걸머지고 촌촌으로 도라다니든 땡땡이 청인 왕가와 정거리에서 사탕물을 한 곱부씩 파러서 어린아이들의 코묻은 동전푼을 알려먹든 중촌 이는 수십만 원의 거부가 된 판이였다.

그러면 그 돈은 다 어디서 나왔든가? 그들은 모두 촌사람의 주머니를 겨누었다. 이 지방은 자래로 유수한 '곡향'이라 생산물의 대부분은 농산물이였다.

안승학은 대행이 이 통에 한 미천을 잡았다. 그는 부농가에서 농우를 개비하듯 첩을 해마다 가라 드리고 호의호식을 하면서도 독개비 세간처럼 형세는 느러갔다. 그는 금테안경을 쓰고 때때로 후루꼬-트와 중 산모에 예복을 차리고 뽐내였다. 그는 아주 훌늉한 시체 양반이 되었다. 승학이는 서울 사는 민판서 집 사음을 얻어 한 뒤로부터 그의 호기는 한층더 높았다.[5]

이렇듯 식민지하에서 자본주의 경제가 새로 자리를 잡는 동안 일부 사람들은 치부의 과정을 거쳐 신흥세력집단으로 탈바꿈을 하게 되는 것이다. 그리고 이들이 치부한 돈은 물론 가난한 농민들로부터 나온 것이었으며 중국이나 일본으로부터 들어온 외국인들까지도 농민들의 돈을 착취하였다. 이렇듯 어리석은 농민들은 돈을 갈취 당하였고 약삭빠른 신흥세력들의 치부의 기회를 식민지하 자본주의 질서가 확립되는 과정에서 겪게 되는 것이다.

특히 원터 마을의 안승학은 전에 있던 마름 이근수를 모함하여 자신이 마름의 자리에까지 오르게 된다. 그럴 수 있었던 것은 그가 군청의 재무계에 있었기 때문이다. 그의 근대적 합리성이 봉건적 사음 이근수를 몰아 낼 수 있었던 것이다. 이런 식으로 축재한 안승학은 극도의 향락주의에 빠져들게 된다. 원터 사람들의 궁핍한 생활과 안승학의 향락적 생활은 대조를 이루는데 이것은 마을 사람들의 참상의 일차적 가해자가 안승학이며, 이것은 그가 악덕마름이기 때문이라는 문제를 넘어서 식민지적 현실의 모순음을 궁극적으로 드러내고자 하는 작가의 의도인 것이다.

희준이 유학에서 돌아와 본 원터 마을의 모습은 가난과 궁핍, 그리고 몰인정한 이웃과 근거없는 소문만이 떠도는 피폐된 상태였으며 파행적으로 자본주의 질서가 성립되는 과정에서 치부한 안승학이 거들먹거리고 있는 상태였다. 그는 이 모든 상태를 개혁해 보고자 청년회를 통해 갖은 애를 쓰게 된다.

그러나 희준 자신도 완벽하지는 못 하였다. 그토록 모든 것을 바로잡기 위해 계속 분발하지만 그에게 돌아오는 것은 진실성을 결여한 회원들에 대한 실망뿐이었다. 또한 때로는 동정도 하지만 본시 애정없는 조혼 처인 용모조차 볼품 없는 아내에 대해 혐오를 느끼는 그는, 야학 수업 도중 장터 술비의 막내딸 음전의 미모에 시선을 빼앗기기도 한다. 결국 그는 자신도 따지고 보면 다른 청년 회원들과 같은 부류의 인간이 아니

---

5) 이기영, 『고향』, pp.104~105.

냐고 반문한다.

　　그는 동무들과 격려하여 일을 보다가도 가끔 이와 같은 적막을 느끼었다. 그런 때는 여러 사람들과 같이 함께 웃고 떠드러도 자기만은 산중에 홀로 있는 사람같이 의식의 간격을 자아낸다.
　　"이까짓 일을 하며 세월을 보내고 있담!" 그는 자기의 생활이 무의미한 것 같았다. 인간이란 이렇게 하치않은 존재인가? 하는 가소로운 생각도 난다.
　　그는 금시로 허무한 생각이 드러가서 만사가 무심해졌다. "무엇 때문에 사는가? ─놈들은 모두 조고만 사욕에 사로잡혀서 제 한 몸 생각하기에 어렴이 없지 않은가? 그래서 말로나 글로는 장한 소리를 하지만 뱃속은 돼지같이 꿀꿀거리는 동물이야! 그것들과 같이 일을 해보겠다는 나 자신부터 같은 위인이 아닐까?[6]

　　이처럼 청년회만이 아니라 그 일원인 자기 자신까지도 비판의 과녁에 함께 올리는 진지함과 정직함은 김희준을 선도적인 지식인으로서가 아닌 풍부한 내면을 가진 입체적인 모습으로 다가오게 한다.

3. 문제적 인물과 현실 변혁 의지

　　희준이 바라본 원터 마을은 어두운 현실이었다. 그는 우선 자기집에 있는 아내에 대한 미움 때문에 집에 들어가는 것이 싫을 정도였다. 이기영 자신의 체험에 기인한 절대적으로 극복되어야 할 폐습, 조혼의 악습을 그는 희준을 통해 준열한 비판을 가한다. 그리고 더 나아가서 조혼뿐 아니라 강제결혼이 일단은 가장 봉건적인 것 중의 하나이며 이를 극복해야 함을 천명하고 있다. 희준이 아내가 싫어서 몸부림치는 것이나, 쇠득

---

6) 이기영, 『고향』, pp.202~203.

의 처가 쇠득이가 싫어서 야단을 하다가 당시의 마름 이근수에게 순정을
바쳤다가 배반당하는 것은 모두 조혼이 빚은 불행이라고 작가는 서술하
고 있다. 뿐만 아니라 희준이 중매한 음전과 인동의 불행한 결혼생활은
자유연애를 고집하는 이기영의 목소리이기도 한다.

> 인동이는 머리 속이 답답하였다. 지난 일이 꿈결같이 내다보인다.
> 방개는 웨 자기와 결혼을 못 했든가? 인돈의 안해는 그전과 다름없이 외
> 양은 입뿌다. 그러나 웬일인지, 인동이는 사러갈수록 그 안해에게 덤덤한 정
> 을 느끼게 한다. 그는 날이 갈수록 도리어 거무무트룸한 방개가 그리웁다.
> 그것은 지금 방개도 자기와 같은 생각으로 역시 자기를 그리고 있지 안은
> 가?[7]

인동과 방개가 사랑하는 사이였으나 집안끼리 정해놓은 혼처가 따로
있기에 어쩔 수 없이 각자 갈 길을 가야했다. 그러나 그 훙에도 서로 그
리워하게 되고 방개는 남편에게 정을 붙이지 못하고 인순과 함께 공장에
취직하기까지 한다. 이러한 비극은 봉건적 인습 때문이며 이의 극복을
작가는 주장하고 있는 것이다.

또한 교회의 부패도 어두운 현실중의 하나였다. 최목사의 불미한 추문,
키다리속장의 S청년회원 폭행과 정목사의 호색한 기질, 전도부인 최신도
의 사생아 수태 등 교회에 속한 인물들은 하나같이 도덕적 위선자, 탐욕
스런 속물로 그려진다. 또한 정목사의 예배당 설교에서는 안식일의 중요
성을 강조하면서 제사공장의 수양강좌에서는 노동은 가장 신성한 것이니
천직에 근명하고 모든 규칙에 복종하라고 역설하고 있다. 이러한 그의
모습은 식민지 자본과 통치체제에 대한 열성 협력자의 그것이다. 또한
선교단체가 소유하는 거액의 부동산에 대한 공익법인 설립이 회유책의
일환으로 허가된 사정에서도 드러나듯 교회자체가 지주였다. 목사의 간
음은 쉬쉬하면서 과부 수동이네가 행실이 부정하다고 출교하고 작권마저

---

7) 이기영, 『고향』, p.484.

박탈하러 드는 작태에서 교회가 종교의 허울로 민중의식을 왜곡·마비시켜 체제유지의 수혜자들 가운데 하나인 이권집단에 지나지 않음이 폭로된다.

뿐만 아니라 원터 마을의 생활형편은 말할 수 없이 극도로 나빠지기만 한다.

> 풍년공황─원칠이는 농사를 잘 짓고도 독흉년을 만난 사람처럼 저녁때, 어깨가 축 처져서 돌아왔다.
> "농군들은 풍년이 들기만 바라는 것인데, 풍년이 드러도 이런 세상이니……."
> 장에 갔다 온 사람들은 하나둘식 모여서 모두들 터무니없는 곡가에 실망한 표정으로, 걱정하는 판이다. 벼 한 섬에 오 원! 그것은 참으로 웃을 수도 우를 수도 없는 허무한 사실이다! 그래 그들은 미구에 닥쳐 올 타작마당의 비극을 생각하고 애닲은 표정을 속절없이 지울 뿐이였다.[8]

풍년이지만 타작을 끝내고 나면 막상 마을사람들에게 돌아오는 것은 없었다. 반면 타작 때가 되면 안승학은 마을 사람들과는 달리 분주하였다. 그래서 그는 정작 타작관보다도 작인들에게 더운 심하게 굴었다. 그는 이렇게 지주에게 충성을 다해야 '마름'의 성적이 오른다고 믿었다. 그래서 안승학은 농민들의 농사짓는 과정과 타작마당을 일일이 감독하고 돌아다니며 '마치 공작 감독이 작업 중의 노동자를 감시하듯' 하였다. 그리하여 마을전체가 홍수로 피해를 입어도 그는 남일 보듯이 하고 조첨지, 김선달 들이 작인대표로 소작료를 탕감해 달라고 하자 차일피일 미루다가 한 달이 가깝게 지난 후에야 회답을 한다.

> ─타작이란 원체 그 논에서 나오는 소출을 가지고 절반식 나누는 것인즉 그것은 감할 필요가 없고 다만 도조논망은 도조꺼리도 못 될 만치 소출이 부족할는지는 모르니 그것은 간펴을 해서 적당하게 감해준다는 것이다.[9]

---

8) 이기영, 『고향』, p.454.

이렇듯 그는 소작료 탕감의 전례를 남겨서는 안된다는 논리로 농민들의 청원을 거부한다. 뿐만 아니라 그의 이러한 이윤추구의 논리는 일상생활에서도 관철되었는데, 자녀들의 교육과 장래문제에 대해서도 철저히 타산적인 것이며 공부와 결혼도 모둔 장삿속으로 해야한다는 그의 생각이 이를 대표해 준다.

안승학의 이러한 철저한 이윤추구의 논리속에서 원터 마을 사람들은 인심과 생활의 각박함에 빠지게 되고 청년회도 제구실을 못하게 된다. 교회측과 견원지간의 S청년회는 3·1운동 이후 각종 사회운동이 족출하는 시대조류를 타고 설립되었다. 회원들은 주로 밥술이나 뜨는 중산계급에 속한다. 애초의 열기가 식어버린 청년되는 오락기관으로 전락한다. 어느 하나 중학교도 변변히 마치지 못한 회원들도 명색 좋은 노동야학을 벌이지만, 정작 강습에는 마음이 없고 '여학생 눈요기에나 군침질'인가 하면, 미리 합의 한 회원 단합과 야학생 위한 원우회의 행사비 염출에는 뒷짐을 지는 고락서니들인 것이다. 비교적 열성적인 회원 고두머리조차 안승학에 맞서 수확거부에 나선 작인들이 때 거리가 급한 지경에 몰리자 그 구제금 변통을 부탁하는 김희준에게 마지못해 반승락을 하고서도 끝내 이행치 않는다. 요컨대 청년회란 제멋에 겨워 그럴듯한 명분만을 내걸지만 실지로는 민중적 생활현실을 외면한 채 과시욕과 공명열과 허영끼 밖에 없는 모임이 것이었다.

봉건사상에 침윤된 마을 사람들, 지독한 궁핍과 사라진 인심, 그 과정에서 치부한 안승학의 횡포, 온전하지 못한 청년회. 이모든 어두운 현실 앞에서 희준은 이를 극복해 보리라 다짐하게 된다. 그래서 그는 우선 S청년회를 활동의 거점으로 삼고 그런 취지에 충실하고자 누구보다도 열정을 갖고 솔선수범 한다. 그러나 청년회의 회의적인 반응과 이에 대한 실망만이 있을 뿐이었다. 이러한 과정에서 희준 스스로도 자기비판과 갈등의 심화를 겪는다. 그는 완전한 인물로는 일말의 회의와 변화없이 한

---

9) 이기영, 『고향』, p.549.

길을 가는 것이 아니라 스스로도 비판해 보고 자신의 일에 회의도 느끼면서 이념의 도구가 아닌 풍부한 내면과 자율적 의지를 구비한 인물로 묘사되고 있다. 여기서 그는 현실에 대해 깨어 있는 의식을 지닌 인물로서 일상적인 현실의 안온함에서 벗어나, 개성의 충만한 생명력을 유지하면서 참된 전형의 반열에 오르게 되는 것이다.[10] 신중한 자기비판과 청년회의 민중적 기만을 직시하고 이에 대한 집착과 기대를 버리라는 김선달의 충고 끝에 그는 두레를 만들어 두레 본래의 정상적인 효과를 얻게 된다. 이 과정에서 안승학의 방해 가 있었으나 희준의 노력으로 마을사람들은 두레를 통해 협력하는 방법을 배운다. 새로 낸 원터 두레는 김희준의 공정하고 합리적인 관리에 의해 이를테면 무절제한 음주 등으로 인한 일과 놀이의 불균형 같은 전래의 두레에 부수되던 패단을 일소하고 성공을 거둔다. 이 과정의 두레내기와 소작쟁의에서 안승학의 하수인으로 내통하는 학삼의 이기주의 내지 기회주의의 모습이 보여 지기도 한다. 그러나 마을사람들은 두레의 성공으로 회복된 공동체적 유대의식을 발휘하고 자진해서 수해복구에 협력하고 구휼미도 낸다. 그러나 소작료 탕감을 내건 수확거부 결정을 양식이 바닥나자 동요한다. 풍년공황에 처한 현실 앞에 마을 사람들은 차차 좌절하게 되었던 것이다.

> 지금은 야학도 못하기 때문에 그들을 하자리에 앉져놓고 격려할 기회도 없다. 일시 기분으로 흰소리를 텅텅 하든 그들의 기염을 그 후로 쑥 드러가고 물에 빠진 생쥐처럼 발발 떨고 있지 않은가!
> 그래서 비겁한 그들은 오랫동안 붙여였든 농노의 근성을 죄다 떨어버린 줄 아렸든 것이 마치 장마속의 곰팡이처럼 그들에게 다시 붙지 않었는가?…….
> 만일 희준이가 그들을 위하야 물질적으로 다소간 유익을 주지 않었다면 그들은 희준이가 관렴적으로 가르치는 말노만은 그야말노 쇠귀에 경읽이와 마찬가지가 되였을 것이다.

---

10) G. Lukacs, 「The Intellectual physiognomy of literary Characters」 Baxandall, L. ed. 「Radikal perspectives in the Arts」(Penguin books, 1972), p.103

　　그는 산감에서 나무하다 붓들려 간 사람들은 몇 번이나 무사히 빼놓고 동
리 사람이 병이 나면 자기집 식구처럼 약을 지여다 먹였다. 다만 그 중에서
제일 씩씩하기는 김선달과 인동이였다. 희준이는이 두 사람을 사랑하였다.
그래 그는 모든 일을 비관하다가도 이 두 사람을 생각하고 자기를 위안하였
다. 그런데 지금은 김선달도 자기의 신렴을 잃은 사람처럼 절망을 하소연하
지 안는가? 그는 빈말로만은 그들을 무마할 수 없다는 것이다.
　　지금 그들은 문제가 뜻대로 해결되기 전에는 벼를 비지 말자고 맹서한 것
도 잊어버리고 마름이 꾀이는 대로 벼를 비자는 것이었다.11)

　이처럼 모든 것이 수포로 돌아갈 위기에 직면해서 절망하던 김희준은
갑숙으로부터 구휼자금을 구하게 되고, 마을 사람들에게 나누어줌으로써
그들을 일단 진정시키게 된다. 그러나 끝까지 소작료 탕감에 동의하지
않는 안승학을 굴복시키는 계기는 안승학의 딸 안갑숙이 자신과 경호사
이의 사생화를 빌미로 안승학을 협박하라는 권유를 희준이 받아들임으로
써 가능하게 된다. 김희준의 적극적인 개혁의지에도 불구하고 안승학과
정면충돌을 하지 못하고 그의 약점을 빌미로 안승학을 굴복시키게 되는
것이다. 이점에서 『고향』에서 원터 마을 사람들의 쟁의의 성공은 본질적
으로 실패이며 비정상적인 승리로 여겨지기는 하지만 문제적 인물 희준
의 현실변혁의 의지는 어느 정도 승리를 거두게 된다.
　이러한 승리의 열쇠인 안갑숙은 이기영의 이전의 소설들에서 보였던
여성주인공의 성장 소설적인 국면을 그대로 드러내는 인물이다. 갑숙은
서울에서 학교를 다니고 있었고 같은 읍내에 사는 권상철의 아들 권경호
는 갑숙의 집에서 하숙을 하고 있었다. 자연스럽게 친해진 이 둘을 가까
운 사이가 되지만 권경호가 곽첨지라는 머슴의 아들로 권상철의 양자라
는 사실을 알게된 갑숙은 당황하게 된다. 한편 권경호의 출생의 비밀을
빌미로 권상철에게 돈을 뜯어내려던 안승학은 자기꾀에 빠진 것이 분하
여 갑숙의 모친에게 칼질까지 하게 된다. 이에 갑숙은 가출을 결심하게

---

11) 이기영, 『고향』, p.632.

되고 이를 실행에 옮기게 된다. 「그 뒤의 갑숙이」에서는 가출한 갑숙이 이름을 옥희라고 고치고 원터 마을 방적공장에 다니면서 노동자로서의 의식이 성장되는 과정을 그리고 있다. 그녀는 날로 단련되어 가는 모습을 보인다.

> 그것은 그전에 책상머리에서 피상적으로 생각하든 바와는 딴판으로 노동자의 실감을 가지고 현실을 똑바로 보게 육박하였다.
> 그는 지금까지 이 세상의 생산기구를 잘 모르고 있었다. 간혹 책 권속에서 읽어 본적은 있지만 그것이 지금과 같이 실제적 지식으로 똑바로 보이지는 않았다. ……중략……
> 노동자와 농민은 결국 그들의 이윤을 분리기 위하야 원료를 공급하고 상품을 생산하고 다시 소비계급으로써 자기자신이 만든 상품을 헐한 품삯을 받은 임금으로 사 먹어야만 되는 것 아닌가? ……중략……
> 물질을 토대로 물질을 해방하는 -오직 단순한 이 한점에서 출발점을 찾을 것이다! 여기에 물질의 위대한 힘이 있다. 물질을 생산하는 노동의 위대한 힘이 있다.[12]

그녀는 처음에는 공장에서 따돌림을 받았으나 노동자의 의식과 감정이 싹트게 됨으로써 노동자들과 동화되어 갔던 것이다. 그러던 중 경호가 이 공장의 사무원으로 취직하게 되고 이 둘은 재회하게 된다. 이 부분에서 작가의 서술은 마치 고대소설에서 남녀주인공이 상봉하는 듯한 인상을 강하게 풍김으로 작위적인 사건설정의 한계를 드러낸다. 작가의 의도는 계급적 각성을 하고 노동자로서 새 삶을 찾은 갑숙의 건강함을 통해 경호 역시 새로운 통과제의를 겪도록 하고자 하는 것이었음을 알 수 있다. 사무원인 경호와 노동자인 갑숙은 서로 어색한 감만이 맴돌지만 경호가 친부를 찾고 권상철의 집에서 나와 농부의 아들이 됨으로써 갑숙과 경호는 비로소 동지적 결합을 하게 된다. 그리고 그의 마음가짐도 새로와 진다.

---

12) 이기영, 『고향』, pp.474~475.

생활은 투쟁이라 한다! 이 생활의 투쟁을 반드시 인간에게만 있는 것이
아니라 자연계의 일체현상에서 볼 수 있는 일반적인 법측이라고도 한다.
……중략……
　그는 보다 나은 현실의 행복을 위해 싸우는 옥회를 이해할 것 같았다. 그
도 생활과 환경이 똑같은 겨우라야만 생의 만족이 충실한 줄을 깨달았다.[13]

갑숙이의 안이한 부르조아의 생활을 청산하고 노동자로서의 힘찬 삶을
추구하고자 하는 의도에 부합하여 경호 역시 양부모의 그늘을 벗어나 농
부의 친부를 모시며 건강하게 살 것을 다짐하게 된다.

한편 이기영이 갑숙을 통해 묘사하려 했던 공장 내에서의 과업의 지극
히 초보적인 수준이었고 쟁의답지 않은 대화의 수준이었다는 점이 한계
로 남는다. 이는 작가가 1930년대 이후 노농동맹의 실현을 지나치게 의
식한 결과로 보여진다. 갑숙의 '고육계'에 의해 해결된 소작쟁의도 앞에
서 언급한 바와 같이 노농동맹의 초보적 단계를 반영하고 있다. 그러나
「먼동이 틀 때」에서 제시되는 희망적인 앞날은 『고향』의 새로운 미학이
다. 비록 완숙한 경지의 현실극복은 일룰 수 없었지만 희준의 노력과 갑
숙·경호의 각성, 인동·방개의 민중적 생명력이 총체적으로 작품속에
구현되면서 현실자체의 성숙을 기원하고 있는 것이다.

하늘은 한빛으로 검은데 서쪽 만리재 고개에 걸처 이쓴 쪼각달은 구름이
가리웠는지 보이지 않고 응장한 봉화째 연봉의 산날맹이가 어둠 가운데 희
미하게 윤곽이 나타나면서 동쪽 하늘 빛이 희끄무레하게 거치기 시작한다.
　검은 장막이 한거풀 벗기어지고 희미한 회색 구름이 한구석에서 점점커지
면서 장차오는 광명을 예고하는 것 같다.
　그리고 머리 위에서는 은하수가 물 속에 있는 보석같이 빛나고 있는데 언
덕 아래에서는 닭의 홰치는 소리가 손에 잡힐듯이 들니면서 연달어서 '꼬끼
요-하고 울음소리가 이러 났다.
　"아아 벌서 날이 밝기 시작하나배!"

---

13) 이기영, 『고향』, pp.604~605.

"밝은 날을 위해서 우리도 준비합시다." 희준은 마음이 상쾌해서 정신이 영롱하여지는 것을 느꼈다.14)

이렇듯 『고향』은 미래의 열린 전망 속으로 유예된 잠정상태의 결말을 지음으로써 작품 자체의 탁월함을 드러내고 있다.

4. 나오는 말

『고향』은 이기영이 처녀작을 발표한 후 끊임없는 발전과정을 거쳐 탄생시킨 작품으로서 이전의 작품들의 총화 된 모습이다. 이기영은 무엇보다도 『고향』을 통해 농촌현실의 총체적 반영을 추구하였다. 즉, 식민지 자본주의하의 농촌의 비참상, 봉선주의에 침윤된 농민들의 사상, 그리고 이를 극복하고자 하는 문제적 인물의 노력과 갈등을 통해 농촌의 구체적 실상을 드러내 놓고 있다. 김희준에 의해 조금씩 본 모습을 찾아가는 원터 마을과 초보적인 수준의 소작쟁의와 공장파업이라는 사건 끝에 작중 인물들의 단합과 갈등해소가 이루어지고 또한 작품 말미의 '밝아오는 새날'로 상징되는 건강한 미래의 전망의지는 『고향』을 통해 이기영이 바라는 현실자체에 대한 성숙된 염원인 것이다. 또한, 『고향』은 민족모순과 계급모순을 포괄하는 전체식민지 현실의 전형적 축도로써 식민지적 근대화의 파행적 자본주의화가 진행되는 과정에서의 농촌의 비극과 문제적 인물의 현실변혁에의 의지를 강화시키는 과정에 놓은 인간의 내부적 모순과 그것으로 인한 갈등을 놓치지 않고 그림으로써 사실주의의 지평을 확대하여 리얼리즘소설의 정점에 도달하였다.

그리고 본고는 카프작가로서의 이기영 소설의 발전과정 고찰에 역점을

---

14) 이기영, 『고향』, p.695.

둔 결과 전형기 이후의 그의 작품을 연구대상에서 제외함으로써 『고향』 이후 시각의 혼란 속에서 하강하는 그의 작품양상을 다루지 못하였다. 뿐만 아니라 북쪽에서의 그의 작품활동에 대한 연구도 배제되었다. 이는 북한 문학에 대한 충분한 이해가 없이는 적절한 분석이 어려우리라는 판단에 기인한 것이다. 앞으로 이기영의 북쪽에서의 작품활동에 대한 문제는 연구자뿐만 아니라 근현대문학 연구자들이 함께 극복해야할 과제이다. 그리하여 폭넓은 자료확보와 문학사적 안목을 넓혀간다면 이기영의 작품활동에 대한 보다 총체적이고 일관된 논리를 찾을 수 있을 것으로 기대한다.

■ 참고 문헌은 각주로 대신한다.

제 **2** 부

한국 페미니즘의 지형도

근대, 탈근대, 그리고 페미니즘
-한국여성소설사 기술을 위한 시론-

최성실

1. 머리말

　페미니즘 비평은 60년대와 70년대 초기 페미니스트 운동이 제 2기쯤에 접어들었을 때 본격적으로 시작되었다. 그것은 가부장적인 세력의 억압에 대한 저항뿐만 아니라 이를 조직적으로 구성하는 사회적인 메커니즘에 대한 관심에 집중되었다.[1] 특히 서구의 경우 페미니즘 비평의 대부분은 문화적 차원에서 다시 말하면 주체를 구성하는 사회적인 환경과 그것이 작용하는 다양한 기제에 대한 비판의 유용한 기준점으로 작용한다. 이러한 수정주의적이고 비판적인 시각을 견지하는 페미니즘 이론은 사실

＊　경원대학교 강사, 문학박사, 문학평론가.
1)　이소영·정정호(공편), 『페미니즘과 포스트모더니즘: 새로운 문화 정치학을 위하여』, 한신문화사, 1992, 참조.

상 탈근대적인 징후들과 밀접한 관련이 있다. 왜냐하면 페미니즘이 다루고 있는 문제적 사안들이란 '주체'와 '타자'에 대한 기존의 인식 틀을 다시 재구하고 비판적으로 분석/해석하는 작업이며 이는 철저히 근대적인 것에 대한 비판적 인식의 연장선에 있는 것이기 때문이다.

그러므로 페미니즘은 구체적인 인식의 전환을 꾀하면서 주체 구성의 차원에서 '여성성'을 다시 사유하는 탈근대적 비평의 핵심적인 부분 중에 하나라고 할 수 있는 것이다. 탈근대적 비평의 특징이 합리주의와 이성주의적 태도와 방법론적 인식을 비판하고 비(반)합리주의적인 것으로부터 새로운 대안적 입장을 찾으려고 했던 시도라고 한다면 이는 이론적으로나 실제적으로 페미니즘의 다양한 접근 경로들을 만들어 가는 초석이 되었음을 부인할 수 없을 것이다.

사실상 여성적인 것을 재평가하는 작업은 주로 합리주의, 혹은 이성중심주의적인 사유 밖에 존재하는 '차이'와 '타자'에 대한 비판적인 인식을 견지하면서 자연, 신체, 우연성, 직관 등에 대한 관심과 더불어 이분법적 사유에 대한 해체적인 독법을 제시하는 것으로 구체화되었다. 이러한 여성적 징후들은 남성적인 것의 모자란 부분을 채우고 메워 가는 '타자'로서의 의미가 아니라 '차이'로 존재하는 '주체'로서의 '여성'이란 무엇인가의 의미를 따져나가는 전력적인 것이다.[2]

그러므로 페미니즘 이론의 대부분이 푸코의 영향으로부터 자유롭지 못한 것은 푸코가 주목했던 지식과 권력의 영역 속에서 여성의 문제를 본격적으로 다루고 있지 않았음에도 불구하고 그의 계보학적 논의의 틀, 다시 말하면 권력관계 문제와 이론적 보편성이 아닌 사회의 미시적 수준에서 이것이 어떻게 작용하고 있는가, 또한 주체가 어떻게 권력관계에 의해서 형성되는가를 분석적으로 설명하고 있기 때문이다.[3] 푸코의 영향

---

2) 이창순·정진성(편역), 크리스틴 디 스테노바, 「차이의 딜레마: 페미니즘, 근대성, 그리고 포스트모더니즘」, 『페미니즘과 포스트모더니즘의 만남』, 한울아카데미, 1997, pp.123~143.
3) 이창순·정진성(편역), 위의 책, 자나 사위키, 「페미니즘과 푸코의 담론의 힘」, pp.230

을 받은 대표적인 페미니즘 비평가인 쥬디스 버틀러가 "문제를 야기하는 것은 그녀의 신체구조가 아니라 그 신체구조가 규정되는(invested)되는 방식들이다"라고 한 것은 당연하며 이는 여성성, 혹은 여성의 정체성이란 사회적인 시스템 안에서 만들어지는 것이므로 권력의 작용방식과 무관하지 않다는 것을 의미한다.4) 이는 이원론적인 성차 이론을 비판하고, 양극단에 놓인 성적 이데올로기에 저항하면서 페미니즘 비평이 자아와 타자에 대한 사유를 새롭게 하고 이를 기반으로 여성에 대한 인식적 전환을 꾀하는 것과 통한다. 단순히 고정되어 있는 주체와 길들여지는 육체에 대한 수동적이고 고답적인 해석을 넘어서 다양한 성적 위계질서 속에서 구성되는 '움직이는 성'으로서 여성의 이미지를 재구하고자 하는 것이다.

그렇다면 이러한 페미니즘적 시각으로 문학사의 기술은 가능할까. 즉 기존 문학사에 주축을 이루고 있는 남성 작가 중심의 정전(canon)을 해체하여 남성 저술 중심의 문학사를 여성, 엄밀하게 말하면 양성 중심의 문학사로 새롭게 기술할 수 있는 방법을 페미니즘 이론을 통해 모색해 볼 수 있는가 하는 것이다. 페미니즘 연구자들은 흔히 서양의 문학정전이 남성 중심주의적인 성격을 갖고 있으며 이와 같은 남성중심주의적인 텍스트에는 '아버지' 혹은 '권위'를 추구하는 경향이 농후하다고 지적한다. 엘렌 프리드만의 경우에는 남성의 저술 그 자체가 부계적인 질서에 대한 향수를 버리지 못하고 있으며 이와 반대로 여성의 저술은 오래 지속되어온 가부정적 질서에 대한 향수를 느끼지 못한

~238, 참조
4) 버틀러는 푸코의 이론을 면밀하게 검토하고 이를 페미니즘 적인 시각에서 해석한다. 그녀는 성이란 인간이 태어날 때 생물학적으로 부여받은 부분과 임의적인 문화에 의해서 구성되는 부분으로 이루어져 있으며 특히 여성의 성은 '법안의 언어'를 통해서 만들어지는 다시 말하면 구성되는 문화적 산물이라고 해석한다. 이는 성적 정체성이란 순수하고 순결한 것으로 존재하는 동일성의 고형물이 아니라 더럽고 잡종적인 방식으로 구성되는 '수행적인 것'에 불과하다는 것을 의미한다. Judth Butler, *Gender Trouble*, Routledge, 1996, 최성실, 「그대가 부르는 이름 그것이 진정 내 이름이란 말인가: 잡종적 주체를 위한 변론」, 『문학과 사회』, 2002, 가을, 참조

다고 분석한 바 있다.[5] 그러한 이유로 여성 작가의 텍스트는 단순히 '여류 작가의 작품'으로서가 아니라 정전으로 간주되지 못한 주변적 텍스트에 대한 관심이라는 시각적 전환을 마련하는 중요한 전거가 될 수 있는 것이다.

또한 나아가서 탈식민주의 비평가들이 내셔널리즘, 또는 국가 내셔널리즘의 결과인 '지배적인 정전'이 광범위한 차원에서 문화적 동질성, 다시 말하면 서로 다른 개인이나 집단을 통합하는 권위 혹은 표준의 중심을 들어내는 동시에, 특정한 젠더, 계급, 하위집단의 정체성을 부정하며 정치적 지배의 도구가 될 수 있다[6]고 주장하는 이유가 무엇인지를 다시 한번 생각하게 되는 기회가 되기도 하는 것이다.

물론 한국문학사가 남성 작가 중심의 정전 중심으로 이루어졌으며 그것이 어떠한 측면에서 민족적, 국가적, 젠더적 정체성을 확립하는 수단이 되었는가에 대해서는 많은 논란이 있을 수 있다. 그러한 논란의 가능성에도 불구하고 여성작가 중심의 문학사 기술이 중요한 이유는 사변적인 것, 혹은 주변적인 것으로 간주되어 왔던 여성 소설의 상당수가 각 시기마다 견지해 온 문화, 사회사적인 의미와 밀접하게 관련이 있으며 이는 정전 중심의 기존 문학사와는 또 다른 차원에서 간과할 수 없는 문학사적 의미 망을 형성하고 있다는 측면에 있다.

이 글에서는 이러한 문제의식을 바탕으로 하여 50년대 이후 한국여성 소설들의 특징을 일별하고 한국문학사 기술의 또 다른 가능성을 살펴보고자 한다.

---

5) 하루오 시라네·스즈키 토미(엮음), 왕숙영(역), 『창조된 고전』, 소명출판사, 2002. p.33. 재인용.
6) 하루시오 시라네·시즈키 토미 엮음, 위의 책, 참조.

2. 본론

1) 가부장제논리의 이중성과 벙어리 아내

1950년대 전쟁 이후 한국의 가족사의 특징은 아마도 새롭게 구성되는 가족의 일원들이 많았다는 사실에 있을 것이다. 북에 두고 온 가족, 피난 중에 목숨을 잃어버린 가족, 함께 살아 있으되 어디에 있는지 생사를 알 수 없는 가족, 그렇게 흩어지고 나뉘어진 가족들의 문제는 사실상 짐작하고 있는 어떤 것 이상의 아픔과 실존적인 고통을 안겨주었을 것이다. 소위 이산가족 가족의 문제는 여러 가지 측면에서 많은 생각을 하게 해주는 문학사적 문제임에 틀림없다. 그런데 그런 가족사의 이면을 여성의 시각에서 그리고 있는 소설에 대한 관심이나 논의를 찾아보기 힘든 이유는 어디에 있을까. 아마도 그것은 여성 소설에서 형상화하고 있는 것들 통속, 혹은 멜로적인 것으로 쉽게 치부해 버린 기존 문학사적 관점에 있을 것이다. 남성 작가들의 작품과 장편 위주의 문학사 기술의 관례는 아마도 여기서부터 비롯된 것이 아닐까 생각한다.

예컨대 1950년대 작품 활동을 한 김말봉은 기존 문학사에서 중요한 작가로 다루어진 적이 거의 없다. 그럼에도 불구하고 김말봉 소설은 1950년대 사회, 역사적인 상황과 밀접하게 관련되어 있는 '가족'의 문제를 여성의 시각에서 재구하고 있으며 이는 남성 작가들이 전후 사회적인 현실을 고민하고 실존적인 문제의식을 피력하고 있는 것과는 또 다른 차원에서 중요한 문제의식을 보여주고 있다.

1950년 『문예』지에 발표한 김말봉의 소설 「亡靈」[7]은 피난지에서 남편과 헤어진 여인이 남의 집 파출부로 들어가면서 벌어지는 이야기다. 이 소설의 주인공 '나'는 유치원 보모 출신이지만 없는 살림을 살다보니 남의 집 파출부로 들어가게 된다. 그런 내 의식에는 직업에 귀천이 없으며

---

7) 김말봉, 「亡靈」, 『문예』, 1952, 통권 13호.

먹을 것과 거쳐 할 곳이 제공된다면 형식적으로 주어지는 체면 따위는 문제가 되지 않는다고 생각한다. 빨래를 하고 청소를 하면서 집 안을 하던 그녀는 우연히 그 집 주인의 결혼 사진을 보게 된다. 그 결혼 사진의 주인 남자가 자신의 남편과 너무 닮은 것이다. 그것뿐이 아니다. 빨래를 하다가 우연히 눈에 띈 주인 남자의 와이셔츠에 난 구멍이 예전 남편의 것하고 똑같은 것이다.

그런데 문제는 거기서 끝나지 않는다. 자신을 찾지 않고 결혼 한 남편은 자신이 피난 갔다 오면서 죽었다고 친구에게 들었다고 하면서 지금의 결혼을 합리화시키고 있으며 이전과 하나도 달라지지 않은 모습으로 같은 직장에 다니고 있다는 것이다. 분명 용산에서 헤어졌음에도 불구하고 피난통에 죽었다고 거짓말로 자신의 현실을 합리화시키는 남편의 태도와 아무렇지도 않게 재혼을 할 수 있는 남자들의 현실적인 조건은 나로 하여금 모멸과 환멸감에 젖게 한다.

집을 나온 나에게 거리에 돌아다니는 "허다한 사나이들의 몸뚱이들은 마치 시체들이 옴죽하고 있는 것"처럼 느껴지며 "망령들의 행진 같이 보이기도 하여 전신에 소름이 끼치"는 것 이상의 의미를 갖지 못한다. 어떤 측면에서 이 소설은 전쟁을 치렀다는 사실이 많은 변화를 가져왔을지 모르지만 한국사회구조, 혹은 가족 구조가 갖고 있는 메카니즘의 기본틀을 바꾸지 못했으며 아니 오히려 더 강화시키고 있다는 보여주고 있다.

그녀가 헤어진 남편에 대한 생각을 버리지 못하고 애틋하게 살아 온 지난 자신의 삶을 부정할 수밖에 없는 이유는 "조국의 한줌 흙이 되어 버렸"다고 생각했던 남편과는 전혀 다른 상황, 아내가 있고 직장에 다니며 파출부를 쓸 만큼 여유가 있으며 고통스러운 삶과는 거리가 먼 상황 때문이며, 무엇보다 거기서 느낀 배신감 때문이다.[8]

조국을 위해서 싸우다 전사했을 것이라고 믿었던 남편에 대한 신뢰는

---

8) 그녀는 남편을 찾기 위해 부산, 제주도 심지어 거제도까지 헤매고 다녔던 것이다. 그런 날들이 그녀에게는 이제 "남의 일"이 되어버렸다.(p.108)

오히려 한 집안의 가장, 혹은 남성에 대한 기존 인식을 바꿔 놓았던 것이다. 그런 자신의 처지를 한탄하거나 원망하지 않고 냉소적으로 대하는 '나'의 태도는 참고 사는 순종적인 여인상과는 거리가 있다. 그럼에도 불구하고 그 냉소가 겉으로 표면화되지 않고 내적 독백으로 끝나는 부분에서는 어쩔 수 없이 받아들여야 하는 현실에 대해서 쉽게 거부하지 못하는 여인네의 심정을 엿보게 된다.

전쟁이란 남성에 의해서 행해지는 조국을 위한 성스러운 행위이며 그런 남성을 기다리면서 삶을 영위하는 것이 여성의 몫이 아니라는 사실을 알고 있으면서도 이에 대한 비판을 적극적으로 행하지 못하고 있는 것은 김말봉의 한계이자 50년대 여성 소설의 문제적 측면이기도 하다. 현실의 부조리함을 알고 있고 소름끼쳐 하면서도 말 못하는 이 냉소적인 벙어리는 강경애 작품에서도 나타난다.

강경애의 「안개」 주인공 성혜는 소설가다. 이 소설이 흥미로운 이유는 이 소설에 등장하는 남편 형식을 바라보는 성혜의 이중적인 시선에 있다. 성혜는 자신이 소설을 써서 번 돈에 대해서 형식이 불쾌하게 생각한다는 사실을 알고 있다. 그리고 동시에 그 불쾌함의 근원이 남편이 갖는 일종의 자기 콤플렉스, 다시 말하면 형식의 도움 없이 그녀 스스로 무엇인가를 했다는 심리적인 압박감으로부터 비롯된다는 것도 인식하고 있다. 이러한 형식의 태도를 작가는 성혜가 남편에게 품을 수밖에 없는 반항이나 반발의 형태로 단순화시키지 않는다. 오히려 거리를 두고 이를 관찰하면서 성혜의 겸손함과 조용한 성격에 비해서 형식의 권위적이고 자기 중심적인 태도가 얼마나 이중적인 모순을 담지하고 있는가를 보여준다.

사실상 그녀의 눈에 비친 형식은 "이중적인 성격이 있어서 안에서는 이토록 봉건적이면서 밖에 나가면 대단히 자유의지자고 문화에 애착을 느끼는 자"이다. 흔히 집안에 들어오면 매사에 권위적이며 자기 통제를 벗어난 일상을 견디지 못하면서 밖에 나가서는 다른 여자들에게 무척 관대하며 오히려 자유롭게 살기를 권유하는 이중적인 남성의 전형이 바로 형식인 것이다.

작가의 시선은 밖으로 한마디 불평을 하지 않는, 아니 하지 못하는 성혜의 태도에 대해서가 아니라 이중적인 자기 모순에 가득찬 형식의 행동과 언행에 맞추어져 있다. 그래서 오히려 아무런 말도 못하고 속으로 분노를 참는 성혜의 태도가 역설적으로 부각된다. 형식이 댄스홀에서 다른 여자와 춤을 추고 있는 동안 성혜는 의자에 앉아서 그의 모습을 바라보고만 있다. 그런 자신의 아내를 두고 남편 형식은 너무도 자연스럽게 다른 여자에게 함께 춤을 추자고 권유한다. 그런데 그 여자들의 반응이라는 것이 신통치가 않다. 오히려 형식을 보고 등을 돌린다.

결국 댄스홀에서 문화적인 우월감과 세련된 춤 솜씨를 보여주는데 실패한 형식은 다시 다방에 가자고 조른다. 형식의 마음 속에서는 아내가 자기 방식으로 소설을 쓰며 그녀 나름대로의 문화적인 감수성을 갖고 있다는 사실을 인정하고 싶지 않은 욕망이 가시지 않은 것이다. 댄스홀에서 누구보다 멋진 춤을 추며 성혜보다 자신이 훨씬 최첨단의 문화를 향유하고 있는 자라는 사실을 그녀에게 내면화시키지 못한 그 불만은 급기야 성혜를 다방으로까지 끌고 들어가면서 극단화되는 것이다. 왜냐하면 그 다방에서 평론가 최씨를 다시 만나는 장면에 오면서 형식에게 가부장적인 논리가 얼마나 자연스럽게 내면화되어 있으며 아내를 통해 구체적으로 실현되는 실체인가가 여지없이 드러나기 때문이다.

사실상 그가 성혜의 소설 쓰기를 못마땅하게 여긴 진짜 이유는 그녀가 소설을 잘 쓰지 못하며 그렇기 때문에 자기 지도가 필요하다고 착각하고 이를 끊임없이 합리화시키고 있다는 것에 있다. 그러므로 평론가 최씨 앞에서 그녀의 소설이 나아졌다면 그것은 전적으로 자신이 손을 봐 준 이유 때문이라고 강변할 수 있었던 것이다. 형식 스스로 마치 소설을 잘 알고 있으며 심지어는 자신이 고쳐 준 대로 소설을 썼기 때문에 평론가들의 대우를 받고 있다고 생각하는 것이다. 급기야는 성혜의 소설을 칭찬하는 평론가 앞에서 "여길 뜯어고치고 저 구석을 메우고 그래서 겨우 그 만큼 만들어 놓았지요. 그러자니 이 사람이 말이나 고분고분 들어주어야지요"9) 라고 태연하게 말하는 것이다. 그렇게 "남편의 기세가 높아지면 높아질수록 성혜는 어깨가 오므라드는 듯 느꼈다".(p.29) 그러나 성혜는 그런 남편에게 표면상으로는 아무런 말을 하지 못한다. 그녀는 어깨가 오므라드는 것처럼 외소함을 느꼈지만 거기에 대해서 한마디 항변을 하지 않고 그저 듣고만 있는 것이다.

이러한 그녀의 수동적인 태도는 마치 아무런 저항적인 감정도 없이 남편의 명령대로 움직이는 꼭두각시의 모습을 연상시킬 만큼 변화가 없다. 소설의 제목처럼 어디로 가는 것이, 어떻게 하는 것이 이 상황에서 자신의 입지를 세우는 것인가에 대한 감각이 없는 것이다. "참을 수 없는 수치, 분격, 그리고 어떻게 할 바를 모르는 초려, 이런 것이 뒤섞이어 성혜의 가슴을 꽝꽝 짓누를" 뿐이다. 그렇게 남편 형식의 이중적인 태도에 대해서 성혜는 분노를 느끼고 울분을 참지 못하지만 겉으로 그 환멸의 말들을 내뱉지 못하는 것이다. 남편의 태도에 그대로 수긍하면서 한편으로는 견딜 수 없는 분노를 속으로 되뇌는 것 이상의 행동을 보여주지 않는다. 김말봉 소설과 마찬가지고 '냉소적인 벙어리'인 그녀는 앞에 남아있는 시간은 "안개"인 것이다.

결국 이 소설에서 안개의 의미는 여성이 집안에서, 혹은 밖에서 남편이란 존재에게서 받는 대우라는 것이 어떤 것인가. 나아가서 남성 중심적인 이데올로기가 얼마나 지나치게 가식적인 것이며 기만적인가를 잘 보여주는 중요한 매개로 작용한다. 그럼에도 불구하고 이 여성은 냉소적인 벙어리일 뿐이며 그녀에게 미래는 '안개'이상의 의미를 가지 못하는 것이다. 그러나 그 냉소적인 벙어리는 단순히 현실에 순응하고 따라가는 순종적인 여인 혹은 현실에서 쉽게 등을 돌리는 수동적인 삶의 태도와는 다르다. 여기서 간과 할 수 없는 것은 그렇게 자기 인식이 투철한 여성이 울분을 함구하고 말게 되는 사회적인 분위기의 문제에 있다.

---

9) 강경애, 「안개」, 『문예』, 1950, 6, p.29.

2) 사회, 정치적 상황과 가족 이데올로기의 문제

1950년대 이후 한국 여성소설은 또 다른 면모를 보이면서 다양한 방식으로 구체화된다. 박완서 소설은 중산층 여성, 도시라는 근대적 산물과 개인의 존재적 가치에 초점이 모아져 있다. 「초대」의 경우가 대표적이다. 아내의 미모가 일종의 사교적인 차원에서 쓸모 있다고 생각하는 남편과 함께 한 자리에서 희주가 지글거리는 갈비를 보면서 느낀 것은 "욕구불만과 식욕을 구별하지 못하는 것"이다. 그 자리의 이물스러움은 손톱 밑의 때를 들킬까봐 좌불안석하는 모습으로 드러난다. 무조건 수입품이면 다 좋다는 생각으로 갈비도 수입품으로 올려야 된다는 어처구니없는 해프닝에 그녀는 구역질을 느낀다. 왜냐하면 자신이 직접 고기를 사본 사람이라면 한우가 수입 소고기보다 비싸다는 사실을 모를 리 없기 때문이다.

그런 사람들과 어울리는 남편을 보면서 내가 느끼는 것은 남편에 대한 개인적인 모멸감이자 우리 사회의 부조리함이다. 다소 계몽주의적인 비판을 담고 있는 이 글과 달리 「로열박스」는 텍스트 자체에 여러 가지 해석의 코드를 열어 놓고 있는 문제적인 단편이다. 이해 관계에 의한 결혼의 비극적인 파국의 문제, 시어머니가 아닌 시아버지의 감시와 권력 앞에서 오히려 편안함을 느끼는 나의 불안한 의식은 일상적인 삶에 일탈을 꿈꾸는 숨죽인 호흡으로 구체화된다. 그녀는 잘못 걸려 온 전화 목소리의 허스키, 정원사의 건강하고 억센 손, 바바리를 입은 남자의 우울한 실루엣, 무심히 웃어준 신사의 따뜻한 인상에 매혹된다. 그녀가 느낀 이런 매혹은 단순히 성적인 어떤 것이라기 보다는 일상의 틈, 사이, 벌어진 것들에 대한 그리움일 수 있다는 것을 넌지시 내비치는 것이다. 그리고 시아버지의 모습에서 사람 살아가는 것의 덧없음, 늙어 가는 일의 쓸쓸함, 사람마다 숨겨 놓은 고독의 두려움을 읽어내고 다시 나를 생각하는 섬세함까지 '끌어안는 글쓰기'다. 박완서는 이 두 가지의 균형감각을 깨뜨리는 일이 거의 없다.

따라서 그의 소설에서 여성의 정체성과 의식의 문제는 남성적인 것과 이를 배태한 사회, 정치적인 문제와 맞물려 공존하며 가족 내에 존재하는 자본주의 논리에 대한 철저한 검증으로까지 이어진다. 배제하지 않으면서 끌어안기, 그리고 그 안에서 다시 검증하기, 이를 박완서만큼 균형있게 시도한 작가도 드물 것이다.[10] 이 때문에 「저문 날의 삽화」나 「엄마의 말뚝」, 「家」의 경우에 나타나는 모성성의 문제도 아직 사회화되지 않은 원시적이고 산업화되기 이전의 상태와 동일시되는 문제가 아니라 철저하게 훼손되고 오염된 근대적 언어의 산물로 곱씹어야하는 것으로 나타난다. 그리고 무엇보다 중요한 것은 그 오염된 언어로 여성의 시간은 직선적 역사발전의 바깥에 존재하는 근원적이고 순환적인 시간성을 이루는 것이 아니라 그것 자체도 핵가족을 등장시킬 수 있는 근대화의 과정임을 역설적으로 보여준다는 점이다.

그러나 공선옥에게 있어서 모성성의 문제는 좀 다르다. 공선옥의 「흰달」[11]은 정치범과 빨갱이의 전과로 대를 이을 사람이 없는 종갓집을 배경으로 하고 있다. 거기에는 "가문, 문중, 핏줄, 다 소용없는 일이야. 그들이 우리에게 해준 게 뭐가 있어. 가문이라는 허깨비 같은 이름으로 사람 목이나 조르는 개뼉다귀" 같다는 인식을 뒤로하여 이 문중에서 쫓겨난 일종의 아웃사이더가 갖는 삶의 진정성에 대한 이야기다. 그 인물 중에서 작가의 연민을 불러일으키는 대상은 장래도 제대로 치르지 못하고 항쟁으로 인한 도시의 화염 속에서 타 들어간 어머니다. 그리고 이야기의 초점은 어머니 옆에서 외로움을 떨치지 못하고 다른 여자를 만나 아이까지 가져야 했던 아버지, 그리고 운동권이었던 남편이 데리고 온 다른 여자의 아이를 중심으로 전개되고 있다. 이 인물들의 공통적인 특성은 아마도 자신들의 의지대로 살 수 없었던 인간들의 뒷모습을 정직하게

---

10) 박완서, 「로얄박스」, 1982, 『현대문학』, 1월호. 「저문 날의 삽화 5」, 『소설문학』, 1988, 1월호. 『저문 날의 삽화』, 문학과지성사, 1991, 참조.
11) 공선옥, 「흰달」, 『피어라 수선화』, 창작과비평사, 1994.

끌어안았다는 점일 것이다. 그것은 정상적인 궤도의 삶을 살아가려 하지만 보이는 권력과 혹은 보이지 않은 권력에 의해서 뒤틀려 버린 삶의 편린, 바로 그것이다. 이 편린들을 하나하나 주어 담으며 소설은 짜여진다.

그런데 여기서 한가지 재미있는 점은 공선옥이 그려내고 있는 아버지의 이중적 속성이다. 이는 다른 소설들에 표현된 아버지처럼 아버지는, 혹은 남편은 권위적인 가부장제를 대표하는 존재로 '죽여야'하는 대상이 아니라 '인간'이기 때문에 끌어안아야 하는 존재로 나타난다. 「흰달」에는 아버지가 갖는 권위적인 위상, 이를테면 딸들보다 오히려 사촌 오빠를 먼저 챙기는 아버지, 어머니를 처참하게 죽도록 내버려두고 다른 여자와 다시 생활을 시작한 아버지에 대한 분노와 어머니 제삿날 오지 않는 여자를 미워하는 아버지에 대한 연민이 날실과 씨실로 짜여져 있다.

이러한 이중적인 인간의 속성을 공선옥은 '흰달'이라는 여성 상징으로 끌어안으면서 모든 고통과 분노를 새긴다. 그것은 흰 달이 갖는 밝음과 차고 기울기를 반복하는 그 순환의 속성과 같은 여성적인 이미지를 넘어서 있는 것으로 오히려 평범한 인간의 배면에 숨쉬고 있는 일탈적인 삶의 모습들을 되 비추는, 아니 항상 따라다니는 '이면'에 대한 이야기에 가까운 것이다. 왜 이러한 '이면'이 문제되어야 하는가. 이는 「흰달」이 배경으로 삼고 있는 시대적인 문제와 밀접하게 관련되어 있다. 삶의 이면을 읽어내는 작가적 역량이 최대의 효과를 발휘하고 있는 부분은 아버지를 끌어안을 수밖에 없는 상황과 직접적인 관계가 있는 것이다. 아버지를 안아야 하는 상황, 남편의 다른 여자아이를 받아들여하는 상황, 그것은 군부독재라는 너무도 큰 가부장적 이데올로기의 밑바닥을 들여다본 작가의 인간에 대한 연민 바로 그것이다.

가족에 대한 용서는 아무도 돌봐주지 않는 상태에서 가족 감싸기인 것이다. 가족을 미워하기에는 더 큰 미움과 증오의 대상이 바로 눈 앞에 있는 것이다. 그 치욕의 역사는 밀어내고 싶은 대상까지 안지 않고는 견딜 수 없게 만든다. 견딜 수밖에 없기에 끌어들인 전략적 휴머니즘은 공선옥 소설에 대변의 논리이자 80년대를 배경으로 한 소설의 특징일 것이다. 군부독재라는 막강한 적은 가정의 희생 논리 속에서 선명하게 드러난다. 군부독재라는 근대적인 산물의 억압적인 지배이데올로기가 신성하고 훼손되지 않은 채 남아 있는 '흰달'이라는, 다시 말하면 관습적으로 인식되어온 '모성성'의 의미와는 그런 차원에서 다르다.

3) 모랄리티의 문제와 계몽적 페미니티

모성성의 문제와 더불어 70년대 소설 중에서 가장 문제적인 측면으로 부각되는 것은 모랄리티의 문제다. 모랄리티를 기본 구조로 하고 있는 소설들은 대부분 홈커밍 스토리의 구조를 이루고 있다. 예컨대 가출한 소녀가 죄책감을 느끼고 다시 집으로 돌아온다는 고전적인 소설 유형이 여기에 해당되며 여성작가 중에서 서영은이 1977년에 쓴 「살과 뼈의 축제」[12]가 그 대표적인 작품 중에 하나일 것이다. 주인공 나는 동거했던 남자와 결혼하자는 권유를 뿌리치고 헤어진다. 그에게 내가 원하는 것은 섹스와 생활비, 그 이상 없다는 것이다. 진정 섹스의 권태로움은 참을 수 없을 만큼 일상을 지치게 한다. 여자에게도 권태로운 섹스는 아무런 의미 없는, 벗어나고 싶은 굴레일 뿐이다.

권태란 지겨운 일상이고 이를 벗어나는 일이란 그 남자를 다른 여자에게 떠넘기는 일이라는 것이다. 그 상념을 뒤로하고 그녀는 여행을 떠난다. 그 여행이 끝날 무렵 그녀가 깨달은 것은 자기 자신이 된다는 것의 진정한 의미다. 즉 자기 자신이 된다는 것은 상호 모순적인 것들을 그대로 품으면서 자신의 과거, 행위, 욕망, 자신에게 속한 모든 것을 그대로 인정하자는 니체적 전언과 통하는 것이다. 자기 자신에게 스스로 책임을 지는 행위, 그것이 자유를 향한 것이란 사실을 다시 되새기는 것이다.

---

12) 서영은, 「살과 뼈의 축제」, 『문학사상』, 1977.

다시 집으로 돌아오며 "그 동안 내가 버린 것과 이제부터 도로 찾으려는 것 사이엔 아무런 차이도 없는 것 같다. 그러나 다 다르다. 암 다르구 말구"라는 되뇜은 이를 뒷받침해준다. 자신이 동거했던 남자를 후배에게 소개시켜주고 그 후배와 결혼하게 한 에피소드의 삽입은 과감한 문제의식을 내포한다. 남자의 과거를 전혀 아무렇지도 않게 받아들이고 수용하는 여재의 태도는 여자가 보편적 주체로 설 수 있는 관점을 견지한 것으로 섹슈얼리티를 주체적인 시각으로 인지한 여성의 모습을 보여준다. 사회적인 모럴의 문제를 자기 방식으로 극복하는데는 금기를 깨는 방식과 진정한 모럴의 형태를 다시 취하는 방식으로 구체화되는 것이다.

따라서 이 소설에서 관심을 두어야 하는 인물은 다시 돌아오는 내가 아니라 내가 버린 남자를 아무런 거리낌 없이 수용하는 여재다.13) 현실적으로 이러한 여성이 있을까 싶을 만큼 도발적인 나와 여재의 태도는 섹슈얼리티의 문제를 자신의 것으로 인지하고 섹슈얼리티의 일부가 남근적 체계 하에서 구축된 것이라는 사실을 행동으로 보여주고자 했던 인물들이다. 남자와 똑같은 방식으로 성적 쾌감을 중시하는, 내 육체의 정직성을 담보로 한 이러한 반응은 90년대 젊은 여성작가들의 소설 속에서 더 다양한 자가증식을 보여준다. 이제 동거의 문제에서 제도권의 문제, 즉 결혼이 문제되기 시작한다.

김인숙 소설은 문체나 작가의 목소리에 있어서 상당히 도발적인 것이 특징이다. 그것은 안에서 철저하게 부수고 밖으로 나오는 그리고 절대 어정쩡하게 타협하지 않으면서 자신을 산산조각 낸 후 냉소적으로 그 파편들을 응시하는 차가움을 기반으로 한다. 「칼날과 사랑」은 제목에서 풍기는 이질성만큼 섬뜩하면서도 서글픈 삶에 대한 얘기다. 차갑고 냉정한 시선이 시종일관 인물의 의식을 따라간다.

「칼날과 사랑」에 등장하는 결혼 3년째인 나는 어느 날 이모와 이모부

---

13) 여재는 나와 사귀었던 남자, 그것도 같이 섹스를 하고 생활을 했던 남자를 소개받고 아무런 거리낌없이 유쾌하게 받아들인다. 거기에 과거란 한낱 지난 패물에 지나지 않는다.

의 문제, 그러니까 이모부의 바람 피우는 문제에 부딪치게 된다. 남편의 외도를 알고 난 후 이모가 겪었던 다른 남자와의 사랑 이야기를 들으면서 삶의 배면을 본 듯한 비의스러움을 느낀다. 이모는 "니들, 니들 더러운 인간들은 모두 내 손에 죽었다. 너희들은 벌써 다 죽었다. 그래, 나는 그들을 죽이고 그리고 십오년"을 살았다고 고백할 만큼 마음에 묻은 응어리를 풀지 못하고 살아간다. 이런 이모에게 이모부의 외도가 삶의 기본적인 전제를 뒤흔들어 놓을 만큼의 파장을 불러일으키는 것은 당연하다.

그런데 중요한 것은 이를 대하는 나의 태도에 있다. 나는 "참는다는 것은 어머니 형제들 사이의 대물림일지도 모르겠다. 그 여인들의 끝없는 참을성이 정말 끔찍할 정도로 지긋지긋했다"는 것이다. 그리고 자신이 꾸리고 있는 결혼 생활에 대해서 이미 같이 살고 있는 사람에게 전의를 느낀다며 "나는 절대로 양보하지 않을 것이며 내 인생의 완성이 그의 인생을 더불어 완성시킬 것이라고, 어차피 쓸모 없을 수밖에 없는 이 부부 관계에 조금이라도 그럴듯한 의미를 갖기 위하여 말이다. 아아, 어차피 산다는 건 그런 게 아닌가 말이다"라고 되뇐다.

「칼날과 사랑」에서 다루고 있는 이 '관계'의 문제는 가족 이데올로기에서 자유롭지 못한 자신의 현실적인 처지를 냉혹하게 인정하자는 것, 나를 둘러싸고 있는 껍데기의 실체를 인식한 후에 알을 빠져나와 다시 그 알속으로 들어가는 방법을 생각해 보자는 논리, 바로 그것과 통한다. 가족과 결혼 이데올로기로부터 자유롭지 못한 것이 현실이고, 어차피 이 부분을 끌어안고 살아야한다면 철저한 자기검증 후에 돌아가는 방식을 택하자는 것이다.

「그 여자의 자전거」도 이 문법에서 크게 벗어나지 않는다. 7년 간의 연애 끝에 나는 더 이상 선택의 여지없이 지금의 남편과 결혼하게 된다. 그런데 나는 그런 선택을 지겨워한다. "더 이상의 것을 포기해버린 사람들의 결혼, 그리고 일상─그것은 너무나 일찌감치, 무덤이었다." 그렇게 느끼며 살던 내가 남편과 헤어지게 되면서 우연히 훔쳐 타게 된 자전거, 그 인연으로 만난 남자, 그러나 그 대상에게는 항상 그리워하는 존재가 있음을 깨닫고 다시 남편에게 전화를 거는 '나', 자전거는 내가 일상을 탈출하고 싶어하는 마음을 담은 객관적 상관물이다.

그러나 그것은 어떤 상황의 변화를 담보하지 못한 채 주저 안고 마는 내 일상과 닮은 고장난 자전거에 불과하다. 일단 뛰쳐나와 보지만 별 수 없이 현실을 끌어안을 수밖에 없는 절망적인 또 하나의 현실이 기다리고 있는 것이다. 겹겹의 중층적인 일상의 함정, 그 함정에서 절망하지 않고 자신을 길러내는 방식에 대한 고민, 김인숙은 이렇게 껍질을 벗기는 방식으로 또 하나의 주체를 만들어 간다. 여기에는 여전히 벗어나지 못한 젠더 이데올로기, 결혼 이데올로기의 함정은 무엇일까를 생각하게 하는 여지를 남긴다.

4) 존재를 지탱하는 방식으로서의 글쓰기

전쟁으로 인해 훼손된 여인상, 오정희 소설의 단편들 중에서도 이러한 부분의 연속성을 지닌 인물들이 등장한다. 「중국인의 거리」에 나오는 양공주, 매기 언니의 문제 같은 것, 그러나 정작 오정희 소설에서 중요한 문제는 이런 훼손된 여인상이 아니라 근본적으로는 '일탈된 것'들에 관한 것이다. 그것은 글쓰기의 문제, 존재를 지탱하는 본질적인 문제에 대한 질문으로 이어져있다. 나는 오정희 소설을 읽을 때면 언제나 따뜻한 찻잔을 두 손으로 감싸쥐고 읽는다. 손에 힘을 주어 찻잔이 으스러져라 움켜쥘 때도 있다. 그리고 마음 속에 들어온 말들을 자근자근 씹으며, 산다는 것이 주는 어떤 의무감 때문에 마음 저림을 느끼기도 한다. 내가 잊으려고 했던 사람들의 뒷모습이 하나씩 떠오르면서 그 뒷모습에 홀려 서로 타인이 되지 못했던 순간들이 기억 속에 스치기도 한다. 이러한 기억이 문제적인 지점은 여성적인 것에 대한 '향수'와 그 '신화성'의 충만함에 있다.

오정희 만큼 한국 현대 소설사에서 문체와 호흡으로 우리 옆에서 낮은 목소리로, 웅숭깊게 가난과 전쟁을, 모진 삶의 여러 모양새를, 잊고 있었던, 아니 잊고 싶었던 것들을 하나씩 꺼내어 보여주면서 삶의 비의성을 드러낸 작가도 드물 것이다. 아마 90년대 등장한 많은 여성 작가들 중에서 오정희의 영향을 받은 작가가 많을 것이라고 생각되는 이유도 여기에 있다. 오정희는 현대 소설에서 '주변적'인 것들을 미학적인 차원의 형상화로 끌어올린 드물고 귀한 작가다.

「옛우물」[14]은 그 어떤 소설보다 오정희의 체취가 물씬 풍기는 소설이다. 「옛우물」은 그 이미지가 떠올리게 하는 것처럼 다양하고 중층적인 삶의 편린들이 퀼트처럼 기워져 있다. 아이를 많이 낳아 자궁이 말린 오얏처럼 쭈그려 붙은 어머니와 발작을 '준비'해야 하는 간질환자와 우물에 빠져 죽은 정옥이와 말뚝을 뽑는 바보는 우물의 상징성을 구체화시키고 있는 대상이다. 거기에 애인의 죽음과 저만치 와버린 삶의 뒤편에서 끊임없이 떠오르는 우물에 빠뜨린 두레박의 여운, 그리고 보이지 않는 소원을 들어주는 금빛 잉어 때문에 울고 있는 조그만 계집아이의 울음소리가 그 대상들을 중심으로 의미의 파장을 공명시킨다.

바로 그 파장에 의해서 삶의 풍경들이 원근법적인 기법 묘사되고 그 묘사는 점점 사라져 가는 소실점까지를 섬세하게 포착하고 있는 것이다. 그 모든 인간들이 살아가는 이유, 그건 마음에 품고 있는 소원을 들어준다고 믿는 금빛잉어 때문이다. 온갖 삶의 더러운 오염으로 얼룩진 그 우물이 결국은 삶의 순결함을 투영시키는 거울로 치환되는 것이다. 이 대위법이 흥미로운 까닭은 사실 유토피아는 없다는 인식에 있다. 유토피아란 혹은 순결하고 분명한 삶의 형식이란 없으며 단지 우리가 늘 대면하고 숨쉬는 공간에서 절대절명의 순간 조금 끌어안고 있는 나를 가여워하

---

14) 오정희, 「옛우물」, 『오정희 문학앨범』, 웅진출판사, 1995, 자선 대표작.

며 내 안에서 조금 게워져 나오는 그런 '우연적인 것들'일는지도 모른다는 것이다. 역설적으로 그렇게 사랑하던 사람을 떠나보냈기에, 내가 간절히 바라는 대상이 사라졌기에 오히려 나는 살고 있는 것이다. 없음과 비어 있음을 긍정하기. 이렇게 계속되는 삶의 유예는 '있음'이 아니라 '부재' 때문에 가능한 일이다. 바로 거기에 근대적 의미의 정체성에 대립적으로 구성되는 역사의 타자성이 숨어 있는 것이다. 이를 여성성의 시각에서 가장 문학적인 방식으로 접근하고 있는 뛰어난 작가가 바로 오정희인 것이다.

말 없음으로 말을 담는 사람, 그녀는 스스로 자신의 입을 통해 어떤 종류의 담론도 수행하지 않는다. 그녀는 그저 빈 그릇(자궁)으로서 편지를 수신하는 역할을 할 뿐이다. 그녀에게는 목소리가 없다. 그러나 목소리가 없음이 곧 그녀의 목소리인 것이다. 90년대 초반 신경숙의 글쓰기에 모아진 관심은 다원주의 논쟁과 맞물려 전략적인 측면이 강했던 것이 사실이다. 민족문학론을 주장했던 사람들이나 그 반대편에 있었던 사람들이나 신경숙 소설을 들춰볼 수밖에 없었던 데는 이유가 있었다. 그것은 '목소리'가 컸던 시대에 목소리를 내지 않음으로 오히려 '목소리'를 내는 배반적인 글쓰기기 때문이었다. 이러한 글쓰기는 90년대식 소설 쓰기의 특징적인 전략이다. 이렇게 본다면 신경숙이 터 놓은 봇물은 여성 작가의 글쓰기의 특징이 아닌 90년대 특징적인 글쓰기로써 이해되어야 할 것이다. 이때 여성주의란 철저하게 전략적인 글쓰기 방법인 것이다.

「풍금이 있던 자리」[15]는 신경숙의 대표적인 작품이다. 이 소설의 매력은 풍금의 울림으로 다가오는 잔잔한 인간에 대한 애잔함이 어떻게 여성의 문제, 즉 섹슈얼리티의 문제를 생각하게 하는가에 있다. 주인공 '내'가 삶의 의미를 느끼는 유일한 것은 사라지는 것들에 대한 간절한 그리움에 있다. 그 그리움은 꽉 채워져서 빈곳이 없는 것, 혹은 필연적인 사건들의 속에서 드러나는 이성적인 사유방식에 있지 않다. 엄밀하게 말하

---

15) 신경숙, 「풍금이 있던 자리」, 『풍금이 있던 자리』, 문학과지성사, 1993.

면 필연적인 사건에 의해서 서사가 진행이 되고 그 과정에 주체의 의식
이 변하며 행동이 달라지는 발전적인 플롯을 지향하지 않는다는 것이다.
단지 수돗가에 있던 시계, 파란 대문으로 사라진 여자와 같이 신경숙의
글쓰기는 사라지는 것들, 혹은 사라지려는 것들을 애써 부여잡고 있는
안간힘에 모아져 있는 것이다.

　어머니가 아닌 아버지의 다른 여자를 좋아하게 된 나는 아버지의 여자
가 들어온 파란색 대문, 그녀가 만들어준 음식, 그리고 그녀의 칫솔에서
사람살이의 다른 이면을 엿본다. 아버지의 여자는 그녀가 살고 있던 일
상에 균열을 내면서 내 안에 들어온 것이다. 나는 지금 그녀에게 편지를
쓰고 있지만 역설적으로 그 편지라는 형식을 통해서 사실 나는 아버지의
여자의 목소리를 복원시키고 있는 것이다. 그 순간 서사의 진행자인 그
녀가 오히려 글 밖으로 밀려나고 아무말도 없이 조용히 눈물을 흘리며
칫솔질을 하던 그녀의 목소리에 의해서 자신의 입장과 인식이 서술되는
것이다. 내 목소리를 빌어 목소리 뒤에 숨죽인 목소리를 밖으로 끌어내
는 방식, 일종의 복화술을 닮아 있는 신경숙의 글쓰기는 문자언어가 가
질 수 있는 의사소통의 가능성을 최대한으로 열어 놓았다. 그 가능성은
디지털 시대에 그 어떤 매체로도 수행할 수 없는, 진정 문학적 자산이다.

　「감자 먹는 사람들」16)은 병상에 누워 있는 아버지와 자신의 가족사에
대한 글쓰기로 결국 서른 다섯 해에 저 공기 속으로 남편을 떠나 보내야
했던 언니에 대한 이야기가 주를 이룬다. "나는 내게 나쁜 일이 생길 적
마다 마음 속으로부터 저버린 사람들을 생각하는 버릇"이 있는 것이다.
그렇게 희미한 등불 아래서 허름한 옷차림으로 낡은 탁자에 둘러앉아 감
자를 먹던 사람들이 그려진 고흐의 그림과 이 모든 것에 대한 회상은 어
머니의 자궁과 같은 원초적인 편안함과 이어져 있다. 이때 글쓰기도 내
목소리를 통해 침묵하고 있는 타자의 목소리를 텍스트 밖으로 불러내는
방식으로 진행된다. 침묵이 목소리로 변하는 그 자리에 한 인간의 실존

---

16) 신경숙, 「감자 먹는 사람들」, 『오래 전 집을 떠날 때』, 창작과비평사, 1996.

이 엉겨붙은 글쓰기가 있다. 목숨의 연장이며 기술적인 메커니즘에 익숙한 남성적인 것과는 다른 차원에서 여성의 존재가치를 드러내는 글쓰기는 속도와 빠르기에 저항하면서 느림의 양각화를 시도하는 것이다.

5) 근대적 주체를 비판하는 세 가지 방법

박완서가 보여준 중산층의 허위의식과 공선옥이 보여 준 질곡의 역사에 상처받은 여성의 화해 의식은 김승희에게 오면 더 극단적인 문제로 치닫는다. 그것은 중산층 여성이 갖는 내면적 허위의식을 날카로운 칼로 도려내어 그 밑둥에 자리한 나르시시즘의 텅빈 공허함과 나르시시스트의 내면적 빈곤, 그리고 질곡의 역사를 뒤로하고 한번도 자신의 삶의 제대로 품어보지 못한 채 죽어야 했던 여성의 슬픈 삶의 배면으로 이어져 있다. 「아마도」17)는 이 두 가지의 문제의식이 중층적으로 짜여진 소설이다.

「아마도」의 K와 신숙경이 겪은 80년 5월은 카오스의 세상을, 허한 인간의 내면세계를 정면으로 응시하게 한다. 타인과 도저히 함께 할 수 없어 독신을 고집하는 K는 닥터와 결혼하지 않는 것을 오히려 시대착오적이라고 생각하는 언니들을 보면서 모성감정을 자연적으로 배출할 줄 모르는 나르시시스트의 메마름 보게되는 것이다. 그것은 철저한 자식관리, 그러니까 훌륭한 어머니의 이상에 의해서 행동하며 겉치레에 지나치게 관심을 갖고 자식을 키우는 것도 그 연장선이라고 생각하는 나르시시즘적 어머니의 전모를 드러내는 것과 맞닿아 있다. 그것은 행복 추구를 자기에 대한 집착이라는 막다른 골목으로 이끄는 다시 말하면 타락한 근대적 경쟁 위주의 문화에 찌는 모습과 자신의 갈망을 억누르지 못하는 탐욕주의를 들추어내는 것이다.18)

---

17) 김승희, 「아마도」, 『산타페로 가는 사람』, 창작과비평사, 1997.
18) "큰언니는 언제 어디서부터 누구로부터 정보를 얻는지 몰라도 그 여자 투자하고 난

그리고 언니의 이러한 세속적 탐욕만큼 그녀와 무관한 것이 없다고 생각한다. 선인장하나 제대로 키우지 못하는 언니로부터 느끼는 삶의 비애감은 신숙경이라는 80년 5월 데모현장을 보고 정신병자가 된 가련한 연인으로 인해 증폭된다. 결혼까지 파경에 이르고 결국 자살을 하고 만 숙경은 K에게 '아마도'라는 이상적인 공간을 평생 가슴에 품고 살아가게 하는 앙금으로 남는다. 과거라는 시간대에 맺힌 타인의 상처를 자신의 상처로 끌어안으면서 주체를 만들어 가는 방식, 그런 측면에서 김승희의 「아마도」에서 드러나는 여성의 트라우마란 자기 보존 욕으로 가득 찬 이기적인 자아의 세계, 경쟁과 탐욕을 부르는 근대 자본주의 세계를 송두리째 무너뜨리고 새로운 주체로 거듭나고자 하는 욕망의 담지체가 될 수 있음을 보여주는 소설이라고 할 수 있는 것이다.

다른 한편 은희경의 글쓰기 전략은 '근대적 속도전'에 뒤쳐진 여성들에 대한 이야기에 모아져 있다. 일방적이고 권위적인 담론의 틈새를 비집고 멍청하리 만치 느리게 행동하는 여성들의 이야기가 해프닝과 함께 짜여진다. 「열쇠」의 나는 초경을 시작하는 자신의 육체를 남자들의 시선에 의해서 끔직한 것으로 인식하는 단계에 이른다. 어린 시절 자신이 여자라는 사실, 그 자체조차도 받아드리지 못하고 겉돌아야 했던 유년과, 30분만에 결혼식, 일종의 짝짓기 놀이를 끝낸 후 헤어지고만 나의 모습의 겹무늬이다. 그리고 끝내 헤어지고만 성년의 내가 겹쳐진 무늬처럼 자리한다. 그런데 이 소설에서 문제적인 측면은 빠른 순간의 판단력을 요하는 전자게임에서 항상 뒤쳐져 있는 여성의 모습을 통해 여성의 사회화 과정에 피해의식을 드러내고 있다는 점이다.[19]

뒤부터 그 일대가 대대적으로 개발되기 시작하는 부동산 투자의 예언자라고 할 만한 능력을 가진 사람이었다. 부동산 투자와 애들 일류 그룹과외 짜는 데 그 좋은 대학 나온 아이큐를 온통 썼던 그녀는 또 그 만치 자식에게도 집착이 많아 외아들인 형민이 대학에 들어가고 나서도 삐삐로 묶어 놓을 정도로 잉여 모성을 주체하지 못하는 여성이었다.─그 뜨거운 모성애, 그 철저한 자식관리, 그 놀라운 재산증식이라니!" 김승희, 「아마도」, 『산타페로가는 사람』, 창작과비평사, 1997. p.94.

19) 근대 사회에서 기술이란 문화적인 생산품이며 특정한 종류의 지식과 사회적인 실천

결국 그토록 잊은 줄 알고 찾았던 열쇠가 자신의 주머니에 있듯이 '빠름'이란 것의 허상과 느림의 '빠름'을 역설적으로 보여주고 있는 것이다. 그 문제의식은 타인에게 말 거는 방식의 문제로 옮겨간다. 「타인에게 말 걸기」[20]는 나와 그녀의 말 걸기, 즉 세상살 아가는 방식에 대한 문제다. 누가 바라지도 않는 일을 해준다고 나서는 그녀와 타인의 삶에 개입하기 싫어 모든 것을 차단하고 사는 나의 모습을 통해 일상에서 일탈된 여성들의 그 무한한 틈새와 진정한 타자의 모습을 투명하게 드려다 볼 수 있게 한다.

타인의 목소리란 대다수의 사람들이 자신의 외로움을 투영하여 불러낸 내 안의 나일 뿐이라는 쓸쓸한 전언이다. 속도 전에 뒤진, 일탈된 여성들과 그들이 타자와 함께 살아가는 방식은 내 속에서 터져 나온 낯선 괴물에 대한 연민으로 이어지는 것이다. 지긋지긋하고 징그러워 외면하고 싶지만 엄청난 빨판의 힘으로 붙어 있는 타자라는 괴물 말이다. 이 괴물에 의해서 존재의 의미는 자꾸 지연되는 것이다. 그러나 지나치게 강조된 사람 사이의 경계는 그것이 부부라 할지라도 지나치게 양분화 된, 그러니까 지나치게 극단적인 형태의 인물 구성으로 이루어진다.

이 부분은 은희경 글쓰기가 지양해야할 점이다. 부부 문제만이 아니라 인물 특성을 쫓아가는 작가의 시각이 자칫 극단화된 이분론적 가정 속에서 이루어지는 것은 아닌가 하는 것이다. 타인에게 말 걸기의 문제의식에도 불구하고 이 소설이 갖는 결정적인 한계는 이에 기인한다. 그것이

그리고 다른 형태의 재현에 의해서 역사적으로 구성된다. 기술을 문화로 인식함으로써 기술은 상당 부분 남성 젠더의 우월성과 정체성을 구성하는 핵심적인 요소가 되어왔다. 이를테면 콕번이 묘사한 바와 같이 "남성들은 강하고 육체적으로 능력이 있고 기술적으로 능력을 부여받은 사람으로 만들어 놓고, 반면에 여성들은 육체적으로나 기술적으로 무능한 사람으로 만들어 버리게" 하는 것이다. 젠더는 '다름'의 문제만이 아니라 권력의 문제다. 기술적 전문성은 남성이 여성에 대해서 갖는 사실상의, 그리고 잠재적인 권력의 원천이다. 주디 와츠맨, 조주현(역), 『페미니즘과 기술』, 당대, 1991. pp.274~275, 참조

20) 은희경, 「열쇠」, 「타인에게 말 걸기」, 『타인에게 말 걸기』, 문학동네, 1996.

자칫하면 여성과 남성의 대립구조 속에서 여성은 남성을 남성은 여성을 배제하는 것과 같은 이중적인 모순에 빠질 염려가 있다는 사실도 부인하기 어려울 것이다.

전경린 만큼 내 안에 갇힌, 억압되어 있던 괴물과 정면으로 빗자루를 휘두르면 싸우는 작가도 드물 것이다. 그는 섬세하면서 선이 굵게 자신의 글쓰기의 균형을 유지하고 있는 작가다. 자신 안에 숨어있는 광기를 천천히 풀어내면서 일상에서의 일탈을 꿈꾸는 자의 모습은 광기를 광기로 맞대면하여 삶의 에너지로 승화시키는 엄청난 힘으로 작용한다. 광기를 끌어안고 허한 일상의 틈새를 비집고 들어가 살아가는 방식, 일상의 균열을 자기의 것으로 즐기면서 살기 위한 방법, 가장 근본적이고 본질적인 것까지 피가 나도록 파 해치고 상처가 벌어져 부는 바람에도 쓰라리게 느껴질 때쯤 상처를 덮은 방식, 그리고 무엇보다 확실하고 적확한 이미지로 표현하기, 전경린은 90년대 여느 소설가 보다 이점에서 탁월하다.

「염소를 모는 여자」[21])는 남편과 염증이 난 하루의 일상, 권태로운 섹스, 남편과 공모한 듯 일상을 잡아먹고 사는 나에게 옆집 남자의 황당한 부탁, 즉 염소를 봐달라는 부탁을 받게 되는 것으로부터 사건은 시작된다. 어느 날 나에게 찾아 온 염소는 내가 너에게로 가는 방식의 메타포적인 기능으로 작용한다. 그 염소를 통해 심연으로 떨어져 허우적거릴 때 더 크고 깊은 심연으로 나를 끌어드리는 존재가 되는 것이며 그것은 '집으로 돌아가는 방식'과는 차원이 다른 문제다. 왜냐하면 그녀는 끊어진 길 앞에서 눈을 감고 자신의 본질을 향해 뛰어내리라고 하기 때문이다. 이제 중요한 것은 내 안의 혼돈을 받아들이는 의식의 문제에 그치는 것이 아니라 혼돈인 채로 생성을 꿈꾸며 사는 것과 직결되는 문제다. 이는 뒤돌아보지 않기, 찌그러진 내 얼굴을 똑바로 '응시'하는 방식으로 이어진다.

---

21) 전경린, 「염소를 모는 여자」, 『염소를 모는 여자』, 문학동네, 1996.

전경린과 은희경의 페미니티는 거울을 보는 방식의 문제에 직결되어 있는 것이다. 이것은 가면 벗기는 '나'이면서 내가 아닌 것, 그리고 나일 수밖에 없는 것들 사이의 길항 작용 속에서 이루어진다. 이들의 소설에 등장하는 여성들도 박완서 소설과 같이 중산층이지만 중산층 허위의식의 문제가 아니라 중산층 여성들의 심리적 위축감과 폐쇄성을 메타포적인 방식으로 다시 문제삼고 있다고 해야할 것이다. 그것은 단순히 허위의식을 문제삼을 수 없을 만큼 허위의식조차 일상이 되어버린 세상에서 다시 그 배면을 뒤지는 행위일 것이다.

이렇게 본다면 이들의 문제의식은 어떤 계층에 국한된 문제라기보다는 문화라는 틀 거리 속에서 위축된 채 살아가 가는 개개인의 문제에 닿아 있는 것이다. 따라서 더 섬세하게 관계와 관계 속의 문제가 표면으로 떠오를 수 있었던 것이다.

4. 맺음 말 : 여성성, 여성적인 것, 그리고 문화 정치을 위하여

지금까지 1950년대를 거쳐 1990년대 중·후반 여성 소설의 전반적인 특징을 '근대' 혹은 '탈근대'의 문제와 관련하여 살펴보았다. 차를 타고 다시 돌아오는, 혹은 집을 나갔지만 견디지 못하고 다시 집으로 돌아오는 여성 소설의 홈커밍 구조는 단순히 반복되는 것이 아니다. 냉소적인 벙어리 화자로 속으로 되뇌던 말들이 점차 밖으로 표면화되면서 한국 여성소설은 각기 다른 다양한 목소리를 갖게 되었다.

특히 80년대를 지나 90년대 중·후반기에 오면서 이들의 소설은 일탈을 행동으로 옮기는 문제와 일상의 비합리적인 부분들을 우연의 미학을 통해서 포착하는 문제들을 본격적으로 제시하면서 한국여성소설사의 가능성을 열어 놓았던 것이다.

그것은 기존 문학사에 정전이 되어왔던 남성 텍스트들과는 분명한 차이를 보이고 있는 것이다. 또한 이러한 현상은 근대 자본주의 사회 특유의 성적 억압형태를 새로운 강도로 끌어올렸다는 점에서는 무엇보다 고무 적인 일이다.

이렇듯 여성 작가들의 글쓰기는 비슷한 흐름 속에서 얽혀 있는 듯 보이지만 사실상 각기 다른 형태로 전개 되어왔다. 그것은 자본주의 문제, 근대성의 문제, 주체 형성의 문제 등 상위문화와 하위문화가 얽혀 몸살을 앓고 있는 자리에서 한번도 문화의 범주 속에서 논의되지 못했던 것들에 대한 재인식을 가능하게 했던 것이다. 그리고 그 글쓰기가 자신을 들여다보는 '반사적 상상력'으로 개인과 가족, 사회, 역사 그 모두를 문화적 코드 속에 녹여내고 있다는 점에 최대의 매력이 있는 것이다.

이 코드에 대한 전략적인 해체는 합리적이고 책임감 있는 행위자로서의 여성상을 구현하던 계몽적 페미니즘에서 삶의 비합리적이고 직관적인 측면들에 대한 전략적인 역할을 강조하는 문화적 페미니즘으로의 인식의 전환을 가져왔다. 그리고 그 힘은 이원적 대립의 미묘한 계층화의 메커니즘을 넘어서는 전략으로 작용하며 그런 측면에서 본다면 우리 문학은 더 섬세하고 치밀하게 '여성적'일 필요가 있는 것이다.

물론 이들의 소설이 한계가 없는 것은 아니다. 좀더 구체적으로 말하면 그것은 여성소설에서 드러나는 주체 형성 과정에서 보이는 한계와 맞물려 있다. 좀더 구체적으로 말하자면 이들이 문제시하고 있는 합리적인 것, 권위적인 것은 억압의 상징만으로 해석되는 단순한 것이 아니며 그 부분이 텍스트에서 '또 하나의 억압'으로 작용하는 한 자유로운 문학적 상상력은 또 다시 거대담론으로 전이될 가능성이 충분하다는 것이다.

그러므로 무엇보다 한국여성소설이 견지해야 하는 것은 스스로 부정하던 '남근적 상상력'이다. 그 남근적 상상력은 쉽게 남성/여성, 합리/비합리를 가르며 이 이분법적인 구도를 더욱 분명하게 한다. 그 구도를 해체할 수 있는 방법은 모든 성적 이데올로기는 결코 순수하지 않으며 더럽고 혼종적이며 잡종적인 인식의 체계를 적극적으로 텍스트 비평에 활용하는 것에 있을 것이다.

따라서 오히려 남성을 억압자가 아니라 친구나 연인의 문제로 접근할 수 있는 방식으로의 전환하는 것이 필요할 수도 있다. 그리고 중산층에 속하는 여성들의 문제뿐만 아니라 다른 계층의 여성들의 문제도 접근해 볼 필요가 있는 것이다. 왜냐하면 중산층의 여성들이 가진 특성, 구체적으로 말하면 "남자가 자신의 동조자가 되어야 한다"는 기본적인 이데올로기를 가진 계층은 남성들과 부딪치면서 겪는 혐오감이라는 무엇보다 강한 특성을 가지고 있기 때문이다. 그러나 다른 계층의 여성들은 남성들과 별로 많은 시간을 보내지 않기 때문에 남성을 혐오하지 않으면서 '남성적인 것'이 자신의 삶에 얼마나 이율배반적인 요소로 작용하며 방해가 되는가를 인식할 수 있는 가능성이 더 크기 때문이다.

그리고 나아가서 여성주의, 여성성이라는 용어의 적용도 단순히 여성 소설가들의 소설에 국한시킬 필요는 없을 것이다. '여성주의'란 여성 작가만의 문제가 아니라 한국문학사 전반에 걸쳐서 논의될 문제이기 때문에 남성 작가의 글에서도 충분히 여성주의를 얘기할 수 있는 것이다. 여성성, 여성주의를 특별히 여성 텍스트만에 국한함으로써 스스로 지배담론과의 경계를 확실하게 하는, 하여 오히려 남성과 여성을 확연하게 구분하는 담론으로 진행되어서는 안 된다는 것이다. 남성 텍스트가 아니라 '남성적인 글쓰기'가 억압과 배제와 지배의 논리로 침묵을 강요하는 '여성적인 글쓰기'의 최대 적이라는 사실을 먼저 인지해야하지 않을까. 바로 그 자리에서 '여성적인 것'의 문화 정치학이 시작되는 것이다.

■ 참고 문헌은 각주로 대신한다.

전통 문화의 복원과 교감
—최명희의 『혼불』 연구—

박현선

1. 탈근대성의 의미

　인류는 원시공통체 사회, 노예제 사회, 봉건제 사회, 자본제 사회로의
변화를 겪으면서 발전해 왔다. 이러한 사회 구성체의 변화는 경제·정
치·문화의 질적 변화를 의미한다. 특히 봉건제 사회에서 자본제 사회로
의 변화는 크게 주목된다. 전(前) 시대의 어느 변화보다도 커다란 차이를
지니기 때문이기도 하지만, 지금의 후기 자본제 사회의 성격과 위상을
가늠하는 데 직접적으로 연관되기 때문이다.
　'신이 인간과 세상을 창조했다'는 믿음을 지니고 있던 봉건제 사회의
인식구조는 연역적이었고, 정초작업은 주로 형이상학적이었다. 신의 뜻에

＊ 경원대학교 국어국문학과 강사, 문학박사

따라 정해진 세계 속에서 인간은 신의 특별한 창조물로 존재했고, 그래서 신의 세계를 이해하고 닮아가기 위해 노력했던 것이 봉건제 사회의 삶이었다. 그러나 자본제 사회의 인식구조는 귀납적이었으며, 정초작업은 인식론적 성격을 강하게 지닌다. 근대적 자본제 사회에서 인간은 봉건제적 권위로부터 탈출하고자 비판적 이성 혹은 합리주의라는 철학적 이념을 내세웠다. 현상 세계에 대한 과학적 인식과 검증을 시도했고, 그에 따라 스스로를 세계의 주체로 인식하기 시작했다. 그러므로 경제적 토대의 변화를 제외하고 본다면, 봉건제 사회와 자본제 사회의 근본적인 차이는 '인간의 주체의식'에 있다고 할 수 있다.

인간이 이성적 주체가 되었다는 것은 신과 자연의 비주체화를 의미한다. 이때부터 신의 섭리는 인간에게 세계 이해의 토대가 되지 못했고, 자연은 인간의 의지를 실현하는 데 있어서의 도구나 객체 이상의 의미를 부여받지 못하게 되었다. 그런데 이러한 타자화는 신과 자연에만 적용되는 것이 아니었다. 개인의 자유의지를 주장하고 만민 평등을 내세우며 급격한 경제적 발전을 이룩해 내는 가운데 생성된 주체의 발현은 인간 내부에서의 타자 발현을 동반한 것이다. 즉 이 세계의 패권을 장악하고 있는 서양·부르조아·남성·이성 등이 주체로 정립되면서 동양·프롤레타리아·여성·감성 등은 타자(otherness)로 전락되었다. 다시 말해 개인의 자유의지는 주체의 자유의지를 의미할 뿐이고, 만민 평등은 주체들만의 평등을 의미할 뿐이며, 급격한 경제발전은 자연 파괴의 동반을 의미했다. 이것이 근대 자본제 사회의 이성적 주체가 안고 있는 한계이자 모순이다.

20세기 후반에 들어서면서 이러한 문제가 인식되기 시작했고, 이에 따른 대책이 시급하게 요구되었는데, '탈근대화' 혹은 '성찰적 근대화'란 이러한 경향을 두고 하는 말이다. 근대 사회의 이성중심주의적 사고방식에 의해 야기된 문제들을 새롭게 조명하고 교정해 보고자 하는 의식이 '탈근대화'인 것이다. 그러므로 '탈근대'는 아직 현대사회와 문화를 주도하는 현실이라기보다는 근대성의 문제를 극복하려는 이념적, 미래지향적 담론의 성격을 지닌 것[1]이라 할 수 있다. 그러므로 절대적 이성, 합리주의, 타자성의 극복을 꾀하고 인간과 자연의 조화를 추구하며, 규범과 원칙보다는 사려분별을 지향하는 것이 탈근대화 속에서 찾아볼 수 있는 성향이라 하겠다. 즉 세계를 수직·수평적으로 통합하고, 계몽주의적 기획의 사회적 권위들을 전도시켜 관료주의적 복지국가의 비인격성을 낳으며, 종속·원자화·표준화·개별화를 추구한 근대사회의 모순을 지양하고, 융통성 있는 해체를 통해 소규모 집단의 새로운 연줄망 구조를 만들어내고, 복지 서비스가 수익자 중심의 공동생산이라는 이해를 전제로 대안적 복지구조를 제창하며, 지역주의와 신사회운동의 탈물질적 관심에 기초한 급진적이고 다원적인 민주주의의 정체를 제공함으로써 주체의 권능화, 진정한 개인화를 추구[2]하는 것이 성찰적 근대화의 모습이라고 할 수 있다.

이 글은 탈근대화의 경향을 소설 속에서 살펴보는 데 목적을 둔다. 탈근대화 혹은 성찰적 근대화가 후기 자본제 사회의 거스를 수 없는 사상적-혹은 철학적- 경향이라면, 그것이 문학과 무관할 수 없을 것이다. 특히 『혼불』은 탈근대화의 성향을 강하게 보여주고 있는 작품이다. 소재적 측면에서 전통을 복원·교감함으로써 오리엔탈리즘의 극복을 꾀하고, 인물의 층위에서는 모성성의 발현과 그 의의를 제시함으로써 페미니즘을 드러내고 있으며, 구조적 층위에서는 온갖 사물의 활물화와 생사의 순환 구조를 통해서 생태주의적 태도를 보여주고 있기 때문이다. 그러므로 『혼불』을 통해 근래의 소설이 지닌 탈근대성을 가늠하여 볼 수 있을 것이다.

---

1) 길희성 외, 『전통·근대·탈근대의 철학적 조명』, 철학과 현실사, 1999, p.7.
2) 스콧 래쉬, 「성찰성과 그것의 분신들 - 구조, 미학, 공동체」, 『성찰적 근대화』, 한울, p.167 참조.

2. 『혼불』의 탈근대성

1) 오리엔탈리즘의 극복 : 전통의 복원과 교감

『혼불』의 서사 속에는 신화·무속·풍수지리설·주역·불교 사상 등과 같은 전통 사상과 설화·가사·민요 등의 전통 문학, 그리고 관혼상제를 비롯한 일상 생활에서 쓰였던 갖가지 전통 유물들과 역사서 등이 삽입되어 있다. 그리고 복원된 전통문화의 여러 요소들은 단순한 소재주의적 차원을 벗어나 소설 내의 사건과 인물들, 그리고 자연적 배경들과 함께 소설의 주제를 형성하는 중요한 의미요소3)로서 기능한다. 그래서 『혼불』에서 제시되는 민속적 자료들은 '서사문학의 기층문법을 도맡아 내고 있으며 그리하여 철저한 의미에서 민족문학의 한 범주를 이룩해 내고 있다'4)는 평가를 받는다. 그러므로 작가가 복원한 『혼불』의 전통적 자료들을 다시 한번 천착하고 체감하는 것은 순수한 우리의 고유성을 재발견하는 방법이 될 수 있을 뿐만 아니라, 작품의 심층적 의미를 파악하는 방법이 될 수 있을 것이다.

(1) 민속지적 자료의 제시와 그 역할

우리의 전통문화는 근대화가 시작된 이래로 열등한 것으로 왜곡되었고, 그래서 소외되어 왔다. 전통문화는 그것이 온전한 우리 것임에도 불

---

3) '자료와 사물들을 정서화하고 감각화해서 하나의 살아있는 존재로 생생하게 느끼며 만날 수 있게'(최명희, '『혼불』은 나의 온 존재를 요구했습니다', 『리브로』 27호, 한길사, 1996 겨울, p.13)하기 위해 고심했다는 작가의 말은 민속지적 자료들의 활용 목적이 단순한 지적 호기심이나 과거에의 향수를 달래기 위한 것이 아니라는 것을 시사한다. 자료와 사물들의 존재를 살아있는 존재로 생생하게 느끼며 만나는 것은 과거를 현재화시키는 것이며, 나아가 왜곡되지 않은 정체성을 발현시키는 방법인 것이다.

4) 김열규, 「민속지적 서사문학의 전형을 위하여」, 『한길문학』 8호, 1991 봄, p.217.

구하고 현재 우리에게 낯선 것들이 되었다. 이제 우리는 전통문화를 있는 그대로 이해하고 인식하며 사용할 수 없게 되었다. 그것의 사용방법이나 형성원리를 낱낱이 설명 받지 않고서는 그것이 무엇인지 조차 알지 못하는 경우가 허다하다. 이런 상황 속에서 '전통문화의 창조적 계승과 서구문화의 자주적 수용'이라는 슬로건은 허상이 될 수밖에 없다. 전통문화가 무엇인지 알지도 못하면서 그것을 창조적으로 계승할 수는 없는 일이며, 주체적 자각 없이 서구의 문화를 자주적으로 수용한다는 것 또한 어불성설이다.

이런 의미에서 『혼불』이 전통적인 가재도구·의복·풍습·놀이·신앙 등에 깊은 관심을 두고 있는 것은 그것 자체로도 상당한 의의를 부여받을 만하다. 그것은 서구 중심의 사고방식에 의해 부당하게 대접받아 온 전통문화를 복원시키고, 주체적 인식 틀을 회복하는 방법이 될 수 있기 때문이다. 나아가 그것은 민족 정체성을 찾아내기 위한 가장 근본적인 작업이 될 수 있기 때문이다. 그런데 앞에서도 언급했듯이 전통문화 유산은 이미 우리에게 너무나 낯선 것들이 되어 버렸다. 그래서 『혼불』에는 정의(definition) 방식이 빈번하게 사용된다.

정의(definition)는 대상의 본질을 취하여 다른 것과 구별하거나 개념, 명사의 의미를 위치 지우는 논리적인 서술방법이다. 이것은 문예작품에서는 자주 사용되지 않는다. 그러므로 소설 『혼불』에 빈번하게 쓰인 정의 방식은 낯설다. 그러나 『혼불』의 정의 방식은 단순한 박물지적 지식의 나열에 그치지 않고 이를 서사적 언어 속에 용해시키고 있다[5]는 평가를 받기도 한다. 『혼불』의 정의 방식은 추상적·개념적인 설명을 넘어서서 피정의항에 대한 정서적인 반응을 동반하고 있을 뿐만 아니라, 서사의 흐름과 융합하여 소설의 주제를 강화하는 기능을 하기 때문이다. 제시된 자료들은 『혼불』 자체의 주제에 대한, 또는 인물의 내면이나 운명에 대한 메타포가 되기도 하고 사건 전개의 복선 역할도 한다. 그러므로

---

5) 김윤식, 「헤겔의 시선에서 본 『혼불』」, 『현대문학이론연구』 12집, 1999, p.32.

정의 방식에 의해 제시된 박물지적 지식들이 서사 전개에 잉여적인 요소인 것은 사실이지만 『혼불』에서 이것을 빼버렸을 때, 그 묘미도 함께 빼버리는 꼴이 된다[6]는 의견은 설득력이 있다.

『혼불』이 정의방식을 이용해서 박물지적 자료들을 제시하는 것에는 두 가지 이유가 있다. 하나는 전통문화에 대한 일차적인 이해를 유도하는 것이고, 다른 하나는 그것을 통해 작품의 주제를 강화하는 것이다. 그런데 이 두 가지를 동시에 추구할 경우 자칫 문학의 고유성을 해칠 수 있다. 전자가 강조될 경우 본말이 전도되어 버릴 것이고, 후자가 강조될 경우 전자는 단지 도구적 차원에 머무르게 됨으로써 서사 구조상의 불필요한 요소로 전락하게 될 것이기 때문이다. 그러나 『혼불』의 작가는 대상에 대한 섬세한 관찰과 교감을 맛깔스런 언어로 형상화할 뿐만 아니라, 정의의 여러 유형과 방식을 적절하게 이용함으로써 이 두 가지 목적을 잘 소화해 내고 있다.

　　"붙들아. 너 진새헐 때 아직 안되았냐?"
　　물지게를 지고 일어서는 붙들이에게, 담뱃대를 두드려 떨던 일꾼 하나가 말을 건넨다.
　　"되얐지맹. 그러지야?"
　　붙들이 대신 옆에서 말을 받은 장정이, 나이치고는 가녈가녈한 붙들이의 허우대를 위아래로 쓸어 훑어보더니
　　"야 야, 넘 다 자는 오밤중에도 너는 자지 말고 살째기 나와서, 거 들독 지는 연습 좀 허그라. 젊은 놈이 어찌 노상 매가리가 그렇게 없냐? 너도 인자 내년 단오에는 진샛날 받고 중머심 새경 받어야 안히여? 그래야 이쁜 각시 얻어서 장개도 가제. 근디 너 그래 갖꼬 어디 심 쓰겄냐?"
　　한다.
　　'진새'란, 담살이의 애티를 벗고 드디어 '온 일꾼'으로 인정되는 한판의 잔치였다. 그러나 이것은, 생일이나 명절처럼 날짜 되었다고 치르는 것이 아니었다. 이 진새를 하기 전에 담살이는 반드시 한 절차를 거쳐야만 했던 것

---

6) 장일구, 「교감의 서사 우리 이야기 『혼불』」, 『문학동네』 18호, 1999 봄, p.413.

이다. 그것은

　"내가 이만한 힘이 있소."

하고 보여 주는 증거로, 마을 사람들이 보는 앞에서, 정자나무 근처에 놓인 쌀가마니보다 크고 무거운 돌을 불끈 들어 짊어지고, 나무 주위를 도는 일이 었다. 그 돌을 '들돌'이라 했다. 온전한 일꾼 한 사람 몫을 할 수 있는 자질의 바탕은 힘이었던 것이다.

(4권 p.111, 밑줄은 인용자)

위 예문에서 보는 바와 같이 '진새란 —이다'의 문장은 서사와 설명의 경계가 되면서 의미 단락의 전환을 가져온다. 그러나 '진새란 —이다'의 정의는 붙들이의 상황을 구체적으로 설명하기 위해 제시된 것이므로 '진새란—' 이후의 내용은 서사의 흐름과 유리되지 않는다. 만약 여기서 진새에 대한 설명이 없다면 독자는 인물의 대화 내용을 이해할 수 없게 된다. 그러므로 '진새'에 대한 설명을 불필요한 것으로 치부해 버릴 수 없다. 이 설명을 통해 독자는 인물의 대화 내용을 이해할 수 있을 뿐만 아니라, 우리 풍속에 내재되어 있던 의미를 알 수 있게 된다.

『혼불』에서 빈번히 발견되는 민속자료들과 그에 대한 설명은 구성을 수평적으로 확산시키고는 있지만, 의미상으로는 『혼불』의 주제를 향해 하나로 모아진다. 각각의 자료들은 그것 자체로 중요하게 부각되면서도 소설의 전체적 의미 구조와 유기적으로 연관되기 때문이다. 이것은 '서구 전래품이 아닌 이 땅의 서술방식을 소설로 형상화하여 기승전결의 줄거리 위주가 아니라, 낱낱의 단위 자체로도 충분히 독립된 작품을 이룰 수 있는 각 장, 각 문장, 각 낱말을 쓰고 싶었다'[7]는 작가의 의도를 구현한 것이다.

『혼불』은 한국적 소재들을 정의 및 설명의 방식으로 재현해 냄으로써 잊혀져 가는 우리 것에 대한 이해의 폭을 넓히고 있다. 그럼으로써 알게 모르게 서구의 문화를 준거로 삼고 있는 의식에 일종의 경각심을 불러일

---

7) 최명희, 앞의 글, p.18.

으키고, 나아가 민족 정체성을 회복시키는 데 기여한다. 그러므로 이것은 오리엔탈리즘을 극복하는 하나의 구체적 노력으로 평가될 수 있다.

(2) 역사적 사실에 대한 재해석

『혼불』은 전통적인 풍속과 사물에 대한 밀도 있는 응시와 교감의 태도를 보이는가 하면, 역사적 사실에 대한 재해석을 꾀한다. 이 둘은 세 가지 측면에서 차이점을 지닌다. 첫째, 표현방법의 측면에서 전자는 정의 방식을 이용한 서술자의 설명을 주된 방법으로 사용하고, 후자는 인물간의 대화를 통해 제시된다. 둘째, 태도의 측면에서 전자는 서술자의 다분히 감상적인 어조 속에서 판단중지의 상태를 드러내면서 독자의 동감을 유도해 내는 우회적 태도를 지닌 데 반해, 후자는 교사로서의 자세를 지닌 인물이 논리적 근거에 기초한 의견을 적극적으로 주장하고 있다는 점에서 대조된다. 셋째, 서술대상의 범주 측면에서 전자는 전통 생활과 관련된 민속놀이·신앙·사물·관혼상제의 절차와 의미 등을 대상으로 하는 반면, 후자는 역사적 사실을 대상으로 한다.『혼불』에서는 교사로서의 인물을 통해 역사적 사실을 논리적으로 설명함으로써 또 다른 양상의 상호텍스트성을 드러내고 있는 것이다.

주목되는 것은 심진학과 강호를 통해 제시되는 역사 해석이 기존의 그것과 상당히 다르다는 점이다.『혼불』은 기존의 일반적인 역사 해석을 '승자의 논리'로 규정하고, 그 해석들에 내재되어 있는 모순들을 들추어 냄으로써 패자의 시각에서 역사를 거꾸로 재해석한다. 이것은『혼불』이 소외되고 왜곡된 존재에 대해 지대한 관심을 두고 있다는 것을 의미한다.『혼불』의 이러한 관심은 인물이나 사물들 또는 배경 등을 구조화하는 데서도 일관되게 드러난다. 즉『혼불』은 양반의 문화에 대해서만 아니라, 평민·천민들의 생활상과 그들의 의식세계에 대해서도 구체적인 관심을 드러낸다.『혼불』의 주인공을 한 마디로 말할 수 없는 것도 이러한 이유 때문이다.

소외되고 왜곡된 사실과 존재에의 관심은 그러므로 역사적인 측면에서 백제, 발해, 간도 등에 대한 관심으로 이어진다. 이들은 우리 역사상 가장 소홀하게 다루어지고 있는 대상들 중 일부이기 때문이다. 그 중에서도 백제에 대한 관심이 가장 높게 드러나고 있는데, 그래서 『혼불』은 '양반중심적 사고방식을 지닌 백제 신원(伸寃)과 위안의 문학'[8]이라고 평가되기도 한다. 그러나 어떤 한 문화에 대한 정당한 평가는 외부 문화를 기준으로 한 외부인의 시각에서 이루어질 수 있는 것이 아니라, 그 문화 자체가 지니고 있는 형성원리를 기준으로 삼고 있는 내부인의 시각에서 이루어질 수 있다. 그리고 내부인의 시각에서 문화를 바라보는 것은 외부인의 시각에서 그것을 바라보는 것에 비해 우월하다.[9] 그렇다면 최명희가 자신의 고향을 중심으로 역사를 재해석한 것은 그곳의 문화와 역사에 대한 내부인의 시각을 바탕으로 한다는 점에서 정당성을 부여받을 수 있다. 최명희는 실제적인 의미에서 그곳의 내부인이기 때문이다. 『혼불』이 전라도를 주된 공간적 배경으로 삼고 있으며, 그곳의 문화와 역사를 탐구하는 것은 내부인의 시각에서 스스로의 문화를 주체적으로 수용·해석하는 구체적인 작업이 된다. 그리고 전라도의 문화와 역사는 우리 역사 속에서 소외되어 있었던 것들의 전형이 될 수 있으므로, 그것은 한국의 소외된 문화와 역사에 대한 탐구로 해석될 수 있다. 게다가 『혼불』의 관심이 작가의 고향에만 한정되어 있는 것이 아니라, 발해와 간도에까지 확장되고 있다는 점은 작가 의식의 범주를 시사한다. 작가는 자신의 고향, 자신의 가문에만 집착하는 것이 아니라, 그것에 대한 관심을 계기로 보다 보편적인 한국인 모두의 고향과 핏줄의식을 찾아가고 있으며, 자신의 고향이 겪고 있는 소외의 상황을 계기로 한국 역사의 왜곡을 바로잡아 나가기 위해 노력하고 있는 것이다. 그러므로 『혼불』에 드러난 최명

---

8) 김경원, 「근원에 대한 그리움으로 타는 작업」, 『실천문학』 1997 여름, p.413.
9) 우실하, 『오리엔탈리즘의 해체와 우리문화 바로 읽기』, 소나무, 1998, p.222.

희의 역사 탐구는 구체적 상황을 통한 보편성 획득의 노력이라고 해석될
수 있다.

"역사는 승자의 기록이기 때문에 패자의 내면은 문서로 남지 않는다."
(심진학의 언급, 8권 p.92)

나는, 발간금지 되었을 뿐 아니라 몰수당해 분서(焚書)의 수난을 겪은 사
서(史書) 동국사략 사권(四卷) 사책(四冊)을 천만다행히도 감추어 가지고 있
었어. 그래서 정식으로 가르칠 수 없는 조선의 역사를 정명회에서 학생들에
게 밀모(密謨)하듯이 가르쳤지. ……중략…… <u>인식의 전환. 거기서 항상 새
로운 세계가 열리지 않는가.</u>
(심진학의 언급, 10권 p.31)

"그래. 하지만 그런 소문 끝에 공주를 쫓아내서 마동방과 혼인하는 것은,
우리가 현실적으로 판단하더라도 불가능한 일이지. 논란할 꺼리가 될 수 없
는거다. 왕실이 장난이며 공주가 인형이냐? 역사는 개인의 일기장이 아닌데,
이토록 왜곡되어 비판도 없이 수용된다. 정사(正史)는 아니지만 이것들은 백
성의 의식에 침윤해서 가공의 영상을 만들어내니. 거짓말이 굳어져 사실로
믿어지는 것과 같지. 그러니까 백제 무왕을 희화(戲畵)시켜, 손상된 신라의
자존심을 회복하고 싶은 편법이었다고나 할까. 결국, <u>거꾸로 읽으면 정답이
보여.</u> 특히나 백제와 신라, 백제와 고구려, 그리고 후백제와 고려의 관계는."
(강호의 언급, 5~195, 이상 밑줄은 인용자)

이상은 심진학이나 강호 등을 통해 '역사 거꾸로 읽기'의 중요성이 강
조되고 있는 대목들이다. 기록되지 않은 역사는 소외된 역사를 의미하며,
소외된 역사는 기록된 역사에 의해 왜곡되었으므로 그것을 온전히 발굴
해 내야만 역사에 대한 정당한 이해가 가능하다는 것이 이들의 생각, 즉
최명희의 생각이다. 심진학을 중심으로 한 인물들은 거꾸로 읽기를 통해
소외된 것들을 찾아내고, 그것에 대한 안타까움을 직접적으로 드러낸다.
심진학과 강호의 역사에 대한 관심은 그것이 지니고 있는 현재적 의미로

확산된다. 즉 심진학은 봉천에서 만난 강모와 강태에게 백제와 발해에 대한 왜곡을 일제의 민족 정체성 왜곡과 연관지어 설명함으로써 현재화한다.

『혼불』이 각종의 사료들을 근거로 역사를 재해석하는 것은 전통 유물과 관습, 그리고 속신들을 통해 한국의 정체성을 찾는 것과 같은 맥락에서 이해될 문제이다. 그러므로『혼불』의 역사 거꾸로 보기를 단순히 특정 지역에 대한 집착으로 평가할 것이 아니라, 남아있는 사료들을 바탕으로 온전한 한국의 모습을 복원해 내고자 하는 노력으로 해석되어야 한다.

(3) 무속 · 주역 · 불교적 세계관의 음미

『혼불』에서 무속사상과 주역사상, 불교사상은 작품 전반에 걸쳐 우리의 전통적 생활 속에 녹아 들어가 있는 삶의 구체적 현상으로서 제시된다. 굿의 현장을 세밀하게 재현해 놓는다든지 무당의 독경을 그대로 옮겨 놓는다든지 야광귀나 조왕신 등에 대해 자세히 설명해 놓는 것은 무속신앙이 스며들어 있는 전통적 삶의 양상을 드러내는 방법이다. 음양오행설이나 납음, 육십갑자, 삼재(三災)와 팔난(八難) 등에 관한 설명은 주역사상에 깊이 침윤되어 있는 전통적 삶의 양상을 드러낸다. 그리고 이들은 뚜렷이 구분되지 않고 복합적으로 제시되는 경우가 많은데, 이것은 우리 나라의 무속사상과 주역사상이 지니고 있는 특질 때문으로 보인다.

이러한 사상적 면모는『혼불』에 등장하는 모든 인물들의 관계와 운명 등에 깊숙이 관여된다. 강모와 효원의 궁합에도, 강수와 진예의 비극적 운명에도, 청암부인의 고독한 생애도, 그리고 강모와 강실의 운명 등도 모두 주역적 사주풀이에 근거하고 있으며, 기타 다른 인물들과의 관계와 행위 등도 무속적 · 주역적 사고방식에 따라 구성되고 있다.

무속적 · 주역적 세계관은『혼불』의 서사에서 두 가지의 의미를 지닌다.

  첫째, 그것은 리얼리즘적 세계관을 지양하는 작가의식의 발현이다.『혼불』에서는 인간이 겪게 되는 갈등과 고통을 현상적 인과관계에 의해서만 이해하거나 전망하지 않는다.『혼불』의 인물들이 겪고 있는 삶의 고통은 근대로의 이행과 전통의 붕괴가 이루어지는 일제시대의 특성에 영향을 받고 있는 것이기도 하지만, 한편으로는 과학적으로 이해할 수 없는, 혹은 이성만으로는 설명할 수 없는 운명적인 원인들에 의해 야기된다. 강모와 강실 사이에 연정이 싹트게 된 이유가 폐쇄적 전통사회에 있다고 말할 수는 있지만, 그것이 이들의 사랑을 설명하는 충분한 이유가 되지는 못한다. 그들 스스로도 자제할 수 없는 감정의 발로를『혼불』에서는 정당성 여부와 상관없이 그대로 재현하고 있으며, 따라서 이들의 운명은 무속적·주역적으로 밖에 설명되지 않는다. 이것은 과학적·합리적·체계적·규범적 인식으로서는 이해할 수 없는 삶의 오묘한 상황을 리얼리즘보다 더욱 사실적으로 재현해 놓는 역할을 하며, 나아가 삶 자체가 끌어안고 있는 아이러니를 드러내기도 한다.

  둘째,『혼불』은 무속적·주역적 원리에 따른 예견들을 제시하면서도 그것에 근거하여 문제해결방안을 모색하지는 않는다. 무속적·주역적 행위는 당대의 삶의 양상을 사실적으로 제시함으로써 우리 민족의 기저에 자리잡고 있는 의식구조를 드러내고, 그럼으로써 삶의 문제가 어느 한 쪽 —특히 합리적·과학적 입장—에 편향된 가치의식에 의해 재단되는 것을 지양하기 위해 취해진 것이다. 무속적·주역적 사고방식과 행위를 취한 목적이 여기에 그친다는 것은 액을 면하기 위해 이루어지는 굿과 부적과 재웅 날리기가 아무런 효과를 드러내지 않는다는 데서 알 수 있다.

  『혼불』에서 무속적·주역적 의식(意識)을 강하게 드러내 보이면서도 그것에 근거한 의식(儀式) 행위를 정당화하지 않는 것은『혼불』이 이것들을 재현한 목적이 갈등과 고통의 극복방안을 명료하게 제시하는 데 있는 것이 아니라, 주어진 운명을 겸손하게 수용하면서도 삶을 포기하지 않고 적극적으로 살아가는 자세의 필요성을 강조하고, 나아가 고통을 견디기 위해 필요한 위안을 얻으려는 데 있음을 드러낸다. 그러기에 『혼불』의 무속적·주역적 양상은 신앙으로서가 아니라, 삶의 태도와 우리 민족의 정체성을 제시하기 위한 하나의 방편으로서 기능한다.

무속적·주역적 양상이 작품 전반에 골고루 분포되어 있는 데 비해, 불교적 양상은 작품 후반부에 부분적·집중적·심층적으로 드러난다. 불교는 우리의 오랜 종교임에도 불구하고 조선시대 이래 홀대받아 왔다는 점에서 심진학의 관심 대상인 백제 역사와 동일한 상징적 의미를 지닌다. 그리고 유교나 무속이나 주역 등이 종교나 체계적인 사상으로서보다는 전통적 관습과 의식을 드러내고, 나아가 바람직한 삶의 태도를 제시하기 위한 것과 마찬가지로 불교적 의미도 우리의 전통적인 세계관과 정체성을 찾아나가는 방법으로서 제시된다.

> "헌데 이 제석신앙은, 우리나라의 개국설화와 관계가 깊습니다."
> "단군설화 말씀이신가요?"
> "예, 그렇습니다."
> 도환은 아까 버렸던 돌조각을 다시 찾아들고, 도닥도닥 덮어 재운 글씨 위에 줄을 긋는다. 도환은 달필이다. 장쾌한 획끝에서 바람 소리가 난다.

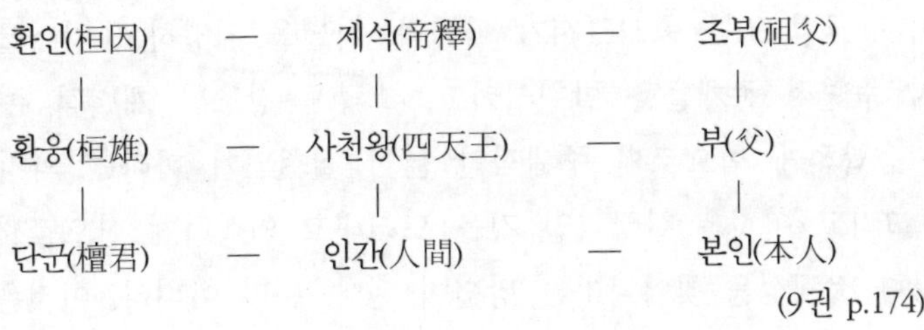

(9권 p.174)

단군신화와 제석신앙과 인간 삶을 동일한 구조로 보고, 우리 민족을 하늘의 자손으로 파악하는 것은 세 가지의 상징적 의미를 지닌다. 첫째, 그것은 인간의 삶을 신화 및 신앙과 분리하지 않는 인식적 측면, 즉 서

구적 리얼리즘적 세계관과는 상이한 전통적 인식의 측면을 드러내는 것
이고, 둘째, 단군신화를 불교의 제석신앙과 비교함으로써 그것이 단지 우
리 민족의 범위 내에서만 의미를 얻을 수 있는 것이 아니라, 세계적인
보편성을 획득할 수 있는 가능태임을 드러내는 것이며, 셋째, 하늘과 단
군과 우리 민족을 동질화함으로써 주체적 자존의식을 북돋우고 개체로서
의 '나'의 존귀함을 깨닫게 하는 것이다. 즉 도환은 단군신화의 해석을
통해 우리 민족의 근본적 성격이 땅에 하늘을 끌어오는 적극성과 역동성
에 있다는 것을 지적함으로써 지금까지 수동적 · 정태적인 것으로만 평가
받던 민족 정체성에 대한 인식을 뒤바꾸어 놓는다. 그리고 다른 개국신
화와 대별되는 단군신화의 평화적 · 건설적 특질을 지적함으로써 우리 민
족의 위상을 새롭게 정립한다. 이렇게 단군신화를 새롭게 천착함으로서
얻어진 정체성에 대한 인식은 각 개인의 존재 의미와 태도에 대한 이해
로 이어진다. 단군신화 · 제석신앙 · 조선 개국 등의 구도와 우리 몸에 삶
을 경영하는 현상의 동일함에 대한 발견은 개개인이 모두 하나의 우주라
는 것을 의미한다. 따라서 '나'는 세상의 중심이 된다. 그리고 이러한 의
식이 '나'를 더욱 소중하게 하고 더욱 조심스럽게 행동하도록 만드는 것
이다. 이것이 '혼불'의 의미이다. 도환의 의식은 작품의 중심의미인 '혼
불'과 맞닿아 있다.
　『혼불』에 드러난 무속 · 주역 · 불교 등의 양상은 하나의 체계적 세계
관이나 규범 또는 종교로서가 아니라, 차별을 지양하고 차이를 강조함으
로써 주변적 존재들을 발현시키고, 그렇게 강조된 개별적 존재들을 조
화 · 융합하게 함으로써 주체적인 삶이 실현되기 바라는 의지를 드러낸
다. 그리고 이것은 한국적인 것을 드러내고 인식하게 함으로써 새롭고도
정당한 정체성을 찾아나가는 방법이 된다. 뿐만 아니라, 이것은 개개인이
저마다의 삶에 책임을 느끼고 올바로 실현시켜야 한다는 '혼불 의식'으
로 이어져 작품의 전체 의미를 강화한다.

(4) 민담의 재구성

『혼불』에는 많은 설화들이 삽입되어 있다. 주지하는 바와 같이 설화는 오랜 시간 동안 구비전승 되는 과정 속에서 불특정 다수의 구연자들이 자유로이 내용을 첨삭하면서 형성되는 것으로, 그것을 향유하는 집단의 의식 구조를 드러낸다. 따라서『혼불』의 설화 삽입은 이 소설이 지향하는 민족 정체성 찾기의 한 방법이라고 할 수 있다.

『혼불』에 삽입된 설화는 대부분 민담이다. 그런데『혼불』에 삽입된 민담들이 기존의 것들을 있는 그대로 수용하지 않는다. 일반적인 민담은 평범한 인물을 주인공으로 설정하고, 그가 운명을 개척해 나가는 양상에 주목하고 있으며, 주인공은 시련을 이겨낼 수 있는 능력을 지니고 있다는 보장이 없는데도 불구하고 좌절없이 과감하게 행동하여 결국 현실에 패배하지 않는다는 특징을 지닌다. 즉 민담은 인간 행위에 대한 구김살 없는 신뢰를 나타내고, 어떠한 고난이나 적대적인 자와도 싸워 이길 수 있다는 낙관론[10]을 폄으로써 리얼리즘적 문학관과는 상반된 구조와 의식을 드러낸다. 하지만『혼불』에 삽입된 민담들은 이러한 낙관론으로부터 벗어나 있다.

까마귀와 사냥꾼 이야기(2권 p.114, 이하 2-114로 표기한다), 새비자리 이야기(5-303), 나무꾼과 개구리 이야기(8-241) 등은 일반적인 민담과는 다른 결말구조를 지닌다. 주인공들은 당연한 행동 또는 선의의 행동을 했음에도 불구하고 비극적인 결과를 맞이한다.『혼불』의 작가가 민담의 형식을 채용하되 내용적인 면에 있어서 일반적인 민담의 유형과 다른 결말구조를 드러내는 것은 민담을 통해 제시하고자 하는 것이 단순한 과거의 복원이 아니라는 점을 시사한다. 어떤 사람이 착하게 행동한 결과 행운을 얻게 되었다는 것에 주목하기보다는 착하게 행동하는 것 또는 당연한 것을 실행한 것이 지니는 반어적 의미에 주목함으로써『혼불』은 사물

---

10) 장덕순 외 공저,「구비문학개설」, 일조각, 1984, p.71.

과 세상을 보는 관점을 다각화한다. 착한 것, 당연한 것이 절대적인 것이 아니라 엄연히 상대적인 것이며, 따라서 이런 행동이 다른 입장에 처한 존재-타자-에게는 전혀 당연하거나 착한 것이 아닐 수 있다는 것을 시사한다. 이것은 주인공의 입장에서만 행위를 판단하는 것이 아니라, 타자의 입장에서 행위를 판단하는 태도로, 역사를 백제의 입장에서 재해석하는 것이나 종과 천민의 존재를 부각시키고자 하는 의도와 일맥상통한다. 이런 의식적 태도에 의해 주인공-행위의 주체-과 그 상대 인물인 타자의 입장을 동시에 고려하기 때문에 『혼불』의 민담은 아이러니적이다. 그리고 이런 아이러니를 통해 작가는 삶의 태도가 일방적·확정적으로 제시될 수 없다는 것을 밝힌다.

그러므로 『혼불』의 민담들은 전통적인 권선징악적 세계관을 벗어나 새로운 삶의 태도를 정립해야 한다는 문제의식을 제기하는 것으로 이해될 수 있다. 그저 착하게만 살아야 한다는 권선징악적 의식을 지양하고 사려분별의 중요성을 강조하고 있는 것이다. 따라서 주어진 도덕적 규범이 『혼불』의 민담들에서는 재현되지 않는다. 새로운 의식과 태도에 대한 사려분별은 정론화 되어 있는 모든 것들을 전복시키는 역할을 하며, 그래서 『혼불』에 제시된 민담들은 행복한 결말을 지닌 전통적 민담의 유형을 벗어나고 있다. 『혼불』은 삶의 아이러니에 주목하고 있으며, 그것을 현명하게 극복해 낼 수 있는 방법을 찾기 위해 고심하고 있는 것이다.

『혼불』에 삽입된 민담들은 권선징악적 세계관으로부터 탈피한 결말구조를 통해 이분법적 세계관을 지양하고 삶의 문제를 다각적인 방법으로 인식하고자 노력하고 있으며, 나아가 주체의 입장만이 고려된 규범적 도덕률보다는 타자의 입장까지 고려한 사려분별의 중요성을 강조한다. 개체의 실존적 의식과 본연의 자연스러운 발현, 그리고 주체와 타자의 경계를 무너뜨리는 입체적 시각이 필요함을 『혼불』의 민담들은 강조한다.

2) 페미니즘적 세계관 : 모성성의 발현

『혼불』에서 유교적 세계관은 작품 전반에 걸쳐 드러난다. 청암부인이나 효원이 대를 잇고 가문을 번영시키기 위해 개인적 욕망을 억제하며 살아가는 것이나, 인월댁이 돌아오지 않는 남편을 기다리며 정조 지키기로 삶을 소진시키는 것이나, 기채나 강모가 종손으로서의 의무감으로부터 자유롭지 못하고 고뇌하는 것 등은 유교적 정조관념과 가부장적 의식을 드러내는 것이다. 실로 매안 이씨 가문의 사람들은 유교적 규범을 몸에 익히고 그것을 유지하기 위해 끊임없이 노력하는 인물들이라 할 수 있으며, 이들의 이러한 사고와 행위는 『혼불』 서사의 중요한 맥을 형성한다.

그런데 『혼불』에서 드러나는 유교적 정조 관념과 가부장제는 여성을 중심으로 유지된다는 특징을 지닌다. 『혼불』의 유교적 가부장적 세계관이 여성 인물을 중심으로 제시되는 것은 이 소설에 설정된 시대적 배경과 밀접한 관련을 지닌다. 즉 『혼불』은 전통적 체계가 와해되고 파행적인 근대화가 이루어지던 일제시대를 배경으로 하는데, 이것은 국가의 중심이자 기본이 되는 규범의 상실 즉 임금·아버지·남편의 부재 상황과 의미상으로 맞물린다. 완벽한 유교 사회 속에서 중심적 권력과 영향력을 지니는 존재는 임금이다. 그러므로 이러한 사회 속에서는 군신의 관계가 강조되고, 따라서 충이 제일 원리로 강조된다. 그러나 『혼불』에 설정된 시대적 배경은 국권을 상실한 일제시대이다. 따라서 충이 강조될 수 없는 사회이다. 이렇게 국가의 상실로 군신관계가 소멸하게 되면 부자관계에 관한 규범이 대신 강조된다. 즉 효의 관념화가 특별한 사상적 문제성으로 드러나며, 그 효의 강조에서 심리적 균형을 획득하게 되는 것[11]이다. 기채와 청암부인의 관계에서, 그리고 삽입된 민담—순창 한다리 이야기·귀신사 이야기·효자다리 이야기 등—속에서 효가 강조되는 것은

---

11) 김윤식, 「한국근대문학사상비판」, 일지사, 1987, p.156.

이러한 맥락에서 이해될 수 있다. 그런데 『혼불』에 제시되고 있는 효는 아버지 부재 상황과 맞물려 있다는 점에서 특이하다. 기채·기표·기응·춘복 등 아버지가 없는 인물이 많이 등장하고, 그래서 효의 대상이 어머니로 한정되는 경우가 두드러진다.

이기채에게 아버지는 없고 어머니만 두 분이다. 즉 낳아주신 어머니인 이울댁과 길러주신 어머니 청암부인만이 기채의 효도 대상이다. 그런데 기채의 의식 속에 있는 어머니는 청암부인 뿐이다. 작품 속에서 기채는 단 한 번도 생모 이울댁에 대한 그리움이나 연민의 정을 나타내지 않는다. 자신의 정신적·물질적 기둥이었던 청암부인에 대해서만 존경심을 갖고 효를 실천한다.

> "신체발부(身體髮膚)는 수지부모(受之父母)라."
>
> 하여 비록 저절로 빠진 쓸모없는 터럭이라 할지라도 함부로 하지 않고, 정월 초하룻날부터 섣달 그믐날까지 소중히 모아서 간수하였다가, 비로소 그믐밤에 태우는 것이었다.
>
> 이기채가 해마다 그 머리터럭 뭉치를 들고 사랑 마당으로 나가 공손히 태울 때, 그는 생가의 부모보다 청암부인을 생각하게 되었다.
>
> 본디 그에게 몸을 주신 이는 낳은 부모이련만, 웬일로 머리터럭 태우는 노린내 자욱한 섣달 그믐날 저녁이면, 연기 속에 망연히 서서 그는 길러주신 어머니, 종부(宗婦), 청암부인을 더욱 절실하게 생각하였던 것이다.
>
> (5권 p.22)

이것은 효가 단순히 생물학적인 관계에 의해 행해지는 것이라기보다는 정신적 유대감을 바탕으로 한 공경심, 의존심 그리고 심리적 안정감에 의해 행해지는 것임을 나타낸다. 어려서부터 청암부인만의 극진한 정성 속에서 키워졌기 때문에, 그리고 청암부인의 삶의 태도와 신조에 감복하기 때문에 기채에게 있어서 정신적 모태가 되고 심리적 안정감의 근원이 되는 대상은 청암부인이 되는 것이고, 생모 이울댁은 물론이고 친부이든 양부이든 아버지는 의식되지 않는다.

또 순창 한다리 이야기·귀신사 이야기·효자다리 이야기 등은 하나같이 홀어머니를 모시고 사는 효자가 어머니의 개가를 돕는 내용이다. 그리고 유자광의 일화도 노비로서 천대받은 어머니의 한을 풀어주기 위한 유자광의 기행(奇行)을 중심으로 제시된다. 설화나 유자광의 이야기에서 효의 문제는 과부의 개가를 금지하거나 계급 구분을 엄격히 규제하는 유교적 규범을 초월하고 있을 뿐만 아니라, 유교적 윤리인 효에 의해 그러한 유교적 규범이 와해되는 결과를 초래하고 있다는 점에서 아이러니컬하다[12]. 그리고 이것은 다시 기표에게 정조를 빼앗기고 봉출을 낳은 우례의 상황에 접목되어 현실적인 문제로 대두됨으로써 서사의 흐름과 시대와 의식의 변화를 암시적으로 제시하는 중요한 모티프가 된다. 즉 기채와 청암부인을 통해서든 각종 설화를 통해서든, 그리고 우례와 봉출이를 통해서든 제시되는 효의 양상은 모자관계를 중심으로 이루어지고 있으며, 이것은 남성 중심의 유교적 가부장제가 변화를 겪고 있음을, 그리고 작가가 남녀 차별·반상 차별을 무화시키기 위해 노력하고 있음을 암시한다.

아버지 부재상황은 청암부인에게도 적용된다. 청암부인이 처음 시집왔을 때 시부가 있었지만, 시부는 이미 삶에 대한 의욕을 잃어버린 인물이었다. 겨우 서른을 넘긴 나이에 속이 삭아버려 텅 빈 고목처럼 겉모습만 의연한 척 남아 있는 시부는 청암부인이 자신과 가세를 일으키고자 노력하는 데 정신적으로든 물질적으로든 도움이 되지 않는 인물이었다.

---

12) 『혼불』에 삽입된 유자광의 탄생 과정은 유교적 규범이 자체 내에 붕괴 요인을 안고 있다는 것을 암시한다. 즉 유자광의 아버지가 기이한 꿈을 꾸고는 그것이 훌륭한 아들을 낳을 꿈이라는 생각에 부인과 합방을 하려 하나, 양반가의 아녀자로서 대낮에 남편과 관계를 갖는 것을 불경스럽게 여긴 부인이 극구 거부를 하자, 다급한 유자광의 아버지가 집 안의 종과 관계를 맺음으로써 유자광이 태어나게 되었다는 이야기는, 유교적 규범에 대한 준수가 오히려 유교적 세계를 파괴할 인물을 생성시키고 말았다는 것을 드러낸다. 그리고 양반의 천민에 대한 유린의 상황을 노출시킨다. 이러한 이중적 모순은 유교적 규범 안에서 비롯된 것이며, 이에 따라 결국 유자광과 같은 인물이 태어나게 하고, 그 인물에 의해 유교적 규범이 위협받게 된 것이다.

청암부인의 시부에 대한 생각은 서술자에 의해서 암시된다.

> "인력이 지극하면, 천재를 면하나니……."
> 청암부인이 사무치게 뼈에 새겼던 그 말은, 어찌 보면 사실 인력을 다하
> 지 않았던 시부에 대한 명심(銘心)이었는지도 모른다.
>
> (1권 p.101)

시부에 대한 청암부인의 직접적인 언급을 드러내지 않는 가운데 서술자가 추측어법으로 설명한 것은 효를 강조하는 작품의 전반적 태도와 청암부인의 성격에 일관성을 부여하기 위한 것으로 여겨진다. 서술자의 설명이 아니더라도, '사람은 자기 몫을 스스로 알아야 한다'고 생각하는 청암부인이 시부의 태도를 긍정적으로 받아들이지 않았을 것은 짐작하기 어렵지 않다. 즉 청암부인에게 명목상의 아버지는 있었을 망정 진정한 의미의 아버지는 없었던 것이다. 그러므로 『혼불』의 상황은 군신관계 뿐만 아니라, 부자관계마저도 파괴되어 있으며, 이것이 모자관계로 대치되어 있는 것이라 할 수 있다.

더구나 『혼불』의 여인들은 남편마저 잃어버린 존재들이다. 군신 관계를 대치할 부자 관계도 변변치 않은 상황 속에서 부부 관계마저 와해되어 있다. 남편의 사망 소식을 전해 듣고 흰 가마를 타고 시집에 들어온 청암부인은 물론이고, 역마살이 끼어 결혼 직후 말도 없이 떠나버린 남편 때문에 홀로 평생을 지낸 인월댁, 그리고 사촌누이와의 근친상간을 행하고는 유곽의 여인 오유끼와 봉천으로 떠나버린 강모 때문에 과부 아닌 과부로 살아가는 효원, 아들 하나만을 덩그러니 데리고 살아가는 옹구네 등은 모두 남편 없이 살아간다. 그러므로 『혼불』의 여인들은 君・父・夫가 모두 없는 상황에 처해 있는데, 이는 작가가 '우리 역사에서 가장 어둡고 아픈 상처'의 시대를 그려내고자 했다는 의도를 심화시킨다. 이러한 상황은 이들 여성 인물들이 정신적 의지의 대상을 모두 잃어버린 것을 의미한다. 때문에 이들 여성 인물들은 누구보다도 실존적인 삶을

살아갈 수 있는 가능성을 지니게 된다. 그러나 이 가능성의 실현 여부는 인물에 따라 다르다. 청암부인과 효원의 경우는 유교적 가부장제를 내면화함으로써 보다 더 엄격한 규범에 스스로를 묶으면서도 그것을 삶의 굴레로서가 아니라, 삶을 발전적으로 승화시킬 수 있는 계기가 되도록 한다. 그런가 하면 옹구네는 정조규범을 전면적으로 부정함으로써 자신의 욕망을 성취하고자 노력한다. 옹구네는 과부라는 자신의 입장을 걸림돌로 생각하지 않고 총각인 춘복이의 정식 아내가 되려고 할 뿐만 아니라, 양반가 규수인 강실이를 시앗으로 두고 행세할 심산까지 가지고 있는데, 이것은 과부의 재가에 대한 규제와 반상간의 신분 격차를 무시한 행위이다. 옹구네에게는 어떤 규범도 규범으로 받아들여지지 않는다. 청암부인과 효원 그리고 옹구네는 상반된 세계관을 지니고 있지만, 남성 부재의 상황을 실존적으로 받아들임으로써 스스로의 삶을 자율적이고 능동적으로 개척하고 있다는 점에서 공통적이다. 그러나 인월댁은 유교적 가부장제와 정조규범에 얽매여 남성 부재의 상황을 실존적으로 발전시키지 못한다. 하지만 인월댁이 지니고 있는 서사 내적 비중이 적은 것은 아니다. 인월댁은 청암부인과 함께 서사의 중요한 축을 감당해 내고 있다. 실존적이지 못한 인물이라고 해서 또는 능동적이지 못한 인물이라고 해서 하찮게 다루어지는 일이 『혼불』에는 없다. 다양한 방식의 삶을 병존시키는 가운데 각각의 존엄성을 발현시키는 것이 『혼불』의 근본적인 태도이기 때문이다. 그리고 이러한 노력은 삶에 있어서 정당하고 정당하지 못한 것에 대한 구분 즉 차별을 원천적으로 거부하고 있는 태도의 결과이기도 하다.

이상에서 살핀 바를 다시 정리해 보면, 첫째, 『혼불』은 天・君・父・夫의 부재 상황을 설정하고 있는데, 이것은 『혼불』에 설정된 시대적 배경과 밀접하게 관련된다. 둘째, 남성 인물에게는 아버지 부재 상황, 여성 인물에게는 남편 부재 상황이 강조된다. 이것은 절대적 준거가 될 만한 대상의 부재를 의미한다. 셋째, 『혼불』에서 유교적 세계관을 드러내고 있는 서사의 중심에는 여성이 존재하고, 넷째, 따라서 『혼불』에서 강조되고 있는 효는 부자관계가 아닌 모자관계를 중심으로 지켜지며, 이것은 남성 중심의 유교적 가부장제를 전복시키는 하나의 가능태로서의 의미를 지닌다. 다섯째, 인물의 성격 또한 이중적이다. 즉 기채, 청암부인, 효원, 인월댁 등은 유교적 규범을 내면화하면서도 그것을 비판적으로 계승하고 있다는 점에서, 그리고 춘복과 옹구네는 유교적 규범에 대한 전면적인 부정을 감행하고 있으면서도 사실상 그 규범 안의 인물이 되기 위한 노력을 하고 있다는 점에서 이중적이다.

『혼불』은 전통의 보전과 지양이라는 이중적 과제를 해결하고자 한다. 그러나 이것은 오랜 시간 동안 몸에 밴 습관을 극복해 내야만 이루어질 수 있는 것이어서 그 실현이 쉽지 않다. 이렇게 어려운 과제를 수행하기 위해 작가는 여성 인물들을 등장시켰다. 이것은 여성이 남성에 비해 전문화와 분화가 덜 되어 있고, 가정과 가족 관계의 사사로운 관계망 속에 존재하며 생식능력을 지니고 있어 자연과 보다 밀접하게 연관된 존재[13] 이며 남성적·절대적 세계의 주변에 위치하고 있는 존재이기 때문에 남성 중심의 유교적 세계가 지니는 절대성을 극복하기 위해 노력하는 동안 유발되는 모순과 충돌들을 완화하면서도 변화를 시도할 수 있는 담지자가 될 수 있기 때문이다. 그러나 『혼불』의 여인들은 남성과 대척적인 의미의 여성성을 드러내는 존재가 아니라, 성차별을 넘어서고 가부장제를 넘어서는 '코라(Chora)', 즉 모성성의 세계를 구현하고 있는 존재이다. 『혼불』의 여성 인물들이 대부분 아내로서의 역할보다는 어머니로서의 역할에 충실한 모습을 드러내고 있는 것도 이러한 이유 때문이다. 즉 아내로서의 여성은 남성과 대립함으로써 모순을 첨예하게 만드는 존재가 될 수 있지만, 어머니로서의 여성은 그녀가 권력을 쥐고 있다고 하더라도 그 권력을 자식을 위해 사용하게 될 것이기 때문에 위험하지 않다. 그러

---

13) Rita Felski, 「근대성과 페미니즘 (Gender of Modernity)」, 김영찬·심진경 옮김, 거름, 1998, p.43.

므로 아내의 자리가 없는 존재로서의 『혼불』의 여성 인물들은 새로운 모
성성의 세계를 모색하기 위해 설정된 것이라고 할 수 있다. 모성성의 세
계는 남성성의 세계와 끊임없이 부딪치고 갈등하면서, 그리고 그 세계의
모순과 한계를 첨예하게 인식하면서, 궁극적으로는 그 세계의 온갖 상처
와 균열을 깊은 포용의 힘으로 감싸안는 둥그런 원의 세계[14]이다. 그러
므로 『혼불』의 여성인물들은 차별적 분류를 거부하고 경계를 소멸시키며
주체와 객체의 구분을 무너뜨림으로써 유교적 가부장제가 가지고 있는
부정적 특징들을 지양할 수 있는 가능성을 지닌 존재로서 선별된 것이
다.

3) 생태학적 구조 : 活物의 세계와 生死의 순환

'나는 인간과 자연과 우주와 사물의 본질에 숨어 있는 넋의 비밀들이
늘 그리웠다. 그리고 이 비밀들이 서로 필연적인 관계로 작용하며 어우
러지는 현상을 언어의 현미경과 망원경을 통하여 섬세하게 복원해 보고
싶었다'[15]고 『혼불』의 작가는 말한다. 그리고 『혼불』의 서술자는 사물을
사물로 대하지 않고 살아있는 존재로 대하며 교감한다. 그럼으로써 『혼
불』의 소재는 과거와 현재를 잇는, 그리고 계급을 초월한 인간 본연의
정조를 자극하는 活物이 된다. 그리고 이러한 특성은 이 작품의 구성적
특성에 연관된다.

『혼불』 제1부는 효원과 강모의 결혼 장면으로 시작하여 강수의 망혼
제, 그리고 강모와 강실의 근친상간을 중심으로 이루어져 있다. 즉 1부는
강모, 강실, 효원의 삼각관계에 대한 이야기이다. 그리고 이 삼각 관계는

---

14) 박혜경, '私人化된 세계 속에서 여성의 자기 정체성 찾기', 「페미니즘 문학비평」,
    프레스 2000, p.66.
15) 최명희, 앞의 글, p.13.

혼례와 망혼제라는 삶과 죽음의 문턱에서 이루어지고 있다.

제2부는 청암부인의 죽음과 춘복의 변동천하의 꿈을 중심으로 서술되어 있다. 주목해야 할 것은 청암부인의 일생 중 죽음이 가장 비중 있게 다루어지고 있다는 점이다. 73년에 이르는 청암부인의 생애가 압축적으로 또는 부분적으로 서술되고 있는 데 반해 청암 부인의 죽음은 상세하게 기록되어 있다. 이것은 죽음의 의미에 대한 재해석을 유도한다.

> "이제 나 죽고 나서 제사가 돌아오거든 모쪼록 음식을 걸게 하여 아끼지 말고, 술도 많이 빚고, 떡도 많이 허고, 도야지도 잡어서, 그 하루 너나 없이 온 동네가 다 재미나고 풍족하게 노나 먹도록 해 주어라. 슬피 울어 곡소리 진동허게 허는 대신, 내 제삿날이 흥겹고 좋은 날이 되도록 부디 성심을 기울여 다오."
>
> (4권 p.248)

이것은 자신의 제사에 대한 청암부인의 바람이다. '병과 죽음에의 모든 관심은 단지 삶에 대한 관심의 다른 표현'이라는 토마스만의 말이 진실이라면, 인간의 모든 관심이 삶에 모아져야 하며 삶 이후의 시간 즉 죽음 이후는 무의미한 것으로 이해될 될 것이다. 그런데 청암부인은 왜 자신의 죽음의 날이 축제의 날이 되길 바랐던 것일까. 자신은 누릴 수 없는 그 축제를 왜 소망하는 것인가. 그것은 죽음을 인간 개체의 절멸이나 소멸이라기보다는 순환되는 자연현상의 일부로 생각하기 때문이다. 즉 삶과 죽음을 단절된 현상으로 여기는 것이 아니라 죽음을 삶의 延長으로 여기는 것이다. 청암부인의 바람 속에는 죽음 속에 삶이 내재되어 있다는, 그래서 삶과 죽음의 경계를 구분 지어야 할 필요가 없다는 카니발적 사고 방식이 깔려 있다. 그러므로 청암부인은 자신의 죽음을 축제로 승화시키고자 하는 것이고, 죽음에 대한 서술의 확장은 이것을 강조하기 위한 방법이라 할 수 있다. 삶과 죽음의 공존이라는 카오스적 혹은 카니발적 인식은 논리적·이분법적·체계적인 서사적 인식을 초월하고 있는 것이다. 그리고 삶과 죽음의 미분화 속에서 청암의 죽음은 '다시 삶'의 의미를 획득한다. 즉 인간에게 여러 모로 유용한 백복령이 죽은 소나무 등걸에서 얻어진다는 화소는 청암부인의 죽음이 단순한 소멸이 아님을 암시한다. 죽은 소나무가 백복령을 생성해내듯 청암부인이 죽은 뒤에도 그녀의 정신이나 태도 등은 후손들의 마음 속에 살아있을 것이며, 나아가 삶을 풍요롭게 하는 데 기여할 것임을 드러내는 것이 백복령 모티프이다. 그러므로 제2부는 '죽음으로 시작하여 삶으로 가는 이야기'이다.

제3부는 홍술의 투장과 춘복의 강실 겁탈, 강모를 그리워하는 강실의 애련한 심정, 그리고 강실과 강모의 관계를 안 효원의 참담한 심정이 서술되어 있다. 투장(偸葬)은 천민이 양반의 명당자리 묘의 옆구리를 파내고 자기 조상의 뼈 뭉치를 그 속에 던져 넣은 다음 감쪽같이 다시 흙으로 메워 놓는 밀장(密葬)이다. 그러므로 투장을 당하는 시신은 두 번의 장례를 겪게 된다. 두 번의 장례는 두 번의 죽음을 의미한다. 강실에게는 강모에게 처녀를 잃은 것이 첫 번째 시련이고 춘복에게 겁탈을 당하는 것이 두 번째의 시련이다. 효원이 강실과 강모의 관계를 알게 된 것 역시 효원에게는 첫날밤의 수모에 이은 두 번째 상처이다. 첫날밤에 혼자 잠들어버린 어린 신랑 강모 때문에 앉은 채로 밤을 새우는 수모를 겪었던 효원은 강모와 강실의 관계를 알게 됨으로써 '깊은 칼을 맞아, 소스라쳐 시퍼렇게 질린 명치에 숨조차 제대로 삼키지 못하는' 또 한 번의 수모를 겪는다. 따라서 제3부는 '두 번 죽음'의 이야기이다. '두 번의 죽음'은 그러나 완전한 사멸을 의미하지는 않는다. 그것은 삶을 지양하여 의미있게 변화시키는 과정의 다른 이름이다. 즉각적인 변화를 가져오는 것은 아니지만, 삶 속에 녹아든 염원과 인내의 힘이 서서히 드러나게 될 것임을 이 '두 번의 죽음'들은 암시하고 있는 것이다. 그러므로 제3부의 '두 번의 죽음'은 전환을 위한 고비를 드러내는 것이라 할 수 있다.

지금까지 논의된 것을 정리해 본다면 제1부는 '삶으로 시작하여 죽음으로 가는 이야기', 제2부는 '죽음으로 시작하여 삶으로 가는 이야기', 제

3부는 '두 번의 죽음을 통한 전환의 시작'이다. 삶과 죽음의 순환과 그 속에서 벌어지는 지양과 변화의 양상이 제1부에서 제3부까지 그려지고 있는 것이다. 이렇듯 삶과 죽음을 순환되는 연속선상에서 파악하는 것은 작가의 관심이 현상 자체보다는 그 속에 숨어 있는 본질에 모아져 있음을 의미한다. 개개인의 삶 자체가 지닌 존엄성과 의미를 중시하면서도 그것만을 부각시키는 것이 아니라, 모든 개체가 커다란 자연의 일부로 순화되는 존재임을 상기하고자 하는 것이 『혼불』의 의도인 것이다.

두 번의 죽음이 있은 후에 벌어지는 서사는 변화를 위한 지양의 구체적인 양상들로 이루어진다. 즉 제4부는 투장이 발각되어 백단이 부부가 덕석말이를 당하고 홍술의 뼈가 다시 파내어져 버려지는 것과 함께 춘복의 피갚음에 대한 각오가 한 축을 이루고, 다른 한 쪽에서는 거멍굴로 간 강실을 중심으로 벌어지는 옹구네와 춘복의 삼각관계가 한 축을 이룬다. 매안 양반들이 투장을 한 만동이 부부에게 벌을 주는 것은 당연한 일인지도 모른다. 이들은 금기를 어겼기 때문이다. 그러나 그렇다고 해서 喪中에 덕석말이를 행하는 것 역시 금기를 어기는 일이 된다. 또한 쇠여울네와 같이 어려운 사람들의 돈을 갈취하고도 몰매를 놓아 쫓아내는 것도 유교적 세계관에서 금기시하는 不德의 행위이다. 그러므로 기채 형제의 행위는 금기 파괴를 벌하기 위한 또 하나의 금기 파괴 행위라고 할 수 있다. 『혼불』은 금기 파괴 행위에 대한 처벌의 반어성을 지적함으로써 금기 자체의 의미를 재고한다. 한편, 천민인 춘복이가 양반 가문의 처녀인 강실에게서 아들을 얻고자 하는 것이나 자식까지 둔 과부 옹구네가 총각인 춘복의 정식 아내가 되려고 하는 것도 당대 사회의 금기를 어기는 것이 된다. 그러나 이들이 파괴한 금기는 자연스러운 것이라기 보다는 인위적 도덕률이다. 그러므로 이들의 금기 파괴 행위는 인위성에 대한 도전으로 해석될 수 있다. 이들의 금기 파괴 행위는 자연스러운 인간 욕구의 실현을 위한 행위이고, 이를 통해 『혼불』은 금기 자체에 대한 재고를 꾀하고 있는 것이다. 그러므로 제4부는 '금기의 파괴를 통한 변화의 시도'를 드러내는 것이라고 할 수 있다.

제4부에서는 변화의 움직임이 거멍굴을 중심으로 일어나고 있다면, 제 5부에서는 이씨 가문 내의 선진적 지식인 강호와 행동하는 승려 도환, 그리고 봉천에서의 심진학을 중심으로 한 강태 등을 통해 변화의 움직임이 드러난다. 즉 변화의 범위가 공간적으로 확대되고 그에 따라 인물 간의 관계도 다양하게 전개된다. 이제 서사는 매안과 고리배미, 거멍굴을 벗어나 봉천까지 확대되어 일제 말기의 이민 실상을 자세하게 제시한다. 그리고 서사는 역사적 현실과 깊이 관련되기 시작한다.

전반부(제1부~제3부)에서는 삶과 죽음의 순환과 인간에게 주어진 고통과 인내의 의미를 결부시키면서 과거의 일들을 압축적으로 제시하고 있을 뿐 아니라 비현실적 인물들이 등장하고 있는 데 비해, 후반부(제4부~제5부)에서는 현실적·구체적 인물들이 등장하여 역사적 상황을 배경으로 서사를 이끌어간다. 따라서 전반부에서는 '시간 경과와 이에 따른 상황변화를 인식하지 않으려는 욕구'16) 즉 구체적 삶의 현장을 일탈한 가운데 얻어지는 인간과 자연의 본원적 의미를 직관적으로 찾아내려는 노력이 드러난다. 그리고 이러한 의식을 발판으로『혼불』의 서사는 사실성의 세계로 확장되어 간다.

『혼불』의 구조는 삶과 죽음이라는 인생의 순환 구조를 닮아 있다. 조금 더 확대해서 말한다면 자연의 순환을 닮았다고 할 수 있다. 자연 속에서 모든 개체는 소중한 존재이다. 그러나 한편 자연이라는 거대한 틀을 바탕으로 바라봤을 때 그 속의 개체들은 극히 작은 부분일 뿐이다. 그래서 하나의 개체가 생성되거나 소멸하는 현상적 사실은 크게 중요하지 않다. 한 개체의 성성 및 소멸은 자연이라는 순환체가 겪어야 하는, 또는 자연의 존립을 위해 필수적으로 동반되어야 할 과정이기 때문이다. 이런 의식이 투영된 작품이기에『혼불』에서는 모든 인물들이 주인공이

---

16) 황국명,「『혼불』의 서술방식 시론」,『현대문학이론연구』 12집, 현대문학이론학회 편, 1999, p.152.

다. 심지어 대나무, 바람 등을 비롯한 자연물이나 세시풍속과 전통적 윤리규범들마저도 부수적 존재이거나 도구, 또는 단순 배경으로 취급되지 않는다. 그러면서도 『혼불』의 서사는 특정 인물이나 대상에 매달려 집착하지 않는다. 개개의 인물이나 대상을 응시하고 음미하며 조응하지만, 그것은 당면한 인물이나 대상에 대한 성실성이지 집착은 아니다. 이런 태도가 『혼불』의 방사형 구조 속에서 자연의 순환을 그려내게 하는 것이라 생각된다.

3. 결론

　세계는 이제 서구·남성·이성(理性)을 중심으로 한 의식구조로부터 벗어나고 있다. 즉 타자화 되어 있던 여성·동양·감성에 대한 관심이 확대되고, 유형화되지 않은 여성 개체와 동양의 구체적인 민족과 국가 등 개별자에 대한 존재론적 규명 노력이 심화되고 있으며, 이를 바탕으로 새로운 정체감의 모색 노력이 실천되고 있다. 그러나 이것은 단순히 기존의 사상적 규범에 대한 대립을 의미하지는 않는다. 오히려 다각적인 관점을 존중함으로써 기존의 규범들이 지니고 있는 한계를 극복·지양해 나가려는 성향을 띤다. 즉 절대적인 하나의 규범을 배제하고 상대적인 여러 상황을 고려하면서 개체의 특성과 존재 의미를 부각시키려는 노력이 실행되고 있다.

　문학 역시 이러한 문화적 흐름에서 제외되지 않는다. 따라서 근래의 문학은 지금까지의 규범적 양식규범으로부터 탈피하는 경향을 띤다. 장르 구분이 불명확하게 되어 다양한 장르종이 생성되고, 이에 따라 장르류 간의 경계가 모호하게 되었다. 그리고 원론적 구조 원칙도 그 절대성을 잃어버리게 되어 새로운 형태의 소설이 생성되고 있다. 뿐만 아니라 내용면에 있어서도 현대 문화의 문제점을 날카롭게 부각시키는가 하면, 그것을 보다 폭넓게 포용하면서 발전적으로 승화시킬 수 있는 시각이 조성되고 있다. 그러나 이러한 태도는 자본주의 사회로의 이행기—특히 1930년대—이루어졌던 모더니즘의 태도와는 변별적인 양상을 띠고 있는 바, 단순한 비판과 수용의 자세를 넘어서는 극복과 지양의 자세라고 할 수 있다. 서양의 규범과 세계관을 일방적으로 수용 또는 배척하거나 반대로 동양의 규범과 세계관을 일방적으로 수용 또는 배척하는 것이 아니라, 각각의 규범과 세계관 자체가 가지고 있는 장단점을 객관적으로 부각시키는 새로운 시각으로 재평가함으로써 두 가치규범을 조화 또는 지양해 나가려는 경향을 미약하게나마 나타내고 있다. 그럼으로써 자연과 인간을 분리된 것으로 인식하는 서구적 인본주의와는 다른 의미의 인본주의, 즉 자연과 인간을 합일된 존재로 인식하는 가운데 인간이 지니고 있는 인식능력을 특별하게 평가하는 인본주의가 생성된다. 최명희의 소설은 바로 이러한 노력의 일환이라고 할 수 있다.

지금까지 『혼불』을 소재적 층위, 인물의 층위, 구성의 층위에서 살펴보았다. 소재적 층위에서 봤을 때, 『혼불』은 전통의 복원에 치중하고 있다. 다양한 민속지적 자료를 제시하고, 역사적 사실을 새롭게 해석해 나가는가 하면, 무속을 비롯한 주역과 불교적 세계관을 음미함으로써 우리 민족의 위상을 재정립하고, 민담을 재구성해 놓는다. 우리 민족의 순수한 삶과 의식을 재현·복원해 놓고자 하는 것이다. 그럼으로써 서구의 잣대에 의한 전통의 왜곡을 거부한다. 인물의 층위에서 보면 『혼불』은 고통을 감내하며 살아가는 인물들의 다양한 삶의 방식을 그려놓고 있다. 이것은 우리 민족이 처했던 역사적 위기 상황에 대한 환유인 동시에 숙명적으로 주어진 인간의 본원적 고통을 상징하는 것이라 할 수 있다. 이러한 면은 특히 여성 인물의 삶을 통해 구체화된다. 『혼불』에서 비중이 큰 인물이라고 할 수 있는 청암부인, 효원 등은 역사적 암흑기나 사회적 혼란기 또는 근대사회의 모순들을 극복할 수 있는 방안이 모성적·여성적 태도에서 찾아질 수 있음을 암시한다. 구조의 층위에서 살펴봤을 때,『혼불』은 원환적 구조를 기본 틀로 하고 있다. 삶과 죽음을 이원화하기보다는 연속성 위에서 인식하고, 사물과 사람을 주체와 객체로 구분하기보다는 상호 조응하는 생명으로 인식한다. 그래서『혼불』의 모든 소재들은 단순한 소재적 차원이 아닌 활물화된 존재가 되어 작품 내에서 숨쉰다. 그리고 삶 속에서 벌어지는 모순들을 극복의 대상으로 삼아 분석하기보다는 그대로 받아들이고 감내해야 할 대상으로 삼는다. 그러나 이것은 언제나 같은 상태의 반복을 의미하는 것이 아니라 변화를 내포하고 있다는 점에서, 즉 삶을 운명적으로 수용하지 않는 실존적 태도를 보이고 있다는 점에서 그 변별적 태도를 드러낸다. 삶과 죽음의 문제를 신중히 사고함으로써『혼불』은 인간 삶의 본질적 측면을 고찰하면서도 시대와 의식의 변화를 추구함으로써 미래에 성취될 삶의 형태를 찾아가고자 한다. 이는 인간만을 중심으로, 또는 주체로 삼는 태도를 지양하고 이 세계를 구성하고 있는 모든 생명과 현상들을 동등하게 존중하는 생태주의적 태도의 발현이라고 할 수 있다.

　『혼불』은 서구에서 유입된 소설원론에 구애받지 않고 자유로운 우리의 이야기방식을 사용하여 서사를 구축하고 있다. 이러한 이야기 방식은 구체적으로 다양한 전통 관련 텍스트의 삽입, 판소리나 가사체를 원용한 문체의 활용, 서술자와 인물의 동화된 의식과 과거와 현재의 중첩·혼재 등을 통해 수평적으로 확산된 서사양식을 구축한다. 따라서『혼불』에는 뚜렷한 기승전결의 구조가 드러나지 않으며, 각 부분은 전체와 교호하면서도 독립적인 하나의 이야기가 될 수 있게 된다. 내용적인 측면에서『혼불』은 우리의 전통적인 생활과 의식구조에 관심을 집중시킴으로써 서구의 사상에 물들지 않은 본래의 모습을 찾아나가고 있으며, 따라서 자존적 자기인식을 드러낸다. 이러한 인식을 토대로 한국의 정체성이 무엇인가를 탐구하고 있는데, 이것은 '혼불'이라는 상징적 어휘를 통해 드러난다.

'혼불'은 '恨'을 상징하는 것이 아니다. 그것은 주어진 운명의 고통을 감내하고 그를 통해 진정한 생명의 확산을 이루어내는 것을 의미한다. 이것은 패배주의적·숙명론적 태도와는 전혀 다른 실존적 의식을 지니고 있는 바, 사람이 어떻게 살아야만 진정으로 살았다고 할 수 있는가에 대한 심각한 반성을 내포하고 있다. 혼불이 나가고도 살아있다고 믿는 어리석음에 대해 작가는 철저한 경계의 태도를 지닌다. 이것은 왜 사느냐가 아니라 어떻게 살아야 하는가에 대한 의문과 성찰을 의미하며, 따라서 후기자본주의 사회가 지니고 있는 정적 특질들 즉 물질만능주의와 자연과 인간의 분리를 통한 인간소외 양상을 극복하는 대안의 제시이다.

그러므로 『혼불』이 지니고 있는 문학사적 의의는 한국적인 서사방식을 구상하고 실천했다는 점에 있을 것이다. 그리고 이러한 방식은 철저한 '한국의 민족 의식'을 자존적으로 각성함으로써 진정한 세계화가 이루어질 수 있을 것이라는 문화사적 의의를 낳는다.

참고 문헌

『리브로』 27호, 1996 겨울, 한길사.

『문학동네』 18호, 1999 봄.

『실천문학』 1997 여름.

『한길문학』 8호, 1991 봄.

길희성 외 지음, 『전통·근대·탈근대의 철학적 조명』, 철학과 현실사, 1999.

김윤식, 『한국근대문학사상비판』, 일지사, 1987.

리타 펠스키, 김영찬·심진경 옮김, 『근대성과 페미니즘』, 거름, 1998.

박혜경 외, 『페미니즘 문학비평』, 프레스 21, 2000.

우실하, 『오리엔탈리즘의 해체와 우리 문화 바로 읽기』, 소나무, 1998.

울리히백, 『성찰적 근대화』, 한울, 1998.

장덕순 외 공저, 『구비문학서설』, 일조각, 1984.

현대문학이론학회, 『현대문학이론 연구』 12집, 1999.

다성성과 소통의 단절
―은희경의 「빈처」, 「아내의 상자」 연구―

박혜경

1. 들어가며

은희경 소설의 여성 인물은 결혼, 사랑, 성에 관해 고민한다. 이러한 글쓰기가 페미니즘적이라고 말할 수 있는 것은 당연하다. 하지만 작가는 자신이 페미니스트라 불리는 것을 거부한다. 작가 자신은 남성과 여성 중 더 잘 알고 있는 여성을 통해 인간 관계의 본질을 탐구하는 것이라고 한다. 여성을 넘어서 타자와 자아의 긴장과 소통은 어떻게 이루어지며 삶의 불합리성과 제한된 존재로서의 인간, 그 부대낌의 온기와 상처 따위를 그려보자는 것이다.

은희경 소설은 분명 이전의 페미니즘과는 다른 양상을 띤다. 가부장제

* 경원대학교 국어국문학과 박사과정

나 모성성으로 인해 상처받은 여성의 모습보다는 현대를 살아가는 실존적 존재로서의 목소리를 더 많이 담아내고 있다. 그 목소리 역시 남성을 향한 분노나 노여움의 폭발이 아니라 냉소적이며 때로는 포용적이다. 남성과 여성이라는 이분법적인 관계를 극복하는 조금 더 진보된 페미니즘을 보인다고 할 수도 있다.

본고에서는 이런 여성의 문제를 작가 나름의 서사방식으로 풀어가고 있는 「빈처」와 「아내의 상자」를 페미니즘적 시각으로 분석하고자 한다.

2. 다성적 목소리

「빈처」의 서술자는 남편이다. 소설의 중심 내용은 아내의 일기지만 그것을 우연히 읽게 된 남편의 목소리로 서사는 전개된다. 아내는 사랑해서 결혼하고 당연히 행복해야할 결혼생활이 만족스럽지 않다. 늘 육아와 가사노동에 시달려야 하고 그런 그녀를 위로해줘야 할 남편은 늘 곁에 없다. 아내의 말대로라면 남편은 술 마시는 일과 술 깨는 일 두 가지만을 평생하고 산다. 남편은 남편대로 할 말이 많다. 경쟁사회에서 살아남기 위해 자신은 자신대로 버둥대며 살아내고 있는 것이다.

「빈처」는 남편인 「나」의 서술에 아내의 일기를 삽입시킴으로써 이야기 속의 이야기를 구성하고 있는 액자소설로 볼 수 있다. 이때 액자에 해당하는 것이 남편의 이야기이고, 내부 이야기에 해당하는 것이 아내의 일기에 나타난 내용이다. 때문에 아내는 남편을 중심으로 하는 액자 이야기에서는 3인칭으로 존재하지만, 내부 이야기인 자신의 일기 속에서는 1인칭으로 존재하고 있다. 그래서 아내는 3인칭과 1인칭 사이를 오가면서 자신의 일기를 읽는 남편과 대화를 하고 있는 듯한 상황을 연출하게 된다. 이런 상황이기에 독자들은 이 소설을 통해 남편과 아내 중 어느

한쪽만의 이야기가 아니라 두 쪽 모두를 1인칭 화자로 느끼면서 균형잡
힌 시각을 가질 수 있다.

> 나는 독신이다. 직장에 다니는데 아침 여섯시부터 밤 열시 정도까지 근무
> 한다. 나머지 시간은 자유다. 이 시간에 난 읽고 쓰고 음악 듣고 내 마음대
> 로 할 수 있다. 외출은 안 되지만.
> ······중략······
> 직장 일 외의 시간에 난 애인을 만날 수도 있다. 스테디한 애인이 없기
> 때문에 또 열애에 빠지지 않았기 때문에 매일같이 애인을 만나지는 않는다.
> 1주일에 서너 번 정도다. 1주일 내내 한 번도 못 만나는 적도 있다. 그런 때
> 나는 생각한다. 20대에도 애인 없던 시절이 있었는데 뭘. 그러면 쓸쓸함이
> 조금 줄어드는 것도 같다.[1]

어느 날 남편은 우연히 아내의 일기를 보게 된다. 아내가 일기를 쓴다
는 것 자체가 남편에게는 의외였으며 일기를 읽어나가면서 당혹스러워한
다. 두 아이의 엄마인 아내가 '독신'이며 '직장여성'이라니 놀랄 수밖에
없다. 또한 애인과 일주일에 서너번 데이트를 한다는 이야기까지 쓰여있
다. 여기까지 읽고 남편은 알게 된다. 아내가 이야기하는 애인은 가정에
충실하지 못한 자신을 탓하는 냉소적인 표현인 것을.

> 제기랄, 글 솜씨는 투박했지만 나는 그녀가 하려는 말을 충분히 알 수 있
> 었다. 그녀는 그러니까, 불행한 것이었다.[2]

남편은 일기를 읽어가면서 일상의 남루함에 지쳐가는 아내의 불행을
눈치채게 된다. 단 한번도 관심 갖지 않았던 아내의 불행에 대해 조금씩
생각하게 된다. 그러나 남편의 삶도 행복한 것만은 아니다. 월급쟁이로
살아남기 위해 자신 역시 이리 뛰고 저리 뛰며 살아간다. 오랜만에 만난

---

1) 은희경, 「빈처」, 『1996년 이상문학상 수상작품집』, 문학사상사, p.224.
2) ＿＿＿, 「빈처」, p.225.

동창도 이제는 예전에 느꼈던 편안함이나 정겨움은 없고 각자 자신의 재력이나 사회적 위치를 자랑하는데 여념이 없다. 평범한 월급쟁이로 살아가는 남편은 주눅들 수밖에 없다.

> 난 그냥 좀 바쁠 뿐인데. 정보도 얻어야 하고 부탁도 해야하고 친해 두어야 할 사람도 있고, 그래서 술도 좀 먹고 모임에도 자주 얼굴을 내밀고 또 가끔씩 매운탕집에서 화투도 치고 그러는 것뿐인데, 사실 영업부 일이라는 게 다 그런 거 아닌가[3]

> 내가 나쁜 놈일까. 별로 그런 것 같진 않다. 바람을 피운 것도 아니고 월급을 안 갖다 주는 것도 아니다. 세상에 자기 아내와 자식 귀하지 않은 놈 있겠는가. 밖에서 술을 먹고 돌아다니는 게 내 아내나 자식새끼가 싫어서 집에 안 들어가려고 버팅기는 게 아님은 모든 술꾼들이 다 안다. 그리고 그건 누구보다도 그녀가 잘 알고 있다.[4]

위 인용문은 남편의 자기 변명이다. 아내의 일기에 대한 남편의 변명 공간을 은희경은 친절하게 배려한다. 아내의 일기와 남편의 목소리를 통해 독자들은 양쪽 모두의 이야기에 귀 기울이게 된다.

「빈처」의 장점은 바로 두 목소리를 동시에 효과적으로 사용한다는 데 있다. 여성을 주인공으로 내세우는 작품에서 놓치기 쉬운 남성의 목소리를 드러냄으로써 균형잡힌 글쓰기가 이루어졌다. 대부분의 페미니즘 문학에서는 일방적인 여성의 목소리만을 드높인다. 이것은 자칫 한 서린 피해의식을 드러내는 성숙하지 못한 모습으로 비칠 수 있다. 여성의 목소리를 높이면서 또 다른 방법으로 남성을 소외시킨다면 진정한 의미의 페미니즘 문학은 아닐 것이다. '페미니즘은 휴머니즘이다'라는 말도 이런 의미에서 성립된다. 「빈처」는 여성을 피해자로 남성을 가해자로 두는 대립구조를 벗어나 남성과 여성의 복수시점을 택함으로 여성에 의한 일방

---

3) 은희경, 「빈처」, p.230.
4) ＿＿＿, 「빈처」, pp.231~232.

적 서사화의 단점을 극복하고 있다. 아내의 불행에 대해 남편이 변명할 수 있는 서사공간을 마련하는 뛰어난 작가의 전략적 글쓰기를 읽을 수 있다. 남자와 여자의 목소리가 공존하는 관점의 상호성, 다성적 서사화는 페미니즘의 성숙, 진보를 의미한다고 볼 수 있다.

「아내의 상자」 역시 남편이 서술자가 되어 아내의 이야기를 하고 있다. 결혼 5년 차인 부부는 아직 아이가 없다. 얼마 전까지 강남의 불임클리닉에서 치료를 받다가 최근 아내의 의사에 따라 불임클리닉 치료를 중단한 상태다. 새롭게 이사한 신도시에서 아내는 이전과 다른 싱싱한 삶을 꿈꾸지만 여전히 불임에 대한 강박증에 시달리며 불행한 삶을 산다. 작품은 남편을 서술자로 내세워 아내의 불임과 삶의 일탈, 그리고 끝내 벌어지는고 마는 아내의 파멸을 다루고 있다.

남편은 자기 자신을 지극히 평범하고 평균적인 인물로 소개하고 있다. 모든 일에 무난하고 평균적인 사고와 행동방식을 갖고 있는 인물로 평하고 있다. 남편은 시사주간지와 마감뉴스를 즐겨보고 적당히 아내를 만족시켜주며 나름대로 행복한 결혼생활을 영위하고 있다고 믿고 있다. 결혼생활 5년 동안 아이가 없는 것이 조금 걸리지만 그것 역시 크게 신경 쓰지 않는다. 자신의 입을 통해 '나는 아내가 아이를 원하는지 원치 않는지 한 번도 생각해 본 적이 없었다. 솔직히 말하면 그 질문을 나 자신에게조차 심각하게 해보지도 않았다. 나는 단지 인생은 필요한 것을 갖춰 나가며 사는 것이라고 생각하는 평범한 사람이었다'라고 고백하고 있다.

자신은 지극히 평범하고 규범화된 사람이라고 생각하는 반면 아내는 '시시하다고 할 만큼 평범한 사람', '자기가 읽은 책의 내용을 극히 단편적으로만 기억했으며 자기 식대로 엉뚱하게 왜곡시켜 알고 있는', '엉뚱하고 앞뒤 안 맞는 말을 하'는 사람 등으로 묘사하고 있다. 독자들은 남편의 서술을 통해 아내에 대해 자신도 모르게 이상한 편견과 선입견을 갖게 된다. 어딘가 모자라고 부족하고 이 사회에 적응할 수 없는 함량 미달의 인물로 말이다. 하지만 아내는 남편이 그리는 것만큼 왜곡되고 엉뚱하고 이상한 사람이 아니다.

아내에 대해서 정확하게 파악하기 위해서는 우선 아내가 간직하는 상자의 의미를 살펴보아야 한다.

> 아내는 상자를 많이 갖고 있다. 어떤 상자에는 그녀가 한 계절 내내 손가락을 찔려 가며 십자수를 놓은 탁자보가 들어 있고 어떤 상자에는 편지 뭉치가 들어 있다. 편지는 모두 종이색이 누렇게 바래고 잉크가 번진 오래된 것들이다. 최근에 그녀에게 편지가 오는 것은 한 번도 본 일이 없다. 아내가 임신했다는 소식을 듣자마자 호들갑스러운 친구가 사주었다는 하얀 배냇저고리가 든 상자도 있다.[5]

아내의 방에는 크고 작은 상자들이 꽤 여러 개 있다. 상자 안에는 아내의 소중한 과거들이 고스란히 담겨있다. 손수 놓은 십자수 탁자보, 추억이 담긴 편지 뭉치, 첫 아이를 위해 준비했던 배냇저고리 등 아내의 소중한 과거의 기억이 고스란히 담겨있다. 상자 안에 간직된 물건을 통해 우리는 아내의 따스한 감성을 읽을 수 있다. 은희경의 여성 인물은 대부분 서성적 인간형의 특징을 지니고 있다. 그녀들은 인간 본연의 단순함과 선량함, 사랑 받으려는 욕구, 다정다감함, 따뜻함과 신뢰 등의 자아를 지니고 있다. 「아내의 상자」의 아내 역시 자신의 삶을 사랑하고 가슴속에 따뜻한 사랑과 추억을 간직한 서정적 인간형이다. 남편은 이런 아내를 이해하지 못한다. 남편은 아내의 상자를 '흉터를 지니듯이 방 귀퉁이에 쌓아 놓'은 것이라고 이야기한다. 무미건조하고 규격화된 삶을 살아가는 남편은 아내의 따뜻한 정서를 이해하지 못한다.

은희경은 여자의 불행과 비극적 삶을 다루면서 여성화자를 내세우지 않는다. 이것은 은희경이 자주 쓰고 있는 아이러니 수법이라고 볼 수 있다. 우리는 은희경의 작품을 대하면서 여성인물에 대해 편견을 갖고 잘못된 이미지를 갖게 된다. 하지만 이것은 여성의 이야기를 하고 있는 남

---

5) 은희경, 「아내의 상자」, 『1998년 이상문학상 수상 작품집』, 문학사상사, 1998, p.23.

성화자에 의해 조작된 여성의 모습이다. 남성을 평균적이고 규범적인 대상으로 전제하면서 그와 다른 특질을 가진 여성을 열등하고 함량미달의 존재로 전락시킨다. 서술자의 역전을 통해 은희경은 역으로 남성 중심 사회의 편견과 선입견을 여실히 보여주고 있다. 「아내의 상자」 역시 아내의 불행과 좌절을 남편의 건조한 시점으로 서술함으로써 오히려 진정성과 비극성을 확보하고 있다.

3. 소통되지 않는 타인들

하버마스는 현대사회에 들어 의사소통 과정에서 생겨난 적신호, 장애물을 극복하는 데 관심을 두었다. 의사소통의 목적은 동의와 합의에 있다. 의사소통에 참여한 사람들은 서로 진지하게 다양한 의견을 나누고, 서로에 대해, 또 자기자신에 대해 비판적인 태도를 취함으로써 서로간에 동의를 얻어낼 수 있으며 합의할 수 있다.

은희경 소설 속 인물들은 서로간의 의사소통에 서툴다. 의사소통에 익숙하지 않은 이들은 글쓰기, 술 마시기로 자신의 아픔을 달랜다. 「빈처」의 중요한 모티프가 되는 일기는 페미니즘적 입장에서 해석될 수 있다. 가부장 사회에서 늘 숨죽이며 작은 목소리로 소곤거려야만 했던 여성은 큰 목소리를 내는 데 망설인다. 아내는 침묵의 언어인 일기를 통해 내면의 아픔을 고백하지만 이것은 진정한 의미의 의사소통은 아니다. 진정한 의사소통이란 상호간에 이루어져야 하는 것이지 일방적, 간접적으로 이루어지는 것은 아니다.

우연히 남편이 일기를 보게됨으로써 이들간의 막혔던 소통구조는 미약하나마 길을 연다. '나는 그녀가 일기를 쓴다는 걸 몰랐다'로 시작되는 이 작품에서 남편은 사실 아내에 관해 거의 아무것도 '몰랐다'. 그는 아내가 일기를 쓴다는 걸 '몰랐을 뿐' 아니라, 뭘 쓴다는 것이 도무지 그녀와 안어울리는 일이라고 생각했을 정도로 아내를 '몰랐으며', '그녀가 언제부터 자기 생각을 갖고' 사는지도 '몰랐고', '그녀가 혼자 술을 마시고 있을 줄'도 '몰랐다'. 연애시절에는 문학토론도, 시국에 대한 막연한 의분도 함께 나누던 아내와 최근에는 길게 얘기를 나눈 적이 없다. 남편은 아내의 일기를 통해 '연애하고 싶다', '불행하다', '외롭다', '허리가 아프다' 등 그녀의 이야기를 처음으로 듣는다. 뿐만 아니라 일상에 갇혀 있는 그녀를 처음으로 본다. 손톱 밑에 낀 고춧가루, 허옇게 닳아있는 소매 끝, 젖 토한 냄새가 나는 어깨, 밥풀 묻은 가슴, 아내는 남루한 일상을 자신의 몸 구석구석에 매달고 있는 것이다. 남편에게 일기는 아내를 비추어주는 거울이고, 아내에게 있어서는 스스로를 비추어보게 하는 거울이다. 그 거울을 통해 둘은 삶에 대해 보다 성숙한 인식에 다다른다.[6]

  남편과의 대화는 단절되고, 각박한 일상의 현실만이 남은 아내에게 또 하나의 현실 대응 방식은 술 마시기이다. 아내의 일기를 통해 조금씩 아내의 아픔을 공감하던 남편은 오랜만에 집에 일찍 들어온다. 하지만 남편은 일찍 퇴근한 자신을 보며 들떠하던 아내를 두고 또 다시 옆 동네 친구와의 술 약속을 잡아 집을 나선다. 남편은 집을 나서며 '바람이 시원하다'라는 고백을 한다. 11시가 넘도록 남편이 오지 않자 아내는 작은 아이를 포대기에 들쳐업고 동네 포장마차를 기웃거린다.

  가게에서 소주 한 병을 샀다. 나는 한 손으로 자꾸 미끄러지는 아이를 받치고 한 손으로는 소주를 병째 마시면서 집으로 돌아왔다. 단숨에 건너편 아파트 단지까지 갔다 오고도 나는 피로한 줄도 몰랐다. 술 덕분이었을 것이다. 그러나 그 따위 술기운이 내 꼴을 내가 보는 자괴감을 마비시켜 줄 리는 없었다.……[7]

---

6) 황도경, 「쥐는 나비가 될 수 없다」, 『문학동네』, 1996, 겨울.
7) 은희경, 「빈처」, pp.235～236.

4월 7일

소주를 한 잔 따랐다. 첫 모금을 혀에 대니 좀 세다. 가슴이 지르르하다. 하지만 밥이나 빵이나 과일이 아닌, 술을 마신다는 것이 즐겁다. 이것도 손 쉬운 방법이나마 일상의 탈피니까. 머리 속에서 그이의 생각도 차츰 아련해진다. 술이 나더러 여편네 아니라고 한다. 대신 혼자 술 마시는 외로운 여자 하라고 한다.[8]

술을 마시면서 아내는 비로소 자신의 실존적 모습을 마주 대하게 된다. 일기 속에서 자신의 모습을 애 둘 키우며 살고있는 독신여성으로 각색하던 아내는 드디어 자신의 현재 모습을 그대로 마주하게 된다. 그러면서 술을 통해 위로 받고 있다. 일상에 지치고 남편과의 관계도 단절된 '여편네'의 모습이 아니라 '혼자 술 마시는 외로운 여자'라는 생각을 한다. 아내는 술을 마시면서 자신의 현실을 조금 비껴나 자신의 우울한 심사를 드러내기도 하고 속에 쌓여있는 응어리를 풀어내기도 한다. 우울한 결혼생활에서 비롯된 스트레스를 술이라는 매개체를 통해 풀고 있다. 아내가 일기를 쓰는 행위나 술을 마시는 행위는 남편과 소통하지 못하는 절망적 몸짓이다.

때때로 나는 똥을 보고 놀란다. 저 흉칙한 것이 내 몸에서 나왔다고 인정할 수 없다. 그러나 똥은 엄연하다. 우리 관계는 부인할 수 없다. 그래서 한참을 보니 신기하게도 저것이 더러운 똥이라는 생각이 안든다. 이제 막 궂고 수고로운 일을 마친 가족 같기도 하다. 나는 똥을 자세히 본다. 내 똥을 자세히 보니 나를 거울 속으로 보니 참 정답다.[9]

똥이 비유하는 것은 아내가 서있는 남루한 일상이다. 남편을 향한 불만과 자신의 삶에 대한 슬픔은 결국 아내의 넓은 포용으로 감싸진다. 자신의 삶만이 진지하고 아내는 가사와 육아만을 할 줄 아는 마누라쯤으로

---

8) 은희경, 「빈처」, p.236.
9) _____, 「빈처」, p.241.

여기던 남편 역시 '살아가는 것은, 진지한 일이다. 비록 모양 틀 안에서 똑같은 얼음으로 얼려진다 해도 그렇다. 살아가는 것은 엄숙한 일이다'라며 아내에 대한 이해를 표한다. 그럼으로써 「빈처」는 희망의 가능성을 남기며 결론을 맺는다.

90년대의 가난은 물질적 풍요 뒤에서 검은 눈을 벌리면서 깊어지는 정신적 빈곤을 드러내고 있다. 현대의 여성들이 겪는 가난은 바로 현대의 정신적 빈곤이며 자기정체성의 위기이다.[10] 은희경의 작품에는 경제적으로 빈곤한 여자는 등장하지 않는다. 그들은 중산층 가정주부이거나 든든한 직업을 가진 여성들이다. 하지만 이들의 모습은 쓸쓸하고 초라하다. 모두들 어딘가 아파하고 있다. 하지만 그들의 곁에는 아무도 없다. 아프면 아프다고 말할 수 있는 어느 누구도 없다. 타자와의 소통이 이루어지지 않아 그녀들의 아픔은 더욱 깊다. 아픔의 근본적 이유는 정신적 빈곤과 자기 정체성의 위기 때문이다.

「아내의 상자」는 불임의 고통에 시달리는 아내와 그것을 대수롭지 않게 여기는 남편의 이야기이다. 전업주부인 아내는 집 안에서 잠자기와 글쓰는 일로 대부분의 시간을 보낸다. 남편은 단 한번도 아내가 글을 쓰는 것을 보지는 못했지만 그녀 책상의 연필이 닳아있는 것으로 아내가 글을 썼으리라고 짐작한다. 아내의 잠은 깊고 지독한 것이어서 한 번 잠들었다 하면 도무지 깨어날 줄을 모른다. 아내의 깊은 잠과 글쓰기 행위는 자신의 마음 속에 갖고 있는 불만과 권태로움, 슬픔을 표현하는 방법이다.

「아내의 상자」의 남편과 아내는 서로 소통하지 못한다. 아내는 신도시의 새 아파트로 이사와 남편에게 커튼을 무엇으로 할까 질문하지만 남편은 무심히 텔레비전 화면만 응시하고 있다. 시사 주간지나 마감 뉴스를 즐겨보는 남편은 아내의 생활 속의 사소한 이야기들을 '엉뚱하고 앞뒤가 안 맞는 말'이라며 애초부터 들으려고 조차 하지 않는다. 남편으로부터

---

10) 정재원, 「사랑과 기만—은희경론」, 『페미니즘은 휴머니즘이다』, 한길사, p.431.

상처받을 때마다 아내는 세상을 향해 빗장을 치듯 잠들어 버린다.

아내는 사랑하는 남편과의 성교 역시 원만하지 못하다. 남편과의 성교
는 그녀에게 힘겹기만 하다. 아내는 눈시울을 적시며 남편의 목을 당겨
안지만 그녀의 몸은 열리지 않는다. 열리지 않는 아내의 몸은 소통되지
않는 남편과의 단절을 단적으로 드러낸다. 결국 이런 관계 속에서 아내
가 임신을 할 수 없는 것은 당연한 결과인지도 모른다.

아내가 아이에 관한 얘기를 처음으로 꺼낸 날, 그녀는 평소답지 않은
과격한 말을 내뱉었다. 아내는 애써 외면하고 있었지만 불임에 대한 고

---

11) 은희경, 「아내의 상자」, p.25.
12) _____, 「아내의 상자」, p.40.
13) _____, 「아내의 상자」, p.40.

통을 뼈 속 깊이 느끼고 있었다. 그것은 자신에 대한 가학과 학대까지 이어졌다. 아내의 고통을 처음으로 눈치 챈 남편은 아내를 위해 '보편적'이고 '바람직'한 처방을 찾아내며 스스로 만족한다. 그것은 불임클리닉에 다시 가는 것이다. 아내는 브라인드나 가습기 등 병원을 연상시키는 것조차도 끔찍이 싫어한다. 하지만 남편은 그런 아내를 위해 불임클리닉을 예약하고 자신의 선택에 흐뭇해한다. 아내에 대한 진정한 이해가 아니라 자기 식의 편리한 이해이고 판단이다.

> 내가 매일 아침 지옥을 향한 진입로이듯 느리게 통과해 가는 길을 두 대의 스포츠카는 경쾌하게 뚫고 지나갔다. 나는 질질 끌리듯 그들은 칸타빌레로, 노래하듯이. ……중략……
> 지리한 회색 포장 도로로 직진하는 나와 달리 그들은 풀이 북슬북슬한 방둑길로 접어들었다.14)

불임클리닉으로 가기 위해 신도시 아파트를 벗어나 마주친 두 갈래 길에서 아내는 북슬북슬한 방둑길로 향하기를 원했고 남편은 아무렇지도 않은 듯 지리한 회색 포장도로로 직진했다. 남편과 아내의 거리감은 두 갈래길 만큼이나 극명하다. 불임클리닉에 다녀온 무렵부터 아내는 달라졌다. 성교시에 더이상 눈시울이 젖지 않으며 남편의 목을 껴안지 않았다. 성교를 피하지 않고 중간에 멈추는 일도 없었다. 남편은 아내가 제자리를 찾아가고 있는 것이라고 여겼다. 하지만 아내의 말수는 적어졌고 책을 읽지도 않았다. 아내가 정기 구독하던 『지오』나 『리더스 다이제스트』는 포장도 뜯지 않았다. 아내의 무기력은 극도에 달했으며 남는 시간의 대부분을 안락의자에 앉아 잠을 자며 보냈다. 이런 아내를 보며 남편은 평안한 시간은 계속된다고 여긴다. 그 사이 결혼사진이 타버리고 아내가 가벼운 화상을 입어 아내 곁에 갈 수 조차 없는 날들이 오랫동안 계속되었는데도 말이다.

---

14) 은희경, 「아내의 상자」, p.43.

　11월 마지막 밤, 아내가 밤늦도록 돌아오지 않았을 때 남편은 아내가 갈만한 곳을 찾기 위해 집안 구석구석을 뒤졌지만 어디에도 아내의 행적을 알려줄 실마리는 없었다.

　　그러니까 이 집 안에 아내라는 여자의 내면을 알 만한 것은 전혀 없는 것이었다. 이 집안은 그녀가 아닌 어떤 여자가 들어와 당장 살기 시작해도 이상한 점이 조금도 없을 만큼 표준적이었다. 안주인의 냄새가 없었다. 아내와 나는 살을 맞대고 오 년을 함께 살아왔다. 그런데 아내가 사라졌는데도 그녀가 간 방향을 찾아 한발도 내디딜 수 없다면 우리가 함께 한 것은 무엇이란 말인가. 대체 나는 무엇을 근거로 아내에 대해 모르는 것이 없다고 생각해 왔던 걸까.[15]

　남편은 끝내 아내의 흔적을 찾지 못하고 옆집 여자가 알려준 모텔의 특실에서 알몸의 아내를 발견한다. 불임클리닉에 다녀온 후의 아내의 변화는 남편에게는 평화로움이었겠지만 아내에겐 더할 수 없는 무기력증과 혼란의 시간이었다. 아내의 예기치 못했던 일상으로부터의 일탈은 결국 아내를 요양소에 갇히게 한다.

　　지난 발렌타인 데이에 미국 캘리포니아의 한 연구실에서는 수컷 초파리와 암컷 초파리 사이에 치열한 싸움이 벌어졌습니다. 짝짓기를 하려고 날개 짓을 하며 암컷에게 달려드는 수컷을 암컷이 계속해서 머리로 들이받았습니다. 나중에는 다리로 수컷의 머리를 걷어차 버리기까지 했습니다. 이 암컷은 수컷이 정액을 뿌려도 알을 낳지 않았다고 합니다.
　　그 이유는 돌연변이 유전자 때문으로 밝혀졌습니다. 연구팀은 이 실험으로 돌연변이 유전자가 신경 계통에 영향을 끼친다는 것을 확인했습니다. 그 유전자에는 '불만'이라는 이름이 붙여졌습니다.
　　나는 불타 버린 결혼 사진과 아내의 화상을 떠올렸다.[16]

---

15) 은희경, 「아내의 상자」, p.49.
16) ＿＿＿, 「아내의 상자」, p.57.

'불만'이란 이름이 붙여진 불임 파리는 바로 아내의 표상이다. 아내가 원한 것은 남편과의 원만한 정신적인 소통이었으며 누군가 자신의 얘기를 들어줄 사람이 필요했던 것이다. 아내는 일상 속에서 갑갑증을 느꼈다. 대학입시를 치르던 날 목을 조여오던 털스웨터를 입은 것처럼, 닭장에 갇혀있는 닭들의 갑갑증처럼, 아내는 일상으로부터 답답함을 느꼈다. 그녀의 일상은 만족스럽지 못했다. 그녀와 가장 가까운 남편과도 제대로 소통이 이루어지지 않았다. 마지막 그녀의 파격적인 일탈은 자신의 남편으로부터 '존재 자체를 폐기' 당하는 불행한 결과를 낳았다. 아내를 요양소에 버리고 돌아오는 길에 남편은 늘씬한 포장도로에 반가워한다. 이것은 영원히 소통되지 못할 남편과 아내의 불행을 확인시킨다.

4. 나오며

은희경의 작품들은 90년대 여성들의 정신적 빈곤과 정체성의 혼란을 다루고 있다. 그들은 겉으로 드러나는 불행의 조건을 갖고 있지 않다. 하지만 그들은 분명 행복하지 않다. 그들이 불행한 이유는 가장 가까워야 할 남편과의 관계 때문이다. 가정 내에서 아내는 남편과 제대로 소통하지 못한다. 그들은 자신들의 남루한 일상에 지쳐가고 남편과의 단절에 상처받는다. 은희경 여성인물은 이것을 글쓰기, 술 마시기, 잠자기 등의 소극적인 방법으로 극복하고자 한다.

은희경은 여성의 이야기를 하면서도 여성을 화자로 하지 않는다. 이것은 거리를 획득하기 위한 작가 나름의 장치이다. 아내의 불행을 이야기하면서 남편이 변호할 기회를 마련해 주거나 남편의 눈을 통해 아내의 불행을 서술한다. 좀 더 진보적이고 성숙한 의미의 페미니즘 문학이라고 볼 수 있다. 객관적 거리두기는 여성 인물의 불행과 진정성을 여과없이 드러내는 효과를 지니기도 한다.

은희경은 분명 여성인물을 통해 여성의 삶을 이야기하고 있지만 여타의 페미니즘 소설과는 조금 그 색깔이 다르다. 여성의 한 맺힌 이야기를 풀어낸다거나 남성을 또 다른 타자로 전락시키는 것이 아니라 함께 어울려 살아가는 과정 속에서 그 희망을 찾고자 한다. 여기에서 은희경 소설은 또 하나의 긍정성을 획득하게 된다.

참고 문헌

류준필, 「가벼울 수 없는 존재의 참음」, 문학동네, 1997. 여름.

신수정, 「유쾌한 환멸 우울한 농담」, 문학동네, 1997. 봄.

은희경, 「역설의 여성성」, 『21세기 문학이란 무엇인가』, 민음사, 1999.

정재원, 「사랑과 기만－은희경론」, 『페미니즘은 휴머니즘이다』, 한길사, 2000.

주인석, 「은희경에게 말걸기」, 문학동네, 1997. 봄.

황도경, 「쥐는 나비가 될 수 없다」, 문학동네, 1996. 겨울.

제**3**부

시적 근대성의 반성과 초극

빛과 신명의 생태시학
―박두진의 자연시 연구―

이영섭

1. 오이코스로 향하는 길

과학 기술의 놀라운 발달과 더불어 자본과 소비의 욕망에 사로잡힌 광포한 사회 속에 살면서 사람들이 자연으로 돌아가는 길은 점점 더 멀어지는 것 같다. 물질의 풍요와 생명 연장을 대가로 극도로 황폐해지고 오염된 생태 환경 속에서 동식물의 멸종이 가속화되고 인류의 생존이 그 어느 때보다도 크게 위협을 받고 있지만, 종말로 치닫는 전지구적인 재앙을 막을 새로운 삶에의 근본적인 태도 변화가 뚜렷이 나타나지 않고 있다. 이런 심각한 생태 위기 상황 속에서 21세기는 지역과 계급의 문제를 넘어서 전지구적으로 생명의식을 고양하고 자연과의 조화로운 관계를

【주요어】 오이코스(oikos), 환경, 생태, 자연, 총체성, 초월적 합리성, 시원성, 빛의 감각, 신명, 실존, 생명윤리, 영성, 자연시.

* 경원대학교 국어국문학과 교수

추구하는 생태시학에 대한 보다 더 적극적인 관심이 요구된다. 90년대에 들어와 비로소 한국 문학론의 한 중심 세력으로 자리 잡은 생태지향적 인식은 일차적으로 인간의 생존 근거를 위협하는 생태계의 훼손과 오염에 대한 항의 담론으로서 지구의 환경 훼손과 오염을 비판하는 시론을 낳았다. 이 환경시론은 자연 생태계의 엄청난 파괴 상황과 인간 존재의 부정이라는 극단적 위기 상황을 환기시키는 데 기여했다. 그러나 환경이란 개념이 함의하고 있듯이 생명을 주축으로 볼 때 환경은 그것을 둘러싼 조건이며, 그런 의미에서 환경 개념에 머문 생태 의식은 무력한 자의식을 부정하는 모더니즘의 인간 중심적 사유를 벗어나지 못하는 한계가 지적되었다. 환경 오염에 대한 증언과 비판적 성찰에서 더 진전된 생태 인식은 현대적인 삶의 문제를 생태계 파괴로 인식하는 것이다. 여기서 나타나는 생태계 개념은 모든 종류의 생명체를 포함하는 생물 중심적이고 생물학적 의미의 확장을 내포하게 된다. 이를 근거로 한 생태시론은 서정시의 은유적 사고를 생태적 세계, 생명공동체의 원리로 제시한 점에서 환경시론에 비해 한층 구체적이다. 왜냐하면 환경이 원자적·단편적 세계인식을 반영하는 데 반해, 생태계개념은 유기적이고 총체적인 세계 인식을 표상하기 때문이다. 그러나 생태계 개념은 생물학적 차원에서 인간과 다른 생물들의 관계가 대립을 넘어선 공존이라는 새로운 관계론적 인식을 생산하고 있음에도 불구하고 아직 생물학적 범주를 벗어나지 못한 개념이다. 따라서 서정시의 은유적 포괄과 초월을 생명적 유사성과 친화적 결합으로 해석하고 있는 생명공동체의 원리는 아직 인간의 존재론적 구별과 형이상학적 이원론을 전제한다는 점에서 자연에 대한 인간 중심의 대상 인식적 차원을 완전히 극복하지 못한 문제가 여전히 드러난다. 따라서 생태 위기의 종합적 현실 문제를 자연의 황폐로 인식하는 태도가 보다 더 진전된 관점이라고 볼 수 있다. 자연의 개념은 본질적으로 자연에 의존해서 사는 인간들에게 더 이상 대립되고 정복되는 대상이 아니다. 특히 물질과 생명을 구별하는 형이상학적 벽이 허물어져 가는 일

원론의 관점에서 자연은 인간을 포함한 모든 사물을 총괄적으로 지칭함
으로써 총체성을 띠게 되고, 인간이 형이상학적 차원에서 구별해 온 존
재의 한계를 넘어서게 된다. 자연관, 즉 생태 우주적 비전에 비추어볼 때
환경이란 생태계의 한 측면을 지칭하며 생태계는 자연의 한 측면을 가리
킨다고 보는 자연관의 입장에 도달할 때, 우주의 모든 현상은 단 하나의
동일한 존재, 즉 자연의 다양한 측면으로서 각 개념이 자율성과 아울러
의사소통으로 상호 작용하면서 총체적이고 전일적 관계에 놓이는 것이다.
전체로서 하나인 자연은 과학자가 아니라 시인이 말하는 자연이며, 철학
자가 논하는 개념화된 자연이 아니라 종교인이 체험한 살아 있는 자연이
다.[1]

　생명의 한 종으로서 근시안적인 인간 중심의 이념이나 도구적 사고를
극복하고 우리 삶의 생태현상을 자연의 맥락에서 보다 원시적(遠視的)이
고 다원적 입장에서 조화롭게 인식해야 한다는 오늘의 문제의식에서 볼
때, 1939년 『문장』지에서 정지용의 추천을 받으면서 '신자연'을 구가한
시인으로 주목된 박두진이 고통과 수난의 근대사 속에서 감상과 허무 의
식을 극복하기 위해 시종일관 빛의 감각과 신명의 정서로 자연 생성의
생명감을 추구해온 시적 편력에서 한국의 근대 서정시가 이루어 놓은 생
태시학의 한 전범을 엿볼 수 있다.

2. 어둠을 대응하는 빛과 신명의 정서

　인간의 문화 발전에 따라 형성된 사회와 사회 구성원이 이루어 놓은
삶의 방식과 이념은 현실적인 삶의 틀을 벗어나 다른 차원으로 환원될
수 없는 구체적 실재성을 지닌다. 역으로 자연의 한 부분인 유기적 존재

---

1) 박이문, 『문명의 미래와 생태학적 세계관』, pp.68-77 참조.

로서 시인이 삶의 현실에서 느끼는 미적 경험은 그 시대의 윤리와 지배적인 이념으로 환원될 수 없는 초월적인 부분이 어느 정도 늘 남아 있기 마련이다. 특히 합리적 이성을 바탕에 둔 근대적인 사유가 자연에 존재하는 사물을 지나치게 물질과 도구적인 관계로 대상화하는 폐단이 심각하게 반성되는 시점에서 심미적 감각과 정서로 초월적 합리성을 지향하는 시적 사유는 인간의 황폐한 의식과 자연의 황폐가 맞물려 삶의 극단적인 위기를 극복하는 시의 새로운 방법론적 전환이라 할 수 있다.

민족의 정체성을 말살하는 일제의 한반도 강점이 수십 년 동안 유지되던 암흑기 속에서 정지용은 『백록담』에 실린 산수은일의 주옥같은 시들을 실었다. 정지용은 그가 겪은 근대 계몽주의 문화의 모순이 빚어낸 시대적 어둠과 고독의 정서를 동양의 관조적 자연관을 현대적 감각으로 되살려 새로운 자연 정서를 번역해 내는 데에 성공했다. 그가 박두진의 「묘지송(墓地頌)」과 「향현(香峴)」을 추천하면서 ‘신자연’이라고 부른 것은 박두진의 새로운 자연관에 신선한 충격을 받았기 때문이다. 서구의 근대성인 타자의 폭압으로 인해 훼손된 동양인으로서의 비극적 정체성을 속악한 현실에서 한 발 물러선 여백과 은일의 태도로 표백하면서도 ‘또 다른 태양의 원리’를 모색 궁리하던 정지용에게 박두진이 시대적 어둠에 맞서 빛의 감각과 신명으로 미래의 시적 비전을 제시한 것은 그에게 새로운 경이가 아닐 수 없었다.[2] 전통적 관조와 비애의 감정을 물리고 활화산 같은 자연 언어를 구사한 박두진이 조지훈이나 박목월보다 가장 먼저 정지용에게서 시 추천을 완료한 것도 결코 우연한 일은 아니다.

박두진이 초기 시에서부터 후기 시에 이르기까지 일관되게 빛에 대한 남다른 감각이나 신명의 서정을 구사할 수 있었던 것은 물론 그의 견실한 기독교적 신앙과도 깊이 관련되어 있다.[3] 그러나 보다 더 중요한 것

---

2) 지용은 「또 하나 다른 太陽」이라는 글을 통해, 그가 태양의 물리적이고 초월적 이미지를 통해 현실의 모순과 비가치를 극복하고 초월하는 이상적의 삶의 원리를 추구하고자 한 미학적 태도를 고백하였다.
3) 박두진의 기독교 사상에 영향을 끼친 기독교 신비가들의 경건주의와 청교도적 사상과

은 끊임없이 빛을 지향하는 박두진의 자연시는 종교의 목적론적 관념을 맹목적으로 추종하지 않는다는 사실이다. 오히려 박두진의 시적 태도는 그가 현실에서 감지하는 빛과 인상적으로 감각된 자연 묘사를 통해서 길들여지지 않은 야생의 감성을 활기 있게 창조해내는 특징을 나타낸다. 이러한 태도는 마치 인상파 화가들이 종래의 정관적 원근법에 길들여진 사실주의의 진부한 화풍에 반발하여 빛을 주관적인 프리즘으로 분해해서 원색의 신선함과 생동감을 새롭게 되살려낸 입체적 감각과 흡사하다. 박두진의 시를 일관하는 빛의 심상은 죽음의 음영이 짙게 드리워진 동양적인 은일의 정서와는 뚜렷이 대비된다. 그의 정서는 안정된 예술적 구도 속에서 적극적으로 어둠을 뚫고 살아 움직이는 강렬한 생동감을 인상적으로 표현한다. 그런 의미에서 그의 시에서 나타나는 생동하는 빛과 사물은 근대적 이성주의에 매몰된 인간 내면에 잠재된 영성적 시원성(始原性)을 들춰내어 자연에 새로운 생기를 불어넣는 감각과 이미지로 작용한다.

「묘지송」은 시제가 암시하는 것처럼 봄볕 속에서 누워있는 주검들을 노래하고 있는 시이다. 그 주검들은 외로움과 서러움을 배경화하고 오히려 하이얀 촉루의 빛남과 향기조차 감각적으로 전경화하면서 주검에 대한 애상 대신 시의 초점을 무덤 속을 화안히 비춰줄 태양을 기다리는 미래의 시간에 맞추고 있다. 시인이 삶이 아니라 묘지를 노래하게 된 계기는 복합적 의미를 지니는 것이지만 시의 문맥은 분명히 '살아서 섧던 주검'으로 그려낸다. 주검이 오히려 섧지 않게 보임은 그가 처한 외부의 삶이 극단적인 부정적 윤리로 전도되어 있음을 암시한다. 박두진은 현실을 어둠과 설움으로 이해하고 있으나 그의 미래에 대한 신념은 밝은 빛을 기다리는 주검이 향기를 풍기고 그 무덤 옆에 새가 울고 꽃이 피어 있는 열락의 공간을 아주 인상적인 미의 상황으로까지 그려진다. 이 시의 특징은 어둠과 빛의 감각을 대비시킬 뿐만 아니라 빛이 어둠을 물리치고 자연성을 회복할 것이라는 굳은 신념을 인상적인 신명의 정서로 표현하

의 관련에 대해서는 신대철의 「박두진 연구 15」 논문을 참조할 것.

는 데에 있다. 이처럼 박두진은 초기 시부터 부정적 현실을 비판적 태도나 비극적 감정으로 그리지 않는다. 그의 시적 언어는 근대 계몽주의의 주지적 토대를 둔 세련된 감성에 있지 않고 자연이 지닌 근원적 원리로서의 생명감에 두고 있다. 따라서 그는 현실의 문제를 진화론적인 윤리에 대해 비판하는 부정의 정신으로 대응하지 않는다. 그는 시의 대상을 거시적이고 조화를 지향하는 자연의 존재 차원으로 이끌어 투시함으로써 시의 예술성을 사회 윤리적 울타리에 가두지 않고 생태 윤리적 자연을 향해 열어 놓게 된 것이다.

「묘지송」이 항존하는 빛에 대한 재인식과 미래에 대한 초월적 희구를 통하여 주검과 어두운 현실에 대한 재래적 감상을 밝은 비전으로 바꾸어 놓았다면, 「향현」에서는 시의 화자가 구름을 타고 오른 천상적 경계에서 무수한 짐승의 무리들을 품고 있는 산과 숲을 조망하면서, 약육강식의 부조리가 누거만년 되풀이되는데도 침묵으로 일관하고 있는 닫혀진 자연에 대해 답답함과 의분을 표현한다.

> 山이여! 장차 너희 솟아난 봉우리에, 엎드린 마루에, 확 확 치밀어 오를 火焰을 내 기다려도 좋으랴?
> 핏내를 잊은 여우 이리 등속이, 사슴 토끼와 더불어 싸릿순 칡순을 찾아 함께 즐거이 뛰는 날을, 믿고 길이 기다려도 좋으랴?
>
> —「향현」 부분

화자는 오래 용납해온 죽음의 윤리가 삶의 윤리로 전복되어야 하는 당위성을 '확확 치밀어 오는 화염'을 갈망하는 강한 어조로 호소할 뿐 아니라, 더 나아가 화염으로 정화된 세계에서 핏내를 잊은 짐승들이 서로 공존공생하는 평화로운 미래를 꿈꾸기도 한다. 침묵하고 있는 산에게 반문하는 대화체의 이 시에서 화염의 이미지는 핏내를 잊게 하는 초월적 통과제의를 매개하는 역동적 사물로 작용한다. 즉 화염은 자연이 지니고 있는 초월적인 에너지로서 자연의 순리를 거역하며 사는 군생들의 죄성을 태워버리는 강한 힘을 상징한다. 따라서 시 「향현」은 약육강식이 현존하는 사회 진화론적 질서의 종말과 서로 모두 함께 삶을 화해롭게 누릴 수 있는 영성의 불로 정화된 세계에 대한 시인의 강렬한 의식을 나타낸 것이다.

이러한 세계가 시인이 추구하는 신명이 넘치는 자연의 질서이다. 이 새로운 세계에 대한 갈망은 이른바 암흑기로 정의되는 일제 말기에 씌어진 초기 시뿐만 아니라 민족 해방을 맞았지만 남북이 정치적 이념으로 갈등과 불안이 고조된 8·15 해방 공간에서 쓴 시 「해」에서 더 적극적으로 나타난다. 이제 해는 더 이상 고독과 적막이 반복되는 어두운 시간 속에서 꿈으로 몽상하는 존재가 아니라. 불완전하지만 자유를 쟁취한 해방 공간에서 '어둠을 살라먹고, 이글 이글 애뙨 얼굴'로 만나는 감격적 현존재로서 인식된다. '해야 솟아라'의 명령과 반복의 어조로 빛의 파장을 시 전편에 강렬하게 확장시켜 발산할 만큼 8·15 해방은 빛의 절대성을 추구하는 시인에게 벅찬 감격을 안겨 주었다.

> 달밤이 싫여, 달밤이 싫여, 눈물같은 골짜기에 달밤이 싫여, 아무도 없는
> 뜰에 달밤이 나는 싫여…….

「해」의 이 부분은 박두진이 그의 시에서 '신명'을 새로운 전통 정서로 수용하게 된 근거를 밝힐 수 있는 중요한 구절이다. 박두진은 한국시의 전통적 서정을 해학(혹은 풍자), 애상, 신명으로 나누어 인식하고, 그 스스로 습작기에 애상의 정조를 바탕으로 민요조의 시 10편을 실험해 보았으나, 애상은 시의 분위기를 청승맞은 감상으로 침잠케 하는 소극적 폐단이 있기 때문에 애상의 정조를 접어 버리고 신명으로 서정시의 새로운 바탕으로 삼았다4). 물론 박두진이 신명을 택하게 된 데에는 그의 개인적 성향과 그가 자리한 시대적 성격이나 신앙적 풍토 등 여러 가지 복합적 요소가 작용할 수 있다. 어쨌든 박두진은 시에서 되도록 비애의 감정을

---

4) 박두진의 전통적 정서에 대한 인식은 박두진 시인과의 대담을 통해 직접 청취한 것임.

배제하는 대신 시원적 자연의 생명감각과 연계된 빛과 신명을 시 정서의
바탕에 두고 시 창작에 임했음을 알 수 있다. 전통 정서인 신명에 대한
그의 남다른 인식은 그의 시를 역동적이고 인상적인 형상으로 특징짓는
역할을 했을 뿐만 아니라 끊임없이 모든 가치와 윤리가 전복되는 시대에
살면서도 이데올로기에 편향되지 않고 그의 시를 자연시로서 서정과 사
상의 폭과 깊이를 무한히 확장하는 중요한 계기를 마련해 주었다.

> 해야, 고운 해야 솟아라. 꿈이 아니래도 너를 만나면, 꽃도 새도 짐승도
> 한자리 앉아, 워어이 워어이 모두 불러 한자리 앉아 애띠고 고은 날을 누려
> 보리라

해방을 맞이하는 해오름의 환희와 희열을 모든 생명체가 평화롭고 행
복하게 공존할 수 있는 이상적인 낙원의 필연적인 도래로 귀결지으려는
박두진의 시의식은 시의 예술적 공간 속에서 빛의 이미지가 주조해낼 수
있는 절정의 장면을 그려내었다. 당시 해방정국에서 정치적 이데올로기
의 갈등이 끊이지 않았음에도 불구하고, 타자를 폭력으로 지배한 경험이
없는 피지배 민족의 일원으로서 해방의 감동은 그로 하여금 더 큰 자연
의 질서를 과감히 수용함으로써 사회 내부의 갈등을 극복하기 위해 또
다른 층위에서의 통일과 화해의 의지를 표명한 것이다. 이 때 해의 이미
지는 밖으로부터 솟아오르는 외부적인 힘이기보다 신생 자유민이 스스로
발휘해야 할 '애띤 얼굴, 고운 빛'으로서 미래지향적 주체가 지녀야 할
새로운 가치관과 이념을 의미한다고 볼 수도 있다. 「해」는 타자에 대한
배타성과 패권주의를 초월해서 자유민으로서 누구와도 함께 더불어 삶을
누릴 수 있는 폭넓은 평화 공존의 윤리를 표상하는 상징적 존재다. 따라
서 이 작품은 8·15 해방기에 계급적 갈등과 반목으로 분단의 위기를
느끼고 있던 박두진이 보다 폭넓은 이념으로 통일된 삶의 윤리와 질서를
확립해야 한다는 당시대적, 정치적 상황에 대한 인식과 깊게 연결된 시
상으로 볼 수 있다.[5)]

3. 생명 윤리와 실존적 대결

　박두진이 시 속에서 줄기차게 추구한 낙원에의 희구와는 너무 동떨어진 방향으로 치닫는 해방 이후의 한반도의 혼돈된 정세는 외부적으로는 미·소 양 대국을 중심으로 대치한 냉전 이데올로기와 내부적으로는 각 정파들이 서로 정치적 패권을 잡기 위해 야비한 경쟁을 벌이면서 중상모략과 암살, 음모 등 암투를 일삼고, 국내외로 불안하던 정국이 마침내 동족상잔의 6·25 전쟁을 일으키고, 전쟁으로 인한 초토화된 사회는 삶을 총체적으로 파괴하고 한민족을 유례없는 생존의 위기로 몰아 넣으면서 국토분단이라는 처절한 비극을 초래했다. 동족 사이의 전쟁으로 민족 정체성의 훼손과 더불어 분단 이데올로기로 인한 독재와 테러리즘과 부정·부패는 신생 독립 국가의 모든 규범과 질서를 일거에 무너뜨린 것이다. 특히 전후 분단 이념과 독재로 말미암아 시민의 자유를 억압하는 폭력이 횡행하면서 박두진의 시가 지닌 빛의 이미지는 점점 생명과 자유 윤리에 어긋나는 방향으로 타락하는 또 다른 현실의 어둠과 대결하는 시의식으로 작용한다. 제국주의의 거대한 폭력이 지배하던 극단적 어둠 속에서도 순수한 미래를 낙관하던 신명의 정서는 민족 스스로가 만들어내는 폭력과 억압이라는 참혹한 현실 속에서 시적 주체의 실존적 고뇌와 의분으로 전환되면서 부정과 불모 현실에 대한 저항과 또 다른 극복의지를 나타내기 시작한다.

>　일히도 새도 없고,
> 나무도 꽃도 없고,
> 쨍 쨍, 永劫을 볕만 쬐는 나 혼자의 曠野에
> 온몸을 벌거벗고
> 바위처럼 꿇어,
> 귀, 눈, 살, 터럭,

---

5) 신동욱, 「시에 있어서 저항과 그 지속의 의미」, 앞의 책, p.156.

온 心魂, 全 靈이
너무도 뜨겁게 당신에 닳습니다
너무도 당신은 가차히 오십니다

—「午禱」 부분

대부분 6·25 전쟁이 계속되던 대구 피난 시절에 씌어진 시를 모아 출간 시집 『午禱』(1952)는 동족상잔으로 인해 폐허가 현실을 어떤 생명체도 존재하지 않은 적막한 광야로 내몰린 탕자의 상황으로 비유한다. 화자는 해방의 기쁨을 동족상잔의 피로 얼룩진 폐허로 만들어버린 상황을 고통스러워한다. 그는 신앙적 참회와 생명 윤리적 가책을 느끼면서 동족끼리 갈등을 빚는 새로운 어둠의 상황을 극복하기 위해 현실에 대한 철저한 반성과 생명 윤리에 대한 더 근원적인 사색이 필요함을 절감하게 된다. 그는 우리 민족이 겪어온 고통과 비극의 역사를 보다 근원적인 차원에서 반성해야 할 주제로 삼고자 했다. 따라서 그는 6·25 전쟁과 전후에 전개되는 사회 부조리 문제를 이데올로기적 갈등의 차원에서 결코 해결될 수 없음을 깨달았다. 결국 그는 당시의 사회적 갈등과 부조리가 우리 스스로 새로운 생명 윤리를 확보하지 못한 가운데서 필연적으로 짊어질 수밖에 없는 시련의 한 과정으로 파악하였다.

— 한마리만 푸른 새가 날아 오르라. 碑.……한마디만 길다랗게 소릴 뽑으라.

千年 二千年을 三千年을 조으는 것, 이끼마다 눈이 되어 꽃잎으로 피라. 이슬처럼 꽃잎마다 녹아 흐르면, 아득한 하늘 밖에 별이 내린다.

—「碑」 부분

旗! 다시 오른 旗폭은 찢겨지지 않는다. 펄펄펄펄 旗폭에`서 빛발들이 흩는다. 펄펄펄펄 旗폭에서 꽃가루가 흩는다. 旗를 向해 우리들은 行進을 한다. 파다아하게 모여 들어 새로 뽑은 合唱.—손벽들을 흠뻑 친다. 하얀 새를 날린다. 눈빛같은 하얀 새뗼 파닥파닥 날린다.

찬란하게, 우리 앞에 나부끼어야 한다.

-「旗」 부분

　오랜 전통을 지니고 수난의 역사를 묵묵히 살아온 민족의 정체성과 자유를 비유하는 시 「碑」와 「旗」에서처럼 박두진은 온전한 자유의 회복이 지연되고, 오히려 전화 속에서 민족의 극단적인 분열과 동족상잔의 처절한 죽음의 현장과 상처를 목격하고 시인으로서의 깊은 고뇌 가운데서 온전한 자유의 회복과 그 참된 삶의 도래를 갈구하는 보다 강렬한 생명의 부활과 자유에 대한 의지를 보여준다. 빛의 이미지는 끊임없이 자유를 억압하고 생명을 위축하는 어둠에 대응하여 그의 시에 초월적인 미적 공간을 부여하는 절대적인 생명의 힘으로 작용한다. 무구한 시간을 묵묵히 지탱하고 서 있는 비의 견고한 모습에서 시간을 초월해서 또 다른 생명의 의지력을 감지하는 화자는 그 비의 내면에서 깊은 잠에서 깨어나는 푸른 새의 비상과 교교한 음성을 고대하며, 비에 새로 돋는 이끼와 별의 교감조차 느낀다. 이제 수직적 초월을 의미하는 새롭게 올린 기는 결코 찢겨지지 않는 시인의 내면적 단련을 통과하고 있다.

　박두진의 이러한 내면적 단련은 시집 『거미와 星座』의 자서에서 "스스로의 상처의 출혈을 혀로 핥는 양지의 맹수처럼 때로는 거센 눈보라와 비바람을 헤쳐 가는 작은 새와 같은 모습으로 그 정신적 기복의 淋漓한 자취가 생생하게 인각되어 있다"고 진술하고 있는 것과 같이 보다 처절하고 견고한 내적 성찰과 더불어 부정적 현실의 또 다른 어둠에 대해 새로운 응전을 준비한다. 온전한 자연 생명성의 회복을 기다림의 이미지로만 추구하던 박두진의 시의식이 현실을 구성하는 자연과 생명 윤리 문제에 적극적인 관심을 보인 것은 그의 시가 자연시로서 미적 자율성을 확보하면서 현실의 문제를 더 농밀하게 다루는 쪽으로 확장되고 있음을 의미한다. 그는 6·25 전쟁과 4·19 혁명에 이르는 격랑의 10년을 겪으면서 삶을 억압하는 불의에 대해 정면으로 투쟁하면서, 현실에 밀착된 성찰과 실천이 담보되어야만 비로소 온전한 생명의 회복과 자유가 가능하다는 적극적인 현실참여 의식을 보여 주었다. 4·19 혁명 시집에 실린 「우리들의 기빨을 내린 것이 아니다」는 생명의 자유를 추구하는 깃발이 어느 한 순간에도 내려질 수 없는 절대절명의 것임을 밝힌 대표적인 시이다. 이 시에서 박두진은 당면한 현실의 부정과 불의 앞에 자유의 부단한 행진을 절규하면서 혁명의 전진이 어떤 장벽이 닥치더라도 부단히 지속된 것임을 단호하게 천명하고 있다. 하지만 자연과 근원적 생명을 기독교적 신앙으로 추구하는 박두진은 행동주의자로의 현실참여를 지향하지는 않는다. 박두진의 이러한 태도는 이후 발간된 시집 『거미와 星座』(1962), 『인간밀림』(1963) 에서처럼 지상에서 육신의 질곡에 신음하면서도 하늘의 삶인, 빛을 갈망하고 지향하는 고뇌의 인간상과 신앙적 존재로서 지상윤리에 대한 대결의식으로 나타난다.

> 새까만 內臟,
> 새까만 內臟을 겹겹이 열어 피묻은 日沒을 빨아 먹고,
> 새까만 內臟을 겹겹이 열어 피묻은 後光을 빨아 먹고,
> 새까만 內臟을 겹겹이 열어 피묻은 노을을 빨아 먹고는,
> 그리고는 黃昏,
> 唐香墨처럼
> 鮮明한
> 까만 黃昏을 뿜어낸다.
>
> —「거미와 성좌」 부분

　장시의 형식을 갖추고 있는 이 시는 거미를 지옥으로부터 탈출해서 지상으로 유배된 '징그러운 흑갈색의 음모'를 지닌 부정적 존재로 해석하고, 거미의 생리를 특유의 감각과 형이상학으로 결합하여 당시의 어두운 상황에 대한 실존적 인식을 보여 준다. 시의 대부분은 먹고 먹히는 먹이사슬의 '처절한 정적' 속에서 다른 생명과 빛을 완전히 빨아먹고 심지어 죽음의 황혼을 뿜어내는 거미의 존재론적 부정성을 부각한다. 거미의 부정적 생리는 음모와 간음과 계략의 공중작업에 혼신의 정력을 소모하는

허무의 존재와 온갖 악으로 구성된 거미줄로 여린 생명들을 걸어 까만 이빨로 모조리 짓씹어 먹어치우는 악행을 일삼으면서도 스스로의 생리를 고통스러워하는 모순의 존재 등으로 묘사된다. 그러나 시의 말미에 이르면 어둠의 존재인 거미가 고통스러운 상황을 극복하기 위해 지상으로부터 눈을 들어 천상의 성좌를 밤새 묵상하다가, 문득 범나비로 변신하여 천상의 자유를 누리는 황홀감에 젖는다.

부조리를 떨쳐버리지 못하면서도 열려진 세계를 지향할 수밖에 없는 현대인의 실존적 고뇌를 거미와 성좌의 양극단 사이에서 구성하고 있는 이 시는 결국 근대 자본주의의 속악한 삶의 생리에 젖어 있는 모순된 존재로서 당시의 한국인이 처한 정신적 황폐와 그런 사회악을 극복하려는 시인의 내적 초상화를 우의적으로 그린 것이다. 현대인들에게 맞닥뜨린 황폐한 정신의 극단적인 위기를 근원적인 죄성에 대한 철저한 반성을 통해 극복하려는 이 시는 어둠을 극대화시켜 거미와 현대인의 생리를 인상적으로 접합시키고 있다. 이 시에서 설정된 거미의 존재는 결코 시적 자아의 외부에 존재하는 실체인 타자와의 대결이 아니라 오히려 화자를 비롯해 이기적인 몽상에 사로 잡혀 있는 현대인의 자아에 들어 박혀있는 반생명적인 악에 대한 비판적 성찰을 표상한다.

이 시기에 씌어진 박두진의 자연시는 좀 더 시대적인 문제를 직시하기 위해 밝고 긍정적인 절대 자연의 수직적 높이로부터 모순과 부조리가 만연된 지상의 부정적 이미지에 초점을 맞춤으로써 새로운 해체의 과정을 두루 거친다. 이제 박두진 시의 영토는 사상적 실재와 시적 실재의 통합을 이루면서 시가 현실에 뿌리를 박을 수 없는 한 시의 생명이 고갈될 운명을 벗어날 수 없다는 리얼리즘의 인식 경계로까지 확장되었으며, 그 전환의 계기를 이루는 대표적인 시로는 이 「거미와 星座」를 비롯하여 「山脈을 간다」, 「어느 벌판에서」, 「봄에의 激」 등이 있다.6)

---

6) 박두진, 「永時代的인 探究와 當時代的인 對決」, 『韓國現代詩人論』, 일조각, 1970, p.155.

『거미와 星座』와 거의 같은 시기에 발간된 시집 『인간밀림』은 박두진이 자서에서 밝히고 있는 것처럼 한두 편을 제외하고는 1961년에서 1963년 사이에 쓴 작품들이다. 이 시집은 발표 시기를 미루어 볼 때, 4·19혁명과 5·16 군사 쿠데타를 겪고 난 직후 박두진 시의 변화 과정을 점검하는 데에 매우 중요한 의미를 지닌다.

> 八月의 江이 손뼉친다. 八月의 江이 몸부림친다.
> 八月의 江이 고민한다.
> 八月의 江이 沈潛한다.
>
> 江은 어제의 한숨을, 눈물을, 피흘림을, 죽음들을 기억한다.
>
> 어제의 분노와, 비원과, 배반을 가슴지닌
> 배암과 이리의
> 갈라진 헛바닥과 피묻은 이빨들을 기억한다.
>
> ―「八月의 江」 부분

박두진은 이 시기에 강을 소재로 한 일련의 시를 쓰게 된다. 그 시들에 나타나는 강은 인간 생명의 역사이며, 동시에 자연 생태계를 순환하는 역동적인 흐름의 한 부분으로서 중층적 이미지를 내포하고 있다. 이런 의미에서 박두진의 역사 의식은 계몽주의의 진화론적인 의식에 가두어지는 것이 아니라 「강물이 흘러서 바다로 간다」는 것처럼 보편적인 자연의 궁극적인 오이코스에 도달하는 초월적 순환성을 지향한다. 역사 의식을 넘어선 그의 강은 자연의 실체로 그의 몸에 덫이 씌워지는 고통에 몸부림치고, 그를 학대하고 죽이려는 적들의 만행을 몸에 각인하면서 바다를 향해 도도히 흘러가는 자연의 실체를 감각적인 인상으로 그리고 있는 것이다. 그의 시가 지니고 있는 이와 같은 자연의 근원적 생명 윤리는 인간의 실존 윤리나 사회 이념과는 일정한 거리를 유지하며 진행되는 특징을 보여준다.

　　바다가 부풀던 언덕의
　　깃발이 썩는 것과
　　외로운 등불이 썩는 것과
　　비탈진 과원의
　　능금이 썩는 것은 같은 때다

　　밤이 산맥을 포옹하는 덤불의
　　배암과 승냥이가 생식한
　　입술과 뱃바닥을 스스로 저주하고
　　사슬에 끌려 가는 눈벌판의
　　발가락이 썩는 것은 같은 때다

―「季節」부분

　같은 시기에 씌어진 또 다른 작품 「季節」을 보면, 이 시인의 현실 상황에 대한 글읽기가 어떤 범주에서 비롯되고 있는가 쉽게 이해할 수 있다. 부패의 사회 현실을 유기적 자연의 각 지체로 인식하는 시인은 현존의 시간을 모든 사물이 썩는 상황으로 보고 불의와 부패로 인한 자유와 소외와 위기 등을 모두 자연어로 환치시켜 감각화하는 동시에, 현실의 부조리를 어둠의 질곡에서 생식과 저주 행위가 이루어지는 그로테스크한 상황을 연출하는 인상적 시간으로 표현한다. 한걸음 더 나아가 박두진은 현재가 냉혹하고 살벌한 눈벌판에서 썩음과 악행을 이끌고 종말의 심판을 향한 끝없는 유형의 시간임을 암시한다. 현실을 극단적인 어둠으로 진단하면서, 그 악과 대결하는 이념과 자연의 수난을 상대적 시간성 위에서 아우르는 시의 경향은 시집 『하얀날개』(1967)에서, 진리를 추구하는 사도로서 시대적 수난과 시련, 투쟁과 희생을 감내하는 자화상을 그린 『사도행전』(1973)까지 계속된다. 이 시기 박두진의 사회 윤리적 태도의 견실성은 김지하의 시에 대한 '오적(五賊)사건 감정서'에 집약되어 나타나기도 한다.

　박두진은 김지하의 담시 「오적」에 대한 검찰의 감정 의뢰에 시 「오적」은 부정부패에 대한 극히 일반적인 정의감과 불의와 비위를 미워하는 작가적 양심에서 쓴 것임으로 반국가 단체를 이롭게 하기 위해 쓴 것이 아니라 오히려 우리의 민주 비판적 영향의 잠재력을 과시한 좋은 표징의 시로 생각한다고 감정서를 제출했다.[7] 주지하다시피 당시는 박정희정권이 영구독재를 획책하기 위해 긴급조치를 발동하고 혹독한 폭력을 휘두르는 상황이었다. 숱한 원로시인들이 독재의 편에 서서 독재에 항거하는 젊은 시인들의 참여시를 검열하고 참여시를 탄압하던 시기였다. 그사건 이후 박두진은 독재정권으로부터 숱한 억압과 통제를 받았지만, 민주주의를 지향하는 정의롭고 윤리적인 시인의 대명사로 불려지게 되었다.

4. 포옹무한의 사랑과 수석의 생명감

20여 년 지속된 독재정권이 비극적인 최후를 맞았으면서도 분단 이데올로기로 인해, 정치적 혼란 속에 또 다른 군사독재가 연장되는 사회적모순을 빚어냈던 1980년대에 들어서면서 이순의 연륜에 들어선 박두진은1970년대 중반부터 시작했던 수석 채집에 본격적으로 몰두한다. 수석에몰두하면서 빛의 무한한 생명감을 재인식하게 된 그는 현실의 어둠에 대한 대결 의식과 의분의 감정을 자연의 시원성을 향한 무한의 사랑으로바꾸기 시작한다. 민족의 수난과, 시민의 억압 속에서 근대 계몽주의가빚어 놓은 황폐한 삶의 어둠을 두루 겪은 박두진에게 수석은 이제 자연의 묵시적인 존재로서 탈인간의 새로운 대화 상대가 되었다. 이제 그의시가 지니고 있는 빛의 감각과 힘, 그리고 신명의 서정은 현실에 밀착된실존적 유한자로서의 대결과 해결 의식에서 벗어나 수석의 자연성을 만나 새로운 대화를 나누면서 짙은 사랑의 환희로 바뀐다. 그는 다시 본래

---

7) 박두진, 「오적(五賊) 사건의 감정서」, 『돌은 여전히 말이 없다』, 신원문화사, 1996, pp.51~53.

의 무한하고 영원한 빛과 자연의 한 부분으로서 사물과 교감하고 자연과 화해를 이루려는 오이코스를 향한 긴 여정에 다시 들어선다. 시집『포옹무한』(1981)의 이름처럼 그는 자연과의 무한한 교감을 통해 사랑을 실현할 수 있는 궁극적인 시적 조응의 화두를 찾은 것이다. 만년에 수석을 사랑하면서 얻게 된 시와 자연에 대한 새로운 인식을 박두진은 다음과 같이 고백하고 있다.

> 문학과 시를 통한 사색에 새로운 존재론적 인식과 그 감성을 통한 새로운 심미적 가치와 표현의 진실을 획득하면서, 그 조형의 영역의 확대와 표현의 깊이를 실험했다. 신의 섭리의 근원을 통한 상징적, 즉물적인 표상과 자연 그 자체의 우주적 의미, 그것이 인간에게 재현해 보이는, 시적 무한성을 깨닫게 했다. 수석은 나에게 어떤 선험적인 체험을 얻게 했고, 자연을 통해서 초자연을, 자연을 통해서 더 정신적이고 더 영적인 바탕과 그 예지의 근원을 일깨워 줬다.[8]

수석은 박두진으로 하여금 존재론적 의미와 미적 가치와 진실성은 자연의 조형성으로 통일 될 때 비로소 온전한 자연성이 구현됨을 깨닫게 해 주었다. 그는 다양한 조형성으로 존재하는 수석들의 미적 차이성 속에서 우주의 무한한 선험적 존재성을 느끼고, 인간 중심의 유한한 인식이 도달할 수 없는 자연의 초월적인 영역은 인간이 근본 바탕에 지닌 자연의 영성과 예지를 통해서만이 비로소 그 조응이 가능하다는 사실을 알게 된 것이다.

> 내가 땅의 일에 마음을 쓸 때
> 너는 하늘의 일을 생각하고,
>
> 내가 하늘의 일을 생각할 때
> 너는 땅의 일에 골몰한다.

---

8) 박두진, 「잃어버린 돌의 고향」,『시적 번뇌와 시적 목마름』, 신원문화사, 1996, p.107.

내 손이 겨우겨우 닿지 않을 만큼
언제나 단정하게 거리를 재어 갖는,

내가 가장 인간이고자 할 때
가장 나는 네 앞에 초라하다.

너는 언제나 반쯤만 눈을 뜨고
반쯤만 내 앞에 가슴 열어,

아주 영원히는 잊어버릴 수 없는 강의 언덕
그 바닷가 그 하늘의 별밭에 자유로 피어 서서,

내가 빠지는 감정의 푸른 늪
내가 오르는 사상의 정상을 조용히 지켜 본다.

너는 언제나 황홀로 거기 섰고
나는 언제나 네 앞에 비애로 홀로 있다.

—「靜」

수석을 소재로 한 『水石列傳』, 『續·水石列傳』, 『水石戀歌』 등의 일
련의 시집에서 박두진은 창조적 생명에 대한 경이감과 전율을 느끼면서
자연 경계의 바깥에 나와 돌밭에 뒹굴고 있는 수석의 형상에서 자연의
정체성을 발견하고, 그가 잃어버린 오이코스를 그리워하고 귀의하려는
태도를 나타낸다. 수석과의 교감을 통해 자연의 근원으로 귀의하려는 의
식이 박두진의 후기에 농밀하게 나타나는 것은 그가 격랑하는 한국 근대
사를 살아오면서 무한한 자연 앞에 선 인간의 존재론적 한계를 깊이 깨
달았기 때문이다. 그는 수석이 돌밭에서 외롭게 뒹굴며 시종일관한 침묵
을 지키고 있는 모습을 보고, 오히려 그 돌이 제 모습을 진실하게 현상
하는 자연을 그대로 닮고 있음에 황홀해 한다. 반대로 본래의 자연성을
잃고 속악해 질대로 속악해진 근대 인간의 초라한 모습에 대해 시적 자
아는 인간에 대한 상대적 비애를 느끼게 된다.

욕망의 이해관계에 따라 모든 사물과의 관계를 도구로 삼는 인간의 자아와 달리, 모든 의미를 그를 바라보는 타자를 향해 있는 그대로 보여줌으로써 그의 내면을 무한이 열고 있는 진정한 자기 초월성을 지닌 수석은 박두진 시의 화자인 내가 사랑해야 할 가장 가까운 존재인 '너'로 종종 불리워진다. 박두진의 시에서 그가 믿고 있는 신앙적 존재로서의 신은 대체로 당신이란 호칭으로 불리우지만, 수석연작의 시편에 수석만은 빈번히 너로 호칭된다. 수석을 대하는 이 근칭적 호칭은 범신론적인 의미를 내포하고 있으면서도 인간적 교감을 친밀하게 나눌 수 있는 친화적 감정을 이루는 언어이다. 이러한 친화적 관계는 동일성이나 유사성을 지향하는 심리에서 비롯되는 것이다. 박두진의 시에서는 종종 돌밭과 별밭이 대비되고, 삶의 벌판에서 실존을 자각하는 시적 자아는 스스로 돌과 별이라는 중층적 이미지를 병치시키면서 자연 현상을 바라보는 그의 입체적 시각을 반영해 준다. 그의 상상력 속에서 돌은 본래의 빛이나, 혹은 타오르는 별의 다른 모습에 불과하다. 다만 그것은 삶의 벌판에 서 있는 자아처럼 어떤 자연 조건에 의해 하나의 사물로 변화된 채, 그의 목전에 나름의 형상과 침묵으로 잠시 서 있을 뿐이다. 돌은 침묵으로 서 있는 사물이기 때문에 오히려 무한한 대화를 받아 주는, 영성을 환기시켜주는 존재이기도 하다. 박두진은 돌을 만나는 순간마다 새로운 우주가 창조되는 도취와 황홀감마저 느끼게 된다고 고백하고 있는데, 그것은 우리의 일상이 이미 낡아빠진 생활 윤리와 규범 속에 자연 본래의 생명력을 잃고 죽음으로 치닫고 있는 종말에 대한 시인의 위기 의식을 우회적으로 암시하는 것이기도 하다.

날새도 바람결도 얼어서 박히고
눈물도 옛날도 얼어서 박히고
꿈도 사랑도
달밤도 그 아침 해도 얼어서 박히고
별들도 무지개도 얼어서 박히고

만남과 그 헤어짐
남과 죽음
영화와 그 몰락
아우성도 환호도 얼어서 박히고
비수와 꽃
깃발도 그 개선가도 얼어서 박히고
얼어서 박히고……

―「氷壁無限」 부분

　박두진의 시에서 수석은 이처럼 물질로서의 돌이면서 정신과 예술로서의 돌이며, 나아가 영적인 신앙의 차원에 존재하는 돌이라는 중층적 의미를 지닌다. 그에게 있어 수석은 자유와 시련, 비애와 꿈, 사랑 등의 인간 감정과 달과 해와 별과 무지개 같은 빛과, 삶과 죽음, 역사와 이념, 신앙 등 온갖 정서와 사물, 사상과 관념이 깊이 각인되어 있는 자연의 총체성이다. 시에 형상화된 자연의 총체성은 다양함과 통일 속에서의 조화로운 리듬을 전제로 하는 초월적 아름다움을 표상한다. 그리고 현재 그 자연의 신비로운 아름다움은 견고한 돌 속에 투영되어 있다. 돌의 견고성은 영원성과 그것을 지향하는 단단한 의지를 상징하는 것으로서 시인의 영원성에 대한 신념을 반영한다고 볼 수 있다. 모든 자연 현상이 돌에 얼어서 박혔다는 해석은 언젠가는 자연의 거대한 질서와 힘에 의해 그 얼어 박힘이 반드시 풀어질 것을 예언하는 한편 현재의 시간 속에서 그러한 존재 현상들이 고유한 형상 속에서 존재하는 차이들이 관계를 인식하고 있는 주체의 고독한 심리와 깊은 사랑을 의미하기도 한다. 그런 의미에서 일련의 수석 시편들은 박두진이 추구했던 생태유기체론적 자연관 속에서 원초적 자연과 근대적 인간과 낙원을 지향하는 그의 초월적 신앙이 하나의 완성된 미적 실체로 나타난 것이라 할 수 있다.

5. 맺음 말

박두진의 시에서 반영된 자연은 감각체이면서도, 단순한 사물로서 대상화한 감각의 실체에 머물지 않는다. 어둠과 대립되는 빛으로 상징되는 자연은 대상의 차원을 벗어나, 스스로 사물을 구성하는 주체적인 힘이며 존재 그 자체이다. 한편 빛으로 감각되는 자연은 자율적인 운율적 질서 속에서 전개되는 신명나는 정서적 느낌 자체이기도 하다. 그가 상상하는 빛은 인간의 문화사 속에서 종종 기독교 신앙으로 일컬어지지만, 자연사 속에서 시공을 초월하는 시원성의 존재 근거이기도 하다. 자연에 대한 이러한 인상적 인식은 그의 시를 생동하는 감각과 신명의 서정을 풍기는 인상적인 자연시로 만들어 내는 상상력으로 작용한다. 빛을 바탕에 둔 그의 사물에 대한 감각과 인식은 자연의 절대 순수성을 유지하면서, 사물을 신명이 넘쳐흐르는 생명감으로 노래하게 된다. 이렇게 그의 시에 나타나는 빛의 감각과 정서는 현실에 대한 생태이념을 환기시키고 더불어 시의식을 역사나 사회 윤리적 이념의 범주에 제한하지 않는다. 오히려 그의 자연시는 내면에 지니고 있는 신앙을 토대로 한 자연의 영성에 대한 믿음과 밀착되어 있다.

그가 형상화한 빛의 감각과 신명의 정서는 시기에 따라, 자유에 대한 기다림과 환희, 그리고 어두운 현실에 대한 실존적 고뇌와 극복 의지, 후기에 와서는 수석에 대한 초월적 사랑 등으로 병치되어 나타난다. 그의 시는 생명 윤리로 일관된 일원론적 자연성을 추구해왔으므로, 그 각 부분의 시편들은 시대 이념과 감정을 초월해서 순수한 예술적 총체성 띠면서 시 전체가 자연시로서 통일성을 이루는 특징을 보여 준다. 그 동안 한국의 생태시는 환경오염과 생태계 파괴에 대한 위기를 진단하고 비판하는 의식에 골몰하여 실제 시에서 자연을 다룰 때, 인간 주체와 대립하는 대상적 환경으로서, 혹은 생물 중심의 생물학적 생태 인식에 머무는 이성 중심의 이원론적 생태의식을 벗어나지 못했다. 박두진의 자연시가 지니고 있는 생태시학은 이와 같은 인간 중심의 환경론이나 생물학적 생명론의 차원을 벗어나는 데에 좋은 참고가 될 수 있다. 그것은 박두진이 무한히 열려진 자연의 초월성을 감지해내는 빛의 감각과 신명의 서정으로 시의 대상을 접근하면서 자연에 존재하는 사물의 초월적 영성을 표현했기 때문이다.

참고 문헌

박두진,『박두진 전집』, 10권, 범조사, 1982.
───,『박두진 문학정신』, 6권, 신원, 1996.
박이문,『문명의 미래와 생태학적 세계관』, 당대, 2000.
박철희 편, 「한국문학이 현대적 해석-박두진편』, 서강대학교 출판부, 1996.
이영섭,『한국현대시 형성 연구』, 국학자료원, 2000.
최동호,『디지털 문화와 생태시학, 문학동네, 2000.
최승호 책임편집, 「21세기 문학의 유기론적 대안』, 새미, 2000.
한국기호학회엮음,『생태주의와 기호학』, 문학과지성사, 2001.

David, Mazel. Ed., *A Century of Early Ecocriticism*. The University of Georgia Press 2001.
Leonard M. Scigaj. *Sustainable Poetry*. The University Press of Kentucky 1999.

山門에 기대어 오늘을 보다
―송수권 시 읽기―

이민정

1.

　빠름과 효율과 질서를 요구할수록 그 세상에 묻혀 사는 우리는 영성고 갈과 자아성찰의 여유조차 갖지 못하는 삶에 대한 회의에 빠져든다. 좀 더 느리게 살수는 없을까? 마음의 평화를 좀 먹는 화를 어떻게 풀 것인가? 속도의 효율성으로 가득한 척박한 세상에 活性化되고 神性化된 삶의 가치를 추구하며 재생을 꿈꾸게 하는 시인이 있다.

　70~80년대 시의 주류적 흐름이 서정에서 현실로, 90년대 시의 흐름이 현실에서 서정으로의 방향을 띨 때 송수권은 고유의 목소리를 지켜온 시인이다. 송수권은 1975년 「산문에 기대어」 이하 네 편의 작품을 선보이고 『문학사상』의 신인추천으로 한국 문단에 데뷔했으며 1980년 첫 시집 『산문에 기대어』를 간행하고, 장시 「동학란」을 발표한다. 이후 『꿈꾸는

---

* 경원대학교 국어국문학과 박사과정

섬』,『아도』,『우리나라 풀이름 외기』,『다시 산문에 기대어』,『우리들의
땅』,『바람에 지는 아픈 꽃잎처럼』,『수저통에 비치는 저녁노을』 등의
시집이 출간되었다.(소월시 문학상, 정지용 문학상, 김달진 문학상, 문공
부 예술상, 서라벌 문학상을 수상한 바 있다.)

　송수권은 초기에는 청정한 서정으로「산문에 기대어」,「지리산 뻐꾹새」
류의 시를 쓰다가 78년의「미류나무 끝」에 와서는 그 나름의 짙은 역사성
으로 빠져들기도 한다. 장시「동학란」과「달노래」 등과「붉은 무덤」,「춘
향이 생각」,「平沙里行」 등이 그것이다. 그의 시집에 뒤따르는 평가로
'한국적 정서와 힘'의 미학, '토속적인 언어로 추구된 전통 정서의 묘사',
'민족의 집단의식', '전통사회로의 귀환을 위한 꿈', '전통의 시의 울림과
짜임새', '지푸라기 감성'등을 꼽을 수 있을 것이다. 하지만 무엇보다도
그의 시의 매력을 꼽으라고 한다면 그의 많은 작품은 우리가 읊조리기에
편한 서정의 힘을 갖추었다는 것이다.

　송수권의 시의 가락은 남도의 판소리를 바탕으로 체질적으로 베어 나
온 것이라고 하겠으나 남다른 서정성을 갖춘 이 가락은 그의 "고향회복"
이라는 詩作의 출발점에서 찾을 수 있을 것이다. 또 이 고향회복은 그가
누누이 말하는 "신화의 재생력"이라든가 "역사회복의 불빛"[1]으로 까지
이어진다.

　그러면 이 가락을 만들어내는 그의 신화의 재생력이라든가 역사회복의
불빛은 어떠한 모습으로 구체적으로 그려지고 있는가? 물론 그의 토착정
서와 한국적 서정으로서의 재생력 등은 많은 검증을 거쳐 그것이 전통과
현실을 아우르고 한과 힘을 나누어 가지는, 따뜻한 삶의 재생력을 충전
해 가는 것으로 나타난다고 밝혀졌다. 한편 우리 고유정서와 사물에 대
한 그의 인식이 이 나라의 온갖 풀과 꽃들 그리고 대숲바람 같은 자연환

---

1) 송수권, 나의 문학세계,「생기로 피는 한, 부활의 힘과 역동성」, 시와 시학, 1991 가
　을호, p.143.

경으로 스며들어 그 속에 백성들의 삶이 살아 녹아들어 있다.

그리고 주지 할 일은 송수권의 시에는 이 한국적 정서를 그리기 위한 우리 산천의 풀과 꽃들이 자주 등장한다는 것이다. 그의 시가 공간과 시간을 모두 확보하고 역사 속으로 나아갈 수 있도록 하는 이 자연 속의 사물들, 이것들은 분명 간과해 버릴 수 없는 존재들이다. 이 글은 송수권의 시에 그려지고 있는 자연의 의미를 집어보는 데에 그 초점을 두고 오늘날까지 계속되는 그 의미의 궤도를 집어보고자 한다. 그 궤도는 역시 송수권의 가락과 시적 인식의 기본 틀에서부터 시작된다.

2.

山門을 송수권은 "이승과 저승을 넘나드는 경계의 문이다"[2]라고 했다. 우선은 그에게 이 山門은 그의 모든 시들이 드나들고 그의 하찮은 한숨도 의미를 가지게 하는 시의 관문임에는 틀림없다.

> 누이야
> 가을山 그리매에 빠진 눈썹 두어 낱을
> 지금도 살아서 보는가
> 淨淨한 눈물 돌로 눌러 죽이고
> 그 눈물 끝을 따라가면
> 즈믄밤의 江이 일어서던 것을
> 그 강물 깊이깊이 가라앉은 苦惱의 말씀들
> 돌로 살아서 반짝여 오던 것을
> 더러는 물 속에서 튀는 물고기같이
> 살아 오던 것을

---

2) 송수권, 위의 글, p.136.

그리고 山茶花 한 가지 꺾어 스스럼없이
건네이던 것을
누이야 지금도 살아서 보는가
가을山 그리매에 빠져 떠돌던, 그 눈썹 두어 낱
을 기러기가
강물에 부리고 가는 것을
내 한 盞은 마시고 한 盞은 비워 두고
더러는 잎새에 살아서 튀는 물방울같이
그렇게 만나는 것을
누이야 아는가
가을山 그리매에 빠져 떠돌던
눈썹 두어 낱이
지금 이 못물 속에 비쳐 옴을

—「山門에 기대어」 전문

　이 시를 보면 "누이야 ~ 보는가 / 누이야 지금도 살아서 보는가/ 누이야 아는가"로 이어지는 그 구성을 지탱하고 있는 가락이 눈에 띈다. 이 가락은 가을 산을 타고 돈다. 그 가을 산은 이승과 저승의 접점으로 한을 품고 있는 공간이다. 누이에 대한 추모로서 '눈썹'이 가을 산 그림자에 묻혀 떠돌고 있는 이미지로 부각되고 있는 이 시는 그 이미지를 향가에서 가져왔다고 하는데 그 이미지를 가로지르는 가락이 바로 시인이 서 있는 山門의 이미지가 된다. 즉 그의 시에 스며든 이 한의 가락은 산문에서 이승과 저승을 넘나드는 그의 인식인 셈이다. 그 山門에는 "즈믄 밤의 강"이, 반짝여 오는 "돌", "물 속에서 튀는 물고기", "산다화"와 함께 한다. 이것들은 그냥 그대로가 아니라 "정정한 눈물 돌로 눌러 죽이"는 그 의지로서 인식되는 것들이다. 이 의지의 인식은 "한 잔은 비워 두"는 기다림과 "더러는 잎새에 살아서 튀는 물방물"로 윤회의 그림자까지 읽어낸다.

　이렇게 가을산은 山門이라는 거대한 공간을 구성하는 한 그림자이다. 그 공간은 송수권의 고향회복과 함께 늘 드리워진 여정의 도래샘이 되고

있다. 이 도래샘을 흐르는 가락은 바로 그의 시를 오늘까지 우리 민족의
정서로 숨쉬게 하고, 우리 시의 감칠맛의 깊이를 더하게 한다.

그의 시에 배인 이 가락은 시에 그려진 자연물들과 함께 남도의 향토정
서와 맞닿아 있는데 그 가락과 함께 하는 의미들은 恨에서 恨단으로 잦아
드는 애상적인 것이 아니라 단단한 근육질 같은 골격을 지닌 힘을 가진다.

> "대숲 바람 속에는 대숲 바람소리만 흐르는 게 아니라요/서느라운 모시옷
> 물맛 나는 한 사발의 냉수물에 어리는/우리들의 맑디맑은 사랑//봉당 밑에 깔
> 리는 대숲 바람소리 속에는/대숲 바람소리만 고여 흐르는게 아니라요/대패랭
> 이 끝에 까부는 오백년 한숨, 삿갓머리에 후득이는/밤 쏘낙 빗물소리……//
> 머리에 흰 수건 쓰고 북창을 깎던, 간 큰 아이들, 황토현을 넘어가던/징소리
> 꽹고리 소리들……//남도의 마을마다 질펀히 깔리는 대숲 바람소리 속에는/
> 흰 연기 자욱한 모닥불 끄으름내, 몽당빗자루도 개터럭도 보리숭년도 땡볕도/
> 얼개빗도 쇠그릇도 문둥이 장타령도/타는 내음……//아 창호지 문발 틈으로
> 스미는 남도의 대숲바람소리 속에는/눈 그쳐 뜨는 새벽 별의 푸른 숨소리,
> 청청한 청청한 대닢파리의 맑은 숨소리"

이 「대숲 바람소리」에서도 「산문에 기대어」와 같이 자연물인 대숲 바
람소리로부터 우리 민족의 정서를 읽어낸다. 그 맑은 서정은 우리 민족
의 숨소리를 대숲 바람소리에서 느낄 수 있도록 온갖 사물들이 시의 가
락을 타고 함께 한다. 결국 일구어낸 것은 지나간 역사 속의 "대패랭이
끝에 까부는 오백년 한숨"이며, 현재의 "눈 그쳐 뜨는 새벽 별의 푸른
숨소리"이다. 여기에도 송수권의 山門의 의미는 잠재해 있는 듯하다. 앞
에서 말한바와 같이 山門은 윤회의 끝없음과 부활일터인데 이 대숲바람
은 같은 자연물로서 지난 역사와 현재의 우리이다. 그 자연물들이 모두
송수권의 山門에 속하여 이제 그것은 이승과 저승을 연결해주는 공간으
로뿐 아니라 역사 속에 살아 있게 하는 민족적인 따뜻한 정한과 체취를
느끼게 하고 있다. 사실 이 대숲 바람소리를 읽고 있으면 마치 그 바람
속에 공존하는 듯, 그 서늘함이 느껴진다. 쉐쉐쉐 …… 山門의 공간에서

맑은 숨소리를 들어 본다. 신화의 재생력, 역사회복의 불빛을 본다.

여러 산 봉우리에 여러 마리의 뻐꾹기가
울음 울어
떼로 울음 울어
석 석 삼년도 봄을 더 넘겨서야
나는 길뜬 설움에 맛이 들고
그것이 실상은 한 마리의 뻐꾹새임을
알아냈다.

智異山下
한 봉우리에 숨은 실제의 뻐꾹새가
한 울음을 토해 내면
뒷산 봉우리가 받아 넘기고
또 뒷산 봉우리 받아 넘기고
그래서 여러 마리의 뻐꾹새로 울음 우는 것을
알았다.

智異山中
저 連連한 산봉우리들이 다 울고나서
오래 남은 추스림 끝에
비로소 한 소리 없는 江이 열리는 것을 보았다.

섬진강 섬진강
그 힘센 물줄기가
하동쪽 남해를 흘러들어
南海群島의 여러 작은 섬을 밀어 올리는 것을 보았다.

봄 하룻날 그 눈물 다 슬리어서
智異山下에서 울던 한 마리 뻐꾹새 울음이
이승의 서러운 맨 마지막 빛깔로 남아
이 細石 철쭉꽃밭을 다 태우는 것을 보았다.

—「지리산 뻐꾹새」 전문

　예전의 한국 정서로서의 한이 아닌 "5천년의 역사를 소생시켜 주는 끝 없는 부활의 의지"[3]라는 평을 받는 「지리산 뻐꾹새」는 쪽빛 바다 위에 뜬 섬을 밀어 올리는 한 마리 뻐꾹새와 선홍 빛깔인 철쭉의 강한 심상으로 이루어져 있다. 온 산맥을 뿌리 채 흔들어 놓는, 결국 추수림 끝에 섬 진강을 열어 놓고 남해를 흘러들어 여러 작은 섬을 끌어올리는 것은 어디에서 오는가. 걸려도 깊이 걸리고, 진하게 우는 한 마리 뻐꾹새의 울음 에서 오는 것이라 한다. 산천은 아무 이유 없이도 변하듯 그렇게 모습들을 갖추어 나간다. 그러나 알고 보면 한 울음 토해내면 주위 모든 것들이 응수할 수밖에 없는 이 진리 속에 우리는 속해 있다. 그 진리들은 인간의 의지보다는 자연, 그리고 하찮은 미물들의 세계에 오히려 가깝다. 걸리지 않는 풍경 속에서 깊이 걸리는 일이야말로 가장 현명한 삶을 사는 것이라는 것을 지리산 뻐꾹새를 통해 알 수 있었으니까 말이다. 그 삶은 이 시만큼이나 치렁치렁 가락을 두른 자연 친화적인 모습일 것이다.

　그러면 깊이 걸리는 삶은 무엇에서 오는가? 자연스러운 삶을 사는 일, 그러나 안일한 도취 속에서 편안히 쉬기만을 바라는 것이 아닌, 또 억지로 사회를 바꾸려는 선구자적 목소리가 아닌 오래 남은 추수림을 이끄는 그런 튼튼한 정신에서부터 온다고 하겠다.

　위에서 살펴본 바와 같이 송수권은 고향회복이라든가 신화의 재생력, 또는 역사회복의 불빛을 위해 자연을 빌어 우리 삶을 노래해 왔다. 그는 그 출발점에서부터 놀랍도록 자연 친화적 입장에서 모든 것들을 감지해 내고자 한다. 따라서 그의 시에는 이후에도 줄곧 이 국토의 풀과 꽃, 새와 나무, 산과 강과 바다의 만남에 이르기까지 그 속에서 흘러나오는 따뜻함과 정겨움을 엮어낸다. 그것은 억지 짜 맞춤이 아닌 산천의 가락을 절로 갖춘 돌고 도는 도래샘의 흐름과도 같다. 이 흐름은 그의 시에 붙

---

3) 김용직, 「한국적 정서와 힘」(『산문에 기대어』 해설, 문학사상사, 1980), p.112.

여겼던 명징한 서정성의 근원이요, 오늘날 새로이 부각되고 있는 생명사상과도 상통한다고 하겠다. 그의 山門은 이렇게 오늘을 향해 또 다르게 열려 있다.

3.

질박한 토착 정서라든가 고향에 대한 꿈꾸듯이 들려주는 이야기들, 나름대로의 서정적 역사의식은 송수권의 트래드 마크 같은 것이다. 여기에 보탠다면 그의 솔직한 진술 자세와 우리 풍토에 자라는 풀과 꽃 그리고 자연 모두에 대한 사랑의 터전에 서 있다는 것이다.

그의 시집을 보면 '산문에 기대어', '지리산 뻐꾹새'를 비롯하여 '들꽃 아래서', '봉선화', '목련개화', '해오라기 한마리', '아침 풀밭', '마른 풀', '강', '매화사', '수석', '매를 부르며', '산수유 꽃', '감꽃', '돌각담에 지는 자주 달개비꽃 한 송이', '미류나무 끝', '대숲 바람소리', '하얀 목련', '풀꽃 축제', '여름 산', '이상한 풀벌레', '오동꽃', '자목련이 지는 날은', '개똥벌레와 시인', '해바라기 꽃', '꿀벌', '메밀꽃밭', '도라지꽃', '남도 꾀꼴새', '귀뚜라미', '풀여치', '나팔꽃', '나무'등과 그 밖의 시에는 수많은 자연물들이 소재로 쓰이고 있음을 알 수 있다. 그가 즐겨 찾는 이러한 소재들은 고향의식을 일깨우게 하고 한국적 정서의 원형을 보여주는 데에 기여한다. 이렇게 하여 만들어진 송수권의 의식세계는 현시대와는 다분히 떨어져 있지만 과거지향의 복고적인 것은 아니다. 그의 자연친화적인 시세계는 국토를 가르는 자연 속에 잔잔히 스며들어 있는 우리들의 정서를 바로잡아 주고 흩어진 우리 삶을 모아들이고자 한다. 유년의 기억속에 잠들어 있는 고운 마음씨들이 다시 세상을 다독거리게 하고, 고향에 묻어둔 옛 것들에 대한 그리움은 식상해버린 가족사의 의미를 되새기게 할 것이다. 그렇게 하는 도중에 우리의 역사와 거기에 끼어 든 정서－문화－가 퇴색되지 않게 바로 서고 잃어버린 꿈들을 되찾을 수 있을 것이다.

　문학의 길이 그렇듯이 의미는 미끄러지고 꿈은 항상 아쉽게 끝난다. 그러나 다시 생각해보면 사는 것이 모두 꿈이 아닌가. 그런데 디지털 시대에서 이 꿈은 예전과 같지는 않다. 실제와 가상의 두 공간을 맞바꾸어도 실감하지 못할 정도로 이미 모든 것들이 뒤섞여 존재하고 있으니까 말이다. 이젠 꿈이라는 개념도 이루어질 수 없는 것이 아니라 순간마다 입장을 달리할 때에 갖는 일종의 착란 증상정도로 까지 전락하고 말았다. 또는 보수적 의미로는 그 유용성마저도 의심하는 신세대들이 있다. 그러나 이 변질된 의미중의 하나인 꿈이 여전히 우리 주위를 맴돌고 있는 이유는 무엇일까? 그것은 아마도 무언가를 추구해야만 지탱할 수 있는 인간 특유의 본성 때문일 것이다. 무언가 추구하고자 하는 염원은 자신이 지녔던 소중한 것들에 대한 확인 작업의 일종이다. 그것은 바로 우리의 정서 중 그리움으로 드러난다. 그리고 그 그리움은 순수한 자연물을 통해 따뜻하게 또는 자신도 모르는 모습으로 냉혹하게 비추어지는 것이다.

　송수권의 시도 이러한 의미로 읽는다면 좋을 듯하다. 우리를 그리움의 공간으로 이끌고 그 확인 작업으로 거대한 힘까지 갖게 하는 우리를 둘러싸고 있는 풀과 꽃 등의 자연물, 토속적인 사물들에 대한 사랑을 키워왔기 때문이다. 송수권이 유독 조심스럽게 접근하는 면이 있다면 그것은 수많은 꿈을 꾸면서 인간으로서 살아가기, 혹은 속세의 존재의의란 이 지상에서 찰나적인 불꽃 하나 피우는 일이라는 통찰이 그것이다. 자연물을 통한 우리 삶의 의미 확인이 세속적 삶의 원리로서 인연의 신비함으로 나아가고 있었던 것이다.

말없이 꿈꾸는 두 개의
섬은 즐거워라
내 어린 날은 한 소녀가 지나다니던 길목에
그 소녀가 흘려내리던 눈웃음결 때문에
길섶의 잔풀꽃들도 모두 걸어 나와
길을 밝히더니

……중략……

우리 둘이 지나다니던 그 길목
쬐그만 돌 밑에
다래끼에 젖은 눈썹 둘, 빼어 눌러 놓고
그 소녀의 발부리에 돌이 채여
그 눈구멍에도 다래끼가 들기를 바랐더니
이승에선 누가 그 몹쓸 돌멩이를
차고 갔는지
눈썹 둘은 비바람에 휘몰려
두 개의 섬으로 앉았으니

말없이 꿈꾸는 저 두 개의
섬은 즐거워라.

─「꿈꾸는 섬」

　"말없이 꿈꾸는 두 개의 섬"을 "다래끼에 젖은 눈썹 둘"의 인연으로 보는 송수권의 인식은 「지리산 뻐꾹새」의 섬진강을 열어 놓는 힘과 함께 하고 있다. 우리 생활 속에 숨어 있던 전설과도 같은 이 시는 단순히 이야기로 우리를 꿈꾸게만 하는 것이 아니라 이것도 역시 앞에 말한바와 같이 윤회의 끝없음과 부활의 의지로 점철된다 하겠다. 송수권의 이러한 자세는 「등꽃 아래서」와 최근작 「파천무(破天舞)」에서도 확인된다. 또한 같은 美感을 갖는 무수한 작품들이 자연물들과 함께 하고 있다.

　이미 많은 문학인들이 생태주의 생명주의에 대해 말하고 초점을 맞추고 있다고 하겠는데 송수권은 출발점에서부터 마치 예견이라도 한 듯 많은 부분을 우리의 고향, 자연 속에서 찾았고 흥이 나도록 노래해 왔다.

1988년 제2회 소월시 문학상 수상작인 「우리 나라의 숲과 새들」을 보면 "나는 사랑합니다. 우리 나라의 숲을, 늪 속에 가라앉은 숲이 아니라/ 맑은 신운(神韻)이 도는 계곡의 숲을, 사계가 분명한 그 숲을"하고 노래하면서 소탱소탱 우는 소쩍새나 울면 반가운 손님이 오는 까치, 쑥독쑥독 우는 쑥독새, 햇솜 같은 구름, 죽은 나무들을 목관 악기처럼 두들기는 딱따구리, 숲을 베개삼아 찌르륵 우는 찌르레기, 삐거덕 삐거덕 물레새 울음, 그리고 동치미에서 싹독싹독 도마질하는 아내의 흰 손을 따뜻한 감성으로 그려내고 있다. 이 시를 읽노라면 우리의 산천이 이렇게 아름답고 그것을 표현하는 우리말이 이처럼 예쁘구나 하는 것을 새삼 느끼게 된다. 이와 같은 시는 이상하리 만치 우리를 정화시키고 순수하게끔 만든다.

그런데 한편으로 우리말과 우리 나라 사물에 대한 애정이 깊어질수록 송수권의 사유의 골은 깊어질 것이고 흐르는 시대와 그의 시의 간극은 커질지도 모른다는 우려도 된다. 그만큼 지금까지의 그의 시는 순수의 터전에서 山門을 지키고 있는 셈이다.

4.

송수권은 그의 시집 『산문에 기대어』와 『꿈꾸는 섬』 등에서 주로 확인되는 민족적 정서 추구는 그가 밝힌 바대로 겨레 혼의 발림을 통해서이었다. 그 의도는 모두 山門의 경계에 존재하는 자연물들의 모습과 도래샘 같은 가락으로 드러났다. 이후 그의 시들에도 이러한 의지는 상존해 있었으며 때로 우리의 정스러운 이야기 속에, 설화들 속에 녹아들기도 했다.

　최근작인 「여운」, 「내 사랑은」, 「비로봉 오르는 길에서」, 「철도원」, 「우포늪엔 악어가 산다」, 「두만강 돌맹이」, 「철원평야」 등의 시에도 여전히 위의 성격들을 엿볼 수 있다.

　송수권의 민족 정서의 힘을 느끼게 했던 섬진강은 이제 더 이상 옛 모습이 아니며 생태계의 파괴는 인간성의 부정으로까지 이어지고 있는 지금 송수권은 「우포늪엔 악어가 산다」(『21세기 문학』, 2001년 봄호)에서 우포늪에 사는 악어를 통해 현시대를 경고한다.

　우포늪은 고대 왕국 가야 시절부터 있었던 경남 창녕군에 있는 늪이다. 우포늪 속에선 벌써 쉰내가 난다 작년에 왔을 때와는 다르다. 왕버들 군락이 둥지째 넘어져 늪 속에 처박혀 귀신의 그림자로 떠오르고 물방개의 갑피가 떠올라 여름 땡볕에 반들거린다 이 늪엔 언제부터 이무기와 용 대신 악어가 들어와 사는 걸까, 한 켠 창포늪지의 물풀들 속에서 창포꽃이 피다 말고 파랗게 자지러진다. 말잠자리 한 마리가 떠돌다 그 위에 앉을까 말까 골똘히 생각하다가 노란 어리연꽃이 피어 있는 연잎 위에 앉는다. 한낮인데도 어디선가 떠날 때가 되었는지 논병아리가 삐약거리고, 마음 속에 젖어오는 풍경 하나, 이른봄 개나리 노랑꽃이 활짝 핀 반도의 남쪽 끝, 시골 흙담집 마당 깊은 그늘 속에 맑은 성욕(性慾)을 땅그림자에 뱉으며 뺑뺑이 돌던 수탉의 울음 대신, 악어 이빨에 씹힌 쇠물닭, 원앙의 새끼들이 검은 성욕의 융단 폭격으로 자라풀, 나사말, 개구리밥, 붕어마름, 생이가래 등 한 깔자리로 썩어, 물 위의 포장마차로 흔들리면서, 가시연꽃들은 한밤중에도 위험한 불빛들을 토해내고 있다.

—「우포늪엔 악어가 산다」 전문

　악어의 우포늪의 평화를 파괴하는 행위는 "검은 성욕"의 이름으로 표현된다. 이 "검은 성욕"은 "맑은 성욕"과 대비되는 것으로 우포늪의 생태 훼손은 자연대 인간의 대결구도가 아닌 상반된 성욕의 대결구도로 바뀐다. 생명을 죽여 부패하게 만드는 우포늪의 상황은 현대사회가 직면한 위험에 대한 상징적 재현으로 읽힐 수 있다. 전통 농경사회의 평화로운 늪에 이제는 살육과 파괴의 산업사회가 "검은 성욕"의 모습으로 음험하게 다가온 것이다. 이 "검은 성욕"은 평화로운 생명들을 이빨로 짓씹으며 온통 "한 깔자리로"썩게 만든다. 무자비한 악어에 의해 마침내 시간과 자연의 역사는 함께 위험에 빠진다. 이렇게 악어로 칭해진 "검은 성욕"의 파괴 주체는 인간 내면에 견고하게 자리하여 시간의 역사와 자연의 생태를 위협한다고 전하고 있다. 최근 시단에 일고 있는 생태시들과 달리 생태 파괴의 문제를 개발이나 오염 등의 시각으로 보지 않고 파괴 주체의 본성의 관점에서 접근하고 있어 주목할 만하다.[4]

위의 시를 송수권이 현시대를 새로이 읽는 해석으로 보아도 무방할 터이지만 이 시에서도 여전히 느낄 수 있는 것은 우리 주위의 천진한 자연물들이 가득하다는 것이다. 그 안에 자리한 능청스러운 메시지가 우리의 지각을 자극하고 있다.

생태계의 위기의 근본 원인은 아마도 인간중심주의일 것이다. 인간이 우주의 중심에 서서 자연을 지배하고 정복하고 착취한 데서 생태계의 위기가 비롯하였다. 인간을 위하여 발달한 과학과 기술이 인간을 파멸로 몰아간다면 우리 스스로가 무덤을 판 셈이다. 따라서 이 생태계의 문제나 환경문제 등은 인간중심주의 의식을 바꾸지 않으면 불가능한 일이 된다. 이러한 차원에서 우리시단에 불고 있는 녹색시들은 자연의 집을 수없이 지어야할 의무를 갖는다. 한번에 바꿀 수 없는 이 인간중심주의의 의식은 앞에서 살핀바와 같이 순수한 꿈을 그리워하는 그리움을 우리 정서에서 되찾고 우리 지천에 깔려있는 자연물들의 숨소리에 귀기울이며 사랑을 키워갈 때에 다스려질 수 있기 때문이다. 그것은 자연이 갖는 윤회의 전설과 인연과도 상통하고 역사의 산 증인들이 이 자연임을 깨닫게 하기에 가능한 것이다.

---

4) 윤재웅, 「현대 삶의 위기에 대한 탁월한 환유」, 『2001년 미당 문학상 수상작품집』, 중앙일보, 2001, p.97 참조

　인간은 자연으로부터 오고 자연으로 돌아가는 존재라 한다. 이 자연은 우리 삶의 에너지 저장고와 같은 존재로, 언젠가는 회귀할 곳이다. 송수권이 한스런 우리의 삶을 '맑은 정서'로 일구어내고 사랑으로 이야기하듯 시를 써왔던 것, 그리고 인간과 인간 사이 자연과 인간 사이를 이어주는 '인연'을 이끌어 낸 깊은 성찰은 다름 아닌 피폐해진 우리 삶을 회복하고 어려운 시기에 신성하는 '부활의지'로 재생의 꿈을 꿈꾸어 온 것이라 요약될 것 같다. 그에게 가능했던 山門의 공간은 이제 오늘을 사는 현대인의 의식을 새롭게 하는 터전이 됨을 확인하게 된다.

　송수권은 평소에 "느린 걸음으로 조급하게 살지 않는, 남도의 하늘과 바람처럼 살아라"라고 말해 왔다. 현대인의 바쁜 걸음걸이가 발전의 궤도를 그리지만 느린 걸음걸이는 주위의 숨쉬는 사물들이 얼마나 길게 그리고 예쁘게 그림자를 드리우고 살고 있는지 최소한의 시간을 만들어 줄 것이다.

　느린 걸음으로 우리 나라 산천을 휘감는 저녁 연기를 느껴보자. 집집마다 밥짓는 냄새도 맡아보고 논두렁 사이로 기우는 해가 밤새도록 움집들 추녀의 고드름을 키울 것을 상상해보자. 아파트와 고층빌딩 사이를 누비는 메마른 카페정서와 다른 이 눅눅한 살내 나는 정서는 잠든 우리의 언어들을 깨울 것이다.

참고 문헌

김용직, 「한국적 정서와 힘-산문에 기대어」, 문학사상사, 1980.

김준오, 「곡선의 상법과 전통시－송수권의 시세계와 시사적 의의」,『시와 시학』,
　　　　1991 가을호.

김치수,『이야기의 시－꿈꾸는 섬』, 문학과지성사, 1984.

박재삼, 「한의 정서와 극복」,『문학사상』, 1982. 10월호.

박두진·김남조·이어령·김용직, 「소월시 문학상 심사평」,『소월시 문학상 수상
　　　　집』, 문학사상사, 1988.

박호영, 「낭만적 리얼리즘의 지평－송수권 시의 형상과 기법」,『시와 시학』, 1991
　　　　가을호.

이남호, 「80년대 시의 심화양상」,『문학의 시대』1권, 풀빛, 1983.

자연에의 귀환과 회감

김규진

1. 들어가며

정현종(1939~)은 『현대문학』에 1964년 「和音」, 「주검에게」와 1965년 3월 「獨舞」, 같은 해 8월에 「여름과 겨울의 노래」로 추천을 완료하면서 본격적인 작품활동을 시작[1]한다. 그의 첫 시집인 『사물의 꿈』이 간행된 1970년대 이후 한국사회는 본격적인 근대화 과정 속에서 사회적 모순이

---

* 경원대학교 국어국문학과 박사과정

1) 그 후 총 7권의 시집과 5권의 시선집, 그리고 3권의 산문집과 다수의 번역시와 번역서를 편찬하였다. 구체적으로 『사물의 꿈』(1972), 『나는 별아저씨』(1978), 『떨어져도 튀는 공처럼』(1984), 『사랑할 시간이 많지 않다』(1989), 『한 꽃송이』(1992), 『세상의 나무들』(1995), 『갈증이며 샘물인』(1999) 등의 시집과 『고통의 축제』(1974), 『달아 달아 밝은 달아』(1982), 『사람으로 붐비는 앎은 슬픔이니』(1990), 『사람들 사이에 섬이 있다』(1991), 『이슬』(1996) 등 시선집, 시론집 『숨과 꿈』(1982), 산문집 『날자 우울한 영혼이여』(1975), 『생명의 황홀』(1989) 등이 있다.

첨예화되는 시기이다. 이러한 근대는 인간 주체가 세계를 합리적으로 파악할 수 있고, 역사를 진보시킬 수 있다는 이성에 대한 확고한 믿음에 기반한다. 서구의 근대 이성적 사유는 효율성과 생산성이라는 미명 아래 자연에 대한 인간의 권력을 정당화하고, 도덕적 무관심을 조장함으로써 환경 위기를 가져왔다. 이러한 사고는 수량화되거나 물리적으로 측정될 수 있는 것만이 가치 있는 것으로 인정받는 교환가치에 대한 맹목적인 신봉이며, 이와 같은 근대의 패러다임 속에서 인간을 포함한 자연에 내재하고 있는 목적론적 질서는 깨지고 만다. 이로 인해 도덕적 고려의 대상일 뿐만 아니라 내재적 가치를 지닌 합목적적 존재인 자연은 인간의 기술권력에 완전히 내맡겨진 타자적 관계의 전형적 예가 된다. 이 과정에서 자연은 어쩔 수 없이 무참히 짓밟혀질 수밖에 없었으며, 이는 환경 위기뿐만 아니라 더 나아가 산업문화의 퇴폐성과 인간성의 황폐화 문제로 이어진다.

이러한 근대의 폐해 속에서 문학은 생태학과 자연스럽게 만난다. 근대의 가장 큰 문제 중 하나인 생태위기를 지적하고 그 대안을 모색하는 학문인 생태학과 문학의 접목은 자연스러운 결과라 할 수 있다. 생태학은 각각의 모든 생물을 본질적인 가치로 바라보며, 지구 생태계가 부분과 전체, 개체와 환경이 서로 깊이 연결되어 있는 유기체적 통일이라는 의식이다. 또한, 생태학은 인간 내부의 정신구조에 내재화된 사회적 욕망의 확대 구조에서 벗어나 개인의 고유한 내면적 가치와 생태계의 상호의존적 순환구조에 숨겨져 있는 지혜를 재발견할 것을 요구한다. 그러나, 이런 생태학적 실천은 현실의 물질적 이익과 배치되는 길이기에 기존의 물질주의적 가치관을 극복해야 하는 어려움을 지닌다. 하지만, 생태학과 문학의 접목은, 문학 작품이 주는 정서적 감응력을 통해 논리적 설득과 윤리적 당위성의 한계를 넘어 체험에 입각한 진정한 자각의 계기로 기여할 수 있는 의의가 있다. 이는 생태학의 논리적 진술이 도달하지 못한 내용을 문학적 표현을 통하여 직관적으로 표현할 수 있다는 가능성도 내포한다. 다시 말해, 생태학과 문학의 접목을 생태문학2)이라 할 때, 개인의 생태학적 자각을 유도하고 바람직한 생태학적 전망을 제시할 수 있다는 데 생태문학의 의의가 있다.

정현종은 詩作 초기부터 인간의 현존재와 타자와의 관계에 주목하여, 인간을 객관화하고 추상화하는 관념적 태도에서 벗어나려 한다. 그가 시에서 추구하고 있는 사물의 근원적인 생명감은 진화론을 바탕에 둔 근대의 도구적 이성에서 벗어나 생태학이나 심미적 이성으로 사물과의 물화된 관계를 해체하려는 노력이다. 이것은 모더니즘 이후 미적 현대성이 예술작품을 통해, 과학문명이 이루어 놓은 도시적 삶의 불모성과 기계적 의식에서 인간 정신을 구원하여 자연의 영성으로 회복시키기 위한 새로운 실천이기도 하다. 오늘에 이르기까지 계속되고 있는 이러한 정현종의 시정신은 세계를 근본적으로 상호 연결되어 있는 상태, 상호의존적인 현상들의 연결망으로 인식하는 생태의식적 사고이다. 이는 바로 정현종이 모든 생물을 본질적인 가치로 바라보며, 지구 생태계가 부분과 전체, 개체와 환경이 서로 깊이 연결되어 있는 유기체적 통일이라는 사실을 인식했다는 것을 의미한다. 결국 정현종의 시적 방법은 인간 내부의 정신구조에 내재화된 사회적 욕망의 확대 구조에서 벗어나, 개개인의 고유한 내면적 가치와 생태계의 상호의존적 순환구조에 숨겨져 있는 지혜를 재발견할 것을 요구하는 것이다.

본 연구는 정현종의 『사랑할 시간이 많지 않다』(1989), 『한 꽃송이』(1992), 『세상의 나무들』(1995), 『갈증이며 샘물인』을 대상3)으로, 세계를

---

2) 임도한은, '생태문학'이란 용어가 아직 문학사적으로 확립된 용어는 아니지만, '현대 생태학적 문제의식을 기반으로 생태학적 대안을 모색하는 문학'으로 지칭할 수 있다 며 용어의 통일을 꾀한다.(임도한, 「한국현대생태시연구」, 고려대 박사, 1998, pp.44 ~57 참조.)

3) 이들 시집을 연구대상으로 선택한 이유는, 『사물의 꿈』, 『나는 별 아저씨』, 『떨어져 도 튀는 공처럼』 등에서 주로 정현종이 실존적 자아의 한계에 대한 인식과 자각을 통해 굳어지고 마모된 현실에서 고통스러워하며, "무용", "바람", "공", "날개" 등의 역동적인 이미지를 통해 상승과 도취를 꿈꾸며, 존재론적 한계를 초월하려 했다면,

근본적으로 상호 연결되어 있는 상태, 상호의존적인 현상들의 연결망으로 인식하는 정현종의 생태의식적 사고와 그러한 생태의식적 사고가 작품 세계에 어떻게 구현되는지를 살펴볼 것이다.

2. 세계 속에서 숨쉬기와 관계론적 인식

1) 생명의 황홀한 숨결

바람은 저렇게 / 나뭇잎을 / 설렁설렁 살려낸다 / ……중략…… // 나 바람 나 / 길떠나 / 바람이요 나뭇잎이요 일렁이는 것들 속을 / 가네, 설렁설렁 / 설렁설렁.

―「설렁설렁」 부분4)

위의 시에서 "바람"은 생명의 숨결과 우주적인 일체성의 인식이다. 그렇기 때문에 "바람"과 "느끼는 사람의 숨결" 또는 "나"는 그 어느 때보다도 일치된 방향에서 "설렁설렁" 혼합될 수 있다. 또한, 자연의 바람은 "나뭇잎을 설렁설렁 살려"내듯이 불고, 바로 그런 점에서 바람은 생명의 바람이며, "숨결"과 "살려냄"이란 표현의 반복 역시 그만큼 생명의 존재성을 강조하는 것이다. 이처럼 시에서 숨결이라는 잘 보이지 않는 현상에 주목하고, 또한 그것에 동화되는 마음을 경쾌하게 부상시킨 시인의 의지는 역설적으로 우리가 살고 있는 세계가 숨결을 무시하고, 숨결의

『사랑할 시간이 많지 않다』(1989) 이후 정현종의 작품에서는 세계를 근본적으로 상호연결되어 있는 상태, 상호의존적인 현상들의 연결망으로 인식하는 생태의식적 사고가 짙어지는 것을 볼 수 있기 때문이다. 물론, 첫 시집부터 그런 의식의 단초를 보이기는 하나, 『사랑할 시간이 많지 않다』와 이후 전개되는 그의 시에 생태의식이 보다 짙게 배어있다고 보았기 때문이다.

4) 정현종, 『세상의 나무들』, 문학과지성사, 1995, p.54.

통로를 가로막고, 숨결을 죽이는 세계라는 것을 암시한다. 그 세계에 몸 담고 있는 시인은 시를 통해 그 세계를 극복하려 하는 것이다. 정현종은 「가이아 명상」5)에서, "시인은 생물권 안에서 인간중심주의나 인간우월주의와 결별하는 첫 번째 사람이어야 한다고, 아니 참된 시인이라면 처음부터 생물들과 인간 사이에 아무런 차이를 느끼지 못하는 그런 사람"이라고 언급한다. 이는 정현종이 처음부터 인간과 사물의 '생명'됨을 일깨우는 것이 시와 시인의 역할임을 인식하고 있었다는 것을 생태주의의 확산과 관련하여 언급한 것이라고 볼 수 있다.

> 나는 그대의 춤과 표정을 보고 있다 / 누가 내 몸을 빨래 짜듯이 쥐어짠다 / 구정물이 뚝뚝 떨어진다 // (극장을 나와서) / 내가 땅을 밟으며 걸어가는 노릇도 / 도무지 주위를 손상하는 것 같아 / 공중을 걸어가듯 가만가만 걷는다. / 주위가 다칠세라…… / 바야흐로 세상에 있는 것들의 자리와 연결은 / 靈氣의 磁場 속에 완전한 균형을 이루고 있다 /…… / 예술이여 / 天眞과 사랑의 두 날개를 단 / 생명의 여린 살이여
> ―「예술이여(미하일 바리시니코프에게)」 부분6)

위 시에서 춤을 추는 미하일 바리시니코프는 예술이라는 추상적·관념적 개념을 肉化하고 있는 실체이며, 예술을 肉化하고 있는 무용가를 시적 자아는 신령스러운 기운으로 받아들이고 있다. 여기서 "무용"은 세상의 더러움으로부터 우리를 정화시키고 상처와 고통으로부터 우리를 재생시키는 생명이다. 또한, "무용"은 "靈氣"에 접촉하게 하는 대상이자 계기

---

5) 모든 생명들이 서로 고리처럼 연결되어 있다는 생각을 정현종은 제임스 러블록의 용어를 원용하여 '가이아'라는 개념으로 설명한다. 그에 의하면, 가이아는 "물리적·화학적 환경을 스스로 조절함으로써 지구를 건강하게 유지하는 능력이 있는 자기 조정적 실체로서의 생물권"이라 한다. 따라서 가이아란 지구의 생물계 전체가 형성시킨 지구 단위의 단일한 유기체라고 볼 수 있겠는데, 이 가이아를 형성하는 각 생명들은 우리 몸의 세포와 마찬가지로 상호관련 내지, 상호의존적일 수밖에 없다.(정현종, 「가이아 명상」, 『작가세계』, 1989. 가을, pp.154~156.)
6) 정현종, 『사랑할 시간이 많지 않다』, 세계사, 1989, pp.28~29.

이며, "靈氣" 그 자체이다. 때문에 "무용"을 보고 시인은 정화될 수 있으며, 정화된 시인의 눈에 비친 세상 또한 "靈氣"로 가득한 세상이 될 수 있는 것이다. 그렇기에 시인은 신령스런 기운으로 균형을 이루고 있는 세상을 어지럽히지 않기 위해 "공중을 걸어가듯 가만가만 걷는" 것이다.

이처럼 세상의 더러움으로부터 우리를 정화시키고 상처와 고통으로부터 우리를 재생시키는 "무용"은 다름 아닌 "생명"이며, 이런 "생명"은 "天眞"과 "사랑"을 體現하고 있는 대상이다. "天眞"과 "사랑"을 體現하고 있기 때문에 "생명"은 우리를 정화시키고 재생시킬 수 있는 것이다.

이렇듯, 정현종의 시에서 "天眞"과 "사랑"의 속성을 가진 생명을 가장 구체적으로 체현하고 있는 대상은 자연이며, 그 중에서도 자연의 속성을 가장 잘 대변해주고 있는 것은 "나무"와 "새"이다.

> 세상의 나무들은 / 무슨 일을 하지? / …… / 가슴이 고만 푸르게 푸르게 두근거리는 // …… / 둥글고 둥글어 탄력의 샘! // 하늘에도 땅에도 우리들 가슴에도 / 들리지 나무들아 날이면 날마다 / 첫사랑 두근두근 팽창하는 기운을!
>
> —「세상의 나무들」 부분7)

이 시에서 "나무"가 시인의 가슴을 두근거리게 하는 이유는 "나무"가 한시도 정지하지 않고 "푸르게 푸르게", "둥글게 둥글게" 끊임없이 움직이고 상승하는 생명 활동을 영위하고 있기 때문이다. 이처럼, 시인에게 "나무"는 생명의 표지, 곧 끊임없이 생성하며 발전하는 영원한 움직임의 표상이기에, 시적 자아는 "허구헌 날" 나날이 "나무"를 바라보며 가슴을 "푸르게 푸르게 / 두근거"릴 수 있는 것이다.

시에서 끊임없이 생성하며 발전하는 나무의 역동성을 시인은 "둥글고 둥글어 탄력의 샘!"으로 인지하고 있는데, 이것은 모든 생명 있는 존재를 둥근 형상으로 인식하는 정현종 최근 시의 한 특징이다. 다음 시를 살펴보자.

---

7) 정현종,『세상의 나무들』, p.34.

저 꾀꼬리 소리 좀 봐 / 넘쳐흐르는 말씀을— / ……중략…… // 그렇게 그 소리의 무한은 / 열리고 또 열리어 / 보인다 바람과 그늘과 초록의 / 우주, / 흙과 벌레 / 천둥 번개의 우주가…… // 봄이면 나는 내내 / 저 새소리의 집에서 산다. / 한없이 넓고 둥글고 / 그리고 편안하다.

—「새소리」 부분8)

새는 그의 비상과 소리 때문에 항상 시인의 상상력을 자극하는 동력원이다. 위 시에서 "새소리"가 생명의 始原을 열어 보여주며, 생명의 근원을 알려줄 수 있는 까닭은 "새소리"가 인위적인 무슨 창법에 의하지 않는, 자연스러운 原始의 소리이기 때문이다.

또한, 앞에서 "나무"가 원형의 형태로 인식되었던 것처럼, "새소리" 역시 둥근 형태로 인식되고 있다. 생명의 모습을 가장 잘 체현하고 있는 대상인 "나무"와 "새"를 모두 둥근 형태로 인식하는 것은 원형의 형상에 대한 시인의 각별한 관심을 반영한다. 정현종은 한 산문에서 둥근 모양이 형태 중에서 가장 완전한 형태이며, 생명의 참모습이라고 말9)한다. 그리고 생명의 모습을 가장 완전한 형상인 원형으로 표징하고 있는 대상이 새와 나무10)라고 했다. 원형이 가장 완전한 형상인 이유는, 원형이 하나의 살아 있는 球體 안에 둘러싸여 있는 생명의 집중으로서 생명의 최상의 통일성을 이루는 존재를 표상하기 때문이다. 정현종은 둥근 형상의

---

8) 위의 책, p.27.

9) 정현종의 원형에 대한 관심이 단적으로 나타나고 있는 시는 다음과 같다.

거기서 와서 거기로 가는 / ○은 처음이며 끝 / ○은 인생의 초상 / ○은 다 있고 하나도 없는 모습 / 꽉차고 텅 빈 모습 / ○은 무엇일까 / ○은 가볍다 / 空氣의 숨결 / 굴리며 놀고 / 뒤집어쓰면 후광 / ○은 크고 밝다 / ○은 생명의 거울 / ○은 사랑 / ○은, 모든 곡식의 살 / 모든 열매의 살 / 이슬과 눈물의 精靈 / 천체의 정령 / 금반지 은반지의 정령 / 풀잎과 나무의 정령 / 물과 피의 정령 / 방울들 / 왼갖 소리들 / 모든 구멍의 정령 / 죽음의 정령 / ○의 정령(정현종, 「○」, 『사랑할 시간이 많지 않다』, pp.36~37.)

이 시에서 정현종은 기하학적이고 추상적인 "○"의 형상에서 "사랑"과 "생명"과 "모든 곡식의 살"을 투시해내고 그것을 "천체의 정령"으로 인식하고 있다.

10) 정현종, 「가이아 명상」, 위의 책, p.136.

나무와 새를 통해 우주를 본다. 이 우주는 생명의 약동과 충일이 넘쳐흐르는 풍부한 우주이면서, 모든 생명이 고리처럼 서로 연결되어 그물망을 형성하고 있는 관계의 체계이다.

> 강물을 보세요 우리들의 피를 / 바람을 보세요 우리의 숨결을 / 흙을 보세요 우리들의 살을. // ……중략…… // 나무는 구름을 낳고 구름은 / 강물을 낳고 강물은 새들을 낳고 / 새들은 바람을 낳고 바람은 / 나무를 낳고……
> ─「이슬」부분11)

이 시에서 "나무", "구름", "강물", "새", "바람" 등의 시적 대상은 모두 다른 생명을 잉태하는 유기체로 파악되고 있다. 이들 대상들은 모두 생명을 가지고 운동하며, 생성하고 발전하는 유기체로서의 특징을 가진다. 그러나, 보다 중요한 사실은 이들이 홀로 존재하는 것이 아니라 상호 의존적으로 관련되어 있다는 점이다. 다시 말해, 세상의 모든 것들은 바로 우리를 있을 수 있게 하는 바탕이며, 삶을 지속해나갈 수 있게 하는 힘이다. 이 모두가 "나무가 구름을 낳고 구름은 강물을 낳"듯이 각각 다른 사물 안으로 스며들어 또 하나의 생명을 숨쉬게 함으로써, 생명의 순환관계라는 "무한"을 구축한다. 시인의 눈은 꼬리를 물고 이어지는 생명현상들과 그것들이 이루어내는 생명의 현존적 가치와 의의를 향하여 열리게 된다. 이 우주의 유기적 틀 안에서 인간은 '전부'이면서 또한, '무'이다. 여기서 하나의 생명이 '전부'이며, 또한 '무'라고 할 때 이 말은 단순히 생명의 순환이라는 섭리를 지칭하는 데 머물지 않는다. 그것은 하나의 생명 안에 무수히 많은 다른 생명들이 깃들여 있다는 것이며, 내 안 깊숙한 곳에 나 아닌 다른 것, 타자가 존재한다는 것과도 다르지 않다. 이 수많은 타자들은 하나의 생명 현상에 있어 필수 불가결한 요소이며, 낱낱의 생명은 그 안에서 발아하고 있는 타자를 드러냄으로써 그 존재를 성취할 수 있고, 타자 또한 낱낱의 생명들과 통함으로 자신을 새롭

---

11) 정현종, 『세상의 나무들』, pp.30~31.

게 창조해낼 수 있는 것이다. 그러므로 모든 생명과 마찬가지로 인간 역시 인간 이외의 모든 것 곧 만유로부터 비롯하였으며, 만물의 비롯됨에 기여한다고 할 수 있다. 인간과 자연은 일체적 관계이며, 서로 분리되지 않는다는 말의 진정한 의미는 여기에 있다. 시인은 이 소박하고 평범한 자연의 질서 속에서 그것의 일부이며 전부인 낱낱의 생명에게 부여되는 의의를 깨닫고 있는 것이다.

　　이처럼 모든 것이 서로 한 핏줄에서 태어난 혈육의 관계에 있다고 생각하는 정현종에게 '인간이 만물의 영장이요 주인'이라는 인간 중심적인 사고는 어디까지나 인간의 오만함에 지나지 않는다.

　　　세상만물 중에 실로 / 자 아닌 게 어디 있으랴 / …… / 스스로 자인 줄 모르니 / 참 좋은 자요 / 스스론 잴 줄을 모르니 / 더없는 자이다 / 人工은 자가 될 수 없다 / (모두들 人工을 자로 쓰며 / 깜냥에 잰다는 것이다) / 자연만이 자이다 / 사람이여, 그대가 만일 자연이거든 / 사람의 일들을 재라
　　　　　　　　　　　　　　　　　　　　　　　　　　－「자(尺)」 부분12)

　　이 시에서 시인은 "나무", "물고기", "새"와 같은 생물은 물론이거니와 "물"과 같은 무생물까지도 한결같이 "자(尺)"라고 이야기하고 있다. 더구나 이러한 것들은 자신이 "자"라는 사실조차 모르니 더없이 좋은 자라고 말한다. 여기에는 인간이 만들어낸 잣대는 참다운 잣대가 아니라는 정현종의 비판의식이 담겨있다. 서구의 근대 이성적 사유가 효율성과 생산성이라는 미명 아래 자연에 대한 인간의 권력을 정당화하고, 도덕적 무관심을 조장함에 따라 인간을 포함한 자연에 내재하고 있는 목적론적 질서는 깨어졌다. 다시 말해, 인간은 자신들의 삶을 좀더 편안하고 풍요롭게 하기 위하여 자연을 오직 수단과 방법으로 삼았기 때문에 자연은 어쩔 수 없이 무참히 짓밟혀질 수밖에 없었다. 정현종은 사람들이 지금까지 오직 자신들이 만들어낸 기준과 척도에 따라서만 자연을 재려고 해왔음

---

12) 정현종, 『사랑할 시간이 많지 않다』, p.90.

을 비판하며, "사람이여, 그대가 만일 자연이거든 / 사람의 일들을 재라"
고 충고하는 것이다.

> 헤게모니는 꽃이 / 잡아야 하는 거 아니에요? / 헤게모니는 저 바람과 햇
> 빛이 / 흐르는 물이 / 잡아야 하는 거 아니에요? / …… / 헤게모니는 무엇
> 보다도 / 우리들의 편한 숨결이 잡아야 하는 거 아니에요? / 무엇보다도 숨
> 을 좀 편히 쉬어야 하는 거 아니에요? / 검은 피, 초라한 영혼들이여 / 무엇
> 보다도 헤게모니는 / 저 덧없음이 잡아야 되는 거 아니에요? / 우리들의 저
> 찬란한 덧없음이 잡아야 하는 거 아니에요?
>
> —「헤게모니」 부분13)

위의 시에서 시인은 세속적 욕망에 병적으로 집착하는 "헤게모니"병에
걸린 사람을 "초라한 영혼"이라 부르며, "헤게모니"를 인간이 아닌 "꽃",
"바람", "햇빛", "물", "숨결" 같은 존재들에게 되돌려줘야 한다고 말하고
있다. 인간은 자신들 삶의 이기를 위해 모든 자연만물을 개발하고 소유하
는 것을 너무도 당연시했다. 그러나, 이는 자연만물 중에 인간이 마땅히
헤게모니를 잡아야 한다는 인간 중심적 사고이며, 이런 인간 중심적 사고
는 이 우주에서 그 주도권을 행사하는 인간으로 하여금 오늘날과 같은 생
태 위기를 낳게 하였다. 그렇기에 시인은 "헤게모니"에서 기존의 세속적
권력에 대한 욕망보다 한결 더 깊고 넓은 의미를 발견해 내어, 인간 중심
적 사고를 비판하고, 나아가 인간이 아닌 "꽃", "바람", "햇빛", "물", "숨
결" 같은 존재들에게 "헤게모니"를 되돌려 주려 하는 것이다.

또한, 시에서 "무엇보다도 헤게모니는 / 저 덧없음이 잡아야 되는 것
아니에요? / 우리들의 저 찬란한 덧없음이 잡아야 하는 거 아니에요?"에
서 "덧없음" 역시 "꽃", "바람", "햇빛", "물", "숨결" 등을 가리킨다. 이는
인간 중심적 사고에 의해 그 동안 '덧없다'고 생각했던 "꽃", "바람", "햇
빛", "물", "숨결" 등이 사실은 그 무엇보다 가치가 있다는 시인의 역설

---

13) 정현종, 『세상의 나무들』, p.77.

적 표현이다. 그렇기에 그 "덧없음"은 "찬란한 덧없음"일 수 있다. 즉, 시인은 "꽃", "바람", "햇빛", "물", "숨결" 등이 헤게모니를 잡아야 한다는 의식을 통해 인간 중심적인 사고에서 벗어나 자연과 인간이 서로 긴밀히 소통하는 삶을 희구하고 있는 것이다.

이 자연 속의 삶을 희구하는 시인의 태도는 자신의 평생의 작업인 詩作으로도 스며든다.

> ……시조차도, ……중략…… 또 하나의 세계의 열림인 시조차도, 저 날것, 저 날 소용돌이와 힘들에 비하면 아직도 덜 싱싱하고 덜 생생한 것이니, 나는 시를 쓰려고 한다기보다는 시라는 것을 태어나게 하는 그 힘들과 신호들의 소용돌이 속에 항상 있고 싶을 따름이며, 만일 내 속에서 시가 움튼다면 그 發芽는 마땅히 예의 그 소용돌이의 고요한 중심으로부터 피어나는 것이기를……
>
> —「저 날 소용돌이」 부분14)

위의 시에서 시인은 시조차도 "저 날것, 저 날 소용돌이와 힘들"에는 비할 수 없다고 말한다. "저 날것"이나 "저 날 소용돌이"를 시인이 감각하는 자연이나 생명의 힘이라고 본다면, 그것들은 시보다 더한 싱싱함과 생생함을 지니고 있기 때문이다. "저 날것과 저 날 소용돌이와 힘들"은 시인을 "사로잡고", "헤매게 하고", "꿈꾸게 하며", "새로운 움직임"으로 이끌어 "또 하나의 세계의 열림"으로 다가서게 함으로써 시가 된다. 언뜻 그것들을 시가 되게 함으로써 시인은 다만 수동적인 자세로 자연의 모든 것을 향해 자신의 문을 열어놓은 듯이 느껴진다. 시란, 시인의 창조물이 아니라 이 "소용돌이"에 의한 "발아"요, "피어남"이라는 표현에 이르면, 더욱 그러하다. 하지만 이 절대적인 수용에는 오히려 '내면적인 비워 냄'을 통한 존재의 충일 경험이라는 '능동적 수동성'으로의 탈바꿈 작용이 숨겨져 있다. 즉, 시인이 수동적 상태인 "시라는 것을 태어나게 하

---

14) 앞의 책, p.41.

는 그 힘들과 신호들의 소용돌이 속에 항상 있고"자 하는 것은 '비워 냄'의 경험일 뿐만 아니라 그 순간이 시인에게 능동적이고 충만한 순간이 되어 궁극적으로 그 "고요한 중심"에 다다르게 하는 動因이기 때문이다. 이 '텅 빈 충만'을 통해서만이 시가 움터야 한다고 시인은 믿고 있는 것이다. 그리고 시인은 그것만이 가장 시다운 모습, 자연다운 모습을 갖추고 있다고 믿는다. 이처럼 생명의 소용돌이 속에서 휘돌리는 즐거움을 깨달은 정현종의 시어는 점차 평이하고 단순해지는 특징을 갖는다.

> 너는 내 속에서 샘솟는다 / 갈증이며 샘물인 / 샘물이며 갈증인 / 너는 / 내 속에서 샘솟는 / 갈증이며 / 샘물인 / 너는 내 속에서 샘솟는다
> —「갈증이며 샘물인(J에게)」 전문[15]

위의 시에서 "너"라는 대상은 "나"에게 갈증과 샘물의 의미를 동시에 갖는다. 이 시에서 "갈증"과 "샘물"의 조응은 실존적인 것이며, 동시에 생태적인 것이다. "너"는 "나"의 생의 조건이다. 역으로 "나" 역시 "너"의 조건일 수 있다. 더 나아가서 "너"는 "나"의 존재론적 근거이기 때문에, "너"는 "내" 안으로부터의 "너"이다. 이는 일견 서로 대립하고 있는 듯해 보이는 "갈증"과 "샘물"마저도 사실은 서로 존재론적 근거가 됨을 정현종이 깨닫고 있다는 사실을 의미한다. 즉, 이 시를 통해 정현종은 모든 것들이 근본적으로 상호 연결되어 있으며, 상호의존적 현상들의 연결이라는 생태의식적 사고를 구현하고 있음을 알 수 있다. 또한, 이 시의 "너"는 이 우주 속의 사소한 존재들이면서 동시에 생명들, 생명들의 징후들, 생명의 공간, 생명의 에너지 그 자체이기도 하[16]다. 그것들과 대화적 관계를 맺는다는 것은 그 존재들과의 우주적 교감에 대한 열망의 표현인 것이다. 이런 대화적 관계를 통해 정현종은 세상 모든 것들이 서

---

15) 정현종, 『갈증이며 샘물인』, p.11.
16) 이광호, 「너−꽃 심연 속의 내 손가락」, 정현종, 『갈증이며 샘물인』, 문학과지성사, 1999, pp.95~97 참조.

로의 존재론적 근거임을 깨닫고 분별과 해체의 사변적 고통에서 벗어나
보다 자유롭게 생명들 사이에서 노닐게 되었음을 알 수 있다.

2) 타자와의 경계 허물기

 정현종이 즐겨 성적 이미지를 구사하는 것은 사물들이 서로 자신의 전
부를 상대에게 투신함으로써 하나가 되어가는 모습을 보여주기 위한 것이
다. 이 투신을 통해서 사물들은 서로 분별하고 밀어내고 적대하는 대신
경계를 허물고 어우러짐으로써 서로를 일으켜 세우고 북돋운다. 또, 사물
들이 서로 어우러지고 조화하는 순간의 아름다움과 황홀함을 성적 이미지
를 빌려 표현하는 이유는, 성적 교합의 순간이야말로 감각이 최고로 예민
해지고, 감각과 관능의 법열을 만끽할 수 있는 순간이기 때문이다. 그것은
타자의 모든 것을 느끼고 향유할 수 있도록 감각을 개방시켜주고 단련시
켜줌으로써 타자와의 조화를 가능하게 해주는 근원적인 행위인 것이다.
 정현종이 파악하는 생명의 본래적인 상태는 이런 분별없는 어우러짐과
서로가 서로를 일으켜 세우고 북돋는 상태이다. 정현종의 성이 음란하고
퇴폐적인 느낌 대신 건강하고 아름다운 느낌을 주는 것은 이 때문이다.
그의 성은 생명력의 거침없는 분출이자, 생명의 확장이고 심화인 동시에
나와 타자를 근원적으로 엮어주는 일종의 祭儀的 행위인 것이다.
 우리가 정현종의 시에서 깊은 인식론적 통찰과 치열한 시정신을 확인
하면서도 그의 시를 근엄한 도학자나 엄숙한 도덕주의자의 딱딱한 언어
로 규정할 수 없는 것은 그의 자유분방한 상상력 외에도 이런 관능에 대
한 깊은 경사가 있기 때문이다.

 복도에서 / 기막히게 이쁜 여자 다리를 보고 / 비탈길을 내려가면서 골똘
 히 /그 다리 생각을 하고 있는데 / 마주 오던 동료 하나가 확신의 / 근육질
 의 목소리로 내게 말한다 / 詩想에 잠기셔서…… / 나는 웃으며 지나치며 /

또 생각에 잠긴다 / 하, 족집게로구나! / 우리의 고향 저 原始가 보이는 / 걸
어다니는 窓인 저 살들의 번쩍임이 / 풀무질해 키우는 한 기운의 / 소용돌이
가 결국 피워내는 생살 / 한 꽃송이(시)를 예감하노니……

—「한 꽃송이」 전문[17]

이 시에서 시적 화자는 '지나가는 여성의 다리'를 통해 관능적 감각
의 의미를 재음미하며, 관능적 감각은 인류의 고향인 "원시"의 생명력
을 보여주는 "窓"과 다르지 않다는 생각에 도달한다. 또한, 이 감각은
"한 꽃송이"를 피게 하는 근원적인 "기운"과도 같다고 생각한다. 이 기
운은 "소용돌이"로 비유되고 있는데, "소용돌이"란 위대한 창조력이며 생
명과 자연 에너지의 원천에 대한 상징이다. 관능적 감각이 "소용돌이"를
형성한다는 점에서 관능은 모든 생명의 원천인 것이다. 이와 같은 관능
적 감각은 모든 생명의 원천이라는 점에서 원시적 생명력이며, 우리를
원시의 훼손되지 않은 始原으로 돌아가게 하는 것이다.

이 시의 결구는 생명의 표상인 "한 꽃송이"가 바로 자신의 "시"임을
내세우고 있다. 이를 통해 그의 시적 관심이 감각 그 자체만이 아니라
감각의 거처인 몸으로까지 확대되고 있음을 알 수 있다. 정현종에게 몸
은 제도나 이데올로기나 관습에 얽매이지 않은 원초적인 생명 그 자체로
充溢된 것이다. 결국 시가 생명의 어우러짐과 환희를 노래하는 것과 다
르지 않다는 생각, 에로스적 충동과 시적 창조의 열정이 다르지 않다는
생각의 표현인 것이다.

야산 허리를 돌아 / 골을 / 넘어 / 어디론가 / 사라지는 / 길들, 바라보며 /
나는 한없이 자극되어 / 몸이 뜨거워지고 / …… / 누설된 신비, / 수많은
궁금한 / 세계들과 이어진 탯줄, / 넘어가면 거기 / 새로 태어나는(!) 마을, /
열리는 공간, / 숨은 숨결, / 씻는 듯한 얼굴. / 산허리를 돌아 처녀 / 사타구
니 같은 골로 넘어가며 / 항상 발정해 있는 길이여

—「길의 神秘」부분[18]

---

17) 정현종, 『한 꽃송이』, 문학과지성사, 1992, p.83.

이 시는 "처녀 사타구니 같은 골", "발정", "성욕" 등의 시어가 시인의 관능에 대한 집착을 직접적으로 드러내고 있다. 이와 같은 관능을 집약하고 있는 것은 "길"이다. "길"은 항상 발정해 있으며, 이처럼 발정해 있는 "길"은 "세계들과 이어진 탯줄"로서 세상과 시인이 교감하는 공간이며, 세계의 사물들이 서로 상호 관계를 맺는 수단이다. "길"은 발정해 있기 때문에 새로이 마을을 태어나게 하지만, 그 작용은 언제나 은밀히 행해지기 때문에 "누설된 신비"일 수밖에 없다. 이와 같은 시적 구조에서 우리는 관능적 본능이 세계의 탄생을 있게 한 시초의 충동이며 세계의 운행 질서를 규정하는 은밀한 動因으로 정현종에게 수용되고 있음을 알 수 있다. 관능적 충동은 새로운 세계를 열고, 그 세계를 움직이게 하는 원리인 "숨은 숨결"인 것이다.

또한, 이 시에서 "길"은 "이어짐의 탯줄"이다. 탯줄을 통하여 전 우주적 차원의 존재들이 만물공동체를 이룩하는 것이다. 만물과의 내통 혹은 만물공동체를 이루는 길은 창 없는 원자에 창을 내는 일일 수 있으며, 그들과 이어지는 탯줄을 발견하는 일일 수 있으며, 서로가 적극적으로 몸을 섞어 동화되는 일일 수 있는 것이다.

> 늦겨울 눈 오는 날 / 날은 푸근하고 눈은 부드러워 / 새살인 듯 덮인 숲 속에서 / 남녀 발자국 한 쌍이 올라가더니 / 골짜기에 온통 입김을 풀어놓으며 / 밤나무에 기대서 그짓을 하는 바람에 / 예년보다 빨리 온 올봄 그 밤나무는 / 여러 날 피울 꽃을 얼떨결에 / 한나절에 다 피워놓고 서 있었습니다.
>
> —「좋은 풍경」 전문[19]

이 시에는 남녀의 관능적 행위를 통해 파생된 관능적 충동이 "밤나무"에게 전이되어 "밤나무"를 열정에 들뜨게 한다는 상상력이 나타나 있다. 식물과 인간은 관능적 충동에서 서로 긴밀히 연관되어 있으며, 좀더 확대하여 해석한다면 세상의 모든 대상들은 관능이란 충동으로 서로 관계

---

18) 위의 책, pp.16~17.
19) 위의 책, p.43.

의 체계를 형성하고 있는 것이다.

그러나, 이 시의 가장 큰 특징은 남녀의 성행위를, 풍요를 기원하기 위한 하나의 祭儀로 해석한 상상력이다. 고대의 신화에서 남녀가 성행위를 하는 이유는 대지의 생식력을 회복하여 풍요와 다산을 기원하기 위한 것으로 정의되는 것이 일반적이다. 원시적인 생명력이 잠재해 있는 숲 속에서 남녀의 성행위는 단지 그 자체로 그치는 것이 아니라 "밤나무"에 영향을 미친다. 남녀의 관능적 행위에서 발산된 뜨거운 "입김"은 "밤나무"에 전달되어 "밤나무" 또한 열정에 들뜨게 되는 것이다. 그리하여 밤나무는 "여러 날 피울 꽃을 얼떨결에 / 한나절에 다 피워놓고" 있는데, 우리는 이 "밤나무 꽃"에서 풍년을 예감할 수 있다. 이렇게 남녀의 성행위는 쾌락적 욕망의 충족이 아니라 풍요와 다산을 산출하기 위한 의식적 祭儀로서의 기능을 하고 있다.

> 지난 봄 또 지지난 봄 / 목련이 피어 달 떠오르게 하고 / 달빛은 또 목련을 실신케 하여 / 그렇게 서로 목을 조이는 봄밤. / 한 사내가 이 또한 실신한 손 / 그 손의 가운뎃손가락을 / 반쯤 벙근 목련 속으로 슬그머니 넣었습니다. / 아무도 없었으나 달빛이 스스로 눈부셨습니다.
>
> —「꽃 深淵」 전문20)

이 시에는 "달빛"과 "목련"의 교감이 잘 나타나 있다. 이것은 존재의 상호 조응이라는 정현종 시의 오랜 주제의 생태학적 변용이라 할 수 있다. 또한, "실신", "목을 조이는" 등의 도취적이고 관능적인 정서 역시 사물들의 에로스적인 친화의 이미지를 구사해오던 정현종 시의 한 특징이 잘 나타나 있는 시21)라고 하겠다.

이 시에서 "한 사내"는 "목련이 피어 달 떠오르게 하고", "달빛은 또 목련을 실신케 하여", "서로 목을 조이는 봄밤"의 눈부신 장면을 관찰

---

20) 정현종, 『갈증이며 샘물인』, p.61.
21) 이광호, 앞의 글, p.110.

하며, 동시에 그 교감에 동참하고자 한다. 이는 "한 사내"가 그 눈부신 교감을 느끼는 것만이 아니라 더 나아가 실신한 손의 "가운뎃손가락을", "반쯤 벙근 목련 속으로 슬그머니 넣"는 행위를 통해 알 수 있다. 꽃이 식물의 얼굴이자 성기라면 "반쯤 벙근 목련"은 반쯤 열린 몸이라 할 수 있으며, 그 "반쯤 벙근 목련"에 인식의 표지이자 들뜬 성기를 상징하는 손가락을 삽입함으로써 "한 사내"는 "실신하는" 사랑의 교감을 함께 느낄 수 있고, "달빛", "목련"과 완전한 교감을 이루어 생명의 환희에 동참하게 된다. 이 생명의 환희에 동참하게 됨으로써 "아무도 없었으나 달빛이 스스로 눈부셨습니다"에서 알 수 있듯이 사물들이 서로 자신의 전부를 상대에게 투신함으로써 "달빛", "목련", "한 사내"는 서로 구분없이 하나가 되는 것이다.

또한, "한 사내"가 "달빛"과 "목련"이 교감하는 것을 보고, 그 교감에 동참하고 있는 시간은 한 "봄밤"이다. 그러나, 그 봄밤은 현재의 봄밤이 아닌 "지난 봄", "또 지지난 봄" 밤이다. 이는 "한 사내" 혹은 시적 화자가 "달빛"과 "목련"의 교감에 대해 알지 못 했더라도 늘 사물과 사물 또는, 사물과 인간 사이의 뜻깊은 일치와 교감을 통한 생명의 확산은 계속 이어져 왔고, 앞으로도 계속 이어질 것이라는 시적 화자의 깨달음에 대한 표현이다. 이러한 사고는 결국 시인으로 하여금 문명의 옷을 벗고 자연 속으로 뛰어들어 생명들이 어우러지는 세계 속에 노닐게 한다.

이렇듯, 정현종이 파악하는 생명의 본래적인 상태는 서로 분별하고 밀어내고 적대하는 대신 경계를 허물고 어우러짐으로써 서로를 일으켜 세우려하는 것이다. 다시 말해, 그의 관능은 생명력의 거침없는 분출이자, 생명의 확장이고 심화인 동시에 나와 타자를 근원적으로 엮어주는 일종의 祭儀的 행위인 것이다.

3. 나오며

지금까지 정현종 시집『사랑할 시간이 많지 않다』(1989),『한 꽃송이』
(1992),『세상의 나무들』(1995),『갈증이며 샘물인』(1999) 등의 분석을 통
해 정현종 시의 지향과 성취에 대해 고찰해 보았다. 정현종 시를 연구함
에 있어 '생태의식'을 중심으로 한 이유는, 초기 시에서 '사물의 꿈'을
통해 타자에 대한 다각적인 사유를 추구하던 그가, 시집『사랑할 시간이
많지 않다』와 그 이후의 시에서는 모든 사물이 홀로 존재하는 것이 아니
라 상호 연결되어 있으며, 상호의존적인 관계의 체계들 속에 있다는 생
태의식적 인식을 시로써 구현한다고 보았기 때문이다. 논의된 바를 간략
히 살펴보면, 다음과 같다.

정현종이 "이슬", "굽은 곡선", "나무", "새소리" 등에 대해 보이는 천
착은 그의 시가 생태의식을 기초로 하고 있다는 사실을 보여준다. 정현
종의 생태의식은 지구의 생물계 전체를 상호관련 내지 상호의존적인 연
결망으로 보는 인식이다. 하나의 생명 안에는 무수히 많은 다른 생명들
이 깃들여 있으며, 수많은 다른 생명들은 하나의 생명 현상에 있어 필수
불가결한 요소이다. 낱낱의 생명은 그 안에서 발아하고 있는 타자를 드
러냄으로써 그 존재를 성취할 수 있고, 타자 또한 낱낱의 생명들을 통해
자신을 새롭게 창조해 낸다. 이러한 생태의식에 깃든 정현종은 우주적
중심에 서서 분별과 해체의 사변적 고통을 떠났고, 안과 바깥을 자유롭
게 넘나들며 태초와 같은 우주 창조의 始原的 세계로 회귀한다.

또한, 정현종의 생태 의식은 관능의 이미지를 통해 나타난다. 정현종
시의 관능은 생명의 근원과 원시적 생명감을 확인하기 위한 시적 방법이
며, 그는 관능의 이미지를 구사하여 사물들이 서로 자신의 전부를 상대
에게 투신함으로써 하나가 되는 모습을 보여준다. 이 투신을 통해서 사
물들은 서로 분별하고 밀어내고 적대하는 대신 경계를 허물고 어우러짐
으로써 서로를 일으켜 세운다. 정현종이 파악하는 생명의 본래적인 상태

는 이런 분별없는 어우러짐과 서로가 서로를 일으켜 세우고 북돋우는 상
태이다. 그의 관능은 생명력의 거침없는 분출이자, 생명의 확장이고 심화
인 동시에 나와 타자를 근원적으로 엮어주는 일종의 祭儀적 행위인 것이
다.

참고 문헌

김 훈, 「헬리콥터와 정현종 생각」, 『문학과 사회』, 1989. 가을.

김병익·김현, 『우리시대의 작가연구총서, 정현종』, 은애, 1979.

김우창, 「사물의 꿈」, 정현종, 『고통의 축제』, 민음사, 1974.

김욱동, 『문학생태학을 위하여』, 민음사, 1998.

김재홍, 「부끄러움과 자유로움의 시」, 『작가세계』, 1989. 가을.

김정란, 「정현종, 꿈의 사제」, 『작가세계』, 1989. 가을.

김주연, 「시와 구원, 혹은 시의 운명」, 『문학과 사회』, 1990. 가을.

남진우, 「정현종에 대한 두 편의 글」, 『바벨탑의 언어』, 문학과지성사, 1989.

박혜경, 「빈 몸과 바람의 시」, 『오늘의 시』, 1991. 7월.

오생근, 「숨결과 웃음의 시학」, 정현종, 『세상의 나무들』, 문학과지성사, 1995.

유종호, 「해학의 친화력」, 정현종, 『한 꽃송이』, 문학과지성사, 1992.

이광호, 「너-꽃 심연 속의 내 손가락」, 정현종, 『갈증이며 샘물인』, 문학과지성사,
    1999.

이영섭 외, 『사람이 풍경으로 피어날 때』, 문학동네, 1999.

이영섭, 『한국현대시형성연구』, 국학자료원, 2000

임도한, 「한국현대생태시 연구」, 고려대 박사논문, 1998.

정과리, 「환경을 만드는 시인」, 『21세기 문학』, 1997.

정현종, 시집 『사물의 꿈』, 민음사, 1972.

――――, 「한 꽃송이』, 문학과지성사, 1992.

――――, 『갈증이며 샘물인』, 문학과지성사, 1999.

――――, 『거지와 광인』, 나남, 1985.

――――, 『고통의 축제』, 민음사, 1974.

――――, 『나는 별아저씨』, 문학과지성사, 1978.

――――, 『떨어져도 튀는 공처럼』, 문학과지성사, 1984.

――――, 『사랑할 시간이 많지 않다』, 세계사, 1989.

――――, 『생명의 황홀』, 세계사, 1989.

――――, 『세상의 나무들』, 문학과지성사, 1995.

――――,『숨과 꿈』, 문학과지성사, 1982.

――――, 산문집,『날자 우울한 영혼이여』, 민음사, 1975.

정효구,『우주 공동체와 문학의 길』, 시와 시학사, 1994.

――――,『우주 공동체와 문학의 길』, 시와 시학사, 1994.

최동호,「정현종 시와 노장적 불교적 사상」,『작가세계』, 1989. 가을.

'사랑의 무기'와 시적 서정
─김남주 시 연구─

김영란

1. 머리말

시인 김남주(1946~1994)는 1974년 『창작과비평』 여름호에 「진혼가」, 「잿더미」 등 7편의 시를 발표하면서 문단에 등단한 이래 출발 당시부터 보였던 현실 개혁에 대한 실천과 윤리의식을 그의 길지 않았던 생애를 마감하는 유고시집에 이르기까지 지속하면서 사상적 깊이와 예술적 형상성을 통해 시적인 완성도를 성취해내었다.

그의 시세계는 1974년부터 1979년에 이르기까지 발표했던 초기시 『진혼가』, 그 다음 옥중에서 10여 년 간을 생활하면서 쓴 옥중시 계열 『나의 칼 나의 피』, 『조국은 하나다』 그리고 6공 정권 하에서 출감해서 변

---

* 경원대학교 국어국문학과 박사과정

화된 세상과 고투하면서 쓴 후기시 『솔직히 말하자』, 『사상의 거처』, 『이 좋은 세상에』로 구분할 수 있다.

김남주론은 지금까지 논의는 한결같이 시인으로서보다 '혁명 투쟁에 몸소 참가한 가장 혁명적인 시', '혁명성·전투성·역동성·순결성', '단호함의 시정신', '풍자정신과 투쟁적 리얼리즘' 등으로 민중을 억압하는 사회구조에 '온몸을 온몸으로 밀고 나간' 시인으로, 혁명적·투쟁적 전사로 그의 삶과 문학을 명명하였을 뿐, 작품 하나 하나에 표현된 예술적 형상에 대해서는 침묵하였다. 그러나 그의 역동적인 시정신이 그린 자형학은 민중적인 삶의 정서를 순수 시혼으로 노래한 미학적 섬세함과 더불어 단순 명쾌한 시에서 뿜어내는 견고하고 단단한 사상적 깊이는 우리에게 깊은 울림을 전해준다.

이에 본고는 그의 시세계가 갖는 '곧은 절벽을 무서운 기색도 없이 떨어'지는 폭포의 반순응적인 시정신을 따라가며, '어둠을 사르고야 말 불빛'이나 '노래'로 승화한 인간적인 순수 열정의 그 진정성과 자연 친화적인 시혼의 서정성을 기반으로 형상화된 시세계를 추구하는데 의미를 두려 한다.

2. 김남주의 시세계

1) 초기시(1974~1979) : 『진혼가』

김남주는 격동과 혼란의 시대에 태어나 불행한 삶을 살았지만, 인간성이 유린당하는 질곡의 현실에 대해 탄탄한 시적 방법론과 실천의지를 갖고, 그 억누름에 대한 억눌린 자의 저항으로 시대의 아픔과 더불어 그의 삶을 문학에 투영시킨 민족시인이다.

김남주는 전남 해남군 삼산면 봉학리에서 아버지 김봉수와 어머니 문일님의 3남 3녀 중 둘째 아들로 태어났다. 1960년 삼산초등학교를, 1963년 해남중학교를 졸업할 때까지 농촌 현실이 궁핍의 시대인 그 시절, 지독한 가난 속에서 공부와 집안 일을 병행하며 어린 시절을 보냈다. 1969년 대입검정고시를 거쳐 전남대 문리대 영문학과에 재학 중(1972~1973) 『함성』, 『고발』 등의 제작 혐의로 구속되었다. 투옥된 지 8개월만에 석방되었으나, 그 후 학교에서 제적된다.

　1974년 고향에 내려가 농사를 지으며 농민문제에 관심을 가졌으며, 『창작과비평』 여름호 「진혼가」, 「잿더미」 등 7편의 시를 발표하면서 문단에 데뷔한다. 김남주의 첫 시집 『진혼가』가 나온 것은 1984년 그의 나이 39살 되던 해의 일이다. 이 첫 시집은 시인이 1979년 '남민전'[1] 사건에 연루되어 차디찬 감옥에서 수형 생활을 하던 중 출간된 것이다.

　　그대는 겨울을
　　겨울답게 살아보았는가
　　그대는 봄다운
　　봄을 맞이하여 보았는가
　　겨울은 어떻게 피를 흘리고
　　동토를 녹이던가
　　봄은 어떻게 폐허에서
　　꽃을 키우던가 겨울과

---

1) 가지무라 히데키, 「한국 현대사에서의 남민전」, 『피여 꽃이여 이름이여』, 시와사회사, 1994, pp.347~358.
　남민전은 '남조선 민족해방전선 준비위원회'의 약칭이다. 1978년 2월29일 이재문씨를 위원장으로 비밀리에 결성되었다. 유신 독재하의 탄압이 심해지자 민중을 대변하고 민주주의 실현을 목표로 유인물 배포 등 활동을 전개하였는데 정부 당국이 반국가적인 활동으로 규정 관련 인물들을 체포하였다. 당시 84명이 검거되어 사형 2명, 무기징역 5명을 비롯하여 전원 유죄판결을 받게 된다. 이 때가 박정희 시해사건이 있기 2주일 전의 일이다. 남민전 잠정 강령 10조항과 좀 더 구체적으로 표현된 '민주화투쟁국민위원회'의 강령 7조항으로 보아 조직적이고 체계적이었음을 알 수 있다. 남민전은 '남베트남 민족해방전선'에서 기인된 것으로 짐작되는 조직명으로, 60~70년대 사회변혁을 전개한 제3세계 민중의 민족해방 투쟁과 보조를 맞추려 했던 것으로 생각된다.

봄의 중턱에서
보리는 무엇을 위해 이마를 맞대고
눈 속에서 속삭이던가
보리는 왜 밟아 줘야 더
팔팔하게 솟아나던가
잡초는 어떻게 뿌리를 박고
박토에서 群居하던가
……
아는가 그대는
봄을 잉태한 겨울밤의
진통이 얼마나 끈질긴가를
그대는 아는가
육신이 어떻게 피를 흘리고
영혼이 어떻게 꽃을 키우고
육신과 영혼이 어떻게 만나
꽃과 함께 피와 함께 합창하는가를
꽃이여 피여
피여 꽃이여

—「잿더미」 중에서

　"육체적 고통보다도 더 무서운 것이 마음의 공포였다."라고 시인은 말했다. 「진혼가」에서도 "공포야말로 인간의 본성을 캐내는 데 가장 좋은 무기이다"라고 했듯이 옥중 경험의 그 처절한 순간들을 겪고 난 시인은 인간이 당하는 극한상황의 문제를 제기하고 나섰다. 이 상황에서 극복의 길은 무엇이며 인간의 영혼이 살아나는 길은 또 무엇인가? 어떻게 쓰러진 육신을 안으며 아픈 영혼을 달래줄 것인가? 스스로 위로하며 아주 겸허하게 실의와 절망에서 벗어나려는 자기초극의 윤리를 선언하고 있다.

　100행에 가까운 이 시는 비슷한 어조로 빠르게 반복·중첩됨으로써 우리에게 질문을 던지고 있는데 여기에서 의문형은 오히려 시의 힘을 보태준다. 보리·잡초·찔레꽃·곰팡이·죽순은 각각 밟힘·박토·바위·암실·땅 속이라는 「잿더미」 상황 속에서 각각 솟아나고·군림하고·번식하고·번성하고·하늘을 찌르는 생명으로 살게 된다. 대칭되는 어휘와 선명한 시각적 이미지, 그리고 영탄법은 시적 주체가 지니고 있는 '절망의 끝'을 극화하고 있다. 그러나 잿더미로 비유된 캄캄한 어둠 속에서 육신과 영혼이 만나 꽃과 함께 피와 함께 합창하는 재생은 자연의 법칙에 유추된 노래가 시인을 깨달음으로 통하는 길로 이끄는 자연생리의 변증법적 과정을 거치게 된다.

1977년 囹圄의 몸으로 체험한 저항성과 민중적인 서정이 조화롭게 표현된 「노래」는 김남주 초기시의 대표작으로 민족·민중에 대한 사랑이 아름다운 서정적인 '노래'로 강렬하게 표현하고 있다.

　　　이 두메는 날라와 더불어
　　　꽃이 되자 하네 꽃이
　　　피어 눈물로 고여 발등에서 갈라지는
　　　녹두꽃이 되자 하네

　　　이 산골은 날라와 더불어
　　　새가 되자 하네 새가
　　　아랫녘 윗녘에서 울어예는
　　　파랑새가 되자 하네

　　　이 들판은 날라와 더불어
　　　불이 되자 하네 불이
　　　타는 들녘 어둠을 사르는
　　　들불이 되자 하네

　　　되자 하네 되고자 하네
　　　다시 한번 이 고을은
　　　반란이 되자 하네
　　　靑松綠竹 가슴으로 꽂히는
　　　죽창이 되자 하네 죽창이

—「노래」 전문

총 4연으로 된 이 시는 반복의 언어를 구사하면서, 자연의 속성을 닮은 시의 화자가 초연한 삶을 제시하고 있다. 특히 산과 새와 꽃과 불의 시각적 이미지와 4음보의 율격으로 구성된 시의 가락은 정서적인 안정을 주지만 이로 하여금 점층적으로 섬뜩한 반란의 이미지로 반전, 승화됨으로써 극적인 긴장과 전율을 자아내며 내용적·형식적 완벽성을 산출하고 있다.

아울러 '이 두메'와 '이 들판'은 고통과 좌절을 상징하는 훼손된 시대이며 절망의 시대이다. '피어 눈물로 고여 발등에서 갈라지는 / 녹두꽃'의 전봉준의 좌절과 '어둠을 사르는 들불'의 시작인 茶山의 시대와 맥이 통하는 시인의 고향이기도 한 전라남도 해남군 삼산면 봉학리는 서울에서도 가장 멀리 떨어진 남녘의 땅끝(土末), 예부터 유배문화의 숨결 같은 것이 꿈틀거리기도 하였고 농학농민혁명(1894) 당시 패퇴한 동학군들이 마지막으로 탈출한 곳이 바로 해남의 바닷가였다.

차마 부끄러워
밤으로 찾아든 고향
달도 부끄러워 숨어 버렸나
보이는 것은 어둠뿐
들판도 그대로 어둠으로 깔리고
어둠으로 보이는 것은 농민의
농민에 의한 농민을 위한 허수아비뿐이다.
……
차마 부끄러워
도둑처럼 밀어 여는 사립문
고양이도 부끄러워 엿보지 않나
……
텅 빈 마당이 허전하고
텅 빈 마굿간이 허전하고
발길에 밟히는 것은 소스라치게 놀라
달아나는 쥐새끼뿐이다.

—「달도 부끄러워서」 중에서

　1973년 유신시대의 서릿발이 횡행하던 그 때, 시인은 「함성」지 사건으로 연루 구속되어 옥고를 치른 뒤 제적을 당하고 본의 아닌 귀향을 하게된다. 이 시는 「달도 부끄러워」에서처럼 어쩔 수 없이 '차마 부끄러워' 어둠을 도와 고향으로 숨어들 수밖에 없는 시인의 처절한 심정으로 명예도 의기양양함도 없이 상처투성이의 몸이 되어 찾아간 고향은 '허수아비' 밖에 없는 칠흑 같은 밤하늘의 달도 그렇듯 화자의 마음처럼 부끄러워 숨어버렸다. 고향의 사립문을 '도둑처럼 밀어여는' 불효자가 되어버린 자신을 섬짓하게 발견하고 놀라는 화자는 때마침 발길에 밟히는 처마 밑의 쥐새끼에게서도 스스로의 '못난 귀향'을 확인한다.

　이와 같이 탕자의 고향과 어머니의 불효 모티프2)는 김남주의 시 「달도 부끄러워」, 「편지 1, 2」·오장환의 시 「귀향의 노래」, 「어머니의 품에서」·예세닌의 시 「귀향」, 「어머니」와 유사하게 나타난다. 탕자가 되어 오래간만에 돌아온 고향은 황폐해진 보잘 것 없는 조그만 마을로 고향사람들도 그들을 반기지 않고, 모든 것이 낯설기만 한, 늙으신 어머니가 아직도 살고 있기 때문에 찾아간 '한숨소리와 껍데기뿐'인 고향이다. 이 비애의 고향은 결국 시인들의 육화된 언어로 이상과 현실의 거리를 깨닫게 하는 공간으로 거듭나고, 고향의 상징인 어머니에게 이르는 시어로 표출된다.

솔직히 말해서 나는
아무것도 아닌지 몰라
단 한 방에 떨어지고 마는
모기인지도 몰라 파리인지도 몰라
뱅글뱅글 돌다 스러지고 마는
그 목숨인지도 몰라
누군가 말하듯 나는
가련한 놈 그 신세인지도 몰라

—「솔직히 말해서 나는」 중에서

---

2) 졸고, 「오장환과 예세닌의 시 연구」, 1998, pp.86~91.

이 시는 스스로가 모기나 파리처럼 하찮고 보잘것없는 존재라고 깨닫는 시인의 자기부정의 계기와 반성적 사유가 자신 속에 내재된 그 반대의 가능성 '기다려 봄을 기다려 피어나고야 말 꽃인지도 몰라라'로 고양되며 시적 전진의 한 도정으로 표현하고 있다.

이렇듯 그의 초기 시는 자기 부정의 자의식과 끊임없이 싸우며 갱생·복원할 수 있는 힘을 강렬한 신념과 저항성 그리고 철학적 사유에서 찾았던 김남주는 고난의 70년대를 선굵게 詩作하고 있었다.

2) 옥중시(1979~1988) : 『나의 칼 나의 피』, 『조국은 하나다』

김남주는 1979년 '남민전' 사건으로 10여 년간의 옥중 생활3)을 하면서 제2시집 『나의 칼 나의 피』 1987년에, 제3시집 『조국은 하나다』를 1988년에 출간한다. 이 두 시집에 실린 시편들을 자세히 보면 『진혼가』에서 억눌린 정서와 『나의 칼 나의 피』의 시편에서 보이던 날카롭고 가파른 정서가 하나의 원숙한 시적 완성으로 나아가 있음을 알 수 있다.4)

『나의 칼 나의 피』에서 엿볼 수 있는 자신감과 당당함은 시인 김남주의 김남주다움을 드러내 주는 시로 그의 고매하고 철두철미한 사상과 더불어 감옥이라는 공간의 제약과 80년대라는 시간의 제약이 어우러져 김

---

3) 유성호, 『한국 현대시의 형상과 논리』, 국학자료원, 1997, pp.338~339.
　10년 간의 옥중 생활에서 김남주는 루이 아라공, 하이네, 네루다, 마야코프스키 같은 유물론적이고 전투적인 리얼리스트, 혁명시인에게 깊이 공감한 바 있다. 여러 친우들에게 그들의 저작을 넣어달라고 부탁하여 그는 '아침 저녁으로' 그것들을 읽고 때로는 공명하고 또 어느 것에 대해서는 직접 번역작업에 매달리기도 했다. 작품 『그들의 시를 읽고』는 그 저작들을 대했을 때의 그의 기쁨을 가감없이 보여주고 있다. 또 이 시기 그는 녹두장군 전봉준의 혁명적 열정과 經世致用학파인 다산 정약용의 실학적 가치관에 깊이 뿌리를 내리게 되는데, 「녹두장군」, 「田論을 읽으며」, 「茶山이여 茶山이여」 등은 그와 같은 사상적 동질성을 애써 확인하는 그의 육성으로 들린다.
4) 실천문학사 편집부, 『조국은 하나다』, 실천문학사, 1993, p.5.

남주 시에 대한 미학적인 본질과 가치가 완결성 높은 작품으로 통합된
다.

만인의 머리 위에서 빛나는 별과도 같은 것
만인의 입으로 들어오는 공기와도 같은 것
누구의 것도 아니면서
만인의 만인의 만인의 가슴 위에 내리는
눈과도 햇살과도 같은 것

토지여
나는 심는다 그대 살찐 가슴 위에 언덕 위에
골짜기의 평화 능선 위에 나는 심는다
평등의 나무를
······
천만에! 나는 놓는다
토지여, 토지 위에 사는 농부여
나는 놓는다 그대가 밟고 가는 모든 길 위에 나는 놓는다
바위로 험한 산길 위에
파도로 사나운 뱃길 위에
고개 너머 평짓길 황톳길 위에
사래 긴 밭의 이랑 위에
가르마 같은 논둑길 위에 나는 놓는다
나는 또한 놓는다 그대가 만지는 모든 사물 위에
매일처럼 오르는 그대 밥상 위에
모래 위에 미끄러지는 입술 그대 입맞춤 위에
물결처럼 포개지는 그대 잠자리 위에
투석기의 돌 옛사랑의 무기 위에
파헤쳐 그대 가슴 위에 심장 위에 나는 놓는다
나의 칼 나의 피를
오 평등이여 나무여.

—「나의 칼 나의 피」 중에서

씩씩하고 명쾌한 언어로 격앙된 호흡과 반복에 의해 이 시는 생명력을 얻고 있다. '그대를 위한 평등한 세상을 만들기 위해 헌신적으로 투쟁하겠다'는 동어반복에 의한 동일한 의미는 시적 주체와 대상 사이의 긴밀한 정신적 상호작용을 현실적 삶이 실현될 수 있는 민중의 가치 있는 공간에 '평등의 나무'를 심는 행위로 언술되어 있다. 또한 '나의 칼과 나의 피'를 '그대가 밟고 가는 모든 길 위에', '그대가 만지는 모든 사물 위에' 놓음으로써 '누구의 것도 아니면서'도 '만인의 만인의 만인의' 그들에게 빛나는 별과 같이, 보이지 않고 만져지진 않지만 항상 존재하는 공기와 같이, 따뜻한 햇살 같은 소중하고 평등한 주체로서 그들 위에 놓는 행위를 더불어 사는 아름다운 삶으로 표현하였다. 아울러 이 시에 사용된 비유와 상징 그리고 공감각적 이미지는 내적 영혼으로부터 솟구치는 기쁨의 미학을 서정시로 형상화하는데 기여하고 있다.

> 그리고 나는 내걸리라 마침내
> 지상에 깃대를 세워 하늘에 내걸리라
> 나의 슬로건 "조국은 하나다"를
> 키가 장대 같다는 양키들의 손가락 끝도
> 언제고 끝내는 부자들의 편이었다는 신의 입김도
> 감히 범접을 못하는 하늘 높이에
> 최후의 깃발처럼 내걸리라
> 자유를 사랑하고 민족의 해방을 꿈꾸는
> 식민지 모든 인민이 우러러볼 수 있도록
> 계레의 슬로건 "조국은 하나다"를!
>
> ─「조국은 하나다」 중에서

이것이 김남주가 지향하는 시정신이며 '사랑의 무기'로서의 저항적인 '구체적 싸움'[5]의 진정한 태도이다. "조국은 하나다"라고 외치는 시인의

---

5) 이동순, 「김남주의 시와 '구체적 싸움'의 진정성」, 『피여 꽃이여 이름이여』, 시와사회사, 1994, p.197.

절규가 이렇게 도덕성과 건강함으로 응축되어 역동하고 있다. 80년대 후반 시대적 배경 속에서 김남주는 "조국은 하나다"를 슬로건으로 내걸고 '사람들이 오가는 모든 길 위'에 쓰며 부르짖는데 우리 시대에 이것 이상으로 설득력을 지닌 말이 또 무엇이 있을까를 시인은 당당하고 명료하게 제언하고 있다.

이와 같이 그는 혁명적 진보적 정서를 일깨우는 「전사」가 되어 '자기 시대를 열정적으로 노래하고 / 자기 시대와 격정적으로 싸우고 / 자기 시대와 더불어 사라지는 데 / 기꺼이 동의'하며 '어머니인 대지에 스며들어 언젠가 / 어느 날엔가 / 자유의 나무는 결실을 맺게 될' 그날은 조국이 하나가 될 때라고 정열적인 경쾌한 리듬의 어조로 노래하고 있다. 그의 시힘과 시혼의 지향점을 느낄 수 있는 「사랑 I 」 역시 '인간의 사랑만이 / 사과 하나 둘로 쪼개 / 나눠 가질 줄' 아는 순수한 공동체적 사랑이 무엇인지 흡인력 강한 일상어로 표현한다.

사랑만이
겨울을 이기고
봄을 기다릴 줄 안다
사랑만이
불모의 땅을 갈아엎어
제 뼈를 갈아 재로 뿌리고
천 년을 두고 오를
봄의 언덕에
한 그루의 나무를 심을 줄 안다

그리고 가실을 끝낸 들에서
사랑만이
인간의 사랑만이
사과 하나 둘로 쪼개
나눠 가질 줄 안다.

─「사랑 I 」 전문

이렇듯 김남주의 시는 인간에 대한 깊은 사고와 성찰을 값진 사랑으로 조화롭게 표현하는가 하면, 유구한 공동체 삶을 강렬하고 명료하며 전투적인 정서들로 이미지화 하여 시적 방법의 특질을 미학적으로 완결하였다. 이러한 시적 방법은 서정성, 비유, 알레고리, 상징, 풍자에 이르기까지 다양하게 펼쳐져 리얼리즘 문학의 예술적 本領을 성취하고 있는데, 다음의 시는 '홍시 하나 남겨둘 줄 아는', '조선의 마음'으로 응축하여 전통적 서정의 맥을 유지하고 있다. 그리고 '까치'라는 동적이고 유동적인 이미지와 '홍시'라는 고정적인 이미지가 한 폭의 동양화를 연상시킨다. 동적인 것과 정적인 것이 유기적으로 순환하여 평온함을 한껏 고양시키는 이 시는 궁핍한 현실 속에서도 배고픈 '까치'에게 '홍시'하나 남길 줄 아는 따스하고 넉넉한 민중적 심성이 가장 아름다운 사랑으로 풍요롭게 묘사한 옥중시라 여겨진다.

> 찬 서리
> 나무 끝을 나는 까치를 위해
> 홍시 하나 남겨둘 줄 아는
> 조선의 마음이여
>
> ─「옛 마을을 지나며」 전문

3) 후기시(1989 ~ 1992)
: 『솔직히 말하자』, 『사상의 거처』, 『이 좋은 세상에』

김남주의 후기시는 6월 항쟁이 끝난 후 6공 정권 하에서 출감한다. 출옥 이후에 쓰여진 제4시집 『솔직히 말하자』, 제5시집 『사상의 거처』, 제6시집 『이 좋은 세상에』로 새로운 길을 찾기 위한 시인의 방황과 불안한 모습을 엿볼 수 있다.

그동안 내 심장은 십 년 이십 년
바위 끝을 자르는 칼바람의 벼랑에서 굳어 있었다
너무 굳어 있었다
이제 그만 내려가자
등성이를 타고 에움길 돌아
종다리 우는 보리밭의 아지랑이 속으로
가서 내 심장 춘삼월 훈풍에 녹이자
그동안 몇 십 년 동안
때라도 묻은 것이 있으면 고개 넘어
불혹의 강물에 가서 씻어내리고
그러자 그러자 잠시
찬바람 이는 언덕에서 내려와
찔레꽃 하얗게 아롱지는 강물에
내 심장 깊이깊이 담그고
거기 피묻은 자국이라도 있으면 그것마저 씻어내고
내 마음의 거울 손바닥만한 하늘이라도 닦자
맑게맑게 닦아 그 자리에
무엇 하나 또렷하게 새겨넣자
이를테면 별처럼 아득한 것
절망의 끝이라든가
내가 아끼는 사람 이름 석 자 같은 것이라든가

―「절망의 끝」 전문

　‘서른 다섯의 이 환장할 나이에 / 긴 침묵으로’ 괴롭게 살았던 시인은 1988년 43세의 나이로 감옥에서 나왔으나 세상은 그가 돌아올 자리를 마련하지 않은 채 그를 기다리고 있었다. 그를 반기지도 않았으며 감시의 대상으로 묶어 놓고 오히려 그 무거운 삶의 짐을 짊어지도록 요구하였으며, ‘별처럼 아득한 절망의 끝’에 선 시인의 회한과 고뇌는 막연하고 덧없기만 하였다.

　自愧感의 자화상으로 환기되는 ‘에움길’, ‘강물’, ‘거울’, ‘하늘과 별’의 상징적 이미지는 拔本的 사유가 강한 시인의 고통스러운 내면과 삶에 대한 진지한 성찰로 각인되는데, 앞으로 살아가야 할 자신의 삶이 전보다 더 험난하고 괴로울 것이라는 예감에 선뜻 어느 길로 갈 것인가를 정하지 못하고, 잠시 머뭇거린다.

> 나는 지금 어디에 있는가
> 입만 살아서 중구난방인 참새떼에게 물어본다
>
> 나는 지금 어디로 가고 있는가
> 다리만 살아서 갈팡질팡인 책상다리에게 물어본다
>
> 천 갈래 만 갈래로 갈라져
> 난마처럼 어지러운 이 거리에서
> 나는 무엇이고
> 마침내 이르러야 할 길은 어디인가
>
> —「사상의 거처」 중에서

그의 생전 마지막 시집이 된 『이 좋은 세상에』의 발문 끝 구절을 보더라도 혼란스러울 정도로 변화된 세상을 수용하기 위해 고뇌하며 갈등했던 흔적과 시적 활로를 새롭게 전개하기 위한 시인의 내적 고백이 진지하게 나타나 있다.

> "그 동안 내 시의 독자들은 나의 시가 현실의 상황을 매개로 해서 형상화하지 않고 이념과 사상, 다시 말해서 관념을 가지고 현실의 여러 관계를 도식적으로 설명하려 했다고 지적하곤 했다. 나는 이 지적에 감사하고 이 시집을 끝으로 해서 그런 지적으로부터 해방되어야겠다. 그러기 위해서는 노동과 투쟁이 행해지고 있는 농촌·어촌·광산촌·공장지대 등으로 부지런히 발걸음을 옮겨야겠다."
>
> —『이 좋은 세상에』 발문 중에서6)

---

6) 김남주, 「시인의 말」, 『이 좋은 세상에』, 한길사, 1992, pp.155~156.

물론 이런 배경은 90년대 이후 사회주의권의 붕괴와 포스트모더니즘의 발호 속에서 몸 가볍게 지상을 일탈하는 현실과 그 속에서 새롭게 이념의 깃발을 세우기란 너무 힘겹다는 사실을 깊게 인식했던 탓이기도 할 듯하다.[7]

그러나 새로운 길을 모색해야만 했던 그가 출감직후 썼던 사랑의 시는 우리의 가슴을 울린다. 김남주가 옥중에 있을 때 혹독한 시련이라는 부정의 현실을 희망으로 변화시킨 힘은 절대절명의 위대한 사랑이었다.

> 세계를 잃고 그대 하나를 얻었나니
> 그대 이름 하나로 우주와 바꿨나니
> 나는 만족하나니
> 지금은 다만 그대만이 그대 사랑만이
> 내 안에 가득한 행복이나니
>
> ―「지금은 다만 그대 사랑만이」 중에서

1988년 김남주는 가석방이 된 후 광주 문빈정사에서 박광숙과 결혼한다. 그와 결혼한 박광숙은 남민전에서 활동 당시 얼굴을 알 정도였을 뿐 이성으로서 감정을 느끼지 않았는데 그가 투옥되고 난 후, 그는 시인을 찾아와 옥바라지를 해 주겠다고 통보한다. 시인은 거절을 하지만 박광숙은 막무가내로 자신의 결정에 따라 옥바라지를 한다.

'15년 징역살이를 다하고 나면 / 내 나이 마흔아홉 살 / 이런 사람 기다려 무엇에 쓰겠다는 것일까 // 5년 살고 벌써 / 반백이 다 된 머리를 철창에 기대어 / 사내는 후회하고 있다오 / 어쩌자고 여자 부탁 선뜻 받아들였던고'

사랑하는 여인을 위한 한 남자의 애절한 마음과 囹圄의 몸인 시인의 고뇌가 중첩되어 우리에게 선연한 감동을 주고 있다. 그리하여 그녀의

---

7) 고영직, 「전투적 저항에서 새로운 '길' 찾기까지」, 『피여 꽃이여 이름이여』, 시와사회사, 1994, p446.

헌신적인 보살핌은 시인으로 하여금 옥중에서도 희망을 가지고 시를 쓸
수 있었고, 그의 시정신과 사상은 무너지지 않은 채 삶의 진실과 시의
진실이 현현하게 존재하며 절망의 깊숙한 늪에서 일어설 용기를 불러 주
었다.

<blockquote>

당신은 나의 기다림
강 건너 나룻배 지그시 밀어 타고
오세요
한줄기 소낙비 몰고 오세요

당신은 나의 그리움
솔밭 사이 사이로 지는 잎새 쌓이거든
열두 겹 포근히 즈려밟고 오세요

오세요 당신은 나의 화로
눈 내려 첫눈 녹기 전에 서둘러
가슴에 당신 가슴에 불씨 담고 오세요

오세요 어서 오세요
가로질러 들판 그 흙에 새순 나거든
한아름 소식 안고 달려 오세요
당신은 나의 환희이니까요

</blockquote>

—「지는 잎새 쌓이거든」 전문

　　김남주의 시의 기층은 강하고 꿋꿋한 남성적 어조로 날카롭게 현실을
직시한 리얼리스트로서 열정의 시들이다. 그러나 「지는 잎새 쌓이거든」
의 시는 김남주 시답지 않은 여성적 어조의 부드러움과 은은한 언어의
조탁이 두드러진 시리게 섧던 소월의 정서가 묻어난다. 한국인의 서정이
빛을 발하며 자신의 존재를 시대와 함께 하며 우리말의 결에 몸 비빈 찬
란한 시인의 언어가 시의 지평을 새롭게 실현하고 있다. 다시 몸담게 된

변화된 현실에 대한 시적 방법론의 탐색과 그가 출감 직후 썼던 일상성 속에서 느꼈던 섬세한 감성을 노래한 아름다운 사랑의 시들은 서정적 형상화로 성취하며, 진정한 전사로서 올바른 '사상의 거처'를 확보한 저항시와 함께 광활하고 풍요롭게 승화된다.

> 사랑은 우리 둘의 사랑은
> 꽃이 나비를 부르면
> 나비가 꽃을 찾아가는
> 그런 사랑이 아니라오
> 꽃에 취해 바람에 취해
> 넋이 나간 그런 사랑이 아니라오
> ……
> 이를테면 이렇게 온다오 우리들의 사랑은
> 가도가도 해가 뜨지 않는 전라도 반역의 땅
> 천리 길 먼 데서 온다오
> 백년보다 먼 갑오년 반란으로 일어나
> 원한의 절정 죽창에
> 양반들과 부호들 목을 달고 온다오
> 빼앗긴 땅 제 것으로 찾아갖고 온다오
> 빼앗긴 자유 제 것으로 찾아갖고 온다오
> 사랑은 우리 시대의 사랑은
>
> ― 「우리 시대의 사랑은」 중에서

사랑만이 그 어떠한 고통도 이겨낼 수 있는 희망을 가지고 기다릴 줄 알게 한 힘의 원천이다. 자신의 육신을 재로 뿌릴 줄도, 미래를 위해 희망을 심을 줄도 알며 그런 사랑이 충만된 마음만이 인간의 참됨을 나누어 가질 수 있다. 이 시는 열악한 조건에도 끊임없이 갱생하고 복원할 수 있는 힘은 사랑밖에 없다는 강력한 믿음과 나눔의 아름다움이 유동하고 있다. 혹독한 시련 속에서 희망을 갖고 시를 쓸 수 있었던 것은 이러한 사랑의 힘과 살아 남아서 싸워 이겨야 할 대상과의 '구체적 싸움'이 있었기에 김남주의 시는 리얼리스트로서의 열망을 공동체적 삶과 사랑이란 인간적인 순수 서정을 통하여 내면화시켰고 "진실을 구체적으로 포착하는"[8] 시정신으로 증폭, 심화시킴으로써 우리 시사에 민족문학의 巨峰으로 자리매김하였다.

　마지막으로 3연으로 짜여진 「시인이여」는 시인의 사명에 대해 말하고 있는데 전사로서, 민족시인으로서 김남주의 절규하는 목소리가 들리는 듯 하다. 암흑의 시대에 시인의 사명은, 짓눌린 삶으로부터 가위눌린 악몽으로부터 사람들을 깨우고, 가장 바람직하기로는 그 자신이 직접 싸움의 당사자가 되고 그 싸움의 칼이 될 것을 주문하고 있다. 그리고 예의 강한 자의식으로 이 안개 속을 헤쳐나가기 위해서는 '계급의 눈금'이라는 나침반을 지녀야 함을 역설한 이 시는 시원하고 쉽게 읽히면서 우리를 통렬한 곳으로 인도한다. '그리하여 옹색한 시대의 시인의 사명'은 무엇인가를 시인은 話頭로 남겨 놓았다.

　　　　암흑의
　　　　시대의
　　　　시인의 일 그것은 무엇일까
　　　　침묵일까
　　　　관망일까
　　　　도피일까
　　　　밑 모를 恨의 바다 넋두리일까
　　　　무엇일까
　　　　박해의
　　　　시대의
　　　　시인의 일 그것은
　　　　짓눌린 삶으로부터
　　　　가위눌린 악몽으로부터
　　　　잠든 마을을 깨우는 일
　　　　옛사랑의 무기

---

8) 김남주, 『불씨 하나가 광야를 태우리라』, 시와 사회사, 1994, p.89.

참을 일으켜 세워
쳐라 둥둥둥 북을 쳐
나아가게 하는 일은 아닐까
나아가게 하고 싸우게 하는
전투에의 나팔소리는 아닐까

시인이여
누구보다 먼저 그대 자신이
싸움이 되어서는 안 되는가
시인이여
누구보다 먼저 그대 자신이
압제자의 가슴에 꽂히는
창이 되어서는 안 되는가

—「시인이여」 전문

3. 맺음 말

이상과 같이 김남주 시속에 일관되게 관통하는 '사랑의 무기'로서의 저항성과 서정적 형상화를 중심으로 그의 시세계를 고찰해 보았다. 폭압의 시절이었던 격동의 세월 속에서 구속된 김남주의 시는 혹독한 고문 과정과 10여 년의 세월을 감옥에서 보냈던 경험을 토대로 쓰여졌다.

그의 초기시는 자아 부정과 갱신으로 고투하며 자기 초극의 힘을 문학과 견고한 사상적 깊이에서 존재론적 근원과 가능성을 찾았으며, 섬뜩할 정도로 처참한 옥중 상황을 리얼하게 시로 형상화함으로써 예술적 성취의 값진 몫을 해내었다. 옥중시는 김남주 시세계의 本領으로 혹독하고 암울한 시대에 항거하는 저항시의 전형을 자연 친화적이고 향토색 짙은 색채를 자연스럽게 표현하여 따뜻하고 건강한 민족·민중의 서정으로 내면화하였다. 그리고 옥중의 참담한 시련 속에서도 현실을 극복할 수 있도록 옥중 뒷바라지를 해온 아내와의 사랑 역시 애틋한 서정시로 절실하게 노래하고 있다. 후기시는 오랜 囹圄의 생활에서 벗어나 변화된 세상에 대한 자기 고뇌와 반성, 그리고 새롭게 모색해야 할 시적 활로와 실천을 올곧게 견지하려는 시인의 태도가 부조리한 현실과 삶의 편린을 단순의 시학으로 통쾌하게 묘사하여 절제된 고유한 정서를 일반 대중에게 접근함으로써 시적 효용을 극대화 시켰다. 자신의 시의 운명과 삶의 운명을 같은 길 위에 놓으며 인간성이 유린당하는 질곡의 현실에 대해 든든한 시적 방법론을 가지고 쐬어졌던 김남주의 서정시는 유구한 사회 공동체적인 삶 속에서 부끄럼 없이 산 한 시인으로서 우리에게 새로운 시의 지평을 확대해 줄 것이다.

참고 문헌

G.루카치 외, 이춘길 편역, 『리얼리즘 미학의 기초이론』, 1993.

김남주, 「진혼가」, 청사, 1984.

———, 『나의 칼 나의 피』, 실천문학사, 1993.

———, 『조국은 하나다』, 남풍, 1988.

———, 『솔직히 말하자』, 풀빛, 1989.

———, 『사랑의 무기』, 창작과비평, 1989.

———, 『사상의 거처』, 창작과비평, 1991.

———, 『이 좋은 세상에』, 한길사, 1992.

———, 『나와 함께 모든 노래가 사라진다면』, 창작과비평, 1995.

김영란, '오장환과 예세닌의 연구', 경원대 교육대학원 석사논문, 1998.

김영신, '김남주 시의 서정성 탐구', 동국대 석사논문, 2000.

김영철, 『현대시론』, 건국대학교 출판부, 2001.

김윤태, 『한국 현대시와 리얼리티』, 소명출판, 2001.

김준오, 『시론』, 삼지원, 2000.

박미숙, '김남주 시 연구', 원광대 석사논문, 1998.

박진향, '김남주 시 연구', 경희대 석사논문, 2001.

시와사회사 편찬위원회, 「불씨하나가 광야를 태우리라」, 시와 사회사, 『문학 에세이집』, 1994.

시와사회사 편찬위원회, 「피여 꽃이여 이름이여, 시와 사회사」, 『김남주론 모음집』, 1994.

이영섭, 『한국 현대시의 형성 연구』, 국학자료원, 2000.

유성호, 『한국 현대시의 형상과 논리』, 국학자료원, 1997.

정현종·김주연·유평근 외, 『시의 이해』, 민음사, 2000.

진창영, 『한국 현대시의 리얼리즘과 모더니즘적 탐색』, 새미, 1998.

최승호 외, 『21세기 문학의 유기론적 대안』, 새미, 2000.

최유찬·오성호, 『문학과 사회』, 실천문학사, 1994.

시민사회에 대한 반성과 초극

장권순

1.

  김수영(1921~1968)은 조연현이 주관한 『예술부락』에 시 「묘정의 노래」
를 발표하고, 1949년 김경린, 박인환 등과 함께 시집 『새로운 都市와 市
民들의 合唱』을 발간하여, 모더니즘 계열의 기반을 다졌다는 평가를 받
았다. 그러나 그는 동시대의 여타 모더니스트와는 전혀 다른 위치에 있
는 시인이다.[1] 주로 관념어를 소화하여 예술성으로 승화시킨 작품을 발

---

* 경원대학교 국어국문학과 박사과정

1) 김수영은 1946년 박인환이 경영하는 "마리서사"에서 박일영·임호권·김병욱·김광
   균·김기림·이한직·이흡·오장환·이시우·조우식·이활·배인철·양병식·김경
   희 등 상당수의 당대 모더니스트들과 접촉한다. 또한 박인환·양병식·김병욱·임호
   권·김경희 등과 「신시론」 동인으로 묶이게 된다. 그러나 김수영은 예술가의 양심과
   세상의 허위를 배우고 난 뒤 도피적 허무주의로 빠지지 않고, 예술을 통한 세계와의
   대결의 자세를 보임으로써 당시의 다른 모더니스트들의 속물성에서 벗어날 수 있게
   된다.

표했으며, 강렬한 현실 의식과 저항 정신에 뿌리박은 새로운 시정(詩情)의 탐구로 참여파 시인들의 전위적 역할을 담당했다.

김수영은 모더니즘으로 시작하여 난해한 모더니스트 시의 모범적 실천자이면서, 열렬한 참여파 시인, 반전통주의자, 반시론자, 정직한 양심의 예술가로 불리는 등 "한국모더니즘의 가장 위대한 비판자"[2]라는 상반되는 평가를 받고 있는 시인이다.

점차 모더니즘에 공허함을 느끼면서 이로부터 벗어나고자 하였고, 4·19를 고비로 강렬한 현실 의식을 추구하는 방향으로 시의 모습을 바꾸면서 소시민의 자기 자각, 지식인이 가지는 정직한 고뇌와 현실에 대한 항의를 다루었다. 즉 사회적 조건에 속박된 존재이면서도 주어진 여건을 묵인하기보다 현실의 의미를 탐구하고 이러한 탐구의 과정을 시로 표현하고 있는 것이다. 대부분이 자기 고백의 어조를 띠는 그의 시는 일상어를 적극 채용하여 격렬한 정서적 충동과 시적 형태의 파괴를 시도하였으며[3], 시의 현실 참여를 실천적으로 보여 주었다.[4]

---

2) 염무웅, 「김수영론」, 황동규 편, 『김수영의 문학』, p.157.
3) 이영섭은 「시민사회 시인의 초상」에서 김수영의 시를 "일상생활 속에서의 지적인 판단과 예술적 모험이 동시에 이루어지고, 모험 뒤에는 반드시 내면 의식을 점검하면서 그 언어에 매달려 있는 현실과 자아의 진위성을 가늠해 나갔다. 그는 범속하고 타락한 일상생활 언어를 과감히 시어로 차용하여 구사했는데 이것은 당대 삶의 현실 속에서 그 언어 이외에는 사물과 세상을 생생하고 구체적으로 만나는 통로가 없다고 판단했기 때문이다. 구체적 진실을 획득하기 위해서 그는 대중적이고 시사적 언어를 구사하였는데도 시 해독의 난해성을 보여준다. 그것은 아직 성숙되지 않은 시의식의 발로라기보다는 혼돈의 현실 속에서 현실의 부정을 통해 진실을 추구할 수밖에 없는 무의식 방법을 통한 그의 끊임없는 실험과 모험 정신에 기인한다고 볼 수 있다."고 말한다.
4) 이영섭은 같은 글에서 "언어에 지나칠 정도로 민감한 시인으로서 그는 분명히 모더니스트이지만 그의 언어는 곧 그의 의식이고 생활 태도 그 자체였다는 점에서 그는 주어진 삶을 정직한 방법으로 접근해 간 실존주의자인 동시에 시의 사회적 실천성을 일정한 수준에서 지향한 리얼리스트이기도 하다. 김수영은 출발점과 도달점의 시학을 동시에 끌어안고 시적 모험을 수행한 시인이었다. 그러나 김수영은 아직, 혹은 여전히 행동주의자가 아니라 행동시인으로 남는다. 그는 근대시인 가운데 그 누구보다 그 나름의 고유한 시적 방법으로 언어의 서술과 기능적 양면을 가장 잘 터득한 시인의 한

　김수영의 시는 그 자신의 자아의 내부에서 양분을 취하는 거대한 뿌리의 생장력을 갖고 있다. 그 힘에 의해 그의 시는 '온몸'으로 밀고 나가는 치열한 삶의 현장이 되고, 독자로 하여금 '온몸'으로 변혁을 하게 하는 모태가 된다. 근대의 한 가운데 위치한 김수영의 시는 자신을 넘어서려는 자아의 고투 속에서 탄생한다. 그의 시의 원천이자 대상인 '자아'는 산업사회에서 소외된 시인, 부패한 현실 속의 나약한 지식인, 일상에 찌든 소시민이 소유하고 있는 '왜소한 자아'이다. 이런 '왜소한 자아'를 통해 일상 현실을 온몸으로 밀고 나가는 '거대한 자아'로 혁신시키는 것이 김수영의 문학이다.

　서구 제국주의의 신식민주의와 이성중심주의의 지배적인 규범을 부정하고, 전통적 한국시에서 억압받아온 현실―역사적, 정치적, 사회적, 대중 문화에 깊이 침윤된 일상적 소시민적 현실―을 문학 속에 복귀시키고자 했던, 김수영은 모더니즘과 포스트모더니즘의 전략5)을 사용하여 탈식민주의6)의 전형을 보여주고 있다고 하겠다.7) 포스트모더니즘은 중심 해체

　사람이다."라고 김수영을 평가한다.

5) 포스트모더니즘이 모더니즘의 논리적 연장이면서 동시에 비판적 반작용이며 단절이라는 측면에서 볼 때, 김수영은 모더니즘을 계승하면서도 모더니즘의 한계를 뛰어넘고자 하는 포스트모더니즘의 영역에서 평가받을 수 있다. 포스트모더니즘은 엘리트주의 거부, 상호텍스트성, 탈장르화 또는 장르 확산, 저급문화 또는 대중 문화에의 관심 등 '억압된 것들의 복귀' 현상에 관심을 보여 왔다. 억압된 것들에는 이성(로고스)중심주의와 남성중심주의에 의해 억압받고 소외되어왔던 것들, 즉 소수 민족·여성·육체·주변 장르 등을 말한다.

6) 여기서 탈식민주의는 '반제국주의적, 민족주의적, 제3세계적' 문예 사조라고 할 수 있다. '포스트콜로니얼리즘'(postcolonialism)이라는 영어 단어에서 '포스트'(post)라는 접두사를 어떻게 해석할 것인가의 문제가 발생하게 되는데, 포스트모더니즘을 비롯한 여타 '포스트' 담론과 마찬가지로 포스트콜로니얼리즘의 경우에도 '포스트'를 축어적 의미인 '이후'(after)로 해석하면 포스트콜로니얼리즘은 후기식민주의로 번역되고 식민주의의 연장선상에서 파악해야할 일종의 유산이라고 할 수 있고, '탈피'나 '초극'(beyond)의 의미로 해석하면 포스트콜로니얼리즘은 탈식민주의로 번역되며 식민주의의 해체와 극복이라는 새로운 정체성을 획득하게 된다. 이 논쟁을 처음 주도한 머클린턱(Anne McClintock)과 쇼햇(Ella Shohat)은 '포스트'가 지니는 이러한 양가성을 지적하면서, 포스트콜로니얼리즘의 명칭과 그것이 내포하는 애매모호한 정치성에 강한

와 정체성을 의문시함으로써 국제주의화 되고, 민족과 개인성이 와해될 위험8)이 높지만, 김수영은 세계 문화에 기대어 한국 문화를 비판하면서 자신이 서 있는 민족적 위치에서 역사·정치·경제·사회적 조건들을 투철하게 인식하고 있다. 특히 지배적인 위치의 미국 문화에 대하여 강도 높은 저항적 전복을 보여주고, 민족적 정체성과 현실에 대한 치열한 고민을 했다는 점에서, 신식민주의의 반대 입장에서 주체성의 문제를 보았다는 점에서 김수영은 탈식민주의적 문제 의식을 갖고 있던 지성이라고 불릴 수 있다.

김수영 이전의 모더니스트들은 '현대'에의 경사는 있었지만, 김수영이 보여 준 것은 '현대성'9)의 쟁취를 위한 피흘림 때문이라고 할 것이다. 그러나 그에게 전통지향성이나 민족주의에 대한 편린이 전혀 없었던 것은

거부감을 표시한다. 이 글에서는 탈식민주의를 '교묘하게 뒤섞여져 들어와 우리 문화를 파괴하고 있는 제국주의적 외래 문화'를 검색하여 그것의 해체를 주장하는 반제국주의적, 민족주의적, 제3세계적 문예사조의 의미로 사용하고자 한다.

7) 「巨大한 뿌리」, 「가다오 나가다오」와 같은 작품은 신식민주의에 항거하는 반식민주의적 민족주의의 색채를 드러낸다고 할 수 있다.

8) 테리 이글턴은 『포스트모더니즘의 환상』(김준환 옮김, 실천문학사, 2000)에서 포스트모더니즘을 후기근대주의로 파악하여, '근대주의를 넘어선 것이 아니라, 근대주의를 통과하였지만 여전히 근대주의에 의해 깊이 각인되어 있는 위치에 도달'했다고 보며, 포스트모더니즘은 서구가 새로운 형태의 자본주의, 즉 기술·소비주의·문화산업이라는 일순간적이고 탈중심화된 세계에로 역사적으로 변화해 가는 상황에서 나타났다고 주장한다.

9) 김수영의 시세계를 관류하는 끝없는 초조감과 결벽증, 윤리적 성찰은 단순히 개인적인 증세가 아니라 자기에게 주어진 시대 조건의 극복을 향한 목적의식적인 자기 고양이라는 전략이라 할 수 있다. 김수영은 1930년 모더니즘의 탈정치성과 형식주의, 1940~50년대 모더니즘의 추상적인 비판의식과 지성결핍을 극복한 시인이다. 그가 형식적으로 '새로운 시를 쓴다'는 것은 '새로운 내용을 쓴다'는 것이고, 이는 당대 사회의 금기와 충돌하는 것이라는 모더니즘의 시정신에 철저했기 때문에 끊임없이 정치적 상황에 민감했고, 자기 시대의 총체적 한계를 돌파하고자 하는 전위적 지성으로 무장하고 있었다. 자신이 몸담고 있는 불만족스러운 후진적 현실에 대해서 '현대성'이라는 선진적 기준을 설정하고 그 기준으로 자신을 포함한 모든 것을 끌어올리려는 강한 의지가 그의 작품에 잘 드러난다.

아니다. 당시 누구보다도 '현대성'에 대해 천착했던 그는 현대성에 대한 넓고 깊은 이해를 통해서만이 진정한 민족주의에 이를 수 있음을 깊이 인식하고 있었다. 우리 시의 수준을 '현대적'인 차원으로 끌어올려 세계 수준과 나란히 하고자 하던 그는 세계주의의 미망 속에 부유하던 다른 모더니스트들과는 달리, 세계와 민족의 참된 관계가 어떠해야 하는가를 올바르게 인식하고 있었다.

2.

  1945년 해방되던 해에 쓰여진 「孔子의 生活難」을 많은 연구자들은 '난해함'과 '의식적'으로 지어진 듯한 느낌을 문제점으로 제시하여 논의의 대상으로 삼아왔다. 황동규는 이 작품을 "너무나도 詩를 의식한 시"[10]라고 부정적인 평가를 내리고 있다. 염무웅은 이 시가 나름대로 일관된 논리를 향해 발전해 나간다는 느낌은 있지만, "억지로 만들어낸"[11] 난해한 시 중의 하나라고 평가한다. 그러나 김현은 이 작품에서부터 복고주의와는 완전히 결별하고 명확하게 대상을 파악하려는 의지를 보여준다고 하며, '바로 보마'에 대한 해설을 한다.[12] 그는 「자유와 꿈」에서 바로 본다는 행위가 관습적이고 도식적인 대상인식이 아니라 그러한 것에 대한 반란으로서 자기 나름대로 자유스럽게 본다는 것을 의미한다고 해설하고 있다.

  이후의 연구자들은 앞의 연구자들의 견해에 동조하면서 논의를 진행하여 왔다. 김수영이 그 자신의 말대로 "갑작스럽게 粗製濫造"[13]했다고 표

---

10) 황동규, 「정직의 空間」, 『달의 行路를 밟을지라도』, 민음사, 1976. p.12.
11) 염무웅, 「김수영론」, 『창작과비평』, 1976년 겨울, p.20.
12) 김현, 「자유와 꿈」, 『거대한 뿌리』, 민음사, 1974. pp.8~9.
13) 김수영, 「연극하다 시로 전향」, 『김수영전집 2』, 민음사, 1982. p227.

현했지만, 주의 깊게 보면 전체적인 짜임은 1, 2, 3, 4, 5연이 서로 어떤 확실한 연관관계를 가지고 발전해 나간다는 것을 알 수 있다. 또 이 작품이 쓰여졌던 시기와의 관련 하에 그 의미를 살펴보면, '해방'의 의미를 꿰뚫어본 시인 혁명가로서의 김수영을 잘 보여주는 작품이라는 평가도 가능하다고 생각된다. 우선 이 작품의 전문을 인용해 보자.

꽃이 열매의 上部에 피었을 때
너는 줄넘기 作亂을 한다

나는 發散한 形象을 求하였으나
그것은 作戰같은 것이기에 어려웁다

국수── 伊太利語로는 마카로니라고
먹기 쉬운 것은 나의 叛亂性일까

동무여 이제 나는 바로 보마
事物과 事物의 生理와
事物의 數量과 限度와
事物의 愚昧와 事物의 明晰性을

그리고 나는 죽을 것이다
— 「孔子의 生活難」 전문[14]

김수영 시인의 시적 여정에서 중요한 위치를 점하고 있는 이 작품은 앞에서도 선행 연구자들의 견해를 서술했듯이 긍정적인 평가보다는 부정적인 평가가 우세했다. 또한 시인 자신에 의해 "사화집에 수록하기 위해서 粗製濫造한 히야까시 같은 작품"이며 "나의 마음의 작품목록으로부

---

14) 이 글에서 인용한 모든 작품들의 표기는 민음사에서 간행한 『김수영전집』(I)의 표기임을 미리 밝혀둔다. 이 시는 일제 식민지로부터 해방되던 해인 1945년에 발표되었으며, 같은 해에 먼저 발표되었던 「廟庭의 노래」의 시의식과는 일정한 갈등과 충돌의 산물이라고 할 수 있다.

터 깨끗이 지워버렸다"라는 선언을 당한 불운한 작품이다. 그러나 이 작품을 주의깊게 읽어보면 이미 우리의 곁에서 그가 사라진지 35년이라는 세월이 흘렀지만, 여전히 현재진행형의 시인이라 불러야 할 김수영 문학의 출사표에 해당하는 작품이라고 할 수 있다.

'꽃이 열매의 상부에 피었을 때'라는 구절에 대해 그동안 평자들은 시간적인 선후 관계를 중심으로 한 해석에 치중해 왔다. 한수영은 '자연의 질서에서 꽃이 열매의 상부에 피는 법은 없다. 일반적으로 열매가 열리는 식물은 꽃이 열매보다 먼저 피고, 꽃이 지고 난 그 자리에 열매가 맺혀 영그는 법이다.'15)라는 견해를 주장하고, 황현산은 '열매는 일반적으로 꽃이 지고 난 자리에 열리는 것이 아니라, 많은 경우 상부에 꽃을 달고 열린다. 호박의 암꽃을 살펴보거나, 장미나 해당화를 한 번 뒤집어 보라고 권하고 싶다. 사과도 가지도 오이도 토마토도 마찬가지이다'16)라고 주장한다. 이와 같이 「孔子의 生活難」을 시간적인 선후관계를 따지는 논의보다는 상하의 공간관계로 파악하는 것이 이 작품의 분석에 적합하다고 생각된다. 이와 같은 관점에서 볼 때 김승희의 '꽃이 열매의 상부에 피었을 때'라는 구절에서 열매보다 꽃이 더 위에 군림하는 '유교적 상하관계'17)로 본 해석은 일면 타당한 면을 갖는다. 제목과의 관련하여 볼 때 꽃이나 열매 같은 대상의 실체성보다는 '상부에 피'는 운동이라는 점이다. 이와 같은 상승의지는 김수영 시를 지배하는 동력이다. 다음 행의 '줄넘기 작난'도 줄넘기를 하는 단순한 장난이라기 보다는 줄넘기 줄에 의해 만들어진 선을 넘어서려는(作難) 자기 초월의 양식이라고 할 수 있다. 줄넘기 작란이란 외연적 의미가 아니라 함축적 의미에서 유교(공자로 대변되는 전통적인 규범)가 그어놓은 줄을 뛰어넘는 '작란(반란)'으로 해

---

15) 한수영, 「'일상성'을 중심으로 본 김수영 시의 사유와 방법」(1), 『작가연구』 5호, 새미, 1998.
16) 황현산, 「꽃이 열매의 상부에 피었을 때」, 『현대시학』, 1999. 4.
17) 김승희, 「김수영의 시와 탈식민주의적 반언술」, 『김수영 다시 읽기』, 프레스 21, p.367.

석할 수 있다.

김수영의 시는 주체와 대상 사이의 작용과 반작용, 도발과 저항의 역학적 의지가 관류하고 있다. '공자의 생활난'에서 1연의 '작난'으로 2연의 '작전'에서 3연의 '반란'으로 변주되는 '작'과 '난'은 수동적으로 외부 조건에 굴복하지 않고 능동적으로 반응하는 주체의 대응을 보여준다. '작난에서 작전'으로, '작전에서 반란'으로 이행하는 것은 세계에 대한 저항의 강도를 고조시켜 가는 것임을 보여준다.[18] 이러한 저항은 시인이 바로 4연에서 '바로 보마'라고 다짐하는데, '바로 본다'는 것은 이후의 김수영 시의 세계에 대한 입장 표명의 선언이라고 할 수 있다. "동무여 이제 나는"에서 '이제'는 '작란─작전─반란'을 통과한 후의 새로운 시점을 의미한다. 이제 새로운 문화를 가지고 새로운 시각으로 사물들의 생리와 수량과 한도와 우매와 명석함까지를 '바로 보겠다'는 의지는 전통적 세계의 가치관이 해체된 뒤 새로운 시각으로 세계를 바로 읽겠다는 욕망이라 하겠다.

이 작품은 "꽃이 열매의 上部에 피었을 때"라고 표현한 꽃의 개화, 즉 생명의 탄생을 나타내는 이미지에서 출발하여 "그리고 나는 죽을 것이다"라는 언젠가 있을 자신의 죽음에 대한 결연하면서도 단정적인 선언으로 끝난다는 점에 주목할 필요가 있다. 생명과 죽음이라는 양극 사이에 '너-나' 같은 인간의 대조적인 삶의 방식이 있다. 11행의 짧은 시에서 화자는 '자아/세계, 삶/죽음'이란 영역에 관심을 갖고 있다. 그 세계는 쉴새 없이 변화하고 갈등하는 세계이다. 그 변화와 갈등의 최종 지점은 '죽음'이다.

화자의 시선은 사물이 펼쳐진 공간과 시간을 관통하며, 그 시선은 미래의 시간, 즉 죽음을 지금 이 순간으로 이끌어 들인다. 이 시인에게 죽

---

18) 「공자의 생활난」의 줄넘기나 「달나라의 장난」의 팽이 돌리기는 무질서한 시간의 흐름을 일정한 놀이라는 형식에 둠으로써 삶을 자신의 통제권에 두고자하는 욕망의 소산이라고 할 수 있다. 작난은 작전이나 반란에는 미치지 못하지만 나름대로 현실에 대응하는 화자의 태도라고 할 수 있다.

음은 인간이 체념 상태에서 수동적으로 받아들이는 대상이 아니라 적극적이고 자발적으로 선택하는 행위가 된다. '바로 보'기는 죽음을 향해가는 행위인 동시에 죽음으로부터 자신을 구출하고자 하는 행위이기도 하다.

공자 중심의 전통적 세계관을 해체하기 위한 '작란－작전－반란'은 이후 시인이 하게 될 작업의 '현대성', 금기를 깨고 권위주의를 타파하는 기호의 놀이와 관련이 있는 것으로 '줄넘기 작란'은 전통적 상징 체계의 금을 뛰어넘는 '위반'의 놀이가 된다.

또한, 김수영은 사회적 갈등의 의미를 자신의 자유로운 미적 실현의 욕구에 내재한 문화적 긴장의 요소로 파악하고자 했다는 점에서 주목된다.

> 나는 괴롭다
> 오오 그와 같이 이 書籍은 있다
> 그 冊張은 번쩍이고
> 연해 나는 괴로움으로 어찌할 수 없이
> 이를 깨물고 있네!
> 가까이 할 수 없는 書籍이여
> 가까이 할 수 없는 書籍이여.
>
> ―「가까이 할 수 없는 書籍」 부분

김수영의 시적 출발점은 유교의 억압적 전통과 일제의 식민지 잔재를 깨끗하게 청소해야 하는 해방기에 신탁통치를 통해 새로운 지배자로 들어 온 '미국문화'라는 외부에 노출된 현실에 민감하게 반응한 곳에 자리하고 있다. 이 점이 그의 시적 인식에 있어서 동경과 비판의 상반된 태도를 공유하게 하면서, 그러한 시인의 내적 갈등을 평범한 것에 대한 거부와 예술적 진리의 탐구에 대한 가능성으로 해결하는 동력으로 작용한다고 할 것이다. 위 작품에서처럼 미국 잡지란 곧 현대 자본주의 문화의 축소판이며, 변화하는 현실의 가장 진보적인 국면에 설 수 있도록 해주는 지적 매체이다. 그것을 '엄연한 것이면서 두려운 것' 혹은 '엄연하기에 두려운 존재'로 인식할 때 생기는 긴장과 그로 인한 괴로움을 숨김없이 드러내는 행위의 이면에는 「孔子의 生活難」에서 제기한 '바로 보기'에의 의지가 담겨 있다. 이것은 김수영 개인에게는 자긍심의 회복이자, 진정한 모더니스트가 되기 위한 포즈일 수 있으며, 세속적 삶을 거부하는 예술가의 양심을 시적 이상으로 두고자 한 일종의 자기 선언이라 할 수 있다.[19] 현실로부터 자아의 문제를 성찰하는 계기를 발견한다는 것과, 그 성찰이 현실의 왜곡과 비진리를 부정하고 정신적 자유를 구현하려는 욕구 실현과 관련된다는 점이 김수영의 초기시의 본질이라 할 수 있다.

신식민주의적 언술은 이제 탱크나 점령군을 통해서 오는 것이 아니라, 책이나 전파를 통한 '지배자의 문화'라는 텍스트를 통해서 온다. 지배자의 담론은 책이나 그들의 지배적 문화에 근거하고 있으며, 식민지적 언술 행위는 피지배자들에게 제국의 변두리 지역에서 사회적 존재를 '미리 구성'하고자 하는 욕망을 갖는다. 김수영은 '책'을 통해 침범해 들어오는 새로운 제국주의 문화에 대해서 응전을 하지 못하고 경계선에 처한 '주변적 주체'로서 괴로움에 차 있다.[20]

김수영은 중국·일본·미국 문화의 혼종성에 놓여 있는 자아의 위치를 인식하면서 동시에 자신의 소외·거세·괴로움을 인식한다. 1947년에 발표된 「아메리카 타임誌」에서 미국 문화와의 만남을 그리고 있다. 우선 시의 전문을 인용해 보면,

　　　흘러가는 물결처럼
　　　支那人의 衣服

---

19) 정재찬, 「허무주의와 그 극복」, 김은전·이숭원 편, 『한국현대시인론』(시와 시학사, 1994), pp.388~395 참조.
20) 김수영은 「가까이 할 수 없는 書籍」에서 「孔子의 生活難」에서 유교적인 중심질서가 해체된 이후 다른 문화적 헤게모니를 가진 이국의 책, 알 수 없는 신비의 헤게모니적 힘을 가진 것처럼 보이는 서양의 책 앞에 앉아 있는 반도 지식인의 흔들리는 주체성과 타자성을 고백한다.

나는 또하나의 海峽을 찾았던 것이 어리석었다

機會와 油滴 그리고 능금
올바로 精神을 가다듬으면서
나는 數없이 길을 걸어왔다
그리하야 凝結한 물이 떨어진다
바위를 문다
瓦斯의 政治家여
너는 活字처럼 고웁다
내가 옛날 아메리카에서 돌아오던 길
뱃전에 머리 대고 울던 것은 女人을 위해서가 아니다

오늘 또 活字를 본다
限없이 긴 활자의 連續을 보고
瓦斯의 政治家들을 凝視한다

—「아메리카 타임誌」 전문

　1연에서 시인은 지나인이라고 중국인을 비하하는 일본 식민주의의 언어적 잔재를 노출하면서, 또하나의 해협을 찾으려는 자신의 길이 잘못되었음을 반성한다. 2연에서는 자신이 수없이 걸어온 길을 이해하기 위해 정신을 가다듬어온 노력의 집중으로 응결한 물이 떨어져 거대한 바위를 물어뜯는 불가능성의 저항을 암시한다. 3연과 4연에서 정치가는 문자라는 권위와 권력을 가진 존재들로, 문자는 주체가 환경이나 공동체에 의존하는 것이 아니라 문화의 기본 구조를 세우는 '보편적 운동에서의 담론'에 의존함을 보여준다. 「아메리카 타임誌」의 활자는 새로운 이방의 언어만이 아니라 주체를 변두리의 타자로 밀어내는 지배적인 권력의 문화를 가진 권위적 존재로 인식된다. 그래서 정치가는 문자의 권위를 통해 자신의 존재를 나타내는 권력자가 된다. 자신의 타자성을, 주변화를 인식하고 미국 문화의 지배적 권력을 상징하는 아메리카 타임지 속의 '한없이 긴 활자의 연속을 보고', 무소 불위의 권력을 가진 '와사의 정치가들을 응시한다'는 것이다.

김수영의 이 텍스트는 아메리카 타임지로 표상되는 지배 언술 행위에 대한 해독과 그것을 폭로하는 반언술을 보여준다. 문화적 정치적 피식민지인이라는 위치로부터 탈피하려는 도전을 보여 준다.[21]

3.

4 · 19혁명이 무능력한 민주당 과도 정부와 5 · 16 군사정권에 의해 죽어가면서, 김수영은 신식민주의적 질서 안에서 또다시 주변인으로 소시민으로 전락해 가는 자신을 발견한다. 왜소하고 소외된, 억압된 현실적 힘 앞에서 무능력한 자신을 바라볼 수밖에 없는 '소시민적 주체'로 변모해 간다. 그러나 1964년에 쓴 「巨大한 뿌리」에서 그는 소시민적 주체로서의 자신을, 억압된 피식민적 소외자로서의 소시민적 주체를 전복시킨다.

> 傳統은 아무리 더러운 傳統이라도 좋다 나는 光化門
> 네거리에서 시구문의 진창을 연상하고 寅煥네
> 처갓집 옆의 지금은 埋立한 개울에서 아낙네들이
> 양잿물 솥에 불을 지피며 빨래하던 시절을 생각하고
> 이 우울한 시대를 패러다이스처럼 생각한다
> 버드 비숍女史를 안 뒤부터는 썩어빠진 대한민국이
> 괴롭지 않다 오히려 황송하다 歷史는 아무리
> 더러운 歷史라도 좋다

---

21) 이외의 「엔카운터誌」(1966), 「VOGUE야」(1967), 「電話 이야기」(1966) 등에서도 피식민지적 삶이란 어쩔 수 없이 탈식민지적 체험과 욕망이 교차하는 주변부이면서 동시에 문화적 실천의 융합을 보여 준다. 시인은 문화적 합병, 교차가 일어나는 자기 현실 위에서 제국주의의 헤게모니를 검색, 와해, 풍자하고 있는 것이다.

진창은 아무리 더러운 진창이라도 좋다
나에게 놋주발보다도 더 쨍쨍 울리는 追憶이
있는 한 人間은 영원하고 사랑도 그렇다

비숍女史와 연애를 하고 있는 동안에는 進步主義者와
社會主義者는 네에미 씹이다 統一도 中立도 개좆이다
隱密도 深奧도 學究도 體面도 因習도 治安局
으로 가라 東洋拓殖會社, 日本領事館, 大韓民國官吏,
아이스크림은 미국놈 좆대강이나 빨아라 그러나
요강, 망건, 장죽, 種苗商, 장전, 구리개 약방, 신전,
피혁점, 곰보, 애꾸, 애 못 낳는 여자, 無識쟁이,
이 모든 無數한 反動이 좋다
이 땅에 발을 붙이기 위해서는
——第三人道橋의 물 속에 박은 鐵筋기둥도 내가 내 땅에
박는 거대한 뿌리에 비하면 좀벌레의 솜털
내가 내 땅에 박는 거대한 뿌리에 비하면

—「巨大한 뿌리」 부분

그는 이사벨 버드 비숍女史의 저서를 통해서 이 책이 지닌 한계를 간
파하고, 분단되기 이전의 역사, 전통, 조국을 상상하며 소시민적 주체에
서 탈식민주의적 주체로 전환하는 뿌리의 힘을 획득하게 된다. 「孔子의
生活難」에서(공자로 대변되는 억압적 유교의) 전통에 대한 반란을 선언
했던 그가 거의 혁명적이라고 할 만큼 전통에 대한 사랑과 민족적 자긍
심, 추악하고 못난 자신의 것조차 사랑할 수 있는 적극적 주체로 역전된
다. 그런 점에서 전통과의 단절을 중시하는 모더니스트였던 김수영이 모
더니즘을 극복하고 있음을 이 시를 통해 확인하게 된다. 물론 기법이나
형식의 측면에서는 여전히 모더니즘의 흔적이 발견된다. 그러나 모더니
즘은 기법이나 형식이기 이전에 일종의 세계관이고 정신이다. 따라서 전
통과의 새로운 만남은 바로 모더니즘의 세계관과 정신을 극복하는 계기
가 되고 있다는 점에서 이를 모더니즘의 극복이라고 볼 수 있을 것이다.

김수영이 관심을 갖는 '전통'이 어떤 것인지를 먼저 살펴볼 필요가 있다. '요강, 망건, 장죽, ……곰보, 애꾸, 애 못 낳는 여자, 무식쟁이' 등등. 곰보, 애 못 낳는 여자, 무식쟁이들이란 누구인가. 그들은 바로 당시의 '소외계층', 즉 민중들이다. '거대한 뿌리'인 전통의 핵심에 민중이 있는 것이다. 또한 그는 외래 수입품인 진보주의나 사회주의 같은 이데올로기의 거부, 이중 억압을 주는 일본과 미국놈 같은 식민주의자에 대한 거부, 외세의 영향 아래에 있는 자국의 관리들까지도 거부한다. 그는 '모든 무수한 反動'을 좋아하면서, 지배자들의 권력이 설정한 이분법적 대립을 파괴하면서 주체로 일어서게 된다. 그럼으로써 식민주의적 권력은 해체되고 '나/타자'의 위치는 전복된다.

4·19이후 독재에 항거하여 쟁취한 자유에 대한 뜨거운 열기가 다시 5·16으로 외압에 의해 억눌려야 하던 시기, 그리고 굴욕적인 한·일 국교수립이 일어나던 시기에 쓰여진 「어느 날 古宮을 나서며」[22]는 김수영의 자유―즉, 전통의 파괴, 부정의 정신, 소시민적 삶에 대한 부정―에 대한 노래라고 여겨진다. 권력, 독재, 전통에 대한 부정을 통해 자신을 억압하고 있는 거대한 상징 질서에 저항하는 모습을 보여 준다. 이 작품의 전문을 인용해 보면,

왜 나는 조그마한 일에만 분개하는가
저 王宮 대신에 王宮의 음탕 대신에
五十원짜리 갈비가 기름덩어리만 나왔다고 분개하고
옹졸하게 분개하고 설렁탕집 돼지같은 주인년한테 욕을 하고
옹졸하게 욕을 하고

한번 정정당당하게
붙잡혀간 소설가를 위해서
언론의 자유를 요구하고 越南파병에 반대하는
자유를 이행하지 못하고

____

22) 「어느날 古宮을 나오면서」는 1965년 11월에 『문학춘추』에 발표한 작품이다.

二十원을 받으러 세번씩 네번씩
찾아오는 야경꾼들만 증오하고 있는가
옹졸한 나의 전통은 유구하고 이제 내 앞에 情緖로
가로놓여있다
이를테면 이런 일이 있었다
부산에 포로수용소의 第十四野戰病院에 있을 때
정보원이 너어스들과 스폰지를 만들고 거즈를
개키고 있는 나를 보고 포로경찰이 되지 않는다고
남자가 뭐 이런 일을 하고 있느냐고 놀린 일이 있었다
너어스들 옆에서

지금도 내가 반항하고 있는 것은 이 스폰지 만들기와
거즈 접고 있는 일과 조금도 다름없다
개의 울음소리를 듣고 그 비명에 지고
머리에 피도 안 마른 애놈의 투정에 진다
떨어지는 은행나무잎도 내가 밟고 가는 가시밭

아무래도 나는 비껴서있다 絶頂 위에는 서있지
않고 암만해도 조금쯤 옆으로 비켜서있다
그리고 조금쯤 옆에 서있는 것이 조금쯤
비겁한 것이라고 알고 있다!

그러니까 이렇게 옹졸하게 반항한다
이발쟁이에게
땅주인에게는 못하고 이발쟁이에게
구청직원에게는 못하고 동회직원에게도 못하고
야경꾼에게 二十원 때문에 十원 때문에 一원 때문에
우습지 않으냐 一원 때문에

모래야 나는 얼마나 적으냐
바람아 먼지야 풀아 나는 얼마나 적으냐
정말 얼마큼 적으냐……

—「어느날 古宮을 나오면서」 전문

　이 시는 자신의 의도는 속으로 감추고, 겉으로 드러난 표현과 의미 사이의 커다란 괴리감에서 정서적 긴장감을 느끼게 하는 아이러니와, 현실의 구조적 모순, 부정적 현상을 비웃거나 조소하는, 사실적 지각에 의한 직접적인 제시가 아니라 기지·반어·냉소·조롱 등의 방법에 의해 빗대어 공격하는 풍자의 수법이 강하게 드러난다. 1960년대 김수영의 시는 4·19와 5·16을 겪으면서 세계와의 정면 대결에서 좌절한 시정신이 세계와 만나는 방법으로서 ‘풍자’의 기법을 사용한다. 자기가 선 자리가 궁극적으로 소외와 절망의 자리임을 확인하고서도, 세계와의 최소한의 의식적 접촉으로서 시를 폐기할 수 없었던 김수영은 그 시를 비틀어서 세계에 맞서게 하는 방법으로 ‘풍자’를 이용한다. 시정신이 세계에 대해 우위를 점할 때 풍자는 세계에 대하여 경쾌한 공격성을 지니지만, 그렇지 못할 때는 그 공격성은 자기 자신이나 자기 주변을 향하게 되어, 자학이 아니면 공격적인 자기 풍자로 이어진다. “왕궁 대신에 왕궁의 음탕 대신에”, “분개하고/옹졸하게 분개하고”, “욕을 하고/옹졸하게 욕을 하고”, “비켜서 있다”, “못하고”, “-때문에”, “나는 얼마나 적으냐” 등과 같이 반복에 의해 아이러니와 풍자의 의미를 강하게 표현하고 있다. 또한 산문적인 문체를 사용하여 대상에 대한 풍자를 강화하고 있으며, 비유나 상징을 통해서는 불순하고 부조리한 현실을 비판하거나 풍자할 수 없기에 욕설, 야유 등의 일상적인 언어를 거침없이 사용한다. 이는 김수영 시인의 정직성에 기인하는 것이다. 실존주의에 빠져 있거나 언어의 조탁에만 힘쓰던 당시의 시단의 풍조와는 달리 일상적인 언어를 시어로 사용했기에, 김수영은 시에 사용되는 언어를 확장시켜 우리 문학을 풍요롭게 했다는 평가를 받는다.

　시적 화자에 의해 언급되는 인물들은 소시민적인 지식인인 화자와 소외되고 힘없는 민중, 그리고 권력자, 가진 자들이 나온다. 설렁탕집 주인년, 야경꾼, 너어스, 이발쟁이 등은 힘없고 못 가진 자들이고, 땅주인, 구청직원, 동회직원, 정보원 등은 권력과 가진 자들의 대명사이다.

이 시는 자유라는 이상을 버릴 수 없으면서, 싸우지도 못하고 일상적인 삶 속에서 소시민이 되어 버린 자신에 대한 분노를 드러낸다. 정말로 분노해야 할 것에는 침묵해 버리는 자신을 비웃고 있는 것이다.

화자는 '왜 나는 조그마한 일에만 분개하는가'라며, 사소하고 하찮은 일에만 분개하는 자신을 힐난한다. 왕궁이나 왕궁의 음탕에 대한 저항이나 분노의 표현이 아닌, 50원짜리 갈비가 기름덩어리만 나왔다고 분개한다. 커다란 힘이나 권력 앞에서는 대항하지 못하고 작고 사소하며 힘없는 자들에게 욕을 하며 분노한다. 이처럼 김수영이 화자의 소시민적인 옹졸한 태도를 드러내는 것은 자기 반성의 시도이며, 시인 자신뿐 아니라 동시대인에게 반성을 요구한다.[23]

2연은 언론의 자유를 요구하고 월남 파병을 반대하다가 붙잡혀간 소설가를 위해서 정치권력에 저항할 자유를 갖지 못하고, 야경꾼만 증오하는 자신을 반성한다. 김수영은 내면적으로 소심하고 연약한 면모를 보이기도 하지만, 이어령과의 '불온성' 논쟁을 벌이는 모습을 보면 혁명적 의지에 불타는 당대의 진보적 지식인이었다고 할 수 있다. 동백림사건 재판과 68년 무장간첩침투 사건의 와중에서도 그가 '불온성'을 떳떳하게 옹호했다는 사실은 그가 가진 자유주의적 신념의 철저함을 알게 한다. 이런 그가 자신을 비하하고 풍자하는 모습은 대부분 수동적으로 주어진 자유에만 만족하는 당대인들에게 적극적인 자유를 주장할 것을 요구하는 것이라 할 수 있다.

3연을 보면 김수영 자신의 개인사의 일단을 보여주고 있다. 김수영은 6·25전쟁시에 의용군에 끌려갔다가 반공포로가 되어 거제도 포로수용소에서 반공포로 생활을 했었다. 그 때 그는 포로 경찰이 되지 않고, 의사

---

23) 김종윤의 이 작품에 대한 평가는 김수영의 후기시의 전모를 보여주는 대표적인 시이며, 시의 표면에서 보여지는 소시민적 삶의 일상성 속에서 왜소화되고 있는 자신의 정신에 대한 분노와 연민은 자신의 삶을 폭로함으로써 동시대인의 정신적 태도를 각성시키려 하고 있다고 본다.(김종윤, 『김수영 문학연구』, 한샘출판사, 1994, p.179 참조)

들을 도와주는 남자가 하기에는 적당하지 않다고 여겨진 보조원으로 일했다. 개인사를 통해서 우리 민족의 시련과 수난을 드러내며, 우리 민족이 시련과 수난을 겪으면서 체제 순응적이고 수동적 민족성을 갖게 되었음을 '옹졸한 나의 전통은 유구하고 이제 내 앞에 情緖로 가로놓여 있다'고 말한다.

간호사들과 스폰지를 만들고 거즈를 개키는 작고 하찮은 일을 해왔던 그가 4연에서 '지금도 내가 반항하고 있는 것은 이 스폰지 만들기와/거즈 접고 있는 일과 조금도 다름없다'라고 하며, 자신이 반항하는 것은 작고 사소하며 옹졸한 것이라고 한다. 또 화자 자신이 권력이나 전통에 대해 반항하는 것은 표면적으로는 작고 하찮은 일이 될 수 있으나, 실제의 속뜻은 권력이나 전통에 대한 부정과 반항하지 못하고 순응하는 소시민들의 삶에 대한 풍자를 드러내고 있다. 신식민지의 거세된 남성으로서의 자기 모멸과 소외된 주체임을 직시하고 있다.

5연에서는 "아무래도 나는 비껴서있다 絶頂 위에는 서있지/않고 암만 해도 조금쯤 옆으로 비켜서 있다/그리고 조금쯤 옆에 서있는 것이 조금쯤/비겁한 것이라고 알고 있다!"고 소시민적 삶에 대하여 비판하며, 6연에서 "그러니까 이렇게 옹졸하게 반항한다/이발쟁이에게/땅주인에게는 못하고 이발쟁이에게/구청직원에게는 못하고 동회직원에게도 못하고/야경꾼에게 二十원 때문에 十원 때문에 一원 때문에/우습지 않느냐 一원 때문에"라며 자신의 옹졸한 모습에 자기 비하의 자조적인 모습을 보여준다. 유산자나 지배층에는 반항하지 못하고, 무산자나 피지배층에만 쉽게 반항하는 소시민의 삶에 대한 자조적인 모습은, 오히려 그가 보여주는 공격적인 '자기 풍자'의 모습이다.

7연은 '설렁탕집 돼지같은 주인년', '야경꾼', '이발쟁이' 같은 힘없는 존재에게 내뱉은 옹졸한 분개와 욕이 쓰디쓴 자기 연민으로 표현되어 있다. '모래야', '바람아', '먼지야'라고 흔하고 하찮은 대상을 통해서 '자유를 추구하지 못하는 소시민'의 현실 순응적이고 나약한 모습에 대한 풍자적 진술이 보인다. 작은 것에만 분개하고 왕궁의 음탕이나 월남전 파병을 반대하지 못한 자아는 얼마나 작고 초라한 것인가. 조금쯤 절정에 비켜서 있는 자신에 대해 그리고 조금쯤 옹졸하고 비겁한 자신을 질책하는 이 시는 모래나 먼지 하나에까지 투철하려는 김수영적 개성을 드러내는 데 부족함이 없다. 적다고 말하는 것은 그만큼 거대하고 싶지만 그렇지 못한 자신의 비겁함과 옹졸함에 대한 자기 반성의 표현일 것이다.[24]

이렇게 커다란 부정과 불의에는 대항하지 못하면서도 사소한 것에만 흥분하고 분개하는 소시민적 주체의 허위를 드러낸다. 시인은 아무 죄 없는 소설가를 구속하거나 자유를 억압하는 정치 권력에는 정면에서 대적하지 못하고 방관하는 지식인의 무능과 허위의식을 폭로, 고발하는 진지한 자기 반성의 모습을 보여준다. 한마디로 이 시는 도덕적 순결성을 지향하는 소시민의 갈등과 고뇌를 통한 자기 반성과 지식인들의 소시민성에 대해 적나라하게 고발하고 있다.

이 시를 두고 김수영의 소시민 의식이 적나라하게 노출된 것으로 보는 것은 피상적인 견해라 생각된다. 5·16후 소시민 의식의 대두가 중요한 문제로 부각될 때 그에 대한 정면 대응이라는 면에서 주목되는 시가 「어느날 古宮을 나오면서」이기 때문이다. 또한 이 시는 붙잡혀간 소설가를 위한 옹호나 월남 파병 반대를 역설적으로 교묘하게 수행하고 있다고 보이기 때문이다. 자기 비판의 준열함과 정직성에서 볼 때, 이 시는 소시민 의식과는 거리가 멀다. 이런 측면에서 눈여겨볼 시구가 "떨어지는 은행나무잎도 내가 밟고 가는 가시밭"이다. 타성적 안정을 거부하고 일상 생활의 일거수일투족을 자기 비판의 대상으로 삼는 자의 감각이 표출되어 있기 때문이다. 이러한 자기 비판은 자신을 냉철하게 직시하는 안목으로서의 지성을 구비할 때 가능해질 것이다. 가령 포로 수용소 병원에서의 자신의 행위에 대한 분석은 다분히 지적인 작업이다. 포로 경찰이 되지

---

24) 최동호, 「김수영의 시적 변증법과 전통의 뿌리」, 『김수영 다시 읽기』, 프레스21, 2000, pp.51~53.

않고 간호원들과 함께 스폰지 만들기와 거즈 접기를 한 것을 옹졸한 반항의 유구한 사례로 거론하고 있는 바 그러한 자기 분석이 이 시의 현대적 면모라 하겠다. 시의 표면에 나타나고 있는 '자유를 이행하지 못하고' 소시민적 삶의 일상성 속에서 왜소화되고 있는 자신의 정신에 대한 분노와 연민은 자신의 삶을 폭로함으로써 동시대인들의 정신적 태도를 각성시키려는 김수영의 고도한 시적 기법이다.[25]

김수영은 폭로적 자기분석을 통해 자아의 진실과 삶의 현실적 조건 사이에서 긴장·갈등하고 있는 자신의 적나라한 모습을 보여줌으로써 소시민적 삶에 안주하고 있는 무기력한 인간들을 고발·폭로하여 소시민적 태도를 비판하고 반성하여 동시대인의 정신적 각성을 시키고 있다. 그러면서 김수영은 더러움과 허위로 가득 찬 현실을 살아가는 모든 존재가, 살아 있는 눈처럼 순수하고 정의로운 삶을 영위하기를 갈망한다.

눈은 살아있다
떨어진 눈은 살아있다
마당 위에 떨어진 눈은 살아있다

기침을 하자
젊은 詩人이여 기침을 하자
눈 위에 대고 기침을 하자

---

25) 신경림도 이 시를 가장 좋아하는 시로 선택한다. 『신경림의 시인을 찾아서』에서 그는 "이 시는 그의 시 가운데 언어경제와 압축에 의한 절제가 결여된, 어찌 보면 장황한 군소리가 많은 시에 속한다. 그러나 이것은 우연은 아닌 것 같다."고 하면서 강한 메시지를 특징으로 하기 때문에 의도적으로 선택한 방법일 것이라고 한다. "한마디로 이 시는 도덕적 순결성을 지향하는 소시민의 갈등과 고뇌의 청교도적 표백으로 읽을 수 있을" 것이라 하면서 이 시의 감동의 원천은 세상을 평균적으로 살아가는 보통 사람들의 갈등과 고뇌를 대변했다는데 있다고 얘기한다. 신경림은 또한 이 시에 내재하는 리듬도 시를 빛내는 요인의 하나로 지적한다. 낮은 톤과 느린 리듬으로 시작해서 클라이맥스에서 높은 톤과 급박한 리듬으로 끊는 방법은 이 시가 면밀하게 계산된 시작법에 의해서 만들어졌다고 지적한다.(신경림, 『신경림의 시인의 찾아서』, 우리교육, 1998. p.334 인용 참조.

눈더러 보라고 마음놓고 마음놓고
기침을 하자

눈은 살아있다
죽음을 잊어버린 靈魂과 肉體를 위하여
눈은 새벽이 지나도록 살아있다

기침을 하자
젊은 詩人이여 기침을 하자
눈을 바라보며
밤새도록 고인 가슴의 가래라도
마음껏 뱉자

―「눈」 전문26)

'눈'과 '기침'은 이 작품에서 선명한 대조의 관계를 이룬다. '눈'은 희고 순수하고 순결한 생명력이며, '기침'은 불순한 일상성, 소시민성, 괴로움 또는 병적인 것을 암시한다. 시인이 '눈 위에 기침을 하자'는 것은, 지금까지 기침조차 하지 못하고 비굴하게 억눌려 지내온 것을 떨쳐 버리고, 일상적 생활의 굴레 속에서 더럽혀진 자신의 진정한 영혼과 육체를 되찾으라는 것이다. 이처럼 눈이 지닌 생명력이 기침을 마음껏 할 수 있게 해주는 원동력이다. 그러므로 기침을 하되 '눈'을 바라보며, 눈을 향해서, 눈을 의식하고 기침을 하자고 말한다. '눈'은 아무에게나 살아 있는 것이 아니라, 죽음조차 두려워하지 않고, 순수하고 가치 있는 것에 대한 갈망을 지닌 사람을 위해서만 새벽이 지나도록 살아있는 것이다. 눈을 보며 끝까지 살아남는 양심과 가치를 되살려 내기를 갈망한다. 눈이 살아 있음은 죽음을 두려워하지 않는 양심의 발현을 촉구하기 위해서이다. 그러니 시인더러 죽음을 무릅쓴 각오로 시대의 양심을 지켜 가자고 애타게 당부한다. 이 당부는 바로 시인인 자신에게 향한 질책이기도 하

---

26) 「눈」이란 제목으로 세 편의 작품이 있는데, 이 시는 그 첫 번째 작품으로 1956년에 쓰여졌다. 이후 같은 제목으로 1961년과 1966년에 두 편을 더 발표했다.

며, 동시대의 소시민적 지성을 향한 뜨거운 외침이기도 하다. 그동안 마음껏 기침을 할 수 없어서 고여있던 더러운 것, 어두운 시대 상황에서 내면화되어 버린 부정 의식·비양심 따위, 젊은 시인을 괴롭히는 어두운 요소인 '밤새도록 고인 가슴의 가래'를 마음껏 뱉어내자고 말한다.

4.

김수영이 주장하고 가장 강조하는 것은 바로 '현대성'이다. 그의 여러 산문(「진정한 현대성에의 지향」, 「모더니티의 문제」, 「'현대성'에의 도피」)을 보면, 그가 '현대성'을 시에 대한 주요 주제로 삼아왔을 뿐 아니라, 현대성 자체를 시평가의 중요한 기준으로 여겨왔음을 알 수 있다. 그에게 있어 '현대성'은 단순한 유행이나 시대적 조류에 영합함을 의미한다기보다 현대시가 갖추어야 할 예술적 수준을 말한다. 산문 「요동하는 포오즈들」[27]에서 그는 시의 변화나 실험을 포함한 현대성의 추구가 진정한 것이 되기 위해서는 포오즈를 넘어 신념이나 진지성이 있어야 한다고 한다. 김수영은 시의 현대성을 '사상의 현대성' 또는 시대를 바라보는 '현대적 지성'으로 이해했으며, 이러한 점에서 그는 진정한 현대성을 내용과 형식의 양면에서의 현대성—육체, '온몸'으로 밀고 나가는—을 추구했다고 볼 수 있다. 즉 시를 쓴다는 것은 '온몸'으로 밀고 나가는 것이지 '머리'나 '심장'으로 하는 것이 아니다.[28]

김수영에게 있어서 '현대성'과 '현실성'이 시적 실천으로 표출되어 세계를 개진해가는 모험의 과정이 바로 '자유'이다. 현실을 은폐하는 억압

---

27) 『김수영 전집』(2), 민음사, p.363.
28) 김수영에게 시의 형식과 내용은 현실에 사는 시인의 삶이 통째로 드러나는 곳, 즉 시인의 사상과 감성이 생활 속에서 시적 언어로 표현되어야 한다는 것이다.

에 대항해서 현실을 개진해 나가는 자유의 정신[29], 즉 그에게 자유는 도피나 위안으로의 자유가 아니라 실천적 힘으로서의 자유를 말한다. 그래서 그에게 자유는 그냥 자유가 아니라 '자유의 이행'으로서의 자유를 말한다. 그는 영원한 '자유의 이행자'이다.

김수영은 해방 이후부터 누구보다도 식민지 역사의 부조리한 폭력을 경험해온 피식민지적 타자로서, 해방 이후 새로운 헤게모니를 가지고 밀려드는 서구문화의 지배적, 절대적 권력 앞에서 자신의 주변적 타자성을 인식하고 그 신식민주의적 체제 안에서 자신이 신식민지인으로 구성된 위치에 있음을 끊임없이 의식하며, 고발·풍자하는 탈식민주의적 반언술을 보여 준다.

「공자의 생활난」은 일제 식민지에서 해방되던 1945년에 쓰여진 작품으로, '해방'의 의미를 통찰한 시인 김수영을 잘 보여주는 작품이다. 일제 식민지에서 해방되면서, 우리에게 다가오는 새 시대의 징후를 알려주고 있다. 제목에서 암시하듯이 '공자'로 상징되는 가부장적 유교적 질서가 무너질 것이라는 예고와 '마카로니'로 상징되는 서구 문화를 통한 자신의 문화적 반란성을 드러낸다고 할 수 있다.

「가까이 할 수 없는 書籍」은 현실로부터 자아의 문제를 성찰하는 계기를 발견한다는 것과, 그 성찰이 현실의 왜곡과 비진리를 부정하고 정신적 자유를 구현하려는 욕구 실현과 관련되며, 「아메리카 타임誌」 같은 작품은 '아메리카 타임지'로 표상되는 지배 언술 행위에 대한 해독과 그것을 폭로하는 반언술을 보여준다. 문화적 정치적 피식민지인이라는 위치로부터 탈피하려는 도전을 보여 준다.

「孔子의 生活難」에서 보여주었던 전통에 대한 반란을 선언했던, 김수영은 「巨大한 뿌리」에서는 거의 혁명적이라고 할 만큼 전통에 대한 사랑과 민족적 자긍심, 추악하고 못난 자신의 것조차 사랑할 수 있는 적극

---

29) 「생활 현실과 시」, 『김수영전집』(2), p.197에서 "도대체가 시라는 것은 그것이 새로운 자유를 행사하는 진정한 시인 경우에도 어디엔가 힘이 맺혀 있는 것이다"라고 말하고 있다.

적 주체로 나타난다. 그런 점에서 전통과의 단절을 중시하는 모더니스트
였던 김수영이 모더니즘을 극복하고 있음을 이 시를 통해 확인하게 된
다.

「어느 날 古宮을 나오면서」에서는 폭로적 자기분석을 통해 자아의 진
실과 삶의 현실적 조건 사이에서 긴장·갈등하고 있는 자신의 적나라한
모습을 보여줌으로써 소시민적 삶에 안주하고 있는 무기력한 인간들을
고발·폭로하여 소시민적 태도를 비판하고 반성하여 동시대인의 정신적
각성을 시키고 있다. 그러면서 김수영은 더러움과 허위로 가득 찬 현실
을 살아가는 모든 존재가, 살아 있는 「눈」처럼 순수하고 정의로운 삶을
영위하기를 갈망한다.

김수영의 '현대'는 21세기를 살아가는 지금까지도 여전히 새롭게 해석
되고 읽혀지는 현대이다. 그래서 그는 현재에도 다시 읽혀지고 새롭게
해석되는 유효한 시인이다.

■ 참고 문헌은 각주로 대신한다.

노마드의 풍경과 의식공간
─ 白石詩의 변모 양상 ─

황용현

이주민은 거주지가 황폐해지거나 불모지가 되면 환경을 버리고 떠나는 데 반해 유목민들은 떠나지 않으며 떠나기를 원하지 않는 자들로서, 숲이 점점 줄어들고 스텝이나 사막이 증가하면 나타나는 매끈한 공간 속에 있으면서 이러한 도전에 대한 응답으로서 유목을 발명해낸다─"그들은 스텝으로 달려갔다, 스텝의 저편으로 가기 위해서가 아니라 이 스텝 위에서 편하게 살기 위해"

─토인비─

* 경원대학교 국어국문학과 박사과정

1. 들어가며

  본고의 목적은 백석시를 중심으로 1930년대 한국시의 미적 근대성의 한 모습을 실체화함에 있다. 물론 '모더니티'와 마찬가지로 '미적 근대성'의 개념 자체가 어느 한 지점에서 정태적으로 가시화 될 수 없는 것임을 충분히 인지하면서 시도하려 한다. 그래서 그동안의 백석에 대한 논의의 또 하나의 노마디즘[1]적 행위이고자 한다.

  한국에서 가장 아름다운 시를 쓴 사람[2] 중의 한 사람이며 드물게 개성이 강한 모더니스트 백석의 미의식은 서구의 그것과 양상과 성격이 다를 수밖에 없는 식민지 사회적 근대화 상황 하에서 시화된 것이다. 논자는 그에 대한 많은 논의들이 이미 백석시의 미의식의 실체를 어느 정도 실증하고 있음을 안다. 그런데 1930년대 모더니즘의 대가인 김기림으로부터, 유종호, 김윤식에 이르는 많은 논자들의 그에 대한 논의가 대부분 근대/반근대, 리얼리즘/모더니즘의 二項분리적 담론에 머물고 있음을 발견했으며, 때로는 질적 범주로서의 미적 근대성의 본령을 벗어나고 있음을 발견하였다.

  본고는 이러한 이항 분리적이고, 상반된, 본령에서 벗어난 논의들을 지적하고 나아가 이들을 미적 근대성의 양식과 내부로의 통접[3]을 도모하고자 한다. 특히 근대적 특성과 대립적으로 논의되어온 '전통성'이나 '과거

---

1) Nomadism : 유목주의란 새로운 삶을 탐사하는 사유의 여행이다. 그러나 그것은 불모가 된 땅을 버리고 떠나는 이주가 아니라 거기에 달라붙어 새로운 생성의 지대로 만들려 는 실험이다.
2) 김윤식·김현, 『한국문학사』, 1997, p.355.
3) 이진경, 『노마디즘 1』, 청아문화사, 2002, p.92. "들뢰즈는 『의미의 논리』에서 접속과 離接(disjonction)과 統接(conjonction)을 구별한 바 있는데 ……접속은 A와 B가 등위적으로 결합하여, A도 아니고 B도 아닌 제3의 것인 C를 만들어 내는 것입니다. 이접은, A냐 B냐를 선택하는 것입니다…… 통접은, 다양한 요소들이 결합하여 어떤 하나의 통일체를 이루는 것입니다. 즉 A와 B는 물론 C, D 등 그 이상의 것들이 모여 모두가 어떤 하나의 통일체를 이루는 것입니다."

지향성'을 미적 근대성의 다양체로 보고 이것을 기존의 뿌리와 나무(木)식의 접속이나 離接이 아닌, 리좀4)으로서의 접속에 의해 백석시의 아이덴티티를 형상화하고자 한다.

김기림에 의해 지적되기 시작한 모더니즘적 성향이라든가, 박용철의 '야성적 생명성' 고형진, 김명인의 '향토성' 유종호에 의해 지적된 '페시미즘' 등이 모두 이항 분리적, 樹木的 分枝에 머물고 있다. 본고는 이들이 간과한 '예술의 자율성 이론'으로서의 미적 근대성을 말하려 한다.

본고의 미적 근대성의 개념을 '근대적 문예양식들이 그 내부에 지닐 수 있는 가치나 속성으로 보고, 그것은 근대세계 밖으로 도피하며, 원시적이고 능동적인 상상의 힘과 자기 표현, 감정의 영역과 신비적 영역을 중시하는 경향이다. 다시 말해 '미적 근대성'을 오성적 이성적 행위와 달리 심미적 주체가 대상과 접속하는 상태이며, 근대세계의 비인간성에 대한 심미적 대응과 저항의 한 표현 형태로 보고자 한다. 그리고 이것은 칸트의 '예술의 자율성'과 '미적 근대성'을 동일시하는 관점으로 볼 수 있다.

그동안의 백석에 관한 논의들을 종합해보면, 첫째, 백석의 시가 근대적 성향의 측면보다는 토속성에 천착하고 있다고 보고 백석을 반근대적 특성의 시인으로 규정하거나 기법적인 면에서만 모더니스트로 파악하고 있

---

4) 질 들뢰즈/펠릭스 가타리, 김재인 옮김, 『천 개의 고원』, 새물결. p.24. "리좀은 이처럼 접속하는 선의 수가 늘어나면 그에 따라 차원수가 증가하는 만큼 그 다양성 내지 복잡성이 증가하는 일종의 프랙탈한 다양체라는 말을 이해할 수 있을 겁니다. 반면 수목형의 다양체는 새로 출현한 모든 것을 이미 그려진 수형도 내부의 어떤 자리에, 가령 개목 고양이과로 이어지는 선 속에 위치 짓습니다. 새로운 식물이 발견되어도 분류표 자체에는 아무런 변화가 일어나지 않는다는 거지요. 이런 의미에서 저자들은 수목형의 다양체는 이미 결정된 어떤 것이므로, 새로운 것의 추가나 새로운 변이체가 이미 결정되어 있는 다양체 자체의 차원 수를 변화시키지는 못한다는 점에서 리좀적 다양체와 대비하고 있는 겁니다. "다양체는 외부에 의해 정의된다"는 말도 이런 맥락에서 이해할 수 있을 겁니다. 이는 다양체가, 추가되는 외부의 선, 뒤집어 말하면 외부를 향해 새로이 분기하는 선(탈주선, 탈영토화의 선)에 의해 정의된다는 것을 뜻하기도 합니다. 저자들이 반복해서 탈주선의 일차성에 대해 말하는 것은 이런 의미이지요."

다는 점을 들 수 있다. 이러한 논의들의 한계는, '토속성'을 과거지향성과 결부시키려는 데서 기인한 것으로 이는 미적 근대성의 '시간개념의 竝置'를 소홀히 하고 있음을 지적하고자 한다. 즉 보들레르의 '근대성'의 개념인 '당대의 것과 영원성의 교차점에 함유되어 있는 시적 특성을 새로운 근대성'이라 본 것에 유의하고 싶다.

둘째, 백석시의 의도적 자연적 방언의 사용에 대해 말하고자 한다. 이는 이미 여러 논자들에 의해 논의되었지만 그 '의도성'에 대한 견해를 달리 하고자 한다. 즉 대부분의 논자들이 그의 다듬지 않은 관북 방언의 사용을 방법론적으로 보지 않고, 관념론적으로 보고 있음을 지적하고자 한다. 김윤식의 "…거기에 민중의식이라든가 민족의식 따위를 심거나 강조하고자 덤빈 얼치기랄까 서투른 계몽주의자가 아니라는 사실입니다"5) 라는 견해에 부분적으로 동의하며―왜냐하면, 거기에는 민족단위의 집단적 아이덴티티가 있기 때문이다. 나아가 이를 백석시의 미적 근대성의 다양체로 보고자 한다.

본고는 이러한 문제점에 주목하면서 역사적 차원의 근대성과 미적 차원의 근대성과 문학적 근대성 사이의 불일치를 들뢰즈, 가타리의 이질성과 다양체(multiplicite, 다양성)―차이가 차이 그 체로서 의미를 가지는 것―로 보면서, 문학작품은 생산된 당대 사회의 근대성과 제도적 측면으로서의 근대성과, 작품 속에 드러난 관습과 물리적 환경으로서의 근대성과, 작가의 세계관과 이념의 근대성, 장르와 문체적 측면에서의 근대성을 '접속'의 개념에서 논하고자 한다. 그리고 이제까지의 근대성에 관한 논의가 가치 지향성에 기운 것으로 보고, 본고는 텍스트에 대한 내재적 분석에 의해 백석시의 미적 근대성을 구체화하고자 한다.

---

5) 『김윤식 선집 5』, p.196.

2. 백석시의 시적 변모 양상

1) 초기시6)의 향토적 정서의 형상화와 제재의 대상화

향토적 정서는 백석시에 일관된 시적 제재이다. 그의 시 가운데 고향 또는 농촌 공동체의 정조가 담겨 있지 않은 시가 거의 없다. 시집 『사슴』에 실린 시들을 비롯한 초기 시의 향토적 경향은 이후 시들에 비해 한층 더 그 색채가 농후하다. 평북 정주지방의 방언을 풍부하게 사용한 당시의 시들을 대하면 마치 정주지방 농촌은 풍속도를 보는 듯한 느낌이 든다.

그런데 초기의 백석시에서 보여주는 특징은, 생각만 해도 누구나 가슴 설레이는 고향의 이야기를 다루면서도 시적 자아의 작품 내적 개입이 철저히 통제되어 있다는 점이다. 따라서 그의 시를 읽는 독자는 작가의 시선과 작품이 상호 분리되어 있으며 작가가 작품 속의 제재를 객관화시키고 있음을 느끼게 된다. 보통 우리가 서정성이 강한 시를 대할 때 작가의 시선과 주관을 따라 詩 속으로 들어가 시인에게 시적 충동을 일으킨 어떤 감동에까지 도달하여 시인의 감격과 합일되는 경향이 종종 있다. 그렇지만 백석의 시는 이러한 시인과 독자의 '합일된 감정을 일정하게 분리시키고 독자로 하여금 시를 대상적으로 파악하게 하고 있다.

시집 「사슴」의 세계는 그 시인의 기억속에 쭈그리고 있는 동화와 전설의 나라다. 그리고 그 속에서 실로 속임없는 향토의 얼굴이 표정한다. 그렇건마는 우리는 거기서 아무러한 애상적인 감상주의에도, 불어오는 복고주의에도 만나지 않아서 이 위에 없이 유쾌하다.
백석은 우리를 충분히 예상적으로 만들 수 있는 세계를 주무르면서도 그것 속에 빠져서 어쩔 줄 모르는 것이 얼마나 추태라는 것을 가장 절실하게

---

6) 백석의 시작활동은 불과 5, 6년 사이로 집약되어, 그의 시를 초기시와 그 이후로 나눔에 있어 다소 문제가 있겠으나, 논자는 「사슴」을 중심으로 해서 그의 시적 변화양상을 논하기 때문에 이를 '초기시의 시적 경향'이라 하였음.

깨닫는 시인이다. 차라리 거의 鐵石의 <u>냉담에 필적하는 불발의 정신을 가지고 대상과 마주선다.</u>

그점에 「사슴」은 그 외관의 철저한 향토취미에도 불구하고 주착없는 일련의 향토취미와는 명료하게 구별되는 「<u>모더니티</u>」를 품고 있는 것이다.[7] (밑줄은 인용자)

모더니즘의 일급 이론가답게 김기림은 백석시의 특징과 그것의 모더니즘적 영향관계를 정확히 지적하고 있다. 모더니즘이 시의 창작원리로 작용할 때 대체로 극도의 감정의 절제, 언어미에 대한 조탁의 강화, 시어의 회화적 경향의 풍부성 등으로 나타나거니와 시집 『사슴』의 시편들에는 이와 같은 요소들이 십분 그 기능을 발휘하고 있다. 특히 감정의 절제[8]라는 측면은 시의 제재를 주관과 분리시켜 대상적으로 파악하게 되는 주요 원인이며, 이 제재의 대상화 경향을 향토적 정서의 시적 형상화와 더불어 백석 초기시의 성격을 규정하고 있다.

처음 거론하고자 하는 것은 시각적 형상화가 시의 전편을 지배하고 있는 이미지즘 계열의 시이다. 「정주성」, 「산비」, 「흰밤」, 「초동일」, 「청시」, 「노루」, 「창의문외」, 「비」, 「머루밤」 등이 이러한 계열에 속하는 시이다.

    ① 산턱 원두막은 뷔었나 불빛이 외롭다.
    헌겊심지에 아즈까리 기름의 쪼는 소리가 들리는 듯하다.

    잠자리 조을든 문허진 성터
    반딧불이 난다 파란 혼들 같다.
    어데서 말 있는 듯이 크다란 산사 한 마리 어두운 골짜기로 난다.

---

7) 김기림, 『「사슴」을 안고ー백석시집 독후감』, 조선일보, 1936. 1. 29.
8) 김기림 「시작에 있어서 주지적 태도」, 『현대시 평론』, 신동아 18, 1933. 4.
   김기림은 시작에 있어 격정과 영탄은 신시의 기본적 특징이며 이를 극복하는 것이 모더니즘의 임무중 하나라고 파악한다. 이것은 곧 시작에 있어 감정의 절제라는 시 창작의 모더니즘적 원칙으로 이어진다.

헐리다 남은 성문이
한울빛같이 훤하다.
날이 밝으면 또 메기수염의 늙은이가 청배를 팔러 올 것이다.

② 산뽕잎에 빗방울이 친다.
멧비들기가 닐다
나무등걸에서 자벌기가 고개를 들었다. 멧비들기켠을 본다.

③ 넷성의 돌담에 달이 올랐다.
묵은 초가지방에 박이
또 하나 달같이 하이얗게 빛난다.
언젠가 마음에서 수절과부 하나가 목을 매여 죽은 밤도 이러한 밤이었
다.

④ 별 많은 밤
하누바람이 불어서
푸른 감이 떨어진다. 개가 즞는다.

⑤ 불을 끈 방안에 횟대의 하이얀 옷이 멀리 추울 것같이
개방위로 말방울 소리가 들려온다.
문을 열다 머루빛 밤한울에
송이버슷의 내음새가 났다.9)

　①의 시는 그의 데뷔작인 「정주성」이다. 이 시는 3연으로 되어 있고
각 연이 상호 독립적인 장면으로 구성되어 있다. 1연은 정주성 근처의

---

9) ① 정주성, 조선일보, 1935. 8. 31. 「사슴」에 재수록
　② 산 비, 시집 「사슴」 1936. 1.
　③ 흰 밤, 「조광」 1권 2호, 1935. 12. 「사슴」에 재수록
　④ 청 시, 시집 「사슴」 1936. 1.
　⑤ 머루밤, 시집 「사슴」 1936. 1.
　위의 시는 이동순편 「백석시 전집」 창작과비평사, 1987에서 재인용.

원두막, 2연은 무너진 성터, 3연은 성문이, 시 속의 공간을 형성한다. 상호 독립적인 공간을 갖고 있는 세 연이 모여서 「정주성」이라는 전체를 이루는 것이 이 시의 특징적 구조이다.

이 시에서의 시각적 이미지는 빛과 어둠의 대립으로 나타난다. 연 전체가 어둠이라는 배경을 갖고 있고 여기에 1연의 아즈까리 기름, 2연의 반딧불, 3연의 달빛이 밝음의 이미지로 어둠과 대립되고 있다. 또한 그 빛의 색깔로 아즈까리기름의 붉음에서 반딧불의 푸른색으로, 다시 달빛의 흰색으로 변화하면서 독자의 시각에 다양한 변화를 준다. 마지막 3연에서 '날이 밝으면……'이라 가정함으로써 시의 전체적 공간의 배경이 되는 밤의 어둠과 낮의 밝음을 대비하여 시각적 이미지의 극대화를 꾀하고 있다. 또한 마지막 연인 3연에 '메기수염의 늙은이'나 '청배'와 같은 소재가 놓여 잔잔하고 단조롭던 앞 연에 비해 청신함을 곁들이고 있지만 그것이 살아 생동하지 않고 시각적 이미지의 강화에 기여하는 측면으로 처리되고 있다.

이 시에서는 시인의 고향으로 추정되는 정주성이란 특정한 장소를 형상화의 대상으로 삼고 있지만 시인의 삶과의 밀접한 관계 속에서 조응하는 살아있는 고향으로 그려지지는 않고 있다. 단지 시의 시각적 이미지를 구축하기 위한 소도구로 이용될 뿐이다. '잠자리', '문허진 성터', '반딧불', '메기수염의 늙은이', '청배'와 같은 시어들이 고향의 정감 어린 기억의 단편들을 떠올리기는 하나 그것들이 유기적으로 연결되어 응집된 정조로 표출되지 않고 고립되고 분산되어, 마치 세 개의 고정된 화면이나 정물을 무심히 쳐다보는 느낌을 이 시는 독자에게 주는 것이다. 그 이유는 감정의 절제, 시각적 이미지, 대상화의 원리가 시의 창작의 원리로서 시 전체를 지배하는 까닭이다.

②의 시는 그야말로 한 폭의 풍경화다. 멧비들기와 산뽕잎, 그 위에 떨어지는 빗방울, 비둘기에 놀란 자벌레의 모습, 시인의 이 시를 통해서 무엇을 느끼게 하는 것이 아니라, 그냥 보여주는 것이다. 감정의 개입이

없이 보는 시10)의 전형을 이 시는 훌륭하게 구현하고 있다.

③은 「흰밤」이라는 시인데 제목부터 역설적으로 색조를 대비시킨다. 돌담과 초가지붕, 달과 달빛에 비친 박이 정지된 화면처럼 클로즈업되고 죽은 과부의 전설이 여기에 연결된다. 이렇게 되면 초가지붕과 달과 박의 소박하고 아름다운 풍경은 다분히 비극적이고 처량한 분위기로 이끌리게 되고, 고향이 주는 일반적이고 획일적인 이미지와는 상충되는 이미지의 형상화가 이루어지게 된다. 이 시는 앞에서 본 시와는 달리 하나의 사건을 시 속에 끌어들이고 있다.

④, ⑤의 시도 ①, ②의 시에서 보여준 시각적 이미지의 형상화의 경우이다. 특징이라면 별, 밤, 푸른 감, 하이얀 옷, 머루빛같은 시어에 '개가 짖는다' '말방울 소리' '송이버섯 내음새' 같은 청각적, 후각적 감각이 복합적으로 작용하여 이미지에 있어 다양함을 꾀하고, 느낌의 폭을 확장시키고 있는 정도이다.

위에서 살펴본 시들은 백석의 초기시 중에서 주로 감각적 이미지를 형상화하는 것에 중점을 둔 시들이다. 이러한 시들은 대개가 향토적 정서를 제재로 취하고 있지만 그 제재의 본래의 정감이 살아나지 않고 정태적으로 고정되어 있다.

---

10) 김우창, 「이우환 : 차이성의 장소로서의 예술」, 『현대문학』 2002, 10월호. "예술가의 일이란 있는 그대로를 있는 그대로로 하는 데에 있다." 이 말은 이우환 화백이 스스로 그림과 조각 또는 설치에 대한 생각의 하나를 주제로 요약한 말이다. 있는 그대로를 있는 그대로 한다는 것은 어떤 일에서나 사람의 개입을 최소한도로 한다는 말이고 이것을 예술이나 지적 작업으로 옮겨 생각하면, 인식이나 표현에 주관의 개입을 경계해야 한다는 말일 것이다. 그런데 이것은 두 개의 다른 결과를 낳을 수 있다. 그대로 둔다는 것은 한편으로는 삼라만상을 그대로 있게 하고 보여준다는 말이지만, 다른 한편으로는 그대로 있게 하는 데에 작용하여야 하는 조심하고 절제하는 노력을 말하는 것이기도 하다. ……중략…… 예술의 도가 표현의 절제에 있음을 느끼게 한다. 있는 그대로를 그대로로 한다는 것은 방치가 아니라 절제로 이루어진다. 이 절제는 철학적 자기 수련의 성격을 띤다. 그의 철학이 사람의 주관—생각과 관념의 구성을 죄대로 억제하는 것을 말하는 것이라면, 역설적으로 그것은 사고와 관찰의 주관적 과정으로 깊이 들어가는 것을 의미한다.

그 원인은 시인의 감정이입의 차단 때문이며 독자에게는 공감보다는 이감을 주게 되는 이른바 '낯설게 하기'의 수법이다. 「統營」, 「夏畓」, 「寂境」, 「城外」, 「秋日山朝」와 같은 초기의 시들도 비슷한 경향에 속한다.

초기시의 두 번째 경향으로 서정시의 서사적 구조로서의 미의식을 보여주는 시들이다. 「여우난골 族」, 「古夜」, 「가즈랑집」, 「고방」, 「오금덩이라는 곳」과 같은 작품들이 여기에 해당한다. 이 시들은 백석시의 특질인 향토적 정서의 형상화라는 점에서 그 진면목을 보여 준다.

　① 명절날 나는 엄마아배 따라 우리집 개는 나를 따라 진할머니 진할아버지가 있는 큰집으로 가면

　얼굴에 별자국이 솜솜난 말수와 같이 눈도 껌벅거리는 하로에 베한 필을 짠다는 벌 하나 건너 집엔 복숭아나무가 많은 新里 고무 고무의 딸 李女 작은李女

　열여섯에 사십이 넘은 홀아비의 후처가 된 포조족하니 성이 잘 나는 살빛이 매감탕 같은 입술과 젖꼭지는 더 까만 예수쟁이 마을 가까이 사는 토산 고무 고무의 딸 承女 아들 承동이

　육십리라고 해서 파랗게 뵈이는 산을 넘어 있다는 해변에서 과부가 된 코끝이 빨간 언제나 흰옷이 정하든 말 끝에 설게 눈물을 짤 때가 많은 큰골 고무 고무의 딸 洪女 아들 洪동이 작은 洪동이

　배나무접을 잘하는 주정을 하면 토방울을 뽑는 오리치를 잘 놓는 먼 섬에 반디젓 담그려 가기를 좋아하는 삼촌 삼촌엄매 사춘누이 사춘동생들

　이 그득히들 할머니 할아버지가 있는 안간에들 모여서 방안에서는 새옷의 내음새가 나고

　또 인절미 송구떡 콩가루차떡의 내음새도 나고 끼때의 두부와 콩나물과 뽑운 잔디와 고사리와 도야지비계는 모두 선득선득하니 찬것들이다.

　저녁술을 놓은 아이들은 ……중략…… 밤이 어둡도록 북적하니 논다.

　밤이 깊어가는 집안엔 엄매는 엄매들끼리 아르간에서들 웃고 이야기하고 아이들은 아이들끼리 웃간 한방을 잡고 조아질하고 쌈방이 굴리고 바리깨돌림하고 호박떼기하고 제비손이 구손이하고 이렇게 화디의 사기방등에 심지를

몇번이나 돋구고 홍게닭이 몇번이나 울어서 졸음이 오면 아릇목싸움 자리싸움을 하며 히드득거리다 잠이 든다. 그래서는 문창에 텅납새의 그림자가 치는 아츰 시누이 동세들이 욱적하니 홍성거리는 부엌으론 샛문틈으로 장지문틈으로 무이징게국 끓이는 맛있는 내음새가 올라오도록 잔다.11)

이 시는 궁벽한 촌락의 명절날 풍경을 이야기하고 있다. '엄매아배'를 따라 진할머니 진할아버지가 있는 큰집에 가서 밤을 지내며 놀다가 다음날 아침을 맞는 것으로 시의 전개가 이루어지고 있다. 유년기의 기억을 통하여 서술되는 이 시에서 시인은 친족들간의 혈연의식으로 상실된 고향을 재현하고, 공동체의식을 자극하고 있다.12) 곰보이지만 베를 잘 짜는 '신리고모' 열 여섯에 40이 넘은 홀아비의 후처가 된 '토산고모' 과부인 '큰골고모'와 같이 나름대로 뼈저린 삶을 살아온 친척들이 서로 만나 웃고 놀면서 상처 난 서로의 삶을 쓰다듬고 기워주는 것이 명절을 맞는 우리의 풍속이다. 아이들은 놀이를 하면서 정의를 쌓아 나가고, 어른들은 가난과 至難한 일상을, 이 만남을 통해 해소하고 끈끈한 유대와 그를 통한 든든한 미더움을 빈 가슴에 채워 나가는 것이다. 온 밤을 지새는 친족들의 다사로운 의식을 통해 이튿날 아침 '시누이 동세'들이 하나가 되고 '맛있는 냄새'의 아름다운 결실로 이어지게 된다. .

백석의 대상화 경향, 즉 있는 사물을 객관적으로 보여주려는 경향이 단순히 회화적인 이미지즘에서 벗어나 인간의 삶으로 방향을 옮겼을 때 얼마나 상반된 시적 효과를 발휘하는 지를 보여주고 있다. 독자들의 잃어버린 기억을 환기시키고, 의식적이든 무의식적이든 시인이 의도했던 방향 속으로 끌어넣고 있다. 설득하는 것보다 보여주는 것이 더 큰 힘을 발휘하는 것이 바로 이러한 경우이다.

---

11) 「여우난골족」, 『조광』, 1935.12. 「사슴」에 재수록(전문).
12) 김명인, 「1930년대 시의 구조연구」, 高大 박사학위논문, 1985, p.172.

② 승냥이가 새끼를 치는 전에는 쇠메 들 도적이 났다는 가즈랑고개
가즈랑집은 고개 밑의
산너머 마을서 도야지를 잃은 밤 즘생을 쫒는 깽제미의 소리가 무서웁게
들려오는 집
닭 개 즘생을 못 놓는 멧도야지와 이웃사춘을 지나는 집

    예순이 넘은 아들 없는 가즈랑집 할머니는 중같이 정해서 할머니가 마을
을 가면 긴 담뱃대에 독하다는 막써레기를 몇 대라도 붙이라고 하며

    간밤에 섬돌 아래 승냥이가 왔었다는 이야기
    어느메 산골에선간 곰이 아이를 본다는 이야기

    나는 돌나물김치에 백설기를 먹으며
    넷말의 구신집에 있는 듯이
    가즈랑집 할머니
    내가 날 때 죽은 누이도 날 때
    무명필에 이름을 써서 백지 달아서 구신간시렁의 당즈깨에 넣어
    대감님께 수영을 들였다는 가즈랑집 할머니
    언제나 병을 앓을 때면
    신장님 단련이라고 하는 가즈랑집 할머니
    구신의 딸이라고 생각하면 슬퍼졌다.

토끼도 살이 오른다는 때 아르대즘퍼리에서 제비꼬리 마타리 쇠조지 가지
취 고비 고사리 두릅순 회순 산나물을 하는 가즈랑집 할머니를 따르며
나는 벌써 달다단 물구지우림 동울레우림을 생각하고
아직 멀은 도토리묵 도토리범벅까지도 그리워 한다.

    뒤울안 살구나무 아래서 공살구를 찾다가
    살구벼락을 맞고 울다가 웃는 나를 보고
    밑구멍에 털이 몇나나 났나 보자고 한 것은 가즈랑집 할머니다.
    찰복숭아를 먹다가 씨를 삼키고는 죽은 것만 같어 하로종일 놀지도 못하
고 밥도 안 먹은 것도

가즈랑집에 마을을 가서
당세 먹은 강아지같이 좋아라고 집오래를 설레다가였다.[13]

가즈랑집 할머니는 '멧돼지와 이웃사촌'으로 지내며 나와 죽은 내 누이가 날 때 '대감님께 수영을 드린 분이며' 병을 앓을 때는 '신장님 단련'이라고 힘을 주시고 온갖 산나물을 뜯어서 입맛을 돋우어 주시는 분이다. 그 분은 한 촌락의 원초적 삶의 질서와 지혜를 주관하는 분으로 화자인 어린아이의 시선에 비춰진다.

그런데 가즈랑집 할머니는 별난 사람이 아니다. 바로 우리 대부분의 기억 속에서 선명하게 지워지지 않고 남아있는 우리의 할머니이다. 가즈랑집 할머니는 우리가 할머니에 대해 품고 있는 보편적 정서, 그 말할 수 없는 편안함과 그리움의 표상화인 것이다. 가즈랑집 할머니에 의해 이루어지는 모든 삶의 일상은 무엇보다도 의미 있고 자족적인 것으로 우리 삶의 시공속에 구현되어야 하는 원형적이며 본질인 것이다.

마지막 연의 '찰복숭아를 먹다가 씨를 삼키고는 죽는 것만 같어 하로 종일 놀지도 못하고……/ 가즈랑집에 마을을 가서 / 당세 먹는 강아지같이 좋아라고 집오래를 설레다가였다'/는 우리에게 많은 것을 던져준다. 즉, 시 속의 화자인 어린아이가(백석의 유년시절이라 해도 무방하겠음) 복숭아씨를 삼킬 정도로 가슴 설레이는 곳이 가즈랑집이라는 것은 그 속에 백석 자신이 생각하는 아름다움의 정조가 담겨져 있다는 의미일 테고 그로 인해 가즈랑집과 할머니와 이를 에워싸고 있는 유형, 무형의 자연과 풍속은 우리가 다시 돌아가야 할 우리 삶의 근원으로 자연스럽게 설정되게 된다.

초기시의 세 번째 경향으로, 시인의 현재는 감정적 정황을 전일적인 형식의 여과과정을 거치지 않고 노출시키는 「쓸쓸한 길」, 「모닥불」, 「나

---

13) 가즈랑 집, 1936. 1 시집 「사슴」 수록, 「전집」 p.22에서 재인용.

와 지렁이」와 같은 시가 있다. 위의 시편들은 모더니즘의 형식장치가 갖는 창작방법으로서의 폭넓음을 보여주는 예가 된다. 백석이 모더니즘을 받아들이면서도 현실의 문제를 도외시 않았던 것은 바로 폭넓음—형식을 목적이 아니라 수단으로 여기는-이 있었기 때문에 가능했다. 또한 이것은 이후 백석시의 변화요인이 초기시의 경향속에 이미 내재하고 있음을 보여준다.

지금까지 초기 백석시의 경향을 살펴보았다. 논의된 내용을 요약하면, 초기시의 경향은 이미지즘의 기법을 사용하여 회화성이 강한 일련의 시와 산문적 구조를 취하며, 공동체적 연대의 회복을 형상화한 시들, 그리고 모더니즘의 객관화, 대상화 경향이 형식원리로써 작용되지 않고 시인의 주관적 정감이 스며들어 있는 시들로 대별 될 수 있다. 여기에서 확인될 수 있는 것은 백석이 모더니즘을 형식원리로 차용하면서도 동시대의 기타 시인들과 달리 인간의 삶에서 이탈하지 않고 그 삶의 올바른 복원을 위해 형식을 이용하고 있다는 것이다. 그러므로 하나의 창작방법에 고정되지 않는 폭넓은 시적 안목을 가질 수 있었으며 이는 바로 백석시의 미적 근대성으로서의 한 리좀인 것이다.

2) 시적 자아의 변모 양상
- 제재의 확산과 대상화경향의 해체

시집 『사슴』을 上梓한 후 백석의 시는 상당한 변화를 겪게 된다. 『사슴』에서 형상화한 대상이 주로 현재적 시점을 떠난 유년체험에 한정된 반면 『사슴』 이후에는 「현재」의 삶에서 얻어진 내용들의 시적 공간 속에 자리잡게 되고 어린아이의 시점에서 현재의 「나」로 화자의 위치가 옮겨지게 된다. 이와 같은 변화는 여행의 체험을 통해서 구체화되는데 「統

營」, 「昌原道」, 「固城街道」, 「三千浦」 등이 『南行詩抄』라는 표제로 발표되고 「球場路」, 「北新」, 「月林장」 등이 『西行詩抄』라는 표제로 발표되었다.

  문제는 백석시의 경향이 이렇게 현재의 삶 속으로 이전해 오는 이유를 어떻게 이해할 것인가? 하는 점이다. 고형진의 경우 백석의 초기시가 '민족적 아이덴티티를 추구하는 의도적 접근'이었다고 전제하며, 변화의 의미를 다음과 같이 부정적으로 평가한다.

> "그러나 여기에도 문제가 있다. 그는 공동체적 삶의 모습에서 비롯되는 끈끈한 연대감에 현실을 뚫고 나갈만한 어떤 비젼을 제시해 주지 못했다. 이것은 토속적인 공간의 폐쇄성이 지니는 어쩔 수 없는 한계성에 기인하는 것이며 결국 그는 이 공간에서 더 이상의 진전을 보지 못하고 여기를 뛰쳐나오게 되며 그리하여 그는 전국을 도는 방랑의 길로 접어들게 된다.14) 여기(토속적 산골 공간을 의미―인용자)를 떠나 표랑을 한다는 사실은 이제 그와 같은 완강한 의지를 포기하고 현실의 삶 속에 수동적으로 빠져들고 있는 것을 의미하는 것이다. 왜냐하면 표랑이란 다분히 축소적이고 개인적인 안위위주의 삶의 자세이기 때문이다."15)

  고형진의 주장을 요약하면 초기시에서 백석이 제시한 민족적, 공동체적 연대감은 폐쇄적 한계성으로 인해 비젼을 제시하지 못하고, 방랑으로 접어듦으로서 초기시의 의지조차 희석되고 개인적인 체념과 자족의 길로 떨어지게 되었다는 것이다. 이러한 결론은 백석이 초기시부터 시적 개방성을 갖고 있었다는 사실과 이로 인한 모더니즘의 정체성을 이해하지 못한 결과이다.

---

14) 고형진, 앞의 논문, p.87.
15) 고형진, 앞의 논문, p.88.

① 솔포기에 숨었다
　토끼나 꿩을 놀래주고 싶은 산허리의 길은
　엎데서 따스하니 손 녹히고 싶은 길이다.
　개더리고 호이호이 휘파람불며
　시름놓고 가고 싶은 길이다
　괴나리 봇짐 벗고 땟불 놓고 앉어
　담배 한 대 피우고 싶은 길이다
　승냥이 줄레줄레 달고 가며
　덕신덕신 이야기하고 싶은 길이다.
　더꺼머리 총각은 정든 님 업고 오고 싶은 길이다.

② 固城장 가는 날
　해는 둥둥 떠서 높고
　개 하나 얼린하지 않는 마을은
　해밝은 마당귀에 맷방석 하나
　빨갛고 노랗고
　눈이 시울은 곱기도 한 건반밥
　아 진달래 개나리 한참 퓌였구나

　가까이 잔치가 있어서
　곱디고흔 건반밥을 말리우는 마을은
　얼마나 즐거운 마을인가

　어쩐지 당홍치마 노란 저고리 입은 새악시들이 웃고 살을 것만
　같은 마을이다.

③ 졸레졸레 도야지 새끼들이 간다.
　귀밑이 재릿재릿 하니 볕이 담복 따사로운 거리다.
　잿더미에 까치 오르고 아이 오르고 아지랑이 오르고
　해바라기 하기 좋을 벗곡간 마당에
　벗짚같이 누우란 사람들이 물러서서
　어늬 눈오신 날 눈을 츠고 생긴 듯한 말다툼 소리가 누우라니

소는 기르매 지고 조은다.

아 모도들 따사로히 가난하니[16]

기행시라 할 수 있는 위의 시편들에서 가장 주목할 점은 현재의 내가 지금의 현실에서 보고 느낀 것을 이야기한다는 점이다.

①은 여로의 감상을 읊은 것인데 백석이 지나는 산허리의 길은 '토끼나 꿩을 놀래주고' 싶기도 하고 '옆에서 따스히 손 녹이고 싶기도 하고' '휘파람 불며' '시름놓고 가고 싶은 길'이며 '총각이 정든임 업고 오고 싶은 길'이다. 여행을 통해서 백석은 '체념하고 안주'하는 것이 아니라 위의 시구처럼 조국의 모든 자연과 친화하고 합일되는 것이다. 「여우난 골족」이나 「가즈랑집」에서 유년의 기억을 통해 돌아가야 할 우리의 원형을 노래했다면 이제는 현재의 삶, 그 속에 있는 삶의 참다움, 즐거움을 찾아낸 것이다.

②와 ③에서 느끼는 감동이 함께 사는 사람들에게까지 확장되고 있다. "가까이 잔치가 있어서 / 곱디고흔 건반밥을 말리우는 마을은 / 얼마나 즐거운 마을인가! 하는 감동에 이르면 백석의 유년속의 기억에 幽閉되어 있는 공동체적 삶의 원형은 현실에서 가능한, 아니 현실에 이미 존재하고 있는 것으로 확인된다. 이 현실에 존재하는 유대를 잃지 않고 있는 삶들에 대한 직접적 체험이 이러한 인식을 가능하게 했을 것이다.

위의 시편들에서 우리는 얼핏 모더니즘의 형식장치들이 제거되고 있음을 느낄 수 있다. 객관화, 대상화되고 있던 시적 제재가 구체적이고 현실적인 삶의 표면으로 떠오르고 시인은 이 현실과 직접 부딪치며 생기는 감상을 시의 내용으로 형상화한다. 따라서 초기시에는 필연적으로 고정될 수밖에 없었던 제재가 이제 삶의 풍부성과 비례해서 확장될 수 있는 가능성이 생기게 된다. 위에서 인용하지는 않았지만 『남행시초 2』에 해

---

16) ① 창원도 남행시초 -1, 1936. 3. 5. 조선일보

② 고성가도, 남행시초 -3, 1936. 3. 7. 조선일보

③ 삼천포 남행시초 -4, 1936. 3. 8. 조선일보

당하는 「統營」의 경우 시인의 유년기억에는 있을 수 없는 통영장거리의
풍경, 화륜선의 모습과 그 신기함, 물동이 품바타령 등이 등장하여 시의
내용을 다채롭게 꾸미고 있다.

   ① 낡은 나조반에 흰밥도 가재미도 나도 나와 앉어서 쓸쓸한 저녁을 맞는
     다.
     흰밥과 가재미와 나는
     우리들은 그 무슨 이야기라도 다 할 것 같다.
     우리들은 서로 미덥고 정답고 그리고 서로 좋구나 ……중략……

     우리들은 모두 욕심이 없어 희여졌다 ……중략……
     너무나 정갈해서 이렇게 파리했다.

     우리들은 가난해도 서럽지 않았다.
     우리는 외로워할 까닭도 없다.
     그리고 누구하나 부럽지도 않다.

     흰밥과 가재미와 나는
     우리들이 같이 있으면
     세상 같은 건 밖에 나도 좋을 것 같다.

   ② 내가 이렇게 외면하고 거리를 걸어가는 것은 잠풍날씨가 너무나 좋은
     탓이고
     가난한 동무가 새 구두를 신고 지나간 탓이고 언제나 똑같은 넥타이를
     매고 고흔 사람을 사랑하는 탓이다.
     내가 이렇게 외면하고 거리를 걸어가는 것은 또 내 많지 못한 월급이
     얼마나 고마운 탓이고 ……중략……

위에서 인용한 시를 보면 백석에게서의 모더니즘의 영향력은 사라진
것처럼 보인다. 대신 서정적 자아, 즉 시인 자신의 솔직하고도 꾸밈없는
목소리가 울려 나오고 있다.

①의 시에서 백석은 '흰밥'과 '가재미'를 빗대어 자신의 도덕적 결백과 올바른 삶을 위한 노력을 강변한다. 그러면서도 '선우사'라는 제목이 암시하듯 동질의 삶을 추구하는 동시대인들의 연대를 모색하고 있다.

백석이 스스로 정당하다고 여기는 삶의 내용은 "물 속에서 모래알만 헤이며"라든가 "벌판에서 단이슬 먹고 나이든 탓"이며 "외로운 산골"에서 자연과 벗하며 자라난 것이다. 따라서 우리는 "욕심이 없고", "착하고", "너무나 정갈해서", "가난해도 서럽지 않고", "외롭지 않고", "부럽지도" 않다.

이 시에서 느껴지는 일상적인 삶의 세계와의 격리는 결국 "세상 같은 건 밖에 나도 좋을 것 같다"라는 결론으로 끝을 맺는다. 즉 세계와 나는 근본적으로 화합할 수 없는 상호 이질적인 것이며 고결한 자아가 타락한 세계에 몸담을 수 없다는 결의가 표명되어 있다.

이제 그의 두 번째 기행시라 할 수 있는 『서행시초』를 살피겠다.

① 거리에는 모밀내가 났다.
부처를 위하는 정갈한 노친네의 내음새 같은 모밀내가 났다.
어쩐지 향산 부처님이 가까웁다는 거린데
국수집에서는 농짝같은 도야지를 잡어 걸고 국수에 치는 도야지
고기는 돗바늘 같은 털이 드문드문 백였다.
나는 이 털도 안 뽑은 도야지 고기를 물구러미 바라보며
또 털도 안 뽑은 고기를 시꺼먼 맨모밀국수에 얹어서 한입에 꿀꺽 삼
기는 사람들을 바라보며
나는 문득 가슴이 뜨끈한 것을 느끼며
소수림왕을 생각한다 광개토왕을 생각한다

② 차디찬 아침인데
묘향산행 합승자동차는 텅하니 비어서
나이어린 계집아이 하나가 오른다.
옛말속 같이 진진초록 새저고리를 입고
손잔등이 밭고랑처럼 몹시도 터졌다.

> 계집아이는 慈城으로 간다고 하는데
> 자성은 예서 삼백오십리 묘향산 백오십리
> 묘향산 어디메서 삼촌이 산다고 한다.
> 쌔하얗게 얼은 자동차 유리창 밖에
> 내지인 駐在所長 같은 어른과 어린아이 둘이 내임을 낸다.
> 계집아이는 운다 느끼며 운다.
> 텅 비인 차안 한구석에서 어느 한 사람도 눈을 씻는다.
> 계집아이는 몇 해고 내지인 주재소장 집에서
> 밥을 짓고 걸레를 치고 아이보개를 하면서
> 이렇게 추운 아침에도 손이 꽁꽁 얼어서
> 찬물에 걸레를 쳤을 것이다.[17]

　『서행시초』의 시편들은 『남행시초』에서 나타난 자연과의 친화 내지는 발랄한 정조와는 사뭇 다른 느낌을 주고 있다. 현실세계에 대한 관념적 초월이나 개인의 도덕적 결백함의 자족이 결국 "얼어버린, 처마에 걸린 명태"에 불과하다는 철저한 자기비판의 과정을 거쳐서 도달한 것이『서행시초』의 인식 내용이다. 백석은 「北新」에서 "털도 안 뽑은 돼지고기를 메밀국수에 얹어 먹는" 북방인들의 모습 속에서 세련되지는 않았지만 힘차고 억센 기상을 느낀다. 그 억센 기상과 강건하고 웅활한 야성적 생명력은[18] 바로 옛 민족이 예부터 갖고있던 본성이었다. 하지만 오랫동안 왜곡되고 억눌려 이제는 그 자취조차 찾기 어려운 본성을 백석은 이 북방인의 돼지고기와 메밀국수를 먹는 장면에서 확인하게 되는 것이다. 이러한 확인은 자연스럽게 만주일대, 광활한 대지를 호령하던 광개토왕과 소수림왕의 영화를 연상케 하고 지금의 왜소함과 위축됨을 극복할 수 있는 새로운 힘을 얻게 한다. 이럴 때 누구라도 "가슴에 뜨끈한 것"을 느

---

17) ① 북신 서행시초 2, 조선일보, 1939. 11. 9.

　　② 팔원 서행시초 3, 조선일보, 1939. 11. 10.

　서행시초는 구장로, 월림집을 포함 모두 4편이다. 「백석시 전집」에서 재인용.

18) 김명인, 「1930년대 시의 구조연구」 高大 박사학위논문, 1983, p.178.

끼지 않을 수 없다.

「北新」이 잃어버린 기상에 대한 재확인이라면 「八院」은 일제에 침탈당한 민족에 대한 분노와 통한이다. 현실에 안주하고, 현실을 애써 외면할 때 보이지 않던 모습의 덩어리들이 이제는 시인의 눈길 닿는 모든 곳에서 시인의 마음을 흔들어 놓는다.

「八院」에서는 두 계집아이가 백석의 시선 속에 들어온다. 한 아이는 백석이 타고 있는 자동차에 탄 소녀이고, 또 다른 소녀는 창문 밖에서 주재소장으로 보이는 일본인과 함께 있다. 차에 탄 소녀는 손잔등이 밭고랑처럼 몹시 터진 채 먼 친척집에 찾아가는 중이고, 창 밖의 아이는 일본인 집에서 부엌데기로, 아이보개로 갖은 고생을 다 하는 듯하다. 백석은 두 계집아이를 보면서 참담한 민족의 현실을 생각하는 것이다. 수많은 동포들이 조상 대대로 살던 고향과 친지를 차마 남겨두고 만주로 시베리아로, 먼 이국 땅으로 떠날 수밖에 없는 현실과 이 땅에 남더라도 남의 종살이나 다름없는 至難한 삶을 영위하는 현실이 두 소녀의 모습으로 선명히 부각된다.

자칫 격해지기 쉬운 감정을 억누르며 냉정하게 서술된 이 시에서 백석은 끝내 눈을 씻을 수밖에 없었다. 담담한 필치 뒤에는 한없는 통한과 서러움이 배어 있는 것이다.

『서행시초』가 발표된 다음 해(1934년) 백석은 만주로 이주하게 되고 토마스 하디의 『테스』를 번역 출간하는 한편, 생활의 방편으로 측량보조원, 측량서기, 소작인 생활을 전전하게 된다.

당시에 발표된 시로는 「북방에서」, 「歸農」, 「흰 바람벽이 있어」, 「澡塘에서」, 「두보와 이백같이」 등의 작품이 있다. 또한 발표는 해방 이후에 되지만 해방 전 만주 체험 속에서 썼을 것으로 추정되는 「남신의주유동박시봉방」 등의 작품들이 있다.[19] 이 당신의 시들은 대체로 이역의

---

19) 해방후 「신천지」에 발표된 「적막강산」(1947. 12)의 말미에는 "이 원고는 내가 이전에 가지고 있던 것이… 허준"이라는 부기가 있다(고형진, 앞은 논문 p.15, 주7 재인용). 또한 「남신의주…」가 실린 「학풍」이라는 잡지도 허준이 주재한 것으로 보아

낯선 땅에서 외롭게 삶을 영위하는 시인의 쓸쓸한 정서가 주조를 이룬
다. 그러나 백석은 언제나 그러하듯이 그 쓸쓸함과 외로움 속에 자신을
매몰시키지 않는 살아있는 정신을 견지한다. 「남신의주유동박시봉방」은
삶의 고통과 미래에 대한 희망이 부재한 가운데에서도 삶을 포기하지
않고 투철한 시적 직관으로 꿋꿋한 시정신을 보여주는 백석시의 白眉
이다.

어느 사이에 나는 아내도 없고, 또,
아내와 같이 살던 집도 없어지고,
그리고 살뜰한 부모며 동생들과도 멀리 떨어져서
그 어느 바람 세인 쓸쓸한 거리 끝에 헤메이었다.
……중략……
나는 내 슬픔과 어리석음에 눌리어 죽을 수밖에 없는 것을 느끼는 것이었다.
그러나 잠시 뒤에 나는 고개를 들어,
허연 문창을 바라보다가 또 눈을 떠서 높은 턴정을 쳐다보는 것인데,
이 때 나는 내 뜻이며 힘으로, 나를 이끌어 가는 것이 힘든 일인 것을 생
각하고
이것들보다 더 크고, 높은 것이 있어서 나를 마음대로 굴러가는 것을 생
각하는 것인데,
이렇게 하여 여러 날이 지나는 동안에,
내 어지러운 마음에는 슬픔이며, 한탄이며 가라앉을 것은 차츰 앙금놈이
되어 가라앉고,
외로운 생각만이 드는 때쯤 해서는,
더러 나줏손에 쌀랑쌀랑 싸락눈이 와서 문창을 치기도 하는 때도 있는데
나는 이런 저녁이면 화로를 더욱 다가 끼며, 무릎을 꿇어 보며,
어니 먼 산 뒷옆에 바우섶에 따로 외로이 서서

해방이후에 발표된 백석의 시는 해방이전에 창작된 것으로 백석의 막역한 지우 허
준이 보관하다가 해방 이후에 발표한 것으로 추정됨.
백석의 시 가운데 「허 준」이라는 시가 있는 것으로 보아 백석과 허준과는 특별한
사이였음을 알 수 있다. 「백석 내 가슴속에 지워지지 않는 이름이여, 자야여사의 회
고」, 창작과비평 59, 1988 봄호, p.342 참조

어두워 오는데 하이야니 눈을 맞을, 그 마른 잎새에는,
쌀랑쌀랑 소리도 나며 눈을 맞을,
그 드물다고 굳고 정한 갈매나무라는 나무를 생각하는 것이었다.[20]

이 시에 대해서는 대체로 운명론적이고 수동적인 세계관을 드러내고 있다는 점과 그럼에도 불구하고 갈매나무처럼 초연하게 살겠다는 의지를 보여주고 있다.[21] 특히 유종호 같은 이는 "이 페시미즘의 絶唱이 한국 최상의 시의 하나"라고 높이 평가하며 "무력한 인간의 의지를 깨닫고 운명의 힘에 항복한 그는 비애와 영탄을 여과하여 체념을 배우게 된다. 그리고 암벽에 외로이 서서 눈을 맞고 있는 굳고 정한 갈매나무처럼 살기를 다짐하는 것이다."[22]라고 설명한다. 그런데 운명론적 체념이나 페시미즘을 백석시의 본질로 파악하는 것은 잘못이다. 물론 백석시의 경향 중에서 운명론적 경향이나 체념적 요소, 혹은 달관의 지향을 부정하는 것은 아니다. 하지만 그러한 점이 백석에게 있다 할지라도 그것은 오히려 백석의 미적 근대성의 다양성의 한 모습이다. 백석의 부동적인 삶은 현실에서 피해 나가는 것이 아니라 맞서는 자세에서 생겨난 것이다. 시인은 시를 통해 자기를 실현한다. 백석은 끝까지 자기의 시의 아우라를 버리지 않는다. "그 드물다는 굳고 정한 갈매나무라는 나무를 생각하는 것이었다"라는 마지막 연은 이러한 백석의 시정신의 응축된 표현이다.

---

20) 「남신의주박시봉방」, 학풍 창간호 1948. 10. 「전집」에서 재인용
21) 김명인, 앞의 논문, p.183.
　　고형진, 앞의 논문, p.93.
22) 유종호 「한국 페씨미즘(上) - 운명론의 계보」, 현대문학 81호 61, p.190.

3. 나오며

이상의 논의에서 불충분하게나마 백석시의 미적 근대성의 한 모습을 살펴보았다. 논의들을 통하여 확인할 수 있었던 사실을 요약하면 다음과 같다.

첫째, 시집 『사슴』을 중심으로 하는 초기시의 경우 모더니즘의 기법이 중요한 시형식의 원리로 작용하고 있다. 이를 개념화하면 대상화 혹은 객관화 경향이라 할 수 있는데 이를 통해 향토적 정서를 제재로 한 산문적 형태의 시가 생산된다.

둘째, 백석이 당시 우리 문단을 주도하던 모더니스트들과는 차별화된 미적 근대성을 보이고 있다는 점이다. 백석의 시가 어느 시인보다도 토속성에 천착하고 있다는 점을 들어 기존의 연구가들이 백석을 반근대적 특성의 시인으로 규정하거나 기법에서만 모더니스트로 파악하고 있다는 점을 들 수 있는데 이런 논의들의 한계는 '토속성'을 과거의 것으로만 결부시키려는 데서 기인한 것으로 그것이 미적 근대성의 한 리좀임을 간과하고 있다는 사실이다.

셋째, 시집 『사슴』 이후 백석시의 변모는 『남행시초』와 『서행시초』를 두 개의 축으로 하고 있는데 이 두 기행시는 백석의 현실인식을 심화시키는 계기가 되었으며, 자연 표상과 민족의 절박한 상황에 대한 깊은 우려와 함께 민족적 자긍심의 문제가 백석시의 한 아이덴티티로 나타나고 있다는 점이다. 이러한 그의 사고 구조와 내면 의식을 드러내는 세계 인식의 방법을 놓치고, 그 표층적인 특징인 방언이나 토속성에만 주목하여 내밀한 의미를 놓치고 말았다는 점을 지적할 수 있다.

넷째, 백석의 만주시절의 경우 대개 평자가 그의 운명론적 체험을 지적하고 있다. 물론 그러한 경향을 아주 부인할 수는 없지만 「南新義州柳洞朴詩逢方」에서 드러나듯 현실에 매몰되지 않고 끊임없이 현실에 맞서 나가려는 백석의 일관된 시적 정체성은 충분히 강조되어야 한다.

다섯째, 백석시의 문학사적 의의는 논자에 따라 상반된 견해를 드러내는 개성이 강한 시인중의 한 사람이다. 논자는 미적근대성과 역사철학적 근대성을 들뢰즈의 '접속' 개념에 준해서 진술하고자 했다.

■ 참고 문헌은 각주로 대신한다.

여행모티프와 극서정시

―황동규 시 연구―

강웅순

1. 서론

황동규(黃東奎, 1938~)[1]는 1958년 서정주 시인에 의해 『현대문학』 2
월호에 「시월」이, 11월에 「즐거운 편지」와 「동백나무」가 추천되어 등단
한 이래, 1961년의 『어떤 개인 날』에서부터 2000년 『버클리풍의 사랑 노
래』에 이르기까지 11권의 시집과 3권의 시선집을 내놓았다. 그가 그 동
안 발표한 시는 약 500편에 이르며, 그의 시는 고도의 문학성과 더불어
지속적인 시적 탐구를 통해 한국 시단에 새로운 지평과 활력을 열어 놓
았다.

---

* 경원대학교 국어국문학과 박사과정

1) 하응백 엮음, 『황동규 깊이 읽기』, 문학과지성사, 1998, p.321 참고.
   황동규, 『나의 시의 빛과 그늘』, 중앙일보사, 1994, pp.120~121 참고.

황동규는 '방법론적 긴장의 시인'2)이며 '시로 꿈꾸는 시인'3)이다. 그는 젊은 날의 열정과 방황으로 충만한 '시월(十月)'의 강물을 건너 어두운 시대의 '성긴 눈'을 맞으며 '몰운대'를 거치고, '미시령'에 홀연히 서 있다가 '외계인'처럼 나타나 '버클리풍의 사랑노래'를 들려주기도 했다. 44년의 긴 시간이 흐르는 동안 그의 시적 긴장과 꿈의 결정체들은 '20세기 후반의 한국의 시사(詩史)'4)라고 갈파한 평자의 진단처럼 우리 시대 한국시의 한 규범을 뚜렷이 보여 주었다.

원래 그는 자의식이 강하고 감수성이 남달리 예리한 시인으로 시를 쓰게 된 동기는 자신의 내면적인 욕망과 외면적인 상황의 벽 사이에서 일어나는 갈등 관계에서 비롯되었다고 할 수 있는데, 그는 개인적이고 사회적이며 우주적인 차원에서 부딪치는 벽과의 갈등에서 오는 좌절과 분노와 슬픔을 극복하기 위한 자기 표현의 수단으로 이루어지는 것이라고 볼 수 있다. 이렇게 출발한 시인은 사회와 역사의 끊임없는 변화와 발전에 따라 자신의 삶과 시 세계를 자유 분방한 상상력에 의한 경험의 재구성과 언어에 대한 시적 절제력이나 뛰어난 조탁으로 갱신하고 변모시켜 시적 방법론의 측면에서 늘 새로운 영역을 개척해 왔다.

시사적(詩史的)인 위치에서 60년대 이후의 모더니즘시는 근대의 산업 문명을 배경으로 하고 있는 점에서 매우 중요한 의미를 지닌다. 30년대의 한국 모더니즘시는 다분히 서구의 모더니즘시를 무비판적으로 모방하는 데서 비롯되었으므로 우리의 현실과는 유리된 것이라고 할 수 있다. 50년대의 모더니즘시도 비록 전쟁의 현실에 대한 비판과 언어의 실험을 통하여 이전의 모더니즘시를 한 차원 높게 끌어올린 것은 사실이지만, 여전히 현실과는 유리된 관념적 성격을 지닌 것이었다. 하지만 60년대에 본격화된 산업화는 비로소 진정한 의미에서의 근대 문명을 시인들이 체

---

2) 김현, 「시와 방법론적 긴장」(『나는 바퀴를 보면 굴리고 싶어진다』 해설, 문학과지성사, 1998), p.97.
3) 하응백, 「꿈꽃의 自在(자재)」(『미시령 큰바람』 해설, 문학과지성사, 1998. 5), p.104.
4) 김주연, 「역동성과 달관」(『몰운대 行』 해설, 문학과지성사, 1997. 3), p.136.

험할 수 있게 하였다. 전통적 질서의 급격한 붕괴와 농촌의 해체, 도시의 급속한 팽창과 기계 문명의 발달 등이 그것이다.

황동규·정현종·김영태·오규원·이승훈 등 60년대 이후의 모더니스트들은 언어와 형식에 대한 실험을 지속적으로 추구하여 산업화 사회에서 새로운 시의 미학을 확립하였다. 이들은 관념의 세계를 감각적 언어를 통하여 구체화하는 작업이나 언어 자체에 대한 지적 추구, 산업 사회에서 파생되는 인간 존재와 가치의 왜곡화에 대한 지적 비판을 추구해 왔다.

50년대의 전후시 분위기를 부분적으로 물려받으면서 출발한 황동규의 시적 편력은 60년대의 개인주의적 감성과 자아의 문제, 70년대의 강렬한 현실적 인식, 80년대의 정신적 심화, 90년대의 시선의 자유로움과 가벼움으로 성숙해 왔다는 면에서 그의 시는 삶과 세계에 대한 통합적 보편성의 획득과 인식의 깊이를 지닌다고 할 수 있다.

황동규 시인의 시에 관한 연구는 시 세계의 변화 과정에 대한 관심과 작품의 내재적인 분석에 관한 것이 주류를 이루고 있다. 황동규 시의 변화 과정에 대한 여러 평자들의 논점은 그가 지적 조작을 거친 절제된 이미지와 상징의 언어를 구사하여 개인적 영역에서 사회적 영역으로 관심의 영역을 확장시켜 왔으며, 70년대 이후는 강렬한 현실 인식을 바탕으로 하여 사회 현실에 대한 풍자와 갈등을 형상화시켜 왔고, 80년대 후반기에 와서는 사회 현실적 관심은 차츰 퇴조된 반면에 정신의 달관과 역동성의 깊이로 변모되고 있다는 점에서 대체적으로 일치된 견해를 보이고 있다.

본고는 힘겨운 삶의 여정을 독특한 감수성으로 형상화하여 새로운 종합과 정신적 심화를 거듭해온 황동규의 시적 편력을 중심으로, 그의 시 세계의 변화 과정을 총체적인 관점에서 살펴봄으로써 시인의 시 의식과 형상화 기법이 어떤 방향으로 변화되어왔는가를 알아보는데 핵심이 있다. 그것은 시인의 '시의 총체적 모습을 위한 전망의 확보'5)에 기여하고자

---

5) 김주연, 앞의 책, p.137.

하는 것이며, 현재의 우리 시가 위치한 자리를 확인해 보려는 의도에서
출발한다.

2. 시 의식의 변화 양상

한 시인의 전체적인 시 의식을 고찰할 때, 시기를 대별하는 이유는 그
러한 구분이 시인의 시 의식의 변화과정-시대적, 개인적인 변화와 아울
러-을 밝히는데 있어서 중요한 도구가 되며, 밝혀진 변화 과정은 그 시
인의 문학적 흐름과 특징을 파악하는데 많은 도움이 되기 때문이다. 황
동규 시인의 시가 현재진행형이라 하지만, 44년이 넘는 그 축적은 여러
평자들의 견해6)처럼 시기 구분이 가능하다. 변화 과정에 대한 선행된 연
구들은 시인의 시 의식 세계를 총 3기로 경계를 설정하여 타당성 있게
평가하였다. 그러나 『외계인』과 『버클리풍의 사랑노래』의 경향은 질적
변화가 확연하여 새로운 시기를 설정하지 않을 수 없다. 이에 시인의 시
의식의 변화 과정을 총 4기로 경계 설정하여 각 시기의 변별적 특징을
살펴보기로 한다.

1) 초기시의 비극적 세계 인식

황동규 초기시의 시적 화자는 구체적이고 현실적인 삶의 공간으로부터
일정한 거리를 두고 밀폐되어 있어서 불명료하고 모호한 내면적 정황을

---

6) 성민엽, 「난해한 사랑과 그 기법」(『작가세계』, 1992, 여름호), pp.87~100 참고.
   이광호, 「기행의 문법과 시적 진화- 황동규론」(『작가세계』, 1992, 여름호), pp.50~
   66 참고.

이루고 있지만, 서정적이고 몽환적인 느낌을 강하게 불러일으키는 언어
들로 표현되어지고 있다고 평자들[7]이 지적해 왔다. 초기시가 보여주는
서정적이면서 몽환적인 내면 풍경들은 구체적이고 체험적인 현실과의 적
극적인 부딪침에 의해 일어난 의식 내부의 굴곡들을 보여주기보다는 외
부적인 대상들을 의식 내부의 근원적인 정서의 자장 속으로 끌어들임으
로써, 그 대상들에게 화자의 근원적인 정서를 투사하여 서정적 이미지들
로 추상화하는 시적 방법이라고 할 수 있다.

　따라서 초기시의 내면적 풍경은 구체적이고 현실적인 삶의 정황과는
거리가 먼 밀폐된 내면 의식의 공간이라고 할 수 있다. 이를테면 초기시
에 자주 나타나는 기다림, 쓰러짐, 얼음, 눈, 겨울 항구 등의 시어들과 그
속에 담긴 사랑, 방황, 좌절, 그리움 등의 정서들도 구체적이고 체험적이
며, 현실적인 상황에 의한 것이라기보다 청년기 특유의 몽환적이고 낭만
적인 정서의 형태로 체험된 것들이다.[8]

　　2
　.진실로 진실로 내가 그대를 사랑하는 까닭은 내 나의 사랑을 한없이 잇닿
　은 그 기다림으로 바꾸어버린 데 있었다. 밤이 들면서 골짜기엔 눈이 퍼붓기
　시작했다. 내 사랑도 어디쯤에선 반드시 그칠 것을 믿는다. 다만 그때 내 기
　다림의 자세를 생각하는 것뿐이다.

—「즐거운 편지」에서[9]

　초기시 가운데 연시 형태를 취하는 이 시는 현실적 정황이나 계기들을
배제하여 얻게 되는 몽환적이고 낭만적인 의식 상태 속으로 외부의 사물

---

7) 김병익, 「사랑의 변증과 지성」(『삼남에 내리는 눈』해설, 민음사, 1998), pp.145~
　166 참고.
　유종호, 「낭만적 우울의 변모와 성숙」(『악어를 조심하라고?』해설, 문학과지성사,
　1996), pp.98~117.
8) 박혜경, 「선험적 낭만성으로부터 긍정적 초월의 세계관으로」(『오늘의 시』, 1995, 하
　반기호), p.89.
9) 황동규, 『황동규 시전집 I 』, 문학과지성사, 1998, p.40.

들을 끌어들임으로써, 자기 동일성의 효과를 얻고 있으며 탈현실화 된
주관적 이미지들로 재구성해낸다. 「즐거운 편지」가 우리에게 불러일으키
는 것은 구체적이고 체험적인 정서라기보다 화자의 의식 내부에서 빚어
내는 추상화된 감정의 불명료함과 막연함에 연유하는 정서인 것이다.10)

　애매 모호한 불명료성은 시간이 더해가면서 점차 구체적인 모습을 드
러내긴 하지만, 그의 시의식 전체를 하나의 주제로 파악하고자 할 때 많
은 혼란스러움을 안겨준다. 그러나 후기시까지 계속 읽다보면 내면에 감
춰진 슬픔의 정서를 일관성 있게 느낄 수 있다. 이것은 기쁨의 대립적
의미로서 슬픔이라기보다 근원적인 인간의 내면에 깔려 있는 보편적 정
서로서의 슬픔임을 알 수 있으며, 근본적으로는 비극적인 정서와 맥이
닿아 있다. 비극은 인간의 중심 목표가 되는 것이 흔들리거나 자취를 감
추었을 경우에 발생되는데, 그것은 돌이킬 수 없는 좌절과 극단의 절망
이며 세계 섭리의 붕괴라고 할 수 있다. 이러한 비극성을 시인은 어떤
태도를 취하여 인식하고 있는지 주목할 필요가 있다.

　초기시에서 비극성은 애매한 모습으로 나타나는데 시인은 구체적인 인
식 없이 단지 소극적이며, 수동적으로 비극적인 세계를 바라볼 뿐이다.
그리고 거기서 막연한 슬픔을 느끼며, 이 때의 슬픔은 비극적인 것과 채
연결되지 못하고 감정적인 차원에 머물러 있는 것이다. 이러한 그의 인
식 태도가 서서히 구체성을 띠며 비극성을 깨닫게 될 때 비로소 시인은
시인답게 자신의 목소리로 그것을 표출한다.

　황동규의 초기시들은 불명료한 성격으로 인해서 비극적인 세계와 직접
맞닿아 있지는 않지만 슬픔의 정서는 감추어져 있다. 특별히 슬픈 형상
을 하고 있거나 슬프다고 인식하기 이전에 느껴지는 근원적인 슬픔, 이
런 것들이 그의 초기시를 강력하게 지배한다. 이것은 구체적이고 현실적
인 부딪힘의 상황에서 촉발되는 것이 아니라, 시인의 내면 의식에서 우
러나오는 것이므로 추상적이고 불명료하여 관념적으로 느껴지기도 한다.

---

10) 박혜경, 앞의 책, p.90.

시인은 삭막한 풍경 속에서 구체성을 갖고 있지 못한 그리움이나 기다림으로 방황하며, 세계를 수동적으로 바라보고 막막함을 느낄 뿐이다. 구체적이고 현실적인 삶의 체험이 없는 불명료한 슬픔과 기다림, 그리움 등으로 점철된 그의 내면 의식은 지극히 사적인 범주에 한정되어 있으며, 여기에서 비극은 발생한다. 현실은 세계와 인간의 행복한 조화가 깨지고 파편만이 남은 황량한 벌판이 되었으며, 그 한복판에서 시인은 슬픔과 함께 그리움을 품게되는데, 그 그리움의 대상이 시에서 '당신'이라는 시어로 표현되고 있다.

> <u>당신</u> 모습이 처음으로 내 마음속에 자위떴을 때 나는 불 속에 서 있는 것 같았습니다. 바위 위에 하나의 금이 기어가다 기어가다 서듯 그렇게 서 있는 것 같았습니다. 하나의 불길 속에.
>
> —「소곡 1」에서[11]

> 강물을 들여다보는 나를 들여다보는 <u>당신</u>.
>
> —「소곡 2」에서[12]

> 선창에 배가 와 닿듯이
> <u>당신</u>에 가 닿고
> 언제나 떠날 때가 오면
> 넌지시 밀려나고 싶었습니다.
>
> —「소곡 3」에서[13]

처음으로 그 존재를 깨달았을 때의 강렬한 느낌은 완전히 체화(體化)되어 시인이 사는 이유가 된다. 이것은 끊임없이 시인에게 기다림을 주고 떨리는 마음으로 다가가고 싶게 하는 영원한 존재로 신적인 존재이다.

---

11) 황동규, 앞의 책, p.48. 이하의 밑줄은 필자가 강조한 사항임.
12) ____, 앞의 책, p.49.
13) ____, 앞의 책, p.50.

> 언제까지나 나는 걸어야 하는가. 새들의 날개 뒤의 어두운 황혼, 그 황혼
> 속의 알맞은 돌아옴, 그때까지 내 당신을 잊지 않음, 혹은 막막한 잊어버림,
> 그 깊이를…… 나는 들여다본다, 들여다본다,
>
> — 「소곡 4」에서[14]

'당신'은 형체가 없는 존재로 이 세상에 있는 것 같지만 없는 존재, 즉 그저 있을 뿐이지 감각할 수 있는 존재가 아니다. 언제나 부재하면서도 현존하는 신으로 비극적 세계관의 중심 사상을 이룬다. 맹목적인 세계와 숨어 말이 없는 신 사이에서 느끼는 인간의 고독, 이것이 황동규의 초기시를 지배하는 주제라고 할 수 있다. 이러한 비극적 인간과 세계 사이에는 어떠한 대화도 불가능하며, 그의 사고와 언어가 말을 건넬 수 있는 유일한 존재는 '신'이다. 그러므로 비극적 인간은 단지 하나의 표현 형식만을 가지게 되는데, 이것이 곧 '독백'이다. 그것은 자기 자신에게 말을 거는 것이 아니라, 신에게 말을 거는 것으로 '당신', '그대', '친구', '날 부르는 자' 등의 표현 명칭은 다르지만 하나의 대상을 향하고 있다는 점에서 일치한다.

> 지금까지 내 생각해온 것은 모두 무엇인가.
> 친구 몇몇 친구 몇몇 그들에게는
>
> — 「달밤」에서[15]

> 내 당신은 미워한다 하여도 그것은 내가 당신을 사랑하는 것과 마찬가지였습니다.
>
> — 「기도」에서[16]

> 날 부르는 자여, 어지러운 꿈마다 희부연한 빛 속에서 만나는 자여, 나와 씨름할 때가 되었는가.
>
> — 「이것은 괴로움인가 기쁨인가」에서[17]

---

14) 황동규, 앞의 책, p.51.
15) ____, 앞의 책, p.21.
16) ____, 앞의 책, p.22.

　　당신이 나에게 안도와 불안을 함께 주신 것은 나에게 기도가 있는 의미입
니다.
—「소곡 5」에서[18)

　　이 독백이라는 표현 형식은 세계를 향해 열려있는 것이 아닌 닫혀있는
것, 즉 회귀적인 성질을 암시한다. 그의 초기시가 끊임없는 갈증과 기다
림으로 귀결 지워질 때, 이것은 이미 스스로가 그 끝을 알고 있는 닫혀
있는 그리움으로 스스로에게로 돌아오는 회귀적인 그리움이다. 그는 이
미 '당신', 즉 신에 다가갈 수 없음을 알고 독백을 통해 말할 수 있을 뿐
이다.

　　땅
　　땅이여, 나의 젊은 날에는 언제나
　　녹슬 만큼 굳은 노래 하나 없고
　　그림자처럼 오가는 사람들뿐, 사람들뿐.
　　다만 기다리라,
—「얼음의 비밀」에서[19)

　　아니면 나는 아무것도 바라고 있지 않았던 것을.
　　창밖에 문득 후득이다 숨죽이는 밤비처럼
　　세상을 소리만으로 적시며
　　남몰래 지나가고 있었을 뿐인 것을.
—「소곡 3」에서[20)

　　시인에게 세계란 다만 그림자일 뿐이며, 그는 그 속에서 잠들어 있다.
『어떤 개인 날』의 시편들에서 시인은 스스로가 비극적 인간임을 깨닫지
못하고 막연한 상태에 머물러 있다. 자신과 떨어져 존재하는 세계, 숨어

---

17) 황동규, 앞의 책, p.32.
18) _____, 앞의 책, p.52.
19) _____, 앞의 책, pp.27~28.
20) _____, 앞의 책, p.50.

버린 신, 이것을 막연히 느끼며 시인은 막막해진다. 그가 할 수 있는 것
은 수동적으로 세계를 바라보면서 그리움을 갖는 것뿐이다. 비극적 세계
에 대한 인식은 구체적이지 않으며, 시인은 그 이전 단계에 위치해 있다.
　『비가』에 와서 시인은 『어떤 개인 날』에서 보여준 비극성이 좀더 뚜
렷한 테두리를 긋고 나타나게 되는데, 제목에서도 암시하듯이 비극을 전
제로 한 삶이라는 냄새를 짙게 풍긴다.

꽃나무여 꽃나무여
적은 열매의 약속으로
수많은 꽃을 밖으로 내어민
어둡고 어두운 우수(憂愁)여
그 어둠 속에
벌떼 울 듯
수만의 봄이 오래
집중된다.

—「비가 서시」 전문21)

　‘적은 열매의 약속만으로 수많은 꽃을 밖으로 내미는 꽃나무’의 그 허
무함은 ‘오래 집중되는 수만의 봄’에서도 마찬가지다. 하나의 봄에서 수
만의 봄을 볼 수 있다. 삶이란 하나의 봄을 겪는 것으로 충분해서 꼭 더
살 가치가 없는 것일지도 모른다. 시인은 모든 행위가 이미 보잘것없는
결론으로 끝날 것이라는 그 비극성을 알고 있다.
　『비가』의 일련의 시들은 형식적 측면에서 성경의 스타일을 갖추고 있다.

저녁 들판에
돌을 주위에 쌓아놓고 든 자여
돌성(城)은 너의 하숙이로다.
젊은 자들은 반쯤 웃는 낯을 짓고
나이 든 자들은 작은 이름만을 탐내니

---

21) 황동규, 앞의 책, p.67.

> 그들의 계집이
> 캄캄히 들에 나가
> 병거(兵車) 앞에 엎디는 자식을 낳도다.

—「비가 제1가」에서[22]

어미에 '-로다', '-도다' 등을 사용하여 예언자적인 목소리를 시도하고 있는 것과 마치 성경의 한 장면을 연상시켜 주는 것은 비극성의 영역을 확대시키고 있다. 그러나 성경이라는 보편적인 형식을 택함으로써 개별적이고 구체적이며 현실적인 슬픔의 원인을 찾아내지는 못하고 있다. 이것은 비극성의 원인을 찾으려는 노력이 보편성 속에 용해되면서 자칫 무화될 가능성이 있기 때문이다. 『어떤 개인 날』의 비극성은 『비가』로 오면서 좀더 직접적으로 드러나기는 하지만 장중한 스타일과 고아한 어투에 눌려 구체성을 띠지는 못하고 있다. 다만 추상적이고 애매한 공간 속으로 스며드는 어두운 시어들이 비장미를 북돋워 비극적이라는 느낌만을 강조하게 된다.[23]

> 목마름 속에 캄캄히
> 아아 손가락 발가락과 발목
> 그 마디들을 하나하나 놓아버리고
> 빌려 쓰던 말도 한마디씩 돌려보내고
> 빈 공간만큼 아무데고 누워
> 물 없는 웅덩이처럼 있고 싶을 뿐
> 아아 아무것도 스며 있지 않은 삶, 혹은 죽음.

—「비가 제2가」에서[24]

신 없는 상황 아래서의 비극적 절망이 한 고뇌하는 광인을 만들어낸 것이다. 이 광인의 목소리가 『비가』의 가장 특징적인 모습이다. 광야의 예수에게는 기도를 들어줄 응답자가 있었지만 신 없는 주인공은 스스로

---

22) 황동규, 앞의 책, p.68.
23) 문혜원, 「비극적 세계와 개인의 삶」(『외국문학』, 1989, 겨울호), p.229.
24) 황동규, 앞의 책, p.72.

비극적 절망에서 벗어나야 한다: 목마름 속에서 육체와 언어조차 놓아버리고 쓰러지는 텅 빈 삶을 노래하고 있는 이 시는 무한 절망의 표현이다. 이런 상황에서 젊은이가 광인처럼 표현되는 것은 당연하다.

2) 굴절된 드러냄의 대면 의식

영국 유학시절(1966년)부터 열리기 시작하는 제2기는 폐쇄적이고 비극적인 세계로부터 외부 현실을 향해 의식적 변화의 조짐을 보여주고 있다. 신이 부재한 비극적인 세계에서 겪는 방황은 작품 안에서 '여행'의 형태로 나타나는데, 그것은 방황의 외형적 모습이며 스스로에게 자신이 일상 생활에서 벗어나(밀려나) 있음을 인식시키는 일이다.

> 걸어서 항구에 도착했다.
> 길게 부는 한지(寒地)의 바람
> ……중략……
> 정박중의 어두운 용골들이
> 모두 고개를 들고
> 항구의 안을 들여다보고 있었다.
> 어두운 하늘에는 수삼개(數三個)의 눈송이
> 하늘의 새들이 따르고 있었다.
>
> —「기항지 1」에서25)

제1기의 시에 비해 매우 객관적으로 묘사되고 있다. 이전의 시들이 화자의 의식 내부에서 빚어내는 추상화된 감정의 불명료함에 연유하는 이미지들로 구성된 주관적인 언술 방식을 보여주고 있다면, 이 시는 화자의 눈에 비친 사물들을 담담하고도 객관적인 어조로 묘사해 나가고 있다

---

25) 황동규, 앞의 책, p.115.

는 인상을 준다. 다시 말해서 시인은 화자의 내면적 정황을 화자의 주관
적 심상에 따라 외부 사물들을 상상적으로 조립해 내는 방식이 아니라,
외부 상황에 대한 관찰적 묘사를 통해서 간접적인 방식으로 드러내는 형
태를 보여주고 있다.26) 그러나 여행은 자유로워지고자 하는 마음과 정착
하고자 하는 욕망을 동시에 가지고 있는 것이다. 이것은 여행이 곧 정착
을 전제로 하고 있음을 보여 주는 것으로 여행자는 돌아오려는 욕구를
강하게 지니고 있으며, 전혀 낯선 곳에서 자기가 속해 있는 발판을 확인
하고자 하는 심리를 가지고 있다.

> 둘째 갈피
> 조심히 무릎 꿇은 채로
> 쓰러져 쓰러져 아조아조 멀리 해빙기의 흙덩이마냥
> 동해 황해 다도해 거품처럼 떠다니다
> 어디엔가 넌지시 잡혀
> 온몸이 온통 황홀로……
> 바람은 분다.
>
> —「비망기」에서27)

　소극적이고 수동적이며 정적인 이 상태를 극복하는 길은 슬픔을 인식
하는데 있어서 조금 더 적극성을 띠는 길, 비극적 세계에 대해 자아 쪽
에서 접근해 가는 길뿐이다. 시인은 막연히 느껴지는 슬픔을 스스로가
느끼고자 하며, 그 슬픔이 어디에서 연유하는가 찾으려고 한다. 다시 말
하면 비극의 원인을 찾아내고, 또 거기에서 벗어나고자 하는 몸부림이
그의 몫이다. 여기서 황동규의 시는 약간의 명료성을 확보하게 된다.『비
가』에서의 불명료한 이미지들이 제거되고 '항구'와 같이 구체적이고 일
상적인 공간이 배경으로 등장한다. 어투 역시 암시적인 어조에서 산문체
로 옮겨지고 있다. 이것은 '언어와 작법의 변모를 통해 내적 삶에 침몰하

------

26) 박혜경, 앞의 책, pp.91∼92.
27) 황동규, 앞의 책, p.142.

던 그의 개인적 시 세계로부터 삶의 구체적이고 보편적인 현실로 방향을
바꾸어 시선이 옮겨졌다는 증거'[28]로 볼 수 있다.

그가 발견한 역사적이고 구체적인 현실은 '약소 민족'의 서러움으로
일상 생활에 스며들어 시인의 의식을 짓누르고 있다. 갇혀 있다는 느낌
은 자신을 둘러싸고 있는 현실적 상황에 눈을 돌리게 되면서 시인의 시
를 일관하는 지배적 정서로 자리잡게 된다.[29]

> 칼날처럼 벗은 우리 조국
> 모양이 비슷한 단추를 이층으로 달고
> 잃은 머리처럼 눈 속을 걸었네
> 걸었네 걸었네
> 정신의 아픔에 한없이 깊은 침묵을 주는
> 젖은 칼을 머리에 쓰고.
>
> — 「낙법」에서[30]

갇힘의 상태 속에서 겪게 되는 자기 정체성의 위기 의식은 당시의 억
압적인 정치 상황에 대한 인식과 긴밀한 연관을 맺고 있는 것으로 나타
나는데, 황동규의 시에서 그러한 억압적 정치 상황은 언어 소통 장애의
현실에 대한 자각을 통해서 인지된다.

'병든 말'(「계엄령 속의 눈」)로 표현되는 언어 소통 장애의 억압적인
현실은 몽환적이고 근원적인 슬픔의 정서 대신 시인의 자의식 속에 두려
움과 공포로 비틀린 풍경들이 자리잡게 된다.

> '이 세계에서 배울 것은
> 조심히 깨어있는 법일 뿐,'
> 법뿐일까, 뿐일까,
> 문득 정신 차리면

---

28) 김병익, 앞의 책, p.158.
29) 박혜경, 앞의 책, p.92.
30) 황동규, 앞의 책, p.144.

살았다 죽었다 힘들여 좌정한 골편이
남몰래 떨고 있다.

― 「밤에 내리는 비」에서[31]

불투명한 사적 갈등과 고민이 사회적인 의미망을 획득하게 되는 것은 외지 체류의 경험에서 비롯된 것으로 보인다. 낯선 곳에서 바라보는 조국과 거기서 느끼는 향수는 현실에 대한 감각을 갖게 하였으며, 그것은 구체적으로 조국의 현실에 대한 깨달음으로 나타난다.[32]

봉준이가 운다 무식하게 무식하게
일자 무식하게. 아 한문만 알았던들
부드럽게 우는 법만 알았던들
왕 뒤에 큰 왕이 있고
큰 왕의 채찍!
마패 없이 거듭 국경을 넘는
저 보마(步馬)의 겨울 안개 아래
부챗살로 갈라지는 땅들

― 「삼남에 내리는 눈」에서[33]

시인의 의지가 뚜렷한 부피와 무게로 작용하는 이 시는 구체적인 사실을 시에 용해시켜 성공하고 있다. 시인은 내리는 눈을 보며 외세의 채찍 아래 신음해 온 우리의 역사를 생각하고, 그 속에서 전봉준을 연결시킨다. '왕 위의 큰 왕'인 열강들의 횡포, 그들이 제 나라 드나들 듯 하는 군마, 이 때문에 우리의 땅덩어리는 갈라지고, 우리의 문은 망가져 버린다. 이런 상황은 전봉준의 시대나 지금이나 똑같다.[34]

---

31) 황동규, 앞의 책, p.127.
32) 문혜원, 앞의 책, pp.231~232.
33) 황동규, 앞의 책, p.159.
34) 김병익, 앞의 책, p.157.

2
눈떠라 눈떠라 참담한 시대가 온다.
동편도 서편도 치닫는 바람
먼저 떠난 자 혼자 죽는 바라
동렬(同列)에 흐느낄 때 만나는 사람.

─「전봉준」에서35)

　‘참담한 시대’의 다가옴에 대한 충격적인 경고는 위기의 시대에 같은
고민으로 괴로워하는 사람들에 대한 반추를 요구한다. 같은 줄에서 흐느
끼는 사람으로 ‘전봉준’을 만난 시인은 ‘이순신’과 ‘이중섭’을 만나고,
‘왕도’를 연구하며 ‘열하일기’를 적게 만든다. 이제 역사 앞에서 시인의
감정은 자신만의 것에서 주위 사람들과 공유하는 것으로 확산된다.

우리는 떨어진다.
아무도 이제는 입을 열려 않는다.
출세한 전봉준씨가 조병갑에게 문안 전화 거는

─「왕도의 변주 2」에서36)

　혼자만의 침묵은 서서히 ‘우리’의 세계로 확장되고 ‘우리’의 침묵으로
나타난다. 침묵은 더 이상 자신만의 일이 아니다. 자신과 더불어 주위의
사람들도 침묵하고, 그 침묵은 서서히 떨어지는 ‘우리’의 모습으로 귀결
된다.
　이 단계에서 황동규의 시는 초기시와는 상당히 변화된 모습을 보여주
고 있다. 그의 슬픔은 근원을 거슬러 올라가는 과정에서 추상 명사로 끝
나거나 개인적인 차원 이상이 되는 것으로 이제 ‘우리’의 슬픔이 되기
시작한 것이다. 이러한 슬픔의 양상이 좀더 구체적인 것은 『열하일기』에
서이다.

---

35) 황동규, 앞의 책, p.154.
36) ＿＿＿, 앞의 책, p.164. 이하의 밑줄은 필자가 강조한 것임.

쌀이 불쌍하다.
우리는 논에서 죽었다.

—「논 1」에서[37]

우리 생(生) 입혀주는 우리의 월남을 가릴 필요 없다.
우리의 월남!
우리가, 우리가 떤다.

—「열하일기 5」에서[38]

5
나는 걷고 걸었다.
우리는 걷고 있었다.

—「신초사」에서[39]

   그는 더 이상 개인의 범주에 멈추지 않고 세상으로 나오려 노력하고 있으며, 빈곤과 억압에 시달리는 농민의 현실을 소재로 사용하기도 한다. 또 시위 현장이 묘사되기도 하고, 역사적 인물을 시 속에 끌어들이거나 과거의 사실에서 빌려온 것들도 있다.

   『태평가』와 『열하일기』를 초기시와 비교해 볼 때, 이 시기의 시들은 세계를 인식하는 태도가 좀더 구체적이고 현실적으로 나타난다. 그러나 이 시기의 시들이 대사회적 성격이 강했다고 해도, 그 시적 드러냄은 전체주의적 억압이거나 혹은 당대의 지배 이데올로기가 개인의 내면에 가하는 폭력으로 말미암아 개인의 인식적, 심리적 자유가 억압받을 수밖에 없다는 당위론적 측면으로 제시된다. 직접적인 드러냄이 아닌 굴절된 드러냄이며 굴절된 드러냄의 시적 방법론 자체가 하나의 문학적 저항이 되는 것이다.

---

37) 황동규, 앞의 책, p.178.
38) ＿＿＿, 앞의 책, p.190.
39) ＿＿＿, 앞의 책, p.202.

나는 요새 무서워져요. 모든 것의 안만 보여요. 풀잎 뜬 강에는 살 없는
고기들이 놀고 있고 ……중략 …… 곳곳에 쳐 있는 세(細)그물을 보세요.
황홀하게 무서워요. 미치는 것도 미치지 않고 잔구름처럼 떠있는 것도 두렵
잖아요.

— 「초가(楚歌)」 전문40)

시인은 '곳곳에 쳐 있는 세(細)그물'을 발견하고 공포를 느낀다. 전체주
의의 억압에 의한 개인 내면의 굴절을 다룬 시편들은『나는 바퀴를 보면
굴리고 싶어진다』에서 절정을 이루고 있으며, 황동규는 이 지점에서 문
학과 사회 현실이라는 알레고리 문학의 한 가능성을 제시하고 있다. 그
러나 그는 여기에 머물러 있지 않고 치열한 시정신을 발휘하여 '삶과 죽
음'이라는 인간의 운명에 대한 문제로『풍장』의 세계로 진입하게 된다.41)

3) 여행 모티프와 극서정시

초기시부터『풍장』에 이르기까지 황동규의 시 전체를 지배하는 정서는
'비극성'과 '낭만주의적인 색채'라고 할 수 있다. 물론『태평가』와『열하
일기』에 실린 시들에서는 사회 현실과의 접맥도 보이긴 하지만, 전반적
인 경향으로 볼 때 주조를 이루는 것은 '낭만주의적이고 사적인 개인의
정서'이다. 이러한 경향은『악어를 조심하라고?』부터 열리기 시작하는 제
3기에 오면 조금 상이한 것으로 바뀌게 되는데, 시적 소재로 '눈'과 '새'

---

40) 황동규, 앞의 책, p.239.
41) 하응백, 「황동규 시의 변화」(『시와 시학』, 시와시학사, 1998, 가을호), pp.43~44에
   의하면, 그 이유는 여러 가지로 설명할 수 있다. 우선 그의 세속적 나이가 불혹의
   중반으로 시력(詩歷)에 대한 강박 관념을 들 수 있다. 둘째는 80년 이후 정국은 새
   로운 군부 집단의 더욱 파괴적인 억압적 체계로 변해 버렸다. 셋째는『비가』시절 남
   겨 놓은 숙제를 더 이상 방치할 수 없다는 인식에 이르렀을 수도 있다. 이 세 가지
   이유가 복합적으로 작용하여 험난한『풍장』의 세계로 진입하였을 것이다.

의 비유 영역에서 '컴퓨터'와 '텔레비전'의 영역으로 들어온다. 이제까지
와는 상호 이질적인 것들이 선택되고, 극적인 구성 방식인 '극서정시 양
식의 개척'과 '실험적인 언어표현', '삶의 진정성 회복인 시와 여행의 일
치', '삶과 죽음의 화해' 등 세 가지 측면에서 중요한 시적 방법을 개진
하고 있다.[42]

(1) 극서정시 양식의 개척

첫째로 극적인 구성 방식인 극서정시 양식의 개척이다. 시인 스스로
'극서정시(劇敍情詩)'라고 명명하여 밝힌[43] 바처럼 시적 자아의 극적 변
화를 원형적으로 보여주고자 80년대 들어서 그의 시에 두드러지게 나타
난다.

황동규의 시는 대체로 형식상 4가지 유형으로 대별하여, 첫째 독립된
서정시, 둘째 연작시, 셋째 하나의 표제 아래 짧은 소제목들을 지닌 변주
형식의 시, 넷째 스스로 명명한 '극서정시' 등으로 나눌 수 있다. 그런데
극서정시는 변주 형식의 시들과 연작시들을 구조화시킨 것으로 생각되며,
서정시의 정태성을 극복하고자 하는 시적 노력이라고 할 수 있어 관심을
요한다. '시극'도 아니면서 '극서정시'라고 명명한 것은 서정시의 영역을
고수하면서 입체적 효과를 노리려는 것이 시인의 의도인 듯하다. 이러한

---

42) 문혜원, 앞의 책, p.236.
43) 황동규, 『악어를 조심하라고?』, 문학과지성사, 1986, 책표지 참고.
    ——, 『견딜 수 없이 가벼운 존재들』, 문학과 비평, 1988, 서두.
    "의식하며 사는 사람이 겪은 체험을 새겨 놓을 수 있는 서정시를 쓰고 싶었다. 의식
하며 사는 삶은 도처에 의미 있는 일이 일어나고 숨은 극이요, 숨었다 나타나는 기
적이다. 다시 말해서 나는 크든 적든, 겉에 나타나 있든 속에 숨어 있든, 진정한 변
화 혹은 기적이 일어나는 시를 원했던 것이다. …약간씩의 변주는 있겠지만, 질적
변화가 일어나는 일은 드물다. 서정시가 살아 있는 장르로 계속 남아 있으려면, 마
치 소설이 그래온 것처럼, 계속 자신을 변모시켜야할 것이다. … 나는 이런 시들을
"극서정시(劇敍情詩)"라고 부르고 싶다."

극서정시의 두드러진 특징은 일상적 소재를 시적 문맥에 도입하고 변주를 가하기 위해 대화체를 도입한다. 물론 대화는 화자들의 행동이나 심리 묘사, 장면 전환을 위해 효과적으로 사용된다.[44]

'극서정시'란 내용과 형식을 모두 포함하는 황동규의 독특한 시 전개 방식이다. 그것은 서정시에 극적 요소를 가미해 시의 화자가 시 속에서 질적 변화를 체험하는 것이며, 독자까지 시인의 체험에 동참하게 만드는 것이다. 극서정시는 서정시의 고여 있는 시간에서 벗어나 극의 진행처럼 시간을 흘러가게 한다. 시간의 흐름과 감정 혹은 마음의 흐름이 함께 하는 것인데, 대개 발단-전개-위기-절정-대단원 또는 기-승-전-결의 형식을 가진다.[45]

부연하면, 황동규의 '극서정시'란 시에 어떤 정황이 제시되고, 시적 자아가 그것을 통과함으로써 내적 변화를 경험하게 되는 시적 짜임새를 말한다. 서정시의 세계에서는 어떤 고양되고 집중된 정서적 순간에 시간이 정지되어 있다. 서정시의 세계 안에는 서사의 구조가 없고, 다만 과거를 농축하고 미래를 선취한 '영원한 현재'만이 숨쉬고 있다는 것은 이러한 문맥에서 설명된다. 물론 황동규의 시 역시 넓은 의미에서 서정시의 범주에 속할 수 있다. 서정시가 주관적인 내면의 세계를 다룬다는 것, 그리고 '현재의 세계를 자기 속으로 끌어들이는' 성찰의 순간을 포함한다는 측면에서 그렇다. 그러나 황동규는 거기에 극의 구조를 슬쩍 끌어넣는다. 그것은 그의 시가 서사를 지향하고 있다거나 산문시를 시도하고 있다는 것과는 다른 것이다. 서정시의 문법은 여전히 유효하지만, 그것은 극적인 계기 하나를 품게 됨으로써 어떤 갱신(更新)을 이루게 된다. 이 때에 시적 갱신이란 시적 자아의 내적 갱신이면서 동시에 서정시의 구조적 갱신이다. 서정시적 세계관으로 현대와 대결한다는 것은 여러 가지 측면에서 힘겨운 싸움이다. 현대는 변화와 분열을 그 지배적인 양상으로 드러내

---

44) 최동호, 「사람과 사람 사이에서 숨쉬는 시들」(『문학사상』, 1989. 11), p.118.
45) 하응백, 앞의 책, p.44.

보이고 있다. 그 상황에서 세계와 나와의 시적 동일성을 어떤 정지된 순간 속에서 유지하려는 서정시적 욕망은 경험의 모순을 배제하고, 생활세계의 복잡성을 담지 못하는 공허한 공간이 되기 쉽다.

황동규의 '극서정시'는 이런 측면에서 하나의 가능성으로 제시되며, 자신의 몸 안에 극적인 모티프를 품게 됨으로써 시는 현대가 휘두르는 변화의 폭력에 대응하는 시적 자아의 존재 전환의 한 계기를 보여줄 수 있게 된다. 외부 세계의 속도에 맞서 어떤 정태적인 시적 공간을 고집하는 것이 아니라, 시가 안으로부터 자신을 변화시켜 역동성과 구체성을 스스로 갱신하는 일인 것이다. 서정시의 구조와 문법을 완전히 무화시키지 않으면서 새로운 극의 구조를 마련하려는 작업인 것이다.[46]

1
나는 뭐지?
그가 잠깐 자리 비운 사이
낯익은 사무용 컴퓨터를 확인하다가
슬쩍 "soul[魂]"을 찍었다.
작동 키를 누르자 모니터에
"Crazy[미쳤어]?"
누가 장난쳤군.
창밖에선 다시 훤해지는 눈발
아직 그가 오는 기척 없어
슬쩍 "craze[狂氣]"를 찍었다.
작동 키를 누르자 모니터에 글자가 나타났다.
"Know thyself[네 몰골 좀 봐라]!"

2
뜨거운 배를 난간에 대고
어느 여름밤 비 추적추적 뿌릴 때

---

46) 이광호, 「시간 밖으로의 한 순간」(『외계인』해설, 문학과지성사, 1998. 6), pp.106~107.

청계천을 빠져나와
한강에서 무자맥질 몇 번하고
반포쯤에 상륙하지나 않을까?
아파트 사람들이 「사랑과 진실」에 빠져 있을 때
계단을 기어 올라가 옥상 난간에 뜨거운 배를 대고
비를 맞으며
서울의 불빛을 내려다보고 있지는 않을까?
　　　　　　　　　　　　　－「악어를 조심하라고?」에서47)

　사무용 컴퓨터가 장치되어 있는 친구 동생의 사무실에서 화자는 엉뚱하게도 '영혼'의 작동키를 누른다. 어지럽고 황막한 고층 건물과 컴퓨터와 자동 판매기 시대에 영혼의 행방을 물어보는 것은 시인이 있어야 하는 방식에 대한 질문의 제기일 수도 있다. 낭만주의의 내면성이 지향했던 아름다운 영혼은 이제 얼마나 생소한 낱말이 되었는가? 영혼의 행방을 찾는 물음에 컴퓨터는 "미쳤어?"란 반응을 보인다. 그 진의를 몰라서는 아니지만, 다시 뜻을 물어보자 자기 동일성의 위기를 시사한다. '야릇한 말씨의 수상한 사내'(「혼(魂) 없는 자의 혼노래 1」)로 드러난 시인은 이제 기계와 인공의 황무지에서 길을 잃은 영혼으로 드러나며, 그 객관적 상관물이 청계천에서 살고 있는 '악어'이다. 악어는 곧 시인의 상징물이다. 그것은 인간성을 잃어 가는 세상에서 작은 아름다움을 잃지 않으려는 노력의 상징이기도 하다. 쉽게 길들여지기를 거부하는 이 '외로운 악어'는 값싼 문화 품목들이 보통 선의의 사람들의 혼을 빼돌리고 있을 때 소리 없이 군거지에 나타나 비 오는 서울 밤을 내려다본다.

　이 연작시편은 겉보기와는 달리 유기적으로 연관되어 있어서 구성상으로나 의미상으로 특이함을 보여주고 있다. 가장 두드러져 보이는 것은 추상적인 불명료함의 진술이나 메시지에서 멀어져 있는 구체성이라 할 수 있다. 메마른 사무실에서의 컴퓨터와의 대화, 복개 청계천에 사는 악어의 당돌한 출분, 종묘 앞에서의 고인(김수영)과의 해후가 엮어내는 대

---

47) 황동규, 앞의 책, pp.304~306.

담한 구도와 왜소한 상상력이 의표를 찌르는 기발한 착상, 그러면서도
그것을 실험주의의 불안정으로 떨어뜨리지 않고 투명한 명료성으로 올려
놓고 있다는 점에 독특한 활력이 있다. 시도 사람과 같아서 새로운 긴장
산출 경험과 모험을 통해서 성숙에 이른다는 것을 보여주고 있는 이 시
는, 황동규 시인의 가장 풍요한 새 가능성의 영역을 시사하기도 한다.[48]

> 내가 술 분자 하나가 되어
> 그냥 남을까말까 주저하다가
> 부서지기로 마음먹는다.
> 가볍게 떫고 맑은 맛!
>
> 욕을 해야 할 친구 만나려다
> 전화 걸기 전에
> 내가 갑자기 환해진다.
>
> — 「오미자술」에서[49]

　시의 구조 내에서 존재 전환의 경험이 드러나는 시를 '극서정시'라고
부르는데, 「오미자술」은 오미자 술을 담근 경험에 관한 이야기로 아주
일상적인 것이다. 이 시에 등장하는 구체적인 상표는 시의 언어로서 매
우 낯선 것들이지만, 경험의 구체성을 환기시키는데 중요한 역할을 담당
한다. 하지만 이때 구체성이란 산문적인 구체성이 아니라 시적인 의미작
용 안에서의 구체성이다. 이 시는 오미자 술이 익는 과정에서 두 가지
존재의 전환이 경험된다. 우선은 오미자 술의 익음이다. 술은 물과 불이
결합된 존재로 파괴와 생성의 양면성을 가진다. 발효의 과정이란 존재의
성숙을 나타내는 한 상징일 수도 있다. 오미자 술이 익는 과정은 설악산
오미자와 막소주가 상호 침투하여 상호 변화하는 과정이다. 그것은 소주
의 분자 구조가 바뀌는 사물의 질적 변화이다. 이러한 사물의 질적 변화

---

48) 유종호, 앞의 책, pp.109～111.
49) 황동규, 『황동규 시전집 Ⅱ』, 문학과지성사, 1998, p.27.

는 시적 자아의 내적 변화의 한 계기가 된다. '내' 역시 '술 분자'처럼 '부서지기로 마음먹게' 되고, '욕을 해야 할 친구'에게 '전화 걸기 전에 환해진다.' 시적 자아의 내면이 환해지는 경험은 오미자 술이 익는 과정과 겹쳐진다. 이러한 내적 변화란 소주의 상표 이름을 나타내는 것처럼 사소한 것이지만, 그러한 사소함을 사랑하고, 사소함 속에서 시적 진실을 읽어내는 것이 시인이다. 그 사소한 마음의 변화는 존재의 전환이라는 계기를 담고 있다.[50]

흔히 초월적인 것을 다루는 많은 시편들이 처음부터 초월적이고 추상적인 명제에서 출발하는 것이 보통이지만, 황동규의 시는 대개 일상 생활에서 출발하여 구체성을 확보한다. 추상적이고 일상 생활에서 먼 것일수록 공허해지기 쉽고, 또 문학의 생명이랄 수 있는 구체성이 없다. 평범한 사물과의 관계 속에서 구체적으로 사물을 제시하여 세상에 대한 시인의 감사함을 나타낸다. 그리고 시인의 상상적 움직임 속에서 만난 구체적인 술맛에 힘입어 화자는 갑자기 변화를 체험하게 되는 것이다. 화자는 술 분자의 하나로 '부서지기로' 한다. 좀처럼 부서지지 않던 시적 자아의 부스러짐은 역동성의 의미를 띠며 '가볍고 떫고 맑은 맛'을 낸다. 움직여 부서질 때 성취되는 개안의 순간이리라.[51] 화자는 후반에 친구에게 욕하는 전화를 걸려다가 자신의 마음이 갑자기 환해짐을 느끼고 친구를 용서하는 것이다. 이런 작은 거듭남의 변화가 일어나는 서정시를 '극서정시'라 한다.[52]

> 오늘 입은 마음의 상처,
> 오후내 저녁내 몸 속에서 진 흘러나와
> 찐득찐득 그곳을 덮어도 덮어도
> 아직 채 감싸지 못하고

---

50) 이광호, 『한국대표시인선 50』, 중앙일보사, 1995, pp.483~486.
51) 김주연, 「역동성과 달관」(『몰운대 行』해설, 문학과지성사, 1997. 3), p.148.
52) 황동규, 『나의 시의 빛과 그늘』, 중앙일보사, 1994, pp.280~281.

쑤시는구나.
가만, 내 아들 나이 또래 후배 시인 랭보와 만나
잠시 말 나눠보자.
흠 없는 혼이 어디 있으랴?

ㅡ「오늘 입은 마음의 상처」에서[53]

  일상 생활에서 얻은 마음의 상처를 '흠 없는 혼이 어디 있으랴?'라는
랭보 시인의 시구를 떠올리며 극복하는 이 시는 조용하게 거듭남의 변화
가 행해진다. 랭보를 아들 나이 또래 후배 시인으로 만들고 보니 마음의
상처가 별로 문제되지 않는 상태가 되었다.

4
커피가 달고
아스피린 두 알도 달다.
세면대에 뱉어놓는다.
아 나는 결국 풍경 중독자인가?
저 산의 눈 작년 눈이면 어떠리,
내년 눈이면?
사자산이 추억 속에서 머리 깎이면 어떠리.
시간(時間)이 이발당한들!
아니, 내 글이 '그'의 글이 되면 어떠리,
밤새 쓴 글보다도, 가죽처럼 무두질당한 혀와 입이 서로 비비며
더 확실히 삶의 감각을 되살리지 않는가!

집 안이 깨어 웅성대기 시작한다.

ㅡ「밤새워 글쓰기」에서[54]

  이 시도 역시 극서정시 양식이 성공적으로 전개되어 있다. 밤새워 쓴
글이 다만 하나의 메아리뿐이라니 시인은 괴롭다. 무엇이 시인을 구출할

---

53) 황동규, 『황동규 시전집 II』, 문학과지성사, 1998, p.55.
54) 황동규, 앞의 책, pp.150~151.

것인가. 그것은 역설적으로 밤새 무두질 당한 자신의 입과 혀다. 입과 혀
의 놀랄만한 생생한 감각이 삶의 원천적 기반이다. 바로 그 감각이 있는
한 나는 살아 있지 않는가 하는 생각에 이른다. 첫째 단락의 피로한 입
과 혀는 둘째와 셋째 단락을 거치고, 넷째 단락에 이르면 새로운 역동성
을 부여받는다. 이것이 극서정시 양식의 시적 효과이다. 극적인 시의 전
개를 통해 확인된 시인 주체의 생명성은 시인의 마음을 너그럽게 한다.
이 시는 시간 전개에 따른 상황 변화이기도 하면서 주체의 생명성 확인
의 기쁨을 노래한 것이다.[55]

(2) 삶의 진정성 회복을 위한 여행

둘째로 시속에 여행을 적극적으로 도입하는 것이다. 여행은 소재 측면
에서 일상의 정태성을 극복하는 하나의 방법이 되기도 하지만, 그와 함
께 극서정시의 전개와 밀접한 관계를 가진다. 극서정시의 시간 이동은
공간 이동이 뒷받침되면 훨씬 더 자연스럽게 체험과 변화의 영역으로 시
의 화자와 독자를 몰고 갈 수 있다.

황동규의 시를 채우고 있는 여행의 체험들은 근본적으로 사소한 일상
사라는 테두리를 벗어나 다른 세계를 갈망하는 적극적인 일탈의 욕망이
아니라, 일상적 삶의 틀 안에서 그 삶의 무료함과 무의미함으로부터 정
신을 끊임없이 새롭게 재충전하려는 욕구에 바탕을 두고 있다. 한 평자
는 황동규에게 있어 여행은 시의 중요한 모티브로 작용을 하지만, 더욱
문제적인 것은 그것이 일상의 규범을 벗어나 지각의 갱신을 이룩하려는
어떤 '정신적 가출'이라는 점이다. 그리고 그 여행은 초기의 '입사적(入
社的) 형식'과 '현실탐구의 형식'으로부터 후기의 생체험 속에서 얻어지
는 열린 사유를 향한 '소요(逍遙)의 형식'으로 전환된다고 평했다.[56]

---

55) 하응백, 「꿈꽃의 自在(자재)」(『미시령 큰바람』해설, 문학과지성사, 1998. 5), pp.107
　　~109.

1
문득 생각한 것이 바로 무반주(無伴奏) 떠돌이.
폐광지대까지 설마 관광객이?
지도에서 사라지는 길들의 고요.

2
천장에서 물 한 방울이
정확히 머리 위에 떨어진다.

5
몰운대는 꽃가루 하나가 강물 위에 떨어지는 소리가 엿보이는 그런 고요
한 절벽이었습니다. 그 끝에서 저녁이 깊어가는 것도 잊고 앉아 있었습니다.
　새가 하나 날다가 고개 돌려 수상타는 듯이 나를 쳐다보았습니다. 모기들
이 이따금씩 쿡쿡 침을 놓았습니다.
　(날것이니 침을 놓지!)
　온몸이 젖어 앉아 있었습니다.
　도무지 혼자 있는 것 같지 않았습니다.

—「몰운대행(沒雲臺行)」에서[57]

　전통적인 서정시는 변화가 없으므로 극적 구성을 통해서 시의 질적 변
화를 도모하겠다는 것이 '극서정시'에 대한 시인의 개념 규정이다.[58] 이
와 같은 방법을 빌려 완결된 형태로 구체화된 것이 「몰운대행」이라 할
수 있다. 모두 다섯 단락으로 구성된 80여 행의 비교적 긴 시이다.
　첫째 단락은 발단, 둘째와 셋째 단락은 전개, 넷째 단락은 전환, 다섯
째 단락은 극적인 끝맺음이다. 첫째 단락~넷째 단락에서 숨어 있던 화
자가 다섯째 단락 '새가 하나 날다가 고개 돌려 수상타는 듯이 나를 쳐
다보았습니다'라는 진술을 통해 문면에 나타난다. '견딜 수 없는 가벼움'
(「견딜 수 없이 가벼운 존재」)이란 '새'와 '모기들'처럼 가볍게 날아오르

---

56) 이광호, 「기행의 문법과 시적 진화」(『작가세계』, 1992 여름호), pp.50~66 참고.
57) 황동규, 앞의 책, pp.18~22.
58) ＿＿＿, 『견딜 수 없이 가벼운 존재』, 문학과비평, 1988, 서문참고.

는 것이다. 그것은 '꽃가루 하나가 강물 위에 떨어지는 소리가 엿보이는 절벽'에서 시간과 공간을 뛰어넘는 일체화의 가벼움이다. '사람을 피해' 왔던 그가 사람을 만나고 '폐광지대'에서 떨어지던 '물 한 방울'의 촉감이 '꽃가루 하나'로 바뀌는 데서 얻어지는 첨예한 시적 인식인 것이다. '자장율사'가 왜 '강원도 산골'을 방황했을까. 그것은 시인 스스로가 다섯째 단락에서 제시한 극적인 자기 발견 때문이었을 것이다.[59]

　「몰운대행」은 풀림의 문법이 기행적 형식이라는 그의 고유한 시적 방법론과 결합됨을 보여준다. 초기시와는 달리 여행 기착지의 풍경에 대한 소묘보다 그 여행의 과정, 즉 길 위의 체험과 풍경에 초점이 모아지고 있다. 사실적이고 생동감 넘치는 묘사와 낯선 사물들의 싱싱함을 받아들여 그것과 새롭게 관계를 맺는 여행자의 시선은, 그것 자체로 시적 진술의 역동성을 부여받고 있는 것이지만, 우리는 쉽게 이러한 목표 없는 여행의 의미가 무엇인가를 짐작하기 어렵다. 여행의 끝은 '몰운대'라는 '고요한 절벽'이다. 그것은 단지 여행의 끝일뿐이며 목표는 아니다. 몰운대라는 장소 역시 길 위에서 우연히 결정되어진 장소이기 때문이다. 그렇다면 번잡한 '서울'에서 '고요한 절벽'까지 자동차를 타고 달린 이 여행의 의미는 무엇인가? 시인은 이 시의 마지막 부분에서 건조한 문체를 버리고 경어체를 사용하여 고요한 절벽의 경건한 정적을 묘사한다. 그의 떠남이 도시의 번잡성과 얽매임을 벗어버리려는 것이었다면, 이 '몰운대'는 그러한 세속적인 일상의 저편이다. 이 장소는 새로운 사실들과 만나는 장소가 아니라 본원적 자아를 볼 수 있는 장소이다. 이 장소에서 만난 것이 '모기'라는 하찮은 생물이라는 것은 의미심장하다. 모기는 하찮음에도 불구하고 생명의 상징이며 날 것과 어떤 가벼운 존재의 상징이다. 그가 여행을 통해 감탄하는 것도 '사이사이로 비포장도로의 순살결. / 저 날 것, / 도는 군침!'이라는 표현에서처럼 하찮은 '날 것'의 순수성과 가벼움이다.[60]

<hr>

59) 최동호, 「개구리와 투구게의 시학」(『오늘의 시』, 1991 상반기호), p.212.

1
그에 앞서 잡탕집 이름만 갖고
포항 시내를 헤매야 한다.

2
허나 헤맴 없는 인간의 길 어디 있는가?
무엇이 밤 두시에 우리를 깨어 있게 했는가?
무엇이 온밤 하나를 원고지 앞에서 허탕치게 했는가?

3
오른편에 운제산이 나타나고
오어호(湖)를 끼고 돌아
오어사로 다가간다.

4
모든 걸 한번은 거꾸로 놓고 보아라.
뒤집어놓고 보아라.

5
원효가 친구들과 함께 잡아 회를 쳤을 잉어가
두셋 헤엄쳐 다녔다.
한 놈은 내보란 듯 내 발치에서 고개를 들었다.
생명의 늠름함,
그리고 원효가 없는 것이 원효 절다웠다.
　　　　　　　－「오어사(吾魚寺)에 가서 원효를 만나다」에서[61]

  이 시를 시간적 흐름으로 재구성하면 2, 1, 3, 4, 5 이다. 시인은 아마
도 '오어사로' 여행을 가기 전에 밤새워 원고를 썼지만 허탕이었다. 그러
한 '헤맴'이 시를 쓰게 된 근본 동기이다. 첫째 단락은 포항에서 해물 잡
탕집을 찾기 위해 헤매다가 겨우 찾는다. 첫 단락과 둘째 단락은 아무런

<hr>

60) 이광호, 앞의 책, pp.60~61.
61) 황동규, 앞의 책, pp.116~119.

관련이 없는 내용 같지만, 헤맨다는 공통점으로 서로 긴밀한 상관 관계를 가지고 만나게 된다. 셋째 단락은 포항에서 오어사로 가는 과정으로 둘째 단락이 발단(起)이 되며, 첫 단락과 셋째 단락은 전개(承)에 해당한다. 위기이자 절정(轉)인 넷째 단락에서 발상의 전환이 일어나는데, 오어사 앞 호수 맑은 물에 운제산 절벽이 거꾸로 박혀 있다. 사고의 틀을 바꾸어 뒤집어봐도 본질은 변하지 않으며 오히려 본질에 더 다가갈 수 있을지도 모른다. 마지막 단락은 대단원(結)으로 뒤집어 보는 사고의 전환 때문에 '원효가 잉어로 회를 칠' 수도 있지 않을까. 그러나 무엇보다도 시인이 발견한 것은 '생명의 늠름함'과 삶의 환희이다. 이 환희는 첫 단락부터 넷째 단락까지의 과정이 없이 그냥 주어질 수 없는 것이다. 헤매어 찾고 뒤집어 보는 과정이 있어야 가능한 것이다. 시간과 공간의 이동이 여행을 통해서 나타나고 발상의 전환을 통해서 마지막 대단원의 질적 변화가 일어나는 것이 바로 극서정 양식의 여행시의 핵심이다. 제3기 황동규 시의 몸집이 넉넉해진 것도 바로 이러한 독특한 시의 구성 방법에 있다고 할 수 있다.[62]

(3) 삶과 죽음의 화해적 가벼움

셋째로 제3기 황동규 시에서 내용적으로 더욱 중요한 것은 『풍장』에서 집요하게 다루어진 삶과 죽음의 관계이다. 죽음은 삶을 공포스럽게 만들며 공포에 노출되기 시작하면 인간의 삶은 위축되고 초라해진다. 그러나 죽음이란 것도 결국은 현실적인 체험이 아니라 추상적인 관념이다. 추상적 관념을 선취해서 인간은 삶을 죽음으로 만드는 것이다. 죽음에 대한 인간의 반응은 대체로 두 가지로 나누어 생각할 수 있다. 하나는 모든 생명체가 감수할 수밖에 없는 필멸의 운명에 대한 체념과 순응이

---

62) 하응백, 「황동규 시의 변화」(『시와 시학』, 시와시학사, 1998 가을호), pp.44~48.

다. 다른 하나는 미지의 세계에 대한 공포와 외경이라고 할 수 있다. 죽음은 인간에게 짐지워진 불문율로 비밀스럽게 봉인된 영역이다. 죽음의 진정한 의미는 외적 관찰이 아니라 내적 체험을 통해서만 접근이 가능하다. 그러나 그 체험은 회고와 반복과 전수가 불가능한 것이라서 항상 인간으로 하여금 막다른 실존의 한계 상황 앞으로 내몰리게 만든다. 특히 근대 이후에는 사람들의 일상 생활에서 죽음에 대한 점진적 배제가 이루어져 왔다는 점이다. 죽음의 격리에 의해 유지되어온 현대 사회는 정작 생명을 말살하는 '죽음/죽임'의 원리가 지배하는 사회가 되었다. 의도적으로 죽음을 망각하면 할수록 죽음은 시퍼렇게 되살아나 삶을 에워싼 포위망을 좁혀오는 전도된 현상이 현재 일어나고 있는 것이다. 죽음의 망각과 배제를 기초로 한 현세 지상주의적 삶이 있다면, 다른 한편에는 죽음을 향한 실존의 도로에 가까운 분투가 있는 셈이다. 여기에 황동규의 『풍장』이 자리한 입지점이 마련된다. 그는 죽음의 망각과 배제를 단호히 거부함은 물론이며 죽음을 향한 실존에게 부과된 운명의 무거운 짐으로부터 자유로워짐으로써 삶과 죽음 사이에 새롭고 바람직한 관계를 정립시키고자 한 것이다.[63] 『풍장』을 쓰게 된 동기를 밝힌 시인의 산문은 이러한 점을 잘 드러내고 있다.

> 죽음을 길들여 자기 것으로 만들면 또 삶의 공포 가운데 가장 큰 것이 사라질 뿐만 아니라 언젠가는 죽도록 되어 있는 타자(他者)들과 운명공동체적인 연대감도 갖게 되는 것이다. 그러나 무엇보다도 죽음이 존재의 뿌리의 흙을 복돋아 주지 않는 삶, 혹은 삶을 위한 제사행위와 관계가 없는 죽음은 의미가 없는 것이다. 삶과 죽음은 서로 손잡고 서로 상대의 일부를 이룰 때 각각 진정한 의미를 획득한다. 죽음이 있기 때문에 삶이 비로소 유한함을 벗어나 죽음처럼 무한한 것이 될 수 있는 것이다.[64]

---

63) 남진우, 「한 삶의 끝, 한 우주의 시작」(『풍장』해설, 문학과지성사, 1998. 7), pp.97~100.

64) 황동규, 「나의 시의 빛과 그늘」, 중앙일보사, 1994, p.213.

시인은 『풍장』의 시작을 '죽음 길들이기'에서 비롯되었다고 진술하고
있다. 그렇다면 그 죽음을 삶 쪽에서 서서히 길들여 본다면? 혹은 죽음
으로 삶을 길들여 본다면? 주관적 자아가 죽음에 익숙해지면서 삶은 죽
음의 손을 잡고 유한성에서 서서히 해방될 것이다. 이렇게 하여 『풍장』
시편들은 죽음을 길들이러 혹은 삶을 길들이러 여행을 떠나기 시작하여
14년이란 시간에 걸쳐 70편으로 기착지에 도착했다. 『악어를 조심하라
고?』(1986)에 1~16까지, 『몰운대행』(1991)에 17~34까지, 『미시령 큰바
람』(1993)에 35~52까지, 그 후 18편이 추가되어 막을 내리게 된 것이다.
대체로 「풍장 52」까지는 죽음의 길들이기와 죽음의 긍정을 통해 삶의 유
한성을 극복하여 삶의 정신적 자유 자재에 이르는 길이었다. 『미시령 큰
바람』이후의 『풍장』은 정신의 자유로움을 노래하면서도 삶과 죽음과의
완전한 화해를 노래하고 있는 것으로 보여진다.

  바람을 이불처럼 덮고
  화장(化粧)도 해탈(解脫)도 없이
  이불 여미듯 바람을 여미고
  마지막으로 몸의 피 다 마를 때까지
  바람과 놀게 해다오.

―「풍장 1」에서[65]

    유종호씨의 지적처럼 연작시 『풍장』에서 가장 많이 노래하고 있는 것
은 물론 '죽음'이지만, 그것은 결국 '삶에 대한 명상이다.'[66] 시인이 집전
하는 풍장이란 제의는 죽은 뒤에 거치는 절차가 아니라 삶 속에서 진행
되고 있는 것이다. 이 죽음은 삶의 대칭점에 위치해 있는 것이 아니라
삶 속에서 삶과 동숙하고 있는 것이다. 시인은 유예된 죽음을 수동적으
로 기다리는 것이 아니라 능동적으로 찾아 나섬으로써 사후에 얻을 수

---

65) 황동규, 『황동규 시전집 Ⅱ』, 문학과지성사, 1998, p.190.
66) 유종호, 앞의 책, p.112.

있는 자유를 지금 삶 속에서 선취하는 것이다. 그는 능동적으로 죽음과 대면함으로써 죽음을 익히고 끝내 죽음을 초월하는 경지에 이르게 되는 것이다. 이렇게 시인은 자연이 지배하는 범위 내에서 실존적인 차원으로 인간의 가능성을 최대한으로 꽃피우고자 하는 것이다. 의식 속에서 선취한 죽음과 놀고 죽음을 길들임으로써 서서히 삶 속으로 파고 들어와 삶을 완성시킨다. 즉 한시적인 삶의 아름다움을 확보하기 위해 죽음을 끊임없이 간접 경험함으로써 공포를 이겨내고자 하는 것이다. 인간의 위대함은 고통과 죽음을 의식하며 그것들을 수락함에 있다. 여기에서 황동규 시의 자유로움과 가벼움 그리고 긍정의 가능성을 발견하게 되는 것이다.

> 어젯밤에는
> 흐르는 별을 세 채나 만났다.
>
> 오늘 오후 만조 때는
> 좁은 포구에 봄물이 밀어오고
> 죽었던 나무토막들이 되살아나
> 이리저리 헤엄쳐 다녔다
> 허리께 해파리를 띠로 두른 놈도 있었다.
>
> 맥을 놓고 있는 사이
> 밤비 뿌리는 소리가 왜 이리 편안한가?
>
> —「풍장 16」에서[67]

　연작시 『풍장』은 살아 있으면서 죽음을 겪는 일을 노래한 것으로, 삶과 죽음의 이분법적 대립이 극복되고 삶과 죽음을 동시에 긍정하는 편안함인 것이다. 천상과 지상의 공간적 대비에 의해 긴밀한 구성을 취하고 있는 이 작품은 존재의 소멸과 환생을 나타낸 것이다. 한 평자의 '소멸이 불가피한 사실이라면 구접스러운 뒷모양의 자연보다도 수유간의 완전한

---

67) 황동규, 앞의 책, p.210.

소멸이 얼마나 청결하고 아름다운 것이냐고 행간의 여백은 반문한다. 소멸은 받아들일 만하고 완벽한 소멸은 더욱 그러하다는 슬픔의 수락은 화자의 마음을 아주 편하게 해준다.'는 견해처럼[68] 해독할 수도 있지만, 대립적이고 수직적인 질서가 아니라 순환적 질서의 관점으로 이해하게 될 때 이들은 서로의 분신임을 깨닫게 되는 것이다. 이러한 깨달음은 지상과 우주의 생명으로 삶의 무늬가 채워지면서 그 영혼은 더욱 성숙되고 본질에 깊이 다가가는 것이다. 성숙되어 가는 영혼은 삶과 죽음이 동일한 것이며, 또 죽음은 생의 종말이 아니라 새로운 시작이라는 것을 깨닫는 것이다.[69] 삶과 죽음은 단절된 것이 아니라 하나의 원환(圓環)을 이루고 있다. 이러한 인식은 지상과 우주의 원환으로 확대되어 삼라만상은 지상과 우주의 원환적 세계에서 태어나서 소멸하고 다시 태어난다는 진리를 깨닫는다.[70] 사라진 유성과 바다에 하릴없이 떠다니는 나무토막을 연결하는 매개는 순환적 시간 질서이다. 이 순환적 시간 질서는 삶과 죽음을 생명과 환희로 함께 이끄는 매개 장치이다. 이 매개를 거쳤기 때문에 '밤비 뿌리는 소리'가 편안해지는 것이다. 편안함, 환함, 생명에 대한 경탄 등이 중반기『풍장』에 집중적으로 나타나는 것은 삶과 죽음의 긍정에 의한 순환적 시간을 통해 가능한 것이다. 지상과 우주의 영원한 원환, 생성과 소멸을 거치면서 끝없이 이어지는 생명의 영원한 진리를 깨닫기 위해 시인은 풍장을 통해 가벼운 혼이 되어 지상으로 하강하기도 하고 먼 우주로 상승하기도 했던 것이다.

　삶과 죽음의 화해적 긍정에 의한 순환적 질서는 몸과 마음의 가벼움과 너그러움을 준다. 이러한 긍정에 의한 순환적 시간의 가벼움은 일상적 시공과 삶의 권태로부터 우리 인간을 편안하게 만들어준다. 그러나 수직적이고 대립적인 질서의 무거움은 고통과 욕망과 아집에 사로잡히게 한

---

68) 유종호, 앞의 책, p.114.
69) 문홍술, 「시정신의 치열성과 시적 진실에 대하여」(『시원의 울림』, 청동거울, 1998), p.260.
70) ＿＿＿, 앞의 책, 재인용.

다. 여행과 삶과 죽음은, 즉 공간적 이동이나 존재의 변이나 시간적 초월
등은 삶과 죽음에 대한 정신적 화해와 긍정의 가벼움이 있어야 가능한
것이다. 이제 시인의 관심은 무거움에서 화해적 긍정의 가벼움으로 전환
되었으며, 이 가벼움은 여행이나 사물의 면밀한 관찰을 통해 제시되기
때문에 구체적으로 다가온다. 이러한 경향은 「풍장」 후반기에 집중적으
로 나타난다.

> 나는 매화의 내장 밖에 있는가,
> 선암사가 온통 매화,
> 안에 있는가?

—「풍장 40」에서[71]

> 마음놓고 놀다 가는 바람 소리.

—「풍장 43」에서[72]

> 눈이 밝아졌구나.

> —이 시체를 끌고 가라.

—「풍장 45」에서[73]

오랜 시간 『풍장』의 수련 끝에 얻어진 정신의 가벼움의 결과는 자연
과의 합일, 삶의 여유와 인간사의 긍정, 삶의 미세한 부분까지 통찰할 수
있는 밝은 눈 등으로 나타난다. 초기 「풍장」 시편들은 언젠가 다가올 죽
음을 길들이기 위한 과정이었다. 그렇기 때문에 우리는 죽음의 화해적
긍정을 통해 한시적 삶의 아름다움을 확보할 수 있다. 이 극복을 위한
전제 조건이 시간의 정신적 장악이다. 시인은 『풍장』 중·후반기에 이르
면 자유 자재한 정신의 가벼움, 즉 존재의 가벼움을 얻는다.

---

71) 황동규, 앞의 책, p.238.
72) ＿＿＿, 앞의 책, p.241.
73) ＿＿＿, 앞의 책, p.243.

이렇게 보면 제3기 황동규 시의 핵심은 '극서정 양식의 개척', '시와 삶과 여행의 일치를 통한 생명의 진정성 회복', '삶과 죽음의 화해적 긍정(순환적 질서)에 의해 얻어진 존재의 가벼움' 등일 것이다

4) 무중력의 자유로움과 정신의 극한

황동규 시의 제4기는 『미시령 큰바람』 이후의 『풍장』(1995) 후반부 작품과 『외계인』(1997), 『버클리풍의 사랑노래』(2000) 등으로 현재 진행형이며, 시의 형식적 기교 측면이 완성된 이후라서 앞의 시기와 뚜렷한 특징이 구분되는 것은 아니다. 그러나 무중력 상태에서 바라보는 시선의 자유로움, 사물에 대한 호기심, 극한적 정신의 추구 등은 제3기의 시와 구별되는 점이다. 먼저 무중력의 상태를 노래하고 있는 시편들을 살펴보고자 한다.

     잠시 무중력이 되었다가
     무심히 한 방울 부연 물로!

—「풍장 53」에서74)

     아무런 부피도 무게도 자리 뜬
     한줌의 느낌.

—「풍장 59」에서75)

     4
     실비가 멎었다.
     운동화 주워 신고 지하수 펌프에 가서
     ……중략……

---

74) 황동규, 앞의 책, p.254.
75) _____, 앞의 책, p.261.

경중경중 뛴다.
무중력 상태!
저기 지구가 굴러온다.
뉘 알리?
지금 혹시 지구인을 만나면 화닥닥 놀라
그의 마음속에 머리 박고 숨으리.

— 「외계인 2」에서[76]

『풍장』 후반기(「풍장 53」)부터는 대개 정신의 자유로움을 노래하면서도 다른 한편으로는 삶과 죽음의 완전한 화해를 노래하고 있는 것으로 보인다. 무중력은 어떤 곳에서도 끌어당김이 없는 것이며 집착이 없는 것이다. 이것은 하강 의지와 상승 의지가 동시적으로 사라지는 것으로 죽음의 자유로움이면서 삶의 자유로움이다. 「풍장 59」는 무중력 상태에 빠져 있는 것이며, 가벼움으로 인해 삶은 환해지는 것이다. 무중력이란 무게가 전혀 없는 가벼움의 상태를 말한다. 그런데 왜 황동규는 정신의 가벼움을 거쳐 가벼움의 극한인 무중력 상태를 지향할까? 그 물음에 대한 단초를 「외계인 2」에서 만날 수 있다. 개나리가 활짝 핀 봄날에 검문을 당하며 텅 빈 친구의 농장에 도착한다. 농장에서 어린 꽃들과 도롱농과 나비를 만나 대화를 하다가 실비가 멎자 경중경중 뛰어본다. 세계와 놀면서 너무나 가벼워진 존재가 된다. 가벼워진다는 것은 사물에 감각을 활짝 열어놓고 있는 사람의 특권이다. 그는 이미 지상의 인간이 아니라 혼자 다른 천체에 한 번 놀러온 외계인으로 모든 것이 새롭고 신비스럽다. 시인은 세상의 모든 것 중에서, 특히 미세하고 나약한 것을 새롭게 발견하고 기뻐하는 사람이다. 이런 의미라면 시인은 곧 외계인이다. 중력에 끌려서는 경이로운 세계를 자유자재로 옮겨다닐 수가 없다. 따라서 무중력은 세계의 새로운 경이로움을 발견하고 대화하는 전제가 되는 것이다. 이러한 무중력 상태에 오면 삶과 죽음은 이미 하나가 되며 동시에

---

76) 황동규, 앞의 책, p.282.

해방된다. 그 삶은 가벼워서 어느 것에도 속박 받지 않는다.

　　　냇물 위로 뻗은 마른 나무가지 끝
　　　저녁 햇빛 속에
　　　조그만 물새 하나 앉아 있다.
　　　수척한 물새 하나
　　　생각에 잠겼는가
　　　냇물을 굽어보는가
　　　물에 비친 자신의 모습을 보는가
　　　조으는가

　　　조으는가
　　　꿈도 없이

- 「풍장 70」 전문[77]

　「풍장 70」은 조그만 물새 한 마리가 냇물을 굽어보며 생각에 잠기기도 하고 자신을 바라보기도 한다. 그리고 이제 비록 자신의 모습은 수척해졌지만 가벼움을 얻어 평화롭고 자유로워졌다. 이러한 상태를 남진우는 해설[78]에서 '기도' 및 '니르바나'[Nirväna ; 열반(涅槃)]의 경지라고 하여 주관과 객관의 대립이나 삶과 죽음의 경계 등이 모두 사라진다는 것이다.

　시인은 14년의 혼의 여행을 마무리짓고 있다. 가볍게 떠돌던 영혼은 시상과 우주의 섭리를 깨달은 혼으로 성숙해 삼라 만상과 일체가 되어 교감을 하고 있다. 그 혼이 저녁 햇빛 속에서 생각에 잠겨 냇물에 비친 자신을 본다. 긴 세월 동안 생명의 본질과 우주의 섭리를 깨닫기 위해 가열찬 정신으로 치열하게 부딪쳐 왔다. 이제는 해탈과 망아의 경지 혹은 무중력에 의한 가벼움의 경지에 이르러 자신을 조용히 되돌아보는 것이다.

---

77) 황동규, 앞의 책, p.272.
78) 남진우, 앞의 책, p.128.

1
산길 오르기 직전
이리저리 이름 모를 새 소리 찾는 눈에
피어 있던 한 무리 산당화.
알맞은 키의 조그맣고 바알간 불씨들 너무 예뻐
손등을 가시에 긁히며
하나씩 가운데 노란 꽃술까지 하나씩
만져본다.

4
반계의 집에서 반계를 잊고 내려온다.
아까 뱀 만난 자리에 오니
바로 길 옆에 불켜놓고 서 있는 산당화들.
왜 좀 전엔 못 보았을까.
전처럼 손을 내미니
이번엔 가시들이 '손대지 말아요!'
(나도 아무나 만지는 것이 싫었어.
자신도 모르게 내 가슴을 훑은 자들!)
공중에서 슬그머니 손을 거두어
가슴을 쓸어본다.
과거 손 못 대본 모든 것의 추억들이 설렌다.
그 설렘들.

— 「산당화의 추억」에서[79]

　　이 작품은 시인이 부안 반도에 있는 반계 유형원의 옛집을 다녀오면서 '셀렘과 갱신의 시학'[80]을 보여준 작품이다. 도입부에서 시인은 사물을 만져보고자 하는 호기심으로 예쁜 산당화의 노란 꽃술까지 만지다 가시에 찔린다. 가시라는 것은 가까이 다가오지 말라는 신호임에도 시인은 꽃이 예쁘다는 아집으로 손대고 만다. 이는 주체적인 자아와 주체적인

---

79) 황동규, 『버클리풍의 사랑 노래』, 문학과지성사, 2000, pp.20~23.
80) 이문재, 『버클리풍의 사랑 노래』 해설, 문학과지성사, 2000, pp.119~135.

대상의 만남이 아니라 자기편에서의 일방적인 합일로 상대방을 배려하지 않는 행위다. 관념의 의식과 욕망은 '손'을 통하여 나타난다. 왜냐하면 '눈'은 대상을 만지지 못하지만 '손'은 대상을 어루만질 수 있기 때문이다. 하나의 엄연한 주체로서의 손은 '가운데 노란 꽃술까지 하나씩 / 만져본다.' 상처가 나는 '손'과 하나씩 만져지는 '꽃술'들은 문명과 자연과의 지배 관계를 환기시키기도 하지만 인간과 자연이 우주 안에서 만나는 극적인 장면이기도 하다.

넷째 단락에서 반계의 고택을 유유히 돌아봄(周遊)은 그다지 중요하지 않다. 다만 하나의 계기로 작용하고 있을 따름이다. 중요한 것은 내려오는 귀가길이 갱신(更新: 거듭남)의 구심력으로 전환하기 시작하는데 있다. '왜 좀 전에 못 보았을까.' 전에 보지 못했던 것을 새로 보는 것이 갱신의 본질이다. 즉 좀 전에 오르던 길에 산당화들이 불을 켜놓고 있는 것을 새삼 발견한 것이다. 그러나 '손대지 말아요!'라고 신호로 알린다. 산당화의 신호를 알아차린 시인은 산당화로 향하던 손을 거두어 '가슴을 쓸어본다.' 그 순간 '과거 손 못 대본 모든 것의 추억들이 셀레기' 시작한다. 만약 과거에 손을 대었다면 그것은 추억으로 남지 못했을 것이다. 미완이지만 오히려 주객이 평등한 관계일 때 그 만남은 설렘으로 남아 있는 것이다. 이런 깨달음 역시 정신의 무중력 상태에서 가능한 것이다. 『외계인』(1997)에서 많은 시편들이 세상을 소요(逍遙)하면서 있는 그대로 즐기고 있는 것, 호기심 어린 동심의 눈으로 세상을 바라보는 것 등도 이런 이유로 설명될 수 있다. 이러한 정신의 무중력 상태의 시인에게 다른 변화를 부추기는 전신 마취의 수술과 재입원이 일어난다.

4
나 자신도 없는 네 시간 반의
그 설맹(雪盲) 보행을
아무리 해도 다시 걸을 수가 없다.

> 내 체험을 체험할 수가 없다니!
>
> —「전신마취」에서81)

이 시는 전체 네 단락으로 구성되어 있지만 둘째 단락과 셋째 단락은 마지막 넷째 단락을 위한 과정이다. 이 시의 핵심은 넷째 단락으로 '체험을 체험할 수가 없었던 설맹(雪盲) 보행'에 있다. 육체는 있으되 정신이 없는 그 몇 시간을 시인은 도저히 설명할 수 없다. '전신마취'의 경험은 보다 인위적이고 우울한 경험으로 세계와의 일체감의 순간에 맛보는 황홀과 도취의 자기 망각과는 다르다. '전신마취'는 일상적 자아뿐만 아니라 의식을 근본적으로 무화시킴으로 경험 그 자체를 앗아가는 불행한 사건이다. 그러므로 마취의 공간은 도취의 공간과는 달리 아무런 구체성이 없다. 의식은 공간과 시간을 결코 소유할 수가 없으며, 무의식만이 자기 육체의 슬픈 고행을 들여다보고 육체의 비명 소리를 들을 수 있을 뿐이다. 이러한 일들로 정신의 극한을 추구해보고자 긴 여행(1997. 8~1998. 1)을 떠나지만 시인을 반기는 것은 외로움이다.

> (나는 외로움의 도사
> 자동차 없이 23층 아파트에서 저 넉넉한 물굽이를 내려다보며
> 물가를 거닐며
> 반년은 거뜬히 보낼 수 있다.
> 헌데 지금, 잘못 걸려온 전화라도 한 통!)
>
> —「외따로 핀 꽃들」에서82)

이 시는 미국행을 자처하여 '갈대 아주 쉬기 전 한번 흠뻑 외로워 보자고 / 태평양 위에서 밤 한번 꼬박 새우고 / 샌프란시스코 공항에 내렸다.'(「버클리 시편 1」) 그곳에서 겪은 시인의 외로움은 우리 심장이 가죽의 괄호에 둘러싸여 있는 것처럼 괄호에 묶여 있는 근원적인 외로움이다.

---

81) 황동규, 『황동규 시전집 Ⅱ』, 문학과지성사, 1998, p.353.
82) 황동규, 『버클리풍의 사랑 노래』, 문학과지성사, 2000, pp.42~43.

이 외로움을 시인은 새로운 개념으로 발전시켜 '홀로움'[83]이라 칭한다.

> 외로움과 슬픔이 이처럼 가까운 이웃!
> 마음과 음악이 만나 같이 여울지며 흘러가다
> 이윽고 잔잔해질 때
> 전화 벨이 울린다.
> 잘못 걸려온 전화.
> 수화기 속 사내의 사과 말
> 지금까지 들은 그 누구의 사과보다도 부드럽고 달다.
> 가만!
> 여권 속에 안전하게 끼워둔 우표를 찾아낸다.
> 외로움이 홀연 홀로움으로……
>
> — 「버클리 시편 4」에서[84]

'홀로움'은 '홀로'와 '외로움'을 합성한 시인의 개인 조어(idiolect)로서 자신의 시작 노트에서 '외로움을 통한 혼자 있음의 환희'라 정의한다. 그러나 이 말은 결국 지적인 자기 자신의 달램일 것이며 '홀로움'은 오히려 극한의 외로움일 것이다. 대개 시인은 외롭다고 말하고 그 외로움에서 벗어나기 위해 외로움을 노래한다. 그러나 황동규의 경우는 그러한 많은 외로움의 시들과는 다르게[85] 외로움의 중심으로 다가가기 위한 시도라 할 수 있다.

> 동안(童顔)으로 늙은 얼굴 하나
> 벤치 한끝에 앉아 있다.
> 잔디 듬성듬성 문드러져 있는 발 밑에
> 녹지 않은 눈 몇 점 묻어 있는 땅 위에
> 수척한 조그만 새 하나
> 무언가 쪼으며 걸어다닌다.

---

83) 황동규, 앞의 책, p.28, p.125, p.129에 의하면, '홀로움'이란 시인이 만든 조어이다.
84) 황동규, 앞의 책, pp.34~35.
85) 고구려 유리왕의 「황조가」는 적절한 예라 생각된다.

발가락이 빨갛게 춥다.
신문지 한 장이 날려고 날아보려고 애쓰다
뒤집힌다.

―「어느 훗날의 시 1」 전문[86]

　시적 자아는 미래 상상의 시간대를 선취하여 현재형 시제로 묘사하고 있다. 그 미래의 풍경 속에 배치되어 있는 '수척한 조그만 새 하나'와 '날려고 날아보려고 애쓰'는 '신문지 한 장'은 그 풍경에 구체성을 부여한다. 시간의 닫힌 궤도로부터 이탈한다는 것은 시간의 단일성과 평면성을 교란하여 그 굴곡과 주름을 보는 것과 같다. 시간은 고정된 실체가 아니라 구겨진 변화체이며 상상력의 소산이다.

　이 시에서 '동안의 늙은 얼굴'은 시인 자신이다. '수척한 새'도 시인 자신이다. 그런데 그 새는 '무언가 쪼으며 걸어다닌다.' 그 무언가는 물론 시일 것이다. 새의 '발가락이 빨갛게 춥다'는 것은 미래의 자신의 모습을 선취한 것으로 자신의 일생을 객관화하여 외롭게 그려낸 것이다. 우리 삶이란 결국 '신문지 한 장이 날려고 날아보려고 애쓰다 뒤집히'는 것과 같다. 이처럼 시인은 외로움의 중심에서 외로움의 주인공이 되어 있다.

그의 음악을 듣고 있으면
(그 어느 곡이면 어떠리)
외로움이 사치라는 생각이 든다.
서로 속삭임을 주고받는 듯
구름이 알겠다는 듯 그림자를 내려다보고
그림자가 알았다는 듯 올려다본다.
저녁 햇빛이 이들을 둘 다 환하게, 자지러들 듯 환하게 물들인다.

―「토요일 저녁」 일부[87]

---

86) 황동규, 『황동규 시전집 Ⅱ』, 문학과지성사, 1998, p.313.
87) 황동규, 『버클리풍의 사랑 노래』, 문학과지성사, 2000, p.29.

1연은 어느 날 저녁 혼자 '모차르트'의 음악을 듣고 있는 시인 자신을 묘사하고 있다. 모차르트는 '외로움'의 극한을 산 작곡가이지만 곡은 참으로 아름답다. 그런데 모차르트의 삶을 생각하면 한량없이 슬프다. 슬픔이나 아름다움이 지극하면 투명해진다. 외로움의 극한이 이런 아름다운 음악을 낳은 것을 생각하면 자신의 '외로움'은 오히려 '사치라는 생각이 든다.'

2연은 '샌프란시스코 만 위에 떠 있는 구름'과 '물위에 비친 구름 그림자'가 노을 빛을 받고 있는 평범한 풍경을 묘사하고 있는 것처럼 보인다. 그러나 구름과 구름 그림자와 무언의 대화를 듣고, 그 둘을 비치는 노을의 아름다움을 발견하는 원동력은 바로 '외로움'에 있다. '모차르트의 외로움'과 '시인의 외로움'이 상호 화학 작용하여 세상의 작은 비밀 하나를 발견한 것이다. 이 외로움이 사물의 핵심에 이르는 열쇠이다.

시인이 최근에 추구하는 변화의 세계는 지성적인 '무중력'과 감상적인 '홀로움'이다. 이 둘이 서로 만나 정신의 극한을 추구하는 것이다. 그 시적 증거가 최근의 「죽음의 골을 찾아서」이다.

> 3
> '죽음의 골' 꿈을 꾼다.
> 아무리 걸어도 지평선이 나타나지 않는다.
> 모래 위에 엄청 큰 선인장들을 지나친다.
> 한 그루, 한 그루, 또 한 그루, 그리고 또.
> 완전히 닮은 선인장들의 계속적인 출현.
> 자세히 보면
> 내 발이 허공에서 버둥대고,
> 화닥닥 놀라 잠을 깬다.
>
> — 「죽음의 골을 찾아서」에서[88]

---

88) 황동규, 앞의 책, pp.51~59.
Death Valley는 미국 캘리포니아 주 동남쪽 네바다 주 접경에 있는 계곡으로 주로 높은 산들에 둘러싸인 해발 표고 마이너스 95m의 소금밭과 모래 둔덕으로 되어 있다. 사막에 둘러싸인 계곡답게 기온의 차가 심하고 건조해 드문드문 눈에 띄는 마른

전체 7장으로 나누어진 128행의 장시로 미국에서 'Death Valley'를 여행하는 구조로 되어 있다. '화가 마크 로스코의 지평선 그림'에서 시작하여 외로움의 극한과 죽음 골의 황량한 풍경이 겹치면서 삶의 가벼움과 정신의 무한성을 장중한 톤으로 노래했다.

'갈 때는 결국 모두 두고 떠나는 거지?'라는 독백으로 시작하는 이 장시는 죽음을 만나러 가기 직전에 인간적인 것, 즉 사회 속의 한 일원임을 알려주는 모든 증서를 잃어버린다. 태평양으로 해가 떨어지는 순간에 들고 있던 잔이 떨어진다. 거대한 바다가 하나의 잔으로 치환되는 순간이다. '내 발이 허공에서 버둥대'는 꿈에 시달리다 '신새벽에 LA를 떠나' '죽음의 골'을 향한다. '도로가 해발 0미터 아래로 낮아지고' '바람도 들어와선 길을 잃는다.' 해수면보다 낮은 땅이라는 비현실적인 현실, '소금'이 변하지 않는 것의 은유라면 소금밭인 이 '죽음의 골'은 어떤 것도 변화하지 않는 죽음의 공간이다. 그러나 시인은 '가만히 들여다보며 흐름이 보인'다고 한다. 그 흐름을 발견하고 나서야 '죽음이 느껴지지 않는다'고 말한다. '빛나는 소금 골'을 '눈이 찡하도록 걸어도 / 죽음의 골은 계속 내 발을 받아주었다.' 두발이 허공에서 허둥대는 꿈은 눈이 부신 소금 골에서도 꿈이었다. 꿈이 꿈으로 확인되는 순간에 현실은 현실로 다가왔다.

> 7
> 어디를 보아도 벼려진 시간은 없다.
> 언덕 너머 소금 빛이 피어오르고
> 달빛이 춤을 추기 시작한다.
> 달이 좀더 높이 오른다.
> 여러 색깔 둔덕들이 제각기 살아나 숨을 쉰다.
> 죽음의 골 전체가 숨을 쉬고
> 별들이 쟁그랑거리며 소근댄다.
> 저 언덕 어디엔가는
> 각기 제 삶을 안고 잠든 짐승들

식물과 눈에 잘 띄지 않는 몇몇 동물을 빼고는 죽음의 장소이다.

새들이 있을 것이다.
전에 없이 잠투정하는 놈도 있을 것이다.
아끼는 잔이 또 하나 쟁그랑 깨질 것이다.

—「죽음의 골을 찾아서」에서[89]

돌연 달이 떠오른다. 달은 불변하는 태양에 대응하는 것으로 변화의 대표적 상징이다. 소금은 태양이 버리고 간 찌꺼기로 바닷물에 남긴다. 염전은 소금의 탄생지가 되지만 바다의 묘지이기도 하기에, 생성과 소멸이 공존하는 기이한 공간이다. 태양이 지배하는 낮에는 소금 골은 죽음이지만, 바다를 움직이는 달이 빛을 발하는 밤이면 소금 골은 부활의 공간이 된다.

지금까지 황동규 시인의 시 의식과 구성 방법의 갱신에 따른 변화가 어떻게 이루어지는가를 시기 구분과 관련하여 고찰하였다. 황동규는 변화의 시인이다. 그러나 그 변화는 파격적이고 급작스러운 것이 아니라, 논리적인 일관성을 갖고 진행됨을 알 수 있다. 또 시 의식의 변화는 새로운 거듭남이고, 그 거듭남은 한국시의 진전이며, 한국시의 모더니티의 역사이기도 하다. 그러한 이유는 선대의 시인들이 정립한 한국 근대시의 틀을 부수면서 현대성의 틀로 다시 바꾸어 짜고 있기 때문이다.

3. 결론

시인 황동규는 문단에 등단한 이후 현재까지 시의식과 구성방법의 거듭되는 갱신으로 작품 활동을 계속하고 있다. 황동규는 초기에 실존적 비애를 감각적으로 노래하는 서정성을 보여주었다. 2기에는 사회적 상황에 대한 대면 의식으로 알레고리와 아이러니를 사용하여 현실의 모순됨

---

89) 황동규, 앞의 책, pp.51~59.

을 굴절시켜 드러냈으며, 3기에는 여행모티프와 극서정시 양식의 개척으로 시와 여행의 일치를 통한 삶의 진정성 회복, 삶과 죽음의 화해적 가벼움을 노래했다. 4기는 무중력의 자유로움과 정신의 극한 등을 지향하고 있다. 지속적인 갱신으로 지금도 변화하고 있는 황동규 시인이 보여주는 두드러진 특성은 내용과 형식의 조화, 절제된 시형식에 대한 관심, 시의식과 구성 원리의 방법적 갱신 등으로 요약된다.

본고는 새로운 시정신과 방법론을 찾아 거듭 변화하고 있는 황동규의 시 세계에 주목하여, 시의 구성 원리와 방법적 특성을 바탕으로 하여 시인의 총체적이고 종합적인 시 의식의 변화 양상을 밝혀보려고 하였다.

황동규는 '방법론적 긴장의 시인'이며 '시로 꿈꾸는 시인'이다. 그는 젊은 날의 열정과 방황으로 충만한 '시월(十月)'의 강물을 건너 어두운 시대의 '성긴 눈'을 맞았으며, '몰운대'를 거쳐 '미시령'에 홀연히 서 있다가 '외계인'처럼 나타나 '버클리풍의 사랑노래'를 들려주기도 했다. 시인은 사회와 역사의 변화에 따라 자신의 시 세계를 상상력에 의한 경험의 재구성과 언어에 대한 시적 절제력이나 뛰어난 조탁으로 갱신하여, 시적 방법론의 측면에서 그는 늘 새로운 영역을 개척해왔다고 볼 수 있다. 시적 편력은 50년대의 전후시 분위기를 부분적으로 물려받았으며, 60년대의 개인주의적 감성과 자아의 문제, 70년대의 강렬한 현실인식, 80년대의 정신적 심화, 90년대의 시선의 자유로움과 가벼움으로 성숙해 왔다.

갱신과 변화를 거듭해온 황동규 시 세계의 제1기는 젊은 날 시인의 우울한 내면 기록으로 꿈과 사실 사이의 불균형에서 오는 낭만적 우울이며, 인간의 절대를 향한 비극적 자세로 방황하는 청춘의 우수가 중요한 테마를 이루고 있어 비장미를 느낄 수 있다. 제1기에서는 낭만적 우울과 기다림의 자세로 요약할 수 있는 개인적 서정이 드러난다.

제2기는 60년대 후반부터 70년대까지로 정치적, 사회적 현실대면으로 굴절된 드러냄의 시들이다. 그것은 수직에서 수평으로의 관심 이동하면서 상징에서 알레고리로의 이동이다. 세상과의 불화는 급기야 개인적 자아와 사회적 자아를 분리시키는 지경에 이른다. 그러나 황동규의 분열적인 어조는 다분히 아이러니와 역설의 색채를 띠고 있어서 고통스러운 현실 속에서 깨어 있고 고뇌하는 시 의식을 표출하고 있다.

제3기는 『풍장』 연작이 시작된 1982년부터로 이 시기는 세 가지 측면에서 중요한 시적 방법을 개진하게 되는데, '극서정시 양식의 개척', '시 속에 여행의 적극적인 도입', '삶과 죽음이 집요하게 다루어지'는 시기이다. 이 시기의 시는 사소한 일상사에서 시의 소재를 발견하여 깨달음을 얻고자 하는 자세를 보이며, 한결같이 살아 있는 존재에 대한 경탄과 황홀함이 묘사되고 있다. 특히 이 시기에 '극서정시 양식의 도입'이라는 새로운 방법론을 만날 수 있다. 이 '극서정시'란 종래의 서정시 양식에 극적 요소를 도입함으로써 체험을 극화시키고, 깨달음을 얻는 시인의 끊임없는 탐구 정신의 소산이다.

제4기는 『미시령 큰바람』 이후의 시기로 무중력 상태에서 바라보는 시선의 자유로움, 어린아이(외계인)와도 같은 사물에 대한 호기심, 정신의 극한을 추구하는 것 등이 제3기와 구별되는 점이다. 『풍장』(1995) 후반부, 『외계인』(1997), 『버클리풍의 사랑노래』(2000) 등이 이에 해당된다.

황동규는 시단에서 왕성히 활동하고 있는 현역 시인으로 시 의식의 확대와 구성 원리의 방법적 갱신을 거듭하고 있다. 그의 시 세계는 현실적 무거움과 갈등의 세계에서 자아 복원과 가벼움의 세계로, 대립적이고 수직적인 질서에서 순환적 질서의 관점으로 삶의 무늬가 채워지며, 그 자아의 영혼은 더욱 본질에 깊이 다가가 깨닫게 되는 것이다. 그러한 세계에서는 지성적인 '무중력'과 감상적인 '홀로움'이 서로 만나 정신의 극한을 추구한다. 그러나 이러한 세계는 앞으로도 충분히 변화될 가능성을 내재하고 있기 때문에, 이러한 점을 고려한다면 전체적인 조망은 아직 미흡할 것으로 생각된다. 다만 그 변화의 과정에서 시인은 자신을 긴장시키면서 끊임없이 변화시켜온 것이 '여행'이라는 점만을 분명하다.

참고 문헌

1. 기본 자료(시집)

『견딜 수 없이 가벼운 존재들』(시선집), 문학과비평사, 1993.

『나는 바퀴를 보면 굴리고 싶어진다』, 문학과지성사, 1998.

『나의 시의 빛과 그늘』(자작시 해설서), 중앙일보사, 1994.

『몰운대行』, 문학과지성사, 1997.

『미시령 큰바람』, 문학과지성사, 1998.

『버클리풍의 사랑노래』, 문학과지성사, 2000.

『悲歌』, 문학동네, 1996.

『삼남에 내리는 눈』(시선집), 민음사, 1995.

『악어를 조심하라고?』, 문학과지성사, 1996.

『어떤 개인 날』, 중앙문화사, 1961.

『외계인』, 문학과지성사, 1998.

『풍장』(문학선집), 나남 출판사, 1994.

『풍장』, 문학과지성사, 1998.

『황동규 시전집 I · II』, 문학과지성사, 1998.

2. 단행본

고형진, 「삶과 문학의 치열성, 그리고 끊임없는 시적 갱신의 여정」, 『작가세계』, 1992. 여름호

──, 「현실적 삶의 질곡과 불교적 상상 — 황동규와 최승호의 불교적 상상력의 시에 대하여」, 『문학정신』, 1992. 2.

김강태, 「견딜 수 없는 존재의 가벼움 읽기」, 『현대시』, 1996. 8.

김병익, 「사랑과 변증과 지성」, 『삼남에 내리는 눈』 해설, 민음사, 1998.

김재홍, 『한국현대시비판』, 시와 시학사, 1995.

──, 『한국현대시의 사적탐구』, 일지사, 1998.

김준오, 『詩論』, 삼지원, 1997.

유종호 외, 『시를 어떻게 볼 것인가』, 현대문학, 1996.

이승훈, 『시론』, 고려원, 1983.

집필자 명단

강응순	구자희	김규진	김영란	박현선
박혜경	선은주	엄혜자	이민정	이영섭
이을선	장권순	정인숙	최명숙	최성실
한명섭	황용현			

(집필자 명단은 가나다 순임)

문화사회와 언어의 욕망

인 쇄 2003년 04월 14일
발 행 2003년 04월 25일
저 자 이영섭 외
발행처 도서출판 亦樂 / 서울 성동구 성수2가 3동 301-80
    (주)지시코 별관 3층 (우133-835)
Tel 대표·영업 3409-2058 편집부 3409-2060 FAX 3409-2059
E-mail yk3888@kornet.net / youkrack@hanmail.net
등록 1999년 4월 19일 제2-2803호

정가 20,000
ISBN 89-5556-200-4-93810